피가 흐르는 곳에

STEPHEN KING

피가 흐르는 곳에

스티븐 킹   이은선 옮김

If it bleeds

황금가지

차례

러스 도어를 추억하며
보고 싶어요, 대장

해리건 씨의 전화기

내 고향은 인구가 600명 정도밖에 안 되는 마을이지만(내가 떠나
온 지금도 그 정도 규모이다) 대도시처럼 인터넷은 갖추어져 있어서 아
버지와 내 앞으로 배달되는 우편물이 점점 줄고 있었다. 니도 씨
가 배달하는 우편물은《타임》, '세대주' 또는 '다정한 이웃'에게 보
내오는 광고지, 매달 발송되는 고지서가 전부였다. 하지만 2004년,
아홉 살이 돼서 언덕 위의 해리건 씨 집에서 일하기 시작한 그해부
터 나는 해마다 내 앞으로 최소 4통의 우편물이 배달될 거라고 기
대할 수 있었다. 2월에는 밸런타인데이 카드, 9월에는 생일 축하
카드, 11월에는 추수감사절 카드, 그리고 성탄 연휴 직전이나 직후
에는 크리스마스 카드. 카드마다 메인주 로터리에서 발행한 1달러
짜리 즉석복권이 들어 있었고 서명은 늘 같았다. *행운을 빌며, 해리*
건 씨가. 간단하고 의례적이었다.

이를 본 아버지의 반응도 늘 같았다. 웃으며 사람 좋게 눈알 굴리
기 한 번.

"그자는 구두쇠야." 어느 날 아빠가 말했다. 아마도 내가 열한 살 무렵, 카드를 받기 시작한 지 2~3년쯤 지났을 때였을 것이다. "너를 싸게 쓰는데다 보너스까지 싸구려로 때우고 있잖냐. 하위스에서 파는 럭키데블 즉석복권이 뭐냐."

나는 4장 중에 한 장꼴로 푼돈이나마 당첨되지 않느냐고 짚고 넘어갔다. 당첨이 되면 아빠가 내 대신 하위스에 가서 당첨금을 수령해왔다. 아무리 선물로 받은 거라도 미성년자는 복권을 하면 안 되기 때문이었다. 한 번은 거금 5달러에 당첨됐고 나는 아빠에게 그 돈으로 즉석복권을 5장 사다 달라고 했다. 아버지는 내 도박 중독을 부채질했다가는 어머니가 무덤에서 벌떡 일어날 것이라며 단번에 거절했다.

"해리건이 들이는 나쁜 물로 충분해." 아버지는 말했다. "게다가 너는 시간당 칠 달러는 받아야 한다. 아니면 팔 달러도 좋고. 그자가 그럴 만한 여유가 된다는 건 세상이 다 아는데. 네가 아직 어려서 시간당 오 달러가 법적으로는 아무 문제없을지 몰라도 아동 학대라고 생각하는 사람도 있을 거야."

"저는 그 집에서 일하는 게 좋아요." 나는 말했다. "그리고 그분도 좋고요, 아빠."

"그건 알지." 아버지는 말했다. "그자에게 책을 읽어주고 화단의 잡초를 뽑는다고 해서 네가 이십일 세기판 올리버 트위스트가 되는 건 아니지. 그래도 그자가 구두쇠라는 건 변함없어. 그 집에서 우리 집까지 사백 미터도 안 되는데 굳이 우푯값을 들여가며 카드를 보내는 게 놀라울 따름이지."

우리는 현관 베란다에서 스프라이트를 마시며 이런 대화를 나누고 있었다. 그러다 아빠는 해리건 씨 집으로 가는 길(할로의 도로가 대부분 그렇듯 흙길이었다)을 엄지손가락으로 가리켰다. 그의 집은 실내 수영장, 온실, 내가 즐겨 탔던 유리 엘리베이터를 갖춘 대저택이었고, 뒤편에는 젖소용 축사(내가 태어나기 전에 있었던 건물로 아버지는 똑똑히 기억했다)를 개조한 식물원이 있었다.

"그분 관절염이 얼마나 심한지 아시잖아요." 나는 말했다. "요즘은 지팡이를 하나가 아니라 두 개 쓰실 때도 있어요. 여기까지 걸어 왔다가는 쓰러질지도 몰라요."

"그럼 그 얼어 죽을 카드를 너한테 직접 주면 되지." 아빠가 말했다. 신랄한 느낌은 전혀 없었다. 그냥 장난처럼 놀리는 투였다. 아버지와 해리건 씨는 잘 지냈다. 아빠는 할로의 모든 주민들과 잘 지냈다. 그래서 영업 실적이 훌륭하지 않았나 싶다. "네가 그 집을 수시로 들락거리는 건 하늘도 알고 땅도 아는데."

"그럼 느낌이 다를 거예요." 내가 말했다.

"그래? 어째서?"

말로 설명할 수는 없었다. 나는 책을 많이 읽어서 어휘는 풍부했지만 인생 경험은 그다지 많지 않았다. 카드를 받으면 그냥 기분이 좋았다. 그 카드와 행운의 10센트짜리 동전으로 긁는 즉석복권, 그리고 그의 고풍스러운 필기체로 적힌 행운을 빌며, *해리건 씨*라는 서명이 그냥 기다려졌다. 돌이켜보면 *의식*이라는 단어가 떠오른다. 그건 마치 해리건 씨가 나와 함께 시내로 갈 때마다 가느다란 검은색 넥타이를 매는 것과 같은 것이었다. 내가 IGA 마트에 들어가 그가 적어준 물품들을 사는 동안 그는 실용적인 포드 세단 운전석에 앉아서 《파이낸셜 타임스》를 읽었다. 그의 장보기 목록에는 콘비프 해시와 달걀 한 상자가 항상 빠지지 않았다. 해리건 씨는 인간이 어떤 나이에 도달하면 달걀과 콘비프 해시만 먹으며 지내도 아무런 문제가 없다는 의견을 가끔 피력하곤 했다. 그게 몇 살이냐고 내가 물었더니 그는 68세라고 했다.

"예순여덟이 되면 더 이상 비타민이 필요 없어지거든." 그가 말했다.

"진짜로요?"

"아니." 그가 말했다. "내 나쁜 식습관을 변명하느라 하는 소리야. 이 차에 장착할 위성 라디오 주문했니 안 했니, 크레이그?"

"했죠." 나는 집에 있는 아빠 컴퓨터로 주문했다. 해리건 씨에게는 컴퓨터가 없었다.

"그런데 어디 갔어? 떠버리 림보(러시 림보. 극우 성향의 라디오쇼 진행자 — 옮긴이)가 하는 방송밖에 안 잡히는걸."

나는 그에게 XM 위성 라디오에 접속하는 방법을 가르쳐주었다. 그는 다이얼을 돌리며 백여 개의 채널을 넘긴 끝에 컨트리 전문 채널을 찾아냈다. 마침 「스탠드 바이 유어 맨」이 흘러나오고 있었다.

그 노래를 들으면 나는 지금도 오싹해진다. 아마 앞으로도 계속 그럴 것이다.

* * *

내 나이 열한 살이었던 그날, 아빠와 함께 앉아서 스프라이트를 마시며 큰집을 올려다보았을 때(할로 주민들은 거기가 쇼생크 교도소라도 되는 듯 정말로 '큰집'이라고 불렀다) 나는 이렇게 말했다. "편지를 우편으로 받는 거 멋지잖아요."

아빠는 특유의 눈알 굴리기를 했다. "이메일이 최고지. 그리고 휴대전화. 이런 게 내 눈에는 기적처럼 느껴지더라. 너는 아직 어려서 이해를 못 해. 어른이 됐는데 다른 네 가구와 같이 쓰는 공용 전화선 하나밖에 없어 봐. 거기다 그중 한 집에는 전화를 끊을 줄 모르는 에델슨 부인 같은 사람이 살고 있다면 너도 생각이 바뀔 거야."

"저는 언제 휴대전화가 생겨요?" 그 한 해 동안 내가 수없이 던졌고 1세대 아이폰이 출시된 이후에는 더욱 빈번하게 던진 질문이었다.

"네가 그럴 만한 나이가 됐다는 판단이 내려지면."

"어련하시겠어요, 아빠." 이번에는 내가 눈알을 굴릴 차례였고 이걸 보고 아버지는 웃음을 터뜨렸다. 그러다 이내 진지해졌다.

"존 해리건이 얼마나 부자인지 아니?"

나는 어깨를 으쓱했다. "예전에 공장을 여러 개 가지고 있었다는 건 알아요."

"공장뿐만이 아니었어. 은퇴하기 전까지 오크 엔터프라이즈라는 회사의 엄청 높은 고위직이었지. 해운회사, 쇼핑센터, 프랜차이즈 영화관, 통신사, 기타 등등을 거느린 기업이었는데. 뉴욕 증권거래소에 상장됐을 때 그 가치가 어마어마했지."

"증권거래소가 뭔데요?"

"주식을 사고파는 곳. 돈 많은 사람들을 위한 도박판. 해리건이 자기 지분을 매각했을 때 그 소식이 《뉴욕 타임스》1면에 실렸어. 경제면이 아니고. 육 년 된 포드를 몰고 흙길 끝에 살고 너한테 시간당 오 달러를 주고 일 년에 네 번 너한테 즉석복권을 보내주는 사람이 깔고 앉아 있는 돈이 십억 달러가 넘는다고." 아버지는 씩 웃었다. "그런데 내 가장 후줄근한 양복, 엄마가 아직 살아 있었다면 굿윌에 당장 기부하라고 했을 그 옷이 그가 교회에 입고 가는 옷보다 더 멀쩡하단 말이지."

내게는 이 모든 이야기가 흥미진진하게 느껴졌다. 집에 노트북은커녕 텔레비전도 없는 해리건 씨가 예전에 통신사와 영화관의 소유주였다는 사실이 가장 의외였다. 장담컨대 그는 영화를 보러 간 적도 없었을 것이다. 아빠는 그를 '러다이트'라 불렀다. (여러 의미들 중에서도) 최신문물을 좋아하지 않는다는 의미에서였다. 위성 라디오는 예외였다. 그는 컨트리 음악을 좋아하고 WOXO 라디오 채널의 광고를 모두 싫어했는데, 그의 카스테레오에서 잡히는 컨트리 앤드 웨스턴 채널이 그곳뿐이었기 때문이었다.

"십억이 얼마나 많은 돈인지 아니, 크레이그?"

"백만의 백 배죠?"

"백만의 천 배야."

"우와." 왠지 그렇게 말해야 할 것 같았다. 나는 5달러도 이해했고, 500달러는 '딥 컷 로드'에서 파는 내가 가지고 싶은 중고 스쿠터 가격이기에(언감생심이지만) 이해했고, 그리고 5000달러는 아버지가 게이츠 폴스에서 '파밀로 트랙터스 & 중장비회사'의 영업사원으로 받는 월급이었기에 이해했다. 아빠는 항상 '이달의 영업사원'으로 선정돼 벽에 사진이 걸렸다. 아빠 말로는 별게 아니라고 했지만 내가 그 정도로 모르는 것은 아니었다. 아버지가 이달의 영업사원으로 뽑히면 우리는 캐슬 록에 있는 마르셀스라는 근사한 프렌치 레스토랑에 가서 저녁을 먹었다.

"우와가 맞는 말이지." 아빠는 언덕 위의 큰집을 향해, 그렇게 방이 많은데 대부분 비어 있고 엘리베이터마저도 해리건 씨는 싫어하지만 관절염과 좌골신경통 때문에 어쩔 수 없이 사용하는 그곳을 향해 잔을 들며 말했다. "우와가 아주 그냥 딱 맞는 말이지."

* * *

이제 고액 복권과 해리건 씨의 병세와 게이츠 폴스 중학교 1학년 때 케니 얀코와 겪은 갈등에 대해 얘기할 차례지만 그 전에 내가 해리건 씨의 집에서 일하게 된 전후사정부터 밝히는 것이 좋겠다. 그건 교회 때문이었다. 아빠와 내가 다닌 할로 제일 감리교회는 할로의 *딱 하나뿐인* 감리교회였다. 시내에 침례교도들이 다니던 교회가 하나 더 있었지만 1996년에 화재로 소실됐다.

"아이가 태어나면 그걸 축하하려고 폭죽을 터뜨리는 사람들이 있거든." 아빠가 말했다. 그때 나는 기껏해야 네 살밖에 안 됐지만 지금까지 그 말을 기억한다. 아마 폭죽이라는 말에 호기심이 동했었나 보다. "네 엄마하고 나는 쩨쩨하게 그게 뭐냐면서 크레이그스터, 너를 환영하는 뜻에서 *교회* 하나를 통째로 태웠지. 불길이 얼마나 예뻤는지 몰라."

"그런 소리 하지 마." 어머니가 말했다. "진짜인 줄 알고 애가 자기 애가 태어났을 때 교회를 태우면 어쩌려고."

두 분은 서로 농담을 자주 주고받았고 나는 잘 웃어주었다. 무슨 뜻인지 모를 때조차도.

우리 셋은 함께 교회에 가곤 했다. 겨울에는 다져진 눈을 부츠로 으드득 소리 나게 밟으며, 여름에는 비싼 구두로 먼지구름을 일으키며(실내에 들어가기 전 엄마는 항상 크리넥스로 먼지를 닦았다) 교회까지 걸어다녔다. 나는 항상 왼손으로는 아빠 손을, 오른손으로는 엄마 손을 잡았다.

어머니는 좋은 분이었다. 나는 2004년에도 어머니를 미치도록 그리워했다. 내가 해리건 씨 집에서 일하기 시작했던 그해에는 어머니가 세상을 떠난 지 3년이 지났는데도 말이다. 16년이 지난 지금도 여전히 그립지만 어머니의 얼굴은 기억 속에서 희미해져버렸고 사진으로만 조금씩 되살릴 수 있을 뿐이다. 엄마 없는 아이들 어쩌고 한 그 노래 가사는 옳다. 엄마 없는 아이들은 힘든 시간을 보낸다. 나는 아빠를 사랑했고 우리는 항상 죽이 잘 맞았지만 그 노래는 또 다른 관점에서도 옳다. 세상에는 아빠가 이해하지 못하는 일들이 너무 많다. 예를 들면 우리 집 뒤편의 넓은 들판에서 데이지를 엮어 아이의 머리에 얹어주며 오늘은 네가 평범한 아이가 아니라 크레이그 왕이라고 얘기해주는 것. 아이가 세 살에 슈퍼맨과 스파이더맨 만화책을 읽기 시작하면 기뻐하지만 그렇다고 동네방네 자랑하면서 유난 떨지 않는 것. 한밤중에 아이가 닥터 옥토퍼스에게 쫓기는 나쁜 꿈을 꾸고 잠에서 깨면 침대에 같이 누워주는 것. 아이가 덩치 큰 아이(예를 들면 케니 얀코)에게 흠씬 맞고 오면 꼭 끌어안아주며 괜찮다고 달래주는 것.

나는 그날 그렇게 안아주는 사람이 필요했다. 만약 그날 엄마처럼 나를 안아준 사람이 있었다면 많은 게 달라졌을지도 모른다.

* * *

어린 나이에 글을 잘 읽는다고 으스대지 않았던 건 부모님이 내게 준 선물이었다. 어떤 재능이 있다고 해서 짝꿍보다 내가 더 나은 사람이 되지는 않는다는 것을 일찍부터 터득하게 해주셨던 것이다. 하지만 조그만 마을에서는 늘 그렇듯 소문이 번졌고 내가 여덟 살이었을 때 무니 목사님이 내게 일요일 가족예배 시간에 성경 봉독을 해보겠냐고 물었다. 아마 그는 참신한 발상이라는 데 마음이 빼앗겼을 것이다. 대개는 고등학생에게 그런 영예가 주어졌으니 말이다. 그 일요일에 봉독한 부분은 마가복음이었고 예배가 끝난 뒤에 목사님은 나에게 아주 잘했다며 원하면 매주 봉독을 맡아도 좋다고 했다.

"목사님은 어린아이가 그들을 몰고 다닐 것이라고 하세요." 나는 아빠에게 말했다. "「이사야서」에 나오는 구절이에요."

아버지는 별로 감동받지 않은 사람처럼 툴툴거렸다. 그러고는 고개를 끄덕였다. "좋아, 너는 도구지 메시지가 아니라는 것만 잊지 않으면 돼."

"에?"

"성경은 크레이그의 말이 아니라 하나님의 말씀이니까 우쭐할 필요 없다고."

나는 그러지 않겠다고 약속했고 이후로 10년 동안, 대학교에 진학해 마리화나를 피우고 맥주를 마시고 여학생 꽁무니 쫓는 법을 배우기 전까지 매주 성경을 봉독했다. 최악의 상황이 닥쳤을 때도 빼먹지 않았다. 목사님은 봉독할 구절을 한 주 먼저 알려주셨다. 말 그대로 장과 절을 알려주셨다. 그러면 내가 목요일 저녁, 감리교 청년회 시간 때 발음을 모르는 단어를 적어서 그에게 들고 갔다. 덕분에 메인주를 통틀어 느부갓네살을 읽을 줄 아는 것을 넘어 철자까지 아는 사람은 나 하나뿐이지 않았을까 싶다.

* * *

미국에서 손꼽히는 갑부가 할로로 이사왔다. 내가 일요일마다 웃어른들에게 성경 봉독하는 일을 하기 3년 전의 일이었다. 이른바 세기가 바뀌는 무렵으로 그가 회사를 매각하고 은퇴한 직후이자 큰집이 완공되기 전이었다(수영장, 엘리베이터, 아스팔트 깔린 진입로는 나중에 생겼다). 해리건 씨는 매주 엉덩이가 늘어진 빛바랜 검은색 양복에 촌스러울 정도로 좁은 검은색 넥타이를 매고, 점점 성기어져가는 은발을 깔끔하게 빗어 넘기고 교회에 출석했다. 나머지 요일에는 우주를 판독하느라 바쁜 하루를 보내고 난 아인슈타인처럼 그 머리가 사방으로 삐죽삐죽했다.

그 당시 그는 지팡이를 하나만 썼고 찬송가를 부르려고 자리에서 일어날 때마다 거기에 몸을 기댔다. 나는 그 당시에 부른 찬송가를 죽을 때까지 잊지 못할 것 같다. 예수님의 옆구리에서 흘러나온 물과 피를 운운하는 「갈보리 산 위에」의 그 가사는, 태미 와이넷이 목청껏 외치는 「스탠드 바이 유어 맨」의 마지막 부분처럼 생각날 때마다 오싹해질 것이다. 아무튼 해리건 씨는 찬송가를 실제로 부르지는 않고(목소리가 고음의 쇳소리였기 때문에 훌륭한 선택이었다) 입만 벙긋거렸다. 그와 아빠는 그런 면에서 공통점이 있었다.

2004년 가을의 어느 일요일(우리가 사는 세상의 모든 나무가 불타오르듯 알록달록했다)에 평소와 다름없이 나는 거의 이해하지 못하지만 무니 목사님이 설교에서 설명해주실 메시지를, 그날은 「사무엘하」의 한 구절을 회중에게 전했다. "이스라엘아 네 영광이 산 위에서 죽임을 당하였도다. 오호라 두 용사가 엎드러졌도다! 이 일을 가드에도 알리지 말며 아스글론 거리에도 전파하지 말지어다. 블레셋 사람들의 딸들이 즐거워할까, 할례받지 못한 자의 딸들이 개가를 부를까 염려로다."

내가 신도석으로 돌아와 앉자 아빠가 내 어깨를 토닥이며 '말 한 번 잘했다'라고 입모양으로 벙긋거렸다. 나는 손으로 입을 가리고 웃었다.

* * *

다음 날 저녁, 우리가 저녁 설거지를 하고 있었을 때(아빠가 썻고 나는 닦아서 정리하고) 해리건 씨의 포드가 우리 집 앞 진입로로 들어섰다. 그의 지팡이가 우리 집 현관 앞 계단을 두드렸고 아빠는 그가 노크하기 직전에 문을 열었다. 해리건 씨는 거실을 사양하고 일가 친척처럼 식탁에 앉았다. 아빠가 스프라이트를 권하자 받았지만 잔은 사양했다. "병째 마십니다. 아빠가 하던 것처럼요." 그가 말했다.

그는 사업가답게 단도직입적으로 얘기를 꺼냈다. 아버지가 허락하면 나를 불러 일주일에 두어 시간씩 책 읽어주는 일을 맡기고 싶다고 했다. 그 대가로 시간당 5달러를 지불하겠다고 했다. 그리고 추가로 3시간을 더 쓸 수 있다면, 화단을 조금 관리하고, 자질구레한 집안일들, 겨울에는 계단의 눈을 치우고 1년 내내 먼지를 털어야 하는 곳의 먼지를 터는 등의 일들을 맡기고 싶다고 했다.

일주일에 25달러 많으면 30달러를 버는데, 그중 절반은 공짜라도 마다하지 않았을 책 읽어주기로 벌 수 있다니! 나는 믿을 수가 없었다. 그 돈을 모아서 스쿠터를 살 수 있겠다는 생각이 바로 내 머릿속을 스치고 지나갔다. 합법적으로 타려면 7년 뒤에나 가능하지만 말이다.

의심스러울 정도로 혹하는 제안이라 아버지가 안 된다고 할까봐 걱정이 됐지만 그건 내 기우였다. "단, 논란의 소지가 있는 책은 맡기지 말아주세요." 아빠가 말했다. "말도 안 되는 정치적인 이야기나 폭력성이 짙은 작품도 안 돼요. 애가 어른처럼 글을 읽을지 몰라도 이제 겨우 아홉 살이거든요."

해리건 씨는 약속하고 스프라이트를 조금 마시고 가죽 같은 입술로 쩝쩝거렸다. "글을 잘 읽는 건 맞지만 그 때문에 이 아이를 고용하려는 게 아니에요. 이 아이는 자기가 이해하지 못하는 글을 읽을 때도 응얼거리지 않는단 말이죠. 내가 보기에는 대단한 능력이에요. 훌륭하지는 않지만 대단한 능력이요."

그는 스프라이트 병을 내려놓고 몸을 앞으로 숙여 예리한 눈빛을 나에게 고정했다. 나는 그 눈에서 호기심은 여러 번 보았지만 따스함은 거의 본 적이 없었다. 2004년의 그날 저녁도 예외는 아니었다.

"어제 읽은 구절 말이다, 크레이그. '할례받지 못한 자의 딸들'이 무슨 뜻인지 아니?"

"아뇨." 나는 답했다.

"나도 그럴 거라 생각했다만 그래도 알맞게 분노하고 한탄하는 투로 읽더구나. 그나저나 한탄이 뭔지는 아니?"

"울고 그런 거요."

그는 고개를 끄덕였다. "하지만 너는 오버하지 않았어. 과장하지도 않았고. 그래서 좋았다. 낭독자의 본분은 전달이지 창작이 아니거든. 무니 목사님이 네 발음을 교정해주시니?"

"네, 가끔요."

해리건 씨는 스프라이트를 조금 더 마시더니 지팡이에 몸을 실으며 자리에서 일어났다. "목사님께 아스글론에 해당하는 영어 단어의 발음이 애스-켈론이 아니라 *애시켈론*이라고 알려드려라. 뜻밖의 재미를 느끼긴 했다만(영어로 애스ass가 엉덩이라는 뜻이다―옮긴이) 나는 유머감각이 빵점에 가깝거든. 수요일 세 시에 한번 오지 않겠니? 그 전에 학교 수업 끝나니?"

할로 초등학교는 2시 30분이면 수업이 끝났다. "네. 세 시 좋아요."

"네 시까지로 할까? 그러면 너무 늦으려나?"

"괜찮습니다." 아빠가 말했다. 아빠는 이 모든 일에 어안이 벙벙한 말투였다. "저녁을 여섯 시에 먹거든요. 제가 지역 뉴스 보는 걸 좋아해서."

"뉴스 보고 저녁을 먹으면 소화가 잘 안 되지 않나요?"

아빠는 폭소를 터뜨렸지만 내가 생각하기에 해리건 씨는 농담으로 한 얘기가 아니었다. "가끔은요. 제가 부시 대통령 팬이 아니다 보니."

"좀 바보 같죠." 해리건 씨도 맞장구쳤다. "그래도 주변 보좌진이 뭘 좀 아는 사람들이라 다행이에요. 수요일 세 시다, 크레이그. 그리고 늦지 마라. 나는 지각하는 거 질색이야."

"외설적인 작품도 안 됩니다." 아빠가 말했다. "그런 건 좀더 나이가 든 뒤에 읽어도 충분해요."

그는 이것도 약속했다. 하지만 뭘 좀 아는 사람들은 약속이 얼마나 쉽게 폐기될 수 있는 건지도 알지 않을까 싶다. 돈을 받고 하는게 아니니 말이다. 내가 그에게 맨 처음으로 읽어준 『암흑의 핵심』은 외설적인 면이 전혀 없었다. 끝까지 다 읽었을 때 해리건 씨는 내게 내용을 이해했느냐고 물었다. 뭘 가르치려고 그랬다기보다 그냥 궁금해서 물었던 것 같다.

"많이는 못 했어요." 나는 대답했다. "하지만 커츠라는 남자가 완전 미쳤다는 건 확실히 알겠어요."

다음 책도 외설과는 거리가 멀었다. 내 변변찮은 사견으로 『사일러스 마너』는 하품 대잔치였다. 하지만 세 번째 책이었던 『채털리 부인의 연인』은 두 눈이 번쩍 뜨이는 경험이었다. 내가 콘스턴스 채털리와 호색적인 사냥터지기를 처음 접한 것이 2006년이었다. 나는 그때 10살이었다. 그 많은 세월이 지난 뒤에도 나는 여전히 「갈보리 산 위에」의 가사를 기억하고, 멜러즈가 부인을 어루만지며 "탐스럽다"라고 중얼거렸던 것도 그 못지않게 생생히 기억한다. 그가 그녀를 대했던 태도는 남학생들이 배워두고 기억해두면 좋을 내용이다.

"방금 전에 읽은 내용 이해하니?" 유난히 후끈한 구절이 지나갔을 때 해리건 씨가 내게 물었다. 이번에도 그냥 궁금해서 물은 거였다.

"아뇨." 나는 대답은 그렇게 했지만 엄밀히 따지면 참말은 아니었다. 나는 벨기에 식민지 콩고에서 말로와 커츠 사이에서 벌어진 일보다 올리 멜러즈와 코니 채털리 사이에서 벌어진 일을 훨씬 더 많이 이해했다. 섹스가 이해하긴 어렵긴 해도(나는 대학생이 되기 전부터 그렇다는 걸 알았다) 광기보다는 쉽다.

"좋아." 해리건 씨는 말했다. "하지만 무슨 책 읽고 있냐고 아버지가 물으시거든 『돔비와 아들』을 읽고 있다고 하는 게 좋겠다. 어차피 이다음에 읽을 책이기도 하고."

아버지는 한 번도 내게 묻지 않았고(적어도 그 책에 대해서는) 『돔비와 아들』로 넘어갔을 때 나는 안심했다. 그 책은 내가 처음으로 정말 재밌게 읽은 성인 소설이었다. 나는 아버지에게 거짓말을 하고 싶지 않았다. 생각만 해도 끔찍했다. 해리건 씨는 그런 데 전혀 신경 쓰지 않았을 테지만 말이다.

* * *

해리건 씨가 내게 책 읽기를 맡긴 이유는 눈이 쉽게 피로해지기 때문이었다. 잡초를 뽑는 일에까지 나를 동원할 필요는 없었을 것이다. 4000제곱미터쯤 되는 자기 마당의 잔디를 깎았던 피트 보츠윅에게 맡겼다면 흔쾌히 알겠다고 했을 것이다. 그리고 상당한 소장 규모를 자랑하는 앤티크 스노볼과 유리 문진의 먼지 터는 일은 살림을 도맡은 에드너 그로건이 얼마든지 할 수 있었다. 그런데 그것이 내 일이었다. 그는 그저 나를 옆에 두고 싶어 했다. 그는 죽기 직전에서야 내게 이 사실을 고백했다. 그렇지만 나는 알고 있었다. 다만 그가 나를 옆에 두고 싶어 한 이유는 몰랐고 지금도 잘 모르겠다.

한번은 캐슬 록의 마르셀스에서 저녁을 먹고 돌아오는 길에 아빠가 불쑥 이렇게 물은 적이 있었다. "해리건이 널 기분 나쁘게 건드린 적 있니?"

나는 그때 심지어 거뭇거뭇한 수염이 자라기도 전이었지만 아버지가 그렇게 묻는 의도를 알았다. 이미 3학년 때 '모르는 사람의 위험'과 '부적절한 신체 접촉'에 대해 배웠기 때문이었다.

"저를 더듬느냐고요? 아뇨! 어휴, 아빠, 그분 *게이* 아니에요."

"알았다. 그렇게 펄쩍 뛸 것 없잖냐, 크레이그스터. 물어볼 수밖에 없었어. 네가 그 집을 하도 뻔질나게 들락거리니 말이지."

"저를 더듬을 거면 최소 *이 달러짜리* 복권을 보내야 해요." 아빠는 내 대답에 웃음을 터뜨렸다.

나는 일주일에 얼추 30달러씩은 벌었고 아빠는 거기서 적어도 20달러는 대학 학자금으로 저금해야 된다고 주장했다. 나는 아빠가 시키는 대로 했지만 엄청 바보 같은 짓이라고 생각했다. 사춘기도 한참 먼 얘기 같은데 대학이라니 다음 생의 일이었다. 그래도 일주일에 10달러면 큰돈이었다. 나는 그중 일부는 하위스 마켓 간이식당에서 햄버거와 셰이크를 사 먹는 데 쓰고 대부분은 게이츠 폴스에 있는 달리스 중고서점에서 묵은 페이퍼백을 사는 데 썼다. 내가 산 페이퍼백은 해리건 씨에게 읽어주는 책들처럼 진지하지 않았다(심지어 『채털리 부인의 연인』도 콘스턴스와 멜러즈가 분위기를 후끈 지필 때가 아니면 분위기가 무거웠다). 나는 『힐라 벤드 총격전』이나 『핫 리드 트레일』 같은 범죄소설과 서부극을 좋아했다. 해리건 씨에게 책을 읽어주는 것은 일이었다. 힘든 노동은 아니었지만 그래도 일은 일이었다. 그에 비하면 존 D. 맥도널드가 쓴 『우리가 그들 모두를 죽인 월요일』 같은 책은 순수한 즐거움이었다. 나는 대학 학자금으로 저금하고 남는 돈은 모아서 2007년 여름 애플에서 발매되는 신상 휴대전화를 사자고 다짐했다. 하지만 가격이 무려 600달러나 해서 일주일에 10달러씩 모은다 해도 1년이 넘게 걸렸다. 얼마 있으면 열두 살이 되는 열한 살짜리 소년에게 1년은 아주 긴 시간이다.

게다가 알록달록한 표지가 달린 그 중고책들이 나를 유혹했다.

* * *

    2007년 크리스마스 날 아침, 해리건 씨 집에서 일한 지 3년이 지났고 그가 세상을 떠나기 2년 전의 그날, 크리스마스트리 아래에는 내 선물이 딱 하나뿐이었다. 아버지는 그걸 마지막에 열어보자고 했다. 그는 내가 준비한 페이즐리 무늬 조끼, 슬리퍼, 브라이어 파이프를 개봉하고 적당히 감탄했다. 그 순서를 모두 거쳐 하나뿐인 선물의 포장지를 벗겼을 때 내가 눈독 들이던 바로 그 제품이 들어있는 것을 보고 나는 좋아서 비명을 질렀다. 아이폰, 아버지의 카폰은 골동품으로 보일 만큼 많은 것들을 할 수 있는 제품이었다.

    이후로 많은 게 달라졌다. 이제는 아버지에게 2007년 크리스마스 선물로 받았던 아이폰이 골동품이 되었다. 아버지가 어렸을 때 다섯 가구가 같이 썼다는 공용 전화선처럼. 수많은 변화와 수많은 발전이 순식간에 이루어졌다. 내가 크리스마스 선물로 받은 아이폰에는 앱이 16개뿐이었고 모두 이미 탑재가 되어 있었다. 그중 하나가 유튜브였는데, 당시에는 애플과 유튜브가 친구였다(그것도 달라졌지만). 또 하나가 SMS라는 원시적인 문자메시지였다(이모티콘도 없었고, 직접 만든다면 모를까, 이모티콘이라는 단어 자체도 아직 만들어지기 전이었다). 날씨 앱은 틀리기 일쑤였다. 하지만 뒷주머니에 넣고 다닐 수 있을 만큼 작은 걸로 전화 통화를 할 수 있었고 그보다 더 좋았던 건 사파리를 통해 바깥세상과 접속할 수 있다는 것이었다. 할로처럼 신호등도 없고 흙길로 이루어진 마을에서 자라다 보면 바깥세상이 어찌나 낯설고 솔깃하게 느껴지는지 공중파 TV와는 비교도 안 되는 방식으로 소통하고 싶어졌다. 적어도 나는 그랬다. AT&T 통신사와 스티브 잡스 덕분에 손끝에서 모든 게 이루어졌다.

행복해서 어쩔 줄 몰랐던 그 첫날 아침부터 보자마자 해리건 씨가 생각나는 또 다른 앱이 하나 있었다. 그의 차에 장착한 위성 라디오보다 몇 배 근사한 앱이었다. 적어도 그와 같은 사람들의 기준에서는 그랬다.

"고마워요, 아빠." 나는 아빠를 끌어안으며 말했다. "정말 고마워요!"

"너무 많이 쓰지는 마. 사용료가 하늘을 찌를 기세라 내가 계속 감시할 거야."

"나중에는 저렴해질 거예요." 나는 말했다.

내 짐작은 맞았고 아빠가 요금 때문에 나를 혼낸 적은 없었다. 나는 어차피 통화할 사람이 많지도 않았다. 하지만 유튜브 영상은 즐겨 보았고(그건 아빠도 마찬가지였다) 당시 우리가 '따따따'라고 불렀던 월드와이드웹에 접속할 수 있어서 좋았다. 내가 가끔 《프라우다》(구소련의 공산당 중앙 기관지 — 옮긴이) 기사를 찾아본 것도 러시아어를 알아서가 아니라 그냥 볼 수 있어서이기 때문이었다.

* * *

그로부터 두 달이 채 안 된 어느 날, 하굣길에 우체통을 열어보니 해리건 씨가 고풍스러운 서체로 내 이름을 써서 보낸 편지가 들어 있었다. 밸런타인데이 카드였다. 나는 집으로 들어가 식탁 위에 교과서를 내려놓고 봉투를 열었다. 꽃무늬가 있거나 감상적인 분위기의 카드는 아니었다. 그런 건 해리건 씨의 스타일이 아니었다. 턱시도를 입은 남자가 꽃밭에서 실크해트를 내밀고 허리를 숙여 인사하는 이미지였다. 안에는 '*사랑과 우정으로 충만한 한 해가 되길 기원합니다*'라고 인쇄되어 있었다. 그 아래에 '*행운을 빌며, 해리건 씨가*'라고 손글씨로 적혀 있었다. 모자를 내밀고서 인사하는 남자, 행운, 끈적끈적한 멘트는 사절. 그야말로 해리건 씨다웠다. 이제 와 생각해보면 그가 밸런타인데이를 카드를 보낼 만한 기념일로 간주했다는 것 자체가 놀랍다.

2008년부터 1달러짜리 럭키데블 즉석복권이 파인트리 캐시라는 것으로 대체됐다. 조그만 종이 위에 소나무 그림이 6개 있었다. 긁었을 때 3개의 소나무에 같은 금액이 적혀 있으면 그 금액이 당첨되는 방식이었다. 나는 나무들을 긁고 드러난 숫자를 빤히 쳐다보았다. 처음에는 오류거나 무슨 장난인 줄 알았다. 해리건 씨가 장난이라고는 전혀 모르는 성격임에도 불구하고 말이다. 아빠가 (항상 눈을 부라리며) '복권 가루'라고 부르는 부스러기를 치우고 드러난 숫자를 손가락으로 더듬으며 다시 확인했다. 숫자가 그 자리에 그대로 있었다. 내가 웃었는지는 확실하지 않지만 비명을 질렀던 건 똑똑히 기억이 난다. 환희의 비명이었다.

나는 새 휴대전화를 주머니에서 꺼내 들고(그 전화기는 나와 어디든 붙어다녔다) 파밀로 트랙터스 사에 전화했다. 안내 데스크의 드니스는 내가 숨을 헐떡이는 소리를 듣고 무슨 일이 생겼냐고 물었다.

"아무 일 없어요, 아무 일도." 나는 말했다. "하지만 아빠랑 당장 통화해야 해요."

"알았어, 잠깐만 기다려." 그러고는. "꼭 달나라 저편에서 전화하는 것처럼 들린다, 크레이그."

"휴대전화라 그래요." 아, 이렇게 대답하며 얼마나 뿌듯했던가.

드니스는 흥 하는 소리를 냈다. "그거 방사선 엄청 나온대. 나는 절대 사지 않을 거야. 잠깐만 기다려."

아빠도 내게 무슨 일이냐고 물었다. 나는 그전까지 아빠 회사로는 한 번도 전화한 적이 없었다. 심지어 스쿨버스가 나를 두고 먼저 떠나버린 날에도 말이다.

"아빠, 해리건 씨가 밸런타인데이 기념으로 즉석복권을 보내주셨는데⋯⋯."

"십 달러에 당첨된 거 얘기하러 전화한 거면 내가 퇴근할 때까지⋯⋯."

"아니에요, 아빠. 거금이에요!" 그 당시 즉석복권치고는 그랬다. "삼천 달러에 당첨됐어요!"

수화기 저편에서 정적이 흘렀다. 나는 전화가 끊긴 줄 알았다. 그 당시에 휴대전화는 아무리 신제품이라도 통화가 끊기는 일이 다반사였다. 벨 아줌마(AT&T 통신사의 애칭 ─옮긴이)의 상태가 늘 좋지는 않았다.

"아빠? 제 말 들리세요?"

"으⋯⋯응. 확실해?"

"네! 제 눈 앞에 있어요! 삼천이 세 개예요! 하나는 윗줄, 두 개는 아랫줄!"

다시 한참 동안 정적이 이어진 뒤에 아버지가 누군가에게 *우리 애가 복권에 당첨됐다네?*라고 얘기하는 소리가 들렸다. 잠시 후 아빠가 다시 내게 말했다. "내가 퇴근할 때까지 어디 안전한 데 넣어 둬."

"어디에요?"

"식료품 저장실에 있는 설탕통 어때?"

"네." 나는 말했다. "네, 알았어요."

"크레이그, 그런데 진짜니? 너 실망하면 나도 싫으니까 다시 한 번 확인해봐."

나는 다시 한번 확인했다. 아버지가 그렇게 의심스러워하니 숫자가 바뀌었을지 모른다는 생각이 들었다. $3000이라고 쓰인 숫자들 중 적어도 하나는 다른 숫자로 변해버렸을 것 같았다. 하지만 그런 일은 일어나지 않았다.

내 말에 아버지는 웃음을 터뜨렸다. "음, 그렇다면 축하한다. 오늘 저녁은 마르셀스다. 네가 사는 거고."

이번에는 *내가* 웃음을 터뜨릴 차례였다. 그렇게 온전한 희열을 느낀 적이 있었던지 기억이 나지 않는다. 나는 이제 다른 사람에게 전화해야 했다. 바로 해리건 씨였다. 그는 러다이트답게 일반전화를 썼다.

"해리건 씨, 카드 감사해요! 그리고 복권도 감사해요! 제가……."

"지금 그 신문명으로 전화하는 거냐?" 그가 물었다. "그런 모양이네, 네가 뭐라는지 잘 안 들리거든. 꼭 달나라 저편에서 전화하는 것 같구나."

"해리건 씨, 제가 거금에 당첨됐어요! 삼천 달러요! 정말 감사해요!"

정적이 이어졌지만 아빠와 통화했을 때만큼 오래 가지 않았고 다시 말문을 열었을 때 그는 확실하냐고 묻지도 않았다. 내게 그 정도 예의는 갖추었다. "운이 좋았구나." 그가 말했다. "잘됐다."

"감사합니다!"

"그래. 하지만 고마워할 필요는 없다. 나는 그런 복권을 뭉텅이로 사거든. 일종의…… 음…… 명함처럼 친구들과 거래처에 돌리느라. 몇 년째 그러고 있지. 언젠가는 하나가 크게 터지게 되어 있었어."

"아빠는 대부분 저금하라고 하실 거예요. 그래도 상관없어요. 제 대학 학자금이 두둑해질 테니까요."

"괜찮으면 나한테 맡겨라." 해리건 씨가 말했다. "내가 대신 투자해주마. 은행 이자보다 더 많은 수익을 장담할 수 있다만." 그러고는 혼잣말에 가깝게 중얼거렸다. "아주 안전한 데 투자해야지. 올해는 시장 상황이 좋지 않을 거야. 수평선에 먹구름이 보여."

"좋아요!" 나는 대답해놓고 다시 생각했다. "일단은요. 아빠랑 의논해야 해요."

"물론이지. 그래야지. 내가 원금을 보장할 의향이 있다는 것도 전해드리럼. 그래도 오늘 오후에 책 읽어주러 올 거지? 아니면 이제는 부자가 됐으니까 그 일은 그만둘 거니?"

"당연히 가죠. 하지만 아빠 퇴근 시간에 맞춰서 집에 와야 해요. 저녁때 외식하기로 했거든요." 나는 말을 멈추었다가 다시 이었다.

"같이 가실래요?"

"오늘 저녁은 안 돼." 그는 단칼에 말했다. "오늘 어차피 여기 올 거니까 직접 만나서 얘기해도 됐는데 그 기계를 쓰고 싶었던 거지?" 그는 내 대답을 기다리지 않았다. 기다릴 필요가 없었다. "그 깜찍한 횡재를 애플 주식에 투자하면 어떻겠니? 그 회사가 나중에 엄청 성공할 거야. 아이폰이 블랙베리를 묻어버릴 거라는 소문이 들려. 이렇게 말하니 말장난 같구나. 아무튼 지금 당장 대답하지 않아도 된다. 아버지랑 먼저 의논해야지."

"그럴게요." 나는 말했다. "저 지금 바로 갈게요. 뛰어갈게요."

"젊음은 놀라운 것이지." 해리건 씨가 말했다. "그걸 어렸을 때 낭비하다니 이 얼마나 안타까운 일이냐."

"네?"

"그 비슷한 얘기를 한 사람이 많지만 버나드 쇼가 으뜸이지. 신경 쓰지 마라. 냉큼 달려오렴. 꽁무니 빠지게 달려와, 찰스 디킨스가 우릴 기다리고 있으니."

* * *

나는 해리건 씨의 집까지 400미터를 달려갔다. 끝나고 집으로 돌아올 때는 걸어왔고 걷는 도중에 그에게 감사의 뜻을 전할 좋은 생각이 떠올랐다. 그는 고마워할 필요가 없다고는 했지만. 나는 그날 저녁 마르셀스에서 근사한 음식을 앞에 두고 아빠에게 해리건 씨가 횡재한 돈을 투자하지 않겠냐고 제안하더라고 전하며 그에게 감사의 뜻으로 뭘 선물하고 싶은지 얘기했다. 아버지가 탐탁지 않게 여길 것 같았는데 내 짐작이 맞았다.

"그에게 꼭 투자를 맡겨라. 그리고 네 아이디어는…… 그가 그런 물건을 어떻게 생각하는지 알잖니. 그는 할로에서, 그리고 메인주를 통틀어서 가장 돈이 많은 사람이자 텔레비전을 사지 않은 유일한 사람인걸."

"엘리베이터는 있어요." 나는 말했다. "사용도 하고요."

"그야 어쩔 수 없으니까." 잠시 후 아빠는 나를 보며 씩 웃었다. "하지만 네 돈이고 당첨금의 이십 퍼센트를 그렇게 쓰고 싶다면 말리지 않을게. 대신 그가 싫다고 하면 나한테 넘겨라."

"정말 싫다고 하실 거라 생각하세요?"

"응."

"아빠, 그분이 애초에 이 마을로 온 이유가 뭘까요? 아니, 여긴 손바닥만 한 마을이잖아요. *아무것도 없잖아요.*"

"좋은 질문이네. 나중에 한번 물어 봐. 이제 디저트를 좀 먹으면 어떨까요, 손 큰 어린이?"

* * *

그로부터 약 한 달 뒤 나는 해리건 씨에게 신형 아이폰을 선물했다. 포장은 하지 않았다. 명절도 아니거니와 겉치레를 좋아하지 않는 그의 성격을 알기 때문이었다.

그는 골똘한 표정을 지으며 관절염으로 울퉁불퉁해진 손으로 상자를 이리저리 뒤집었다. 그러더니 다시 내게 내밀었다. "고맙다, 크레이그. 네 마음씀씀이는 고맙게 생각한다. 하지만 나는 됐으니 너희 아버지에게 드리려무나."

나는 상자를 받았다. "아빠가 아저씨는 그렇게 얘기할 거라고 하셨어요." 나는 실망했지만 놀라지는 않았다. 그리고 아직 포기할 생각도 없었다.

"너희 아버지는 현명한 분이로구나." 그는 의자에 앉은 채로 몸을 숙이고 벌린 무릎 사이로 손깍지를 꼈다. "크레이그, 나는 충고를 잘 하지 않아. 숨을 낭비하는 거나 다름없거든. 하지만 오늘은 너에게 충고를 좀 하려고 한다. 헨리 소로는 말했지, 우리가 물건을 소유하는 게 아니라 물건이 우리를 소유하는 거라고. 집이 됐건 차가 됐건 텔레비전이 됐건 그런 근사한 전화기가 됐건, 뭔가 새로운 게 추가되면 우리가 짊어져야 하는 게 늘어나는 거야. 그러고 보니 제이콥 말리가 스크루지에게 한 말이 생각나는구나. '이것들이 내가 살아가면서 만든 족쇄였어.' 내가 텔레비전을 사지 않는 이유는 사놓으면 볼 게 빤하기 때문이야. 거의 모든 방송이 허섭스레기인데도 말이지. 집에 라디오를 두지 않는 이유도 있으면 들을 거기 때문이고. 난 장거리 운전의 지루함을 달랠 컨트리 음악 몇 곡만 있으면 돼. 만약 그게 내 수중에 들어오면……."

그는 전화기가 든 상자를 가리켰다.

"……나는 분명 그걸 쓰겠지. 나는 열두 종의 정기 간행물을 우편으로 받고 있고 그 안에는 재계에서 뒤처지지 않으려면 알아야 하는 모든 정보와 넓은 세상의 한심한 작태들이 들어 있어." 그는 의자에 기대고 앉아서 한숨을 쉬었다. "이런. 내가 그냥 충고를 한 게 아니라 연설을 했구나. 나이를 먹으면 방심할 수가 없다니까."

"제가 뭐 하나만 보여드려도 될까요? 아니, 두 개만요."

그는 정원사나 가정부라면 모를까, 그때까지 나를 대할 때는 지은 적 없는 눈빛으로 나를 바라보았다. 날카롭고 미심쩍어하며 조금 험상궂은 눈빛이었다. 이제 와 생각해보면 대부분의 사람들 속을 들여다볼 수 있고 그 안에 쓸 만한 건 없다고 생각하는, 예리하고 냉소적인 남자가 짓는 눈빛이었다.

"빚 주고 뺨 맞는다더니 옛말 그른 게 하나 없구나. 그 즉석복권이 당첨되지 않았더라면 좋았을 거란 생각이 든다." 그는 다시 한숨을 쉬었다. "뭐, 그래, 어디 한번 보자. 하지만 내 생각이 바뀔 일은 없을 거다."

그렇게 쌀쌀맞고 냉랭한 눈빛을 대하고 나니 그 말이 맞겠다는 생각이 들었다. 나는 결국 전화기를 아버지에게 드리게 될 것이었다. 하지만 이왕 여기까지 왔으니 그대로 밀고 나갔다. 전화기는 내가 확실히 충전해놓았고 정상적인 모드로, 완벽하게 작동했다. 나는 전화기를 켜서 두 번째 줄에 있는 아이콘을 보여주었다. 심전도 그래프처럼 삐죽빼죽한 선으로 이루어진 아이콘이었다. "이거 보이세요?"

"그래, 그게 뭘 상징하는지도 알겠다. 하지만 나는 주식시장 보고서가 필요 없어, 크레이그. 너도 알다시피 나는《월스트리트 저널》을 정기 구독하잖니."

"그렇죠." 나는 맞장구쳤다. "하지만《월스트리트 저널》은 이런 거 못 하잖아요."

나는 아이콘을 건드려서 앱을 열었다. 다우존스 평균 지수가 떴다. 그 숫자가 뭘 뜻하는지는 전혀 알 수 없었지만 오르락내리락하고 있다는 건 알 수 있었다. 14,720이 14,728로 치솟았다가 14,704로 추락했다가 14,716으로 올라갔다. 해링턴 씨의 눈이 휘둥그레졌다. 입이 떡 벌어졌다. 주술 막대로 한 대 얻어맞은 사람 같았다. 그는 전화기를 가져가 눈앞에 바짝 갖다댔다. 그러다 나를 쳐다보았다.

"이 숫자를 *실시간*으로 보여주는 거냐?"

"네." 나는 말했다. "음, 아마 일이 분 늦을 거예요, 잘은 모르겠지만. 모턴에 신설된 기지국에서 수신하는 거예요. 기지국이 바로 옆이라 다행이죠."

그는 몸을 앞으로 숙였다. 마지못해 짓는 미소가 입가를 스치고 지나갔다. "이럴 수가. 큰손들이 예전에 자기들 집에 설치했던 주식 시세 표시기 비슷하네."

"에이, 그보다 훨씬 좋죠." 내가 말했다. "표시기는 몇 *시간씩* 늦을 때도 있으니까요. 안 그래도 아빠가 어제저녁에 그 말씀을 하셨어요. 이 주식시장 앱에 홀딱 빠져서 늘 제 전화기로 들여다보시거든요. 1929년에 주식시장이 그렇게 처참하게 붕괴됐던 이유 중에 거래량이 많을수록 표시기가 느려진 것도 있다고 하셨어요."

"그 말이 맞다." 해링턴 씨가 말했다. "누가 나서서 브레이크를 밟을 겨를도 없이 상황이 너무 심각해져 버렸으니까. 물론 이런 장치 때문에 매도가 가속화될 수도 있어. 워낙 신기술이라 아직은 판단할 수가 없지."

나는 기다렸다. 좀더 몰아붙여서 그를 설득하고 싶었지만, 이러니저러니 해도 나는 아직 애니까 왠지 기다리는 게 맞는 선택일 듯했다. 그는 다우존스의 세밀한 오르내림을 계속 들여다보았다. 바로 내 눈앞에서 학습하고 있었다.

"하지만." 그가 시선을 고정한 채 말했다.

"하지만 뭐요, 해리건 씨?"

"시장을 정말 잘 아는 사람의 수중에 들어가면 이런 게…… 어쩌면 이미……." 그는 말끝을 흐리며 생각에 잠겼다. 잠시 후 그가 말했다. "이런 게 있다는 걸 이제야 알다니. 은퇴했다는 건 변명이 될 수 없지."

"하나 더 있어요." 나는 급한 마음에 더는 기다리지 못하고 말했다. "아저씨는 구독하는 잡지를 다 아세요? 《뉴스위크》랑 《파이낸셜 타임스》랑 《포즈》랑?"

"《포브스》다." 그는 계속 화면을 쳐다보며 말했다. 그걸 보고 있자니 생일선물로 받은 매직 8볼(운세를 보거나 조언을 구할 때 쓰는 장난감―옮긴이)을 연구하던 네 살 때의 내가 생각났다.

"네, 그거요. 전화기 저 잠깐 주실래요?"

그는 다소 싫은 티를 내며 내게 전화기를 건넸고 나는 그를 설득하는 데 성공했다고 거의 확신할 수 있었다. 기뻤지만 내 자신이 조금 부끄럽기도 했다. 내가 건네는 도토리를 먹으려고 온, 길들여진 다람쥐 머리를 내리친 사람이 된 것 같았다.

나는 사파리를 열었다. 지금에 비하면 훨씬 원시적이었지만 그래도 잘 돌아갔다. 내가 구글 검색창에 '월스트리트 저널'이라고 입력하자 몇 초 뒤에 그 신문의 1면이 떴다. 헤드라인 중 하나가 "커피 카우 폐점을 선언하다"였다. 나는 그걸 그에게 보여주었다.

그는 빤히 쳐다보다 안락의자 옆 테이블에서 신문을 집어들었다. 내가 그의 집에 올 때 우편물을 수거해 올려두는 곳이었다. "여기는 그런 헤드라인이 없는데." 그가 말했다.

"그야 어제 신문이니까요." 내가 말했다. 나는 오는 길에 늘 그의 우편함에서 우편물을 꺼내는데, 《월스트리트 저널》은 항상 다른 우편물과 함께 고무줄로 묶여 있었다. "하루 늦게 받으시는 거예요. 다들 그래요." 그리고 크리스마스 연휴 때는 이틀, 어떨 때는 사흘이나 늦었다. 그에게 이걸 얘기할 필요도 없었다. 그는 그걸 가지고 11월과 12월 내내 구시렁거렸다.

"이건 오늘 신문이고?" 그는 화면을 쳐다보며 물었다. 그러다 상단의 날짜를 확인했다. "맞네!"

"그렇다니까요." 내가 말했다. "최신 뉴스요. 묵은 뉴스가 아니라. 맞죠?"

"기사에 따르면 폐점되는 곳을 표시한 지도가 있다는데, 어떻게 하면 그걸 볼 수 있는지 가르쳐주겠니?" 그는 분명 탐욕스러운 말투였다. 나는 살짝 겁이 났다. 그는 스크루지와 말리를 운운했다. 나는 잘 알지도 못하는 주문으로 빗자루를 깨우는 「판타지아」 속의 미키마우스가 된 심정이었다.

"직접 하시면 돼요. 손가락으로 화면을 넘기세요, 이렇게."

나는 시범을 보여주었다. 처음에 그는 너무 세게, 너무 많이 넘겼지만 곧바로 요령을 터득했다. 아빠보다 진도가 더 빨랐다. 그는 원하는 페이지를 찾았다. "세상에." 그는 놀라워했다. "육백 개나 되는 매장을! 내가 그때 얘기했지……." 그는 말끝을 흐리며 조그만 지도를 들여다보았다. "남부가 취약하다고. 폐점하는 매장이 대부분 남부야. 남부가 지표다, 크레이그. 거의 항상 그렇지…… 뉴욕으로 전화를 해야겠다. 곧 폐장될 시간이네." 그는 몸을 일으키려 했다. 평소에 쓰는 전화기가 거실 저편에 있었다.

"이걸로 거시면 돼요." 내가 말했다. "가장 일반적인 용도가 그거예요." 그때는 그랬다. 내가 전화기 아이콘을 건드리자 키패드가 떴다. "원하는 번호로 거세요. 손가락으로 숫자를 누르시면 돼요."

그는 백발의 덥수룩한 눈썹 밑으로 파란 눈을 반짝이며 나를 쳐다보았다. "이런 촌구석에서도 가능하다고?"

"네." 나는 말했다. "신설된 기지국 덕분에 수신이 아주 잘 돼요. 막대가 네 개 떴어요."

"막대?"

"신경 쓰지 마시고 그냥 전화하세요. 통화하시는 동안 저는 밖에 나가 있을게요. 창밖으로 손을 흔드시면 제가……."

"그럴 필요 없다. 오래 걸리지도 않을 테고 프라이버시를 지킬 일도 아니야."

그는 폭탄이라도 터질 것 같은지 조심스럽게 번호를 건드렸다. 그런 다음 확인을 구하듯 나를 쳐다보며, 역시 조심스럽게 아이폰을 그의 귀에 갖다 댔다. 나는 응원차 고개를 끄덕였다. 그는 상대가 하는 말을 듣고 누군가에게 얘기하고(처음에는 너무 크게 소리를 질렀다) 잠깐 기다렸다가 다른 사람에게 얘기했다. 그러니까 해리건 씨가 몇천 달러어치였을지 모를 커피 카우 주식을 파는 현장에 내가 있었던 것이다.

그는 통화를 마친 뒤에 홈 화면으로 돌아가는 법을 알아냈다. 거기서 다시 사파리를 열었다. "여기에《포브스》도 있니?"

내가 확인해 보았지만 없었다. "하지만 이미 아는《포브스》기사라면 찾을 수 있을 거예요. 다른 사람이 포스팅해놓을 테니까."

"포스팅……?"

"네. 어떤 것에 대한 정보가 필요하면 사파리에서 찾으면 돼요. 거기서 검색하면 돼요. 보세요." 나는 그의 의자로 다가가 검색창에 '커피 카우'를 입력했다. 전화기가 뜸들이다 검색 결과를 여러 개 뱉어냈는데, 그를 주식중개인에게 연락하게 만든《월스트리트 저널》기사도 그 안에 들어 있었다.

"이럴 수가." 그는 놀라워했다. "이게 인터넷이로구나."

"네, 맞아요." 나는 말하고 속으로는 헐, 이라고 생각했다.

"월드와이드웹."

"네."

"언제부터 있었던 거니?"

아저씨도 진작 알고 계셨어야죠. 나는 속으로 생각했다. *거물급 사업가니까 은퇴했더라도 이런 게 있다는 걸 아셨어야 하는 거 아니에요? 요즘도 사업에 관심이 있으니까.*

"정확히는 모르겠지만 다들 수시로 여기에 접속해요. 아빠, 선생님, 경찰…… 진짜로 모두 다요." 그러고는 좀더 정곡을 찔렀다. "아저씨 회사들도요, 해리건 씨."

"아, 이제는 내 회사가 아니다. 나도 조금은 알아, 크레이그. 텔레비전을 보지 않아도 각종 프로그램에 대해 조금 알듯이. 내가 관심이 없기 때문에 신문이나 잡지를 읽을 때 과학기술 관련 기사를 건너뛰는 경향이 있지. 볼링장이나 영화 배급은 얘기가 다르겠다만. 그 분야에는 계속 관여하고 있거든."

"네. 하지만 보세요…… 그 업계는 과학기술을 활용하고 있어요. 그런데 그걸 이해하지 못하면……."

나는 어떻게 하면 선을 넘지 않는 수준에서 말을 끝맺을 수 있을지 고민했지만 그는 알아들은 눈치였다. "나는 뒤처질 거다. 그런 말을 하고 싶은 게냐?"

"상관없을 수도 있겠네요." 나는 말했다. "어차피 아저씨는 은퇴하셨으니까요."

"하지만 *바보* 취급당하는 건 싫다." 그는 다소 격하게 말했다. "내가 전화해서 커피 카우를 팔라고 했을 때 칙 래퍼티가 놀랐는 줄 아니? 천만의 말씀. 전화로 똑같이 지시한 주요 고객이 대여섯 명은 될 게 분명하거든. 그중 몇몇은 틀림없이 내부 정보를 얻겠지. 하지만 뉴욕이나 뉴저지에 살아서 《월스트리트 저널》을 발행되는 날 배달 받기 때문에, 그래서 알게 된 사람들도 있어. 이 깡촌에 이렇게 틀어박혀 있는 나하고는 다르게 말이다."

나는 애초에 그가 여기로 온 이유가 다시금 궁금해졌지만(시내에 친척이 사는 것도 확실히 아니었다) 지금은 물어볼 때가 아닌 듯했다.

"내가 오만했는지도 모르겠구나." 그는 곰곰이 생각하더니 미소를 지었다. 추운 날 묵직한 구름 장막 사이로 해가 고개를 내미는 것을 바라보는 듯한 표정이었다. "내가 오만했어." 그는 아이폰을 집어 들었다. "어쨌든 이건 내가 갖겠다."

맨 처음 내 입술에 떠오른 단어는 *고맙습니다*였지만 이상한 인사가 될 것이었다. 나는 그냥 "잘 생각하셨어요. 기뻐요."라고 말했다.

그는 벽에 걸린 세스 토머스 시계를 흘끗 쳐다보았다 (그러고는 흥미롭게도 아이폰의 시계와 비교했다). "얘기하느라 시간을 워낙 많이 썼으니 오늘은 그냥 한 장만 읽으면 어떨까?"

"저는 좋아요." 말은 그렇게 했지만 좀더 늦게까지 남아서 두 장, 심지어 세 장을 읽는대도 상관없었다. 프랭크 노리스라는 작가가 쓴 『문어』가 거의 끝나가고 있어서 결말이 어떻게 날지 궁금해하던 참이었다. 옛날 소설이지만 흥미진진한 요소가 가득했다.

짧은 책읽기 시간이 끝나고 나는 집안에서 키우는 몇 안 되는 화분에 물을 주었다. 내가 항상 마지막으로 하는 잡일이었고, 시간도 몇 분 걸리지 않았다. 그는 전화기를 껐다 켰다 해가며 만지작거렸다.

"기왕 쓸 거면 *어떻게* 쓰는지나 배워야겠다." 그가 말했다. "꺼지지 않는 방법부터 먼저. 벌써부터 방전되고 있어."

"대부분의 기능을 혼자 터득하실 수 있을 거예요." 나는 말했다. "굉장히 쉽거든요. 그리고 충전이라면 상자 안에 코드가 있어요. 그걸 콘센트에 꽂기만 하면 돼요. 다른 몇 가지도 가르쳐드릴 수 있는데……."

"오늘은 됐다." 그가 말했다. "내일이면 모를까."

"알겠어요."

"하나만 더 물어보자. 내가 그 커피 카우 기사를 읽고 폐점되는 매장 지도를 볼 수 있는 이유가 뭐냐?"

맨 처음 생각난 것은 학교에서 배운, 에베레스트 산 등반을 두고 에드먼드 힐러리가 했다는 대답이었다. *그것이 거기 있으니까요.* 하지만 내가 그렇게 말하면 그는 건방지다고 생각할 테고 어찌 보면 맞는 말이었다. 그래서 나는 말했다. "무슨 말씀인지 잘 모르겠는데요."

"그래? 너처럼 똑똑한 아이가? 머리를 써라, 크레이그, 머리를. 방금 전에 나는 사람들이 돈을 제법 많이 주고 사서 읽는 걸 공짜로 읽었어. 《월스트리트 저널》의 경우 정기구독하면 가판대에서 사는 것보다 훨씬 싸지만 그래도 한 부당 구십 센트 정도 된단 말이지. 그런데 이건……." 그는 몇 년 뒤에 아이들이 록 콘서트장에서 보이게 될 그런 자세로 휴대전화를 들어보였다. "이제 무슨 뜻인지 알겠니?"

그의 설명을 들었더니 이해가 됐지만 답을 알 수 없기는 마찬가지였다. 이건 마치…….

"바보 같은 짓으로 보이지?" 그가 내 표정이나 내 머릿속을 읽었는지 이렇게 물었다. "유용한 정보를 거저 주는 건 내가 아는 모든 사업의 성공 법칙에 위배된단 말이지."

"어쩌면……."

"어쩌면 뭐? 나를 좀 가르쳐주려무나. 비꼬려고 하는 말이 아니다. 너는 나보다 이 물건에 대해 아는 게 많으니 네 생각을 들려달라는 거지."

나는 매년 10월에 아빠와 한두 번씩 가는 프라이버그 축제를 생각하고 있었다. 대개는 한 동네에 사는 내 친구 마지를 같이 데려갔다. 마지와 나는 놀이기구를 타고 아빠와 같이 찐빵과 미니 소시지를 먹고 아빠에게 끌려가 새로 나온 트랙터를 구경했다. 장비 전시장에 가려면 거대한 비노 텐트를 지나야 했다. 나는 마이크를 들고 그 앞에 서서 지나가는 행인들에게 첫 번째 게임은 공짜라고 외쳤던 사람이 있었다고 해리건 씨에게 말했다.

그는 내 말을 듣고 곰곰이 생각했다. "그러니까 미끼다? 어느 정도 말이 되는 것 같구나. 기사를 딱 하나만, 아니면 두어 개 보게 하고 그런 다음…… 어떻게 하니? 접근을 차단해? 더 보고 싶으면 돈을 내라고 하니?"

"아뇨." 나는 실토했다. "비노 텐트하고는 다른 것 같아요. 이건 제한 없이 원하는 만큼 볼 수 있거든요. 적어도 제가 알기로는 그래요."

"하지만 말이 안 되는걸. 무료 샘플을 주는 건 그렇다 쳐도 *가게*를 통째로 주는 건……." 그는 코웃음 쳤다. "심지어 광고도 없었어, 너도 알아차렸니? 신문과 정기간행물은 광고가 엄청난 수입원인데 말이다. 그야말로 엄청난."

그는 전화기를 집어서 이제는 아무것도 없는 화면에 비친 자기 모습을 바라보다 다시 내려놓더니 시큰둥하고 묘한 미소를 지으며 나를 응시했다.

"어쩌면 이건 엄청난 실수일지 모르겠다, 크레이그. 이런 제품의 현실적인 측면에 대해, 그 *파장*에 대해 나만큼이나 잘 모르는 사람들이 만들고 있는 실수. 경제적인 대격변이 도래할지 모르겠다. 내 보기에는 이미 시작됐다만. 그 격변으로 우리가 정보를 얻는 방식과 시기와 장소가 달라질 테고 그로 인해 세상을 바라보는 관점이 달라질 게다." 그는 하던 얘기를 잠깐 멈췄다. "그리고 두말하면 잔소리지만 정보를 다루는 방식도."

"무슨 말씀인지 잘 모르겠어요." 나는 말했다.

"이런 식으로 생각해보자꾸나. 너에게 강아지가 생기면 밖에서 용변을 보도록 훈련을 시키겠지?"

"네."

"배변 훈련이 안 된 강아지가 거실에서 똥을 싸면 간식을 주겠니?"

"절대 아니죠." 나는 말했다.

그는 고개를 끄덕였다. "간식을 주면 역효과를 낳겠지. 사업의 관점에서 보면 말이다, 크레이그, 대부분의 사람들은 배변 훈련이 필요한 강아지와 같아."

이 상벌 개념이야말로 해리건 씨가 어떤 식으로 돈을 벌었는지 알 수 있는 대목이다. 나는 그의 관점이 마음에 들지 않았고 지금도 마찬가지지만 아무 말도 하지 않았다. 그가 달리 보이기 시작했다. 새로운 여행길에 나선 노년의 탐험가 같았고, 하는 얘기를 듣고 있노라면 매료됐다. 그가 나를 가르치려고 했던 건 아니었다고 본다. 그는 스스로 배우는 중이었고 팔십 대 중반치고 속도가 빨랐다.

"무료 샘플이야 괜찮지만 옷이 됐건 음식이 됐건 정보가 됐건 너무 많은 걸 무료로 제공하면 사람들이 그걸 기대하게 되거든. 꼭 바닥에 똥을 싸놓고 '이래도 된다고 했잖아요.'라고 말하는 눈빛으로 주인의 눈을 똑바로 쳐다보는 강아지처럼 말이다. 내가 만약 《월스트리트 저널》이거나…… 《타임스》거나…… 하다못해 《리더스 다이제스트》라면…… 이 장치가 공포의 대상일 게다." 그는 아이폰을 다시 집어들었다. 이제는 가만히 내버려두지 못하는 눈치였다. "수도관이 터진 거나 다름없거든. 물이 아니라 정보가 뿜어져 나온다는 것만 다를 뿐. 그냥 단순한 전화기인 줄 알았는데 이제 보니…… 뭘로 보이기 시작했는가 하면……."

그는 생각을 정리하려는 듯 고개를 저었다.

"크레이그, 개발 중인 신약의 독점 정보를 아는 사람이 테스트 결과를 여기에 공개해 전 세계 사람들이 읽을 수 있게 한다면 어떻게 되겠니? 그러면 업존이나 유니켐 같은 제약회사들이 금전적으로 엄청난 타격을 입을 게다. 또는 반정부 인사가 정부 기밀을 유출하기로 작정했다면?"

"그럼 체포되지 않을까요?"

"그렇겠지. 아마도. 하지만 엎질러진 물은…… 담을 수 없다고 하잖니. 뭐, 됐다. 이제 그만 가거라, 저녁 먹을 시간에 늦겠다."

"갈게요."

"선물 고맙다. 자주 쓰지는 않을 것 같다만 이걸 두고 생각은 해보려고 한다. 최대한 열심히. 내 머리가 예전처럼 빠릿빠릿하지가 않아서."

"제가 보기에는 여전히 충분히 빠릿빠릿하신데요." 입에 발린 소리가 아니었다. 신문 기사와 유튜브 영상에 왜 광고가 없었을까?

거기에 광고가 실리면 사람들이 볼 수밖에 없을 텐데. "그리고 아빠가 말하길 중요한 건 생각이라고 했어요."

"지키는 사람보다 말로 떠드는 사람이 더 많은 격언이지." 그는 어리둥절해하는 내 표정을 보더니 이렇게 덧붙였다. "됐다. 내일 보자, 크레이그."

* * *

나는 그해 마지막으로 내린 눈덩이를 발로 차면서 언덕을 내려가며 그가 한 말을 생각해보았다. 인터넷은 물이 아니라 정보를 뿜어내는 터진 수도관과 같다고 했던 것에 대해. 아빠의 노트북과 학교 컴퓨터와 전국의 모든 컴퓨터에 적용되는 말이었다. 사실상 전 세계에 해당하는 말이었다. 해리건 씨에게 아이폰은 켜는 법이나 간신히 알고 있을 만큼 새로운 문물이었지만 그럼에도 그는 비즈니스가, 적어도 그가 아는 형태의 비즈니스가 과거처럼 유지되려면 터진 수도관을 고쳐야 한다는 것을 알았다. 실제로 유료화라는 단어가 만들어지기 일이 년 전부터 예견했었다. 나는 그 당시에 유료화가 뭔지 몰랐고 탈옥이라고 불리게 된, 제한된 기능을 우회 사용하는 법도 몰랐다. 유료화가 시작됐지만 그 무렵 사람들은 공짜에 익숙해져*버렸기* 때문에 받은 걸 토해내야 한다는 데 분개했다. 《뉴욕 타임스》가 유료화되자 (대개 씩씩대며) 보도의 질이 떨어지는 (물론 '옆 가슴 드러내기'에 집착하는 패션계의 변화에 대해 궁금한 사람은 예외지만) CNN이나 《허핑턴 포스트》 사이트에 접속하는 식으로 대응했다. 그 부분에 관한 한 해리건 씨의 예상이 정확하게 맞아떨어졌다.

그날 저녁 식사와 설거지를 마친 뒤에 아버지가 식탁에 노트북을 올려놓고 켰다. "내가 새로운 걸 발견했어." 아버지가 말했다. "프리뷰닷컴이라는 사이트인데 개봉작 소개를 볼 수 있더라."

"진짜요? 같이 봐요!"

이렇게 해서 우리는 이후로 30분 동안, 예전 같으면 극장에 가서야 볼 수 있었던 예고편을 보았다.

해리건 씨가 이걸 알면 얼마 안 남은 머리털을 쥐어뜯었을지 모른다.

* * *

2008년 3월의 그날, 나는 해리건 씨의 집에서 우리 집으로 돌아오며 한 가지만은 그의 생각이 틀렸다고 확신할 수 있었다. 그는 '자주 쓰지는 않을 것 같다'라고 말했지만, 폐점하는 커피 카우 매장을 지도로 확인하는 동안 어떤 표정을 지었는지 나는 알아차렸다. 그리고 그가 새 전화기로 얼마나 금세 뉴욕의 누군가에게 전화를 걸었는지도. (나중에 알고 보니 주식중개인이 아니라 그의 변호사 겸 사업 관리자였다.)

그리고 내 짐작은 맞았다. 해리건 씨는 그 전화기를 무수히 썼다. 마치 60년 동안 금주하다 시험 삼아 브랜디를 한 모금 마셨다가 거의 하룻밤 새 우아한 알코올중독자로 돌변한 노처녀 고모 같았다. 이제 내가 오후에 찾아가 보면 그가 좋아하는 의자 옆 테이블에 항상 아이폰이 놓여 있었다. 그걸로 얼마나 많은 사람들에게 전화했는지는 아무도 모를 일이지만 나에게는 거의 매일 저녁마다 전화해 자신이 새롭게 터득한 기능에 대해 물었다. 못 보고 지나치기 쉬운 조그만 서랍과 은닉처와 보관함이 잔뜩 달린, 옛날식 뚜껑 달린 책상 같다고 말한 적도 있었다.

대부분의 은닉처와 보관함을 그가 스스로 찾아냈지만 (인터넷에서 찾은 다양한 자료의 도움을 받아가며) 초반에는 내가 도와주었다. 그를 활성화했다고 해야 할까? 그가 딱딱한 실로폰 소리 같은 전화벨 소리가 싫다고 하길래 나는 벨소리를 태미 와이넷이 부르는 「스탠드 바이 유어 맨」으로 바꿔주었다. 해리건 씨는 그걸 대박이라고 생각했다. 나는 낮잠 잘 때 울리지 않도록 휴대전화를 무음으로 설정하는 법, 알람 맞추는 법, 전화를 받고 싶지 않을 때 음성사서함 메시지를 녹음하는 법도 가르쳐주었다. (그는 간결함의 표본이라 "지금은 전화를 받을 수 없습니다. 나중에 연락드리겠습니다."라고 녹음했다.) 그는 날마다 낮잠을 자러 들어갈 때 일반전화선을 뽑기 시작했고 그렇게 코드를 뽑은 채로 두는 경우가 점점 더 많아졌다. 그는 내게 10년 전에는 인스턴트메시지라고 불렸던 문자를 보내기 시작했다. 자기 집 뒤편에서 자라는 버섯을 휴대전화로 촬영하고 사진을 이메일로 보내 감별을 받았다. 메모장에 메모를 쓰기 시작했고 좋아하는 컨트리 가수의 영상을 찾았다.

"오늘 아침에 조지 존스 영상을 보느라 눈부신 여름 햇살을 한 시간 동안 허비했지 뭐냐." 그해에 그는 수치심과 묘한 자부심이 한데 어우러진 표정으로 내게 이렇게 말했다.

나는 왜 나가서 노트북을 사지 않느냐고 물은 적이 있었다. 전화기로 배운 모든 걸 할 수 있고 보석으로 반짝이는 포터 와고너를 더 큰 화면으로 볼 수 있지 않느냐고. 해리건 씨는 고개를 저으며 웃음을 터뜨렸다. "사탄아 물렀거라. 이건 마치 마리화나를 가르쳐서 중독되게 하더니 마리화나를 좋아하면 헤로인은 *진짜* 좋아하게 될 거라고 하는 거나 다름없구나. 아니다, 크레이그. 나는 이걸로 충분해." 그는 잠이 든 조그만 동물을 토닥이듯 애정이 담긴 손길로 휴대전화를 토닥였다. 마침내 배변 훈련이 된 강아지를 대하는 것 같았다고 할까.

* * *

2008년 가을에 우리는 『그들은 말을 쏘았다』를 읽었다. 어느 날 오후 해리건 씨가 일찍 책을 접고 (마라톤 댄스 때문에 진이 빠진다고 했다) 부엌으로 자리를 옮기자고 했다. 그곳에는 그로건 부인이 만들어 둔 오트밀 쿠키가 있었다. 해리건 씨는 쌍지팡이를 쿵쿵거리며 천천히 걸었다. 나는 혹시라도 그가 넘어지면 얼른 잡을 수 있기를 바라며 그의 뒤를 따라 걸었다.

그는 끙끙거리고 얼굴을 찡그리며 앉아 쿠키를 하나 집었다. "고마운 에드너." 그가 말했다. "내가 이 쿠키를 좋아하거든. 먹으면 장에 시동이 걸리기 시작해서. 우리 우유 한 잔씩 마실까, 크레이그?"

나는 우유를 따르던 도중에 전부터 물어보려고 했다가 계속 까먹고 있었던 질문이 생각났다. "여기로 오신 이유가 뭐예요, 해리건 씨? 아저씨는 어디서든 살 수 있으셨을 텐데."

그가 잔을 들어서 늘 하던 대로 살짝 건배하는 시늉을 하자 나도 늘 하던 대로 곧바로 따라했다. "너라면 어딜 선택하겠니, 크레이그? 네 말마따나 어디서든 살 수 있다면."

"영화의 본거지 로스앤젤레스요. 장비 나르는 일부터 시작해서 차근차근 단계를 밟아서 올라갈 수 있잖아요." 그러고는 그에게 엄청난 비밀을 고백했다. "어쩌면 영화 시나리오를 쓸 수도 있고요."

나는 그가 웃을 거라 생각했는데 그는 웃지 않았다. "흠, 다들 쓰는 시나리온데 너라고 안 될 거야 없지. 그럼 고향이 그립지 않을 것 같니? 아버지의 얼굴이 보고 싶다거나 어머니의 무덤가에 꽃을 놓고 싶지 않겠어?"

"아, 그럼 돌아오겠죠." 말은 그렇게 했지만 그 질문과 어머니라는 단어에 멈칫했다.

"나는 깨끗하게 단절하고 싶었어." 해리건 씨가 말했다. "평생 동안 도시에서 살았던 사람으로서.— 어렸을 때는 브루클린에서 살았지, 거기가 음…… 화분에 심긴 화초 비슷한 걸로 변하기 전에.— 말년에는 뉴욕에서 탈출하고 싶었지. 시골에서 살고 싶었지만 캠던이나 캐스틴이나 바 하버 같은 관광지는 싫었다. 아직 흙길이 남아 있는 그런 곳에서 살고 싶었지."

"흠." 내가 말했다. "그렇다면 제대로 찾아오셨네요."

그는 웃음을 터뜨리더니 쿠키를 하나 더 집었다. "사우스다코타와 노스다코타도 고민했고…… 네브래스카도 생각했다가…… 그건 너무 극단적이라는 결론을 내렸지. 비서가 보내준 메인, 뉴햄프셔, 버몬트의 여러 마을 사진을 보다가 여기로 결정했다. 언덕이 있었거든. 사방으로 탁 트여 있지만 경치가 *으리으리하지는* 않은 곳이기도 했고 경치가 너무 멋있으면 관광객이 몰려들 수 있고 그건 딱 질색이었으니까. 나는 여기가 좋다. 평화로운 분위기도 동네 주민들도 그리고 크레이그, 너도."

그 말을 듣고 나는 행복해졌다.

"그리고 하나 더 있어. 네가 내 이력을 소개한 기사를 얼마나 읽었는지 모르겠지만 읽었다면, 혹은 앞으로 읽게 된다면 내가 샘 많고 지적으로 무능한 인간들이 '성공 가도'라고 부르는 길을 인정사정없이 내달렸다는 의견이 많다는 걸 알게 될 거다. 그게 전적으로 틀린 건 아니야. 내가 적을 여럿 만들었지. 그건 인정해. 사업은 미식축구와 같다, 크레이그. 상대편을 쓰러뜨리고 골라인까지 가야 한다면 제대로 쓰러뜨려야 해. 그렇게 안 할 거면 애초에 유니폼을 입고 경기장에 나서지 말아야지. 하지만 경기가 끝나면(내 경기는 끝났지. 계속 관여하고 있긴 하다만) 유니폼을 벗고 집으로 가는 거야. 이제는 여기가 내 집이다. 가게는 하나뿐이고 학교는 조만간 문을 닫게 생긴, 미국의 이 평범한 시골구석이. 요즘에 '그냥 한잔하러 들렀다'는 사람들이 어디 있니. 나는 항상, *항상* 뭔가를 바라는 거래처와 점심 식사를 하지 않아도 돼. 이사회에 참석할 필요도 없고. 눈물 나게 지루한 자선 행사에 가지 않아도 되고, 새벽 다섯 시에 팔십일 번 가에서 쓰레기를 치우는 트럭 소리에 잠을 설치지 않아도 되지. 나는 여기 엘름 공동묘지에 남북전쟁 참전용사들과 함께 묻힐 테고 좋은 자리를 달라고 연줄을 동원하거나 묘지관리인에게

뇌물을 쓰지 않아도 될 거야. 이제 이해가 되니?"

되기도 하고 안 되기도 했다. 그는 내게 끝까지, 그리고 그 너머까지 수수께끼 같은 인물이었다. 하지만 그건 누구에게나 적용되는 말이 아닐까. 우리는 대부분 홀로 지낸다. 그처럼 홀로 있길 선택하거나 아니면 산다는 게 그런 것이기 때문에. "조금은요." 나는 말했다. "아무튼 노스다코타로 가지 않으신 건 다행이에요."

그는 미소를 지었다. "나도 그렇게 생각한다. 집에 갈 때 쿠키 하나 더 챙겨서 아버지께 안부 전해주렴."

* * *

과세 대상이 점점 줄어 재원을 충당할 길이 없어지자 교실 6개짜리 할로 학교는 2009년 6월에 문을 닫았고, 나는 앤드로스코긴강 건너 게이츠 폴스 중학교에서 12명이 아니라 70명이 넘는 반 친구들과 함께 8학년 수업을 받게 됐다. 그해 여름에 나는 여학생과 난생 처음으로 입을 맞추었는데, 상대는 마지가 아니라 그녀의 단짝인 레지나였다. 해리건 씨가 세상을 떠난 것도 그해 여름이었다. 그의 시신을 발견한 사람이 나였다.

나는 그가 운신하기가 점점 어려워지고 있다는 것도 알았고 점점 숨이 차서 애용하는 의자 곁에 두었던 산소통으로 산소를 가끔 보충한다는 것도 알았지만, 내가 그러려니 하고 받아들인 이런 증상 말고는 전조가 전혀 없었다. 그 전날도 여느 날과 다르지 않았다. 나는 『맥티그』를 두어 장 낭독했고 (내가 프랭크 노리스의 소설을 한

권 더 읽어도 되느냐고 했을 때 해리건 씨가 선뜻 승낙했다.) 해리건 씨가 이메일을 확인하는 동안 나는 화분에 물을 주었다.

그가 나를 올려다보며 말했다. "사람들이 알아차리고 있어."

"뭘요?"

그는 전화기를 들어 보였다. "이것. 이것의 실체를. 이걸로 뭘 할 수 있는지를. 아르키메데스는 말했지. '내게 그만한 길이의 지렛대를 주면 지구를 움직일 수도 있다'고. 이게 그 지렛대야."

"오호." 나는 말했다.

"내가 방금 제품 광고 세 개와 열 개가 넘는 정치 청탁 메일을 삭제했다. 잡지사가 정기구독자 주소를 팔아넘기듯 내 이메일 주소가 여기저기 돌아다니고 있는 게 분명해."

"그 사람들이 아저씨가 누군지 모르는 게 다행이네요." 나는 말했다. 해리건 씨의 이메일 주소는(그는 이메일의 익명성을 사랑했다) 'pirateking1(파이어리트킹1)'이었다.

"내가 뭘 검색하는지 추적이 가능하다면 몰라도 상관없지. 내 관심사를 파악해서 거기에 맞게 호객 행위를 할 수 있을 테니까. 내 이름은 그들에게 전혀 중요하지 않아. 중요한 건 내 관심사지."

"맞아요, 스팸 메일은 짜증나요." 나는 부엌으로 들어가 물뿌리개를 털고 머드룸에 갖다 두었다.

다시 돌아와 보니 해리건 씨가 입과 코를 산소마스크로 덮고 심호흡을 하고 있었다.

"그거 의사 선생님 통해서 구하셨어요?" 나는 물었다. "처방을 받으신 거예요?"

그는 산소마스크를 내리고 말했다. "나는 주치의가 없다. 팔십 대 중반이 되면 콘비프 해시를 마음껏 먹어도 되고 의사가 더는 필요 없거든. 암환자가 아니라면. 암환자는 진통제 처방을 받아야 하니 의사가 필요하겠다만." 그는 딴 생각을 하고 있었다. "아마존에 대해서 생각해본 적 있니, 크레이그? 강 말고 회사 말이다."

아빠가 가끔 아마존에서 뭘 주문하긴 했지만 그 회사에 대해서 진지하게 생각해본 적은 없었다. 나는 해리건 씨에게 그렇게 말하고 생각해본다는 게 무슨 뜻이냐고 물었다.

그는 모던라이브러리판 『맥티그』를 가리켰다. "이게 아마존에서 배달된 거다. 휴대전화와 신용카드로 주문했지. 예전에는 책만 팔았어. 그냥 구멍가게에 불과했지. 하지만 조만간 미국에서 가장 규모가 크고 막강한 기업으로 부상할지 몰라. 이 회사의 스마일 로고가 자동차에 달린 쉐보레 로고나 우리 전화기에 달린 이것만큼 도처에 만연할 거다." 그는 전화기를 들어 누가 한 입 베어 먹은 사과 로고를 보여주었다. "스팸 메일이 짜증난다고? 맞아. 도처에서 새끼를 낳고 활개치고 다니는, 미국 상거래 업계의 바퀴벌레 같은 존재가 되어가고 있다고? 맞아. 왜냐하면 스팸 메일은 효과가 있거든, 크레이그. 그게 견인차 역할을 하기 때문이지. 머지않은 미래에 스팸 메일로 선거의 판도가 결정날지 모른다. 내가 좀더 젊었다면 이 새로운 수입원을 단단히 움켜쥐고서는……." 그는 한 손으로 주먹을 쥐었다. 관절염 때문에 느슨하게 쥘 수밖에 없었지만 그래도 나는 어떤 의미인지 알아차렸다. "…… 제대로 비틀었을 게다." 그러고는 나도 가끔 본 적 있는 눈빛을 지었다. 내가 그와 나쁜 사이가 아니라는 것이 다행스러워지는 눈빛이었다.

"아직 사실 날이 많이 남았잖아요." 나는 무지의 축복 속에서 이렇게 말했다. 그것이 우리의 마지막 대화라는 걸 그때는 몰랐다.

"그럴지도 모르고 아닐지도 모르지만 네가 이걸 써보도록 설득해줘서 얼마나 고마운지 다시 한번 얘기하고 싶구나. 덕분에 생각할 거리가 생겼거든. 밤에 잠이 오지 않으면 좋은 친구가 되어주기도 하고."

"다행이에요." 진심이었다. "이제 가야겠어요. 내일 뵈어요, 해리건 씨."

나는 예정대로 그를 보았지만 그는 나를 보지 못했다.

* * *

나는 평소처럼 머드룸 문을 열고 들어가며 외쳤다. "안녕하세요, 해리건 씨. 저 왔어요."

아무 대답이 없었다. 나는 그가 화장실에 있나 보다고 생각했다. 그로건 부인이 쉬는 날이었기 때문에 거기서 넘어지지만 않았기를 바랄 따름이었다. 거실로 들어갔을 때 그가 의자에 앉아 있는 것을 보고 나는 긴장을 풀었다. 바닥에는 산소통이, 옆 테이블에는 아이폰과 『맥티그』가 놓여 있었다. 다만 그는 턱을 가슴에 묻고 한쪽으로 조금 구부정하게 앉아 있었다. 잠이 든 것처럼 보였다. 그렇다면 이렇게 오후 늦은 시간에 잠든 것은 처음 있는 일이었다. 보통 그는 점심을 먹은 뒤에 한 시간씩 낮잠을 잤고 내가 도착할 무렵이면 항상 원기왕성하게 눈을 반짝였다.

나는 한 발짝 다가갔다. 그의 눈이 완전히 감겨 있지 않았다. 눈동자의 아랫부분이 초승달처럼 보이는데 파란색이 더는 쨍하지 않았다. 안개가 낀 것처럼 흐릿했다. 나는 겁이 나기 시작했다.

"해리건 씨?"

아무 대답이 없었다. 울퉁불퉁한 두 손은 느슨하게 깍지를 낀 채 무릎 위에 놓여 있었다. 지팡이 하나는 벽에 기대고 세워져 있었지만 다른 지팡이는 바닥에 떨어져 있었다. 그가 집으려고 손을 내밀었다가 쳐서 쓰러뜨린 것 같았다. 그 순간 나는 일정하게 쉭쉭거리는 산소마스크 소리는 들리지만 그의 거칠고 희미한 숨소리는 들리지 않는다는 것을 깨달았다. 너무 익숙해져서 들리는 줄도 잘 몰랐던 소리였다.

"해리건 씨, 괜찮으세요?"

나는 두어 걸음 더 다가가 그를 흔들어 깨우려고 손을 내밀었다가 거두었다. 죽은 사람을 본 적 없었지만 지금 보고 있는 게 아닐까 싶었다. 나는 다시 손을 내밀었고 이번에는 꽁무니를 빼지 않았다. 그의 어깨를 잡고 (셔츠로 덮인 어깨가 섬뜩할 정도로 뼈만 앙상했다) 흔들었다.

"해리건 씨, 일어나세요!"

그의 한쪽 손이 무릎에서 미끄러져 다리 사이에서 대롱거렸다. 그의 몸이 한쪽으로 조금 더 구부정하게 기울었다. 그의 입술 사이로 누레진 치아가 보였다. 그럼에도 나는 그가 단순히 정신을 잃거나 기절한 게 아니라는 걸 확인한 다음 누구에게라도 연락을 해야 할 것 같았다. 어머니가 읽어주었던 양치기 소년의 기억이 아주 짧지만 아주 선명하게 내 머릿속을 스치고 지나갔다.

나는 마비된 것처럼 느껴지는 다리를 움직여 그로건 부인이 파우더룸이라고 부르는 현관 옆 화장실로 들어가 해리건 씨가 선반에 둔 손거울을 들고 나왔다. 그걸 그의 입과 코 앞에 댔다. 거울에 김이 서리지 않았다. 그제야 나는 알았다(이제 와 돌이켜보면 사실 무릎 위에서 미끄러진 그 손이 다리 사이에서 대롱거렸을 때 알아차렸던 것 같지만). 나는 죽은 사람과 함께 거실에 있었다. 그가 손을 내밀어 나를 붙잡으면 어쩐다? 그는 나를 좋아했으니 당연히 그럴 일은 없었다. 하지만 나는 그가 나이만 좀더 어렸더라면 새로운 수입원을 단단히 움켜쥐고서 제대로 비틀었을 거라고 했을 때(바로 어제였다! 그때만 해도 그는 살아 있었다!) 어떤 눈빛을 지었는지 기억하고 있었다. 그리고 그가 어떤 식으로 주먹을 쥐며 시범을 보였는지도.

내가 인정사정없이 내달렸다는 의견이 많다는 걸 알게 될 거다. 그는 이런 말도 했었다.

공포영화가 아닌 이상 죽은 사람들이 손을 내밀어 덥석 붙잡을 일이 없다는 것은 나도 알았다. 죽은 사람들은 그렇게 인정사정없지 않았고 *아무것도* 아니었지만, 그래도 나는 뒷걸음질치며 뒷주머니에서 휴대전화를 꺼냈다. 아버지에게 전화하는 동안에도 그에게서 눈을 떼지 않았다.

아버지는 내 판단을 믿지만 혹시 모르니 구급차를 보내겠다고 했다. 해리건 씨의 주치의가 누군지 아느냐고 물었다. 내가 알고 있던가? 나는 주치의가 없다고 말했다(그리고 그의 이를 보면 치과에도 가지 않은 게 분명했다). 나는 기다리겠다고 했고 약속을 지켰다. 하지만 밖에서 기다렸다. 나가기 전에 다리 사이에서 대롱거리는 손을 다시 무릎 위로 올려놓을까 고민했다. 거의 그럴 뻔했지만 차마 만질 수 없었다. 차가울 게 아닌가.

나는 대신 그의 아이폰을 챙겼다. 훔치려는 게 아니었다. 그가 죽었다는 사실이 실감나기 시작하면서 나타난 상심의 반응이었던 것 같다. 나는 그의 유품을 하나 가지고 싶었다. 뭔가 중요한 것을.

* * *

우리 교회에서 그렇게 성대한 장례식이 치러진 것은 처음이었을 것이다. 그리고 그렇게 긴 장례 행렬도 처음이었을 것이다. 대부분 렌터카이긴 했지만 말이다. 정원사 피트 보츠윅, 그의 집 공사를 대부분 전담한 로니 스미츠(그걸로 떼돈을 벌었을 것이다), 가정부 그로건 부인 등 동네 주민들도 물론 참석했다. 그가 할로에서 평판이 좋았기 때문에 다른 주민들도 있었지만 조문객들은(조문하러 온 건지, 정말 죽은 게 맞는지 확인하러 온 건지는 알 수 없었지만) 대부분 뉴욕에서 건너온 재계 인사들이었다. 그에게 가족은 없었다. 단 한 명도. 심지어 조카나 육촌도 없었다. 그는 결혼을 하지도 아이를 낳지도 않았고(아버지가 애초에 나를 그 집에 보내며 경계했던 이유 중 하나였을 것이다) 다른 혈육들보다도 오래 살았다. 아랫동네에 살던 아이, 돈을 받고 그에게 책을 읽어주던 아이가 그의 시신을 발견한 이유가 그 때문이었다.

* * *

해리건 씨는 살날이 얼마 남지 않았다는 걸 알았는지 어떤 식으로 장례를 치러주길 원하는지 종이에 손수 세세하게 적어 서재 책상에 남겨놓았다. 아주 간단했다. '헤이 앤드 피보디 장례식장'에 모든 절차를 처리하고도 조금 남을 정도의 금액이 2004년부터 예치되어 있었다. 경야(經夜)나 문상은 없지만 장례식 때 관을 열어놓을 수 있게 "가능한 한 말끔하게 단장해 달라"고 했다.

무니 목사님이 장례 예배를 주관했고 내가 에베소서 4장을 봉독하기로 했다. "서로 친절하게 하며 불쌍히 여기며 서로 용서하기를 하나님이 그리스도 안에서 너희를 용서하심과 같이 하라." 해리건 씨가 그들에게는 친절하게 대하거나 용서한 적이 없었는지, 이 구절이 봉독되자 사업가 타입 몇 명이 서로 흘끗 쳐다보는 것이 내 눈에 들어왔다.

그가 원한 찬송가는 세 곡이었다. 「때 저물어」, 「갈보리 산 위에」, 그리고 「저 장미꽃 위에 이슬」. 무니 목사님의 설교는 10분을 넘기지 않길 바랐다. 목사님은 정해진 시간보다 빠르게 8분 만에 설교를 끝냈는데 내가 알기로는 그의 신기록이었다. 목사님은 해리건 씨가 할로를 위해 어떤 일을 했는지 소개했다. 유레카 농민공제조합을 새단장하고 로열 강에 다리를 설치하는 비용을 부담했다는 식이었다. 목사님의 설교에 따르면 그는 마을 수영장 건립 기금 마련 운동에도 앞장섰는데, 수영장에 그의 이름을 붙이는 특권은 거부했다고 했다.

목사님은 그 이유를 밝히지 않았지만 나는 알았다. 해리건 씨는 뭔가에 자신의 이름을 남기는 것은 우스꽝스러울 뿐 아니라 추하고 덧없는 짓이라고 했다. 50년, 아니 20년만 지나도 모든 사람들이 무시하는 명판 위의 이름으로 전락한다고 말이다.

성경 봉독을 끝낸 뒤 나는 아빠와 함께 앞줄에 앉아 관을 바라보았다. 관의 머리맡과 발치에 백합 꽃병이 놓여 있었다. 해리건 씨의 코가 뱃머리처럼 위로 뾰족했다. 나는 그쪽을 보지 말자고, 재미있거나 끔찍하다고 (아니면 둘 다라고) 생각하지 말고 그의 예전 모습을 떠올리자고 속으로 중얼거렸다. 하지만 다짐만 그럴듯했을 뿐, 내 시선은 계속 그쪽으로 향했다.

목사님은 짧은 설교를 마친 뒤 모인 조문객을 향해 손바닥을 아래로 해서 손을 들고 축도했다. 축도를 마친 뒤 목사님이 말했다. "고인에게 마지막으로 작별인사를 하고 싶으신 분들은 이제 관 앞으로 나오시면 됩니다."

사람들이 자리에서 일어서느라 옷 부스럭거리는 소리와 웅얼거리는 말소리가 들렸다. 버지니아 해틀런이 오르간을 아주 나지막이 연주하기 시작했다. 나는 그 음악이 펄린 허스키의 「윙스 오브 어 도브」, 드와이트 요컴의 「아이 생 딕시」 그리고 당연히 「스탠드 바이 유어 맨」 등으로 이루어진 컨트리송 메들리인 걸 알고, 묘한 감정을 느꼈다. 그때는 그게 무엇인지 정의 내릴 수 없었지만 몇 년 뒤에 초현실적인 느낌인 걸 알게 되었다. 해리건 씨가 퇴장곡까지 지정했다는 건데 나는 *잘됐다*는 생각이 들었다. 캐주얼 재킷에 치노 바지를 입은 동네 주민들과 양복에 근사한 구두를 신은 뉴욕 타입들이 서로 섞여서 줄을 섰다.

"어떻게 할래, 크레이그?" 아빠가 웅얼웅얼 물었다. "마지막으로 한번 볼래 아니면 그냥 갈래?"

나는 그 이상을 원했지만 아빠에게 얘기할 수는 없었다. 얼마나 우울한지 얘기할 수 없는 것과 마찬가지였다. 나는 이제야 실감이 났다. 성경을 봉독할 때만 해도 그에게 하도 여러 책들을 읽어주었으니 그러려니 했는데, 자리에 앉아서 불쑥 튀어나온 그의 코를 보고 있으려니 그의 관이 배고 이제 그를 싣고 마지막 여행을 떠나려 한다는 것을 느낄 수 있었다. 어둠 속으로 깊게 가라앉을 예정이라는 것을. 나는 울고 싶었다. 나는 실제로 울었*지만* 나중에 혼자 있을 때 얘기였다. 여기서는, 남들 앞에서는 절대 눈물을 보이고 싶지 않았다.

"네, 하지만 맨 뒤에 서고 싶어요. 제일 마지막으로 인사드리고 싶어요."

아빠는 고맙게도 이유를 묻지 않았다. 그냥 내 어깨를 꼭 쥐고 나가서 줄을 섰다. 나는 이제야 키가 크기 시작해 어깨가 끼는 캐주얼 재킷을 조금 불편해하며 현관으로 나갔다. 줄의 맨 끝이 통로 중간까지 이동하고 이제 나올 사람이 아무도 없겠다는 확신이 서자 나는 양복쟁이 이인조 뒤로 가서 섰다. 아니나 다를까, 그들은 나지막이 아마존 주식 얘기를 하고 있었다.

내가 관 앞에 다다랐을 무렵에는 음악이 멎었다. 설교단에 아무도 없었다. 버지니아 해틀런은 담배를 피우려고 뒷문으로 몰래 빠져나갔고 목사님은 제의실에서 옷을 벗고 얼마 안 남은 머리털을

빗고 있었을 것이다. 현관에서 몇 명이 나지막이 웅얼거렸지만 여기 이 교회 안은 나와 해리건 씨, 둘뿐이었다. 전망이 멋지지만 관광지가 될 만큼은 아니었던 언덕 위의 큰집에서 수많은 오후에 그랬듯이.

그는 내가 한 번도 본 적 없는 짙은 회색 양복을 입고 있었다. 장의사가 살짝 볼터치를 발라놓아서 건강해보였지만, 건강한 사람이 눈을 감은 채 관에 누워 있을 리 없었다. 생기 없는 얼굴 위로 비치는 햇살을 마지막으로 몇 분 쬐고 땅 속에 영원히 묻힐 리 없었다. 그의 손은 깍지를 끼고 있어서 불과 며칠 전 그의 거실에 들어갔을 때 그 손이 어떤 식으로 깍지를 끼고 있었는지 생각나게 했다. 그는 실물 크기의 인형 같았고 그래서 싫었다. 옆에 있고 싶지도 않았다. 시원한 공기를 마시고 싶었다. 아버지와 함께 있고 싶었다. 집에 가고 싶었다. 하지만 먼저 해야 할 일이 있었고 무니 목사님이 제의실에서 나오기 전에 얼른 해치워야 했다.

나는 재킷 안주머니에서 해리건 씨의 전화기를 꺼냈다. 마지막으로 만났을 때, 의자에 구부정하게 앉아 있거나 비싼 상자에 담긴 인형처럼 보이는 게 아니라 살아서 만났을 때, 그는 나에게 이걸 써보도록 설득해줘서 고마웠다고 했다. 밤에 잠이 오지 않으면 좋은 친구가 되어준다고 했다. 전화기에는 비밀번호가 걸려 있었지만(앞에서도 얘기했다시피 그는 뭔가에 꽂히면 금세 배웠다) 나는 비밀번호가 뭔지 알았다. 'pirate1'이었다. 나는 장례식 전날 밤 휴대전화의 비밀번호를 풀고 메모장으로 들어갔다. 그에게 메시지를 남기고 싶었다.

사랑해요, 라고 쓸까 했지만 그건 아닌 듯했다. 나는 분명 그를 좋아했지만 그를 조금 조심스러워하는 마음도 있었다. 그도 나를 사랑했을 것 같지는 않았다. 아버지가 떠난 뒤에 그를 혼자 키운 어머니라면 모를까(나도 그에 대해 검색을 어느 정도 했다), 해리건 씨가 누굴 사랑한 적이 있을까 싶었다. 결국 나는 이런 메시지를 남겼다. *아저씨 댁에서 일할 수 있어서 행운이었어요. 카드와 즉석복권 감사했어요. 보고 싶을 거예요.*

나는 그의 양복 재킷 옷깃을 들어 올리면서 하얗고 빳빳한 셔츠로 덮인 그의 가슴을 건드리지 않으려고 했지만…… 손마디가 잠깐 스쳤고 그 느낌은 지금까지 남아 있다. 나무처럼 단단했다. 나는 양복 안주머니에 전화기를 넣고 뒤로 물러났다. 마침 그때 무니 목사님이 넥타이를 고치며 옆문에서 나왔다.

"작별 인사는 잘했니, 크레이그?"

"네."

"잘했다. 그래야지." 그는 내 어깨에 팔을 두르고 나를 관이 있는 곳과 반대방향으로 데려갔다. "너는 저분과 많은 사람들이 부러워할 만한 관계를 맺었지. 이제 밖으로 나가 아버지에게 가지 그러니? 나가는 길에 래퍼티 씨와 다른 상여꾼들에게 몇 분 있으면 출발한다고 얘기 좀 전해주고."

못 보던 인물이 앞으로 손깍지를 끼고 제의실 문 앞에 나와 있었다. 검은색 양복과 흰색 카네이션을 보면 장의사라는 걸 알 수 있었다. 관 뚜껑을 닫고 걸쇠를 단단히 채우는 것이 그의 임무인 듯했다. 그를 본 순간 죽음의 공포가 엄습했고 나는 그곳을 떠나 화창한 햇빛이 비치는 곳으로 나갈 수 있어서 기뻤다. 아빠에게 안아달라고 말하지 않았지만 아빠는 내 표정을 읽었는지 나를 두 팔로 안아주었다.

돌아가시면 안 돼요. 나는 속으로 말했다. *부탁이에요, 아빠. 돌아가시면 안 돼요.*

* * *

엘름 공동묘지에서 열린 장례식은 더 짧고 야외라 더 좋았다. 해리건 씨의 사업을 관리하는 찰스 '칙' 래퍼티가 고객의 여러 자선사업을 소개하고 자신이 해리건 씨의 '의심스러운 음악 취향' 때문에 얼마나 고생했는지 애기하자 여기저기서 웃음이 터졌다. 래퍼티 씨가 풍긴 인간미는 그게 전부였다. 그는 30년 동안 해리건 씨 "밑에서 그리고 함께" 일했다는데 내가 그걸 의심할 이유는 없었지만 짐 리브스, 패티 러블리스, 헨슨 카길 같은 가수를 좋아했던 그의 '의심스러운 취향' 말고는 해리건 씨의 인간적인 측면에 대해 아는 게 별로 없어 보였다.

나는 앞으로 나가 파놓은 무덤 주변에 모인 사람들에게 해리건 씨는 인터넷이 물이 아니라 정보를 뿜어내는 터진 수도관이라고 생각했다고 말하고 싶었다. 그의 전화기에는 백 장이 넘는 버섯 사진이 있다고 말하고 싶었다. 그는 그로건 부인의 오트밀 쿠키를 먹으면 장에 시동이 걸리기 때문에 좋아했고, 팔십 대가 되면 비타민을 먹거나 병원에 갈 필요가 없다고 생각했다고 말하고 싶었다. 팔십 대가 되면 콘비프 해시를 마음껏 먹어도 된다고 했다고.

하지만 나는 입을 꾹 다물고 있었다.

이번에는 무니 목사님이 직접 성경을 봉독했다. 다시 살아난 그 기쁜 날 아침의 나사로처럼 우리 모두 죽은 자들 가운데서 부활하리라고 한 구절이었다. 그는 다시 한번 축도를 했고 그것으로 끝이었다. 우리가 일상으로 돌아가고 나면 해리건 씨는 (내 덕분에 아이폰을 품고) 광중(壙中)으로 들어갈 테고 흙이 그 위로 덮일 테고 이 세상에서 사라질 것이었다.

아빠와 내가 걸음을 옮기려던 찰나, 래퍼티 씨가 우리에게 다가왔다. 그는 다음 날 아침 비행기를 타고 뉴욕으로 돌아간다며 그날 저녁 우리 집에 잠깐 들러도 되겠느냐고 했다. 우리와 의논하고 싶은 게 있다고 했다.

처음에 나는 아이폰을 빼돌린 것 때문인가 했지만 내가 그걸 가져갔다는 걸 래퍼티 씨가 무슨 수로 알았을까 싶었고 게다가 원래 주인에게 돌려주었다. 혹시 물으면 *애초에 그걸 선물한 사람이 나였다고 해야겠어.* 나는 생각했다. 더욱이 해리건 씨의 재산이 어마어마할 텐데 600달러짜리 전화기가 무슨 대수일까?

"그러시죠." 아빠가 말했다. "와서 저녁 같이 드세요. 제가 볼로네제 스파게티를 잘 만들거든요. 저희는 보통 여섯 시쯤에 저녁을 먹습니다."

"사양하지 않겠습니다." 래퍼티 씨는 내가 익히 아는 글씨체로 내 이름이 적힌 하얀 봉투를 꺼냈다. "이걸 보면 제가 뭘 의논드리고 싶은지 아실 겁니다. 이걸 두 달 전에 받았어요, 이런······ 음······ 상황이 벌어진 뒤에 개봉하라는 지시와 함께 말이죠."

차에 올라탔을 때 아빠는 눈물이 고일 정도로 요란하게 웃음을 터뜨렸다. 웃으며 운전대를 쳤다가 웃으며 자기 허벅지를 쳤다가 뺨을 부비며 또 웃었다.

"왜 그러세요?" 마침내 웃음소리가 잦아들었을 때 내가 물었다. "뭐가 그렇게 재밌어요?"

"아무리 생각해도 그거일 수밖에 없단 말이지." 아빠가 말했다. 이제는 껄껄대지 않았지만 그래도 계속 피식거렸다.

"그게 도대체 무슨 말씀이세요?"

"아무래도 그분이 너한테 유산을 남긴 모양이다, 크레이그. 그거 열어봐라. 뭐라고 쓰여 있는지 보자."

봉투 안에는 종이가 한 장 들어 있었고 전형적인 해리건식 성명이었다. 하트도 꽃무늬도 없었고 심지어 인사말도 없이 본론으로 직행했다. 나는 아버지에게 큰소리로 읽어주었다.

크레이그에게. 네가 이걸 읽고 있다면 나는 죽었다는 뜻이겠지. 네게 신탁펀드로 80만 달러를 남긴다. 신탁관리자는 네 아버지와, 내 사업관리자이자 앞으로는 유언을 집행할 찰스 래퍼티. 내가 계산한 바 이 금액이면 4년 동안 대학에 다니고 원하는 경우 대학원에 진학하기에 충분할게다. 그러고도 네가 선택한 직업에서 밑천으로 삼기에 충분한 금액이 남을 테고.

너는 시나리오를 쓰고 싶다 했지. 그것이 네가 원하는 일이라면 당연히 추진해야겠지만 나는 찬성하지 않는다. 시나리오 작가가 등장하는 천박한 농담이 있는데 내가 여기에 옮겨 적지는 않겠지만 네 휴대전화로 검색

해보도록 해라. 검색어는 시나리오 작가와 신인 여배우다. 그 근간의 진실은 지금 네 나이에도 알아차릴 수 있을 거라고 본다. 영화는 수명이 짧지만 책은, 그게 양서라면 영원하다. 혹은 영원에 가깝지. 네가 내게 양서를 많이 읽어주었다만 아직 탄생을 기다리는 양서가 많다. 내가 하고 싶은 얘기는 여기까지다.

네 아버지는 신탁펀드와 관련한 모든 문제에 거부권을 행사할 수 있지만 현명한 분이니 래퍼티 씨가 추천하는 투자에 거부권을 행사하지는 않을 거라고 본다. 칙이 시장을 잘 알거든. 네가 26세가 될 무렵에는 학비로 쓰고도 지금의 80만 달러가 100만 달러 또는 그 이상으로 불어나 있을지 모른다. 그 나이면 신탁도 종료되고 네 마음대로 돈을 쓸 수 있다(또는 투자할 수도 있고, 그것이 항상 가장 현명한 길이지). 둘이서 함께 보낸 오후 즐거웠다.

해리건 씨가

추신: 천만의 말씀. 카드와 동봉한 선물들을 받아줘서 고마운걸.

나는 그 추신을 보고 살짝 소름이 돋았다. 내가 그의 아이폰에 입력해 그의 재킷 주머니 안에 넣은 메모에 그가 답을 한 것이나 다름없기 때문이었다.

아빠는 이제 껄껄대거나 피식거리지 않았지만 그래도 미소를 짓고 있었다. "부자가 된 기분이 어때, 크레이그?"

"좋아요." 두말하면 잔소리였다. 이건 엄청난 선물이었다. 하지만 해리건 씨가 나를 그렇게 좋게 보았다는 것이 그만큼, 어쩌면 그보다 더 좋았다. 냉소주의자들 눈에는 내가 성인군자인 척하는 것처럼 보일지 모르겠지만 그건 아니다. 그 돈은 내가 8, 9세 무렵 우리 집 뒷마당의 커다란 소나무 중간에 걸린 프리스비와 같았다. 그게 어디 있는지는 알지만 꺼낼 수 없다는 점에서 그랬다. 그리고 그래도 상관없었다. 현재 나는 필요한 모든 것을 가지고 있었다. 해리건 씨만 예외였다. 앞으로는 주중 오후에 무엇을 해야 한단 말인가.

"그분더러 짠돌이라고 했던 거 취소다." 아빠는 어떤 사업가가 포틀랜드 제트기 비행장에서 렌트한 반짝이는 검은색 SUV의 뒤에서 출발하며 말했다. "하지만⋯⋯."

"하지만 뭐요?" 나는 물었다.

"일가친척이 없고 얼마나 돈이 많았는지를 감안했을 때 네 앞으로 최소한 사백만은 남길 수 있지 않았을까? 아니면 육백만." 아빠는 내 표정을 보더니 다시 껄껄대며 웃었다. "농담이다, 아들, 농담. 응?"

나는 아빠의 어깨를 주먹으로 한 대 치고 난 뒤 라디오를 켜서 WBLM(자칭 "메인의 로큰롤 성지")을 지나 WTHT(자칭 "메인의 넘버원 컨트리 방송")로 채널을 돌렸다. 나는 컨트리 앤드 웨스턴을 좋아하게 됐다. 그 취향은 지금도 변하지 않았다.

* * *

저녁 시간에 방문한 래퍼티 씨는 아빠가 만든 스파게티를 비쩍 마른 남자치고 엄청 많이 먹었다. 나는 그에게 신탁펀드에 대해 알았고, 고맙다고 인사했다. 그는 "*나한테* 고마워할 건 없다"라고 말하며 어떤 식으로 투자했으면 좋을지 설명했다. 아빠는 일임할 테니 추이만 계속 알려달라고 했다. 농기계 회사인 존 디어가 미친 듯이 혁신을 거듭하고 있으니 거기에 일부 투자하는 것도 괜찮을 것 같다고 의견을 *제시하기는* 했다. 래퍼티 씨는 고려해보겠다고 했다. 나중에 내가 살펴보니 '디어 앤 컴퍼니'에 투자를 하긴 했지만 형식적인 수준에 불과했다. 대부분은 애플과 아마존에 투자됐다.

저녁 식사가 끝나자 래퍼티 씨는 내게 악수를 청하며 축하한다고 했다. "해리건은 친구가 거의 없었거든, 크레이그. 그런 분과 친구처럼 지냈다니 운이 좋았구나."

"그분도 우리 크레이그가 있어서 운이 좋았죠." 아빠는 조용히 말하며 내 어깨를 감싸 안았다. 나는 울컥해져서 래퍼티 씨가 떠난 뒤 내 방에서 살짝 눈물을 흘렸다. 아빠가 듣지 못하게 조용히 울어보려 했다. 내가 성공했을 수도 있고 아빠가 듣고도 혼자 있고 싶은 내 심정을 이해했을 수도 있다.

눈물이 그치자 나는 휴대전화를 켜서 사파리를 띄우고 '시나리오 작가'와 '신인 여배우'를 검색어로 입력했다. 피터 파이블맨이라는 소설가가 했다고 알려진 그 우스갯소리는 눈치 없는 신인 여배우나 작가와 떡을 친다는 내용이었다. 어쩌면 여러분도 들어보았을 것이다. 나는 처음 듣는 우스갯소리였지만 해리건 씨가 무슨 말을 하려는 건지는 알 수 있었다.

* * *

　그날 새벽 2시에 나는 멀리서 천둥이 치는 소리에 눈을 떴고 해리건 씨가 죽었다는 사실을 다시금 실감했다. 나는 내 침대 위에, 그는 땅 아래에 있었다. 그는 양복을 입고 있었고 그 양복을 앞으로 영원히 벗을 일이 없을 것이다. 깍지 낀 손은 유골만 남을 때까지 계속 그 자세를 유지할 것이다. 천둥의 뒤를 이어 비가 내리면 땅속으로 스며들어 그의 관을 적실지 모른다. 관에는 시멘트 뚜껑이나 안감이 없었다. 그로건 부인이 '죽음의 편지'라고 표현한 문서에서 해리건 씨가 구체적으로 명시한 그대로 만들어졌다. 나중에는 관 뚜껑이 썩을 것이다. 양복도 그럴 것이다. 플라스틱으로 만들어진 아이폰은 양복이나 관보다 훨씬 오랫동안 버틸 테지만 결국에는 그것도 사라질 것이다. 세상에 영원한 것은 없었다. 하느님의 뜻은 예외일지 모르겠지만 아직 13살밖에 안 된 그때도 나는 거기에 의구심을 품었다.

　문득 그의 목소리를 간절히 듣고 싶었다.

　그런데 생각해보니 들을 방법이 있었다.

　해괴하고 (시각이 새벽 2시라면 특히나) 소름끼치는 발상이라는 건 나도 알았지만 그의 목소리를 들으면 다시 잠을 청할 수 있었다. 그래서 나는 전화를 걸었고 휴대전화라는 기술의 단순한 진리, 즉 지금 엘름 공동묘지의 지하 어딘가에 묻힌 시신의 주머니 안에서 태미 와이넷이 「스탠드 바이 유어 맨」의 두 소절을 부르고 있을 것을 깨닫는 순간 내 몸에 소름이 돋았다.

잠시 후 나이가 들어서 조금 쇳소리가 섞인 그의 음성이 차분하고 선명하게 내 귀에 들렸다. "지금은 전화를 받을 수 없습니다. 나중에 연락드리겠습니다."

그가 정말로 연락을 *하면* 어쩐다? 정말로 전화를 하면?

나는 삐 소리가 들리기도 전에 전화를 끊고 다시 침대로 기어 올라갔다. 이불을 덮다 말고 일어나 다시 전화를 걸었다. 왜 그랬는지는 모르겠다. 이번에는 삐 소리가 들릴 때까지 기다렸다 말했다. "보고 싶어요, 해리건 씨. 돈 남겨주신 거 감사하지만 아저씨가 살아난다면 그 돈은 포기할 수 있어요." 나는 잠깐 멈추었다가 다시 말을 이었다. "거짓말처럼 들릴지 모르지만 아니에요. 진짜 거짓말 아니에요."

나는 다시 침대로 들어가 머리가 베개에 닿자마자 잠이 들었다. 꿈도 꾸지 않았다.

* * *

나는 일어나자마자 옷도 갈아 입기 전에 습관적으로 휴대전화를 켜고 뉴지 뉴스 앱에 접속해 제3차 세계대전이 벌어지지 않았는지, 테러리스트의 공격을 받은 곳은 없는지 확인하곤 했다. 해리건 씨의 장례식 다음 날 아침, 뉴스 앱에 접속하기 전부터 SMS 아이콘에 뜬 빨간색의 조그만 동그라미가 눈에 들어왔다. 문자메시지가 왔다는 뜻이었다. 모토로라 밍을 쓰는 같은 반 친구 빌리 보건 아니면 삼성 전화기를 쓰는 마지 워시번이 보낸 문자인가 보다 했지만…… 요즘 들어 마지는 전처럼 문자를 많이 보내지 않았다. 레지나가 나와 키스했다고 떠벌린 모양이었다.

'피가 차갑게 식었다'는 표현을 여러분도 들어본 적 있을 것이다. 그건 실제로 벌어지는 현상이다. 내가 그랬기 때문에 안다. 나는 침대에 앉아서 휴대전화 화면을 빤히 쳐다보았다. 'pirateking1'이 보낸 문자였다.

아래층 부엌에서는 아빠가 달그락거리며 전기레인지 아래 수납장에서 주물팬을 꺼내는 소리가 들렸다. 따뜻한 아침을 준비 중인 것 같았다. 아빠가 일주일에 한두 번 하는 요리였다.

"아빠?" 나는 아빠를 불렀다. 그렇지만 달그락거리는 소리가 계속됐고 아빠가 얼른 *나와라, 이 망할 것아,* 비슷하게 중얼거리는 소리가 들렸다.

아빠는 내 목소리를 듣지 못했다. 내 방문이 닫혀 있어서 그런 게 아니었다. 내 귀에도 내 목소리가 거의 들리지 않았다. 문자를 보고 내 피가 차갑게 식었고 목소리가 나오지 않았기 때문이었다.

가장 최근에 수신된 문자의 바로 이전 문자는 해리건 씨가 죽기 나흘 전에 보낸 것이었다. **오늘은 화분에 물을 주지 않아도 된다, G부인이 했어.** 그 아래 이런 문자가 와 있었다. **C C C aa.**

수신된 시각은 새벽 2시 40분이었다.

"아빠!" 이번에는 아까보다 소리가 조금 더 컸지만 아직도 부족했다. 내가 그때 이미 울고 있었는지, 계단을 내려가는 동안 울음이 터졌는지는 잘 모르겠다. 나는 팬티에 게이츠 폴스 타이거스 티셔츠만 입고 있었다.

아빠는 나를 등지고 있었다. 어찌어찌 주물팬을 꺼내 그 안에서 버터를 녹이고 있었다. 내가 내려오는 소리를 듣고 아빠가 말했다. "우리 아들 배고팠으면 좋겠네. 나는 배고픈데 말이지."

"파파." 나는 말했다. "파파."

아빠가 고개를 돌렸다. 그건 내가 8살인가 9살 이후로 쓰지 않은 호칭이었다. 아빠는 내가 옷을 갈아입지 않은 것을 보았다. 내가 울고 있는 것을 보았다. 내가 전화기를 내밀고 있는 것을 보았다. 주물팬은 까맣게 잊었다.

"크레이그, 왜 그래? 무슨 일이야? 장례식이 나오는 악몽이라도 꿨어?"

악몽인 건 맞았고 어쩌면 너무 늦었을 수도 있지만(이러니저러니 해도 그는 나이가 많았다) 한편으로는 아직 희망이 있을지 몰랐다.

"파파." 나는 이제 통곡하고 있었다. "그분은 죽지 않았어요. 적어도 오늘 새벽 두 시 반까지는 살아 있었어요. 무덤을 파야 해요. 우리가 그분을 산 채로 묻었어요."

* * *

나는 아빠에게 모두 말했다. 해리건 씨의 전화기를 들고 갔다가 다시 그의 재킷 주머니에 넣었다고. 그에게 아주 중요한 물건이었기 때문에 그랬다고. 그리고 내가 선물한 것이기 때문에 그랬다고. 한밤중에 전화해 처음에는 그냥 끊었다가 나중에 다시 전화해 음성사서함에 메시지를 남겼다는 말도 했다. 내가 받은 문자를 아빠에게 보여줄 필요는 없었다. 아빠는 이미 그걸 보고 있었다. 아니, 연구하고 있었다.

주물팬 안에서 버터가 타기 시작했다. 아빠는 일어나 팬을 치웠다. "달걀 생각 없겠지?"라고 말했다. 아빠는 다시 식탁으로 돌아왔지만 평소처럼 내 맞은편이 아니라 옆에 앉아서 한 손을 내 손 위에 얹었다. "내 말 잘 들어라."

"해괴한 짓이었다는 건 알아요." 나는 말했다. "하지만 제가 전화를 하지 않았다면 끝까지 몰랐을 거잖아요. 지금 당장……."

"아들……."

"아뇨, 아빠, 들어보세요! 지금 당장 거기로 사람을 보내야 해요! 불도저, 굴착기, 삽질할 인부들까지! 그분이 아직……."

"크레이그, 그만해라. 너는 해킹당한 거야."

나는 입을 떡 벌리고 아빠를 빤히 쳐다보았다. 나는 해킹이 뭔지는 알았지만 내가 그런 일을, 그것도 한밤중에 당할 줄은 꿈에도 몰랐다.

"요즘 들어 점점 더 많아지고 있어." 아빠가 말했다. "우리 회사에서는 심지어 그것 때문에 직원회의까지 열렸다. 누군가 해리건 씨의 휴대전화를 해킹해서 복제한 거야. 무슨 말인지 알지?"

"네, 그럼요. 하지만 파파……."

아빠는 내 손을 꼭 쥐었다. "누군가 사업상의 비밀을 알아내려고 그랬겠지."

"아저씨는 이미 은퇴했는걸요!"

"하지만 계속 관여하고 있다고 그도 너한테 얘기했잖니. 아니면 그의 신용카드 정보를 입수하려는 게 목적일 수도 있어. 누군지 몰라도 복제한 전화기에 녹음된 네 음성메시지를 듣고 장난을 친 거야."

"그건 모를 일이잖아요." 나는 말했다. "파파, 우리가 확인해봐야 해요!"

"아니야, 그 이유를 알려주마. 해리건 씨는 혼자 사망한 갑부였어. 게다가 한참 동안 병원 진료를 받지 않았지. 래퍼티가 상속세 부담을 덜 수 있는 방향으로 보험을 갱신하기 위해서라도 귀 따갑게 들볶았을 게 분명한데도 말이지. 그래서 부검이 실시됐단다. 그덕에 많이 진행된 심장병으로 돌아가신 것도 알게 됐지."

"그분을 해부했단 말이에요?" 나는 재킷 주머니에 휴대전화를 넣으려고 했을 때 손마디가 어떤 식으로 그의 가슴을 스치고 지나갔는지 떠올렸다. 하얗고 빳빳한 셔츠와 넥타이 아래에 꿰맨 절개 자국이 있었을까? 아빠가 그렇다 하면 그런 것이었다. Y자 모양의 꿰맨 자국. TV에서 본 적 있었다. 「CSI」에서.

"그렇다니까." 아빠가 말했다. "네가 계속 상상하게 될까 봐 얘기하고 싶지 않았단다. 그렇지만 그가 생매장당했다고 오해하도록 내버려 두는 것보단 낫겠지. 그건 아니야. 생매장했을 수가 없었어. 그는 죽었어. 무슨 말인지 알겠니?"

"알겠어요."

"오늘 아빠가 출근하지 말고 집에 있을까? 네가 원하면 그렇게 할게."

"아니에요, 괜찮아요. 아빠 말이 맞아요. 제가 해킹에 당했나 봐요." 거기에 졸보처럼 겁을 먹기도 했다.

"오늘 뭐 할 거니? 하루 종일 곱씹으면서 우울해할 것 같으면 아빠가 하루 휴가를 낼게. 같이 낚시나 하러 가자."

"하루 종일 곱씹으면서 우울해하지 않을게요. 하지만 그분 집에 가서 화분에 물을 줘야 해요."

"그게 과연 좋은 생각일까?" 아빠는 나를 유심히 들여다보았다.

"그것만큼은 제가 해야 하는 일이에요. 그리고 그로건 부인하고 얘기도 하고 싶어요. 아저씨가 부인 앞으로도 유언장에 그 머시기를 남겼는지 궁금해서요."

"상속 조항. 생각이 깊네, 우리 아들. 부인이 너한테 네 일이나 신경 쓰라고 할 수도 있어. 그 양반은 뼛속까지 양키(미국 북동부 주민을 지칭하는 단어로 검소하고 무미건조하며 이재에 밝은 성격이 특징이다 — 옮긴이)거든."

"만약 아저씨가 남긴 게 없다면 제 몫을 조금 드리고 싶어요." 내가 말했다.

아빠는 미소를 지으며 내 뺨에 입을 맞추었다. "이렇게 착한 아이를 보았나. 너희 엄마가 보았다면 아주 뿌듯해했을 거다. 이제 정말 괜찮은 거 맞니?"

"그럼요." 나는 괜찮다는 걸 증명해 보이기 위해 억지로 달걀과 토스트를 조금 먹었다. 아빠 말이 맞을 수밖에 없었다. 훔친 비밀번호, 복제한 전화기, 잔인한 장난. 내장이 샐러드처럼 뒤적여지고 피 대신 방부액이 주입된 해리건 씨가 문자를 보냈을 리 없었다.

* * *

아빠는 출근하고 나는 해리건 씨의 집으로 향했다. 그로건 부인이 거실에서 청소기를 돌리고 있었다. 평소처럼 노래를 부르지는 않았지만 충분히 침착했다. 내가 화초에 물 주기를 마치자 같이 부엌에 가서 차 한잔(그녀의 표현에 따르면 '기운 나는 거 한잔') 하겠느냐고 물었다.

"쿠키도 만들어놨어." 부인이 말했다.

우리는 부엌으로 들어갔다. 주전자의 물이 끓는 동안 나는 해리건 씨가 내 앞으로 편지와 대학 학자금으로 쓸 신탁펀드를 남겼다고 말했다.

그로건 부인은 그럴 줄 알았다는 듯이 사무적으로 고개를 끄덕이며 자기도 래퍼티 씨에게 봉투를 받았다고 말했다. "사장님이 나도 챙겨주셨더라. 생각했던 것보다 많이. 과분할 정도로 많이."

나도 그 비슷한 심정이라고 말했다.

부인은 차를 큼지막한 머그컵에 따라서 식탁으로 들고 왔다. 2잔의 머그 사이에 오트밀 쿠키가 담긴 접시를 내려놓았다. "사장님이 이 쿠키를 좋아하셨는데." 부인이 말했다.

"맞아요. 이걸 먹으면 장에 시동이 걸린다고 하셨어요."

그 말을 듣고 부인은 웃었다. 나는 쿠키를 하나 집어서 깨물었다. 쿠키를 씹으며 불과 몇 달 전 성목요일의 감리교 청년회 시간과 부활절 예배 시간에 봉독했던 고린도전서의 한 구절을 떠올렸다. "축사하시고 떼어 이르시되 이것은 너희를 위하는 내 몸이니 이것을

행하여 나를 기념하라 하시고." 쿠키가 영성체는 아니었고 목사님
이 들었다면 분명 불경스러운 발상이라고 했겠지만 나는 그래도
쿠키를 먹을 수 있어서 좋았다.

"사장님이 피트도 챙기셨어." 그녀가 말했다. 정원사 피트 보츠
윅을 두고 한 말이었다.

"다행이네요." 나는 쿠키를 하나 더 집었다. "좋은 분이셨어요, 그
죠?"

"글쎄다." 그녀는 말했다. "올곧은 분이긴 했지만 눈 밖에 나면
난처해졌거든. 더스티 빌로도 기억 못 하려나? 그래, 못 하겠지. 너
는 그때 여기 없었으니까."

"트레일러하우스 주차장에서 사는 그 빌로도 가족 말이에요?"

"아 그래, 맞아. 가게 바로 옆에. 하지만 더스티는 가족과 살지 않
을 거야. 룰루랄라 떠난 지 오래일걸? 피트 전에 이 집에서 일한 정
원사인데 팔 개월 됐을 때 도둑질을 했다가 해리건 씨에게 들켜서
바로 쫓겨났거든. 얼마를 훔쳤는지, 어쩌다 해리건 씨에게 들켰는
지 모르겠지만 잘린 걸로 끝나지 않았어. 해리건 씨가 이 조그만 마
을에 뭘 기증했고 어떤 식으로 기여했는지 너도 알 거라고 본다만
무니 목사가 소개한 건 절반도 되지 않아. 몰라서 그랬는지, 시간이
부족해서 그랬는지 모르겠지만. 자선을 베풀면 정신 건강에 좋기
도 하지만 권력도 생기는데, 해리건 씨는 그걸 더스티 빌로도에게
동원했지."

그녀는 고개를 저었다. 내가 보기에는 감탄하는 기미도 언뜻 있
었다. 그녀는 양키 특유의 냉혹한 기질이 있었다.

"그가 해리건 씨의 책상인지 양말 서랍인지 어딘지 모를 데서 슬쩍한 돈이 최소 몇백 달러는 됐길 바랄 뿐이다. 왜냐하면 메인주 캐슬 카운티 할로 마을에서 그가 마지막으로 챙긴 수입이 그거였거든. 그 뒤로 도런스 마스텔라 할멈의 축사에서 닭똥 치우는 일도 하지 못했어. 해리건 씨가 철저하게 막아서. 올곧은 분이었지만 그분의 기대에 부응하지 못한 사람은 주님의 가호를 바랄밖에. 쿠키 하나 더 먹어라."

나는 쿠키를 하나 더 집었다.

"차도 마시고."

나는 차를 마셨다.

"이제 이 층 청소를 해야겠다. 그냥 시트를 벗기지 말고 새로 깔까봐, 적어도 지금 당장은. 이 집이 어떻게 될 것 같니?"

"어우, 저야 모르죠."

"나도 그래. 전혀 모르겠어. 다른 사람 손에 넘어가는 건 상상이 안 된다. 해리건 씨는 특별한 분이었고 이것들도 전부……." 그녀는 두 팔을 넓게 벌렸다. "…… 마찬가지라."

나는 유리 엘리베이터를 떠올리며 일리가 있다는 결론을 내렸다.

부인은 쿠키를 하나 더 집었다. "화분은? 그건 어떻게 하면 좋을까?"

"괜찮으면 제가 두어 개 가져갈게요." 나는 말했다. "나머지는 잘 모르겠어요."

"나도 모르겠다. 그리고 냉장고도 꽉 찼는데. 나눠 가져야 할까봐. 너, 나, 피트, 이렇게 셋이서."

이것을 행하여 나를 기념하라 하시고. 나는 생각했다.

그녀는 한숨을 쉬었다. "나는 지금 뭉그적거리는 중이야. 몇 개 안 되는 일을 질질 끌고 있어. 뭘 하면서 시간을 때우면 좋을지 모르겠다, 그게 내 솔직한 심정이야. 너는 어떠니, 크레이그? 너는 어쩔 거야?"

"지금 당장은 내려가서 아저씨의 잎새버섯에 물을 뿌릴 거예요." 나는 말했다. "그리고 아주머니께서 괜찮다고 하시면 세인트폴리아만큼은 집으로 들고 가고 싶어요."

"당연히 괜찮지." 그녀는 갠찮지, 라고 양키 스타일로 말했다. "원하는 만큼 가져가도 돼."

그녀는 2층으로 올라가고 나는 해리건 씨가 테라리엄에 버섯을 재배했던 지하실로 내려갔다. 물을 뿌리며 한밤중에 pirateking1이 보낸 문자에 대해 생각했다. 아빠 말마따나 장난일 테지만 이왕 짓궂은 장난을 칠 거면 **살려줘 상자 안에 갇혔다** 아니면 **부패되는 중이니 방해하지 마시오** 같은 고전적인 장난 문구를 보냈어야 하지 않을까? 왜 **aa** 같은 걸 보냈을까? 그걸 따라 발음해 보면 꾸르륵거리거나 죽기 직전에 숨넘어가는 소리처럼 들릴 뿐인데? 게다가 왜 내 이니셜을 보냈을까? 한두 번도 아니고 세 번씩이나?

* * *

나는 결국 해리건 씨의 화분을 4개 들고 왔다. 세인트폴리아, 안스리움, 페페로미아, 디펜바키아였다. 우리 집 주변에 화분들을 띄엄띄엄 배치하고, 내가 제일 좋아하는 디펜바키아만 내 방에 두려고 남겨두었다. 하지만 나는 시간을 때우는 중이었고 나도 그렇다는 걸 알았다. 화분 배치가 끝나자 냉장고에서 스내플 한 병을 꺼내 자전거 안장주머니에 넣고 엘름 공동묘지로 나섰다.

무더운 여름날 오전이라 묘지에는 아무도 없었고 나는 해리건 씨의 무덤으로 직행했다. 비석이 서 있었는데 화려하지도 않고 그저 화강암에 그의 이름과 연도만이 새겨져 있었다. 수많은 꽃다발은 아직 싱싱했고(금세 시들겠지만) 대부분 카드가 안에 꽂혀 있었다. 아마도 해리건 씨의 화단에서 직접 딴 꽃으로 엮었을(돈을 아끼기 위해서가 아니라 존경의 표시였다) 가장 큰 꽃다발은 피트 보츠윅의 가족이 바친 거였다.

나는 무릎을 꿇고 앉았지만 기도를 하기 위해서가 아니었다. 주머니에서 전화기를 꺼내 손에 들었다. 심장이 어찌나 심하게 쿵쾅거리는지 눈앞에서 검은 점이 깜빡거릴 정도였다. 연락처로 들어가 그의 번호로 전화를 걸었다. 그런 다음 전화기를 내려놓고 얼굴을 옆으로 돌려서 새로 깐 잔디에 대고 태미 와이넷의 목소리가 들리는지 귀를 기울였다.

그녀의 목소리가 들리는 것 같았지만 분명 환청이었을 것이다. 그의 재킷과 관 뚜껑과 2미터 깊이의 흙을 뚫어야 했을 것이 아닌가. 하지만 내 생각에는 들리는 것 같았다. 아니, 정정하겠다. 들린다고 확신할 수 있었다. 무덤 저 아래에 묻힌 해리건 씨의 전화기에서 「스탠드 바이 유어 맨」이 울려 퍼졌다.

땅바닥에 대지 않은 다른 쪽 귀에는 그의 목소리가 들렸다. 아주 희미했지만 졸음에 겨운 정적을 가르고 분명히 들렸다. "지금은 전화를 받을 수 없습니다. 나중에 연락드리겠습니다."

하지만 나중이거나 말거나 연락이 올 리 없었다. 그는 죽었다.

나는 집으로 돌아갔다.

* * *

2009년 가을, 나는 친구인 마지, 레지나, 빌리와 함께 게이츠 폴스 중학교를 다니기 시작했다. 우리는 중고 미니버스를 타고 다녔기 때문에 금세 '장애인 버스 녀석들'이라는 조롱 섞인 별명으로 그 학교 아이들에게 불렸다. 나는 키가 자라기는 했지만(그래도 180센티미터에서 한 마디 모자라 조금 속상했다) 등교 첫날 가서 보니 8학년에서 내가 제일 키가 작았다. 나는 케니 얀코의 완벽한 표적이 될 수밖에 없었다. 그는 그해에 유급을 당했고 *불량배*라는 단어 옆에 사진이 실리면 딱 맞을 덩치 큰 사고뭉치였다.

첫 수업은 정식 수업 시간이 아니라 이른바 '위탁 교육 대상지'로 불린 할로, 모턴, 샤일로처치에서 전학 온 학생들을 위한 조회 시간이었다. 그해 교장은 (이후로도 오랫동안 변함이 없었지만) 키가 크고 비실비실하며 대머리가 왁스로 닦은 것처럼 눈부시게 반짝거렸고 아이들 사이에서는 '앨키 앨' 또는 '딥소 더그'(앨키와 딥소 모두 알코올중독자를 지칭한다 — 옮긴이)라고 불린 앨버트 더글러스 선생님이었다. 그가 만취한 모습을 본 학생은 아무도 없지만 당시에는 그가 술을 물처럼 마신다는 것이 정설이었다.

그는 연단 위로 올라가 게이츠 폴스 중학교로 온 "이 훌륭한 전학생들"을 환영하며 앞으로 누릴 수 있는 멋진 학교생활에 대해 설명했다. 여기에는 밴드, 합창단, 토론 동아리, 사진 동아리, 미국 농업 진흥 교육회에 온갖 스포츠가 망라됐다(야구, 육상, 축구, 라크로스였고 미식축구는 고등학교까지 금지였다). 한 달에 한 번 있는 '드레스업 프라이데이'에는 남학생은 넥타이와 캐주얼 재킷, 여학생은 원피스를 입어야 한다고 (대신 치맛단이 무릎 위 5센티미터를 넘기면 안 된다고) 했다. 마지막으로 다른 도시에서 온 전학생 신고식은 절대 금물이라고 했다. 그러니까 우리를 두고 한 말이었다. 그 전해에 버몬트에서 온 전학생이 게토레이 3병을 억지로 단숨에 마시다가 센트럴 메인 종합병원 신세를 지면서 금지령이 내려진 모양이었다. 그는 우리의 행운을 빈 뒤 소위 '학업의 여정'으로 우리를 내보냈다.

이 넓은 새 학교에서 길을 잃을지 모른다는 내 두려움은 근거가 없었던 것으로 밝혀졌다. 사실 그리 넓지도 않았던 것이다. 7교시 영어 말고는 모든 수업을 2층에서 들었고 선생님들도 하나같이 좋았다. 수학 수업이 걱정됐었는데 알고 보니 진도가 얼추 맞아서 다행이었다. 모든 게 순탄하게 끝나 6교시를 마치고 4분 안에 7교시 수업 교실로 이동해야 하는 때가 됐다.

나는 요란한 소리와 함께 닫히는 사물함과 수다를 떠는 아이들과 카페테리아에서 풍기는 비파로니 냄새를 지나 계단으로 향했다. 막 계단 꼭대기에 다다랐을 때 누군가가 나를 붙잡았다. "야, 전학생. 잠깐."

고개를 돌렸을 때 얼굴이 여드름으로 뒤덮인 182센티의 트롤이

나를 맞았다. 떡이 진 검은 머리가 어깨까지 내려왔다. 툭 튀어나온 이마 아래에서 작고 까만 눈이 나를 노려보았다. 가짜로 명랑한 눈빛을 짓고 있었다. 폭이 좁은 일자 청바지에 여기저기 긁힌 바이커 부츠를 신고 있었다. 한 손에는 종이봉투를 들고 있었다.

"이거 받아."

나는 눈치 없이 받았다. 아이들이 잽싸게 나를 지나 계단을 내려가는데, 그중 몇 명은 검은 머리를 길게 기른 아이를 흘끗 곁눈질했다.

"안에 뭐 있나 봐봐."

나는 그 말을 따랐다. 봉투 안에는 걸레, 솔, 구두약이 들어 있었다. 나는 봉투를 돌려주려고 했다. "나 수업 들어가야 해."

"오오, 안 되지, 전학생. 내 부츠 먼저 닦고 가야지."

이제 나는 눈치가 생겼다. 이건 신고식이었고 바로 그날 아침에 교장이 공식적으로 금지했지만 그래도 거쳐야 하는 건가 보다는 생각이 들었다. 그러다 우리를 지나쳐 계단을 달려 내려갔던 아이들을 떠올렸다. 그들은 할로에서 온 촌뜨기 꼬맹이가 걸레와 솔과 구두약을 들고 무릎 꿇고 있는 광경을 볼 것이다. 소문이 삽시간에 번질 것이다. 그래도 나는 어쩔 수 없을 것이다. 이 아이는 나보다 훨씬 덩치가 컸고 눈빛이 불길했다. *너를 비 오는 날 먼지 나도록 패주마.* 그 눈빛은 이렇게 말했다. *핑계만 하나 만들어주라, 전학생.*

하지만 내가 무릎을 꿇고 비참하게 앉아서 이 꼴통의 신발을 닦아주는 것을 해리건 씨가 본다면 뭐라고 할까 하는 생각이 들었다.

"싫어." 나는 말했다.

"싫다고 말하는 실수를 저지르고 싶지 않을 텐데." 그 아이가 말했다. "내 말 믿어도 좋아, 씹새야."

"얘들아? 거기? 무슨 일이니?"

지구과학을 담당하는 하겐슨 선생님이었다. 그녀는 젊고 예뻤고 대학을 졸업한 지 얼마 되지 않은 게 분명했지만 허튼짓을 용납하지 않겠다는 자신만만한 분위기를 풍겼다.

덩치는 고개를 저었다. 아무 일 없다는 뜻이었다.

"아무것도 아닙니다." 나는 주인에게 종이봉투를 돌려주며 말했다.

"너 이름이 뭐니?" 하겐슨 선생님이 물었다. 나를 보고 묻는 게 아니었다.

"케니 얀코요."

"그 봉투 안에 뭐가 들었니, 케니?"

"별거 없어요."

"신고식 도구는 아니겠지?"

"네." 그가 말했다. "저 수업 들으러 가야 해요."

나도 마찬가지였다. 계단을 내려가는 아이들의 행렬이 드문드문해졌고 조만간 종이 치게 생겼다.

"그렇겠지, 케니. 하지만 잠깐." 그녀는 내 쪽으로 관심을 돌렸다. "크레이그 맞지?"

"네, 선생님."

"저 봉투 안에 뭐가 들어 있니, 크레이그? 궁금해서 그래."

나는 솔직히 얘기할까 고민했다. 정직이 최선이라는 보이 스카우트 수칙 때문이 아니라 그 아이가 나를 협박했고 나는 이제 부아가 치밀었기 때문이었다. 그리고 (솔직히 인정해야겠지만) 이제 중재할 어른이 생겼기 때문이었다. 그런데 한편으론 *해리건 씨라면 이런 상황에서 어떻게 할까? 과연 일러바칠까?* 라는 생각이 들었다.

"자기 점심 먹고 남은 거요." 나는 말했다. "샌드위치 반쪽이요. 저더러 그거 먹겠느냐고 했어요."

그녀가 봉투를 달라고 해서 안을 들여다보았다면 우리 둘 다 난처해졌을 것이다. 하지만 그녀는 봉투를 달라고 하지 않았고…… 아마도 눈치를 챘을 테지만 우리에게 그냥 수업 들어가라고 하고는 학교에 어울리는 중간 굽의 하이힐을 또각거리며 멀어졌다.

내가 계단을 내려가려 하자 케니 얀코가 다시 나를 붙잡았다. "구두를 닦았어야지, 전학생."

그 말에 나는 더욱 분노가 치밀었다. "좀 전에 내가 구해줬는데 고맙다고 해야 하는 거 아니냐?"

그는 얼굴이 벌게졌고 그러자 분화구로 뒤덮인 얼굴이 더 가관이 됐다. "구두를 닦았어야지." 그는 걸음을 옮겼다가 그 바보 같은 종이봉투를 계속 쥔 채로 몸을 돌렸다. "고맙다고 해야 하는 거 아니냐고? 지랄하네. 야, 지랄하지 마."

일주일 뒤에 케니 얀코는 목공 담당인 아시놀트 선생님과 한판 붙어서 그에게 사포를 던졌다. 케니는 게이츠 폴스 중학교에 2년을 다니는 동안 정학을 무려 3번 받았는데(내가 계단 꼭대기에서 부딪친 이후에 알아보니 그쪽으로 '레전드'였다) 그 사건이 결정타였다. 그는 퇴학을 당했고 나는 그와 엮일 일이 더는 없을 줄 알았다.

* * *

소도시의 학교들이 대부분 그렇듯 게이츠 폴스 중학교도 전통에
목숨을 걸었다. '드레스업 프라이데이'도 수많은 전통 가운데 하나
였다. 이밖에도 사랑의 모금함(IGA 마트 앞에서 소방서 후원금을 모금하는
것), 1600미터 달리기(체육 시간에 체육관을 20바퀴 도는 것) 그리고 매달
한 번씩 조회 시간에 교가 제창하기가 있었다.

또 다른 전통으로 꼽히는 가을 댄스파티는 새디 호킨스 데이
(1930년대에 미국 대학가에서 유행한 이벤트로 여자가 마음에 드는 남자를 쫓아
가서 잡으면 둘이 데이트를 하는 날이다 — 옮긴이) 비슷해서 여학생이 같
이 가고 싶은 남학생을 골랐다. 마지 워시번이 내게 같이 가자고 하
자 나는 당연히 좋다고 했다. 그녀를 그런 식으로 좋아하지는 않았
지만 계속 좋은 친구로 남고 싶었기 때문이었다. 나는 아빠에게 차
로 데려다 달라고 부탁했고 아빠는 흔쾌히 응했다. 레지나 마이클
스가 빌리 보건을 점찍었으니 더블 데이트인 셈이었다. 레지나가
빌리를 점찍은 건 내 친구여서라고 자습실에서 내 귀에 대고 속삭
였기 때문에 더 좋았다.

나는 신나게 놀았다. 첫 휴식 시간이 되자 들이마신 펀치를 비우
러 체육관 밖으로 나갔다. 남자화장실 문 앞까지 갔을 때 누군가가
한 손으로는 내 허리띠를, 다른 손으로는 내 뒷덜미를 잡더니 교직
원용 주차장으로 나가는 옆문을 향해 곧바로 밀고 갔다. 내가 손을
내밀어 패닉 바(문손잡이를 돌리지 않고 그냥 눌러서 열 수 있도록 비상문 등
에 가로로 다는 장치 — 옮긴이)를 밀지 않았더라면 문에 얼굴을 그대로

박았을 것이다.

이후로 어떻게 됐는지 전부 기억이 난다. 어린 시절과 사춘기 초기에 겪은 기분 나쁜 일들은 왜 그렇게 기억이 선명한지 모르겠다. 이유는 모르겠지만 아무튼 그때 기억은 선명하다. 그리고 이건 아주 나쁜 기억이다.

후끈거리던 체육관(무르익은 사춘기 소년소녀의 몸에서 뿜어져 나오는 습기는 말할 것도 없고)에 있다가 나온 뒤라 저녁 공기가 정신이 번쩍 들 만큼 차가웠다. 그날 저녁 행사의 감독을 맡은 테일러 선생님과 하겐슨 선생님(신임 교사가 감독을 맡은 이유는 여러분도 짐작했겠지만 그것이 게이츠 폴스 중학교의 전통이기 때문이었다)의 자동차 크롬 차체 위로 달빛이 어른거렸다. 머플러를 자른 차량이 96번 고속도로를 쏜살같이 달리는 굉음이 들렸다. 케니 얀코가 나를 밀쳐 주차장 바닥으로 넘어뜨리자 손바닥이 까져서 화끈거렸다.

"이제 일어나." 그가 말했다. "해야 할 일이 있잖아."

나는 일어났다. 손바닥을 보니 피가 나고 있었다.

주차된 자동차 위에 종이봉투가 있었다. 그는 그걸 집어서 내밀었다. "내 부츠 닦아. 그걸로 서로 비긴 셈 치자."

"지랄하시네." 나는 그의 눈을 향해 주먹을 날렸다.

토털 리콜이랄까. 나는 전부 기억이 난다. 그가 나에게 휘두른 한 방, 한 방이. 모두 합해서 다섯 방이었다. 마지막 한 방에 어떤 식으로 콘크리트블록으로 된 건물 벽까지 날아갔고 버티라고 다리에 명령을 내렸지만 어떤 식으로 거부당했는지 기억이 난다. 나는 천천히 미끄러지듯 내려갔고 엉덩이가 쇄석도로에 닿았다. 블랙아이

드피스의 「붐 붐 파우」가 희미하게 들렸던 것도 기억이 난다. 케니가 위에서 나를 내려다보고 숨을 몰아쉬며 이렇게 말했던 것도 기억이 난다. "이 일을 다른 사람이 알면 그날로 넌 죽었어." 하지만 무엇보다도 선명하게 기억나는 것은, 그리고 지금까지 내가 소중히 간직하고 있는 것은 내 주먹이 그의 얼굴에 닿았을 때 느낀 절묘하고 잔인한 만족감이었다. 내가 성공한 건 그 한 번뿐이었지만 엄청난 한 방이었다.

붐 붐 파우.

* * *

그가 사라지자 나는 주머니에서 휴대전화를 꺼냈다. 깨지지 않았는지 확인한 다음 빌리에게 전화를 걸었다. 생각나는 대처 방법이 그것뿐이었다. 그는 세 번째 신호에 받았고 플로라이더의 읊조리는 랩을 뚫느라 소리를 질렀다. 나는 그에게 밖으로 나가서 하겐슨 선생님을 불러달라고 했다. 선생님을 끌어들이고 싶지는 않았지만, 머릿속에서 종소리가 요란하게 들리는 와중에도 결국에는 그렇게 될 수밖에 없다는 걸 알 수 있었으니 차라리 처음부터 얘기하는 편이 나을 것 같았다. 해리건 씨라면 그렇게 했을 것 같았다.

"왜? 무슨 일인데?"

"어떤 애한테 엄청 두들겨 맞았어." 나는 말을 이었다. "다시 들어가지 않는 게 나을 것 같아. 꼴이 말이 아니거든."

그는 3분 뒤에 하겐슨 선생님뿐 아니라 레지나와 마지까지 거느리고 나왔다. 친구들은 내 찢어진 입술과 피범벅이 된 코를 경악하며 바라보았다. 내 옷에도 점점이 피가 튀었고 (새로 산) 셔츠는 찢어졌다.

"따라와." 하겐슨 선생님이 말했다. 그녀는 핏자국과 멍이 든 내 뺨과 점점 부풀어오르는 내 입술을 보고도 심란해하지 않는 눈치였다. "너희들 모두."

"저 안에는 들어가고 싶지 않아요." 나는 말했다. 체육관 별관을 두고 한 말이었다. "다들 쳐다볼 텐데."

"하긴 그럴 만도 하지." 그녀는 말했다. "이쪽으로 가자."

그녀는 교직원 전용 출입문 쪽으로 앞장서 가더니 열쇠로 문을 열고 교사 휴게실로 우리를 데려갔다. 별로 으리으리하지는 않았고 할로의 어느 집 마당 세일에서 그보다 괜찮은 가구를 본 적도 있었지만 그래도 의자가 있길래 나는 거기 앉았다. 그녀는 구급상자를 찾았고, 레지나에게 화장실로 가서 수건에 찬물을 적셔 오라고 했다. 코가 부러진 것 같지는 않지만 그래도 물수건을 얹어두려는 것이었다.

레지나는 감동받은 표정으로 돌아왔다. "저기 아베다 핸드크림이 있어요!"

"내 거야." 하겐슨 선생님이 말했다. "쓰고 싶으면 써도 돼. 이거 코에 얹어라, 크레이그. 꽉 눌러. 너희들 누구 차 타고 왔니?"

"크레이그 아버지요." 마지가 말했다. 그녀는 눈을 동그랗게 뜨고 이 미지의 세계를 둘러보고 있었다. 내가 죽지 않는다는 게 확실해지자 나중에 친구들과 얘기할 때 써먹을 수 있게 모든 걸 체계적으로 머릿속에 담고 있었다.

"전화 드려라." 하겐슨 선생님이 말했다. "마지한테 네 전화기 줘, 크레이그."

마지가 아빠에게 전화해 데리러 와달라고 했다. 아빠가 뭐라고 했다. 마지는 듣고 있다가 이렇게 말했다. "아, 조금 문제가 생겨서요." 조금 더 들었다. "음…… 그게……."

빌리가 전화기를 건네받았다. "크레이그가 얻어맞았지만 많이 다치지는 않았어요." 그는 아빠가 하는 말을 듣고 있다가 전화기를 내밀었다. "너랑 통화하고 싶으시대."

당연한 노릇이었다. 아빠는 괜찮으냐고 물은 뒤에 누가 그런 짓을 저질렀는지 알고 싶어 했다. 나는 모르겠다고, 댄스장에 몰래 들어가려던 고등학생인 것 같다고 말했다. "별로 안 다쳤어요, 아빠. 큰일도 아닌데 괜히 소란 떨지 말아요, 네?"

아빠는 *큰일이라*고 했다. 나는 아니라고 했다. 아빠는 맞는다고 했다. 우리는 그런 식으로 주거니 받거니 했다. 잠시 후 아빠가 한숨을 쉬고는 최대한 빨리 오겠다고 했다. 나는 전화를 끊었다.

하겐슨 선생님이 말했다. "내가 원래 진통제는 줄 수 없어. 양호교사만, 그것도 부모의 허락 아래 줄 수 있거든. 하지만 지금 양호교사도 없고 하니……." 그녀는 자기 외투와 함께 걸려 있던 핸드백을 집어서 안을 들여다보았다. "너희들 고자질할 거니? 그러면 내가 잘릴 수도 있는데?"

세 명의 내 친구들은 고개를 저었다. 나도 같이 조심스럽게 고개를 저었다. 케니가 사이드펀치로 내 왼쪽 관자놀이를 제대로 맞혔다. 그 깡패 새끼가 손이라도 다쳤으면 좋겠다는 생각이 들었다.

하겐슨 선생님이 알리브 진통제가 든 조그만 통을 꺼냈다. "내가 개인적으로 들고 다니는 거야. 빌리, 가서 물 좀 가져와."

빌리가 조그만 종이컵을 들고 왔다. 나는 약을 삼켰고 금세 상태가 괜찮아졌다. 그것이 암시의 힘이었다. 특히 암시하는 사람이 젊은 미녀인 경우 효과 만점이었다.

"너희 셋, 빠릿빠릿하게 움직여줘야겠다." 하겐슨 선생님이 말했다. "빌리, 너는 체육관으로 가서 테일러 선생님께 내가 십 분 안으로 돌아갈 거라고 전해. 여학생들은 밖으로 나가서 크레이그의 아버님을 기다리고. 오시면 교사 휴게실 문 쪽으로 차를 대시라고 알려드려."

그들은 밖으로 나갔다. 하겐슨 선생님은 내 위로 허리를 숙였다. 그녀의 향수 냄새를 맡을 수 있을 정도로 바짝 숙였다. 향이 근사했다. 나는 그녀에게 반해버렸다. 감상적이지만 나도 어쩔 수가 없었다. 그녀는 손가락 2개를 들어보였다. "이게 설마 세 개나 네 개로 보이지는 않겠지?"

"네, 두 개로 보여요."

"좋아." 그녀는 허리를 폈다. "얀코였지? 맞지?"

"아니에요."

"내가 바보로 보이니? 솔직히 얘기해."

솔직히 선생님 정말 예뻐요. 이렇게 얘기할 수는 없었다. "아뇨, 선생님 바보로 보이지 않아요. 하지만 케니 아니었어요. 다행이죠. 케니였으면 체포됐을 테니까요. 이미 퇴학도 당했잖아요. 그럼 재판이 열릴 테고 저는 법정에서 걔가 저를 어떤 식으로 때렸는지 증언을 해야겠죠. 그럼 동네방네 소문이 날 테고 그럼 얼마나 쪽팔리겠어요."

"걔가 또 다른 애를 때리면?"

나는 해리건 씨를 떠올렸다. 그에게로 주파수를 맞췄다고 할 수도 있었을 것이다. "그건 걔네들 문제죠. 걔가 저한테 저지른 짓 말고는 관심 없어요."

그녀는 인상을 쓰려고 했지만 대신 입꼬리를 올리며 함박웃음을 지었다. 나는 전보다 더 그녀에게 홀딱 반해버렸다. "냉정하네."

"저는 그저 잘 지내고 싶을 뿐이에요." 백 퍼센트 진심에서 나온 말이었다.

"그거 아니, 크레이그? 넌 잘 지낼 거야."

* * *

아빠가 도착해서 내 상태를 살피더니 하겐슨 선생님의 솜씨를 칭찬했다.

"제가 전생에 프로 권투선수 전담 커트맨(경기 도중 생긴 부상을 예방 및 관리하는 전문가 — 옮긴이)이었거든요." 그 말에 아빠는 웃음을 터뜨렸다. 두 분 다 응급실에 가자고 하지 않아서 다행이었다.

아빠가 우리 넷을 태우고 출발했으니 댄스파티 후반부를 놓치게 됐지만 아무도 서운해하지 않았다. 빌리, 마지 그리고 레지나는 비욘세와 제이 지 음악에 맞춰 손을 들고 흔드는 것보다 훨씬 흥미진진한 경험을 했다. 나는 내 주먹이 케니 얀코의 눈을 쳤을 때 팔을 타고 전해지던 짜릿한 전율을 계속 되새김질했다. 눈에 시퍼렇게 멍이 들 텐데 뭐라 설명하려나? 헐, 문에 부딪쳤어. 헐, 벽에 부딪쳤어. 헐, 딸딸이 치다가 손이 미끄러졌어.

집으로 돌아오자 아빠가 범인이 누군지 아느냐고 다시 물었다. 나는 모른다고 했다.

"그 말을 믿어도 되겠는지 모르겠다, 아들."

나는 아무 말도 하지 않았다.

"그냥 넘어가고 싶은 거냐? 그렇게 받아들이면 되겠어?"

나는 고개를 끄덕였다.

"알았다." 아빠는 한숨을 쉬었다. "이해가 될 것도 같다. 나도 예전에 그런 시절이 있었으니까. 살다 보면 모든 부모가 아이들에게 언젠가는 그 말을 하게 되어 있지. 그걸 믿는 아이가 과연 있을까 싶다만."

"저는 믿어요." 진심이었다. 그렇지만 일반전화를 쓰던 시절에 키 167센티짜리 쥐방울이었을 아버지의 모습을 상상하자니 신기했다.

"그래도 하나만 묻자. 네 엄마가 살아 있었다면 그런 걸 물어본다고 노발대발했겠지만 없으니까…… 너도 맞받아쳤니?"

"네. 딱 한 번이었지만 제대로 때렸어요."

그 말을 듣고 아빠는 씩 웃었다. "좋았어. 하지만 그 녀석이 한 번 더 너를 건드리면 그때는 경찰에 신고해야 한다. 알겠니?"

나는 알겠다고 했다.

"아까 그 선생님 말로는(괜찮은 분이더라) 네가 어지러워하지 않는지 최소 한 시간은 지켜보라던데. 파이 한 조각 먹을래?"

"좋죠."

"차도 마실래?"

"물론이죠."

이렇게 해서 우리는 파이와 큼지막한 머그에 담긴 차를 마셨다. 아빠는 공용 전화나 장작 난로를 썼던 교실 한 개짜리 학교나 채널이 3개밖에 없었던 텔레비전(지붕에 매단 안테나가 바람에 쓰러지면 그마저도 하나도 나오지 않았던) 얘기는 하지 않았다. 대신 로이 더윗이라는 친구와 함께 그 집 지하창고에서 찾은 폭죽을 터뜨렸다가 하나가 프랭크 드리스콜의 불쏘시개 상자로 날아가 불이 나는 바람에 장작을 대신 패주지 않으면 양쪽 부모님에게 일러바치겠다고 그 친구에게 협박당한 사연을 들려주었다. 샤일로 처치에서 온 필리 루버드를 '빅 왐펌 추장'이라 부른 걸 엄마가 듣고는 비눗물로 입을 헹구어야 했던 사연도 들려주었다. 다시는 그러지 않겠다고 약속했지만 소용없었다고 했다. 리스본 고등학교와 아빠가 다닌 에드워드 리틀 고등학교가 매주 금요일 저녁마다 오번 롤로드롬에서 벌인 싸움(아빠는 패싸움이라고 표현했다)에 대해서도 들려주었다. 화이트 비치에서 덩치 큰 애들 두엇이 아빠의 수영복을 벗겼던 것과 ("집까지 수건을 몸에 두른 채 걸어가야 했지.") 캐슬 록의 카빈 가(街)에서 야구방망이를 든 어떤 아이가 아빠를 상대로 추격전을 벌였던 것에 대해서도 들려주었다("그 자식 말로는 내가 자기 여동생한테 키스 마크를 남겼다는데, 나는 그런 적이 없었거든").

정말이지 아빠도 예전에 그런 시절이 있었다.

* * *

나는 2층 내 방에 올라갔을 때만 해도 기분이 좋았다. 그렇지만 하겐슨 선생님이 준 진통제의 약효가 떨어져가는지 옷을 갈아입을 즈음에는 좋았던 기분도 사라져갔다. 케니 얀코가 다시 나를 공격할 것 같지는 않았다. 확실하진 않지만. 그의 친구들이 멍든 눈을 보고 이러쿵저러쿵하기 시작하면 어쩐다? 놀리면? 심지어 대놓고 비웃으면? 그가 짜증이 나서 2라운드를 벌이기로 작정하면 어쩐다? 나는 한 방도 제대로 날리지 못할 공산이 컸다. 그의 눈에 날린 강편치는 말하자면 불의의 일격이었다. 이번에는 내가 병원 신세를 지거나 그보다 더 심각한 사태를 맞을 수 있었다.

나는 (아주 조심스럽게) 얼굴을 씻고 이를 닦고 침대 안으로 들어가 불을 끄고 가만히 누워서 그날 있었던 일을 되새김질했다. 뒤에서 붙들려 복도로 떠밀려갔을 때의 충격. 가슴에 맞은 한 방. 입에 맞은 한 방. 내 다리더러 버티라고 했지만 내 다리는 *나중에 생각해보겠다*고 했던 것.

어둠 속에 누워 있다 보니 케니가 이대로 끝내지 않을 것 같은 예감이 점점 더 커졌다. 심지어 논리상 당연하게 느껴졌다. 어두운 데 혼자 있으면 그보다 한참 더 황당한 것들도 논리상 당연하게 느껴지지 않던가.

그래서 나는 다시 불을 켜고 해리건 씨에게 전화를 걸었다.

그의 음성을 들을 수 있을 거라고 기대한 건 절대 아니었고 그저 통화하는 척하고 싶었을 뿐이었다. 아무 소리도 들리지 않거나 지금 거신 번호는 없는 번호라는 안내 메시지가 들릴 줄 알았다. 내가 전화기를 그의 수의 주머니에 넣은 게 석 달 전이었고 그 1세대 아이폰은 절전 모드로 해도 배터리 수명이 겨우 250시간이었다. 그러니까 전화기도 주인처럼 죽었을 것이었다.

그런데 신호가 갔다. 신호가 갈 수가 없는 상황이었는데 예상과는 정반대로 5킬로미터 멀리 있는 엘름 공동묘지 무덤 아래에서 태미 와이넷이 「스탠드 바이 유어 맨」을 부르고 있었다.

다섯 번째 신호 중간에 나이를 먹어서 쉿소리가 섞인 그의 음성이 들렸다. 늘 그렇듯 단도직입적이었고 전화를 건 사람에게 연락처나 메시지를 남기라고 하지도 않았다. "지금은 전화를 받을 수 없습니다. 나중에 연락드리겠습니다."

삑 하는 소리가 났고 내 목소리가 들렸다. 무슨 말을 할까 고민했던 기억은 없다. 내 입술이 저절로 움직이는 느낌이었다.

"오늘 저녁에 얻어맞았어요, 해리건 씨. 케니 얀코라는 덩치 큰 바보한테. 자기 신발을 닦으라고 했는데 제가 닦지 않았거든요. 고자질은 하지 않았어요. 그러면 끝장날 것 같아서요. 아저씨처럼 생각해보려고도 했고요, 그런데 계속 걱정이 돼요. 아저씨랑 얘기할 수 있으면 좋겠어요."

나는 하던 얘기를 잠깐 멈추었다.

"아저씨 전화기가 계속 켜져 있어서 기뻐요. 원리는 모르겠지만요."

나는 다시 하던 얘기를 멈추었다.

"보고 싶어요. 안녕."

나는 전화를 끊었다. 최근 통화 목록으로 들어가 통화한 게 맞는지 확인했다. 그의 연락처가 저녁 11시 2분이라는 시간과 함께 기록에 남아 있었다. 나는 전화기를 끄고 침대 옆 테이블에 올려놓았다. 스탠드를 끄고 거의 곧바로 잠이 들었다. 그게 금요일 밤이었다. 다음 날 밤, 아니면 일요일 새벽에 케니 얀코가 죽었다. 목을 매어 자살했다. 이러한 사인이나 다른 정황을 자세히 알게 된 것은 그로부터 1년 뒤의 일이었다.

* * *

루이스턴 시의 《선》에 케니스 제임스 얀코의 부고가 실린 것은 화요일이었다. "불의의 사고로 갑작스럽게 세상을 떠났다"는 내용이 전부였다. 그렇지만 월요일에 이미 학교에 소문이 다 났고 당연하게도 유언비어 공장이 열심히 돌아갔다.

본드를 마시다 심장마비로 죽었다는 둥.

아빠 엽총을 청소하다가(그의 집에 상비 무기고가 있다고 했다) 그게 발사됐다는 둥.

아빠 권총으로 러시안룰렛을 하다가 머리가 날아갔다는 둥.

술에 취해 계단에서 굴러 목이 부러졌다는 둥.

이 모든 게 낭설이었다.

빌리 보건이 미니버스에 타자마자 그 소식을 내게 알려주었다.

신이 나서 떠들어댔다. 게이츠 폴스에 사는 엄마 친구가 전화로 알려주었다고 했다. 그 친구가 길 건너편에 사는데, 그 집에서 시신이 들것에 실려 나왔고 대가족인 얀코 집안 식구들이 들것을 에워싸고서 큰소리를 내며 울었다고 했다. 퇴학당한 깡패라도 사랑해주는 사람들이 있었던 모양이었다. 나는 성경 봉독자로서 옷을 찢는 그들의 모습을 상상할 수 있었다.

나는 해리건 씨에게 전화를 걸었던 것을 당장, 그리고 죄책감을 느끼며 떠올렸다. 죽은 사람이 이 사건과 무슨 연관이 있겠느냐고 속으로 되뇌었다. 호러 만화가 아닌 현실 세계에서 그런 일이 가능하다 한들 나는 콕 집어서 케니가 죽길 바란 적은 없고 그저 날 건드리지 말아주길 바랐을 뿐이라고 속으로 되뇌었다. 변호사처럼 궤변을 늘어놓는 것 같았다. 그리고 장례식 다음 날 우리 모두에게 유산을 남기다니 해리건 씨는 좋은 분이라고 내가 말했을 때 그로건 부인이 했던 말이 계속 생각났다.

글쎄다. 올곧은 분이긴 했지만 눈 밖에 나면 난처해졌거든.

더스티 빌로도는 해리건 씨의 눈 밖에 났고 케니 얀코도 자기 부츠를 닦지 않는다고 나를 팼으니 그의 눈 밖에 났을 것이다. 하지만 해리건 씨는 더 이상 어쩔 수 없는 입장이었다. 나는 그 말을 계속 되뇌었다. 죽은 사람들은 더 이상 어쩔 수 없는 입장이라고. 물론 3개월 동안 충전하지 않은 전화기가 울리고 메시지를 내보내거나 접수하는 것도 있을 수 없는 일이긴 하지만…… 해리건 씨의 전화기는 울렸고 나는 탁한 그의 음성을 들었다. 그랬기 때문에 죄책감을 느끼면서도 한편으론 안도했다. 케니 얀코는 나를 다시 찾아오지 못할 것이었다. 그는 이제 내 눈 앞에서 사라졌다.

그날 자유 시간에 체육관에서 농구 슛 연습을 하고 있는데 하겐슨 선생님이 찾아와 나를 복도로 데려갔다.

"오늘 수업시간에 기운이 없더라?" 그녀가 말했다.

"아니에요."

"그랬어. 왜 그런지 알겠다만 뭐 하나 알려줄게. 네 또래 아이들은 세상을 프톨레마이오스적인 관점에서 바라보지. 나도 아직 나이가 그렇게 많지 않기 때문에 기억해."

"그게 무슨 말씀인지……."

"프톨레마이오스는 로마의 수학자이자 천문학자야. 그는 지구가 우주의 중심이고 지구를 중심으로 주변 모든 게 공전한다고 믿었어. 아이들은 온 세상이 *자기*들 중심으로 돌아간다고 생각하지. 자기가 모든 것의 중심이라는 발상은 대개 스무 살 무렵부터 희미해지기 시작하는데 너는 그 나이가 되려면 아직 멀었으니까."

그녀는 아주 진지한 표정으로 내게 바짝 몸을 숙였다. 나는 그렇게 예쁜 초록색 눈은 평생 본 적이 없었다. 그리고 향수 냄새 때문에 살짝 현기증이 났다.

"내 말뜻을 모르는 것 같으니 비유는 생략할게. 네가 얀코라는 아이의 죽음과 어떤 식으로든 연관이 있다고 생각한다면 꿈 깨. 아니니까. 내가 기록을 봤는데 걔는 심각한 문제가 있는 아이였어. 집에서도 학교에서도 정신적으로도. 어쩌다 그렇게 됐는지 모르겠고 알고 싶지도 않지만 나는 이게 다행이라고 본다."

"왜요?" 나는 물었다. "걔가 이제는 저를 때리지 못하게 돼서요?"

그녀는 다른 모든 곳처럼 예쁜 이를 드러내며 웃음을 터뜨렸다. "또 프톨레마이오스적인 관점이 등장하네. 그게 아니라, 크레이그, 걔가 아직 나이가 어려서 운전면허가 없었던 게 다행이라고. 그랬으면 다른 애들까지 같이 데려갔을지도 모르니까. 이제 다시 체육관으로 가서 슛 연습해라."

내가 걸음을 옮기려는데 그녀가 내 손목을 잡았다. 나는 11년이 지난 지금도 그때의 짜릿함을 기억한다. "크레이그, 아이가 죽었다는데 내가 다행스러워하면 안 되겠지. 그게 케니스 얀코 같은 악당이라도 말이야. 하지만 죽은 게 네가 아니라서 기쁘다고는 말할 수 있어."

문득 나는 그녀에게 모든 걸 고백하고 싶어졌고 어쩌면 모든 걸 고백했을 수도 있었다. 하지만 바로 그때 종이 울리면서 교실 문들이 열렸고 복도는 재잘대는 아이들로 가득 들어찼다. 하겐슨 선생님은 제 갈 길을 갔고 나도 내 갈 길을 갔다.

* * *

그날 밤 나는 휴대전화를 켜고 처음에는 그냥 멍하니 바라보며 용기를 그러모았다. 하겐슨 선생님이 그날 아침에 한 얘기가 일리는 있었지만 선생님은 해리건 씨의 휴대전화가 계속 작동이 되는 있을 수 없는 일이 벌어지고 있다는 걸 몰랐다. 나는 그녀에게 얘기할 기회가 없었고 앞으로도 영영 기회가 없을 거라는 생각이 들었다. 알고 보니 착각이었지만.

이번에는 안 될 거야. 나는 속으로 중얼거렸다. 지난번에 마지막 에너지를 끌어다 썼을 거야. 전구도 터지기 직전에 확 밝아지잖아.

나는 그의 연락처를 선택하고 아무 소리도 들리지 않거나 지금 거신 번호는 없는 번호라는 안내 메시지가 들리길 기다렸다. 아니, 사실상 소망했다. 하지만 신호가 갔고 몇 번 더 울린 뒤 해리건 씨의 목소리가 다시금 내 귀에 전해졌다. "지금은 전화를 받을 수 없습니다. 나중에 연락드리겠습니다."

"크레이그예요, 해리건 씨."

죽어서 지금쯤은 뺨에 곰팡이가 생겼을 사람(나도 자료 조사를 좀 했다)에게 말을 걸다니 바보가 된 기분이 들었다. 또 그런가 하면 전혀 바보가 된 기분이 아니었다. 부정한 땅을 밟는 사람처럼 겁이 났다.

"저기⋯⋯." 나는 입술을 축였다. "케니 얀코가 죽은 거랑 아저씨랑 아무 상관 없죠? 만약 상관있다면⋯⋯ 음⋯⋯ 벽을 두드려주세요."

나는 전화를 끊었다.

벽 두드리는 소리를 기다렸다.

아무 소리도 나지 않았다.

다음 날 아침에 나는 pirateking1이 보낸 메시지를 받았다. 그냥 여섯 글자였다. a a a. C C x.

맥락이 없었다.

나는 무서워서 죽을 것 같았다.

* * *

그해 가을 나는 케니 얀코 생각을 많이 했다(현재는 그가 한밤중에 집 밖으로 몰래 빠져나가려다가 2층에서 떨어졌다는 소문이 돌고 있었다). 해리건 씨와, 캐슬 호수에 던져버릴 것 그랬다 싶은 그의 전화기에 대해서는 그보다 더 많이 생각했다. 사람을 매료시키는 구석이 있었다. 우리 모두가 느끼는, 이상한 것에 끌리는 기분. 금지된 것들. 하마터면 해리건 씨에게 전화할 뻔한 적이 몇 번 있었지만 한 번도 하지 않았다. 적어도 그때는 말이다. 전에는 그의 음성을 들으면 안심이 됐고 경험과 성공을 상징하는 음성, 이를테면 나는 가져보지 못한 할아버지의 음성처럼 느껴졌다. 이제는 화창한 오후에 찰스 디킨스나 프랭크 노리스나 D. H. 로런스에 대해 얘기하거나 인터넷이 어떤 면에서 터진 수도관 같은지 설명했을 때의 음성이 기억나지 않았다. 거의 다 닳아버린 사포처럼 거칠게 나중에 전화하겠다고 하는 노인의 음성만 생각났다. 그리고 관 속에 누워 있는 해리건 씨도 생각났다. '헤이 앤드 피보디'의 장의사가 그의 눈꺼풀을 접착제로 붙였겠지만 그 접착제가 얼마나 갈까? 이제는 그 안에서 눈을 뜨고 있을까? 눈구멍 속에서 썩어가며 어둠을 응시하고 있을까?

이런 것들이 내 머릿속을 떠날 줄 몰랐다.

크리스마스 일주일 전 무니 목사님이 '얘기 좀 하자'며 나를 제의실로 불렀다. 얘기는 그가 거의 했다. 아버지가 나 때문에 걱정한다고 했다. 나는 살이 빠졌고 성적이 떨어졌다. 그는 자기에게 털어놓고 싶은 얘기가 없냐고 물었다. 나는 고민 끝에 있을지 모르겠다는 결론을 내렸다. 전부는 아니라 일부만이라도.

"제가 한 얘기에 대해 비밀을 지켜주실 건가요?"

"자해나 범죄, 그러니까 *심각한 범죄*와 관련된 게 아닌 이상. 나는 신부가 아니고 이건 가톨릭교회에서 하는 고해성사가 아니지만 믿음의 사람들은 대개 비밀을 잘 지키지."

나는 목사님에게 이야기를 털어놓기 시작했다. 케니 얀코라는 나보다 덩치가 훨씬 큰 학교 친구와 싸웠다가 흠씬 두들겨 맞았다고. 케니가 죽길 바란 적도 없고 그걸 위해 *기도한* 적도 절대 없었지만 나와 싸운 직후에 그가 죽어서 그 생각이 머리에서 떠날 줄 모른다고. 하겐슨 선생님은 아이들이 세상 모든 게 자기와 연관 있는 줄 알지만 그건 아니라고 했다고. 그 말을 듣고 조금 위로가 됐지만 그래도 내가 케니의 죽음에 관여했을지 모른다는 생각이 든다고.

목사님은 미소를 지었다. "선생님 말씀이 맞아, 크레이그. 나도 여덟 살 때까지 인도의 금이 간 부분을 피해 다녔지. 실수로 어머니 허리를 부러뜨리는 일이 없도록 말야."

"진짜로요?"

"진짜로." 그는 몸을 앞으로 숙였다. 얼굴에서 미소가 가셨다. "내 비밀을 지켜주면 나도 네 비밀을 지켜주마. 어때?"

"좋아요."

"나는 게이츠 폴스에 있는 세인트 앤 교회의 잉거솔 신부와 친구 지간이야. 얀코의 가족들이 다니는 교회지. 그가 말하길 그 얀코라는 아이는 자살을 했다더구나."

나는 헉 하고 숨을 토했던 것 같다. 케니가 죽은 주에 자살설이 돌긴 했지만 나는 그 말을 절대 믿지 않았다. 누가 물었다면 그 깡패 새끼는 자살의 'ㅈ'자도 생각한 적 없을 거라고 말했을 것이다.

무니 목사님은 계속 몸을 숙인 채로 있다가 양손으로 내 한쪽 손을 잡았다. "크레이그, 그 아이가 집에 가서 '맙소사, 나보다 어리고 몸집도 작은 애를 때렸네. 아무래도 자살해야겠어.' 이랬을 것 같니?"

"아뇨." 나는 말했다. 그리고 두 달 동안 참았던 것처럼 느껴지는 숨을 토했다. "그렇게는 하지 않았을 것 같아요. 어떻게 자살했대요?"

"묻지 않았고 설령 팻 잉거솔한테 들어 알고 있더라도 너한테는 얘기하지 않을 거다. 이제 그만 여기서 헤어 나와야 한다, 크레이그. 그 아이는 문제가 있었어. 너를 구타하려던 욕구는 여러 가지 문제들 중 한 증상이었을 뿐이야. 너와는 전혀 상관없어."

"그런데 제가 안심이 된다면요? 그에 대해서 더는 걱정할 필요가 없다는 데 안심이 된다면요?"

"인간적인 반응이라고 말하고 싶구나."

"고맙습니다."

"이제 기분이 좀 괜찮아졌니?"

"네."

정말 그랬다.

* * *

　학기가 끝나려 할 즈음, 하겐슨 선생님이 지구과학 시간에 함박 웃음을 머금고 우리 앞에 섰다. "너희들 이 주만 있으면 나한테서 탈출할 수 있다고 생각했을지 모르겠는데 나쁜 소식이 있어. 고등 학교에서 생물을 가르쳤던 디레셉스 선생님이 은퇴를 하셔서 내가 그 수업을 맡게 됐거든. 중학교를 졸업하고 고등학교로 건너가는 거라고 할까?"

　아이들 몇 명은 요란하게 앓는 소리를 냈지만 대부분은 박수를 쳤다. 나보다 더 열심히 박수 친 사람은 없었을 것이다. 내 사랑을 두고 떠나지 않아도 되게 된 것이었다. 사춘기 소년의 심정으로는 운명처럼 느껴졌다. 그리고 어떻게 보면 그 말이 맞았다.

* * *

　나 역시 게이츠 폴스 중학교를 뒤로 하고 게이츠 폴스 고등학교 에서 9학년을 시작했다. 그곳에서 나는 당시 '유보트'라 불리던 마 이크 유베로스를 만났다. 그는 현재 볼티모어 오리올스에서 백업 포수로 활약 중이다.

　운동선수와 학구파는 게이츠에서 서로 잘 어울리지 않았다. (운 동선수들은 파벌을 만드는 성향이 강하기 때문에 대부분의 고등학교에서 그럴 것이다.) 연극 「비소와 묵은 술」이 없었다면 우리 둘이 과연 친구 가 될 수 있었을까 싶다. 유보트는 2학년이었고 나는 미천한 1학넌이었으니 더욱 가당치 않았다. 하지만 우리는 친구가 되었고 지금까지도 그 관계를 유지하고 있다. 만나는 횟수가 점점 줄고는 있지만.

대부분의 고등학교에는 상급생 연극 공연이 있지만 게이츠 폴스는 아니었다. 해마다 연극이 두 차례 상연됐고 연극반에서 주도하기는 했지만 모든 학생이 오디션을 볼 수 있었다. 나는 그 연극의 줄거리를 알고 있었다. 어느 비 오는 토요일 오후 TV에서 영화로 본 적이 있었다. 재미있게 봤던 작품이라 오디션에 응모했다. 마이크도 연극반원이었던 여자친구의 설득에 넘어가 오디션에 참가했고 결국 살인범 조너선 브루스터 역을 맡게 됐다. 나는 종종거리며 다니는 그의 파트너 아인슈타인 박사로 뽑혔다. 영화에서는 피터 로어가 맡았던 역이었고 나는 모든 대사마다 "야스! 야스!" 해가며 그를 열심히 흉내 냈다. 별로 훌륭하지는 않았지만 관객들은 박장대소했다. 소도시였지 않은가.

아무튼 유보트와 나는 이런 경로로 친구가 됐고 케니 얀코의 사인도 그렇게 해서 알게 됐다. 알고 보니 목사님이 틀렸고 신문에 실린 부고가 맞았다. 실제로 사고가 있었던 것이다.

나는 마지막 총연습의 1막과 2막 사이 쉬는 시간에 콜라를 마시려고 했는데, 자동판매기가 내 돈 75센트를 꿀꺽하고는 아무것도 토해내지 않았다. 유보트가 여자친구를 두고 다가와 자판기의 오른쪽 위 모서리를 손바닥으로 세게 쳤다. 콜라 하나가 아래로 떨어졌다.

"고마워." 나는 말했다.

"별말씀을. 그 지점, 그쪽 모서리를 치면 된다는 것만 기억해."

나는 알겠다고 했지만 과연 그렇게 세게 칠 수 있을지 자신할 수 없었다.

"아, 맞다. 너 예전에 그 얀코라는 애랑 시비 붙은 적 있었다며? 진짜야?"

아니라고 하는 건 말이 되지 않았고(빌리와 두 여자애가 엄청 떠들고 다녔다) 이제 와서 그럴 이유도 없었다. 나는 맞는다고, 소문이 사실이라고 했다.

"걔가 어쩌다 죽었는지 알고 싶어?"

"지금까지 백 가지 버전을 들었는데. 형도 뭐 하나 더 있어?"

"나는 진실을 안단다, 꼬맹아. 우리 아빠가 누군지 알지?"

"당연하지." 게이츠 폴스 경찰 병력은 20명 남짓의 정복 경관과 경찰서장과 한 명의 형사로 이루어져 있었다. 그 형사가 바로 마이크의 아버지 조지 유베로스였다.

"콜라 한 모금 주면 얀코가 어떻게 됐는지 얘기해줄게."

"알았어. 하지만 마셨던 거 다시 뱉지는 마."

"내가 짐승으로 보이냐? 얼른 내놔라, 이 쫌팽아."

"야스, 야스." 나는 피터 로어 흉내를 냈다. 그는 킬킬거리며 콜라를 받아서 절반을 마시고는 트림을 했다. 복도 저편에서 그의 여자친구가 손가락을 입에 넣고 토하는 흉내를 냈다. 고등학교에서 하는 연애는 아주 고상하다.

"우리 아빠가 담당 수사관이었거든." 유보트가 콜라를 내게 돌려주며 말했다. "그 일이 있고 이삼일 뒤에 아빠가 하우스의 폴크 경사하고 얘기하는 걸 들었어. 하우스는 경찰서를 뜻하는 은어야. 두 분이 베란다에서 맥주를 마시고 있었는데 경사님이 얀코가 자가 발전을 하다가 그렇게 됐다는 얘기를 꺼내더라고. 아빠가 웃으면서 그걸 베벌리 힐스 넥타이라고 부른다고 들었다고 했지. 경사님은 딱하게도 얼굴이 그렇게 개떡같이 생겼으니 혼자 느끼는 수밖에 더 있었겠느냐고 했고 우리 아빠는 그러게, 슬프지만 사실이라고 했지. 그러더니 아빠가 머리칼 때문에 찜찜하다고 그러시더라고. 검시관도 그것 때문에 찜찜해했다면서."

"머리칼이 왜?" 나는 물었다. "그리고 베벌리 힐스 넥타이가 뭐야?"

"내가 휴대전화로 찾아봤어. 자기색정사를 그렇게 부르더라." 그는 자부심에 가까우리만치 조심스럽게 그 단어를 발음했다. "목을 매달고 정신이 몽롱한 상태에서 딸딸이를 치는 거야." 그는 내 표정을 보더니 어깨를 으쓱했다. "내가 지어낸 얘기 아니야, 아인슈타인 박사. 그냥 들은 대로 전하는 거지. 어마어마하게 흥분이 되는 모양인데 나는 패스하련다."

그건 나도 마찬가지였다. "머리칼은 왜?"

"내가 아빠한테 물어봤거든. 아빠는 함구하려고 하다가 내가 다 들었다고 하니까 결국 말씀해주셨어. 얀코의 머리칼 절반이 하얗게 셌더래."

*** *

　나는 거기에 대해 생각하고 또 생각했다. 어떻게 보면 내가 해리
건 씨가 무덤에서 일어나 나 대신 복수를 한 게 아닐까 생각한 적
이 있더라도 (가끔 밤에 잠이 안 올 때면 이 말도 안 되는 생각이 스멀스멀 머릿
속을 파고들었다) 유보트에게 들은 얘기 덕분에 종지부를 찍을 수 있
게 됐다. 붙박이장 안에서 바지를 발목까지 내리고 밧줄을 목에 걸
고 자가 발전을 하느라 얼굴이 자주색으로 변한 케니 얀코를 생각
하면 사실 안쓰러웠다. 이 얼마나 바보 같고 품위 없는 죽음인가.
"불의의 사고로" 세상을 떠났다는《선》의 부고는 우리 같은 학생들
이 알고 있는 것보다 더 정확했다.
　하지만 또 한편으로 생각하면 유보트의 아버지가 케니의 머리칼
을 두고 한 말이 있었다. 어떻게 그런 현상이 벌어질 수 있는지 궁
금함을 멈출 수 없었다. 케니는 그 붙박이장 안에서 온 힘을 다해
거시기를 흔들며 점점 정신을 잃어갔을 때 무엇을 보았던 것일까?
　결국 나는 가장 확실한 상담사인 인터넷을 찾았다. 여러 가지 의
견이 있었다. 어떤 과학자는 충격으로 사람의 머리칼이 하얘질 수
있다는 증거가 절대 없다고 주장했다. 다른 과학자들은 야스, 야스,
충분히 그럴 수 있다고 했다. 갑작스럽게 충격을 받으면 머리색을
결정하는 멜라닌 세포가 파괴될 수 있다는 것이다. 실제로 토머스
무어와 마리 앙투아네트가 처형 직전에 그런 현상을 보였다는 논
문도 있었다. 전해 내려오는 이야기에 불과하다며 깎아내리는 논
문도 있었다. 결국에는 해리건 씨가 가끔 주식을 두고 한 말과 비슷

했다. 돈을 내고 마음에 드는 걸 선택하기 나름이었다.

이런 의구심과 걱정은 조금씩 희미해져갔다. 그렇지만 그때나 지금이나 케니 얀코가 내 머릿속에서 완전히 잊혔다면 거짓말일 것이다. 붙박이장에서 목에 밧줄을 건 케니 얀코. 어쩌면 의식을 잃기 전에 밧줄을 풀 겨를이 있었을지도 모른다. 또는, 정말 어쩌면, 너무 끔찍한 무언가를 보고 공포로 기절했을 수도 있었다. 정말로 무서워서 죽었을 수도 있었다. 벌건 대낮에는 이런 가정이 말도 안 되게 느껴졌다. 하지만 밤에는, 특히 거센 바람이 작은 비명 소리를 내며 처마를 훑을 때는 그렇지가 않았다.

* * *

포틀랜드의 부동산업체에서 해리건 씨의 집 앞에 매물 팻말을 설치했고 몇 사람이 와서 구경했다. 대부분 보스턴이나 뉴욕에서 비행기를 타고(일부는 전세기를 타고) 건너왔음직한 부류였다. 해리건 씨의 장례식에 참석했던 사업가들처럼 돈을 더 내고 비싼 차를 렌트하는 그런 부류였다. 내가 처음으로 본 게이 부부도 있었는데, 젊었지만 누가 봐도 돈이 많았고 누가 봐도 서로 사랑하는 사이였다. 그들은 멋들어진 BMW i8을 타고 와서 어디든 손을 잡고 다녔고 부지를 보며 *와우*와 *끝내준다*를 반복했다. 그러더니 사라져 그길로 끝이었다.

내가 이런 잠재 고객을 여럿 볼 수 있었던 이유는 유산(래퍼티 씨가 당연히 관리하는)으로 그로건 부인과 피트 보츠윅을 계속 고용했고 피트가 나를 부지 관리 보조로 써주었기 때문이었다. 그는 내가 화분을 잘 가꾸고 열심히 일한다는 걸 알았다. 나는 일주일에 10시간 일하고 시간당 12달러를 받았다. 거금의 신탁펀드가 있긴 해도 대학교에 입학할 때까지는 손에 쥘 수가 없었으니 그 돈이 아주 요긴하게 쓰였다.

피트는 잠재 고객들을 '리치 리치'라고 불렀다. 렌트한 BMW를 타고 온 그 부부처럼 다들 와서 *와우*라고 했지만 집은 사지 않았다. 흙길에 있는 집이고 경치가 훌륭하기는 해도 으리으리하지는 않았으니(호수도 없고 산도 없고 등대가 설치된 바위 해변도 없고) 내가 보기에도 그럴 만했다. 피트와 그로건 부인의 생각도 마찬가지였다. 그들은 이 집을 '애물단지'라고 불렀다.

* * *

2011년 초겨울, 나는 정원 일을 해서 모은 돈으로 1세대 아이폰을 아이폰4로 업그레이드했다. 그날 저녁에 연락처를 옮기는데 스크롤을 하다가 해리건 씨의 번호와 맞닥뜨렸다. 나는 별생각 없이 번호를 건드렸다. 화면에 해리건 씨에게 연결 중이라고 떴다. 나는 두려움과 호기심을 동시에 느끼며 전화기를 귀에 갖다 댔다.

해리건 씨가 녹음한 부재중 메시지가 흘러나오지 않았다. 없는 번호라고 알려주는 로봇 같은 음성도 들리지 않았고 신호가 가지도 않았다. 잔잔한 정적뿐이었다. 새로 바꾼 내 전화기는, 헤헤, 무덤처럼 조용했다.

다행이었다.

* * *

나는 2학년 때 생물학 수업을 들었고 담당인 하겐슨 선생님은 변함없이 아름다웠지만 이제는 내 사랑이 아니었다. 내가 좀더 접근이 가능한 (그리고 연령대가 맞는) 아가씨에게로 관심을 돌렸기 때문이었다. 웬디 제러드는 이제 막 교정기를 졸업한 모턴 출신의 아담한 금발이었다. 이내 우리는 함께 공부하고 함께 영화를 보러 다니고 (그러니까 우리 아빠나 그녀의 엄마나 아빠가 데려다주면) 뒷줄에서 서로의 몸을 주물렀다. 가능한 선에서 온갖 끈적끈적한 짓을 자행했다.

하겐슨 선생님을 향한 나의 짝사랑은 자연 소멸됐고 그 덕분에 우정의 길이 열렸다. 나는 가끔 학교에 화분을 들고 갔고 금요일 방과 후에 화학반 친구들과 함께 실험실 청소를 거들었다.

그렇게 청소를 거들던 어느 날 오후에 내가 선생님에게 귀신을 믿느냐고 물은 적이 있었다. "과학자고 하니까 안 믿으시겠죠?"

그녀는 내 말에 웃음을 터뜨렸다. "나는 과학자가 아니라 교사지."

"무슨 의미인지 아시잖아요."

"아마도. 하지만 나는 독실한 가톨릭신자야. 그러니까 하느님과 천사와 영혼의 세계를 믿는다는 뜻이지. 구마의식이나 마귀 들림, 그런 건 선을 넘은 느낌이지만 귀신? 그건 전문가들의 판단에 맡기자. 하지만 내가 강령회에 참석하거나 위저 보드를 건드리는 일은 없을 거야."

"왜요?"

우리는 개수대 청소를 하고 있었다. 화학반 아이들이 주말 전에 해야 하는 일이지만 거의 하는 법이 없었다. 하겐슨 선생님은 미소를 지으며 하던 일을 멈추었다. 조금 당황해서 그랬던 것 같다. "과학 쪽 일을 한다고 해서 미신의 영향을 전혀 받지 않는 건 아니야, 크레이그. 나는 이해하지 못하는 건 건드리지 않아. 우리 할머니가 말씀하시길 응답을 바랄 때만 부르짖으라고 하셨거든. 좋은 충고라고 생각해. 그런데 그건 왜 묻니?"

케니 생각이 여전히 머릿속을 떠날 줄 모른다고 실토하지는 않을 작정이었다. "저도 감리교도고 저희 교회에서는 성령에 대해 얘기하거든요. 그런데 킹 제임스 버전 성경에는 성령이 성신이라고 되어 있어서 그 생각이 났나 봐요."

"글쎄다, 귀신이 실제로 있더라도." 그녀가 말했다. "전부 성신은 아닐 거야."

* * *

나는 어떤 종류로든 작가가 되고 싶은 마음이 여전히 있었지만 시나리오 작가가 되려는 열망은 식었다. 시나리오 작가와 신인 여배우에 대해 해리건 씨가 알려준 우스갯소리가 가끔 한 번씩 생각나 연예계에 대한 환상에 찬물을 끼얹었다.

그해 크리스마스에 아빠에게 노트북을 선물 받고 그걸로 단편을 쓰기 시작했다. 한 문장, 한 문장은 괜찮았지만 모든 문장이 더해져 완전체를 이루어야 하는데 내 원고는 그렇지 못했다. 이듬해에 영어과 주임 선생님이 교지 편집을 맡기면서 나는 언론병이 생겼고 지금까지 그 병에서 치유되지 못했다. 아마 영원히 그럴 것 같다. 자기에게 맞는 자리를 찾으면 머리가 아니라 영혼 속에서 딸깍 하는 소리가 들린다고 생각한다. 그 소리를 못 들은 척할 수도 있지만 아니, 그럴 이유가 없지 않은가.

나는 키가 자라기 시작했고 2학년 때 웬디에게 피임도구가 있다는 걸 보여주고(콘돔을 사다 준 사람이 유보트였다) 둘이 같이 동정에서 탈출했다. 고등학교를 반에서 3등으로 졸업했고(학생 수가 142명뿐이었지만 그래도) 아빠에게 도요타 코롤라를 선물 받았다(중고였지만 그래도). 기자 지망생들 사이에서 명문으로 통하는 에머슨 대학교에 합격했고 부분 장학금이라도 받을 수 있었을 테지만 해리건 씨 덕분에 신청할 필요가 없었다. 감사한 일이었다.

14세에서 18세 사이에 질풍노도가 몇 번 닥쳤지만 뭐 그리 많지는 않았다. 케니 얀코와의 악몽으로 사춘기의 불안이 일찌감치 대거 해소된 느낌이었다. 그리고 나는 아빠를 사랑했고 세상에 우리 둘뿐이었다. 그것도 영향을 미쳤다고 본다.

대학교 생활을 시작했을 무렵에는 케니 얀코 생각을 거의 하지 않았다. 하지만 해리건 씨는 계속 생각했다. 그가 대학으로 가는 레드 카펫을 깔아주었으니 당연한 노릇이었다. 하지만 유난히 자주 생각나는 날이 있었다. 그런 날 집에 있으면 그의 무덤가에 꽃을 들고 갔다. 외지에 있으면 피트 보츠윅이나 그로건 부인이 내 대신 꽃을 놓아주었다.

밸런타인데이. 추수감사절. 크리스마스. 그리고 내 생일.

이런 날에는 항상 1달러짜리 즉석복권을 샀다. 가끔은 2, 3달러, 아니면 5달러, 한번은 50달러에 당첨된 적도 있었지만 잭팟 같은 것은 터진 적이 없었다. 그래도 상관없었다. 당첨됐다 한들 나는 그 돈을 자선단체에 기부했을 것이다. 내가 복권을 산 이유는 기억하기 위해서였다. 아저씨 덕분에 나는 이미 부자였다.

* * *

래퍼티 씨의 신탁 펀드가 워낙 넉넉했기에 나는 에머슨 대학교 3학년 때 아파트를 살 수 있었다. 방 2개에 화장실 하나짜리였지만 동네가 소형 아파트도 결코 저렴하지 않은 백베이였다. 이 무렵 나는 문학 잡지사에서 근무하고 있었다. 《플라우셰어스》라는 유수의 잡지사로 항상 잘나가는 편집장이 자리를 지키고 있었지만 산더미처럼 쌓인 원고를 읽을 사람이 필요했고 그게 바로 나였다. 대부분의 원고가 망작의 고전으로 영원히 기억에 남을 「내가 어머니를 싫어하는 10가지 이유」와 오십보백보였지만 그래도 나는 그 일이 좋았다. 재수 없는 발언처럼 들릴지 모르겠지만 수많은 작가 지망생들의 필력이 나보다 얼마나 못한지 알 수 있어서 기운이 났다. 실제로 내가 재수 없는 인간인지도 모르지만.

어느 날 저녁 왼편에는 오레오 한 접시를, 오른편에는 차 한 잔을 놓고 이 일을 하고 있었을 때 휴대전화가 울렸다. 아빠였다. 안 좋은 소식이 있다며 하겐슨 선생님이 돌아가셨다고 했다.

잠깐 동안 나는 아무 말도 할 수가 없었다. 산더미처럼 쌓인 시와 단편소설 원고가 문득 아주 하찮게 느껴졌다.

"크레이그?" 아빠가 물었다. "내 말 듣고 있니?"

"네. 어쩌다가요?"

아빠는 아는 대로 얘기해줬다. 며칠 뒤 게이츠 폴스 《위클리 엔터프라이즈》 온라인판이 업로드됐을 때 좀더 자세히 알 수 있었다. 존경받던 교사 부부 버몬트에서 유명을 달리하다가 헤드라인이었다. 빅토리아 하겐슨 콜리스 선생님은 게이츠 폴스에서 계속 생물을 가르치고 있었다. 남편은 인근 캐슬 록의 수학 선생님이었다. 그들은 봄방학 때 오토바이를 타고 매일 숙소를 바꿔가며 뉴잉글랜드 지역을 횡단하기로 했다. 귀갓길에 오른 그들이 뉴햄프셔 접경의 버몬트에 다다랐을 때 매사추세츠주 월섬 출신의 31세 딘 휘트모어가 2번 국도 중앙선을 침범해 그들과 정면 출동했다. 테드 콜리스는 즉사했다. 빅토리아 콜리스, 내가 케니 얀코에게 얻어맞았을 때 교사 휴게실로 데려가 핸드백에서 진통제를 몰래 꺼내주었던 여인은 병원으로 이송 도중 사망했다.

나는 전해 여름에 《엔터프라이즈》에서 인턴으로 일하며 주로 쓰레기통 비우는 일을 했지만 운동 경기와 영화 후기를 몇 개 작성한 적이 있었다. 나는 편집장인 데이브 가드너에게 연락했고 그는 기사에 실리지 않은 이야기들을 들려주었다. 딘 휘트모어는 음주운전으로 4번 체포된 전적이 있었지만 아버지가 헤지펀드 업계의 거물이라(해리건 씨가 이런 졸부를 얼마나 질색했던가) 처음 세 번은 몸값 비싼 변호사들이 막아주었다. 네 번째에는 힝햄의 '조니스 고마트'의 한쪽 벽을 들이받은 뒤에 철창신세는 면했지만 면허가 취소됐다. 그는 무면허로 음주운전을 하다 콜리스의 오토바이를 들이받았다. 데이브의 말로는 '만취 상태'였다고 했다.

"손목 한 대 맞고 끝나겠지." 데이브가 말했다. "아버지가 손을 쓸 테니. 두고 봐."

"그럴 리가요." 그럴 수 있다는 생각만 해도 구역질이 나려고 했다. "편집장님이 알고 계신 정보가 맞는다면 명백한 차량 질주 살인이잖아요."

"두고 봐." 그는 같은 말을 반복했다.

* * *

장례식은 세인트 앤 교회에서 거행됐는데, 하겐슨 선생님과(그녀를 빅토리아라고 기억하는 것은 내게 불가능한 일이다) 남편이 거의 한평생 출석했고 결혼식까지 치른 곳이었다. 해리건 씨가 돈이 많았고 오랫동안 미국 재계를 주무르고 흔들었을지 몰라도 테드와 빅토리아 콜리스 부부의 장례식장에 참석한 조문객들이 훨씬 많았다. 세인트 앤은 대형 교회였지만 그날은 입석밖에 없었고 잉거솔 신부님은 마이크를 쓰지 않았다면 흐느낌에 묻혀 목소리가 들리지 않았을 것이다. 두 사람 모두 인기가 많은 교사였고 천생연분이었고 당연히 젊었다.

조문객들도 대부분 젊었다. 그 자리에는 내가 있었다. 레지나와 마지도 있었다. 빌리 보건도 있었다. 플로리다의 싱글A 야구단에서

뛰는 유보트도 와 있었다. 유보트와 나는 나란히 앉았다. 그는 울지는 않았지만 눈이 빨갰고 그 큰 덩치로 훌쩍거렸다.

"선생님 수업 들은 적 있어?" 나는 소곤소곤 물었다.

"생물 2." 그는 소곤소곤 대답했다. "삼 학년 때. 졸업하려면 들어야 해서. 나한테 C학점을 선물하셨어. 선생님이 맡은 철새 관찰반 활동도 했지. 대학에 지원했을 때 선생님이 추천서를 써주셨고."

그녀는 내 추천서도 써주었다.

"이건 정말 너무하다." 유보트가 말했다. "두 분은 오토바이를 탄 것밖에 없었는데." 그는 말을 하다 말고 잠깐 멈추었다. "게다가 헬멧도 썼고."

빌리는 달라진 게 없었지만 마지와 레지나는 화장을 하고 다 큰 아가씨 같은 원피스를 입어서 어른처럼 보였다. 그 둘은 장례식이 끝났을 때 밖에서 나를 안아주었고 레지나가 말했다. "너 얻어맞았을 때 선생님이 치료해주셨던 거 기억나지?"

"그럼." 나는 말했다.

"나한테 핸드크림도 쓰라고 하셨는데." 레지나는 다시 울음을 터뜨렸다.

"그 자식이 감옥에서 썩었으면 좋겠다." 마지가 표독스럽게 말했다.

"옳소." 유보트가 말했다. "철창에 가두고 열쇠를 던져버렸으면."

"그렇게 되겠지." 나는 말했지만 당연히 내 생각은 틀렸고 데이브 편집장의 짐작이 맞았다.

* * *

딘 휘트모어는 그해 7월에 재판을 받았다. 4년 형이 선고됐지만 재활센터에 입소하고 그 4년의 기간 동안 수시로 소변 검사에 응하는 조건으로 집행이 유예됐다. 나는 다시 《엔터프라이즈》에서 이번에는 유급으로 근무 중이었고(파트타임에 불과했지만 그래도) 지역 사회 소식과 비정기적인 특집 기사 담당으로 승진했다. 휘트모어의 형이 선고되던 날(그것도 선고라고 할 수 있을지 모르겠지만) 나는 데이브 가드너에게 분노를 표출했다.

"나도 알아, 엿 같지." 그는 말했다. "하지만 너도 이제 철이 들어야지, 크레이그. 우리가 사는 현실 세계에서는 뭐니 뭐니 해도 머니가 최고거든. 이 휘트모어 사건에서는 중간에 돈이 오갔을 거야. 장담해도 좋아. 이제 크래프트 축제를 취재한 사백 단어짜리 기사 넘길 때 되지 않았나?"

* * *

재활센터(테니스 코트와 퍼팅 그린이 갖추어져 있을지 모를)로는 부족했다. 4년 동안 소변 검사를 받는 걸로는 부족했다. 특히 언제 검사가 이루어질지 미리 알면 돈을 주고 깨끗한 샘플을 입수할 수 있을 테고 휘트모어는 그럴 가능성이 컸다.

그해 8월이 소진되어 가는 동안 나는 가끔 수업 시간에 읽었던 아프리카 속담을 떠올렸다. 노인 한 명이 죽으면 도서관 하나가 불

타 없어지는 것과 같다. 빅토리아와 테드는 노인이 아니었지만 그래서 더 나빴다. 그들의 가능성을 앞으로 실현할 일이 없지 않겠는가. 장례식에 참석했던 아이들, 현재 학생들과 내 친구들이나 나와 같은 최근 졸업생들을 보면 *뭔가*가 불타 없어져 두 번 다시 복구할 수 없게 됐다는 것을 알 수 있었다.

나는 그녀가 칠판에 거침없이 그렸던 예쁜 나뭇잎과 나뭇가지를 떠올렸다. 금요일 오후에 생물 실험실을 청소하고 추가로 화학 실험에 쓰이는 나머지 절반까지 치웠을 때 우리 둘 다 냄새 때문에 웃었고 그녀는 이러다 지킬 박사인 화학반 학생들이 하이드 씨로 돌변해 복도에서 미친 듯이 날뛰는 거 아니냐고 했던 것을 떠올렸다. 내가 케니에게 얻어맞고 체육관으로 다시 들어가고 싶지 않다고 했을 때 그녀가 *하긴 그럴 만도 하지,* 라고 했던 것을 생각했다. 이런저런 것들을 생각하며 그녀의 향수 냄새를 떠올리다가 그녀를 죽인 밥맛은 재활센터를 졸업하면 파리에서 보내는 일요일처럼 행복하게 일상으로 복귀하겠구나 하는 생각을 했다.

아니, 그걸로는 부족했다.

나는 그날 오후에 집에 가서 뭘 그리고…… 왜 찾는지 내 자신에게조차 시인하지 않고 내 방 책상 서랍을 뒤졌다. 찾는 건 거기 없었다. 실망스러운 동시에 안심이 됐다. 나는 이제 그만 나오려다가 다시 들어가 까치발을 하고, 잡동사니가 쌓인 붙박이장 맨 위 서랍을 더듬었다. 예전에 쓰던 알람시계, 스케이트보드를 타다가 집 앞 길에서 떨어뜨려 고장 난 아이팟, 한데 뒤엉킨 유무선 이어폰이 있었다. 야구카드를 모아둔 상자와 스파이더맨 만화책 더미도 있었다. 제일 뒤에 이제 내 몸에 걸치기에는 너무 작은 레드삭스 스웨트 셔츠가 있었다. 그걸 들추자 그 아래에 아버지에게 크리스마스 선물로 받은 아이폰이 있었다. 내가 쥐방울이었던 시절에 쓰던 것. 충전기도 같이 있었다. 나는 뭘 어쩌려는 건지 여전히 인정하지 않은 채 예전에 쓰던 전화기를 콘센트에 꽂았는데, 이제 와 그날을 생각해보면(그리 한참 전도 아니다) 화학 실험실 개수대를 치우며 하겐슨 선생님이 했던 얘기가 발단이 아니었나 싶다. 응답을 *바랄 때만* 부르짖으라. 그날 나는 응답을 바랐다.

충전이 안 될 수도 있어. 나는 속으로 중얼거렸다. *하도 오랫동안 먼지만 뒤집어쓰고 있었잖아.* 하지만 충전이 됐다. 그날 밤 아빠가 주무시러 들어간 이후에 집어보니 오른쪽 위 모서리에 충전이 다 됐다는 표시가 떠 있었다.

아, 그 추억 여행이란. 아주 오래전에 받은 이메일, 아빠의 머리가 희끗희끗해지기 전에 찍은 사진, 빌리 보건과 주고받은 문자메시지. 그 안에 무슨 소식이랄 건 없었고 그저 우스갯소리 아니면 **방금 전에 방귀 뀌었다**, 이런 식의 유용한 정보와 **대수 숙제 했냐**, 이런 식의 예리한 질문들이었다. 우리는 델몬트 캔을 왁스 바른 실로 연결한 두 아이와 같았다. 생각해보면 현대 커뮤니케이션의 실체가 그것이다. 잡담을 위한 잡담 말이다.

나는 면도할 필요도 없었고 레지나에게 입을 맞춘 것이 엄청난 사건이었던 시절에 그랬듯 전화기를 들고 침대로 올라갔다. 다만 한때는 넓게 느껴졌던 침대가 지금은 너무 작게 느껴졌다. 나는 방을 가로질러, 중학생인 내게는 섹시미의 화신처럼 보였던 케이티

페리의 포스터를 바라보았다. 나는 이제 그 시절의 쥐방울보다 나이를 먹었지만 달라진 게 없었다. 참 재미있게 돌아가는 인생이다.

귀신이 실제로 있더라도. 하겐슨 선생님은 이렇게 말했다. *전부 성신은 아닐 거야.*

그 생각이 떠오르자 나는 거의 그만둘 뻔했다. 하지만 그 무책임한 밥맛이 재활센터에서 테니스를 치는 광경이 다시 한번 생각나자 나는 계획대로 강행해 해리건 씨의 번호로 전화를 걸었다. *괜찮아.* 나는 속으로 중얼거렸다. *아무 일도 없을 거야. 아무 일도 없을 수밖에 없지. 이건 분노와 슬픔을 뒤로하고 이제 그만 잊을 수 있게 머릿속을 정리하려는 하나의 방편일 뿐이야.*

하지만 머릿속 한구석에서는 무슨 일이 벌어질지 알았기 때문에 정적이 아닌 신호음이 들렸을 때 나는 놀라지 않았다. 거의 7년 전에 내가 죽은 사람의 주머니에 넣은 전화기에서 흘러나오는 그의 쇳소리 섞인 음성이 들렸을 때도 마찬가지였다. "지금은 전화를 받을 수 없습니다. 나중에 연락드리겠습니다."

"안녕하세요, 해리건 씨. 저 크레이그예요." 내가 시신에게 말을 걸고 있고 그 시신은 실제로 듣고 있을지 모른다는 점을 감안했을 때 그것치고 내 목소리는 아주 침착했다. "제가 고등학교 때 제일 좋아했던 선생님과 그분의 남편을 죽인 딘 휘트모어라는 남자가 있어요. 술 마시고 차로 두 분을 쳤어요. 두 분 다 좋은 분들이었고 그 선생님은 제가 힘들었을 때 도와주셨는데 그 남자는 죗값을 치르지 않았어요. 이상이에요."

하지만 그게 다가 아니었다. 메시지를 남길 수 있는 시간이 최소

30초는 될 텐데 아직 시간이 남았다. 그래서 나는 거의 으르렁거리는 수준으로 언성을 낮추고 그 나머지를, 핵심을 말했다. "그 남자가 죽었으면 좋겠어요."

* * *

요즘 나는 올바니와 그 일대에 배포되는 《타임스 유니언》 신문사에서 근무한다. 연봉이 쥐꼬리만 해서 《버즈피드》나 《TMZ》에 기고하는 편이 수입이 더 많을지 모르지만 나에겐 신탁 펀드라는 안전책이 있고, 나는 진짜 신문을 만드는 것이 좋다. 요즘은 대부분의 사건들이 온라인에서 이루어지지만 말이다.

나는 이 신문사의 IT 고문인 프랭크 제퍼슨과 친해졌다. 어느 날 저녁 '매디슨 포어 하우스'에서 같이 맥주를 마시다 예전에 죽은 사람의 음성사서함과 연결된 적이 있는데…… 그가 살아 있을 때 썼던 예전 휴대전화로 전화를 걸었을 때만 그랬다고 말했다. 프랭크에게 그런 사례를 들어본 적 있느냐고 물었다.

"아니." 그가 말했다. "하지만 있을 수 있는 일이야."

"어째서?"

"나야 모르지만 초창기 컴퓨터와 휴대전화에는 온갖 희한한 문제들이 많았거든. 그중 일부는 전설급이지."

"아이폰도?"

"특히 아이폰이." 그는 맥주를 꿀꺽꿀꺽 마셨다. "급하게 생산됐으니까. 스티브 잡스는 절대 인정하지 않겠지만 애플 측은 이삼 년,

아니 일 년만 늦어도 블랙베리가 시장을 완전히 점유하는 건 아닐지 벌벌 떨었거든. 일 세대 아이폰 가운데 일부는 문자 '엘'(l)을 입력할 때마다 록이 걸렸어. 이메일을 보낸 다음 인터넷을 서핑하는 건 돼도 인터넷을 서핑한 *다음* 이메일을 보내려고 하면 가끔 충돌이 났고."

"나도 한두 번 그런 적이 있었는데." 나는 말했다. "그래서 다시 시작해야 했어."

"그치. 그 비슷한 현상들이 얼마나 많았다고. 아까 네가 얘기한 그거? 아마 그 사람의 메시지가 소프트웨어 어딘가에 걸렸을 거야, 오도독뼈 조각이 잇새에 끼듯. 기계 속 귀신이라고 할까."

"그러게." 나는 말했다. "하지만 성신은 아니지."

"응?"

"아무것도 아니야." 나는 말했다.

* * *

딘 휘트모어는 '레이븐 마운틴 치료센터'라는 뉴햄프셔 북부의 으리으리한 알코올중독 치료소(실제로 테니스 코트가 있었고 셔플보드와 수영장도 있었다)에 입소한 지 이틀 만에 죽었다. 나는 노트북과 《위클리 엔터프라이즈》 컴퓨터에 그의 이름으로 구글 알람을 설정해놓았기 때문에 그 사건이 벌어지자마자 알아차렸다. 사인이 명시되지 않았기에(뭐니 뭐니 해도 머니가 최고다) 나는 메이드스톤이라는 뉴햄프셔의 인근 도시로 잠깐 출장을 다녀왔다. 가서 기자로 변신해 몇 가지 질문을 하고 해리건 씨의 돈을 좀 뿌렸다.

사인을 파악하기까지 그리 오래 걸리지 않았다. 자살의 관점에서 보았을 때 휘트모어의 케이스는 많이 평범하지 않았다. 딸딸이를 치다가 목 졸려 죽는 것이 평범하지 않다면 그는 더했다. 레이븐 마운틴에서 입소자들은 약쟁이나 알코올중독자가 아니라 손님이라고 불렸고 각 방마다 샤워실이 따로 있었다. 딘 휘트모어는 아침 식사 전에 샤워실로 들어가 샴푸를 마셨다. 자살하려는 게 아니라 활주로에 기름칠을 하기 위해서인 듯했다. 그런 다음 비누를 반으로 쪼개 절반은 바닥에 버리고 나머지 절반을 자기 목구멍에 욱여넣었다.

나는 이 얘기를 레이븐 마운틴에서 술꾼과 마약꾼들이 나쁜 습관을 끊을 수 있도록 돕는 일을 하는 상담사에게 들었다. 이름이 랜디 스콰이어스였던 이 친구는 내 도요타에 앉아 나한테 받은 50달러로 산 와일드터키 위스키를 병째 마셨다(그러게 이 무슨 아이러니한 상황인지). 나는 휘트모어가 유서를 남겼는지 물었다.

"남겼어요." 스콰이어스가 말했다. "사실 좀 깜찍했어요. 기도문 같았다고 할까. '당신이 줄 수 있는 모든 사랑을 베풀며.'"

팔에 소름이 돋았지만 소매로 가려졌고 나는 애써 미소를 지었다. 나는 그에게 그건 기도문이 아니라 태미 와이넷이 부른 「스탠드 바이 유어 맨」의 가사라고 알려줄 수도 있었다. 그래봐야 스콰이어스는 알아차리지 못할 것이었고 나는 그가 알아차려주길 바랄 이유가 없었다. 그건 해리건 씨와 나 사이의 일이었다.

* * *

나는 3일 동안 그 사건을 수사했다. 집으로 돌아오니 아빠가 짧은 휴가를 재밌게 즐겼느냐고 물었다. 나는 그렇다고 했다. 두어 주 있으면 학기가 다시 시작될 텐데 준비 잘했느냐고 물었다. 나는 그렇다고 말했다. 아빠는 유심히 나를 살피더니 무슨 일 있느냐고 물었다. 나는 없다고 대답했지만 그게 진짜인지 거짓말인지 알 수 없었다.

나는 여전히 케니 얀코는 불의의 사고로 죽었고 딘 휘트모어는 죄책감 때문에 자살했다고 믿고 싶은 마음이 있었다. 해리건 씨가 어떤 식으로 그들 앞에 나타나 죽음을 유도했을지 열심히 상상해 보았지만 쉽지 않았다. 만약 그랬다면 내가 살인 종범인 셈이었다. 법적으로는 아닐지 몰라도 도덕적으로는 말이다. 휘트모어가 죽길 바라지 않았던가. 어쩌면 마음속 깊은 곳에서는 케니도 죽길 바랐을 것이다.

"정말이지?" 아빠가 물었다. 내게 시선을 고정하고는 내가 어린 시절에 작은 실수를 저질렀을 때 그랬듯이 이리저리 살폈다.

"진짜예요." 나는 말했다.

"알았다. 하지만 하고 싶은 얘기가 있으면 내가 있다는 걸 잊지 마라."

그렇다, 고맙게도 내 곁에는 아빠가 있었지만 이건 누구하고도 나눌 수 있는 얘기가 아니었다. 정신병자로 취급당하고 싶지 않은 한 말이다.

내 방으로 들어가 붙박이장 선반에서 그 옛날 아이폰을 꺼냈다. 배터리가 제법 많이 남아 있었다. 나는 도대체 왜 이걸 꺼냈을까? 무덤 속의 그에게 전화해 고맙다고 인사할 생각이었을까? 진짜 거기 있느냐고 물을 작정이었을까? 모르겠고 상관도 없다. 나는 전화를 걸지 않았다. 전화기를 켜 보니 pirateking1이 보낸 문자가 와 있었다. 벌벌 떨리는 손가락으로 눌러서 열어 보니 이렇게 적혀 있었다. C C C sT.

그걸 보는데, 그 늦은 여름 전까지는 내 머릿속을 건드리고 지나간 적도 없는 생각이 떠올랐다. 내가 해리건 씨를 볼모로 잡고 있는 거면 어쩐다? 내가 관 뚜껑이 닫히기 전에 재킷 주머니에 전화기를 찔러 넣는 바람에 그가 나의 세속적인 걱정과 연결이 되어버렸다면? 내가 부탁한 일이 그를 해치고 있다면? 심지어 그를 고문하고 있다면?

그럴 리 없어. 나는 생각했다. *그로건 부인이 더스티 빌로도에 대해서 뭐라 그랬는지 생각해봐. 그 뒤로 도런스 마스텔라 할멈의 축사에서 닭똥 치우는 일도 하지 못했다고 했잖아. 해리건 씨가 철저하게 막아서.*

그렇다, 그리고 다른 말도 한 게 있었다. 그는 올곧은 분이었지만 그분의 기대에 부응하지 못한 사람은 주님의 가호를 바랄 수밖에 없었다고. 딘 휘트모어는 올곧았던가? 아니었다. 케니 얀코는 올곧았던가? 마찬가지였다. 그러니까 해리건 씨는 기꺼이 협조했을지 모른다. 어쩌면 심지어 즐겼을지 모른다.

"그분의 소행이라면." 나는 속삭였다.

그의 소행이었다. 나도 마음속 깊은 곳에서는 그렇다는 것을 알았다. 그리고 아는 게 하나 더 있었다. 그 메시지가 무슨 뜻인지 알았다. *크레이그 그만.*

내가 그를 해치고 있기 때문일까 아니면 내가 내 자신을 해치고 있기 때문일까?

나는 결국에는 상관없다는 결론을 내렸다.

* * *

다음 날에는 비가 많이 내렸다. 일이 주 있으면 첫 단풍이 보이기 시작할 것임을 알리는, 천둥 없이 으슬으슬한 폭우였다. 비가 와서 다행이었던 것이, 아직까지 남아 있던 피서객이 별장 안에 틀어박혀서 캐슬 호수에 아무도 없었다. 나는 호수 북단의 피크닉 장소에 차를 대고 어렸을 때 바위 턱이라고 불렀던 곳까지 걸어갔다. 수영복을 입고 서서 서로 뛰어내려 보라고 도발했던 곳인데, 실제로 뛰어내린 아이도 있었다.

나는 솔잎이 끝나고 뉴잉글랜드의 궁극적 진실이랄 수 있는 민둥 바위가 시작되는 노두(露頭) 입구로 다가갔다. 치노 바지 오른쪽 주머니에서 1세대 아이폰을 꺼냈다. 잠깐 손에 들고서 무게를 느끼며, 그 크리스마스 날 아침에 상자를 개봉하고 애플 로고를 보았을 때 얼마나 기뻤던지 기억을 더듬었다. 좋아서 비명을 질렀던가? 기억은 나지 않지만 아마 그랬을 것이다.

아직 배터리가 반 조금 안 되게 남아 있었다. 나는 해리건 씨에게 전화했고 엘름 공동묘지의 어두컴컴한 땅속, 이제는 곰팡이로 반점이 생겼을 비싼 양복 재킷 주머니에서 태미 와이넷이 노래를 부르고 있을 것임을 알았다. 그가 쇳소리 섞인 음성으로 나중에 연락하겠다고 말하는 녹음 메시지를 다시 한번 들었다.

삐 소리가 들릴 때까지 기다렸다가 말했다. "전부 감사드려요, 해리건 씨. 이제 편히 쉬세요."

나는 전화를 끊고 팔을 뒤로 젖힌 다음 전화기를 있는 힘껏 던졌다. 전화기가 포물선을 그리며 잿빛 하늘을 가르는 것을 지켜보았다. 수면을 때리자 조그맣게 물이 튀었다.

나는 왼쪽 주머니에서 지금 쓰고 있는 아이폰을 꺼냈다. 케이스가 알록달록한 5C였다. 그것도 호수에 버릴 작정이었다. 일반전화로도 충분할 테고 그러면 사는 게 더 단순해질 것이었다. 쓸데없는 잡담도 줄 테고 뭐하냐고 묻는 문자와 한심한 이모티콘과도 작별할 수 있었다. 졸업 후에 신문사에 취직해 연락할 도구가 필요하면 휴대전화를 대여해서 쓰다가 할당된 일이 끝났을 때 반납하면 그만이었다.

나는 팔을 뒤로 젖히고 그대로 있었다. 한참 동안 그러고 있었던 것처럼 느껴졌지만 1분 아니면 2분 정도였다. 결국 나는 전화기를 주머니에 다시 넣었다. 다들 이 최첨단 델몬트 캔에 중독됐을지 모르겠지만 나는 내가 중독된 것을 알았고 해리건 씨도 마찬가지였다. 내가 그날 그의 주머니에 휴대전화를 넣은 것도 그 때문이었다. 21세기에 우리는 전화기를 통해 세상과 혼사를 맺고 있는지 모른다. 그렇다면 그 결혼 생활은 불행할지도 모른다.

그게 아닐 수도 있다. 얀코와 휘트모어에게 그런 일이 벌어진 뒤로, pirateking1에게 그 마지막 문자를 받은 뒤로 나는 잘 모르겠는 일들이 많아졌다. 무엇보다 현실 자체가 그렇다. 하지만 뉴잉글랜드의 바위만큼이나 확실한 사실이 두 가지 있다. 나는 죽으면 화장당하고 싶지 않다는 것과 주머니는 비운 채로 묻히고 싶다는 것.

척의 일생

3막 고마웠어요, 척!

1

마티 앤더슨이 그 광고판을 본 것은 마침내 인터넷이 영영 끊기기 전날이었다. 맨 처음 짧게 끊기기 시작한 뒤로 8개월 동안 아슬아슬했었다. 다들 시간문제라고, 한때 모두가 통신망으로 연결됐던 세상이 무너지겠지만 그래도 어찌어찌 헤쳐나갈 수 있을 거라고 했다. 그런 게 없던 시절에도 잘 살지 않았던가? 게다가 그런 문제 말고도 모든 종의 조류와 어류가 하나둘씩 죽어가고 있었고 이제 캘리포니아에 대해서도 고민해야 했다. 야금야금 사라지다 조만간 완전히 없어지게 생겼지 않은가.

마티는 그날 학교에서 늦게 퇴근했다. 그날은 고등학교 교사들이 제일 싫어하는 날로, 바로 학부모 간담회가 예정돼 있었다. 간담회가 진행되는 동안 마티는 자녀들의 학습 발달 상황(또는 발달이 되지 않는 상황)에 관심 있는 학부모가 없다는 사실을 깨달았다. 다들 인터넷이 마침내 끊기면 페이스북과 인스타그램 계정이 영원히 침몰하는 것에 대해 의논하고 싶어 했다. 폰허브를 운운한 사람은 없었지만 마티는 참석한 학부모 대다수가 남녀를 막론하고 그 사이트의 소멸도 안타까워하고 있는 게 아닐까 하는 의구심이 들었다.

평소 같았으면 마티는 우회한 고속도로를 쌩하니 달려 순식간에 집에 도착했겠지만 오터 크리크를 건너는 다리가 무너져서 그럴 수가 없었다. 그게 벌써 넉 달 전 일인데 보수의 기미조차 보이지 않았다. 주황색 줄무늬의 나무 바리케이드가 이미 거무칙칙하게 변했고 그래피티로 덮였다.

우회로가 폐쇄되자 마티는 동쪽에 사는 모든 사람들과 더불어 시내를 관통해야 시더 코트에 있는 집으로 퇴근할 수 있었다. 간담회 덕분에 그는 3시가 아니라 러시아워가 피크에 달하는 5시에 출발했고 예전에는 20분이면 갔을 거리를 최소 1시간에 걸쳐 이동하게 생겼다. 신호등도 나갔으니 어쩌면 그보다 더 걸릴 수도 있었다. 처음부터 끝까지 가다 서다를 반복했고 사방에서 클랙슨을 누르고, 끼이익 하고 브레이크 밟고, 범퍼끼리 부딪치고, 가운뎃손가락을 흔들었다. 그는 메인 가와 마켓 가가 만나는 네거리에서 10분 동안 서 있었기 때문에 미드웨스트 신탁 건물 꼭대기에 달린 광고판을 눈에 담을 시간이 충분했다.

지금까지는 어느 항공사 광고였다. 델타였는지 사우스웨스트였는지는 기억이 나지 않았다. 그런데 오늘은 행복하게 팔짱을 끼고 있는 승무원들이, 깨끗하게 빗어 넘긴 까만 머리에 까만테 안경을 쓴 달덩이 같은 얼굴의 남자 사진으로 대체됐다. 그 남자는 펜을 손에 들고 책상 앞에 앉아 있는데, 재킷은 입지 않았지만 하얀색 셔츠에 단정하게 넥타이를 매고 있었다. 펜을 든 쪽 속에 초승달 모양의 흉터가 있었는데 무슨 이유인지 포토샵으로 지우지 않았다. 마티가 보기에는 회계사 같았다. 그는 은행 건물 꼭대기에 앉아서 퇴근 시간대 교통 체증을 내려다보며 명랑하게 웃고 있었다. 그의 머리 위에 파란색으로 찰스 크란츠라고 적혀 있었다. 책상 아래에는 빨간색으로 39년 동안의 근사했던 시간! 고마웠어요, 척!이라고 적혀 있었다.

마티는 찰스 '척' 크란츠라는 이름을 들어본 적 없었지만 최소 세로 4.5미터, 가로 15미터는 되어 보이는 스포트라이트가 비추는 광고판에 은퇴 사진이 실릴 정도니 미드웨스트 신탁의 높으신 양반인가 보다고 생각했다. 그리고 예전에 찍은 사진인가 보다고 생각했다. 그가 40년 가까이 재직했다면 머리가 하얗게 세지 않았겠는가.

"아니면 대머리든지." 마티는 중얼거리며 점점 숱이 적어져가는 자신의 더벅머리를 빗어 넘겼다. 5분 뒤 도심의 가장 큰 네거리에서 잠깐 차량 행렬이 끊겼다. 그는 그 틈을 놓치지 않고 그 사이로 프리우스를 내달렸고, 그의 차 옆구리를 치기 직전에 끼익 하고 멈추어선 남자가 주먹을 흔들었지만 못 본 척했다.

메인 가 저쪽 끝이 다시 아수라장이었고 그는 다시 아슬아슬하게 사고를 모면했다. 집에 도착했을 무렵에 그는 광고판에 대해 까맣게 잊었다. 차고로 들어가 버튼을 눌러 차고문을 내리고 꼬박 1분 동안 가만히 앉아서 심호흡을 하며 내일 아침에도 똑같은 전쟁을 벌여야 하는 현실에 대해 생각하지 않으려 했다. 우회로가 폐쇄됐으니 대안이 없었다. 출근을 한다면 그렇다는 거라 그 순간에는 병가를 내는 것이(쓰지 않은 휴가가 잔뜩 쌓여 있었다) 좀더 매력적인 선택지처럼 느껴졌다.

"나만 그러는 것도 아닐 텐데." 그는 아무도 없는 차고에 대고 중얼거렸다. 그는 그 말이 맞는다는 걸 알았다. 《뉴욕 타임스》에 따르면(인터넷이 되는 한 매일 아침 이 신문을 태블릿으로 읽었다) 결근율이 전 세계적으로 높았다.

그는 책 더미를 한 손에 쥐고 다른 손으로는 너덜거리는 낡은 서류가방을 집었다. 검사할 숙제들이 들어 있어 무거웠다. 그는 짐을 잔뜩 들고 끙끙대며 차에서 내려 엉덩이로 차 문을 닫았다. 벽에 드리워진 그의 그림자가 펑키 댄스를 추는 것처럼 보여서 웃음보가 터졌다. 그 소리에 그는 화들짝 놀랐다. 이 힘든 시기에 폭소가 터지다니 흔치 않은 일이었다. 덕분에 차고 바닥으로 책의 절반이 쏟아졌고 이로써 이제 막 움트려던 흥이 깨졌다.

그는 『미국 문학 입문』과 『네 개의 단편소설』을 집어 들고(요즘 2학년들에게 「붉은 무공훈장」을 가르치는 중이었다) 안으로 들어갔다. 짐을 조리대에 올려놓자마자 전화벨이 울렸다. 당연히 일반전화였다. 요즘은 휴대전화가 되는 곳이 거의 없었다. 그는 많은 동료 교사들이 일반전화를 해지했을 때도 꿋꿋하게 유지한 자기 자신이 자랑스러워졌다. 그 친구들은 곤란해진 것이, 지난해인가에 설치 신청을 했지만…… 감감무소식이었다. 그 명단에서 차례가 돌아오길 기다리느니 고속도로 우회로가 다시 개통되길 기다리는 편이 나았고 요즘은 일반전화조차 먹통이 될 때가 많았다.

발신자번호 서비스가 더는 유효하지 않았지만 그는 누구 전화인지 확신할 수 있었기 때문에 수화기를 들고 바로 말했다. "응, 펠리샤."

"어디 갔었어?" 그의 전처가 물었다. "한 시간 동안 전화했다고!"

마티는 학부모 간담회와 집으로 오기까지 거친 기나긴 여정을 설명했다.

"괜찮아?"

"뭐 좀 챙겨 먹으면 바로 괜찮아질 거야. 당신은 좀 어때, 펠?"

"적응 중. 오늘 여섯 건이 추가됐어."

마티는 뭐가 6건이 추가됐느냐고 묻지 않았다. 펠리샤는 시립종합병원의 간호사였고 그곳의 간호진은 자칭 '자살특공대'였다.

"안타까운 소식이로군."

"이 시대의 일면이지." 그는 말투에서 어깨를 으쓱하는 투를 감지하고, 그들이 아직 헤어지기 전이었던 2년 전만 해도 하루 새 6건의 자살이 발생했다면 그녀가 충격을 받고 마음 아파하며 잠을 설쳤을 거라는 생각을 했다. 하지만 뭐든 적응 못 할 일은 없는 듯했다.

"궤양약 계속 먹고 있어, 마티?" 그가 대답할 겨를도 없이 그녀가 얼른 덧붙였다. "잔소리하려는 게 아니라 걱정돼서 그래. 이혼했다고 당신을 아끼지 않는 건 아니니까."

"알아. 그리고 먹고 있어." 절반은 거짓말이었다. 의사의 처방이 필요한 캐러페이트는 구할 수가 없어서 프릴로섹으로 버티고 있었다. 그가 절반의 거짓말을 하는 이유도 그 또한 여전히 그녀를 아끼기 때문이었다. 그들은 사실 이혼한 지금, 전보다 더 잘 지내고 있었다. 심지어 잠자리도 했고 자주 있는 일은 아니었지만 아주 좋았다. "물어봐 줘서 고마워."

"진짜?"

"네, 마님." 그는 냉장고를 열었다. 선택권이 별로 없기는 했지만 핫도그용 소시지와 달걀이 몇 개 있었고 캔에 든 블루베리 요거트는 야식으로 남겨놓을 요량이었다. 여기에 햄스 맥주가 3캔 있었다.

"다행이네. 학부모가 몇 명이나 참석했어?"

"생각보다 많이. 만석일 정도는 아니었지만. 다들 인터넷 얘기하고 싶어 하더라. 인터넷이 왜 계속 말썽인지 나는 알 거라고 생각하는 눈치였어. 나는 IT 전문가가 아니라 영어 선생님이라고 계속 강조해야 했지."

"당신도 캘리포니아 어떻게 됐는지 알지?" 그녀는 엄청난 비밀이라도 털어놓는 양 소리를 낮추었다.

"응." 그날 아침, 지난 한 달을 통틀어 세 번째이자 가장 무시무시한 대규모 지진으로 캘리포니아 일부분이 큼지막하게 태평양으로 또다시 떠밀려갔다. 좋은 소식이 있다면 그 일대 거의 대부분의 주민들이 대피했다는 것이었다. 나쁜 소식이 있다면 수십만 명의 피난민이 동쪽으로 이동해 네바다가 연방에서 가장 인구가 많은 주로 등극했다는 것이었다. 현재 네바다에서는 휘발윳값이 갤런 당 20달러였다. 현금만 받았고 그마저도 휘발유가 동나지 않은 주유소에서나 통용되는 얘기였다.

마티는 먹다 남은 우유를 집어서 냄새를 맡았다. 살짝 의심스러운 냄새가 나긴 했지만 그래도 병째 마셨다. 제대로 된 음료를 마셔야 했겠지만 속쓰림(그리고 불면증)을 겪으며 위벽을 먼저 코팅해야 한다는 사실을 터득했다.

"참석한 학부모들이 캘리포니아 지진보다 인터넷을 더 걱정하는 것처럼 보이는 게 흥미롭더라. 곡창지대는 아직 멀쩡해서 그런가 봐." 그가 말했다.

"하지만 얼마나 더 버틸 수 있을까? 엔피알 라디오에 나온 한 과학자가 캘리포니아는 오래된 벽지처럼 벗겨져나가고 있다고 했어. 오늘 오후에는 일본에서 원자로가 또 하나 침수됐잖아. 그 사람들 말로는 셧다운했다고, 걱정할 것 없다고 하지만 못 믿겠어."

"부정적이네."

"우리는 지금 부정적인 시대에 살고 있어, 마티." 그녀는 머뭇거렸다. "지금이 '말세'라고 생각하는 사람들도 있고. 광신도들만 그렇게 생각하는 것도 아니야. 이제는. 시립종합병원 자살특공대의 고위 간부가 그런 말을 했어. 우리는 오늘 여섯 명을 잃었어, 맞아, 그래도 열여덟 명을 살렸지. 대부분 날록손 덕분에. 하지만……." 그녀는 다시 목소리를 낮추었다. "……공급량이 점점 줄어들고 있어. 약제과장 말로는 이달 말이면 완전히 바닥날 수도 있대."

"개떡 같네." 마티는 말하면서 서류가방을 쳐다보았다. 검사해야 할 과제들. 바로잡아주어야 하는 맞춤법 오류들. 빨간펜으로 표시해주어야 하는 주어 잃은 종속절과 애매모호한 결론들. '스펠체크' 같은 컴퓨터 보조 프로그램과 '그래머 얼러트' 같은 앱도 소용이 없는 모양이었다. 생각만 해도 피곤이 몰려왔다. "저기, 펠, 이만 끊어야겠다. 시험이랑 「담장 고치기」(로버트 프로스트의 시 — 옮긴이) 과제에 점수 매겨야 하거든." 대기 중인 과제들에 쌓여 있을 지루한 문장들을 생각만 해도 늙는 느낌이었다.

"알았어." 펠리샤가 말했다. "그냥…… 안부 확인하고 싶었어."

"그래." 마티는 찬장을 열어 버번을 꺼냈다. 그녀가 소리를 듣고 그가 뭘 하는지 알아차리지 못하게 전화를 끊을 때까지 기다렸다가 따를 것이다. 부인들에게는 직감이 있었다. 전처들은 고화질 레이더가 생기는 모양이었다.

"사랑한다고 말해도 돼?" 그녀가 물었다.

"나도 똑같이 말해도 되면." 마티는 말한 뒤 병에 달린 라벨을 손가락으로 훑었다. '얼리타임스'였다. 지금 같은 말세에 이 정도면 아주 훌륭한 브랜드지. 그는 생각했다.

"사랑해, 마티."

"나도 사랑해."

통화를 마무리하기에 완벽한 시점이건만 그녀는 끊지 않았다. "마티?"

"응, 왜?"

"세상이 시궁창으로 쓸려 내려가고 있는데 할 수 있는 말이 '개떡 같네'뿐이야. 그러니까 우리도 시궁창으로 쓸려 내려가고 있나 봐."

"그럴지도 모르지." 그가 말했다. "하지만 척 크란츠가 은퇴한다니까 어둠 속에 한 줄기 서광이 비칠 거야."

"삼십구 년 동안의 근사했던 시간." 그녀는 맞받았고 이번에는 그녀가 웃을 차례였다.

그는 우유를 내려놓았다. "당신도 그 광고판 봤어?"

"아니, 라디오에 광고가 나왔어. 내가 얘기한 그 엔피알 프로그램에서."

"엔피알에 광고가 나오다니 정말 말세인가 보네." 마티는 말했다. 그녀는 다시 웃었고 그로서는 그 소리가 반가웠다. "아니, 척 크란츠가 대체 누구길래 이렇게 대대적으로 광고하는 거야? 회계사 같던데 나는 한 번도 들어본 적 없는 위인이야."

"나도 전혀 모르겠어. 세상이 워낙 수수께끼로 가득하잖아. 독주는 안 돼, 마티. 당신이 무슨 생각하고 있는지 알아. 대신 맥주 마셔."

그는 전화를 끊으며 큰소리로 웃지는 않았지만 미소를 지었다. 전처의 레이더. 고화질. 그는 얼리타임스 버번을 찬장에 도로 넣고 대신 맥주를 꺼냈다. 소시지를 두어 개 꺼내 물속에 넣고 물이 끓길 기다리는 동안 작은 서재로 들어가 인터넷이 되는지 확인했다.

인터넷은 됐고 굼벵이처럼 느리던 평소보다 속도가 조금 빨라진 듯했다. 그는 핫도그를 먹으면서 넷플릭스에 접속했다. 「브레이킹 배드」 아니면 「더 와이어」나 다시 볼까 싶었다. 홈 화면이 떴고 어제 저녁 이후로 달라진 게 없는 선택지가 등장했지만(얼마 전까지만 해도 넷플릭스의 신작 소개가 매일 바뀌었건만) 월터 화이트와 스트링어 벨, 둘 중에 어느 악당을 볼지 결정하기도 전에 초기 화면이 사라졌다. 검색중이라는 단어와 함께 뱅글뱅글 도는 작은 동그라미가 등장했다.

"에이씨." 마티가 말했다. "뭐 좀 보려……."

뱅글뱅글 도는 동그라미가 사라지고 화면이 다시 떴다. 그런데 넷플릭스 홈 화면이 아니었다. 흉터 있는 손에 펜을 쥐고 서류가 흩뿌려진 책상 앞에 앉아 있는 찰스 크란츠였다. 그의 위에는 찰스 크란츠라고, 아래에는 39년 동안의 근사했던 시간! 고마워요, 척!이라고 적혀 있었다.

"당신 도대체 뭐야, 처키?" 마티는 물었다. "어떻게 그럴 수가 있지?" 그가 입김으로 생일 촛불 끄듯이 인터넷을 꺼버리기라도 한 듯 사진이 사라지고 접속 장애라는 단어가 화면에 떴다.

그날 저녁에 인터넷은 다시 복구되지 않았다. 캘리포니아 절반처럼 (조만간 4분의 3이 될 것이다) 인터넷도 사라져버렸다.

* * *

다음 날 마티가 후진으로 차고에서 빠져나왔을 때 맨 처음 그의 눈에 들어온 건 하늘이었다. 저렇게 구름 한 점 없이 파란 하늘을 본 게 얼마 만이었던가. 한 달? 6주? 이제는 구름과 비(어떤 날은 보슬비, 어떤 날은 폭우)가 거의 디폴트나 다름없었고 구름이 걷힌 날이라도 중서부에서 난 화재 연기 때문에 하늘이 대개 흐릿했다. 화재는 아이오와와 네브래스카 일대 대부분을 숯덩이로 만든 뒤 돌풍처럼 거센 바람을 타고 캔자스로 이동하는 중이었다.

두 번째로 그의 눈에 들어온 건 아주 큼지막한 도시락으로 자기 허벅지를 때려가며 터벅터벅 걸어가는 거스 윌퐁이었다. 거스는 치노 바지를 입었지만 넥타이는 맸다. 그는 이 도시의 공공사업부 감독관이었다. 이제 겨우 7시 15분인데도 긴 하루를 시작하려는 게 아니라 끝낸 사람처럼 피곤하고 기운 없어 보였다. 게다가 이제 하루를 시작하려는 거라면 왜 마티의 옆집인 자기 집 쪽으로 걸어가고 있었을까? 뿐만 아니라…….

마티는 차창을 내렸다. "차 어디 있어요?"

거스는 짧게 웃음을 터뜨렸지만 재미있어서 웃는 게 아니었다. "메인 가 언덕 중간의 인도에 주차돼 있어요, 그런 차들이 백 대 정도 더 있고요." 그는 숨을 토했다. "후우, 마지막으로 오 킬로미터를 걸은 게 언제였는지 모르겠네. 그걸 보면 내가 어떤 사람인지 파악이 되겠지만. 학교에 출근할 작정이면 십일 번 도로를 타고 끝까지 가서 십구 번 도로를 타고 거슬러 올라와야 해요. 최소 삼십 킬로미터고 거기도 차가 무지 많을 거예요. 점심 먹을 때쯤이면 도착할 수 있을지 모르겠지만 나라면 기대하지 않겠어요."

"무슨 일인데요?"

"메인 가와 마켓 가가 만나는 네거리에 싱크홀이 생겼어요. 아이고, 얼마나 큰지 몰라요. 지금까지 내린 비 때문인지도 몰라요, 가뜩이나 관리가 부실했으니. 우리가 담당 부서가 아니라 얼마나 다행인지. 그 바닥으로 차가 스무 대, 어쩌면 서른 대 추락했고 차에 타고 있던 사람들 중에서 일부는……." 그는 고개를 저었다. "살아 돌아오지 못할 거예요."

"맙소사." 마티가 말했다. "어제 저녁에 거길 지났는데. 꼬리에 꼬리를 물고서."

"오늘 아침이 아니었던 게 다행인 줄 알아요. 혹시 차에 타도 될까요? 잠깐 앉아 있게요. 기운이 하나도 없는데 제니는 다시 자러 들어갔을 거예요. 골치 아픈 소식 들고 들어가서 깨우고 싶지 않아서요."

"그러세요."

거스는 차에 올라탔다. "상황이 심각해요."

"개떡 같죠." 마티도 맞장구쳤다. 어제 저녁에 펠리샤에게도 했던 말이었다. "울며 겨자 먹기로 견디는 수밖에요."

"나는 겨자 먹을 생각 없는데." 거스가 말했다.

"하루 쉬실 거예요?"

거스는 손을 들었다가 무릎 위에 놓인 도시락 위로 내려놓았다. "모르겠어요. 나를 태워갈 사람이 있을지 전화를 돌려봐야겠지만 있을 것 같지 않아요."

"하루 쉬더라도 넷플릭스나 유튜브 영상 볼 생각은 말아요. 인터넷이 또 끊겼는데 이번에는 아주 끊긴 게 아닌가 싶거든요."

"캘리포니아 소식 들었죠?" 거스가 물었다.

"오늘 아침에 티브이 안 봤어요. 조금 늦잠을 자서." 그는 말을 하다 말고 멈추었다. "솔직히 보고 싶지 않았어요. 뭐 새로운 소식 있어요?"

"네. 남아 있던 부분도 떨어져나갔대요." 그는 말해놓고 번복했다. "아니…… 북캘리포니아 이십 퍼센트는 아직 남아 있다고 하니 전체적으로는 십 퍼센트겠지만 식품가공지가 없어졌어요."

"끔찍하네요." 당연히 끔찍했지만 마티는 공포나 경악이나 슬픔이 아니라 오로지 무감각한 실망감을 느꼈다.

"맞아요." 거스도 동의했다. "특히 중서부는 숯덩이로 변해가고 플로리다 남쪽 절반은 이제 기본적으로 악어 떼나 살 수 있는 늪지가 돼버렸으니 말이죠. 식료품저장실과 냉장고에 쟁여놓은 식료품이 많길 바라요. 이제 이 나라의 주요 식품가공지가 모두 사라져버렸으니까요. 유럽도 마찬가지예요. 아시아에서는 벌써 기근이 시작됐어요. 수백만 명이 죽었대요. 듣자 하니 선페스트(페스트의 한 종류로, 전신의 림프절이 부어 오른다 — 옮긴이) 때문이라네요."

그들은 마티의 집 앞 진입로에 앉아 시내에서 걸어 돌아오는 사람들의 행렬을 구경했다. 대다수가 양복에 넥타이를 매고 있었다. 화사한 분홍색 정장을 입은 여자가 한 손에 하이힐을 들고 운동화 차림으로 터벅터벅 걸어오고 있었다. 마티가 알기로 그녀는 이름이 앤드리아 어쩌고이고 옆길 아니면 옆옆길에 살았다. 미드웨스트 신탁에서 근무한다고 펠리샤가 말하지 않았나?

"그리고 벌떼." 거스가 하던 얘기를 계속했다. "벌떼는 십 년 전부터 멸종 위기였는데 이제는 완전히 자취를 감추었어요. 남아메리카에 벌집이 몇 개 남아 있을 뿐. 앞으로 꿀을 못 먹게 된 거죠. 그리고 벌떼가 없으면 작물을 수분(受粉)할 방법이 없고……."

"잠깐만요." 마티는 차에서 내려 분홍색 정장을 입은 여자를 종종걸음으로 따라잡았다. "앤드리아? 앤드리아 맞죠?"

그녀는 하이힐을 들어 쫓아내기라도 하려는 듯 경계하며 몸을 돌렸다. 마티는 이해했다. 요즘은 주변에 해롱대는 사람들이 많았다. 그는 1.5미터 앞에서 걸음을 멈추었다. "저는 펠리샤 앤더슨의 남편이에요." 엄밀히 따지면 전남편이었지만 그냥 남편이라고 해야 덜 위험하게 들릴 것이었다. "펠하고 서로 아는 사이셨죠?"

"맞아요. 이웃 지킴이 활동을 같이 했어요. 무슨 일로 그러세요, 앤더슨 씨? 저는 지금 너무 많이 걸었고 차는 시내 교통지옥에 갇혀 있어요. 그리고 은행은…… 기울어가고 있고요."

"기울어가고 있다." 마티는 그녀의 말을 따라 했다. 머릿속에 피사의 사탑이 떠올랐다. 꼭대기에 척 크란츠의 은퇴 기념사진이 걸려 있었다.

"위치가 싱크홀 가장자리라 안으로 떨어지지는 않았지만 내가 보기에는 아주 위험해 보여요. 파멸을 앞두고 있는 그런 느낌이랄까. 그것으로 내 일도 끝일 테지만, 적어도 시내 지점으로 복귀할 일은 없겠지만, 상관없어요. 그냥 집에 가서 다리나 어디 올려놓고 싶어요."

"은행 건물에 달린 광고판이 궁금해서요. 그거 보셨어요?"

"어떻게 못 볼 수가 있겠어요?" 그녀가 반문했다. "거기서 근무하는걸요. 그래피티가 온 사방을 도배한 걸요. 사랑해요 척, 척 만세, 척 포에버. 티브이 광고도 봤고요."

"그래요?" 마티는 어제저녁 넷플릭스가 다운되기 직전에 본 것을 떠올렸다. 그때만 해도 짜증나는 팝업 광고인 줄 알고 대수롭지 않게 여겼다.

"뭐, 지역 방송에 나오는 광고요. 케이블 방송 광고는 다르겠지만 이제는 케이블 방송도 안 나와요. 칠월부터."

"우리도 그래요." 그는 아직 결혼 생활을 유지하고 있는 척했으니 죽 그렇게 나가는 편이 나을 듯했다. "팔 번 하고 십 번 채널만 나와요."

앤드리아는 고개를 끄덕였다. "요즘은 자동차나 엘리퀴스(혈전과 뇌졸중을 예방하는 항응고제 — 옮긴이)나 밥스 가구 할인점 광고도 안 보여요. 그저 찰스 크란츠, 삼십구 년 동안의 근사했던 시간, 고마워요, 척뿐이지. 꼬박 일 분 동안 그 광고가 나오다가 다시 정규 재방송으로 돌아가요. 진짜 희한하지만 요즘 뭔들 안 그렇겠어요? 이제 저 진짜 집으로 가야겠어요."

"이 찰스 크란츠라는 사람이 당신 은행과는 관련이 없나요? 그 은행에서 은퇴하는 거 아니에요?"

그녀는 잠깐 멈추었다가 하이힐을 계속 든 채 집으로 다시 터벅터벅 걸음을 옮겼다. 그날은 하이힐을 신을 일이 없을 것이다. 어쩌면 두 번 다시 신을 일이 없을 수도 있었다. "나는 찰스 크란츠를 전혀 몰라요. 오마하 본부에서 근무했나 봐요. 내가 알기로 오마하는 거대한 재떨이로 전락해버렸어요."

마티는 멀어져가는 그녀를 지켜보았다. 그의 옆에 와서 서 있었던 거스 윌퐁도 마찬가지였다. 거스는 더 이상 자기 일, 그러니까 영업, 무역, 은행, 음식 서빙, 배달 일 같은 것을 하러 출근하지 못하고 집으로 돌아오는 우울한 근로자들의 행렬을 턱으로 가리켰다.

"꼭 피난민 같네요." 거스가 말했다.

"그러게요." 마티는 말했다. "진짜 그러네요. 아까 나더러 비축 식량이 얼마나 되느냐고 물었던 거 기억해요?"

거스는 고개를 끄덕였다.

"수프캔이 제법 있어요. 바스마티 찐쌀이랑 라이스어로니 즉석식품들도 좀 있고. 그리고 아마 치리오스 시리얼도. 냉장고에 즉석식품 여섯 팩이랑 벤앤제리 아이스크림 반 통이 있을 거예요."

"어째 걱정하는 투가 아니네요?"

마티는 어깨를 으쓱했다. "걱정한들 무슨 소용 있겠어요?"

"하지만 생각해보면 재밌단 말이죠." 거스가 말했다. "처음에는 모두들 걱정을 했어요. 해결책을 원했고 워싱턴에 가서 항의를 했어요. 대학생들이 백악관 철책을 쓰러뜨렸다가 총에 맞은 거 기억하죠?"

"그럼요."

"러시아에서는 정권이 무너졌고 인도와 파키스탄은 '사일 전쟁'을 벌였어요. 독일에서는 글쎄, 화산이 폭발했어요. 독일*에서*! 다들 진정될 거라며 서로 얘기했지만 그럴 기미가 안 보이는 것 같지 않아요?"

"네." 마티는 맞장구쳤다. 잠에서 깬 지 얼마 되지도 않았는데 벌써부터 피곤했다. 아주 피곤했다. "진정되기는커녕 점점 심해지고 있죠."

"그러더니 자살이 속출하고 있어요."

마티는 고개를 끄덕였다. "펠리샤가 자살자를 매일 맞닥뜨리고 있어요."

"자살은 속도가 더뎌질 거예요." 거스가 말했다. "사람들은 그저 기다릴 거예요."

"뭐를요?"

"종말. 모든 것의 종말을요. 우리는 애도의 다섯 단계를 거치는 중이에요, 모르겠어요? 이제 마지막 단계에 다다랐어요. 받아들임."

마티는 아무 말도 하지 않았다. 대꾸할 말이 아무것도 생각나지 않았다.

"이제는 궁금한 것도 거의 없어요. 그리고 이 모든 건……." 거스는 한쪽 팔을 흔들었다. "출처를 알 수가 없죠. 아니, 환경이 엉망진창이 될 거라는 건 알았지만, 극우 또라이도 속으로는 그렇게 생각했을 테니까요, 이건 예순 가지 똥바가지가 한꺼번에 쏟아진 거나 다름없잖아요." 그는 거의 애원하는 눈빛으로 마티를 쳐다보았다. "얼마나 갈까요? 일 년? 십사 개월?"

"그러게요." 마티는 말했다. "개떡같죠." 알맞은 단어가 그것밖에 없어 보였다.

위에서 웅웅거리는 소리가 들렸다. 그들은 고개를 들었다. 요즘은 이 시의 공항을 드나드는 대형 항공기 숫자가 점점 줄어들고 있었는데, 경비행기 한 대가 유난히 맑은 하늘 위에서 윙윙거리며 꼬리로 하얀 연기를 토해내고 있었다. 비행기는 동체를 비틀고 비스듬히 날고 위아래로 오르내리며 연기(아니면 뭔지 모를 화학 약품)로 글자를 썼다.

"허." 거스가 목을 길게 빼며 말했다. "비행기로 하늘에 글자를 수놓다니. 어렸을 때 보고 처음이네."

찰스. 그 비행기는 이렇게 적었다. 그 다음은 크란츠였다. 그 다음은, 두말하면 잔소리지만, 39년 동안의 근사했던 시간이었다. 비행기가 고마웠어요, 척!이라고 썼을 무렵에는 이름이 이미 희미해져가고 있었다.

"쌍, 뭐야?" 거스가 중얼거렸다.

"내가 하고 싶은 말이에요." 마티가 말했다.

* * *

마티는 아침을 거른 참이라 집으로 다시 들어갔을 때 냉동식품 ('마리 캘린더 치킨 팟파이'로 제법 맛있다)을 전자레인지에 돌린 후 거실로 들고 가 TV를 켰다. 하지만 수신이 되는 2개 채널 모두에서 펜을 계속 들고 책상 앞에 앉아 있는 찰스 '척' 크란츠의 사진이 나오고 있었다. 마티는 팟파이를 먹으며 그 사진을 쳐다보다가 바보상자를 끄고 다시 침대에 누웠다. 그것이 가장 합리적인 대처인 듯했다.

그는 낮 동안 잤고 펠리샤의 꿈을 꾼 것도 아닌데(적어도 그가 기억하기로는 그랬다) 그녀를 생각하며 깨어났다. 그녀가 보고 싶었다. 그녀를 만나면 자고 가도 되느냐고 물을 작정이었다. 아니면 그 집에서 살아도 되느냐고. 거스는 60가지 똥바가지가 한꺼번에 쏟아진 거나 다름없다고 표현했다. 이게 정말 세상의 종말이라면 혼자서 맞이하고 싶지 않았다.

펠리샤가 사는 하비스트 에이커스라는 조그맣고 깔끔한 주택단지까지는 5킬로미터 거리였고 마티는 차를 몰고 가는 위험을 감수할 생각이 없었기에 트레이닝 바지를 입고 운동화를 신었다. 걷기에 좋은 화창한 늦은 오후였고 하늘은 여전히 구름 한 점 없이 파랗고 수많은 사람들이 나와서 돌아다니고 있었다. 일광욕을 즐기는 것처럼 보이는 사람들도 있었지만 대부분은 자기 발치를 내려다보고 있었다. 삼삼오오 같이 걷는 사람들끼리도 대화가 거의 없었다.

동쪽의 주요도로 중 하나인 파크 드라이브의 4개 차로가 모두 차량으로 막혔고 대부분 차 안에 아무도 없었다. 마티가 자동차 사이를 요리조리 지나 길을 건넜을 때 트위드 양복을 입고 그와 같은 재질의 챙이 좁은 중절모를 쓴 노인을 맞닥뜨렸다. 그는 길가에 앉아서 하수구에 대고 파이프 담배를 두드리고 있었다. 그는 마티가 자신을 쳐다보는 것을 알아차리고는 미소를 지었다.

"그냥 좀 쉬는 거라오." 그가 말했다. "싱크홀을 구경하러 시내까지 걸어가서 휴대전화로 사진을 몇 장 찍었거든. 지역 텔레비전 방송국에서 관심을 보일 줄 알았더니 다들 방송을 중단한 모양이야. 크란츠인가 하는 그 친구 사진만 나오고 말이지."

"그러게요." 마티가 말했다. "사방에서 시도 때도 없이 나와요. 혹시 누군지……."

"전혀. 내가 못 해도 스무 명 넘게 물어봤는데 아는 사람이 없어. 우리 친구 크란츠는 최후의 날의 오즈인가 봐."

마티는 웃음을 터뜨렸다. "어디로 가세요?"

"하비스트 에이커스. 조그맣고 깔끔한 동네야. 번잡하지 않고." 그는 주머니에서 담배 주머니를 꺼내 파이프를 채우기 시작했다.

"저도 거기 가는 길이에요. 전처가 거기 살아서. 같이 걸어가면 되겠네요."

노신사는 얼굴을 찡그리며 일어났다. "천천히 가도 괜찮다면." 그는 파이프에 불을 붙이고 뻐끔거렸다. "관절염이야. 약이 있지만 관절염이 심할수록 약효가 떨어진단 말이지."

"개떡 같네요." 마티는 말했다. "편하신 속도로 걸으세요."

노인은 그의 말대로 했다. 천천히 걸었다. 그의 이름은 새뮤얼 야브로였다. 야브로 장례식장의 사장이자 장의사였다. "하지만 내 진짜 관심사는 기상학이라오." 그는 말했다. "왕년에 티브이에서 기상캐스터로 일하는 게 꿈이었는데, 안 되면 케이블 방송도 좋고. 하지만 다들 이런……." 그는 손을 오므려 자기 가슴 앞에 갖다 댔다. "젊은 여자들만 좋아하나 봐. 그래도 관련 학술지도 읽어가며 계속 공부하고 있다네. 내가 재밌는 얘기 하나 들려줄까? 관심 있으면 말이오."

"좋죠."

그들은 벤치가 있는 버스 정류장에 도착했다. 벤치 등받이에 이런 문구가 박혀 있었다. 찰스 '척' 크란츠 39년 동안의 근사했던 시간! 고마웠어요, 척! 샘 야브로는 벤치에 앉아서 자기 옆자리를 손으로 톡톡 쳤다. 마티는 옆에 앉았다. 야브로의 담배 연기가 그대로 날아왔지만 상관없었다. 마티는 그 냄새가 좋았다.

"사람들이 하루가 스물네 시간이라고 하는 거 알지?" 야브로가 물었다.

"일주일은 칠일이고요. 모르는 사람이 없죠. 꼬맹이들도 다 아는걸요."

"그게, 다들 틀렸다오. 지구의 자전주기는 스물세 시간 오십육 분이었거든. 여기에 플러스 몇 초."

"과거형이에요?"

"그렇다네. 그런데 내 계산에 따르면, 증거를 댈 수도 있는데, 지금은 이십사 시간 이 분이야. 그게 무슨 뜻인지 아시나, 앤더슨 씨?"

마티는 곰곰이 생각했다. "지구의 자전 속도가 느려지고 있다는 말씀인가요?"

"정답이야." 야브로는 물고 있던 파이프를 빼서 인도를 지나가는 사람들을 가리켰다. 오후에서 해 질 녘으로 넘어가는 시간이라 행인들의 수가 점점 줄어들고 있었다. "저 사람들은 대부분 우리가 겪고 있는 여러 재앙들이, 우리가 지구 환경에 가한 해악에 뿌리를 두고 있는 단 한 가지의 원인에 기인한다고 생각하지. 지구 환경에 미친 폐해 때문이라고. 하지만 그게 아니야. 우리가 어머니 지구를, 우리 모두의 어머니려나, 아주 못되게 대한 건 맞아. 대놓고 성폭행을 한 건 아닐지 몰라도 추행 정도는 했다고 봐야겠지. 하지만 우주라는 거대한 시계에 비하면 우리는 별 볼 일 없는 존재야. 별 볼 일 없는. 이게 무슨 일인지는 몰라도 환경오염의 문제는 작은 부분에 불과하네."

"어쩌면 척 크란츠의 잘못일 수도 있어요." 마티는 말했다.

야브로는 놀란 눈빛으로 그를 쳐다보더니 폭소를 터뜨렸다. "다시 원점으로 돌아가는 건가? 척 크란츠가 은퇴하니 지구뿐 아니라 지구상의 모든 인구가 같이 은퇴를 한다? 그게 자네의 가설인가?"

"덤터기 씌울 뭔가가 필요하니까요." 마티는 웃으며 말했다. "아니면 사람이라든가."

샘 야브로는 벤치에서 일어나 손으로 엉치를 집고 허리를 쭉 폈다가 움찔했다. "스팍 씨(『스타 트렉』의 주요 등장인물. '비논리적이로군'이라는 대사를 자주 했다 — 옮긴이)의 대사를 빌리자면 그건 비논리적인 반응일세. 삼십구 년이면 인간의 일생에서 상당한 기간이지만, 거의 절반이니까, 마지막 빙하기는 그보다 훨씬 전에 시작됐어. 공룡의 시대는 말할 것도 없고. 이제 천천히 걸을까?"

그들은 앞쪽으로 그림자를 길게 늘어뜨려가며 천천히 걸었다. 마티는 이 아름다운 날을 잠으로 날려버린 자신을 속으로 나무랐다. 야브로는 아까보다도 더 천천히 움직였다. 마침내 하비스트 에이커스의 입구에 해당하는 벽돌 아치에 다다랐을 때 노년의 장의사는 다시 앉았다.

"일몰을 감상하면서 관절염이 좀 가라앉길 기다려야겠네. 같이 감상하겠소?"

마티는 고개를 저었다. "저는 그만 가봐야 할 것 같아요."

"전처한테 가게." 야브로는 말했다. "이해해. 같이 얘기 나눌 수 있어서 좋았소, 앤더슨 씨."

마티는 아치 아래를 지나려다 몸을 돌렸다. "찰스 크란츠는 뭔가 있어요." 그는 말했다. "분명해요."

"자네 생각이 맞을 수도 있지." 샘이 파이프 담배를 뻐끔거리며 말했다. "하지만 지구의 자전 속도가 늦춰진 것…… 그것보다 더 심각한 건 없다네, 친구."

하비스트 에이커스 주택단지의 중앙로는 우아한 가로수가 양옆으로 늘어선 포물선이고 여기에서 좀더 짧은 길들이 갈라져 나왔다. 마티가 보기에는 삽화를 곁들인 디킨스의 소설 속 가로등과 비슷하게 생긴 가로등이 달빛처럼 은은한 빛을 드리우고 있었다. 펠리샤가 사는 펀 레인으로 걸어가는 마티 앞에 롤러스케이트를 신은 여자아이가 우아하게 모퉁이를 돌아나왔다. 헐렁한 빨간색 반바지와 록스타 아니면 래퍼인가 싶은 사람의 얼굴이 그려진 민소매 티셔츠를 입은 아이였다. 열 살이나 열한 살쯤 되어 보이는 그 아이를 보고 마티는 기분이 몹시 좋아졌다. 롤러스케이트를 타는 여자아이라니. 이 비정상적인 날에 이보다 정상적인 광경이 어디 있을까? 이 비정상적인 *해*에?

"안녕." 그는 말했다.

"안녕하세요." 그녀는 마주 인사했지만 그가 엄마가 경고한 성추행범일지 모른다고 생각하는지 롤러스케이트를 탄 채로 깔끔하게 몸을 돌렸다.

"나는 헤어진 아내를 만나러 왔어." 마티는 그 자리에 그대로 서서 말했다. "펠리샤 앤더슨. 이제는 펠리샤 고든이 됐을 수도 있겠다. 결혼 전에는 고든이었거든. 펀 레인에서 살아. 십구 호."

아이는 스케이트를 신은 채로 빙그르르 돌았다. 마티 같았으면 엉덩방아를 찧었을 텐데 아이에게는 아주 쉬워 보였다. "아, 전에 아저씨 본 적 있는 것 같아요. 차가 파란색 프리우스 아니에요?"

"맞아."

"헤어졌다면서 왜 만나러 와요?"

"아직도 좋아하니까."

"안 싸워요?"

"예전에는 싸웠지. 헤어지니까 전보다 더 잘 지내."

"고든 아줌마는 가끔 우리한테 생강 쿠키를 줘요. 나랑 남동생 로니한테요. 저는 오레오를 더 좋아하지만……."

"찬밥 더운밥 가릴 처지가 아니라고?" 마티가 말했다.

"아니, 쿠키는 밥이 아니죠. 쿠키가 어떻게 밥이……."

바로 그때 가로등이 꺼지면서 큰길이 그림자의 늪으로 바뀌었다. 모든 주택에서도 동시에 불이 나갔다. 전에도 최장 18시간까지 정전이 된 적이 있었지만 항상 전기가 다시 들어왔다. 마티는 이번에도 과연 그럴지 의심스러웠다. 어쩌면 그가 (그리고 다른 모든 사람들이) 평생 당연하게 여겼던 전기도 인터넷의 전철을 밟을 듯한 예감이 들었다.

"아이씨." 여자아이가 말했다.

"집에 들어가는 게 좋겠다." 마티는 말했다. "가로등이 없으면 스케이트 타기 너무 어둡지."

"아저씨, 전부 아무 일 없을까요?"

그는 자식이 없었지만 20년 동안 학생들을 가르쳐왔기에, 16세 이상에게는 사실대로 밝혀야 할지 몰라도 이 아이처럼 어린아이에게는 선의의 거짓말을 하는 것이 맞는다고 생각했다. "당연하지."

"하지만 보세요." 아이는 손가락으로 가리켰다.

그는 부들부들 떨고 있는 아이의 손가락을 따라 펀 레인 모퉁이에 있는 그 집을 쳐다보았다. 조그만 잔디밭을 내려다보는 어두컴컴해진 퇴창 위로 얼굴 하나가 등장했다. 영혼을 소환한다는 강령회에 등장하는 심령체처럼 은은하게 빛나는 흰색 선과 그림자로 이루어진 얼굴이었다. 미소를 머금은 달덩이 같은 얼굴. 검은테 안경. 손에 쥔 펜. 얼굴 위에는 찰스 크란츠. 아래에는 39년 동안의 근사했던 시간! 고마웠어요, 척!

"모든 집이 저렇게 되어가고 있어요." 아이가 속삭였다.

그녀 말이 맞았다. 척 크란츠가 편 레인의 모든 집 앞 유리창에 등장했다. 마티가 고개를 돌려보니 크란츠의 얼굴이 포물선을 그리며 그의 뒤편에서 큰길 저 끝까지 이어지고 있었다. 척이 수십 개, 어쩌면 수백 개였다. 시 전역에서 이런 현상이 벌어지고 있다면 수천 개였다.

"집으로 들어가." 마티는 이제 웃음기를 거두고 말했다. "엄마와 아빠가 계시는 집으로. 얼른."

아이는 인도 위에서 스케이트를 덜커덩거리고 등 뒤로 머리칼을 나부끼며 멀어졌다. 빨간색 반바지가 계속 보이다 점점 짙어지는 그림자 속으로 사라졌다.

마티는 모든 창문에서 찰스 '척' 크란츠가 웃는 얼굴로 지켜보는 가운데 아이가 사라진 방향으로 얼른 걸음을 옮겼다. 흰색 셔츠에 검은 넥타이를 맨 척. 복제된 유령 부대가 그를 지켜보는 것 같았다. 마티는 달이 없어서 다행이라는 생각이 들었다. 척의 얼굴이 거기에도 등장하면 어쩔 뻔했나. 그걸 무슨 수로 감당할 수 있을까?

그는 13번지에 다다랐을 때 걷는 걸 포기했다. 펠리샤가 사는 방 2개짜리 조그만 단층집까지 뛰어가 진입로를 성큼 내달려서는 문을 두드렸다. 기다리는 동안 갑자기 그녀가 아직 병원에서 연속 근무 중인 게 분명하다는 생각이 들었지만 발소리가 들렸다. 문이 열렸다. 그녀는 촛불을 들고 있었다. 그 촛불이 겁에 질린 그녀의 얼굴을 아래에서 비췄다.

"마티, 아, 고마워라. 그 얼굴 봤어?"

"응." 그녀의 집 앞 유리창에도 그 남자가 있었다. 척. 웃는 얼굴.

지금까지 살았던 모든 회계사를 닮은 얼굴. 아무한테도 싫은 소리를 못 할 남자.

"저 얼굴이 그냥…… 등장했어!"

"알아. 나도 봤어."

"여기만 그래?"

"온 사방이 그런 것 같아. 아무래도……."

순간 그녀가 그를 끌어안고 안으로 당겼다. 덕분에 하려던 말을 마저 하지 못해서 다행이었다. 종말이 다가온 것 같아, 라고.

2

이타카 대학의 철학·종교학부의 철학과 부교수인 더글러스 비턴은 병실에 앉아서 매부의 임종을 지키고 있다. 들리는 거라곤 심장 모니터가 일정하게 삑…… 삑…… 삑……거리는 소리와 느리고 점점 힘겨워하는 척의 숨소리뿐이다. 다른 장치는 대부분 껐다.

"외삼촌?"

더그가 고개를 돌려 보니 브라이언이 학교 점퍼에 배낭을 메고 문 앞에 서 있다.

"학교에서 일찍 나왔니?" 더그는 묻는다.

"허락받았어요. 엄마가 장치 끌 거라고 문자 보내셨더라고요. 장치 껐나요?"

"응."

"언제요?"

"한 시간 전에."

"엄마는요?"

"일 층 예배실에. 너희 아빠의 영혼을 위해 기도하고 있어."

그리고 자신이 올바른 선택을 했길 기도하고 있겠지. 더그는 생각한다. 사제가 아무리 그래도 된다고, 괜찮다고, 주님께 나머지를 맡기라고 해도 왠지 모르게 잘못한 것처럼 느껴지기 마련이니까.

"내가 문자 보내기로 했어, 너희 아빠가 이제……." 브라이언의 외삼촌은 어깨를 으쓱한다.

브라이언은 침대 앞으로 다가가 새하얀 아버지의 얼굴을 내려다본다. 그는 검은테 안경만 빼면 아빠가 고등학교 1학년생인 아들이 있을 만큼 나이 들어 보이지 않는다는 생각을 한다. 아버지가 고등학생인 것처럼 보인다. 그는 아버지의 손을 집어 초승달 모양의 흉터에 잠깐 입을 맞춘다.

"아빠처럼 젊은 분이 돌아가시다니." 브라이언은 말한다. 아버지가 들을 수 있기라도 한 것처럼 나지막이 속삭인다. "맙소사, 외삼촌, 아빠는 작년 겨울에 서른아홉이 되셨다고요!"

"와서 앉아라." 더그는 옆의 빈 의자를 톡톡 쳤다.

"거긴 엄마 자리잖아요."

"엄마가 오면 비켜주면 되잖아."

브라이언은 배낭을 벗고 의자에 앉는다. "얼마나 남았을까요?"

"의사들 말로는 지금 당장이라도 가실 수 있대. 오늘 중으로는 거의 확실하고. 아버지가 장치의 도움으로 숨을 쉬고 계셨던 거 알지? 정맥주사로 영양분을 공급받았고. 그래도…… 그래도 브라이언, 통증은 전혀 없어. 그 시기는 지났어."

"교아세포종." 브라이언은 쓸쓸하게 중얼거린다. 외삼촌에게로 고개를 돌렸을 때 그는 눈물을 흘리고 있다. "하느님이 아빠를 데려가시려는 이유가 뭘까요, 외삼촌? 설명해주세요."

"나는 못 하지. 하느님의 뜻은 아무도 모르는 미스터리니까."

"미스터리는 무슨 얼어 죽을." 아이는 말한다. "그런 건 소설 속에나 있으라죠."

더그는 고개를 끄덕이며 한 팔로 브라이언의 어깨를 감싸 안는다. "힘들다는 거 안다. 나도 힘들어. 하지만 내가 아는 건 그게 전부야. 삶은 미스터리라는 거. 죽음도 마찬가지고."

그들은 말을 멈추고 일정하게 삑…… 삑…… 삑……거리는 소리와 (아내와 아내의 남동생과 친구들 사이에서는 척이라고 불렸던) 찰스 크란츠가 한 번, 또 한 번 천천히 그리고 거칠게 숨을 쉬는 소리를 듣는다. 문제가 생겼지만 아직 몇 가지 기능이 남은 뇌를 통해 들숨과 날숨을 관리하며(심장 박동처럼) 그의 몸이 마지막으로 세상과 상호작용하는 소리다. 미드웨스트 신탁 회계부에 근무했던 남자가 이제 마지막으로 장부 정리를 하고 있다. 수입은 적고 지출은 많다.

"은행은 원래 피도 눈물도 없는 곳이라야 하는데 아버지는 거기서 정말 사랑을 많이 받았어요." 브라이언은 말한다. "거기 직원들이 꽃을 얼마나 많이 보냈는지 몰라요. 간호사들이 일광욕실인가 하는 데 뒀어요. 아빠 병실에는 꽃을 둘 수가 없어서. 그 사람들이 무슨 생각으로 보낸 걸까요? 알레르기 공격 같은 걸 일으키려는 걸까요?"

"너희 아빠는 거기서 근무하는 걸 좋아했지." 더그는 말한다. "거 국적인 관점에서 보면 뭐 그리 대단한 일은 아니었지만. 노벨상을 타거나 대통령에게 자유훈장을 받을 리 없었으니까. 그래도 엄청 좋아했어."

"춤도요." 브라이언은 말한다. "아버지는 춤도 좋아했어요. 잘 추셨고요. 엄마도 마찬가지였어요. 두 분이서 지르박도 출 수 있었다고 엄마가 예전에 그랬어요. 하지만 아빠 실력이 더 나았다고요."

더그는 폭소를 터뜨린다. "자칭 프레드 아스테어의 아류작이었지. 어렸을 때는 모형 기차에 빠졌고. 제이디가 모형 기차 세트를 가지고 있었거든. 제이디가 누굴 말하는 건지 알지? 너희 아빠의 할아버지 말이야."

"네." 브라이언은 말한다. "저도 아빠 제이디에 대해 들었어요."

"너희 아빠는 행복한 삶을 살았다, 브라이언."

"하지만 충분히 누리지는 못하셨어요." 브라이언은 말한다. "하고 싶어 하셨던 캐나다 열차 횡단도 못 하시게 됐고. 오스트레일리아도 가보고 싶어 하셨는데. 제가 고등학교를 졸업하는 것도 못 보시잖아요. 사람들이 우스운 고별사를 하면서 금시계를 주는 퇴직 파티에도……." 그는 점퍼 소매로 눈을 훔친다. "참석하지 못하실 테고요."

더그는 조카의 어깨를 꼭 잡는다.

브라이언은 깍지 낀 자기 손을 내려다보며 말한다. "외삼촌, 저는 하느님을 믿고 싶고 믿는다고 볼 수 있지만 왜 이런 식이라야 하는지 이해를 못 하겠어요. 하느님이 왜 이런 식이 되도록 *내버려* 두시는지. 그게 미스터리라고요? 삼촌은 잘나가는 철학자인데 달리 설명할 방법이 없어요?"

응, 왜냐하면 죽음이 개입되면 철학이 무너지거든. 더그는 생각한다.

"이런 말 알지, 브라이언? 죽음은 우리 중에서 가장 훌륭한 사람을 먼저 데려가고 다음에 그 나머지를 데려간다는 말."

브라이언은 애써 미소를 짓는다. "위로하려고 하신 말씀이면 좀 더 노력하셔야겠어요."

더그는 이 말을 듣지 못한 눈치다. 그는 매부를, 그에겐 친형제나 다름없는 사람을 보고 있다. 그의 누나에게 풍족한 삶을 선물한 사람. 일을 처음 시작했을 때 그를 도운 사람. 대충 소개해도 그 정도다. 그들은 함께 행복한 시간을 보냈다. 충분하지는 않았지만 그걸로 만족해야 할 모양이다.

"인간의 뇌는 한계가 있지만(뼈로 이루어진 케이지 안에 든 스펀지 같은 조직일 뿐이거든) 그 안에 담긴 정신은 무한하단다. 저장 능력이 어마어마하고 상상력은 우리가 이해할 수 있는 한계를 넘어서지. 한 사람이 죽으면 온 세상이 무너진다고 본다. 그 사람이 알았고 믿어온 세상이. 생각해봐라. 지구상에 살고 있는 인구가 수십억 명인데, 그 수십억 명 각자의 안에 하나씩의 세상이 있어. 그들의 정신으로 탄생시킨 지구가."

"그런데 이제 아빠의 세상은 죽어가고 있네요."

"하지만 우리 세상은 아니지." 더그는 조카의 어깨를 다시 한번 꼭 잡는다. "우리 세상은 좀더 유지될 거야. 네 엄마의 세상도 그렇고. 우리는 네 엄마를 생각해서 강해져야 한다, 브라이언. 최대한 강해져야 해."

그들은 하던 얘기를 멈추고 병상에 누워 죽어가는 남자를 바라보며 모니터가 삑…… 삑…… 삑…… 하는 소리와 척 크란츠가 숨을 천천히 마시고 내뱉는 소리를 듣는다. 그 소리가 한 번 멈춘다. 그의 가슴이 움직이지 않는다. 브라이언은 긴장한다. 하지만 이내 그 거칠고 고통스러운 소리와 함께 다시 가슴이 위로 부푼다.

"엄마한테 문자 보내세요." 브라이언이 말한다. "지금 당장."

더그는 이미 휴대전화를 들고 있다. "진작 꺼내놨지." 그러고는 문자를 입력한다. **이제 오는 게 좋겠어, 누나. 브라이언이 와 있어. 아무래도 매부가 임종 직전인 것 같아.**

3

마티와 펠리샤는 뒷마당으로 나갔다. 그들은 베란다에서 들고 온 의자에 앉았다. 이제 도시 전역의 전기가 나갔고 별빛이 눈부시게 밝았다. 마티는 네브래스카에서 자란 어린 시절 이후로 이렇게 밝은 별빛은 처음이었다. 그 당시 그에게는 조그만 망원경이 있었고 다락방 창문 너머로 우주를 공부했다.

"저게 아퀼라야." 그는 말했다. "독수리자리. 저건 시그너스. 백조자리야. 보여?"

"응. 그리고 저건 북극……." 그녀는 말을 멈췄다. "마티? 당신도…… 봤어?"

"응." 그는 말했다. "그냥 사라져버렸네. 저기 화성도 점점 멀어진다. 안녕, 붉은 행성."

"마티, 나 무서워."

거스 윌퐁도 오늘 저녁에 하늘을 올려다보고 있을까? 펠리샤와 함께 이웃 지킴이 활동을 같이 했던 앤드리아도? 장의사 새뮤얼 야브로도? 빨간 반바지를 입었던 그 여자아이는 어떨까? 반짝 반짝 환한 별님, 오늘 밤 마지막으로 보는 별님.

마티는 그녀의 손을 잡았다. "나도 그래."

4

지니, 브라이언 그리고 더그는 서로 손을 잡고 척 크란츠의 병상 옆에 서 있다. 그들은 남편이자 아버지이자 회계사이자 댄서이자 TV 범죄 드라마를 좋아했던 척이 마지막 숨을 두어 번 몰아쉬는 동안 기다린다.

"삼십구 년." 더그가 말한다. "삼십구 년 동안의 *근사했던* 시간. 고마웠어요, 척."

5

　마티와 펠리샤는 의자에 앉아 올려다본 하늘에서 별빛이 사라져
가는 것을 보았다. 처음에는 하나둘씩이다가 나중에는 열 몇 개, 더
나중에는 수백 개씩 사라졌다. 은하수가 어둠 속으로 말려 들어가
자 마티는 전처를 돌아보았다.

　"사랑……"

　암흑이 깔렸다.

2막 길거리 공연

　재러드 프랑크는 고물 밴이 있는 친구 맥의 도움 아래 보일스턴 가에서 제일 좋아하는 자리, 그러니까 월그린스와 애플스토어 사이에 드럼 세트를 설치한다. 오늘은 예감이 좋다. 목요일 오후이고 날씨는 우라지게 좋고 거리는 주말을 기다리는 사람들로 북적거린다. 늘 주말 그 자체보다 기다리는 시간이 더 좋은 법이다. 목요일 오후에는 기대감이 순도 백 퍼센트다. 금요일 오후가 되면 기대감은 내려놓고 즐기는 단계에 돌입해야 한다.

　"전부 문제없어?" 맥이 묻는다.

　"응. 고마워."

　"고맙다는 인사는 내가 받는 십 퍼센트로 충분해."

　맥은 떠난다. 만화 가게나 반스앤노블에서 뭘 사 들고 그걸 읽으러 공원으로 향할 것이다. 맥은 책벌레다. 짐을 쌀 때가 되면 재러드가 그에게 전화할 것이다. 그러면 맥이 밴을 몰고 올 것이다.

　재러드는 케임브리지의 중고용품점에서 75센트를 주고 산 찌그러진 실크해트를 내려놓고(여기저기 긁힌 벨벳에 너덜너덜한 실크 그로그 랭 밴드가 둘러졌다) 그 앞에 이건 요술모자입니다! 자유롭게 돈을 넣으시면 기부금이 2배가 됩니다!라고 적힌 팻말을 설치한다. 사람들에게 알맞은 지침을 전하는 차원에서 1달러짜리 지폐를 두어 장 안에 넣는다. 10월 초치고 날씨가 따뜻해서 보일스턴 공연 때 애용하는 패션(앞면에 FRANCKLY DRUMS라고 적힌 민소매 티셔츠, 치노 반바지, 맨발에 추레한 컨버스 하이탑)을 고수할 수 있었는데, 그는 썰렁한 날이라 외투를 걸쳤더라도 대개는 벗어던진다. 비트를 타면 몸이 후끈해지기 때문이다.

재러드는 의자를 펼치고 준비 운동 삼아 드럼 세트를 이 끝에서 저 끝까지 양손으로 연타한다. 몇 명이 흘끗 쳐다보지만 대개는 친구들과 대화를 나누고, 저녁 메뉴를 고민하고, 술 마실 장소를 의논하고, 덧없이 흘러가버린 하루에 대해 후회하느라 그냥 스치고 지나간다.

그런가 하면 순찰차가 길가에 정차하고 경관이 조수석 창밖으로 몸을 내밀어 이제 정리할 시간이라고 외치는 저녁 8시까지 아직 시간이 많이 남았다. 그때가 되면 그는 맥에게 전화할 것이다. 지금은 돈을 벌어야 한다. 그는 풋심벌즈와 크래시심벌을 설치한 다음 카우벨을 추가한다. 왠지 오늘은 카우벨이 어울리는 날인 것 같다.

재러드는 맥과 함께 뉴베리 가의 닥터 레코드에서 아르바이트로 일하지만 날씨가 좋으면 거의 원하는 만큼 길거리 공연을 할 수 있다. 그리고 햇살이 내리쬐는 보일스턴 가에서 드럼을 치는 것이 닥터 레코드의 몽롱한 분위기와, 포크웨이스에서 출시된 데이브 반

론크 앨범이나 페이즐리 레코드판으로 출시된 그레이트풀 데드의 희귀 앨범을 찾는 음반 덕후들과 장시간 대화를 나누는 것보다 훨씬 좋다. 재러드는 그런 사람들을 맞닥뜨리면 타워레코드가 파산했을 때 어디 있었느냐고 묻고 싶어진다.

그는 줄리어드 스쿨을 중퇴했고 케이 카이저(미국의 밴드 리더이자 라디오 진행자 — 옮긴이)에게는 미안한 얘기지만 그곳을 음악 지식 전문학교(케이 카이저가 진행한 라디오 퀴즈 프로그램 — 옮긴이)라고 부른다. 3학기 동안 버텼지만 그에게는 맞지 않는다는 결론을 내렸다. 학교에서는 학생들이 지금 뭘 하고 있는지에 대해 생각하길 바랐지만 재러드가 보기에는 비트가 친구고 생각은 적이다. 그는 가끔 공연에 참여하기도 하지만 밴드 활동에 별 관심이 없다. 그는 절대 실토하지 않지만(음, 술에 취해서 한두 번 입 밖으로 꺼낸 적은 있을지도) 음악 그 자체가 적일지 모른다는 생각이 들기도 한다. 신나게 연주에 빠져들면 이런 문제는 거의 생각나지 않는다. 일단 그루브를 타면 음악은 허깨비가 된다. 그때는 드럼만이 중요해진다. 비트만이 중요해진다.

그는 살살 위밍업을 시작한다. 처음에는 느린 템포로 카우벨 없이, 톰(드럼 세트에서 스네어드럼과 베이스드럼을 제외한 부가적인 드럼 — 옮긴이)도 림숏(스틱으로 드럼의 림과 헤드를 동시에 두드리는 연주기법 — 옮긴이)도 없이, 그가 넣은 쭈글쭈글한 1달러짜리 지폐 2개와 스케이트보드를 타고 지나가던 아이가 (경멸조로) 던진 25센트짜리 동전 말고는 요술모자에 아무것도 없지만 신경 쓰지 않는다. 아직 시간이 있다. 비집고 들어갈 방법이 있다. 보스턴의 즐거운 가을 주말을 기다리는 것처럼 그 방법을 찾는 재미가 절반이다. 어쩌면 거의 전부일 수도 있다.

* * *

페이퍼앤페이지에서 7시간 동안 근무하고 퇴근길에 나선 재니스 핼리데이는 고개를 숙이고 핸드백을 꼭 닫은 채 터벅터벅 보일스턴을 걸어간다. 지금은 걷고 싶은 마음뿐이라 펜웨이까지 가서 거기서 가장 가까운 지하철역을 찾을 수도 있겠다. 16개월 동안 사귄 남자친구가 방금 전 이별을 통보했다. 까놓고 말해서 그녀를 찼다. 뻥 하고. 요즘 세대답게 문자로.

우리 서로 안 맞는 것 같아. ☹

그러고는: **너는 항상 내 마음속에 함께할 거야!** 🖤

그러고는: **영원한 친구, 알았지?** ☺👌

서로 안 맞는 것 같다는 말은 그가 다른 여자를 만났고 주말에 그녀와 함께 뉴햄프셔에서 사과를 따고 어느 모텔에서 떡을 치겠다는 뜻이다. 그는 지금처럼 깔끔한 분홍색 블라우스에 빨간색 랩 스커트를 입은 그녀를 오늘 저녁에 아니 앞으로 영원히 볼 일이 없을 것이다. **후회할 거다, 이 💩덩어리야**, 이런 메시지에 사진이라도 함께 보내지 않는 한 말이다.

전혀 예상치 못했던 일이라, 들어갈 준비를 다 마쳤는데 면전에서 문이 쾅 닫힌 것처럼 당황스럽다. 오늘 아침까지만 해도 온통 장밋빛이었던 이번 주말이 이제는 기어서 통과해야 하는, 천천히 돌아가는 텅 빈 통 입구처럼 느껴진다. 그녀는 원래 토요일에는 출근하지 않아도 되지만 메이블린에게 연락해 토요일 오전만이라도 근무를 신청할까 싶다. 일요일에는 가게가 문을 닫는다. 지금으로서는 일요일은 생각하지 않는 게 상책이다.

"영원한 친구라니 말이야 방구야?" 그녀는 고개를 숙인 채로 걷고 있기 때문에 핸드백에 대고 이렇게 중얼거린다. 그녀는 그를 사랑하지 않았고 농담으로라도 그렇게 생각한 적 없었지만 그래도 실망스럽고 충격적이다. 주변에서 말하길 그는 착하고 (적어도 그녀가 생각하기에는) 좋은 연인이고 같이 있으면 재미있다고 했다. 이제 그녀는 22살이고 차였고 기분이 개떡 같다. 집에 가서 와인을 좀 마시고 울어야겠다. 울면 괜찮아질지 모른다. 치유가 될지 모른다. 빅밴드 앨범을 하나 틀고 빙글빙글 춤을 출까 보다. 빌리 아이돌의 노래 가사에도 있듯이 혼자 추는 거다. 그녀는 고등학생 때 춤을 좋아했고 금요일 댄스파티가 열리면 즐거운 시간을 보냈다. 그때의 기분을 조금이나마 되살릴 수 있을지 모른다.

아니야. 그녀는 생각한다. 그때 들었던 곡과 그때의 추억이 떠오르면 더 눈물만 날 거야. 고등학교는 오래전 얘기였다. 지금 그녀는 남자가 사전 경고도 없이 결별을 통보하는 현실 세계에 살고 있다.

두어 블록 앞에서 드럼 소리가 들린다.

* * *

친구들 사이에서는 척이라고 불리는 찰스 크란츠는 회계사의 갑

옷, 즉 회색 양복에 흰색 셔츠, 파란색 넥타이로 무장하고 보일스턴 가를 걷는다. 검은색의 새뮤얼 윈저 구두는 저렴하지만 튼튼하다. 서류가방이 옆구리 근처에서 흔들린다. 그는 재잘거리며 퇴근하는 인파의 소용돌이에 조금도 아랑곳하지 않는다. 그가 보스턴에 온 이유는 '21세기 은행의 나아갈 방향'이라는 일주일짜리 세미나에 참석하기 위해서다. 그가 근무하는 미드웨스트 신탁 은행에서 모든 비용을 부담해가며 그를 보냈다. '빈타운'(보스턴의 별명 ― 옮긴이) 은 와본 적이 없었으니 더욱 고마운 조치였다.

세미나가 열리는 호텔은 깨끗하고 상당히 저렴해 회계사들 입장에서는 완벽한 조건을 갖추었다. 척은 강연과 토론을 재미있게 들었지만 (그도 한 토론에 참석했고 내일 정오 세미나가 끝나기 전에 또 다른 토론에 참석할 예정이다) 자유 시간을 70명의 다른 회계사들과 보낼 생각은 없었다. 그는 그들의 언어를 쓰긴 하지만 다른 언어도 쓸 줄 안다고 생각하고 싶다. 적어도 예전에는 그랬다, 일부 단어를 지금은 잊어버렸지만.

이제 실용적인 새뮤얼 윈저 옥스퍼드화가 그를 오후 산책길로 인도한다. 아주 짜릿하지는 않지만 상당히 즐겁다. 요즘은 *상당히 즐거운* 것으로 충분하다. 그의 삶은 과거에 희망했던 것보다 폭이 좁아졌지만 그는 불평하지 않는다. 점점 좁아지는 것이 자연의 이치인 것 같다. 살다 보면 내가 미국의 대통령이 될 일은 없음을 깨닫고 청년 상공회의소 회장으로 만족하는 때가 온다. 그리고 긍정적인 면도 있다. 그에게는 평생 한눈 팔 생각을 털끝만치도 한 적 없는 아내가 있고 똑똑하고 서글서글한 중학생 아들도 있다. 그런가 하면 살날이 9개월밖에 안 남았지만 그는 아직 그걸 모른다. 종말의 씨앗(삶이 마지막 한 점으로 좁아지는 지점)이 의사의 메스가 닿을 수 없는 곳에 깊게 심겨졌고 최근 들어 서서히 깨어나고 있다. 조만간 거기서 검은 열매가 열릴 것이다.

지나가는 행인들, 알록달록한 치마를 입은 여대생, 레드삭스 모자를 거꾸로 쓴 남학생, 흠잡을 데 없이 차려입은 차이나타운의 아시아계 미국인, 쇼핑백을 들고 있는 아주머니, 옆면에 성조기와 함께 '이 마음은 변하지 않는다'는 모토가 적힌 큼지막한 사기잔을 내밀고 있는 베트남전 참전 용사의 눈에 척 크란츠는 보수적이고 돈만 좇는 미국 백인의 상징처럼 보일 것이다. 그렇다, 그건 맞는다. 그는 재미만 찾는 베짱이 떼를 헤집고 주어진 길을 터벅터벅 걸어가는 근면 성실한 개미다. 하지만 그에게는 다른 면모도 있다. 아니, 있었다.

그는 한 소녀를 떠올리는 중이다. 이름이 레이철이었나 레지나였나. 아니면 레바? 르네? 잘 기억 나지 않고 리드 기타리스트의 여동생이었다는 것만 알겠다.

척은 미드웨스트 신탁이라는 개미굴에서 일하는 근면 성실한 개미가 되기 한참 전, 고등학교 2학년 때 '레트로스'라는 밴드에서 리드싱어로 활동한 적이 있었다. 밴드 이름을 그렇게 지은 이유는 1960년대와 1970년대 곡을 많이 연주했고, 특히 멜로디가 단순한 롤링스톤스나 서처스나 클래시 같은 영국 그룹에 치중했기 때문이었다. 그들은 변형된 세븐스 코드처럼 희한한 코드가 난무하는 비틀스의 곡들은 철저하게 피했다.

척은 두 가지 이유에서 리드싱어가 될 수밖에 없었다. 그는 악기 연주는 못 하지만 음정은 맞출 수 있었고 할아버지에게 고물 SUV를 빌려 인근의 공연장을 찾아다닐 수 있었다. 레트로스는 처음부터 실력이 형편없었고 2학년 말에 해체했을 때에도 별 볼 일 없었지만 리듬 기타리스트의 아버지 표현을 빌자면 '들어줄 만한 수준으로 비약적인 발전'을 일구었다. 그리고 「빗츠 앤드 피시스」(데이브 클락 파이브)나 「라커웨이 비치」(라몬스) 같은 곡은 망치기가 쉽지 않았다.

척의 테너 음색은 평범하지만 듣기 좋았고 필요하면 거리낌 없이 괴성을 지르거나 가성을 냈지만 그가 정말로 좋아했던 건 간주가 흐르는 순간이었다. 그러면 춤을 추고 믹 재거처럼 무대를 으스대며 걷고 가끔은 스스로 생각하기에 도발적인 분위기로 다리 사이에 마이크 스탠드를 끼우고 엉덩이를 흔들 수 있기 때문이었다. 그는 문워크를 할 줄도 알았고 그걸로 항상 박수갈채를 유도했다.

레트로스는 때로는 진짜 차고에서 때로는 리드 기타리스트의 1층 취미실에서 연습하는 거라지 밴드였다. 리드 기타리스트의 집에서 연습할 때면 그의 여동생이 (루스였나? 레이건이었나?) 5부 반바지를 입고 건들건들 계단을 내려왔다. 두 펜더 앰프 사이에 자리를 잡고서는 손가락으로 귀를 막고 혀를 내밀고 골반과 엉덩이를 요란하게 흔들었다. 한번은 그들이 쉬고 있었을 때 그녀가 게걸음으로 척에게 다가와 소곤소곤 말했다. "우리끼리 하는 얘긴데 오빠 꼭 노인네들 떡치는 것처럼 노래한다?"

미래의 회계사 찰스 크란츠는 소곤소곤 맞받아쳤다. "남들이 들으면 겸둥이, 네가 퍽이나 잘 아는 줄 알겠다."

여동생은 이 말을 못 들은 척했다. "하지만 춤은 잘 춰. 백인처럼 추긴 하지만 그래도."

그 여동생도 백인이었고 춤을 좋아했다. 가끔 연습이 끝난 뒤에 그녀가 직접 만든 카세트테이프를 틀면 같이 춤을 추었다. 밴드의 다른 멤버들이 야유를 보내고 깜찍한 발언을 퍼붓는 가운데 그와 그녀는 마이클 잭슨 흉내를 내고 미친 듯이 웃었다.

척은 그 여동생에게(래모나였나?) 어떤 식으로 문워크를 가르쳐줬는지 기억을 더듬던 도중에 처음으로 드럼 소리를 듣는다. 레트로스가 「행 온 슬루피」나 「브랜드 뉴 캐딜락」을 카피하던 시절에 연주했음직한 기본적인 록 비트를 어떤 사람이 두드리고 있다. 처음에는 환청일 거라고, 아니면 최근 들어 그를 괴롭히고 있는 편두통이 시작되려나 보다고 생각하지만, 다음 블록의 인파 사이로 긴 틈이 생기자 민소매 티셔츠를 입고 조그만 의자에 앉아 그 옛날의 섹시한 리듬을 때리고 있는 어떤 아이가 보인다.

척은 생각한다. 같이 춤을 출 여동생이 필요한데 꼭 필요할 때는 없네.

* * *

재러드는 공연을 시작한 지 10분이 지났지만 스케이트보드를 타고 가던 아이가 비웃듯이 요술모자에 던진 25센트짜리 동전 말고는 소득이 전혀 없다. 주말을 눈앞에 둔 화창한 목요일 오후라면 지금쯤 최소 5달러는 벌었어야 하는데 이해가 되지 않는다. 그 돈이 없어도 굶어죽지는 않겠지만 사람이 식비와 월세만으로 사는 게 아니다. 자기 이미지도 관리해야 하는데 여기 이 보일스턴에서 드럼 연주를 하는 것이 그의 이미지에 큰 지분을 차지한다. 그는 무대에 있다. 공연을 하고 있다. 사실상 솔로 공연이다. 모자에 담긴 금액이 그에게는 공연을 즐기는 사람과 그렇지 않은 사람을 판단하는 지표가 된다.

그는 손끝으로 스틱을 빙글빙글 돌린 다음 준비하고 「마이 섀로나」 도입부를 연주하지만 이상하다. 녹음된 소리처럼 들린다. 짧은 진자처럼 서류가방을 흔들며 그를 향해 다가오는 전형적인 사업가 타입이 보이는데, 재러드는 왠지 모르게 그의 등장을 큰소리로 선포하고 싶어진다. 그는 레게 비트로 포문을 열고 「아이 허드 잇 스루 더 그레이프바인」과 「수지 큐」를 한데 섞은 듯한, 좀더 섹시한 리듬으로 옮겨 탄다.

재러드는 사운드 체크를 하느라 잠깐 두드려보았을 때 이후 처음으로 스파크가 이는 것을 느끼고 오늘 카우벨을 추가하고 싶었던 이유를 깨닫는다. 오프비트로 카우벨을 두드리기 시작하자 챔프스의 흘러간 명곡 「데킬라」의 분위기로 바뀐다. 제법 끝내준다. 그루브가 생기는데, 그루브는 따라가고 싶은 도로와도 같다. 비트의 속도를 높이고 톰을 높일 수도 있었지만 이 비즈니스맨을 보고 있으려니 그건 이 사람에게 어울리지 않을 것 같은 느낌이 든다. 이 비즈니스맨에게 비트의 초점을 맞추는 이유를 그로서는 알 수도 없고 상관도 없다. 가끔 그냥 그렇게 될 때가 있다. 그루브가 이야기로 변모하는 것이다. 그는 이 비즈니스맨이 술잔에 분홍색의 조그만 우산을 꽂아주는 그런 곳에서 휴가를 즐기는 광경을 상상한다. 그의 옆에는 아내가 있을 테고 아니면 청록색 비키니를 입은 옅은 금발의 비서일 수도 있다. 그들이 이 연주를 듣고 있다. 드러머가 그날 저녁 공연을 앞두고 티키 토치가 켜지기 전에 워밍업을 하고 있다.

이 비즈니스맨은 그냥 여길 지나쳐 비즈니스맨 호텔로 직행할 테고, 그가 요술모자에 돈을 넣을 가능성은 제로에 가깝다. 그가 사라지면 재러드는 카우벨을 잠깐 쉬고 다른 분위기로 넘어가겠지만 지금은 이 비트가 딱이다.

그런데 이 비즈니스맨은 스치듯 지나가지 않고 걸음을 멈춘다. 얼굴에 미소를 머금고 있다. 재러드는 그를 보며 씩 웃고 실크해트를 턱으로 가리키는 동안에도 박자를 놓치지 않는다. 이 비즈니스맨은 그의 존재를 알아차리지 못하는 눈치고 모자에 돈을 넣지도 않는다. 대신 검은색의 비즈니스맨 구두 사이로 서류가방을 떨어뜨리고 비트에 맞춰서 골반을 좌우로 움직이기 시작한다. 엉덩이만 움직인다. 다른 모든 곳은 계속 정지 상태다. 얼굴은 포커페이스다. 재러드의 머리 바로 위 한 점을 쳐다보는 것 같다.

"오, 제법이네요." 젊은 남자가 말하며 모자에 동전 몇 개를 떨어뜨린다. 비트가 아니라 가볍게 춤을 추는 비즈니스맨에게 한 말이지만 상관없다.

재러드는 약을 올리듯, 거의 애무하듯 빠르고 부드럽게 풋심벌즈를 치기 시작한다. 다른 손으로는 오프비트로 카우벨을 치되 킥

페달로 베이스를 살짝 더한다. 효과 만점이다. 회색 양복을 입은 남자는 은행원 같지만 골반의 움직임이 예사롭지 않다. 그가 한 손을 들어 박자에 맞춰 집게손가락을 까딱이기 시작한다. 손등에는 조그만 초승달 모양의 흉터가 있다.

* * *

척은 비트가 좀더 이국적인 분위기로 달라진 걸 느낀 순간 하마터면 정신을 차리고 걸음을 옮길 뻔한다. 그러다 생각한다. 에이씨 됐다 그래, 길거리에서 춤을 살짝 추는 게 불법은 아니잖아. 그는 서류가방에 발이 걸려 넘어지지 않게 뒤로 물러나 양손을 허리춤에 얹고 춤을 추며 시계 방향으로 180도 회전한다. 그 옛날에 밴드가 「새티스팩션」이나 「워킹 더 도그」를 연주했을 때 했던 동작이다. 어떤 사람은 웃고 또 어떤 사람은 박수를 치는 가운데 그는 재킷 자락을 휘날리며 이번에는 반대편으로 돈다. 그 여동생과 추었던 춤을 생각한다. 그 아이는 입이 건 꼬맹이였지만 제대로 즐길 줄 알았다.

척은 한동안 그 신비롭고 만족스러운 *기분*을 제대로 즐긴 적이 없지만 모든 동작이 완벽하게 느껴진다. 그는 한쪽 다리를 들고 다른쪽 발꿈치를 딛고 뱅그르르 돈다. 암송을 위해 불려나온 학생처럼 등 뒤로 손깍지를 끼고 그의 서류가방 앞 인도에서 문워크를 한다.

드러머가 놀라서 "요, 아저씨!" 하고 환호성을 지른다. 그는 속도를 높여 이제는 왼손으로 카우벨 대신 플로어탐을 치고 킥페달을 밟되 그 와중에도 풋심벌즈의 한숨 섞인 쉿소리를 놓치지 않는다. 사람들이 모여든다. 돈이 요술모자 안으로 쏟아진다. 동전도 있고 지폐도 있다. 여기서 뭔가가 벌어지고 있다.

같은 베레모를 쓰고 레인보우 연합 티셔츠를 입은 젊은 남자 둘이 이 조그만 관중의 맨 앞에 서 있다. 그중 한 명이 5달러처럼 보이는 지폐를 모자 안으로 던지고 외친다. "잘한다, 가보자!"

척은 부추김이 필요 없다. 그는 이제 빠져들었다. 21세기 은행의 나아갈 방향은 머릿속에서 지워졌다. 그는 재킷 단추를 풀고 손등으로 훑어 뒤로 넘긴 다음 총잡이처럼 허리띠 안으로 양쪽 엄지손가락을 걸고 다리를 양옆으로 벌렸다가 다시 일어난다. 퀵스텝에 이어 턴을 한다. 드러머는 웃으며 고개를 끄덕인다. "바로 그거예요." 그가 말한다. "바로 그거예요, 아저씨!"

구경꾼이 점점 늘어나고 모자는 점점 차오르고 척의 심장은 두근거리는 걸 넘어 쿵쾅거린다. 심장마비를 일으키기 딱 좋지만 상관없다. 아내가 이걸 보면 노발대발하겠지만 상관없다. 아들은 창피해하겠지만 여기 없지 않은가. 그는 오른쪽 구두를 왼쪽 종아리에 얹고 다시 한 바퀴 도는데, 제자리로 돌아와 보니 베레모를 쓴 남자들 옆에 아리따운 아가씨가 있다. 얇은 분홍색 블라우스와 빨간색 랩 스커트를 입었다. 홀린 듯 눈을 동그랗게 뜨고 그를 빤히 쳐다보고 있다.

척은 웃는 얼굴로 손가락을 튕기며 그녀를 향해 손을 내민다. "들어와요." 그가 말한다. "들어와요, 시스터, 같이 춰요."

＊ ＊ ＊

재러드는 그녀가 초대에 응하지 않을 거라고 생각하지만(부끄럼이 많아 보인다) 그녀는 회색 양복을 입은 남자 쪽으로 천천히 걸어간다. 어쩌면 요술모자가 정말 요술을 부리는 건지 모른다.

"댄스!" 베레모를 쓴 남자 중 한 명이 외치자 다른 한 명이 재러드의 비트에 맞춰 박수를 치며 덩달아 외친다. "댄스, 댄스, 댄스!"

재니스는 될 대로 되라는 식의 미소를 짓고 핸드백을 척의 서류 가방 옆으로 던지고 그의 손을 잡는다. 재러드는 주법을 찰리 와츠 스타일로 바꿔서 군인처럼 드럼을 때린다. 비즈니스맨은 아가씨를 돌리고, 잘록한 허리에 손을 얹어 자기 쪽으로 당기고, 드럼 세트를 지나 거의 월그린스 건물 모퉁이까지 퀵스텝으로 그녀를 리드한다. 재니스는 그에게서 멀어져 개구쟁이 혼내듯 손가락을 좌우로 흔들다 제자리로 돌아와 척의 두 손을 잡는다. 둘이서 백 번은 연습한 것처럼 그가 다시 다리를 살짝 일자로 벌리자 그녀가 통과하는데, 이 과감한 동작에 랩 스커트가 미끈한 한쪽 허벅지 저 위까지 올라간다. 몇 명이 헉 하고 숨을 토하는 가운데 그녀는 오목하게 접은 손 위에 몸을 기댔다가 벌떡 일어난다. 그녀는 웃고 있다.

"이제 그만요." 척이 자기 가슴을 토닥이며 말했다. "더는 못하겠어요⋯⋯."

그녀가 그에게로 달려들어 어깨에 손을 얹자 그는 다시 힘을 얻는다. 그는 그녀의 허리를 잡고 그의 골반에 대고 돌려서 땅바닥 위로 깔끔하게 눕힌다. 그가 그녀의 왼손을 들어올리자 그녀는 그 아래에서 흥분한 발레리나처럼 빙글빙글 돈다. 이제는 구경꾼이 백여 명으로 늘어나 인도를 지나 도로까지 넘쳤다. 그들이 다시금 박수갈채를 터뜨린다.

재러드는 드럼 세트를 한 바퀴 돌리고 심벌즈를 친 다음 의기양양하게 스틱을 머리 위로 든다. 다시 박수갈채가 터진다. 척과 재니스는 둘 다 숨을 헐떡이며 서로 쳐다보고 있다. 희끗희끗해지기 시작한 척의 머리칼이 땀으로 얼룩진 이마에 들러붙었다.

"우리 지금 뭐 하는 거죠?" 재니스가 묻는다. 드럼 연주가 끝나자 그녀는 멍한 표정을 짓는다.

"나도 모르겠어요." 척이 말한다. "하지만 이렇게 즐거웠던 적이 얼마 만인지 모르겠어요."

요술모자는 차서 넘친다.

"앙코르!" 누군가가 외치자 관중들이 따라서 외친다. 수많은 사람들이 휴대전화를 높이 들고 다음 공연을 찍을 준비를 하고 있고 아가씨는 할 수 있을 듯이 보이지만 그녀는 젊다. 척은 기운이 다했다. 그는 드러머를 쳐다보며 고개를 젓는다. 드러머는 이해한다는 뜻에서 고개를 끄덕인다. 척은 첫 번째 댄스를 잽싸게 촬영한 사람이 몇이나 될지, 아내가 그걸 보면 어떻게 생각할지 궁금해진다. 아들은 또 어떨까? 그리고 영상이 여기저기 퍼진다면? 그럴 가능성은 희박하지만 만약 그런다면, 은행에까지 퍼진다면 보스턴의 세미나에 보낸 직원이 보일스턴 가에서 딸뻘은 됨직하게, 아니면 여동생뻘은 됨직하게 어린 여자와 엉덩이를 흔들고 있는 것을 보고 뭐라고 생각할까? 그는 무슨 생각으로 이런 짓을 저질렀을까?

"여러분, 앙코르는 없습니다." 드러머가 외친다. "한창 재밌을 때 끝내야죠."

"그리고 저는 집에 가야 해요." 아가씨가 말한다.

"안 돼요." 드러머는 말한다. "잠깐만요."

* * *

20분 뒤에 그들은 보스턴 공원의 오리 호수 앞 벤치에 앉아 있다. 재러드가 맥에게 연락했다. 척과 재니스가 악기를 챙겨 밴의 뒤에 싣는 것을 도와주었다. 구경꾼 몇 명이 남아서 그들을 축하하고 하이파이브를 청하고 이미 흘러넘친 모자에 몇 푼을 더했다. 맥은 출발하면서(척과 재니스는 만화책 더미 사이에 발을 넣고 뒷자리에 나란히 앉았다) 공원 옆에 주차할 자리가 있을 리 없다고 말한다.

"오늘은 있을 거야." 재러드가 말한다. "오늘은 요술 같은 날이거든." 그 말대로 포시즌스 호텔 바로 맞은편에 자리가 있다.

재러드는 돈을 센다. 50달러짜리도 있다. 베레모를 쓴 남자가 5달러로 착각하고 넣은 모양이다. 모두 합해서 400달러가 넘는다. 재러드에게 이런 날은 처음이다. 이런 날을 기대한 적도 없다. 그는 맥의 몫으로 10퍼센트를 떼어놓고(맥은 호숫가에 서서 주머니에 들어 있던 피넛버터 크래커를 오리들에게 던져주고 있다) 나머지를 나눈다.

"어머, 아니에요." 재니스는 그가 뭘 하려는 건지 알아차리고 이렇게 말한다. "당신 거예요."

재러드는 고개를 젓는다. "아니에요, 똑같이 나눠요. 나 혼자였으

면 자정까지 공연해도 이 절반도 못 벌었을 거예요." 경찰이 그때
까지 내버려 둘 리도 없지만. "어쩌다 삼십 달러를 넘긴 날도 있지
만 그것도 운수가 좋았을 때 얘기예요."

척은 두통이 시작되려는 기미를 느끼고 9시가 되면 심해질 거라
는 걸 알지만 그래도 이 청년의 진지함에 웃음이 터진다. "좋아요.
안 받아도 되지만 그래도 내가 번 거니까." 그는 손을 내밀어 재니
스의 뺨을 토닥인다. 예전에 입이 험했던 리드 싱어의 여동생에게
그랬던 것처럼. "아가씨도 마찬가지예요."

"춤은 어디서 배우셨어요?" 재러드가 척에게 묻는다.

"중학교 때 '돌리고 돌리고'라는 방과후 수업이 있었어요. 그렇지
만 제대로 된 동작은 할머니한테 배웠어요."

"당신은요?" 그는 재니스에게 묻는다.

"비슷해요." 그녀는 말하며 얼굴을 붉힌다. "고등학교 댄스파티
때요. 당신은 어디서 드럼을 배웠어요?"

"독학했어요. 당신처럼." 그는 척에게 말한다. "혼자 출 때도 훌륭
했지만 여성분이 함께하니까 차원이 달라지던데요. 우리, 이 일을
전문적으로 해도 되겠어요. 길거리 공연으로 돈을 벌고 유명해질
수 있겠어요."

말도 안 되는 일이지만 척은 아주 잠깐 동안이나마 실제로 고민
한다. 보아하니 아가씨도 그런 눈치다. 진지하게라기보다 다른 삶
을 상상하듯. 프로야구 선수로 뛰거나 에베레스트산을 등반하거나
스타디움 콘서트에서 브루스 스프링스틴과 듀엣으로 노래하는 것
을 상상하듯. 잠시 후 척은 다시 웃음을 터뜨리고 고개를 젓는다.

재니스도 자기 몫을 핸드백에 넣으며 같이 웃는다.

"모두 당신 덕분이었어요." 재러드가 척에게 말한다. "어쩌다 제 앞에서 걸음을 멈췄어요? 어쩌다 춤추기 시작한 거예요?"

척은 곰곰이 생각해보다가 어깨를 으쓱한다. 예전에 활동했던 레트로스라는 엉터리 밴드가 생각났기 때문이라고, 간주가 흐르는 동안 무대를 누비며 춤을 추고 으스대고 마이크 스탠드를 다리 사이에 끼고 몸을 흔들었던 때가 생각났기 때문이라고 대답할 수도 있겠지만 그건 아니다. 게다가 젊고 몸이 가볍고, 두통도 없고 잃을 것도 없었던 십 대 시절에도 그렇게 열정적으로 자유롭게 춤을 춘 적이 있었던가.

"요술이었어요." 재니스는 피식 웃는다. 오늘 그런 웃음소리가 그녀에게서 흘러나올 줄은 몰랐다. 우는 소리라면 모를까 피식 웃는 소리라니. "당신 모자처럼."

맥이 돌아온다. "재러드, 이제 그만 가자. 안 그러면 오늘 번 돈 주차비로 다 날리게 생겼어."

재러드는 자리에서 일어난다. "두 분 다 직업을 바꿀 생각 진짜 없어요? 비컨힐에서부터 록스베리까지 이 도시를 누비며 공연할 수 있는데. 명성을 떨치면서."

"내일 참석해야 하는 세미나가 있어요." 척은 말한다. "토요일에는 집으로 돌아가고요. 아내와 아들이 기다리는 곳으로."

"그리고 저는 혼자서는 못해요." 재니스는 웃으며 말했다. "그러면 프레드 없는 진저 같을 거예요(총 10편의 영화에 댄스 파트너로 출연한 프레드 아스테어와 진저 로저스를 뜻한다 — 옮긴이)."

"알겠어요." 재러드는 팔을 벌린다. "하지만 가기 전에 이 안으로 들어오세요. 그룹 허그 한번 해요."

그들은 그의 품 안으로 들어간다. 척은 자기 몸에서 땀 냄새가 풍긴다는 것을 알고 있고(이 양복은 드라이클리닝을, 그것도 강력하게 한 다음이라야 다시 입을 수 있을 것이다) 그들에게서도 땀 냄새가 풍긴다. 그래도 괜찮다. 아가씨가 쓴 요술이라는 단어가 더 이상 완벽할 수가 없었다. 살다 보면 가끔 그런 일이 생길 때가 있다. 크게는 아니고 소소하게. 예전에 입었던 재킷 주머니에서 20달러가 나온다든지 하는 식으로.

"길거리 공연이여, 영원하라." 재러드가 말한다.

척 크란츠와 재니스 핼리데이는 따라 한다.

"길거리 공연이여, 영원하라." 맥이 말한다. "좋아. 이제 가자, 제러드. 주차단속반이 오기 전에."

* * *

척은 재니스에게 프루덴셜 센터를 지나 보스턴 호텔로 갈 거라고, 그녀도 그쪽 방향으로 가느냐고 묻는다. 재니스는 원래 헤어진 남자친구 생각에 핸드백에 대고 처량한 헛소리를 중얼거리며 펜웨이까지 걸어갈 작정이었지만 생각이 바뀌었다. 그녀는 알링턴 가에서 전철을 타겠다고 한다.

그는 공원을 가로질러 거기까지 그녀를 바래다준다. 계단 꼭대기에서 그녀가 그를 돌아보며 말한다. "춤 같이 춰줘서 고마워요."

그는 허리를 숙여 인사한다. "저야말로 영광이었습니다."

그는 그녀가 시야에서 사라지자 다시 보일스턴 쪽으로 걸음을 옮긴다. 그는 천천히 걷는다. 허리가 아프고 다리가 아프고 머리가 지끈거린다. 평생 이렇게 머리가 아파본 기억이 없다. 두어 달 전부터 이렇다. 계속 이런 식이면 아무래도 병원에 가봐야 할 것 같다. 이유가 뭔지 알 것도 같지만.

하지만 그건 나중 얘기다. 아예 없을 얘기일 수도 있다. 오늘 저녁에는 근사한 저녁과 와인으로(그럴 자격이 있지 않은가) 스스로에게 포상할 작정이다. 그는 생각을 바꿔 와인을 생수로 대체한다. 와인을 마시면 두통이 더 심해질지 모른다. 식사가 끝나면(당연히 디저트까지 챙겨 먹을 것이다) 지니에게 전화해 당신 남편이 다음 날 하루 동안 인터넷에서 반짝 스타가 될지 모른다고 알릴 것이다. 그런 일이 일어나지 않을지도 모른다. 바로 지금 어딘가에서 어떤 사람은 개가 빈 병을 저글링하는 광경을 촬영하고 있거나 또 어떤 사람은 염소가 시가 피우는 광경을 영상으로 담고 있을지 모르지만, 만일의 경우에 대비해 미리 알리는 편이 낫다.

재러드가 드럼 세트를 설치했던 자리를 지나는데 그가 던졌던 두 가지 질문이 떠오른다. 왜 드럼 소리를 듣고 가던 길을 멈추었느냐고, 왜 춤을 추기 시작했느냐고. 그는 이유를 모르겠지만 안다 한들 무슨 차이가 있을까?

나중에 그는 걷지도 못하게 될 것이다. 보일스턴 가에서 시스터와 춤추는 것은 고사하고 말이다. 나중에 그는 음식을 씹지도 못해서 모든 걸 블렌더로 갈아서 먹을 것이다. 나중에 그는 비몽사몽의 경지를 헤매며 하느님이 이 세상을 만든 이유가 궁금해질 만큼 통증이 엄청난 상태로 접어들 것이다. 나중에 그는 아내의 이름을 잊어버릴 것이다. 기억하는 건(그마저도 가끔) 어떤 식으로 걸음을 멈추고 서류가방을 떨어뜨리고 드럼의 비트에 맞춰 골반을 흔들기 시작했는지일 테고 그러면 그는 하느님이 세상을 만든 이유가 그 때문인가 보다고 생각할 것이다. 그래서라고.

1막 내 안에는 무수히 많은 것들이 담겨 있다

1

척은 여동생을 기다리고 있었다. 그가 조심만 한다면 아이를 안 게 해주겠다고 어머니는 약속했다. 그는 당연히 부모님도 기다리고 있었다. 하지만 95번 고속도로 고가 위에 낀 얼음으로 인해 그 어느 것도 이루어지지 않았다. 한참 시간이 흘러, 대학생 시절에 그는 여자친구에게 주인공의 부모님이 교통사고로 죽는 소설, 영화나 드라마는 많지만 실제로 그런 사고를 겪은 경우는 자신밖에 본 적이 없다고 얘기하게 될 것이다.

여자친구는 그의 말을 곰곰이 생각하더니 판결을 내렸다. "그런 경우는 비일비재할 거야. 집에 불이 나거나 스키를 타러 갔다가 눈사태를 만났거나 토네이도, 허리케인, 지진으로 부모님이 세상을 떠나실 수도 있어. 당장 떠오르는 것들만 나열해도 이 정도야. 그런데 무슨 근거로 네가 주인공이라고 생각해? 네 상상 속이라면 모를까."

그녀는 시를 썼고 뭐랄까, 허무주의자였다. 그들은 딱 한 학기 만에 헤어졌다.

그 차가 고속도로 고가에서 뒤집힌 채 허공으로 날아갔을 때 척은 같이 타고 있지 않았다. 부모님이 그를 할아버지와 할머니에게 맡기고 저녁 데이트를 하러 나갔기 때문이었다. 그는 그 당시만 해도 할아버지와 할머니를 '제이디'와 '부비'라고 불렀다. (이렇게 이디시어로 그들을 부르는 것도 3학년 때 끝이 났다. 아이들이 놀려대서 좀더 미국적인 호칭으로 바꿔 불렀다.) 앨비와 새러 크란츠가 불과 1.5킬로 정도 떨어진 곳에 살았으니, 사고가 나고 그가 이제 고아라는 사실을 처음 실감했을 때 자연스럽게 그들이 그의 양육을 맡았다. 그때 그의 나이는 7살이었다.

1년 동안, 어쩌면 1년 반 동안, 그 집에는 순도 백 퍼센트의 슬픔이 감돌았다. 크란츠 집안은 아들과 며느리뿐 아니라 3개월 뒤에 태어날 예정이던 손녀까지 잃었다. 알리사라는 이름까지 지어놓은 아이였다. 척이 그 이름을 듣고 비 내리는 소리 같다고 했을 때 그의 어머니는 웃다가 울었다.

그는 그 기억을 절대 잊지 않았다.

그는 외할아버지, 외할머니도 당연히 알았고 여름마다 외갓집으로 놀러도 갔지만 그에게 그들은 기본적으로 낯선 타인이었다. 그가 고아가 된 이후에 그들은 자주 전화해서 어떻게 지내고 학교생활은 어떠냐며 특별할 게 없는 질문을 했고 여름마다 놀러가는 것도 여전했다. 새러(이른바 부비, 이른바 할머니)가 그를 비행기에 태워 보냈다. 하지만 외할아버지, 외할머니는 끝내 오마하라는 낯선 땅에 사는 낯선 타인으로 남았다. 그들은 생일과 크리스마스 때 선물을 보냈지만(친할아버지, 친할머니는 크리스마스를 '지내지' 않았기 때문에 그때 받는 선물이 특히 좋았다) 그에게는 다음 학년으로 올라가면 멀어지는 선생님들과 다를 바 없이, 계속 테두리 밖의 사람들이었다.

척은 할아버지와 할머니(나이가 많긴 했지만 *아주* 많은 건 아니었다)를 상심의 그늘에서 끄집어내야 했기에 먼저 정신적인 상복을 조금씩 벗기 시작했다. 척이 10살이었을 때 그들이 그를 데리고 디즈니월드에 간 적이 있었다. 그들은 스완 리조트에서 커넥팅룸에 묵었고 밤에는 문을 열어놓았는데, 할머니가 우는 소리를 들은 건 딱 한 번뿐이었다. 그들은 대부분의 시간 동안 재미있게 놀았다.

그때의 즐거웠던 느낌이 일부 집까지 따라왔다. 척은 가끔 할머니가 부엌에서 콧노래를 부르거나 라디오에서 나오는 노래를 따라 부르는 소리를 들을 수 있었다. 그 사고가 난 이후로 사다 먹는 음식이 많았는데 (재활용 쓰레기통이 할아버지가 마신 버드와이저 병으로 가득 찼다) 디즈니월드에 다녀온 해부터 할머니가 다시 요리를 하기 시작했다. 그 전까지 삐쩍 말랐던 아이가 맛있는 음식을 먹고 살이 붙기 시작했다.

할머니는 요리할 때 로큰롤을 들었다. 척의 입장에서는 너무 젊은 음악이라고 생각할 수도 있었지만 할머니는 누가 봐도 좋아하는 눈치였다. 척이 쿠키가 있나 찾아보려고 아니면 원더브레드 식빵에 황설탕을 뿌려서 돌돌 말아 먹으려고 부엌에 들어가 보면 할머니는 손을 내밀고 손가락을 튕기기 시작했다. "같이 춤춰요, 헨리(「댄스 위드 미, 헨리」. 에타 제임스의 노래 — 옮긴이)." 그녀는 이렇게 말했다.

그의 이름은 헨리가 아니라 척이었지만 대체로 아무 소리 않고 지나갔다. 할머니는 그에게 지르박 스텝과 크로스오버 동작을 두어 개 가르쳐주었다. 몇 가지 더 있지만 허리가 삐걱대서 시범을 보일 수 없다고 했다. "하지만 보여줄 수는 있지." 할머니는 말하더니 어느 토요일에 블록버스터 대여점에서 비디오테이프를 잔뜩 빌려왔다. 그중에는 프레드 아스테어와 진저 로저스가 출연한 「스윙 타임」과 「웨스트사이드 스토리」가 있었고 진 켈리가 가로등을 잡고 춤을 추는 「사랑은 비를 타고」는 척이 가장 좋아한 작품이었다.

"너도 여기 나오는 동작을 배울 수 있어." 할머니는 말했다. "너는 재능을 타고 났거든."

그는 재키 윌슨의 「하이어 앤드 하이어」에 맞춰 여느 때보다 격렬하게 춤을 추고 난 뒤 할머니는 고등학교 다닐 때 어땠느냐고 아이스티를 마시며 물은 적이 있었다.

"나는 *화끈*했지." 할머니는 말했다. "하지만 제이디한테는 말하지 마. 그 양반은 구식이거든."

척은 절대 비밀로 했다.

그리고 척은 지붕 아래 다락방에도 절대 들어가지 않았다.

그때만 해도 그랬다.

두말하면 잔소리지만 여러 번 물어보기는 했다. 거기에는 뭐가 있는지, 높은 창문 밖으로 뭐가 보이는지, 왜 방문을 잠가놓았는지. 할머니는 바닥이 위험해서 아래로 떨어질 수 있기 때문이라고 했다. 할아버지의 대답도 비슷했는데, 바닥이 썩어서 안에 물건이 아무것도 없다고, 창문 밖으로 보이는 것도 쇼핑센터뿐이라고 했다. 그러다 척이 열한 살이 되기 직전의 어느 날 밤 할아버지는 진실의 일부를 털어놓았다.

2

술을 마시면 비밀 유지가 잘 되지 않는다는 건 모두가 아는 사실인데, 아들과 며느리와 장차 태어날 손녀(빗소리를 닮은 이름의 알리사)를 잃은 후에 앨비 크란츠는 술을 많이 마셨다. 그가 앤하이저부시음료회사의 주식을 샀더라면 좋았겠다 싶을 정도로 많이 마셨다. 그가 퇴직했고 형편이 넉넉했고 아주 우울했기 때문에 가능한 얘기였다.

디즈니월드에 다녀온 이후로는 저녁때 와인을 한잔 마시거나 야구를 보며 맥주 한 캔을 마시는 수준으로 줄었다. 대개는 그랬다. 그러다 어쩌다 한 번씩(처음에는 한 달에 한 번, 이후에는 두어 달에 한 번) 고주망태가 됐다. 늘 집에서 그랬고 소란은 절대 피우지 않았다. 그런 다음 날이면 천천히 움직이고 오후가 될 때까지 좀처럼 음식을 입에 대지 못하다 다시 정상으로 돌아왔다.

어느 날 저녁 보스턴 레드삭스가 뉴욕 양키스에게 난타당하는 경기를 보며 앨비가 6개들이 버드와이저를 두 세트째 마시고 있을 때 척은 다시 한번 다락방 얘기를 꺼냈다. 단순히 이야깃거리가 필요해서 물어본 게 컸다. 레드삭스가 9점 차로 지고 있어서 경기가 눈에 들어오지 않았다.

"웨스트포드 몰 훨씬 너머까지 보일 것 같은데요." 척은 말했다.

할아버지는 이 말을 듣고 곰곰이 생각하더니 리모컨에 달린 무음 버튼을 눌러 '포드 트럭의 달' 행사 광고 소리를 없앴다(할아버지는 포드가 날마다 고치거나 수리해서 쓰시오Fix Or Repair Daily의 약자라고 했다). "거기 올라가면 필요 이상으로 많은 게 보일지도 모르지." 그가 말했다. "그래서 잠가놓은 거야, 꼬맹아."

척은 느낌이 나쁘지만은 않은 한기를 살짝 느꼈고, 친구들과 함께 미스터리머신을 타고 유령을 쫓는 스쿠비두가 바로 떠올랐다. 그게 무슨 뜻이냐고 할아버지에게 묻고 싶었지만 그 안의 어떤 어른스러운 부분, 10살 때부터 형체를 갖추었을 리 만무하지만 어쩌다 한 번씩 제 목소리를 내기 시작했던 어떤 부분이 아무 말도 하지 말라고 했다. 아무 말도 하지 말고 기다리라고 했다.

"이 집을 무슨 양식이라고 하는지 아니, 처키?"

"빅토리아 양식이요."

"그렇지, 그리고 그냥 흉내만 낸 것도 아니야. 1885년에 건축돼서 이후로 대여섯 번 개조를 거쳤지만 다락방은 계속 그 자리에 있었지. 부비하고 나는 신발 사업이 정말 잘 되기 시작했을 때 이 집을 샀단다, 그것도 헐값에. 1971년부터 여기서 살았는데 그동안 그 망할 다락방에 올라간 게 대여섯 번밖에 안 돼."

"바닥이 썩어서죠?" 척은 순진하게 들리길 바라며 이렇게 물었다.

"유령이 득시글거려서." 할아버지의 말에 척은 또다시 한기를 느꼈다. 이번에는 느낌이 별로 좋지 않았다. 하지만 할아버지가 농담을 하는 것일 수도 있었다. 요즘 들어 농담을 할 때가 더러 있었다. 할아버지에게는 농담이 할머니의 춤과 같았다. 할아버지는 맥주캔을 기울였다. 트림을 했다. 눈이 빨갰다. "미래의 크리스마스 유령. 그거 기억하지, 처키?"

척은 기억했다. 그들은 크리스마스를 '지내지'는 않았지만 해마다 크리스마스이브에 「크리스마스 캐럴」을 보았다. 하지만 그걸 기억한다고 해서 할아버지가 무슨 말을 하려는 건지 안다고 볼 수는 없었다.

"제프리 집안의 아들이 그렇게 된 건 그로부터 얼마 되지 않았을 때였어." 할아버지는 말했다. TV를 쳐다보고 있었지만 제대로 보고 있는 것 같지는 않았다. "헨리 피터슨에게 벌어진 일은…… 그보다 오래 걸렸어. 사 년, 아니면 오 년이 지난 다음이었지. 그때쯤에 나는 거기서 뭘 봤는지 거의 잊어버렸는데." 그는 엄지손가락으로 천장을 가리켰다. "그 일이 있은 뒤에 저기는 두 번 다시 올라가지 않겠다고 했고 그 말대로 했으면 좋았을 텐데. 새러, 그러니까 네 부비랑 빵을 생각하면 말이지. 힘든 건 뭔가 하면 말이다, 처키, 기다리는 거야. 너도 나중에 알게 되겠지만……."

부엌문이 열렸다. 길 건너편 스탠리 부인의 집에 갔던 할머니가 돌아왔다. 스탠리 부인이 몸이 안 좋다고 해서 할머니가 닭고기 수프를 들고 갔다. 할머니 말로는 그렇다고 했지만 척은 아직 11살이 안 됐음에도 다른 이유가 있다는 걸 알아차렸다. 스탠리 부인은 모르는 동네 소문이 없었고("떠벌이야, 그 여자는." 할아버지는 이렇게 말했다) 그걸 언제든 기꺼이 공유했다. 할머니는 척을 방 밖으로 내보낸 뒤에 할아버지에게 온갖 소식을 전하곤 했다. 하지만 밖으로 쫓겨난다고 해서 아무 소리도 듣지 못하는 건 아니었다.

"헨리 피터슨이 누구예요, 할아버지?" 척은 물었다.

하지만 할아버지는 할머니가 들어오는 소리를 들었다. 의자에 앉은 채로 허리를 펴고 맥주캔을 내려놓았다. "아니, 이런!" 할아버지는 정신이 멀쩡한 사람처럼 외쳤다(그런다고 할머니가 속지는 않겠지만). "레드삭스 만루로구나!"

3

8회 초가 됐을 때, 할머니는 할아버지에게 골목 아래 조니스 고마트에 가서 우유를 사오라고 했다. 아침에 척이 애플잭 시리얼을 먹을 때 필요하다고 했다. "운전은 꿈도 꾸지 말아요. 걸으면 술이 깰 테니까."

할아버지는 반항하지 않았다. 할아버지는 할머니 말에 반항하는 경우가 거의 없었고, 한번 시도하더라도 결과가 좋지 못했다. 할아버지가 나가자 할머니, 즉 부비는 척의 옆에 앉아 팔로 그를 감싸 안았다. 척은 푹신해서 편안한 그녀의 어깨에 머리를 기댔다. "할아버지가 유령 어쩌고 하디? 다락방에 유령이 산다면서?"

"음, 네." 거짓말을 해봐야 소용없었다. 할머니는 거짓말을 단박에 알아차렸다. "진짜 거기 유령이 있어요? 할머니도 보셨어요?"

할머니는 콧방귀를 뀌었다. "네 생각에 어땠을 것 같니, 한텔(아둔한 사람들을 지칭할 때 쓰이는 아령[dumbbell]이라는 뜻이다 — 옮긴이)?" 척이 나중에 생각해보니 이 말은 대답이 아니었다. "나라면 제이디가 하는 말을 별로 심각하게 생각하지 않겠어. 사람은 좋지만 가끔 술을 너무 마시잖니. 그러고는 했던 얘기를 하고 또 하니. 무슨 말인지 알지?"

척은 무슨 말인지 알고 있었다. 닉슨은 감옥에 갔어야 했다. *페이질레*(이디시어로 게이를 뜻한다 — 옮긴이)들이 미국 문화를 장악하고는 동성애로 물들이고 있다. (할머니가 좋아하는) 미스아메리카 대회는 기본적으로 나이트클럽의 플로어 쇼와 다를 게 없다. 하지만 그날 밤 전까지는 다락방에 사는 유령에 대해서 할아버지가 한마디도 한 적이 없었다. 적어도 척에게는 말이다.

"부비, 제프리 집안의 아들이 누구예요?"

할머니는 한숨을 쉬었다. "아주 슬픈 사연이란다, 꼬맹아."(이건 할머니가 장난처럼 쓰던 표현이었다.) "저기 옆 블록에 살던 아인데, 공을 주우러 도로로 달려나갔다가 음주운전자가 모는 차에 치였어. 만약 할아버지가 그 사건이 벌어지기 전에 그 광경을 미리 보았다고 얘기했다면 착각한 거야. 아니면 장난으로 지어낸 얘기든지."

할머니는 척이 거짓말을 하면 알아차렸다. 그날 저녁 척은 그게 쌍방 간에 적용되는 재능이라는 것을 알았다. 할머니는 야구라면 심지어 월드시리즈에도 관심이 없다는 걸 다 아는데, 재밌는 프로그램이라도 나오는 듯 그에게서 텔레비전 쪽으로 시선을 옮겼다.

"그이는 술을 너무 많이 마셔." 할머니는 말했고 그것으로 끝이었다.

어쩌면 그 말이 진짜일지 몰랐다. *아마* 진짜였을 것이다. 하지만 이후로 척은 다락방을, 검은 전선에 매달린 알전구 하나가 불을 비추는 좁은 계단을 짧게 (6칸) 올라가면 그 위에 닫힌 문이 있던 그곳을 무서워하게 됐다. 하지만 궁금증은 공포와 쌍둥이 형제지간이라 그날 저녁 이후로 할아버지, 할머니가 모두 외출한 날이면 가끔 용기를 내서 그 계단을 올라가 보았다. 예일 자물쇠를 건드렸다가 덜거덕 하는 소리가 나면 (안에 갇힌 유령들이 깨어날지 모르니) 움찔하고는 어깨 너머를 흘끗거리며 후닥닥 내려오곤 했다. 자물쇠가 퍽 하고 열리면서 바닥으로 떨어지는 광경이 너무나도 쉽게 상상이 됐다. 쓰이지 않은 경첩에서 끼익 소리를 내며 열리는 문은 또 어떤가. 그런 일이 벌어지면 그는 놀라서 죽을 수도 있었다.

4

반면에 지하실은 조금도 무섭지 않았다. 그곳은 형광등이 환하게 불을 밝혔다. 할아버지는 신발가게들을 팔고 사업에서 물러난 뒤에 거기서 목공일을 하며 많은 시간을 보냈다. 거기에서는 항상 달짝지근한 톱밥 냄새가 났다. 척이 절대 건드리면 안 되는 전동대패와 전기사포와 띠톱과 멀찌감치 떨어진 한쪽 구석에 할아버지가 예전에 읽었던 '하디 보이스' 시리즈가 담긴 상자가 있었다. 책들은 오래됐지만 상태가 제법 좋았다. 어느 날 그가 부엌에서 할머니가 오븐에서 쿠키를 꺼내주길 기다리며 『불길한 표지판』('하디 보이스' 15번째 시리즈 - 옮긴이)을 읽고 있는데, 할머니가 그의 손에서 책을 낚아챘다.

"수준이 이것밖에 안 될까." 할머니는 말했다. "이제 수준을 좀 높일 때도 됐잖니, 꼬맹아? 거기서 꼼짝하지 말고 있어 봐."

"이제 막 끝내주는 부분으로 들어가려던 참이었는데." 척은 말했다.

할머니는 콧방귀를 뀌었다. 유대인 부비들만 정말 제대로 낼 수 있는 소리가 콧방귀다. "이 안에 끝내주는 부분이 어디 있다고." 할머니는 책을 뺏어갔다.

돌아온 할머니의 손에는 『애크로이드 살인사건』이 들려 있었다. "*이거야말로* 끝내주는 추리소설이지." 할머니는 말했다. "등신 같은 어린애들이 고물차 타고 돌아다니는 게 아니라. 이걸로 제대로 된 소설에 입문한다고 생각해." 할머니는 다시 곰곰이 생각했다. "그래, 솔 벨로는 아니지만 그럭저럭 괜찮아."

척은 그저 할머니의 기분을 맞추려고 그 책을 읽기 시작했다가 금세 빠져들었다. 열한 살 되던 해에 그는 애거서 크리스티 소설을 20권 넘게 읽었다. 미스 마플이 주인공인 작품도 두어 권 읽어봤지만 요란한 콧수염과 회색 뇌세포의 에르퀼 푸아로가 훨씬 더 좋았다. 푸아로는 생각을 할 줄 아는 고양이 같았다. 하루는 여름방학 때 척이 뒷마당 해먹에서 『오리엔트 특급 살인』을 읽다가 우연히 다락방 유리창을 흘끗 올려다본 적이 있었다. 무슈 푸아로라면 어떤 식으로 조사에 착수했을지 궁금해졌다.

아하, 라고 했다가 부알라(프랑스어로 '그렇지!'라는 뜻으로 푸아로가 입버릇처럼 외치는 말이다 — 옮긴이)로 바꾸었다. 이 편이 훨씬 나았다.

다음번에 할머니가 블루베리 머핀을 구웠을 때 척은 스탠리 부인에게 몇 개 가져다드려도 되느냐고 물었다.

"우리 손자가 참 생각이 깊네." 할머니는 말했다. "그렇게 해주겠니? 길 건널 때 양쪽 다 잘 살피는 것만 잊지 마." 할머니는 그가 어딜 가려고 할 때마다 항상 그렇게 당부했다. 그는 이제 작은 회색 뇌세포가 가동되다 보니 제프리 집안의 아들이 생각나서 할머니가 그러는 건지 궁금해졌다.

할머니는 통통했지만 (그리고 점점 통통해져갔지만) 미망인인 스탠리 부인은 덩치가 그 두 배였고 걸을 때면 구멍난 타이어처럼 바람 빠지는 소리를 냈고 항상 똑같은 분홍색의 실크 가운을 입고 다니는 것처럼 보였다. 척은 부인의 허릿살을 늘리는 데 기여할 간식을 들고 간다는 데 일말의 죄책감을 느꼈지만 정보가 필요했다.

부인은 머핀에 고마워했고, 그가 예상했던 대로 부엌에서 같이 먹자고 청했다. "내가 차를 끓일게!"

"고맙습니다." 척은 말했다. "차는 안 마시지만 우유라면 좋아요."

6월의 햇살이 쏟아져 들어오는 조그만 식탁에 앉았을 때 스탠리 부인은 앨비와 새러는 어떻게 지내느냐고 물었다. 척은 이 부엌에서 한 얘기는 그날 하루가 저물기 전에 온 동네로 퍼져나갈 게 분명하다는 것을 알았기에 잘 지낸다고 대답했다. 하지만 푸아로가 말하길, 얻고 싶은 게 있으면 내놓는 것도 있어야 한다고 했기에 할머니가 루터교회 노숙자 쉼터에 기증할 옷을 모으는 중이라고 덧붙였다.

"네 할머니는 천사야." 스탠리 부인은 그게 전부라는 데 실망한

티를 내며 말했다. "할아버지는? 등에 난 그거 검사받으셨니?"

"네." 척은 우유를 한 모금 마셨다. "병원에서 조직검사를 했어요. 나쁜 거 아니래요."

"다행이다!"

"네." 척은 맞장구쳤다. 이만큼 주었으니 이제 받을 때도 되지 않았을까. "할아버지가 할머니랑 헨리 피터슨이라는 사람에 대해 애기하시던데. 죽은 사람인 것 같더라고요."

그는 실망할 마음의 준비를 하고 있었다. 부인은 헨리 피터슨이라는 이름을 들어본 적이 없을 수도 있었다. 하지만 스탠리 부인은 저러다 튀어나오는 게 아닐까 싶을 정도로 눈을 크게 뜨더니 블루베리 머핀 조각이 거기 걸린 것처럼 목을 부여잡았다. "아, 정말 슬픈 사건이었지! 정말 *끔찍했던*! 그 사람은 너희 아버지 회계사였어. 다른 회사들도 맡았고." 그녀가 몸을 앞으로 숙이자 가운이 벌어지면서 환영인가 싶을 정도로 거대한 젖가슴이 보였다. 그녀는 계속 목을 움켜쥐고 있었다. "*자살했어.*" 그녀가 속삭였다. "*목을 매서!*"

"횡령을 했어요?" 척은 물었다. 애거서 크리스티의 소설에서 보면 횡령이 난무했다. 그리고 협박도 난무했다.

"뭐? 어머, 아니야!" 그녀는 입을 꾹 다물었다. 마치 맞은편에 앉은 수염도 나지 않은 어린애가 들으면 안 되는 말을 뱉지 않으려고 참는 것 같았다. 만약 그런 거였다면 모든 걸 (누구에게든) 말하지 않으면 못 배기는 천성이 승리했다. "부인이 젊은 남자랑 도망쳤거든! 남자는 이제 겨우 투표를 할까 말까 한 나이였고 부인은 *사십*

대였는데! 믿어지니?"

척으로서는 당장 생각나는 대답이 "와우!" 뿐이었고 그걸로 충분
해 보였다.

그는 집으로 돌아갔을 때 책꽂이에서 공책을 꺼내 이렇게 적었
다. 할아버지는 제프리 집안의 아들 유령을 *그가 죽기 직전에* 봤다.
H. 피터슨의 유령을 그가 죽기 4, 5년 전에 봤다. 그는 글을 쓰다 말
고 심란한 마음을 달래며 빅 볼펜 끝을 잘근잘근 씹었다. 지금 무슨
생각을 하고 있는지 옮겨 적고 싶지 않았지만 훌륭한 탐정이라면
그래야 할 것 같았다.

새러와 빵. 할아버지는 다락방에서 할머니의 유령도 본 걸까???

답은 분명해 보였다. 그렇지 않고서야 기다리는 게 가장 힘들다
는 말을 할 이유가 없지 않은가.

이제 나도 기다리게 됐네. 척은 생각했다. 그 모든 게 말도 안 되
는 일이길 바라면서.

5

6학년의 마지막 날, 리처즈 선생님(귀엽고 젊고 히피처럼 엉뚱한 여선
생님인데 규율 개념이 전혀 없어서 공교육 시스템에서 오래 버티지 못할 타입이
었다)은 수업 시간에 월트 휘트먼의 「나의 노래」 몇 구절을 읽어주
려고 했다. 하지만 잘 되지 않았다. 아이들은 시끄럽게 떠들어댔고
시는 안중에도 없었다. 이제 몇 달 동안 펼쳐질 여름방학 속으로 도

피하고 싶은 마음뿐이었다. 척도 마찬가지라 리처즈 선생님이 책을 내려다보는 동안 종이를 씹어서 뭉친 공을 던지거나 마이크 엔더비에게 손가락 욕을 하느라 여념 없었다. 그러다 시의 한 구절이 그의 머리를 강타하자 허리를 똑바로 펴고 앉았다.

이윽고 수업이 끝나고 아이들이 뛰쳐나갔을 때 그는 남았다. 리처즈 선생님은 책상에 앉아서 이마에 묻은 머리칼을 입으로 불었다. 그녀는 척을 보더니 피곤한 미소를 지었다. "수업이 아주 잘 끝났지?"

척은 빈정거리는 말투를 들으면 알아챘다. 자기 자신을 겨냥한 가벼운 빈정거림이라 하더라도 마찬가지였다. 이러니저러니 해도 그는 유대인이었다. 음, 절반의 유대인이긴 했지만.

"'나는 크다, 내 안에는 무수히 많은 것들이 담겨 있다.'는 게 무슨 뜻일까요?"

그 말에 그녀의 미소가 환해졌다. 그녀는 조그만 주먹에 턱을 괴고 그 예쁜 회색 눈으로 그를 쳐다보았다. "네 생각에는 무슨 뜻인 것 같은데?"

"작가가 아는 많은 사람들이요?" 척은 조심스럽게 되물었다.

"맞아." 그녀는 맞장구쳤다. "하지만 그보다 심오한 뜻이 담겨 있을지 몰라. 이리 와봐."

그는 성적표 위에 『미국 시선집』이 놓여 있는 책상 위로 몸을 숙였다. 그녀는 아주 조심스럽게 양손바닥을 그의 관자놀이에 갖다 댔다. 차가웠다. 기분이 너무 좋아서 그는 몸서리가 쳐지려는 것을 참아야 했다. "내 손 사이에 뭐가 있니? 네가 아는 사람들뿐이니?"

"아뇨." 척은 말했다. 그는 어머니와 아버지와 안아보지 못한 아기를 떠올리고 있었다. 빗소리 같은 이름의 알리사. "추억도 있어요."

"맞아." 그녀는 말했다. "네가 보는 모든 것. 네가 아는 모든 것. *세상*이 들어 있지, 처키. 하늘을 나는 비행기, 길거리의 맨홀 뚜껑. 네가 한 해, 한 해 살아갈수록 네 머릿속의 세상은 점점 커지고 밝아지고 자세해지고 복잡해질 거야. 무슨 말인지 알겠니?"

"알 것 같아요." 척은 말했다. 두개골이라는 깨지기 쉬운 그릇 안에 세상 하나가 통째로 들어 있다니 생각만으로도 가슴이 벅차올랐다. 그는 도로에서 차에 치인 제프리 집안의 아들을 떠올렸다. 밧줄에 목을 매달아 죽었다는 (그는 이 광경이 등장하는 악몽도 꾸었다) 아버지의 회계사 헨리 피터슨을 떠올렸다. 그들의 세상은 컴컴해졌다. 불을 꺼버린 방처럼.

리처즈 선생님은 손을 치웠다. 그녀는 걱정하는 표정을 짓고 있었다. "괜찮니, 처키?"

"네." 그는 말했다.

"그럼 그만 가봐. 너는 착한 아이야. 너를 가르칠 수 있어서 좋았다."

그는 문 앞까지 갔다가 고개를 돌렸다. "리처즈 선생님, 선생님은 유령이 있다고 생각하세요?"

그녀는 곰곰이 생각했다. "내가 보기에는 추억이 유령이야. 하지만 곰팡내 나는 성의 복도를 날아다니는 유령? 그런 건 책이나 영화 속에서나 존재한다고 생각해."

그리고 어쩌면 할아버지네 집 다락방에서도요. 척은 생각했다.

"여름방학 재밌게 보내라, 처키."

6

척은 여름방학을 재밌게 보냈지만 그것도 8월에 할머니가 돌아가시기 전까지만이었다. 길거리에서, 사람들이 다 보는 데서 벌어진 일이라 조금 격이 떨어지긴 했지만, 그래도 장례식장에서 사람들이 "고생하지 않으셨으니 얼마나 다행이야."라고 말할 수 있는 그런 죽음이었다. "천수를 누리고 가셨네."라는 또 다른 인사말은 좀더 애매했다. 새러 크란츠는 60대 중반에 가깝기는 했지만 아직 60대 중반을 넘기지는 않았다.

필카드 가의 그 집은 다시 한번 순도 백 퍼센트의 슬픔에 잠겼지만 이번에는 디즈니월드 나들이로 회복의 신호탄을 쏘아 올릴 수가 없었다. 척은 속으로 할머니를 부비라고 불렀고 수많은 날 동안 울다 잠이 들었다. 할아버지가 속상하지 않게 베개에 얼굴을 묻고서 울었다. 때때로 "부비, 보고 싶어요. 부비, 사랑해요."라고 속삭이다 잠들기도 했다.

할아버지는 상장(喪章)을 달고 지냈고 살이 빠졌고 더 이상 농담을 하지 않았으며 일흔이라는 실제 나이보다 더 늙어 보이기 시작했다. 그렇지만 척은 할아버지에게서 일말의 안도감을 감지할 수 있었다(그가 생각하기에는 그랬다). 척은 이해할 수 있었다. 매일매일 뭔가를 두려워하며 지내다보면 그 두려워하던 일이 마침내 벌어지고 끝났을 때 안도가 될 수밖에 없을 것이었다. 그렇지 않은가.

그는 할머니가 돌아가신 뒤에 계단을 올라가 다락방의 자물쇠를 건드려보려고는 하지 않았다. 하지만 애커 파커 중학교에서 7학년을 시작하기 직전에 조니스 고마트를 찾아갔다. 탄산음료와 킷캣 초코바를 사며 점원에게 어떤 여자분이 뇌졸중으로 쓰러져 돌아가신 곳이 어디냐고 물었다. 문신으로 도배하고 금발에 기름을 덕지덕지 발라서 올백으로 빗어 넘긴 이십 대 점원은 무례하게 웃었다. "야, 그렇게 물으니까 좀 오싹하잖아. 너 뭐야, 연쇄 살인 기술을 일찍부터 갈고 닦는 중이야?"

"내 할머니였어요." 척은 말했다. "내 부비. 그 일이 벌어졌을 때 나는 주민센터 수영장에 있었어요. 집으로 돌아와서 할머니를 찾으니까 할아버지가 돌아가셨다고 했고요."

그 말에 점원의 얼굴에서 웃음기가 가셨다. "으악, 이런. 미안. 저쪽이었어. 세 번째 통로."

척은 세 번째 통로로 가서 살폈지만 뭘 보게 될지 이미 알고 있었다.

"빵을 집으려고 하시던 중이었어." 점원은 말했다. "그러다 쓰러지시는 바람에 선반 위의 물건들이 거의 전부 쏟아졌지. 쓸데없는 정보였다면 미안."

"아니에요." 척은 생각했다. 이미 알고 있던 정보예요.

애커 파크 중학교로 등교를 시작한 지 이틀째 되던 날, 척은 교무실 옆 게시판을 지나쳤다가 다시 돌아왔다. 응원단, 밴드, 가을 스포츠팀 입단 테스트 사이에 춤을 추는 남학생과 여학생을 담은 포스터가 있었다. 남학생은 한 손을 높이 들고 있고 여학생은 그 아래에서 스핀을 돌았다. 미소를 짓고 있는 아이들 위에 무지개 색으로 이렇게 적혀 있었다. 댄스를 배워보아요! '돌리고 돌리고' 동아리 회원을 모집합니다! 가을 축제가 얼마 남지 않았어요! 플로어 위로 뛰어나가요!

이걸 보는 동안 고통스러우리만치 선명한 장면 하나가 척의 머릿속에 떠올랐다. 부엌에서 손을 내민 할머니의 모습이었다. 손가락을 튕기며 이렇게 말했다. "같이 춤춰요, 헨리."

그날 오후 그는 체육관을 찾아갔고, 여학생 체육담당인 로르바허 선생님이 그와 우물쭈물하는 9명의 다른 지원자들을 열렬하게 환영했다. 남학생은 척을 비롯해 3명이었다. 여학생이 7명이었다. 다들 그보다 키가 컸다.

폴 멀퍼드는 152센티다 보니 거기서 자기 키가 제일 작다는 걸 알아차리자마자 몰래 빠져나가려 했다. 로르바허 선생님이 그를 쫓아가 명랑하게 웃으며 다시 끌고 왔다. "안 돼, 안 돼, 안 돼." 그녀는 말했다. "너는 이제 *내 거야.*"

척도 마찬가지였다. 그들 모두가 마찬가지였다. 로르바허 선생님은 댄스 몬스터였고 아무도 그녀를 막을 수 없었다. 그녀는 붐박스로 빵빵하게 음악을 틀어놓고 왈츠(척이 아는 것이었다), 차차(이것도 아는 것이었다), 볼체인지(이것도 아는 것이었다)에 이어 삼바 시범을 보였다. 척은 그건 몰랐지만 로르바허 선생님이 챔프스의 「데킬라」를 틀고 기본적인 동작을 보여주자 그는 당장 터득했고 한눈에 반해버렸다.

몇 안 되는 동아리 회원들 중에 그의 실력이 단연코 제일 훌륭했기 때문에 로르바허 선생님은 그에게 주로 어설픈 여학생들을 맡겼다. 그들의 실력을 향상하기 위한 조치라는 걸 알았고 그도 선선히 받아들였지만 조금 지루한 건 사실이었다.

하지만 45분이 거의 끝나갈 무렵, 댄스 몬스터가 자비를 베푸사 그를 캣 맥코이와 짝을 지어주었다. 그녀는 8학년이었고 여학생들 가운데 실력이 제일 좋았다. 척은 로맨스를 기대하지 않았지만(캣은 엄청난 미모를 자랑했을 뿐 아니라 그보다 키가 10센티 더 컸다) 그녀와 춤을 추는 건 좋았고 그 감정은 그 혼자만의 것은 아니었다. 그들은 커플이 되자 리듬을 타며 거기에 몸을 맡겼다. 서로의 눈을 들여다보았고(그녀가 내려다보아야 했기에 대략 난감했지만 뭐 어쩌겠는가) 재밌어하며 웃음을 터뜨렸다.

로르바허 선생님은 수업을 파하기 전에 아이들을 둘씩 짝을 짓고(여학생 넷이 서로 파트너가 되어야 했다) 프리스타일로 춰보라고 했다. 어색함과 거리낌을 벗어던지자 다들 제법 솜씨를 발휘했다. 대부분 코파카바나 해변에서 춤을 출 일은 없음에도 말이다.

어느 날(10월이었고 가을 축제가 열리기 일주일 전이었다) 로르바허 선생님이 「빌리 진」을 틀었다.

척은 "이것을 보시라." 하고는 아주 그럴듯하게 문워크를 했다.

아이들이 우 하고 탄성을 질렀다. 로르바허 선생님의 입이 떡 벌어졌다.

"악, 뭐야." 캣이 말했다. "어떻게 했는지 가르쳐줘!"

그는 다시 한번 시범을 보였다. 캣은 따라 했지만 뒤로 걷는 듯한 착시 현상을 일으키지 못했다.

"신발을 벗어." 척은 말했다. "양말만 신고 해봐. 미끄러지듯이."

캣은 그가 시키는 대로 했다. 훨씬 괜찮아졌고 다들 박수갈채를 보냈다. 로르바허 선생님도 시도했고 이내 모두들 미친 듯이 문워크를 했다. 심지어 춤이 가장 서툰 딜런 매스터슨마저 동참했다. '돌리고 돌리고'는 그날 평소보다 30분 늦게 파했다.

척과 캣은 같이 걸어 나왔다. "우리, 축제 때 그거 하자." 그녀가 말했다.

축제에 참석할 생각이 없었던 척은 걸음을 멈추고 눈썹을 추켜올린 채 그녀를 쳐다보았다.

"데이트나 뭐 그런 건 아니야." 캣은 얼른 말을 이었다. "나는 더기 웬트워스랑 같이 갈 거야⋯⋯." 그건 척도 알았다. "⋯⋯하지만 그렇다고 해서 아이들한테 멋진 스텝을 보여주면 안 된다는 법은 없잖아. 난 하고 싶은데, 넌 어때?"

"글쎄." 척은 말했다. "내가 키가 훨씬 작잖아. 다들 웃을 거야."

"그건 방법이 있어." 캣이 말했다. "우리 오빠한테 굽 높은 구두가 있는데 너한테 맞을 거야. 네가 키에 비해 발이 커서."

"고마워, 그렇게 얘기해줘서." 척은 말했다.

그녀는 웃으며 그를 친남매처럼 안아주었다.

다음 번 '돌리고 돌리고'가 모이는 시간에 캣 맥코이는 오빠의 굽 높은 구두를 들고 왔다. 댄스 동호회에 가입한 것만으로도 남성성에 상처를 입은 척은 그 구두를 혐오할 마음의 준비가 되어 있었다. 하지만 구두를 보자마자 첫눈에 반해버렸다. 굽은 높고 앞코는 뾰족하며 색은 모스크바의 한밤처럼 까맸다. 로큰롤 가수인 보 디들리가 그 옛날 전성기 때 신은 구두와 아주 흡사했다. 조금 크기는 했지만 뾰족한 앞코에 휴지를 채워 넣으면 해결할 수 있었다. 무엇보다 마음에 들었던 부분은…… *반질반질*하다는 것이었다. 로르바허 선생님이 선택한 「캐리비안 퀸」에 맞춰 프리스타일을 추는 동안 체육관 바닥이 얼음처럼 느껴졌다.

"바닥에 흠집 내면 수위한테 혼날 텐데." 태미 언더우드가 말했다. 그녀의 말이 맞을지도 몰랐다. 그렇지만 그의 스텝이 워낙 가벼웠기 때문에 흠집이 남지 않았다.

8

척은 가을 축제에 혼자 참석했지만 상관없었다. '돌리고 돌리고'의 모든 여학생들이 그와 춤을 추고 싶어 했다. 그중에서도 캣이 특히 심했다. 남자친구 더기 웬트워스가 몸치인데다 저녁 내내 친구들과 함께 벽에 기대고 구부정하니 서서 펀치를 들이마시고 잘난 척 비웃으며 춤추는 아이들을 구경했기 때문이었다.

캣은 언제 실력을 뽐낼 거냐고 계속 물었고 척은 계속 나중으로

미뤘다. 딱 맞는 노래가 나오면 바로 알 수 있을 거라고 말했다. 부비를 염두에 두고서 한 얘기였다.

9시에 끝나는 댄스파티가 30분쯤 남았을 때 딱 맞는 노래가 나왔다. 재키 윌슨의 「하이어 앤드 하이어」였다. 척은 손을 내밀고 으스대며 캣에게로 다가갔다. 그녀가 구두를 벗어던지고 척은 그의 오빠의 굽 높은 구두를 신자 둘의 키가 얼추 비슷해졌다. 그들이 플로어로 나가 더블 문워크를 하자 무대가 평정됐다. 아이들이 그들을 에워싸고 손뼉을 치기 시작했다. 감독관으로 참석한 로르바허 선생님도 그 틈에 끼어 아이들과 함께 손뼉 치며 "가자, 가자, 가자!"를 외쳤다.

그들은 발동을 걸었다. 재키 윌슨이 가스펠의 느낌을 살짝 가미한 그 행복한 멜로디를 열창하는 동안 그들은 프레드 아스테어, 진저 로저스, 진 켈리 그리고 제니퍼 빌스를 한데 뭉뚱그린 것처럼 춤을 추었다. 대미는 캣이 처음에는 이쪽으로, 다음에는 저쪽으로 스핀을 돌다가 죽어가는 백조처럼 두 팔을 뻗고 척의 품속에 뒤로 쓰러지는 것으로 장식했다. 그는 다리를 찢으며 아래로 내려갔지만 기적적으로 바짓가랑이가 찢어지지 않았다. 캣이 고개를 돌리고 척의 입가에 입을 맞추자 200명의 아이들이 환호성을 질렀다.

"*한 번 더!*" 몇몇이 외쳤지만 척과 캣은 고개를 저었다. 그들은 어렸지만 멈추어야 할 때를 모를 만큼 어리석지 않았다. 그보다 더 잘할 수는 없었다.

9

척이 (서른아홉이라는 너무 젊은 나이에) 뇌종양으로 숨을 거두기 6개월 전, 아직 정신이 (비교적) 멀쩡했을 때 그는 아내에게 손등에 생긴 흉터의 진실을 털어놓았다. 엄청난 사건도 아니었고 엄청난 거짓말도 아니었지만 급속도로 삶의 반경이 좁아지는 와중에 장부를 정리해야만 할 것 같은 시점에 이르렀다. 그녀가 딱 한 번 거기에 대해서 물었을 때 (사실 아주 작은 흉터였다) 그는 더그 웬트워스라는 남학생 때문에 생긴 흉터라고, 중학교 댄스파티 때 그가 자기 여자친구와 신나게 노는 걸 보고 열받아서 그를 체육관 앞 철책으로 떠미는 바람에 생긴 거라고 했었다.

"사실은 어떻게 된 거였는데?" 지니가 물었다. 그것이 그녀에게 중요한 문제라서가 아니라 그에게 중요한 문제인 것 같았기 때문이었다. 그녀는 중학교 때 그에게 무슨 일이 있었는지에 대해서는 별 관심이 없었다. 병원에서 얘기한 바로는 그가 크리스마스 전에 세상을 떠날지 모른다고 했다. 그녀에게는 그것이 관건이었다.

그들의 환상적인 댄스가 끝나고 디제이가 좀더 최신곡으로 바꾸자 캣 맥코이는 자기 친구들에게로 달려갔다. 친구들은 깔깔대고 비명을 지르며 열세 살 소녀들답게 열광적으로 그녀를 부둥켜안았다. 척은 땀에 절었고 뺨에서 불이 나는 게 아닐까 싶을 정도로 몸이 후끈거렸다. 그런가 하면 황홀했다. 그 순간만큼은 어두운 데서 시원한 공기를 마시며 혼자 있고 싶은 생각뿐이었다.

그는 꿈을 꾸는 아이처럼 더기와 그 친구들(그에게 전혀 관심을 보이지 않았다)을 지나 체육관 뒷문을 열고 포장이 깔린 하프 코트로 나갔다. 시원한 가을 공기에 화끈거리던 뺨은 가라앉았지만 황홀감은 여전했다. 그는 고개를 들어 백만 개의 별을 보았고 그 백만 개의 별마다 그 뒤에 다시 백만 개의 별이 있음을 깨달았다.

우주는 크다. 그는 생각했다. 그 안에는 무수히 많은 것들이 담겨 있다. 그 안에는 *나*도 있고 지금 이 순간 나는 훌륭하다. 나는 훌륭할 자격이 있다.

그는 안에서 흘러나오는 음악에 맞춰 (그가 지니에게 작은 고해성사를 했을 때는 무슨 곡이었는지 기억하지 못했지만 기록 차원에서 밝히자면 스티브 밀러 밴드의 「제트 에어라이너」였다) 농구 골대 아래에서 문워크를 하고 팔을 벌리고 몸을 돌렸다. 마치 모든 것을 품에 안으려는 듯이.

오른손에서 통증이 느껴졌다. 엄청난 건 아니고 그냥 아야, 할 정도였지만 행복해서 허공을 둥둥 떠다니던 그가 정신을 번쩍 차리기에는 충분했다. 손등에서 피가 났다. 별빛 아래에서 데르비시 수도승처럼 빙글빙글 돌며 손을 뻗었다가 철책을 때리면서 튀어나온 철사에 베인 것이었다. 살갗만 긁힌 거라 밴드를 붙일 필요도 없었다. 그래도 흉터는 남았다. 조그맣고 하얀 초승달 모양의 흉터였다.

"왜 거짓말 했어?" 지니가 물었다. 그녀는 웃으며 그의 손을 잡고 흉터에 입을 맞췄다. "그 덩치를 곤죽이 되도록 두들겨 팼다고 했더라도 나는 이해했을 텐데, 그렇게 얘기하진 않더라?"

그렇다. 그는 절대 그렇게 얘기하지 않았다. 그는 더기 웬트워스와 아무 충돌이 없었다. 첫째로 더기는 유쾌한 머저리였다. 둘째로 척 크란츠는 신경 쓸 가치도 없는 7학년의 난쟁이였다.

그럼 자신을 가상의 이야기 속 영웅으로 포장하려던 게 아니라면 왜 거짓말을 했을까? 그건 흉터가 다른 이유에서 중요했기 때문이었다. 흉터가 지금껏 그가 말할 수 없었던 이야기와 연관이 있기 때문이었다. 지금은 아파트로 바뀌었지만 그가 어린 시절의 대부분을 보낸 빅토리아 양식의 저택, *유령이 출몰하던* 바로 그 빅토리아 양식의 집과 관련해서 말이다.

그 흉터는 단순한 흉터가 아니었기에 많은 의미가 부여되도록 *그가 포장했다.* 실제만큼 많은 의미가 부여되도록 포장하지 못했을 뿐이었다. 말이 안 되는 얘기였지만 교아세포종의 맹공이 계속되는 가운데 붕괴되고 있었던 그의 정신 상태로는 그것이 최선이었다. 그는 아내에게 어쩌다 그 흉터가 생겼는지 마침내 진실을 밝혔고 그거면 충분했을 것이다.

10

척의 할아버지, 그의 제이디는 가을 축제 댄스파티가 열리고 4년 뒤에 심장마비로 세상을 떠났다. 『분노의 포도』를(예전 기억 그대로 모든 면에서 훌륭한 책이라고 그가 말했다) 반납하려고 공립도서관 계단을 올라가던 도중에 벌어진 일이었다. 그때 척은 밴드에서 노래를 부르고 간주 때 믹 재거처럼 춤을 추던 고등학교 2학년생이었다.

할아버지는 그에게 모든 것을 남겼다. 한때 규모가 상당했던 재산은 할아버지가 조기에 은퇴한 이후로 시간을 거치며 제법 줄어

들었지만 그래도 척의 대학 학비를 대기에는 충분했다. 나중에는 빅토리아 양식의 저택을 판 돈으로 그와 버지니아가 신혼여행에서 돌아와 캣스킬스에 마련한 보금자리(작았지만 동네가 좋았고 안쪽에 아이들 방으로 쓸 수 있는 예쁜 방이 있었다)를 살 수 있었다. 그는 미드웨스트 신탁의 신입이자 미천한 창구 직원이었으니 할아버지의 유산이 없었다면 그 집을 장만할 수 없었을 것이다.

척은 오마하로 건너가 외조부모와 함께 사는 것을 단호하게 거부했다. 그는 말했다. "외할머니, 외할아버지를 사랑하지만 제가 나고 자란 곳은 여기고 대학에 진학할 때까지 여기서 살고 싶어요. 저는 어린애도 아니고 열일곱 살이에요."

그래서 오래전에 은퇴한 그들이 이쪽으로 건너와 척이 일리노이 대학교에 진학할 때까지 20개월 정도 동안 빅토리아 양식의 주택에서 함께 지냈다.

하지만 그들이 장례식과 하관식에 참석하지는 못했다. 할아버지의 바람에 따라 장례가 신속하게 치러졌고 외조부모는 오마하에서 처리해야 하는 일들이 있었다. 척은 사실 그들이 없는 게 아쉽지 않았다. 그의 주변에는 유대인이 아닌 외조부모보다 훨씬 가깝게 지낸 친구와 이웃들이 있었다. 그들이 오기로 한 날의 전날에 척은 드디어 현관 앞 테이블에 놓여 있던 마닐라 봉투를 개봉했다. 에버트 할로웨이 장례식장에서 보낸 것이었다. 그 안에는 앨비 크란츠의 소지품, 그러니까 그가 도서관 계단에서 쓰러졌을 때 주머니 안에 있었던 물건들이 들어 있었다.

척은 봉투를 테이블 위로 쏟았다. 동전 몇 개, 호올스 목캔디, 주머니칼, 할아버지가 거의 써보지도 못한 새 휴대전화, 할아버지의 지갑이 나왔다. 척은 지갑을 집어서 오래돼 흐물흐물해진 가죽 냄새를 맡고 입을 맞추며 살짝 울었다. 이제 그는 영락없는 고아였다.

할아버지의 키링도 있었다. 척은 그 키링을 오른쪽(초승달 모양의 흉터가 있는 쪽) 집게손가락에 걸고 다락방까지 짧고 어두컴컴한 계단을 올라갔다. 이번에는 예일 자물쇠를 덜거덕거리는 데 그치지 않았다. 조금 뒤진 끝에 맞는 열쇠를 찾아서 자물쇠를 열었다. 자물쇠를 걸쇠에 대롱대롱 매달아놓은 채 기름칠을 하지 않은 경첩이 비명을 지르는 소리에 움찔해가며 마음의 준비를 하고 문을 열었다.

11

하지만 안에는 아무것도 없었다. 빈방이었다.

방은 작고 동그랬고 지름이 4미터가 될까 말까 했다. 저쪽 끝에 먼지가 쌓여 딱딱하게 굳은 광폭 유리창이 하나 있었다. 날은 화창했지만 이곳으로 스며드는 햇살은 흐릿하고 넓게 퍼졌다. 척은 문지방을 밟고 서서 호숫물이 차가운지 알아보는 아이처럼 한 발을 내밀어 발끝으로 바닥을 건드렸다. 삐걱거리지도 주저앉지도 않았다. 그는 바닥이 꺼지려는 기미가 느껴지면 당장 뒤로 펄쩍 돌아가려고 마음의 준비를 하며 안으로 들어갔지만 바닥은 단단했다. 그는 두툼하게 쌓인 먼지 위로 발자국을 남겨가며 바닥을 가로질러 창문 앞으로 갔다.

바닥이 썩었다는 건 할아버지의 거짓말이었지만 풍경에 대해서는 정확했다. 별게 없었다. 그린벨트 너머로 쇼핑센터가 보였고 그 너머로 5개의 객차를 꼬리에 매달고 도시를 향해가는 앰트랙 열차가 보였다. 오전 출근 러시가 끝난 지금 이 시각에는 승객이 몇 명 없을 것이었다.

척은 열차가 사라질 때까지 창가에 서 있다가 그의 발자국을 되짚어 문까지 걸어갔다. 문을 닫으려고 몸을 돌렸을 때 동그란 방 한복판에 침대가 보였다. 병원 침대였다. 어떤 남자가 누워 있었다. 혼수상태인 것 같았다. 기계는 없었지만 그래도 삑…… 삑…… 삑…… 하는 소리가 계속 들렸다. 심장 모니터인 것 같았다. 침대 옆에 테이블이 있었다. 그 위에 여러 가지 로션과 검은테 안경이 놓여 있었다. 남자는 눈을 감고 있었다. 한 손이 시트 밖으로 나와 있었는데, 그 손등에 있는 초승달 모양의 흉터를 보고도 척은 놀라지 않았다.

이 방에서 척의 할아버지, 그의 제이디는 아내가 죽은 채 누워 있고, 쓰러지며 밀친 선반에서 쏟아진 빵들이 그 주변에 흩어져 있는 것을 보았다. 힘든 건 뭔가 하면 말이다, 처키, 기다리는 거야.

이제는 그의 기다림이 시작될 것이었다. 얼마나 오래 기다려야 할까? 병원 침대에 누워 있는 저 남자는 몇 살일까?

척은 다락방 안으로 다시 들어가 좀더 자세히 들여다보려고 했지만 환영은 사라지고 없었다. 남자도 병원 침대도 테이블도 보이지 않았다. 보이지 않는 모니터에서 희미하게 삑 하는 소리만 마지막으로 한 번 들리고 그만이었다. 남자는 영화에서 유령이 그렇듯 점점 희미해지지 않았다. 애초에 있지도 않았던 사람처럼 그냥 사라졌다.

　없었던 사람 맞아. 척은 생각했다. 나는 그를 없었던 사람이라고 생각하면서 삶이 다하는 순간까지 열심히 살아갈 거야. 나는 훌륭하고 훌륭할 자격이 있고 내 안에는 무수히 많은 것들이 담겨 있어.

　그는 문을 닫고 자물쇠를 잠갔다.

피가 흐르는 곳에

2021년 1월, 랠프 앤더슨 형사에게, 라고 이름이 적힌 조그만 쿠션 봉투가 그의 옆집인 콘래드 가족의 집에 배달된다. 앤더슨 가족은 언제 끝날지 모르는 교사들의 파업 덕분에 바하마에서 긴 휴가를 즐기고 있다. (책을 챙기라는 아버지의 말을 듣고 랠프의 아들 데릭은 "왕짜증"이라고 했다.) 콘래드 가족은 앤더슨 가족이 플린트 시티로 돌아오기 전까지 우편물을 휴가지로 보내주기로 했었다. 그렇지만 이 봉투에는 대문자로 재전송 금지 수취인 귀환 시 전달 요망이라고 적혀 있었다. 랠프가 봉투를 열어보니 '피가 흐르는 곳에'라는 제목의 USB가 들어 있다. '피가 흐르는 곳에 특종이 있다'는 뉴스업계의 오랜 정설에서 따온 제목일 것이다. 이 드라이브에는 파일이 2개 들어 있다. 하나는 사진과 음향 스펙트로그램(음향 신호를 주파수, 진폭, 시간으로 분석한 그래프 — 옮긴이)이다. 다른 하나는 홀리 기브니의 보고서 내지는 구술 일지다. 앤더슨 형사는 오클라호마에서 시작돼 텍사스의 어느 동굴에서 끝난 사건을 그녀와 함께 해결한 적이 있다. *그의 현실 인식을 영원히 바꾸어놓은 사건이었다. 홀리의 구술 보고서가 마지막으로 녹음된 날짜는 2020년 12월 19일이다. 그녀는 숨을 헐떡이고 있다.*

랠프, 나는 최선을 다해 준비했지만 어쩌면 그걸로는 부족할 수도 있어요. 철저하게 계획을 세웠지만 목숨을 부지하지 못할 수도 있어요. 만약 그렇다면 당신과의 우정이 내게 얼마나 소중했는지 알아주기 바라요. 내가 죽은 뒤에도 내가 시작한 이 일을 맡아서 계속 이어나갈 생각이면 제발 조심해요. 당신에게는 아내와 아들이 있으니까요.

[*여기서 보고서가 끝난다.*]

2020년 12월 8~9일

1

파인버로 타운십은 피츠버그에서 멀지 않은 곳이다. 펜실베이니아 아주 서부는 대개가 농촌이지만 파인버로는 번화한 도심을 자랑하며 인구는 4만이 조금 못 된다. 시 경계선으로 들어서면 문화적인 가치가 있나 싶은 (하지만 주민들은 좋아하는 눈치다) 거대한 청동 조형물이 등장한다. 팻말에 따르면 세계에서 가장 큰 솔방울!이다. 이곳으로 소풍 와서 사진을 찍는 사람들이 많다. 더러는 어린 자녀를 솔방울의 비늘 위에 앉혀놓고 찍는다. (조그만 팻말에 "몸무게가 22킬로그램이 넘는 어린이는 솔방울 위에 올라가지 마시오."라고 적혀 있다.) 오늘은 소풍을 즐기기에는 날이 너무 춥고 이동식 화장실은 겨울을 맞아 철거됐고 문화적인 가치가 있나 싶은 청동 조형물은 깜빡이는 크리스마스 전구를 두르고 있다.

거대한 솔방울과 그리 멀지 않은 곳, 파인버로 도심의 시작을 알리는 첫 신호등이 있는 곳 근처에 앨버트 매크리디 중학교가 있다. 거의 500명에 달하는 7학년, 8학년, 9학년생들이 재학 중이고 이

학교의 교사들은 파업을 벌이지 않았다.

12월 8일 10시 15분, '펜시 스피드 딜리버리' 트럭 한 대가 학교의 동그란 진입로로 들어선다. 배달기사가 내려 트럭 앞에 잠깐 서서 클립보드를 들여다본다. 그런 다음 안경을 좁은 콧잔등 위로 치켜 올리고 조그만 콧수염을 쓰다듬더니 뒤로 돌아간다. 안을 뒤져 모든 면이 90센티미터 정도 되는 정사각형의 상자를 꺼낸다. 쉽게 옮기는 걸 보면 별로 무겁지 않은 모양이다.

모든 방문객은 확인을 거친 후 출입하시기 바랍니다라는 경고문이 문에 달려 있다. 배달기사가 팻말 아래 달린 인터콤 버튼을 누르자 교무행정사인 켈러 부인이 어떻게 왔느냐고 묻는다.

"소포 배달 왔어요. 받는 사람 이름이……." 그는 허리를 숙여 송장을 본다. "아우. 라틴어 같은데요. 받는 사람 이름이 네모…… 네모 임퓨…… 그게 아니라 임퓨니인가……."

켈러 부인이 돕는다. "네모 메 임푸네 라케시트 협회, 맞죠?"

그녀의 비디오 모니터 안에서 택배 기사가 안도하는 표정을 짓는다. "그런가 봐요. 마지막 단어가 협회인 건 맞아요. 이게 무슨 뜻이에요?"

"들어오면 알려줄게요."

배달기사가 금속탐지기를 지나 행정실로 들어가 택배를 카운터에 내려놓는 동안 켈러 부인은 미소를 짓고 있다. 소포에는 스티커가 덕지덕지 붙어 있다. 크리스마스트리와 호랑가시나무와 산타 스티커도 몇 개 있지만 그보다는 킬트를 입고 블랙 위치(스코틀랜드 고지 연대 —옮긴이) 모자를 쓰고 백파이프를 부는 스코틀랜드 남자들 스티커가 훨씬 더 많다.

"여기요." 그는 허리춤에서 리더기를 꺼내 송장을 찍는다. "그래서 네모 메 임퓨니 어쩌고 하는 게 뭐예요?"

"스코틀랜드 왕실의 모토예요." 그녀는 말한다. "*나를 건드리는 자는 성하지 못하리라*, 라는 뜻이고요. 그리스월드 선생님이 가르치는 시사반의 자매 학교가 스코틀랜드의 에든버러 근처에 있거든요. 서로 이메일 주고받고 페이스북 하고 사진 보내고 그래요. 스코틀랜드 아이들은 피츠버그 파이어리츠 야구팀을, 우리 아이들은 버키 시슬 축구팀을 응원하고요. 시사반 아이들은 유튜브로 경기를 관람하죠. 그 반 이름을 네모 메 임푸네 라케시트라고 지은 건 그리스월드 선생님의 아이디어였을 거예요." 그녀는 송장에 적힌 발신자 이름을 쳐다본다. "맞네요, 렌힐 중학교. 세관 도장이랑 이것저것 찍혀 있고."

"크리스마스 선물인가 보네요." 배달기사는 말한다. "틀림없어요. 여길 보세요." 그는 상자를 뒤집어 12월 18일 이후에 개봉할 것이라고 프린트된 종이 양 옆에 백파이프를 부는 스코틀랜드 남자 스티커가 붙어 있는 부분을 보여준다.

켈러 부인은 고개를 끄덕인다. "크리스마스 방학 전날이거든요. 에휴, 그리스월드 선생님 반 아이들도 그쪽에 뭘 보냈으려나 모르겠네."

"스코틀랜드 애들은 미국 애들한테 어떤 선물을 보낼까요?"

그녀는 웃음을 터뜨린다. "해기스는 아니었으면 좋겠네요."

"그게 뭔데요? 또 라틴어예요?"

"양의 심장이요." 켈러 부인은 말한다. "간하고 허파도 들어가고 요. 남편이 결혼 십 주년 때 나를 스코틀랜드로 데려갔기 때문에 알 아요."

배달기사가 우거지상을 짓자 그녀는 다시 웃음을 터뜨린다. 그 는 리더기에 서명해달라고 한다. 그녀는 서명한다. 그는 즐거운 하 루와 즐거운 크리스마스를 보내라고 인사한다. 그녀도 같은 말로 인사를 건넨다. 그가 나가자 켈러 부인은 배회하던 아이를 잡아서 (복도 통행 허가증이 없지만 이번 한 번은 봐주기로 한다) 상자를 도서관과 1층 교무실 사이에 있는 벽장에 두라고 한다. 점심시간에 그리스월 드 선생에게 소포가 왔다고 얘기한다. 그는 3시 30분에 마지막 수 업종이 치면 교실로 들고 가겠다고 한다. 만약 그가 점심시간에 그 걸 개봉했다면 대학살의 규모가 훨씬 컸을지 모른다.

렌힐 중학교의 미국 동호회 아이들은 앨버트 매크리디 학생들에 게 크리스마스 선물을 보내지 않았다. '펜시 스피드 딜리버리'라는 회사도 존재하지 않았다. 나중에 버려진 채로 발견된 그 트럭은 추 수감사절 직후에 어느 쇼핑몰 주차장에서 도난당한 차량이었다. 켈러 부인은 배달기사가 이름표를 달지 않았고, 소포의 송장에 대 고 리더기를 찍었을 때 유피에스나 페덱스의 배달기사가 했을 때 처럼 삑 소리가 나지 않은 걸 알아차리지 못했음을 자책할 것이다. 그 소포는 가짜였다. 세관 도장도 마찬가지였다.

경찰은 그녀에게 누구라도 몰랐을 거라고, 그녀는 책임감을 느 낄 이유가 없다고 말할 것이다. 그럼에도 그녀는 책임감을 느낀다. 학교의 보안조치(카메라, 학교 수업 중에는 잠기는 정문, 금속탐지기)가 훌룡하긴 해도 모두 기계에 불과하다. 그녀가 그 조합에서 인간적인 부분을 맡은 (또는 맡았던) 수문장인데 학교의 기대를 저버렸다. 아이들의 기대를 저버렸다.

켈러 부인은 팔 한 쪽을 잃었지만 그것은 속죄의 시작에 불과하다고 생각한다.

2

2시 45분. 홀리 기브니는 손꼽아 기다리는 시간을 앞두고 준비에 들어간다. 취향이 수준 이하라는 방증일지 몰라도 그녀는 주중에 60분 동안 텔레비전을 시청하는 시간을 여전히 사랑하기 때문에 3시부터 4시까지 파인더스 키퍼스(도심의 프레더릭 빌딩 5층에 이제 막 오픈한 근사한 탐정 사무소다)에 아무도 들이지 않으려고 한다. 그녀가 소장이기 때문에(아직도 믿기지 않는 사실이지만) 어려울 것 없다.

빌 호지스가 세상을 떠난 이후 그녀의 사업파트너가 된 피트 헌틀리는 오늘 이 도시의 노숙자 쉼터 몇 곳을 돌며 가출 청소년을 추적하고 있다. 하버드 대학생인 제롬 로빈슨도 1년 동안 휴학하며 40쪽짜리 사회학 보고서를 책으로 발전시키는 동안 파트타임으로 파인더스 키퍼스에서 일하고 있다. 오늘 오후에 그는 이 도시 남쪽에서 럭키라는 이름의 골든리트리버를 찾고 있다. 납치당한 개로 주인이 1만 달러의 몸값 지급을 거부해서 애크런의 영스타운 아니면 캔턴의 동물보호소에 버려졌을지 모른다. 물론 오하이오의 시골에 버려졌거나 죽임을 당했을 수도 있다. 그녀는 개 이름이 길조라고 제롬에게 말했다. 희망이 느껴진다고 했다.

"홀리식 희망을 품고 있군요." 제롬은 씩 웃으며 말했다.

"맞아." 그녀는 대답했다. "이제 출동해, 제롬. 개를 찾아오라고."

그녀는 이제 퇴근할 때까지 혼자 있을 가능성이 크다. 그렇지만 3시부터 4시까지, 그 한 시간 동안 혼자 있을 수 있느냐가 그녀의 유일한 관심사다. 그녀는 한쪽 눈으로 시계를 확인하며, 사업파트너가 회사의 자산을 빼돌리려는 게 아닌지 불안해했던 앤드루 에드워즈라는 고객에게 정중하게 이메일을 쓴다. 조사 결과 괜한 걱정이었던 것으로 밝혀졌지만 파인더스 측에서는 일을 했으니 수임료를 받아야 한다. *이번이 세 번째 정산 요청입니다.* 홀리는 쓴다. *정산해주지 않으시면 저희로서는 미수금 처리 대행업체에 의뢰하는 수밖에 없습니다.*

홀리는 '저'나 '나'라고 할 때보다 '저희'나 '우리'라고 할 때 좀더 단호한 어조를 쓸 수 있다. 그녀는 단호해지기 위해 노력 중이지만 할아버지도 입버릇처럼 얘기했다시피 "로마는 하루아침에 이루어지지 않았고 필라델피아도 마찬가지다."

그녀는 이메일을 *슉*하니 전송하고 컴퓨터를 끈다. 시계를 흘끗 확인한다. 3시 7분 전이다. 조그만 냉장고에서 다이어트 펩시를 꺼낸다. 콜라회사에서 준 컵받침(YOU LOSE, WE FIND, YOU WIN이라고 적혀 있었다)에 콜라캔을 올려놓고 책상 왼쪽 맨 위 서랍을 연다. 잡다한 서류 더미 아래에 '스니커즈 바이츠' 미니 초코바가 한 봉지 숨겨져 있다. 광고 시간마다 하나씩 먹을 수 있게 여섯 개를 꺼내 포장을 벗기고 일렬로 줄 세워 놓는다.

3시 5분 전이다. 그녀는 텔레비전을 켜되 소리는 무음으로 해놓는다. 모리 포비치(미국의 토크쇼 진행자 — 옮긴이)가 활개치고 돌아다니며 스튜디오 관객들을 선동하고 있다. 그녀의 취향이 수준 이하일지 몰라도 그 정도는 아니다. 그녀는 스니커즈를 하나 먹을까 고민하다 기다리기로 한다. 참을성이 있다고 자화자찬하는 그때 엘리베이터 소리가 들리고 그녀는 불안함에 눈을 굴린다. 피트일 것이다. 제롬은 멀리 남쪽에 있다.

과연 피트가 맞고 웃는 얼굴이다. "오, 해피 데이." 그가 말한다. "무슨 바람이 불었는지 앨이 드디어 정비사를 보내서……."

"앨은 아무것도 한 거 없어요." 홀리는 말한다. "제롬하고 내가 처리했지. 별것 아니더라고요."

"무슨 수로……."

"살짝 해킹을 했어요." 그녀는 여전히 한쪽 눈으로 시계를 확인 중이다. 이제 3시 3분 전이다. "제롬이 하긴 했지만 나도 할 수 있었을 거예요." 또다시 그녀는 그냥 넘어가지 못한다. "적어도 내가 생각하기에는. 그 여자아이는 찾았어요?"

피트는 엄지손가락을 양쪽 다 들어 보인다. "선라이즈 하우스에서요. 맨 처음에 찾아간 곳이었는데. 다행히 집으로 돌아가고 싶어했어요. 엄마한테 연락했고 데리러 온대요."

"확실해요? 그 아이가 그냥 한 얘기 아니고요?"

"전화할 때 내가 옆에 있었어요. 눈물 흘리는 것도 봤고. 해결 잘됐어요, 홀리. 그 엄마가 에드워즈라는 인간처럼 돈 떼먹을 생각은 하지 말아야 할 텐데."

"에드워즈는 정산할 거예요." 그녀는 말한다. "내가 받아내고야 말 테니까." 모리가 사라지고 이제 춤을 추는 설사약이 TV 화면에 등장한다. 홀리의 기준에서는 이쪽이 더 낫다. "이제 조용히 해줘요, 피트. 일 분 뒤면 내 프로그램이 시작되니까."

"어휴, 요즘도 그 남자 봐요?"

홀리는 무시무시한 눈빛으로 그를 노려본다. "피트, 같이 보는 건 상관없지만 빈정거리면서 내 즐거움을 망칠 거면 나가줘요."

단호하게 나가요. 앨리 윈터스는 즐겨 말한다. 앨리는 그녀의 심리치료사다. 홀리는 다른 치료사도 잠깐 만난 적 있었다. 책을 세 권 썼고 학회지에 논문을 수없이 발표한 남자였다. 그를 만난 건 십대 시절 내내 그녀를 괴롭힌 악마 때문이 아니었다. 칼 모턴 박사와는 좀더 최근에 만난 악마를 주제로 대화를 나눌 필요가 있었다.

"빈정거리는 말투는 금물이다, 알았어요." 피트는 말한다. "와, 당신이랑 제롬이 앨을 제쳤다니 믿기지가 않네요. 말하자면 문제를 정면 돌파한 거잖아요. 짱이에요, 홀리."

"나는 요즘 단호하게 나가려고 노력 중이에요."

"잘하고 있어요. 냉장고에 콜라 있어요?"

"다이어트 콜라만 있어요."

"으웩. 그건 맛이 꼭……."

"쉿."

3시다. 프로그램의 테마송이 시작되는 순간 그녀는 TV 무음을 해제한다. '바비 풀러 포'가 부르는 「나는 법과 싸웠네」가 흐른다.

화면에 법정이 등장한다. 방청객(사실 모리의 토크쇼처럼 스튜디오 관객이지만 그들에 비하면 얌전하다)들이 음악에 맞춰 박수를 치고 아나운서가 읊조린다. "비열한 인간들은 비켜라, 존 로가 여기 계시다!"

"일동 기립!" 사무관 조지가 외친다.

방청객들은 계속 박수치고 몸을 흔들며 자리에서 일어나고 존 로 판사가 법정으로 들어온다. 그는 키가 2미터고(홀리가 스니커즈 바이츠보다 더 잘 숨겨놓는 《피플》에서 입수한 정보다) 8번 당구공처럼 머리가 민둥한데…… 당구공처럼 까맣지 않고 짙은 초콜릿색에 가깝다. 입고 있는 풍성한 법복이 흔들리도록 춤을 추며 판사석으로 이동한다. 판사봉을 집고 하얀 이를 이 끝에서 저 끝까지 반짝이며 봉을 메트로놈처럼 좌우로 재깍거린다.

"어이구 우리 주님께서 전동휠체어를 타고 납신 줄 알았네." 피트는 말한다.

홀리는 무시무시한 눈빛으로 그를 노려본다. 피트는 한 손으로 입을 막고 항복한다는 뜻에서 다른 손을 흔든다.

"앉으세요, 앉으세요." 로 판사의 말에 방청객들은 자리에 앉는다. 판사의 본명은 제럴드 로슨이다. 이것도 《피플》에서 입수한 정보지만 이 정도면 본명에 가깝다.

홀리가 존 로를 좋아하는 이유는 주디 판사(법정 리얼리티 프로그램으로 1996년부터 현재까지 25시즌째 방영 중이다 — 옮긴이)처럼 상대를 몰아붙이거나 개소리를 늘어놓지 않고 단도직입적이기 때문이다. 예전에 빌 호지스가 그랬듯이 정곡을 찌른다. 그렇다고 존 로 판사가 빌을 대신할 수는 없다. 판사는 TV 프로그램에 출연하는 허구의 인물이기도 하지만 그 이유가 전부는 아니다. 빌이 세상을 떠난 지 여러 해가 지났지만 홀리는 아직도 그를 그리워한다. 그녀의 모든 것, 그녀가 가진 모든 것이 빌의 선물이다. 이 세상에 그와 견줄 만한 사람은 없다. 오클라호마에서 만난 형사 친구 랠프 앤더슨이 그나마 비슷하려나.

"오늘은 어떤 사건인가요, 나의 배다른 형제 조지?" 이 말에 방청객들이 깔깔대고 웃는다. "민사예요, 형사예요?"

홀리는 한 판사가 양쪽 모두를, 그것도 매일 오후마다 새로운 사건을 맡는 경우는 거의 없다는 걸 알지만 그래도 상관없다. 다뤄지는 사건이 항상 흥미진진하다.

"민사입니다, 판사님." 사무관 조지가 말한다. "원고는 로다 대니얼스 부인. 피고는 부인의 전남편 리처드 대니얼스고요. 쟁점은 이 가족이 기르는 반려견 배드보이의 양육권입니다."

"개 사건이로군요." 피트가 말한다. "우리 전문 분야인데."

로 판사는 유난히 긴 판사봉 위로 몸을 숙인다. "배드보이가 현재 출석했나요, 내 친구 조지?"

"대기실에 있습니다, 판사님."

"아주 좋아요, 아주 좋아요. 배드보이가 물기도 합니까, 이름을 들어보니 그럴 것도 같은데?"

"경비의 평가에 따르면 성격이 아주 좋다고 합니다, 판사님."

"훌륭해요. 배드보이에 대한 원고 측 발언을 들어봅시다."

이제 로다 대니얼스 역을 맡은 배우가 법정으로 들어선다. 실제 법정에서는 원고와 피고가 이미 착석해 있겠지만 이쪽이 좀더 드라마틱하다. 대니얼스 부인이 너무 타이트한 원피스를 입고 너무 높은 힐을 신고 중앙 통로를 한들한들 걸어가는 동안 아나운서가 말한다. "잠시 후 로 판사님의 법정으로 다시 돌아오겠습니다."

생명보험 광고가 시작되자 홀리는 첫 번째 스니커즈 바이트를 입안에 넣는다.

"나도 그거 하나 먹어도 될까요?" 피트가 묻는다.

"다이어트하고 있지 않아요?"

"이맘때쯤 되면 당이 떨어져서요."

홀리는 책상 서랍을 마지못해 열긴 했지만 초콜릿 봉지를 아직 끄집어내지도 못했을 때 남편의 장례비용을 어떻게 감당하느냐고 걱정하는 할머니 대신 뉴스 속보라는 글자가 화면에 뜬다. 곧바로 레스터 홀트가 등장하는 것을 보고 홀리는 당장 심각한 사건임을 직감한다. 레스터 홀트는 공중파 TV의 메인 앵커다. 또다시 9·11 *같은 테러가 벌어진 건 아니겠지.* 그녀는 이런 일이 벌어질 때마다 생각한다. *하느님, 제발 9·11 같은 테러나 핵전쟁이 벌어진 건 아니라고 해주세요.*

레스터가 말한다. "정규 방송을 중단하고 속보를 말씀드리겠습니다. 피츠버그에서 남동쪽으로 약 육십오 킬로미터 거리에 있는 펜실베이니아주 파인버로의 한 중학교에서 대규모 폭발 사건이 발생했습니다. 보도에 따르면 다수의 사상자가 발생했고, 대부분 어린 학생들이라고 합니다."

"맙소사." 홀리는 말한다. 서랍 속에 넣었던 손으로 입을 가린다.

"확인되지 않은 보도임을 강조하는 바입니다만⋯⋯." 레스터가 한 손을 자기 귀에 대고 열심히 듣는다. "네, 알겠습니다. 피츠버그 지국의 체트 온도스키 기자가 현장에 나가 있습니다. 체트, 내 말 들리나요?"

"네." 누군가가 얘기한다. "네, 들립니다, 레스터."

"상황이 어떻습니까?"

레스터 홀트가 사라지고 지역 방송사 뉴스캐스터인가 싶은 중년의 남자에게로 화면이 바뀐다. 메이저 방송국의 앵커를 맡을 수 있을 만큼 잘생기지는 않았지만 번듯하다. 다만 넥타이가 삐딱하고, 메이크업으로 입가의 사마귀를 가리지 못했고, 빗을 시간이 없었는지 머리가 엉망이다.

"저 사람 서 있는 옆에 저거 뭐예요?" 피트가 묻는다.

"몰라요." 홀리는 말한다. "조용히 해봐요."

"꼭 거대한 솔방울⋯⋯."

"조용!" 홀리는 거대한 솔방울도, 체트 온도스키의 사마귀와 헝클어진 머리도 안중에 없다. 그녀의 관심은 오로지 경광등을 번쩍이고 사이렌을 울리며 바짝 붙어서 그의 뒤로 쌩하니 지나가는 2대의 구급차에 쏠려 있다. 사상자가 많댔지. 그녀는 생각한다. 사상자가 많고 대부분 어린 학생들이라고.

"레스터, 지금 말씀드릴 수 있는 건, 이 앨버트 매크리디 중학교에서 최소 열일곱 명의 사망이 거의 확실시되며 그보다 훨씬 많은 숫자가 부상을 당했다는 것입니다. 익명을 요구한 카운티 부보안관의 전언이고요. 폭발물은 교무실 또는 가까운 창고에 있었던 것으로 추정됩니다. 저쪽을 보시면⋯⋯."

그가 가리키자 카메라가 손가락을 따라 움직인다. 처음에는 화면이 흐릿하지만 카메라맨이 초점을 맞추고 줌을 당기자 건물 옆면에 뚫린 커다란 구멍이 시야에 들어온다. 벽돌이 광환(光環)처럼 잔디밭 위에 흩뿌려져 있다. 그녀가, 아마도 수백만 명에 달할 다른 시청자들과 함께 이 광경을 눈에 담는 동안 노란색 조끼를 입은 남자가 뭔가를 품에 안고 구멍에서 나온다. 운동화를 신고 있는 조그만 무엇이다. 그런데 운동화가 한 짝이다. 다른 한 짝은 폭발 당시 뜯겨져 나간 모양이다.

카메라가 다시 특파원에게로 돌아가 넥타이를 바로잡는 그를 비춘다. "보안관실에서 차후에 기자회견을 열겠습니다만 지금은 전혀 상황을 보고할 겨를이 없습니다. 학부모들이 벌써부터 모이기 시작했고…… 부인? 부인, 잠깐 인터뷰 좀 할 수 있을까요? WPEN, 채널 11의 체트 온도스키입니다."

카메라에 잡힌 여자는 엄청난 과체중이다. 외투도 없이 학교로 달려왔기 때문에 꽃무늬 홈드레스가 카프탄(소매가 넓고 헐렁한 원피스—옮긴이)처럼 물결친다. 얼굴은 뺨에 생긴 홍조를 제외하면 시체처럼 창백하고, 머리칼은 온도스키의 산발이 단정해보일 정도로 헝클어졌고, 통통한 뺨은 눈물로 번들거린다.

이런 걸 보여주면 안 되는데. 홀리는 생각한다. 그리고 나도 이런 걸 보고 있으면 안 되는데. 하지만 저들은 보여주고 있고 나는 보고 있네.

"부인, 앨버트 매크리디에 다니는 자녀분이 계신가요?"

"아들과 딸 둘 다 다녀요." 그녀는 온도스키의 팔을 잡는다. "우리 애들 괜찮은가요? 소식 아세요? 아이린하고 데이비드 버넌이에요. 데이비드는 칠 학년, 아이린은 구 학년이고요. 우리 집에서는 아이린 디니라고 불렀는데. 애들이 어떤지 아시나요?"

"저는 모릅니다, 버넌 부인." 온도스키는 말한다. "모탕을 설치 중인 저쪽으로 가서 부보안관에게 물어보세요."

"고맙습니다, 고맙습니다. 우리 애들을 위해서 기도해주세요!"

"기도할게요." 그녀는 온도스키의 대답을 뒤로 하고 달려간다. 심장에 아무 문제 없이 오늘 하루를 버티면 아주 다행이겠다 싶은 여자지만…… 홀리가 보기에 지금 자기 심장은 안중에도 없을 것이다. 데이비드와 디니라고 불리는 아이린 생각뿐일 것이다.

온도스키는 다시 카메라 쪽으로 고개를 돌린다. "미국의 전 국민이 버넌 부인의 아이들과 오늘 앨버트 매크리디 중학교에 등교한 모든 아이들을 위해 기도할 겁니다. 제가 입수한 정보에 따르면(대략적이고 달라질 수도 있습니다만) 두 시 십오 분, 그러니까 한 시간 전에 폭탄이 터졌고 1.5킬로미터 멀리 있는 건물의 유리창을 박살 낼 정도로 위력적이었다고 합니다. 유리가…… 프레드, 이 솔방울 잡아줄 수 있어요?"

"그것 봐요, 솔방울일 줄 알았다니까." 피트가 말한다. 그는 시선을 텔레비전에 고정한 채 몸을 앞으로 기울인다.

카메라맨 프레드가 줌으로 당기자 솔방울의 잎사귀라고 해야 할지 뭐라고 불러야 할지 모르겠는 곳에 깨진 유리조각들이 박혀 있다. 한 유리조각에는 누가 봐도 피가 묻어 있지만 그녀는 지나가던 구급차 불빛이 언뜻 비친 것이길 바란다.

레스터 홀트가 말한다. "체트, 끔찍하군요. 정말 참담합니다."

카메라가 줌아웃으로 다시 온도스키를 비춘다. "네, 맞습니다. 끔찍한 현장입니다. 레스터, 저는 이제……."

옆면에 빨간색 십자가와 함께 '머시 병원'이라고 적힌 헬리콥터가 도로에 착륙한다. 프로펠러가 일으킨 바람에 체트 온도스키의 머리칼이 나부끼고 그는 잘 들리도록 언성을 높인다.

"저는 이제 도울 일이 있는지 알아보러 가야겠습니다! 이 사건은 너무나 끔찍한, 끔찍하다고밖에 말할 수 없는 비극입니다! 뉴욕, 다시 마이크를 받아주세요!"

레스터 홀트가 심란한 표정으로 다시 돌아온다. "조심하세요, 체트. 여러분, 이제 정규방송으로 돌아가겠습니다만 「NBC 브레이킹 뉴스」에서 진행 상황을 계속 알려드리……."

홀리는 리모컨으로 TV를 끈다. 오늘은 가상의 정의 구현 현장을 보고 싶은 생각이 싹 달아났다. 그녀는 노란색 조끼를 입은 남자의 품에 안겨 있던 그 축 늘어진 형태를 계속 떠올린다. 한쪽 신발은 벗고 다른 쪽 신발은 신고 있다. 그녀는 생각한다. 디들, 디들, 덤플링, 내 아들 존(「디들, 디들, 덤플링, 내 아들 존」이라는 오래된 자장가에 "한쪽 신발은 벗고 다른 쪽 신발은 신고"라는 가사가 있다―옮긴이). 그녀는 오늘 저녁에 뉴스를 볼까? 아마 볼 것이다. 보고 싶지 않지만 보지 않고는 못 배길 것이다. 사망자가 몇 명이나 되는지 알아야만 할 것이다. 그리고 그중 몇 명이 어린아이들인지.

놀랍게도 피트가 그녀의 손을 잡는다. 그녀는 요즘도 스킨십을 별로 좋아하지 않지만 지금은 그의 손이 그녀의 손을 잡고 있는 느낌이 좋다.

"당신이 기억해줬으면 하는 게 있어요." 피트가 말한다.

그녀는 그를 돌아본다. 그는 심각하다.

"당신하고 빌은 저보다 더 끔찍한 사건을 막았어요." 피트는 말한다. "그 개또라이 브래드 하츠필드가 계획했던 대로 록 콘서트장에서 폭탄을 터뜨렸다면 수백 명이 죽었을 거예요. 어쩌면 수천 명이요."

"그리고 제롬도요." 그녀는 나지막이 말한다. "제롬도 같이 있었어요."

"맞아요. 당신, 빌 그리고 제롬. 삼총사. 당신은 그때 막을 수 *있었어요*. 막아냈고. 하지만 이걸 막는 건……." 피트는 TV를 턱으로 가리킨다. "다른 사람의 몫이었어요."

3

7시에도 홀리는 아직 사무실을 지키며 굳이 챙길 필요가 없는 청구서를 살피고 있다. 6시 30분에는 사무실 TV를 켜서 레스터 홀트를 보지 않고 어찌어찌 참고 넘어갔지만 아직 퇴근하고 싶지도 않다. 그날 아침만 해도 미스터 차우에서 맛있는 채식 메뉴를 포장해서 들고 가, 1968년 발표된 앤서니 퍼킨스와 튜스데이 웰드 주연의 묻힌 명품 스릴러 「프리티 포이즌」을 보며 먹으려고 잔뜩 기대하고 있었는데, 지금은 예쁘거나 말거나 포이즌이라면 사양하고 싶다. 그녀에게는 펜실베이니아에서 보도된 뉴스가 독약이었고 CNN 을 틀지 않고 참을 수 있을지 자신이 없다. CNN을 보고 나면 새벽 2시 어쩌면 3시까지 여러 시간 동안 뒤척이게 될 것이다.

언론에 절여진 21세기를 사는 대부분의 사람들이 그렇듯 홀리도 남자들이(요즘도 대부분 남자다) 유령 같은 종교나 정치라는 이름 아래 서로에게 자행하는 폭력에 익숙해져 있지만 근교의 그 중학교에 서 벌어진 사건은 브래디 하츠필드가 중서부 문화 예술 센터에서 수천 명의 아이들을 폭파하려고 했던 거나 시티 센터에서 메르세데 스를 몰고 구직자들을 향해 돌진한 것만큼 심하다. 그때 사망자가 몇 명이었는지 그녀는 기억하지 못한다. 기억하고 싶지도 않다.

파일을 치우고 있을 때(언젠가는 퇴근을 해야 할 테니) 다시 엘리베이 터 소리가 들린다. 5층을 지나쳐 올라가길 기다려보지만 여기서 멈 춘다. 제롬일 것이다. 그래도 그녀는 책상 두 번째 서랍을 열고 거 기에 든 캔을 느슨하게 손에 쥔다. 캔에는 버튼이 두 개 달려 있다. 하나는 누르면 귀청 떨어지는 뿔피리 소리를 낸다. 다른 버튼은 페 퍼스프레이를 발사한다.

그가 맞는다. 그녀는 쥐고 있던 호신용 인트루더가드를 그 자리 에 놓고 서랍을 닫는다. 키 큰 훈남으로 자란 그를 보고 감탄한다 (그가 하버드에서 돌아온 이후로 여러 번 있는 일이다). 그가 '염소수염'이라 고 부르는 입가의 털은 싫지만 그녀가 그걸 실토하는 일은 없을 것 이다. 오늘 저녁에 그는 활기차던 평소와 다르게 살짝 구부정하니 느릿느릿 걷는다. 습관적으로 "요, 홀리베리."라고 인사를 건네고 근무시간에는 고객 전용인 의자에 털썩 주저앉는다.

평소 같으면 그녀는 자기가 그런 유치한 별명을 얼마나 싫어하는지 알지 않느냐며 나무랐겠지만(그들만의 돌림노래다) 오늘 저녁은 아니다. 그들은 친구이고 그녀는 친구가 많아본 적이 없었기에 남아 있는 친구에게 최선을 다하려고 한다. "엄청 피곤해 보인다."

"장거리 운전을 해서 그래요. 그 학교 뉴스 들었어요? 위성 라디오를 도배했던데."

"「존 로」 보는데 속보가 뜨더라. 그 뒤로 뉴스를 피하고 있어. 얼마나 심각해?"

"지금까지 집계된 사망자 수가 스물일곱 명이고 그중에서 스물세 명이 열두 살에서 열네 살 사이 학생들이에요. 하지만 점점 더 늘어날 거예요. 여러 아이들과 교사 두 명의 소재를 아직 파악하지 못했고 열두어 명 정도가 중상이거든요. 파크랜드 때보다 더 심해요. 브래디 하츠필드 생각나죠?"

"당연하지."

"네, 저도 그래요. 그자가 시티 센터에서 죽인 사람들과 그날 저녁 라운드 히어 콘서트장에 우리가 몇 분만 늦게 도착했더라면 그자의 손에 죽었을지 모르는 아이들. 그 건은 우리가 이겼다고 속으로 중얼거리면서 그때 생각은 잘 하지 않으려고 하거든요. 생각나면 소름이 끼쳐서."

소름이라면 홀리도 잘 안다. 그녀도 자주 소름이 끼친다.

제롬이 손으로 한쪽 뺨을 천천히 쓸어내리자, 그날 자란 수염이 그의 손가락에 서걱서걱 긁히는 소리가 정적을 가른다. "하버드에서 이학년 때 철학 수업을 들었거든요. 제가 그 얘기한 적 있어요?"

홀리는 고개를 젓는다.

"제목이⋯⋯." 제롬은 손가락으로 따옴표를 만든다. "⋯⋯'악의 문제점'이었어요. 수업 시간에 내부의 악과 외부의 악이라는 개념에 대해서 이야기를 많이 나눴거든요. 그런데⋯⋯ 홀리, 괜찮아요?"

"응." 대답은 그렇게 했지만⋯⋯ 외부의 악이라는 단어를 듣자 랠프와 함께 최후의 은신처까지 추적했던 괴물이 바로 떠오른다. 그 괴물은 여러 이름을 사칭하고 여러 모습으로 변신했지만 그녀는 항상 그를 그저 이방인으로 간주했고 그 이방인은 사악하기 그지없었다. 그녀는 메리스빌 홀 동굴에서 무슨 일이 벌어졌는지 제롬에게 절대 얘기하지 않았지만 그는 신문에 보도된 것보다 훨씬 끔찍한 일이 거기서 벌어졌다는 걸 아는 눈치다.

그는 불안해하는 눈빛으로 그녀를 쳐다보고 있다. "계속해." 그녀는 말한다. "나한테는 아주 흥미로운 주제야." 사실이다.

"음⋯⋯ 외부의 선이 있다고 믿으면 외부의 악도 있다는 게 대다수의 의견이었는데⋯⋯."

"신 말이지?" 홀리는 말한다.

"네. 그럼 악마가 존재하고 구마의식이 악마를 퇴치하는 효과적인 대응책이며 진짜 악령이 있다고 믿을 수 있을 텐데⋯⋯."

"귀신 말이지?" 홀리는 말한다.

"맞아요. 실제로 효과가 있는 저주, 마녀, 길굴(유대교에서 산 사람의 몸속으로 들어가 죽은 사람을 조종한다는 혼령 ― 옮긴이)은 말할 것도 없고요. 하지만 대학에서는 그런 것들이 웃음거리로 간주되죠. 신, 그 자신도 대개 웃음거리로 전락하는걸요."

"그녀 자신일 수도 있지." 홀리는 깐깐하게 따지고 든다.

"네, 신이 존재하지 않으면 대명사가 무슨 상관이겠어요. 그러면 내부의 악이 남아요. 등신 같은 인간들. 자기 아이를 때려죽이는 남자, 브래디 쓰레기 하츠필드 같은 연쇄살인범, 인종 청소, 대량 학살, 9·11 테러, 오늘 사건 같은 테러리스트 공격."

"뉴스에서 그래?" 홀리는 묻는다. "ISIS 같은 집단의 테러 공격이라고?"

"그렇게 추정하고 있지만 아직 자기네 소행이라고 주장하고 나선 조직이 없어요."

이제 그는 다른 쪽 손으로 다른 쪽 뺨을 서걱서걱 문지르는데, 제롬의 눈에 고인 저게 눈물인가 싶다. 그녀는 눈물이 맞는다고, 그가 울면 그녀도 울 거라고, 어쩔 수 없을 거라고 생각한다. 슬픔은 전염성이 강하다. 이 얼마나 엿 같은 현실인가.

"하지만 있잖아요, 내부의 악과 외부의 악의 핵심은 이거예요, 홀리. *내가 보기에는 차이가 없다는 거.* 홀리가 보기에는 있어요?"

그녀는 그녀가 아는 모든 것과, 이 청년과 빌과 랠프 앤더슨과 겪은 모든 일을 곰곰이 생각한다. "아니." 그녀는 말한다. "없어."

"내가 보기에 그건 새예요." 제롬은 말한다. "꾀죄죄하고 희끗희끗한 회색으로 뒤덮인 커다란 새. 그 새는 여기저기로, 온 사방으로 날아다녀요. 브래디 하츠필드의 머릿속으로도 들어갔다가. 라스베이거스에서 총기를 난사한 그 남자의 머릿속으로도 들어갔다가. 에릭 해리스와 딜런 클리볼드(1999년 콜로라도주의 콜럼바인 고등학교에서 13명을 살해하고 동반 자살한 2인조 — 옮긴이) 안에도 그 새가 있었어요. 히틀러. 폴 포트(킬링필드로 상징되는 대량 학살을 지시한 캄보디아의 독재자 — 옮긴이). 녀석은 그들의 머릿속으로 날아 들어가고 살인이 자행되면 다시 다른 데로 날아가요. 나는 그 새를 잡고 싶어요." 그는 주먹을 쥐고 그녀를 쳐다보는데 그렇다, 눈물이 맺힌다. "그걸 잡아서 빌어먹을 모가지를 비틀고 싶어요."

홀리는 책상을 돌아 나와 그의 옆에 무릎 꿇고 앉아 두 팔로 그를 감싸안는다. 그는 의자에 앉아 있기 때문에 어색한 포옹이지만 제역할은 한다. 댐이 무너진다. 그가 그녀의 뺨에 대고 말하자 까칠한 수염이 느껴진다.

"개가 죽었어요."

"뭐라고?" 그가 흐느끼며 내뱉은 말이라 잘 알아들을 수가 없다.

"럭키. 골든리트리버요. 몸값을 받지 못하니까 납치범 그 새끼가 칼로 베서 도랑에 던졌더라고요. 숨이 간신히 붙어 있었대요. 누가 그걸 발견하고 영스타운에 있는 에버트 동물병원으로 데려갔어요. 거기서 한 삼십 분쯤 살아 있었나 봐요. 손 쓸 도리가 없었대요. 결국에는 별로 럭키하지가 않았어요, 그렇죠?"

"됐어." 홀리는 말하며 그의 등을 토닥인다. 그녀의 눈에서도 눈물이 흐르고 콧물도 난다. 코에서 흘러나오려는 게 느껴진다. 으웩. "됐어, 제롬. 괜찮아."

"아니에요. 괜찮지 않다는 거 알잖아요." 그는 몸을 떼어내고 그녀를 쳐다본다. 젖은 뺨은 반짝거리고 염소수염은 축축해졌다. "납치범이 그 착한 개의 배를 따서 내장이 다 나오게 한 채로 도랑에

버렸을 때 무슨 일이 벌어졌는지 알아요?"

홀리는 알지만 고개를 젓는다.

"새가 날아갔어요." 그는 소매로 눈물을 닦는다. "이제 다른 사람의 머릿속으로 들어갔고 그 어느 때보다 강력한데, 세상은 계속 열라 돌아가고 있어요."

4

10시가 되기 직전, 홀리는 읽으려던 책을 포기하고 TV를 튼다. CNN의 카메라 앞에서 떠들어대는 사람들을 쳐다보지만 그들의 재잘거림을 견딜 수가 없다. 그녀가 원하는 것은 진지한 보도다. NBC로 채널을 돌리자 엄숙한 음악과 함께 **특별 보도: 펜실베이니아의 비극**이라는 자막이 그녀를 맞이한다. 앤드리아 미첼이 뉴욕에서 진행을 맡고 있다. 그녀는 먼저 전 국민에게 대통령이 "자신의 생각과 기도"를 트위터에 올렸다고 밝힌다. 펄스, 라스베이거스, 파크랜드 등지에서 이와 같은 참사가 벌어졌을 때 늘 있었던 일이다. 이 의미 없는 헛소리에 이어 업데이트된 수치가 공개된다. 사망자는 31명, 부상자는 73명이고(아아, 너무 많다) 9명이 중상이다. 제롬의 말이 맞는다면 최소 3명의 중상자가 사망했다는 뜻이다.

"후티 지하드와 타밀 엘람 해방 호랑이, 이 두 테러 조직이 자신들의 소행이라고 주장하고 나섰는데요." 미첼은 말한다. "하지만 국무부의 소식통에 따르면 근거가 빈약한 주장이라고 합니다. 국무부 측에서는 1995년 오클라호마시티의 앨프리드 P. 뮤러 연방정부청사를 폭파한 티모시 맥베이와 유사한 단독범의 소행일 가능성이 높은 것으로 보고 있습니다. 당시 폭탄 테러로 168명의 인명 피해가 발생했는데요."

그때도 어린아이들이 많았지. 홀리는 생각한다. 신이나 이데올로기나 아니면 양쪽 모두를 위한답시고 어린아이들을 죽이다니. 그런 짓을 저지르는 사람에게는 아무리 뜨거운 지옥의 유황불도 부족할 것이다. 그녀는 제롬이 말한 희끗희끗한 회색 새를 떠올린다.

"폭탄을 운반한 남자는 벨을 눌렀을 때 방범 카메라에 얼굴이 찍혔습니다." 미첼은 말을 잇는다. "앞으로 삼십 초 동안 범인의 사진을 보여드리려고 하는데요. 잘 보시고 아는 얼굴이면 화면상의 번호로 연락주시기 바랍니다. 범인을 체포하고 유죄 판결을 받는 데 기여한 분에게는 이십만 달러의 포상금이 주어집니다."

사진이 뜬다. 컬러이고 아주 선명하다. 카메라가 문 위에 달렸고 남자는 똑바로 앞을 쳐다보고 있기 때문에 완벽하지는 않지만 그래도 이 정도면 충분하다. 홀리는 앞으로 몸을 숙이며 어마어마한 직무 능력(타고난 것도 있고 빌 호지스와 일하며 갈고 닦은 것도 있다)을 동원한다. 남자는 햇볕에 탄 백인(이 계절에 가능성이 떨어지는 얘기긴 하지만 아예 불가능하지는 않다)이거나 피부색이 옅은 남아메리카 출신이거나 중동 출신이거나 아니면 메이크업을 했을 수도 있다. 홀리는 백인과 메이크업 쪽에 한 표 던진다. 나이는 사십 대 중반인 듯하다. 금테 안경을 썼다. 까만색 콧수염은 작고 단정하다. 역시 까만색인 머리는 짧다. 모자를 썼다면 얼굴을 좀더 가릴 수 있었을 텐데 그러지 않았기 때문에 훤히 보인다. 대담한 녀석이네. 홀리는 생각한다. 그는 카메라가 달려 있다는 것과 사진이 공개된다는 것을 알았을 텐데 개의치 않았다.

"대담한 녀석이 아니지." 그녀는 사진을 계속 쳐다보며 중얼거린다. 모든 특징을 머릿속에 담는다. 그녀가 맡은 사건이라서가 아니라 그것이 그녀의 천성이기 때문이다. "이 정도면 *개새끼지*."

다시 앤드리아 미첼이 화면에 등장한다. "범인을 아시는 분은 화면에 보이는 번호로 지금 당장 연락 주시기 바랍니다. 이제 매크리디 중학교 현장에 나가 있는 특파원과 연결할 텐데요. 체트, 아직 현장에 있나요?"

그는 현장에 있고 카메라가 비춘 환한 조명 속에 서 있다. 무너진 중학교 건물 옆면에는 이보다 더 많은 조명이 비추고 있다. 무너진 벽돌 하나하나가 선명한 그림자를 드리우고 있다. 발전기가 요란하게 돌아간다. 유니폼을 입은 사람들이 이리저리 뛰어다니며 소리 지르고 마이크에 대고 얘기한다. 홀리는 어떤 재킷에는 FBI라고, 또 어떤 재킷에는 ATF라고 적힌 것을 본다. 하얀색 폴리에틸렌 작업복을 입은 집단도 있다. 노란색 폴리스라인 테이프가 펄럭인다. 통제된 아수라장의 느낌이 있다. 홀리로서는 최소한 통제라도 되고 있길 바랄 따름이다. 화면 왼쪽 끝에 보이는 위네바고 차량에 현장 지휘관이 타고 있을지 모른다.

레스터 홀트는 잠옷에 슬리퍼 차림으로 집에서 이 장면을 시청하고 있겠지만 체트 온도스키는 계속 현장을 지키고 있다. 에너자이저 버니급 활약이고 홀리는 이해할 수 있다. 이렇게 큰 사건은 두 번 다시 없을 기회인데 그는 처음부터 이 안에 발을 담갔고 전력을 다해 추적 보도하고 있다. 그는 지금도 양복 재킷을 입고 있다. 맨 처음 출동했을 때는 괜찮았을지 몰라도 지금은 기온이 떨어졌다. 화면상으로 그의 입김이 보인다. 분명 벌벌 떨고 있을 것이다.

누가 따뜻하게 걸칠 옷 좀 줬으면 좋겠네, 제발. 홀리는 생각한다. 파카나 하다못해 스웨트셔츠라도.

그 양복 재킷은 버려야 할 것이다. 벽돌 가루를 뒤집어썼고 소매와 주머니가 두어 군데 찢어졌다. 마이크를 쥐고 있는 손에도 벽돌 가루와 다른 뭔가가 묻어 있다. 피인가? 홀리가 보기에는 그런 듯하다. 그리고 그의 뺨에 길게 남아 있는 것도 핏자국이다.

"체트?" 앤드리아 미첼의 모습은 보이지 않고 목소리만 들린다. "제 목소리 들리나요?"

그는 마이크를 쥐지 않은 다른 쪽 손으로 이어폰을 만지작거리는데, 손가락 두 개에 밴드를 붙이고 있다. "네, 잘 들립니다." 그는 카메라를 마주본다. "펜실베이니아주 파인버로에 위치한 앨버트 매크리디 중학교의 폭발 현장에 나와 있는 체트 온도스키입니다. 평소에는 평화롭던 이 학교에서 어마어마한 강도의 폭탄이 터진 것은 오늘 오후 두 시를 조금 넘긴 시각이었고……."

앤드리아 미첼이 분할된 화면에 등장한다. "체트, 국토안보부의 소식통에 따르면 폭탄이 터진 시각은 오후 두 시 십구 분이라고 합니다. 당국에서 무슨 수로 그 시각을 정확하게 파악했는지 모르겠지만 아무튼 그런 모양이에요."

"네." 체트의 조금 정신 없는 목소리를 듣고 홀리는 얼마나 피곤할까, 라고 생각한다. 게다가 오늘밤에 과연 잠을 잘 수 있을까? 아마 그러지 못할 것이다. "네, 그쯤일 것 같습니다. 보시다시피 피해자 수색 작업은 서서히 잦아들고 있지만 현장 감식이 이제 막 시작됐습니다. 날이 밝을 무렵이면 인원이 추가될 테고⋯⋯."

"잠깐만요, 체트. 그나저나 수색에 직접 참여했다면서요?"

"네, 맞습니다. 다 같이 힘을 모았어요. 마을 주민들 중에는 학부형도 있었고요. KDKA 방송국의 앨리슨 그리어와 팀 위트칙, WPCW 채널의 도나 포브스, 그리고 빌 라슨⋯⋯."

"네, 그런데 잔해 속에서 두 명의 아이를 직접 구출했다고요?"

그는 겸손한 척 수줍어하는 수고를 하지 않는다. 홀리는 그 점을 높이 산다. 그는 계속 보도 톤을 유지한다. "맞습니다. 한 명은 신음소리를 들었고 다른 한 명은 보았어요. 각각 여학생과 남학생이었고요. 남학생의 이름은 압니다. 노먼 프레드릭스예요. 여학생은⋯⋯." 그는 입술을 축인다. 홀리는 그의 손에 쥐어진 마이크가 떨리는 것을 보고 추워서 그런 것만은 아니라는 생각을 한다. "여학생은 상태가 심각했고⋯⋯ 어머니를 부르고 있었어요."

앤드리아 미첼은 괴로워하는 표정이다. "체트, 끔찍하네요."

그렇다. 홀리에겐 너무 끔찍하다. 홀리는 뉴스를 끄려고 한다. 이 정도면 중요한 정보는 충분히, 필요 이상으로 입수했다. 그녀는 리모컨을 집었다가 머뭇거린다. 그녀의 시선이 향한 곳은 찢어진 주머니다. 아마도 온도스키가 피해자를 수색하던 도중에 찢어졌겠지만 만약 그가 유대인이라면 일부러 찢었을 수도 있다. 망자 앞에서 옷을 찢으며 애통한 심정을 표현하는 *크리아*의 흔적일 수 있다. 그것이 찢어진 주머니의 진실이 아닐까. 그녀는 그렇게 믿고 싶다.

5

홀리는 예상과 다르게 불면의 밤을 보내지 않는다. 몇 분 만에 곯아떨어진다. 제롬과 함께 눈물을 흘린 덕분에 펜실베이니아 소식으로 유입된 독극물이 빠져나갔을지도 모른다. 위로를 주고받다가 말이다. 그녀는 잠의 세계로 건너가며 다음번에 앨리 윈터스를 만나면 거기에 대해서 얘기를 해야겠다고 생각한다.

그녀는 12월 9일의 깊은 새벽에 잠에서 깨어나 온도스키라는 특파원을 떠올린다. 뭔가가 마음에 걸리는데…… 뭘까? 피곤해 보였던 얼굴? 양손에 남은 긁힌 자국과 벽돌 가루? 찢어진 주머니?

그거야. 그녀는 생각한다. 그거일 수밖에 없어. 내가 그 꿈을 꾸고 있었나 봐.

그녀는 기도하듯 어두운 방에 대고 잠깐 중얼거린다. "보고 싶어요, 빌. 나는 렉사프로(항우울제 — 옮긴이)를 먹고 있고 담배는 끊었어요."

그러고는 잠이 들어 아침 6시에 알람이 울릴 때에야 눈을 뜬다.

2020년 12월 9~13일

1

파인더스 키퍼스가 도심의 프레더릭 빌딩 5층이라는 비싼 신축 건물로 사무실을 옮길 수 있었던 것은 사업이 잘됐기 때문이다. 그 주에도 홀리와 피트는 바쁘다. 뉴스 보도는 계속되고 있고 그 사건이 홀리의 기억에서 완전히 지워진 것은 아니지만 홀리는 「존 로」를 보거나 펜실베이니아 중학교 폭파 사건에 대해 생각할 겨를이 없다.

파인더스 키퍼스는 이 도시에서 손꼽히는 두 군데의 대형 로펌과 공조 관계인데, 양쪽 다 문에 명패가 여러 개 달린 으리으리한 분위기다. "매킨토시, 와인샙 앤드 스파이."(모두 사과 품종이다 — 옮긴이) 피트는 농담 삼아 그들 회사를 이렇게 부른다. 그는 퇴직 경찰이라 변호사를 별로 좋아하지 않지만 증인 소환과 영장 송달이 보수가 짭짤하다는 걸 두 번째로 잽싸게 인정할 사람이다(첫 번째는 홀리다). "이 친구들한테는 빌어먹을 메리 크리스마스가 되겠네." 피트는 목요일 아침에 근심과 짜증의 빌미가 될 서류가 가득 담긴 가방을 들고 나서며 이런 말을 남긴다.

파인더스 키퍼스는 서류 전달 외에도 몇 군데 보험회사와 직통으로 연결되어 있기 때문에(모두 대기업이 아니고 지역 보험사다) 홀리는 금요일 내내 방화 보험금 청구 신청건을 조사한다. 액수가 상당히 크고 보험 계약자는 그 돈이 간절한 상황이라 창고에 불이 났을 때 그의 주장처럼 마이애미에 있었는지 확인하는 임무가 그녀에게 맡겨졌다. 알고 보니 사실이라 보험 계약자 입장에서는 다행이지만 레이크 피델리티 보험회사 입장에서는 그렇지가 않다.

굵직한 비용을 확실하게 해결할 수 있는 이런 업무 외에도 도망친 채무자를 잡고 (컴퓨터로 채무자의 신용카드 사용내역을 확인해 금세 소재를 파악한다) 자취를 감춘 보석 석방자의 위치를 추적하며(전문용어로는 추심이라고 한다) 잃어버린 아이들과 개를 찾는다. 피트는 대개 아이들을 맡고 제롬은 개를 아주 잘 찾는다.

그녀는 그가 럭키의 죽음에 그토록 충격을 받았다는 사실에 놀라지 않는다. 수법이 워낙 잔인했을 뿐 아니라 로빈슨 가족의 사랑을 듬뿍 받았던 오델이 전해에 울혈성 심부전으로 죽었기 때문이다. 그 주 목요일과 금요일에는 다행히 잃어버린 개나 납치당한 개가 의뢰 목록에 없다. 홀리는 정신없이 바쁘고 제롬은 집에서 자기 일에 집중하고 있다. 학교 보고서로 시작된 프로젝트가 이제는 그에게 노골적인 집착까지는 아닐지 몰라도 가장 중요한 일이 되었다. 그의 부모님은 '1년 휴학하겠다'는 아들의 판단을 미심쩍어한다. 홀리는 아니다. 그녀는 제롬이 세상을 뒤흔들 거라고 생각하지는 않지만 세상을 일으켜 앉혀서 정신 차리게 할지는 모른다고 생각한다. 그녀는 그를 믿는다. 그리고 홀리식 희망. 그것도 품고 있다.

그녀는 중학교 폭파 사건의 새로운 소식을 건성으로 파악하고 있지만 그래도 상관없는 것이 별게 없다. 부상자가 또 한 명 사망했고(학생이 아니라 교사였다) 경상을 입은 아이들이 여러 병원에서 퇴원했다. 배달기사를 가장한 폭탄범과 유일하게 대화를 나누었던 앨시어 켈러 부인은 의식을 찾았지만 우편물이 스코틀랜드의 어느 학교에서 온 것이라고 했고, 스코틀랜드 학교와의 자매 결연 소식이 네모 메 임푸네 라케시트 협회 단체 사진과 함께(아이러니한 일인지 아닌지 모르겠지만 자칭 임푸네 협회 회원 11명 모두 다치지 않았다[임푸네가 라틴어로 처벌을 모면한다는 뜻이다 ― 옮긴이]) 파인버로 주간지에 소개됐다는 것 말고는 보탤 게 거의 없었다. 트럭은 인근 차고 안에서 발견되었는데 지문과 DNA가 모두 깨끗이 지워지고 없었다. 범인을 안다는 전화가 경찰서로 쇄도했지만 소득은 없었다. 범인을 금세 잡을 수 있을 거라는 희망은 이 사태가 끝난 게 아니라 이제 막 시작일지 모른다는 공포로 대체되고 있다. 홀리는 그렇지 않길 바라지만 브래디 하츠필드와의 경험으로 인해 최악의 경우를 염려하게 된다. 범인이 자살했으면 그나마 다행이라는 생각이 든다(예전 같으면 낯설게 느껴졌을 냉정한 분석이다).

금요일 오후 그녀가 레이크 피델리티로 전송할 보고서를 마무리하고 있을 때 전화벨이 울린다. 그녀의 어머니고 홀리가 두려워하고 있던 소식을 전한다. 그녀는 얘기를 듣고, 적절하게 대꾸하고, (홀리가 어른스럽게 처신해야 이 전화의 용건을 처리할 수 있는데도 불구하고) 어머니가 그녀를 어린애 취급해도 아무 말하지 않는다. 식후에 항상 이를 잘 닦고 있지, 약은 빈속에 먹으면 안 되는 거 알지, 영화는 일주일에 네 편만 보아야 한다, 어쩌고저쩌고. 홀리는 어머니의 전화를 받을 때마다(이번 전화는 특히 그렇다) 거의 백 퍼센트의 확률로 찾아오는 두통을 애써 무시한다. 그녀는 어머니에게 알았다고, 일요일에 가서 돕겠다고, 알았다고, 가족끼리 한 끼라도 더 먹을 수 있게 낮 12시까지 가겠다고 한다.

우리 가족. 홀리는 생각한다. 빌어먹을 우리 가족.

제롬은 일할 때 휴대전화를 꺼놓기 때문에 그녀는 제롬과 바버라의 엄마인 타냐 로빈슨에게 전화한다. 타냐에게 집에 다녀와야 해서 일요일 저녁을 같이 못 먹겠다고 전한다. 집안에 일이 생겼다고 한다. 그녀의 말을 듣고 타냐가 얘기한다. "어머. 어쩌면 좋아요, 스위티, 괜찮겠어요?"

"네." 누군가 그렇게 끔찍한 유도신문을 할 때마다 그녀가 항상 하는 대답이다. 그녀는 아무렇지 않은 목소리로 대답했다고 자신할 수 있지만 전화를 끊자마자 두 손에 얼굴을 묻고 울음을 터뜨리고 만다. 그 *스위티*라는 단어 때문이다. 그녀가 고등학교 때 '옹알 옹알, 스위티'로 불렸기 때문이다.

그때 기억이 다시 떠올랐기 때문이다.

2

토요일 저녁 홀리는 컴퓨터에 설치한 웨이즈 앱으로 어디에서 볼일을 보고 어디에서 프리우스에 기름을 넣을지 여행 계획을 짠다. 12시까지 가려면 7시 30분에는 출발해야 할 텐데, 그래도 (디카페인) 차 한 잔과 토스트와 삶은 달걀을 먹을 시간은 된다. 그녀는 이렇게 철저하게 준비해놓고는 두 시간 동안 잠을 설친다. 매크리디 중학교에서 폭탄이 터졌던 날과는 다른 반응이다. 간신히 잠이 들었을 때는 체트 온도스키가 꿈에 나타난다. 그가 맨 처음 달려온 사람들과 함께 목격한 참상을 설명하고 텔레비전에서는 절대 하지 않을 얘기를 한다. 벽돌에 피가 묻어 있었다고 한다. 발이 들어 있는 신발 한 짝이 있었다고 한다. 울부짖으며 엄마를 찾는 여학생이 있었다고, 조심스럽게 안아 올리려고 했는데도 아파서 비명을 질렀다고 한다. 그는 사실만을 전달하는 말투로 이런 얘기를 하지만 그러면서 옷을 찢는다. 양복 재킷 주머니와 소매뿐 아니라 처음에는 이쪽 옷깃을, 다음에는 저쪽 옷깃을 찢는다. 그는 넥타이를 확 잡아 벗더니 둘로 찢는다. 그런 다음 단추를 두두둑 뜯어가며 셔츠 앞면을 그대로 찢는다.

그가 양복 바지 차림으로 다시 일을 시작하기 전에 그 꿈이 흩어졌을까 아니면 다음 날 아침에 휴대전화 알람이 울렸을 때 그녀의 의식이 그 꿈을 기억하길 거부했을까. 어느 쪽이 됐든 그녀는 피곤한 몸을 이끌고 일어나 아무런 감흥 없이, 힘든 하루를 앞두고 단순히 연료를 공급하는 차원에서 달걀과 토스트를 먹는다. 원래는 장거리 자동차 여행을 좋아하는데, 이번에는 어깨 위에 실제로 묵직한 돌덩이가 얹혀 있는 느낌이다.

문가에 놓인 조그만 파란색 가방(그녀가 잡동사니 가방이라고 생각하는)에 하룻밤 자고 올 경우에 대비해 갈아입을 옷과 세면용품을 가득 챙겨놓았다. 그녀는 가방끈을 어깨에 메고 아늑한 아파트를 나와 엘리베이터를 타고 내려간다. 공동현관 문을 열고 나가니 계단에 제롬 로빈슨이 있다. 그는 앉아서 콜라를 마시고 있고 제리 가르시아 라이브 스티커를 붙인 배낭이 그의 옆을 지키고 있다.

"제롬? 여긴 어쩐 일이야?" 그러고는 참지 못하고 내뱉는다. "아침 일곱 시 반에 콜라를 마시다니, 으으으!"

"제가 같이 가려고요." 그는 왈가왈부해봐야 소용없다는 눈빛으로 그녀를 쳐다본다. 그래도 되는 것이, 그녀는 왈가왈부할 생각이 없다.

"고마워, 제롬." 홀리는 말한다. 힘들지만 어찌어찌 울음을 참는다. "너 정말 착하다."

3

처음 절반은 제롬이 운전하고 주유소와 화장실 때문에 들른 고속도로 휴게소에서 둘이 서로 자리를 바꾼다. 홀리는 클리블랜드 근교의 코빙턴에 점점 다가갈수록 그녀를 (아니 그들을) 기다리는 미래에 대한 두려움이 엄습하는 것을 느낀다. 그걸 저지하기 위해 제롬에게 프로젝트는, 그러니까 책 작업은 어떻게 되어가고 있느냐고 묻는다.

"물론 너는 얘기하고 싶지 않을 수도 있겠다. 어떤 작가들은······."

하지만 제롬은 전혀 거리낌이 없다. 처음 시작은 '흑백의 사회학'
이라는 수업의 과제였다. 제롬은 1878년에 노예 출신 부모 밑에서
태어난 고조부에 대해 쓰기로 마음먹었다. 앨턴 로빈슨은 19세기
후반에 잘나가는 흑인 중산층이 존재했던 멤피스에서 소년기와 청
년기를 보냈다. 황열병과 백인 자경단이 상당히 안정적이던 그 도
시의 하부경제구조를 뒤흔들자 대다수의 흑인들은 그냥 떠나버렸
고, 남겨진 백인들은 스스로 음식을 만들고 쓰레기를 버리고 아이
들의 똥을 닦아야 했다.

시카고에 자리를 잡은 앨턴은 정육업체에서 일하며 모은 돈으로
금주법이 시행되기 2년 전에 조그만 술집을 열었다. "그 쉐리들이
술통을 부수기 시작"했을 때(앨턴이 누이에게 보낸 편지에서 쓴 표현이다.
제롬이 보관되어 있던 편지와 서류를 찾아냈다) 그는 사우스 사이드로 매
장을 옮겨서 '블랙 아울'이라는 주류 밀매점을 열었다.

제롬이 앨턴 로빈슨에 대해 많은 걸 알아냈다. 알폰소 카포네와
의 거래, 암살당할 뻔한 위기에서 세 번 탈출한 것(네 번째에는 그리 성
공적이지 못했다), 협박이 부업이었던 듯한 정황, 정계에서 킹메이커
로 활동한 이력. 알아내면 알아낼수록 보고서는 점점 더 풍성해졌
고 그와 비교했을 때 다른 수업 준비는 점점 더 하찮게 느껴졌다.
그는 장문의 보고서를 제출하고 노고를 치하하는 성적을 받았다.

"그 정도는 그냥 장난에 가까웠어요." 마지막 80킬로미터 구간에
진입하는 동안 그가 홀리에게 말한다. "왜냐하면 그 보고서는 빙산
의 일각이었거든요. 그게 아니라 끝도 없이 이어지는 영문 담시(譚

詩)의 첫 구절이라고 해야 하나. 하지만 봄 학기가 반쯤 지난 시점이었고 소홀히 했던 다른 과목을 챙겨야 했어요. 어머니와 아버지의 자랑스러운 아들이 되어야 하니까요."

"참 어른스럽네." 어머니와 돌아가신 아버지의 자랑스러운 딸이 되어본 적이 있나 싶은 여자는 이렇게 말한다. "하지만 힘들었겠다."

"힘들었죠." 제롬은 말한다. "완전 필 받았거든요. 다른 과목은 다 때려치우고 앤턴 고조할아버지만 추적하고 싶었어요. 멋진 인생을 사셨더라고요. 다이아몬드, 진주 넥타이핀, 밍크코트. 하지만 조금 묵히길 잘했어요. 다시 잡아보니까, 그때가 유월이었어요, 그 안에 테마가 있다는 게, 아니, 잘만 했으면 테마를 잡을 수 있었겠다는 게 보이더라고요. 『대부』 읽어봤어요?"

"책도 읽고 영화도 봤지." 홀리는 지체 없이 대답한다. "영화도 세 편 다 봤고." 그러고는 이렇게 덧붙여야 할 것 같은 의무감을 느낀다. "마지막 편은 그냥 그랬어."

"소설 첫머리 기억해요?"

그녀는 고개를 젓는다.

"발자크가 남긴 명언이에요. '엄청난 재산의 배후에는 모두 범죄가 있다.' 제가 발견한 테마가 그거였어요. 할아버지의 경우에는 시 서로에서 총에 맞기 한참 전에 재산을 전부 까먹었지만."

"진짜 『대부』 같네." 홀리는 놀라워하지만 제롬은 고개를 젓는다.

"아니에요. 흑인은 미국에서 절대 이탈리아나 아일랜드 출신처럼 될 수 없거든요. 검은 피부는 인종의 용광로를 거역해요. 제가 하고 싶은 말은 뭔가 하면…….” 그는 하던 얘기를 잠깐 멈춘다. “제가 하고 싶은 말은 차별이 범죄의 아버지라는 거예요. 범죄를 통해 평등을 쟁취할 수 있다고 생각한 것이 앨턴 로빈슨의 비극이었어요. 그건 불가능한 일로 밝혀졌거든요. 결국 그분은 카포네의 후계자였던 폴 리카와 사이가 틀어졌기 때문이 아니라 흑인이었기 때문에 살해당했어요. *검둥이*였기 때문에.”

가끔 “*알겠습니다요*” 아니면 “*그러고 말굽쇼, 주인님!*” 해가며 민스트럴 쇼(백인이 흑인으로 분장해 흑인 노래를 부르는 쇼 — 옮긴이) 흉내를 내서 빌 호지스의 심기를 건드렸던 (그리고 홀리의 분노를 자극했던) 제롬이 저 단어를 입에 올린다.

“제목은 정했니?” 홀리는 조용히 묻는다. 이제 코빙턴 출구가 코앞이다.

“아마도요. 하지만 열심히 고민한 건 아니에요.” 제롬은 쑥스러워하는 표정을 짓는다. “저기 홀리베리, 제가 얘기하는 거 비밀 지켜줄 수 있어요? 피트도, 바버라하고 우리 부모님도 모르게? 특히 우리 가족이 모르게?”

“당연하지. 나는 비밀 잘 지켜.”

제롬도 그 말이 맞는다는 걸 알지만 그럼에도 잠깐 망설이다가 털어놓는다. “그 흑백의 사회학 과목을 가르친 교수님이 제 보고서를 뉴욕의 어느 에이전트한테 보냈어요. 엘리자베스 오스틴이라는 에이전트한테. 관심을 보이길래 여름 이후에 써놓은 백 쪽 정도 되는 원고를 보냈거든요. 오스틴 씨 말로는 출간이 가능하겠다고, 그것도 학술 전문 출판사가 아니라 다른 데서 출간할 수 있겠다고 해요. 제가 가장 높게 잡은 목표가 그거였는데. 그녀 말로는 메이저 출판사에서 관심을 보일 수도 있겠대요. 그러면서 고조할아버지의 주류 밀매점 상호를 제목으로 쓰면 어떻겠느냐고 했어요. *블랙 아울: 어느 미국인 갱스터의 성공과 몰락.*"

"제롬, 끝내준다! 그런 제목이 달린 책이라면 관심을 보일 사람들이 많을 거야."

"흑인들 말이죠."

"아니! 모든 사람들이! 백인들만 『대부』를 좋아하는 줄 아니?" 이때 어떤 생각이 그녀의 머릿속에 떠오른다. "그런데 너희 가족은 거기에 대해서 어떻게 생각할까?" 그런 비밀을 공개하겠다고 하면 그녀의 가족은 경악할 것이다.

"뭐." 제롬은 말한다. "두 분 다 보고서를 읽으셨고 마음에 들어 하셨어요. 물론 그게 책하고 다르기는 하죠, 그렇죠? 책은 교수님뿐 아니라 훨씬 많은 사람들이 읽을 수 있으니까요. 하지만 사 세대 전의 이야기고……."

제롬은 심란한 표정이다. 홀리는 자신을 쳐다보는 그의 시선을 알아차리지만 오로지 곁눈으로 알아차린 것이다. 그녀는 운전할 때 항상 앞을 똑바로 쳐다본다. 영화에서 운전자가 옆 사람에게 말을 하느라 고개를 돌리는 장면이 등장하면 그녀는 폭발한다. 항상 이렇게 외치고 싶어진다. *앞을 봐, 이 바보야! 네 애정 생활 고민하느라 애라도 치면 어쩌려고?*

"어떻게 생각해요, 홀스?"

그녀는 신중하게 고민한다. "부모님께 에이전트한테 보낸 원고 그대로 보여드려야 한다고 생각해." 한참 만에 그녀는 말한다. "그분들 얘기를 듣고. 그분들의 소감을 이해하고 그걸 존중하고. 그런 다음…… 강행해. 전부 글로 적어. 좋은 점, 나쁜 점 그리고 추한 점까지."

코빙턴 출구가 나온다. 홀리는 깜빡이를 켠다. "나는 책을 써본 적이 없어서 잘 모르겠지만 어느 정도 용기가 필요한 일이지 않을까 싶어. 그러니까 네가 해야 하는 일은 그거야. 용감해지는 거."

지금 내가 해야 하는 일이기도 하지. 그녀는 생각한다. 집까지 3킬로미터밖에 안 남았는데, 집은 두통이 시작되는 곳이다.

4

기브니의 집은 메도브룩 에스테이츠라는 개발단지에 있다. 홀리가 거미줄 같은 도로를 구불구불 지나는 동안(이 길을 지나 거미의 집으로 가고 있다는 생각을 하다가 어머니를 거미 취급했다는 데 곧바로 죄책감을 느낀다) 제롬이 말한다. "제가 만약 여기 사는데 술에 취했다면 집을 찾는 데 최소 한 시간은 걸렸을 것 같아요."

그의 말이 맞는다. 전부 뉴잉글랜드 특유의 솔트박스 양식(지붕이 길고 가파르며 앞에서 보면 2층이고 뒤에서 보면 1층인 주택 양식 — 옮긴이)이고 색만 달라서…… 밤에는 가로등이 켜져 있어도 별로 도움이 되지 않는다. 따뜻한 계절에는 화단의 색도 다를지 모르지만 지금 메도브룩 에스테이츠의 앞마당은 예전에 내려서 굳은 눈으로 덮여 있다. 홀리는 제롬에게 그녀의 어머니는 남들과 같은 걸 좋아한다고, 거기에서 안도감을 느낀다고(샬럿 기브니에게도 나름의 문제가 있다) 알려줄 수도 있지만 하지 않는다. 긴장감 넘칠 점심과 그보다 더 긴장감 넘칠 오후 시간에 대비해 마음의 준비를 한다. 입소를 하다니. 그녀는 생각한다. 오, 주여.

그녀는 릴리 코트 42번지 진입로로 들어가 시동을 끄고 제롬을 돌아본다. "마음의 준비를 단단히 해. 어머니 말로는 삼촌이 지난 몇 주 새 많이 안 좋아졌다고 하거든. 어머니가 오버할 때도 있지만 이번에는 아닌 것 같아."

"어떤 상황인지 알아요." 그는 그녀의 손을 잠깐 꼭 쥔다. "제 걱정은 말고 홀리나 신경 써요, 알았죠?"

그녀가 뭐라 대답할 겨를도 없이 42번지 문이 열리고 교회 갈 때 입었던 옷을 아직 갈아입지 않은 샬럿 기브니가 나온다. 홀리가 한 손을 들어 머뭇머뭇 인사하지만 샬럿은 받아주지 않는다.

"들어와라." 그녀는 말한다. "늦었네?"

홀리도 그녀가 늦었다는 걸 안다. 5분 지각이다.

그들이 문을 향해 걸어가는 동안 샬럿은 얘가 여긴 어쩐 일이냐는 눈빛으로 제롬을 쳐다본다.

"제롬 아시죠?" 알고말고. 그들은 지금까지 대여섯 번 만났고 샬럿은 번번이 똑같은 눈빛으로 그에게 호의를 표현한다. "말동무가 되어주고 정신적으로 기운을 북돋워주겠다며 같이 와줬어요."

제롬은 샬럿을 보며 더 이상 매력적일 수 없는 미소를 짓는다. "안녕하세요, 기브니 부인. 제가 따라오겠다고 했어요. 괜찮으시죠?"

이 말에 샬럿은 "들어와라, 여기 있다가는 얼어죽겠어." 하고는 그만이다. 제 발로 나온 게 아니라 그들이 문 밖으로 불러내기라도 한 말투다.

샬럿이 남편을 앞세운 뒤로 오빠와 함께 지내고 있는 42번지는 실내가 너무 후끈한데다 포푸리 냄새가 코를 찔러서 홀리는 기침이 터지지 않기만을 바라야 한다. 구역질은 더군다나 안 된다. 좁은 현관 홀에 사이드 테이블이 4개나 놓여서 안 그래도 거실로 가는 통로가 비좁은데, 테이블마다 샬럿이 취미로 수집하는 조그만 사기 조각상이 잔뜩 놓여 있어 지나갈 때 더욱 아슬아슬하다. 요정, 난쟁이, 트롤, 천사, 광대, 토끼, 발레리나, 강아지, 고양이, 눈사람, 젊은 남녀 커플(각자 바구니를 들고 있다) 그리고 꽃 중의 꽃 필스버리 도우보이(필스버리 제빵업체의 마스코트 ─ 옮긴이).

"점심은 차려놨다." 샬럿이 말한다. "과일 샐러드하고 닭고기 편채뿐이긴 하지만 디저트로 케이크가 있고 그리고…… 그리고……."

그녀의 눈에 눈물이 고이고, 그걸 본 홀리는 상담 치료를 통해 그 많은 노력을 기울였음에도 불구하고 증오에 가까운 분노를 느낀다. 어쩌면 증오가 맞을지 모른다. 그녀는 어머니 앞에서 눈물을 흘렸다가 "이제 됐다 싶을 때까지" 방에 들어가 있으라는 소리를 들은 게 몇 번인지 생각한다. 그녀도 이제 어머니의 면전에 대고 똑같은 말을 퍼붓고 싶지만 참고 어색하게 샬럿을 안아준다. 그 얇고 축 늘어진 살갗 바로 아래로 뼈가 느껴지자 어머니도 나이를 먹었다는 걸 실감한다. 누가 봐도 그녀의 도움을 필요로 하는 노파를 무슨 수로 혐오할 수 있을까? 쉽게 그럴 수 있을 것 같다는 게 문제긴 하지만.

잠시 후에 샬럿은 그녀에게서 악취가 풍기기라도 하는 듯 살짝 얼굴을 찡그리며 홀리를 밀어낸다. "가서 외삼촌한테 인사하고 점심 드시라고 해. 어디 계신지 알지?"

홀리는 안다. 거실에서 전문 아나운서들이 열띤 목소리로 미식축구 경기 시작 전 방송을 진행하는 소리가 들린다. 그녀와 제롬은 진열된 사기 조각상을 건드리지 않도록 일렬로 이동한다.

"이런 걸 얼마나 가지고 계세요?" 제롬이 중얼중얼 묻는다.

홀리는 고개를 젓는다. "나도 몰라. 원래부터 좋아하셨지만 아버지가 돌아가신 뒤로 걷잡을 수 없는 수준이 됐어." 그러고는 언성을 높여 억지로 명랑하게 외친다. "안녕하세요, 헨리 삼촌! 점심 드실 준비됐어요?"

헨리 삼촌은 누가 봐도 교회를 빼먹은 차림새다. 아침으로 먹은 달걀 자국이 남은 퍼듀 대학교 스웨트셔츠에 고무줄 달린 청바지를 입고 레이지보이 리클라이너에 구부정하게 앉아 있다. 바지 허리가 많이 내려와서 파란색의 조그만 페넌트 무늬가 있는 사각 팬티가 보인다. 그는 TV에서 손님들에게로 시선을 옮긴다. 잠깐 백지같은 표정을 짓다가 미소를 보인다. "제이니! 여긴 어쩐 일이야?"

그 말이 얼음송곳처럼 홀리에게 꽂히고, 손은 긁히고 양복 재킷 주머니는 찢어진 체트 온도스키가 그녀의 머릿속을 퍼뜩 스치고 지나간다. 그럴 수밖에 없다. 제이니는 그녀의 사촌으로 밝고 명랑하며 모든 면에서 그녀와 달랐다. 빌 호지스의 여자친구였고, 사귄지 얼마 안 됐을 때 브래디 하츠필드가 빌을 죽이려고 설치한 폭탄에 목숨을 잃었다.

"제이니 아니에요, 헨리 삼촌." 그녀는 대개 칵테일파티에서나 쓰이는 그 부자연스럽게 명랑한 말투를 유지한다. "홀리예요."

예전에는 휙휙 돌아갔던 계전기(繼電器)가 삐걱삐걱 제 할일을 하는 동안 다시 그 멍한 표정이 이어진다. 이윽고 그가 고개를 끄덕인다. "그렇지. 내가 눈이 나빠졌나 봐. 티브이를 너무 많이 봐서."

중요한 건 삼촌의 시력이 아니야. 홀리는 생각한다. 제이니가 죽은 게 몇 년 전인데. 중요한 건 그거지.

"이리 와라, 우리 조카. 어디 한번 안아보자."

그녀는 포옹을 하되 최대한 짧게 끝낸다. 그녀가 몸을 뒤로 빼는 동안 그는 제롬을 쳐다본다. "아니, 이……." 그녀는 순간 그가 이 흑인 아니면 심지어 이 검둥이라고 하는 게 아닌가 하는 공포를 느끼지만 괜한 걱정이다. "이 청년은 누구냐? 나는 네가 그 경찰을 만나는 줄 알았는데."

이번에는 그녀가 누구인지 굳이 바로잡지 않는다. "제롬이에요. 제롬 로빈슨. 전에 만나셨잖아요."

"그래? 내가 점점 정신이 없어지는 모양이로구나." 그는 농담조도 아니고 추임새를 넣듯 이렇게 얘기한다. 지금이 바로 그런 경우라는 걸 알지 못한 채 말이다.

제롬은 그와 악수한다. "건강은 좀 어떠세요?"

"늙은이치고는 괜찮은 편이라오." 헨리 삼촌이 대답하는데, 그가 뭐라고 덧붙일 겨를도 없이 샬럿이 부엌에서 점심 먹자고 외친다. 아니 사실상 악을 쓴다.

"주인님이 부르시네." 헨리가 서글서글하게 말하고 자리에서 일어나자 바지가 내려간다. 그는 그런 줄도 모르는 눈치다.

제롬이 홀리를 보며 부엌 쪽으로 고개를 살짝 움찔한다. 그녀는 의심스러워하는 눈빛으로 그를 쳐다보지만 그래도 부엌으로 간다.

"제가 도와드릴게요." 제롬은 말한다. 헨리 삼촌이 아무 대꾸 없이 두 손을 양옆으로 늘어뜨리고 TV만 보는 동안 제롬은 그의 바지를 추어올린다. "됐어요. 이제 점심 드시러 갈까요?"

헨리 삼촌은 제롬을 보더니 이제야 그의 존재를 알아차리기라도 한 것처럼 화들짝 놀란다. 어쩌면 정말 그런 걸지도 모른다. "자네에 대해서는 잘 모르겠구만." 그는 말한다.

"저에 대해서는 잘 모르시겠어요?" 제롬은 질문을 반복하며 헨리 삼촌의 어깨를 잡고 부엌 쪽으로 돌린다.

"그 경찰은 제이니가 만나기에 너무 늙었지만 자네는 너무 어려 보이는데." 그는 고개를 젓는다. "나는 정말 모르겠구만."

5

점심을 먹는 내내 샬럿은 헨리 삼촌을 야단치고 가끔 음식을 먹여준다. 그녀는 두 번 자리에서 일어났다가 눈을 훔치며 돌아온다. 홀리는 정신분석과 상담 치료를 통해 어머니도 거의 예전의 그녀만큼 세상살이를 무서워한다는 것과, 가장 기분 나쁜 성격적인 특징(트집을 잡지 않고는 못 배기는 것, 뭐든 자기 뜻대로 하지 않고는 못 배기는 것)이 그 두려움에서 비롯된다는 것을 이해하게 되었다. 그런데 이건 그녀가 어쩔 수 없는 상황이다.

게다가 삼촌을 사랑하잖아. 홀리는 생각한다. 그것도 어쩔 수 없는 거지. 삼촌은 어머니의 오빠고 그녀는 그를 사랑하는데 이제 떠나보내야 한다. 여러 가지 의미에서.

점심 식사가 끝나자 샬럿은 두 남자를 거실로 내쫓고 ("가서 미식 축구나 보세요들.") 홀리와 함께 몇 안 되는 그릇을 씻는다. 단둘이 남겨지자마자 샬럿은 홀리에게 헨리의 차를 차고에서 꺼낼 수 있게 친구를 시켜서 그녀의 차를 옮기라고 시킨다. "오빠 짐을 다 싸서 트렁크에 실어놨거든." 그녀는 삼류 스파이 영화에 출연한 배우처럼 입을 최대한 움직이지 않고 웅얼거린다.

"삼촌은 내가 제이니인 줄 알아요." 홀리는 말한다.

"당연히 그렇겠지, 예전부터 제이니를 제일 예뻐했으니까." 샬럿의 말에 홀리는 얼음송곳이 또다시 꽂히는 것을 느낀다.

6

샬럿 기브니는 딸과 함께 등장한 친구를 보고 마뜩잖아 했을지 몰라도 제롬에게 12월 1일부터 방 하나가 비워져 있었던 '롤링힐스 노인 요양 센터'까지 헨리의 큼지막한 구형 뷰익(주행거리가 20만 킬로미터다)의 운전을 맡기는 데에는 아무 거리낌이 없다. 샬럿은 오빠가 크리스마스를 집에서 보낼 수 있길 바랐지만 침대에 오줌을 싸기 시작한데다 설상가상으로 가끔 실내용 슬리퍼를 끌고서 동네를 돌아다녔다.

도착하고 보니 홀리의 눈에 굽이치는 언덕(롤링힐스가 굽이치는 언덕이라는 뜻이다 — 옮긴이)은 하나도 보이지 않고 길 건너편에 와와 편의점과 다 쓰러져가는 볼링장만 있을 뿐이다. 파란색 요양 센터 재킷을 입은 남자 하나와 여자 하나가 노익장을 과시하는 여섯에서 여덟 명의 노인을 한 줄로 세우고 볼링장에서 돌아가는 길인데, 그들이 안전하게 길을 건널 때까지 남자가 손을 들어서 차량을 막고 있다. 재소자(올바른 표현이 아니지만 그녀의 머릿속에 떠오른 단어는 이거다)들은 손을 잡고 있어서 조로한 어린이들의 소풍 행렬 같다.

"여기가 영화관인가?" 제롬이 뷰익을 몰고 요양 센터 앞 회차로로 들어서자 헨리 삼촌이 묻는다. "나는 영화 보러 가는 줄 알았는데."

그는 조수석에 앉아 있다. 집에서 출발할 때 그가 운전석에 앉으려는 것을 샬럿과 홀리가 살살 달랬다. 헨리 삼촌은 더 이상 운전을 하면 안 된다. 샬럿은 그가 점점 낮잠을 길게 자기 시작하던 6월에 그의 지갑에서 면허증을 슬쩍했다. 그런 다음 식탁에 앉아서 그걸 보며 울었다.

"여기서도 영화 틀어줄 거야." 샬럿은 말한다. 웃는 얼굴이지만 입술을 씹고 있다.

로비까지 그들을 마중 나온 브래덕 부인이 오랜 친구 대하듯 헨리 삼촌의 양손을 부여잡고 "여기로 모실 수 있어서" 기쁘다고 애기한다.

"여기가 어딘데요?" 헨리는 물으며 좌우를 두리번거린다. "나 조만간 출근해야 해요. 서류 작업이 엉망진창이라. 헬먼 그 인간은 아무짝에도 쓸모가 없어요."

"소지품 챙겨오셨죠?" 브래덕 부인은 샬럿에게 묻는다.

"네." 샬럿은 계속 웃는 얼굴로 입술을 씹으며 대답한다. 조만간 그녀는 울 것이다. 홀리는 사전 징조를 안다.

"제가 트렁크 들고 올게요." 제롬이 조용히 말하지만 헨리 삼촌은 소리를 듣는 데에는 아무 문제가 없다.

"트렁크라니? 트렁크라니?"

"저희가 아주 근사한 방을 준비해놓았어요, 팁스 씨." 브래덕 부인이 말한다. "햇볕도 잘 들고……."

"저들이 나를 팁스 씨라고 부른다(시드니 포이티어 주연의 영화 제목이다─옮긴이)!" 헨리 삼촌이 우레와 같은 목소리로 시드니 포이티어 흉내를 아주 그럴듯하게 내자 안내 데스크에 앉아 있던 젊은 여자와 지나가던 잡역부가 화들짝 놀라서 돌아본다. 헨리 삼촌은 껄껄대고 웃으며 조카를 돌아본다. "우리 둘이서 그 영화를 몇 번이나 봤니, 홀리? 여섯 번?"

이번에는 그가 그녀의 이름을 제대로 불렀고 그래서 그녀는 더 우울해진다. "더 봤죠." 홀리는 자기도 곧 울지 모르겠다는 생각을 한다. 그녀와 삼촌은 영화를 아주 여러 번 같이 봤다. 그가 제일 좋아한 조카는 제이니였을지 몰라도 영화 친구는 홀리였다. 그 둘은 팝콘을 사이에 두고 소파에 앉아 자주 영화를 보았다.

"그렇지." 헨리 삼촌은 말한다. "그렇고말고." 하지만 그는 다시 기억이 흐려진다. "여기 뭐냐? 여기 뭐 하는 데야?"

삼촌이 임종을 맞이하게 될 곳이요. 홀리는 생각한다. 여기 사람들이 삼촌을 병원으로 옮기지 않는 이상. 밖에서 제롬이 타탄체크 무늬 트렁크 2개를 꺼내는 것이 보인다. 그리고 양복 가방도 꺼낸다. 삼촌이 다시 양복을 입을 일이 있을까? 있겠지만…… 딱 한 번뿐일 것이다.

"방을 구경시켜 드릴게요." 브래덕 부인이 말했다. "마음에 드실 거예요, 헨리!"

그녀가 그의 팔을 잡지만 헨리는 거부하고 여동생을 쳐다본다. "이게 무슨 일이야, 찰리?"

울지 말아요. 홀리는 속으로 말한다. 참아요, 절대 안 돼요. 하지만 퍽 하고 봇물이, 그것도 둑이 무너진 듯 터진다.

"왜 울어, 찰리?" 그러고는. "나 여기 싫다!" "팁스 씨"를 외쳤을 때처럼 우렁찬 목소리가 아니라 칭얼거림에 가깝다. 총살당한다는 걸 알게 된 어린애 같다. 그는 눈물을 흘리는 샬럿에게서 그의 짐을 들고 들어오는 제롬에게로 시선을 돌린다. "어이! 어이! 그 짐보따리 들고 뭐 하는 거야? 그거 내 거야!"

"아." 제롬은 뭐라고 말을 이으면 좋을지 모르겠는 눈치다.

볼링장에 다녀온 노인들이 한 줄로 들어선다. 오늘 거터로 들어간 볼링공이 많았을 것이라고 홀리는 장담할 수 있다. 손을 들어 차량을 막던 직원이 어디에선가 난데없이 등장한 간호사 옆으로 이동한다. 간호사는 엉덩이가 크고 팔뚝이 굵다.

그 둘이 헨리에게로 다가가 가만히 팔을 잡는다. "이쪽으로 가시죠." 볼링장에서 돌아온 직원이 말한다. "새집을 한번 보세요, 회원님. 보시고 의견을 말씀해주세요."

"무슨 의견을?" 헨리는 질문을 던지면서도 걸음을 옮긴다.

"그리고 있잖아요." 간호사가 말한다. "휴게실에서 미식축구 경기가 중계되고 있는데 거기 티브이가 얼마나 큰지 몰라요. 꼭 오십 야드 선에 서 있는 느낌일 거예요. 방 얼른 둘러보고 나면 중계를 볼 수 있어요."

"쿠키도 많아요." 브래덕 부인이 말한다. "새로 구운 쿠키고요."

"클리블랜드 브라운스 경기인가?" 헨리는 묻는다. 그들은 쌍여닫이문을 향해 다가간다. 그는 조만간 그 문 뒤로 사라질 것이다. 거기서 점점 어두침침해져가는 여생을 살기 시작할 것이다.

간호사는 웃음을 터뜨린다. "아뇨, 아뇨, 브라운스는 탈락했어요. 볼티모어 레이븐스 경기예요. 쪼는 맛을 보여주마!"

"다행이로군." 헨리는 신경 계전기가 녹슬기 전이었다면 절대 하지 않았을 말을 덧붙인다. "그 브라운스는 갈보들 천지란 말이지."

그러고는 사라진다.

브래덕 부인은 원피스 주머니에서 휴지를 꺼내 샬럿에게 건넨다. "입소하는 날에는 원래 다들 심란해하세요. 잘 적응하실 거예요. 혹시 괜찮으시면 추가로 작성해야 하는 서류가 있는데요, 기브니 부인."

샬럿은 고개를 끄덕인다. 축축하게 뭉뚱그려진 휴지 위로 충혈된 눈이 보이는데, 그 눈에서 눈물이 쏟아지고 있다. 이 사람이 남들 보는 앞에서 운다고 나를 나무랐단 말이지. 홀리는 놀라워한다. 관심을 끌려고 그러지 좀 말라고 했던 사람이란 말이지. 이번이 되 갚아줄 기회지만 사양하고 싶네.

어디에선가 등장한 또 다른 잡역부가(이제 보니 숲속이 그들로 가득하네. 홀리는 생각한다.) 여기가 홀리데이 인이나 모텔 식스라도 되는 듯 헨리 삼촌의 빛바랜 타탄체크 무늬 트렁크와 브룩스 브러더스 양복 가방을 카트에 싣는다. 홀리가 이걸 보며 눈물을 삼키고 있을 때 제롬이 가만히 그녀의 팔을 잡고 밖으로 데리고 나간다.

그들은 추위를 참으며 벤치에 앉는다. "담배 피우고 싶다." 홀리는 말한다. "이런 기분 오랜만이네."

"피우는 척해요." 그는 허연 입김을 내뿜는다.

그녀는 숨을 들이마시고 뭉게구름을 토한다. 담배를 피우는 척한다.

7

샬럿이 집에 방이 많다고 하지만 그들은 자고 오지 않는다. 홀리는 어머니가 이 첫날밤을 혼자 지낼 생각을 하니 마음이 안 좋지만 더는 있을 수가 없다. 여기가 홀리의 어린 시절을 함께한 집은 아니지만 여기 사는 여자는 어린 시절을 함께한 그 여자가 맞다. 홀리는 샬럿 기브니의 그늘 아래에서 핏기 없는 얼굴로 줄담배를 피워가며 (형편없는) 시를 쓰던 그때와 많이 달라졌지만, 어머니는 그녀를 아직도 어깨를 늘어뜨리고 바닥만 보고 다니던 문제아로 취급하기 때문에 그 옆에 있으면 달라졌다는 걸 기억하기가 쉽지 않다.

이번에는 홀리가 먼저 운전하고 제롬이 나중에 한다. 해가 지고 한참이 지난 다음에서야 도시의 불빛이 보이기 시작한다. 홀리는 자다 깨다 하며, 헨리 삼촌이 그녀를 빌 호지스의 차를 타고 가다 폭발당한 제이니로 착각했던 것에 대해 드문드문 생각한다. 그러자 매크리디 중학교에서 벌어진 폭탄 테러와 주머니는 찢어지고 손에 벽돌 가루를 묻히고 있었던 특파원이 생각난다. 그날 밤에는 그가 어딘지 모르게 달라졌다고 생각했던 기억이 떠오른다.

당연하지. 그녀는 다시 꾸벅꾸벅 졸기 시작하며 생각한다. 온도스키는 그날 오후 처음으로 사건을 소개한 뉴스 단신에 나오고 나서 밤에 특별보도를 하기 전까지 생존자 수색을 거들었으니 이야기를 전하는 사람에서 그 이야기의 일부분이 되어버렸잖아. 그러면 누구라도…….

그녀가 갑자기 눈을 번쩍 뜨고 벌떡 일어나 앉는 바람에 제롬은 화들짝 놀란다. "왜 그래요? 괜찮으……."

"사마귀!"

그는 그녀가 무슨 소리를 하는 건지 알지 못하지만 그래도 홀리는 상관없다. 아무 의미 없는 것일 수도 있지만 빌 호지스라면 그녀의 눈썰미에 박수를 보냈을 것이다. 그녀의 기억력에도. 그것은 헨리 삼촌이 점점 잃어가고 있는 것이기도 하다.

"체트 온도스키." 그녀는 말한다. "폭탄이 터진 현장에 맨 처음 출동한 특파원. 오후에는 입가에 사마귀가 있었는데 그날 밤 열 시에 특별보도를 하러 나왔을 때는 없었어."

"맥스 팩터(화장품 브랜드 — 옮긴이)가 참 대단하긴 해요, 그렇죠?" 제롬이 고속도로에서 빠져나오며 묻는다.

물론 그의 말이 맞는다. 속보가 떴을 때 그녀도 그 생각을 했었다. 넥타이는 삐딱하고 메이크업으로 사마귀를 가리지도 못했다고. 나중에 지원팀이 도착해 그걸 처리해주었을 것이다. 하지만 그래도 조금 이상하다. 메이크업 담당이 있었다면 긁힌 상처는 그대로 두었겠지만(TV에 비치면 특파원이 영웅처럼 보일 테니) 사마귀를 가리는 과정에서 온도스키의 입가에 묻은 벽돌 가루는 깨끗하게 닦아내지 않았을까?

"홀리?" 제롬이 묻는다. "머리가 또 너무 열심히 돌아가요?"

"응. 스트레스가 너무 많고 제대로 쉬질 못해서."

"그쯤 해요."

"그래." 그녀는 말한다. 좋은 충고다. 그녀는 그의 충고를 따르기로 한다.

2020년 12월 14일

1

홀리는 또다시 잠을 설칠 줄 알았지만 휴대전화 알람(엔야의 「오리노코 플로」다)이 조용히 그녀를 깨울 때까지 단잠을 잔다. 충분한 휴식을 취하고 다시 예전의 컨디션을 되찾은 느낌이다. 무릎을 꿇고 아침 명상을 조금 한 다음 오트밀, 요거트, 큼지막한 머그에 담은 콘스턴트 코멘트 차와 함께 조그만 식탁에 자리를 잡고 앉는다.

간단한 식사를 즐기며 아이패드로 지역 일간지를 읽는다. 매크리디 중학교 폭파 사건이 1면(늘 그렇듯 대통령의 바보 같은 헛소리로 도배가 되었다)에서 국내 뉴스 코너로 넘어갔다. 새로운 소식이 없기 때문이다. 부상자들이 추가로 퇴원했다. 두 명의 학생(그중 한 명은 재능 있는 농구선수다)은 여전히 중태다. 경찰에서는 단서를 추적 중이라고 한다. 과연 그럴지 의심스럽다. 체트 온도스키 소식은 보이지 않는데, 엔야가 고음으로 그녀를 깨웠을 때 맨 처음 생각난 사람이 그였다. 그녀의 어머니도 외삼촌도 아니었다. 온도스키가 나오는 꿈을 꾸고 있었나? 그렇다 한들 기억이 나지 않는다.

그녀는 신문에서 빠져나와 사파리를 띄우고 온도스키의 이름을 입력한다. 그녀가 맨 처음에 입수한 정보는 그의 진짜 이름이 체스터가 아니라 찰스이고 피츠버그의 NBC 계열사에서 근무한 지 2년이 되었다는 것이다. 그가 기재한 담당 분야는 두운이 딱 맞는다. 범죄, 지역사회, 소비자 사기 피해다(모두 c로 시작되기 때문에 두운이 맞는다고 한 것이다 — 옮긴이).

영상이 많다. 홀리는 "WPEN의 체트와 프레드 귀환 환영식"이라는 제목이 달린 가장 최근 영상을 클릭한다. 온도스키가 (새 양복을 입고) 보도국으로 들어서고, 격자무늬 셔츠와 양쪽에 큼지막한 주머니가 달린 치노 바지를 입은 젊은 남자가 뒤따라 들어온다. 방송국 직원들, 송출 관계자와 스튜디오 관계자 양쪽 모두 박수갈채로 그들을 맞이한다. 전부 합해서 40에서 50명 정도 되어 보인다. 젊은 남자 프레드는 씩 웃는다. 온도스키는 놀라워하다가 적당히 좋아한다. 심지어 박수로 화답하는 여유를 보인다. 뉴스 앵커인지 정장을 입은 여자가 앞으로 나선다. "체트, 당신은 우리의 영웅이에요." 그녀는 그의 뺨에 입을 맞춘다. "프레디, 당신도요." 하지만 젊은 남자에게는 입을 맞춰주지 않고 어깨만 잠깐 토닥인다.

"페기, 당신도 언제든 구조해줄게요." 온도스키의 말에 여기저기서 웃고 또다시 박수를 친다. 거기서 영상이 끝난다.

홀리는 무작위로 영상을 몇 개 더 본다. 어느 영상에서는 체트가 불이 난 아파트 앞에 서 있다. 또 다른 영상에서는 연쇄 충돌 사고가 벌어진 다리 위에 서 있다. 세 번째 영상에서는 YMCA 신축 기공식을 보도하는데, 세리모니용 은색 삽을 들고 있고 빌리지 피플이 부르는 「Y.M.C.A.」가 배경음악으로 흐른다. 추수감사절 직전에 촬영한 네 번째 영상에서는 스위클리에 있는 이른바 통증 클리닉 문을 계속 두드리는데 그렇게 *아프도록* 두드려도 "질문 안 받아요, 가요!" 하는 소리 말고는 아무 소득도 얻지 못한다.

바쁜 남자네, 바쁜 남자야. 홀리는 생각한다. 그런데 어느 영상에서도 찰스 '체트' 온도스키에게 사마귀가 없다. 항상 메이크업으로 가렸기 때문이겠지. 그녀는 개수대에서 몇 개 안 되는 그릇을 씻으며 속으로 중얼거린다. 급하게 방송 준비를 하느라 그때 한 번만 보였던 거야. 그리고 사마귀에 왜 그렇게 집착해? 짜증 나는 팝송이 머릿속에서 떠날 줄 모르는 현상이랑 똑같네.

일찍 일어났기 때문에 출근 전에 「굿 플레이스」를 한 편 볼 여유가 있다. 그녀는 텔레비전 방으로 가서 리모컨을 집었다가 그걸 든 채로 빈 화면을 바라본다. 잠시 후에 그녀는 리모컨을 내려놓고 다시 부엌으로 들어간다. 아이패드를 켜고 체트 온도스키가 스위클리 통증 클리닉에 대해 어쩌고저쩌고 보도한 영상을 찾는다.

안에서 남자가 체트에게 꺼지라고 한 뒤에도 영상이 끊기지 않고, (WPEN 로고가 잘 보이도록) 마이크를 입에 대고 험상궂게 미소 짓는 온도스키를 카메라가 미디엄 클로즈업으로 잡는다. "들으셨다시피 자칭 통증 전문가라는 스테판 멀러는 질문에 답변을 거부하며 취재진을 내쫓고 있습니다. 저희는 일단 물러났지만 답변을 들을 때까지 계속 찾아가 질문할 생각입니다. 스위클리에서 체트 온도스키였습니다. 마이크 받아주세요, 데이비드."

홀리는 그 영상을 다시 본다. 이번에는 온도스키가 *계속 찾아가*

라고 하는 부분에서 멈춘다. 이 시점에 마이크가 살짝 내려가서 그의 입이 제대로 보인다. 그녀는 손가락을 벌려서 그의 입이 화면을 가득 채울 때까지 이미지를 확대한다. 사마귀는 없다고 장담할 수 있다. 파운데이션과 파우더로 덮었어도 흔적이 남을 텐데 없다.

「굿 플레이스」를 보려던 생각이 그녀의 머릿속에서 지워진다.

온도스키가 맨 처음 폭파 현장에서 보도했던 영상은 WPEN이 아니라 NBC 뉴스 사이트에 있다. 그녀는 그 사이트로 들어가 다시 한 번 손가락을 벌려 체트 온도스키의 입이 화면을 가득 채울 때까지 이미지를 확대한다. 그런데 이제 보니 사마귀가 아니다. 먼지인가? 그녀가 보기에는 아니다. 그녀가 보기에는 털이다. 어쩌면 수염을 깎다가 놓친 부분.

아니면 다른 뭔가일 수도 있다.

가짜 수염의 흔적일 수도 있다.

이제 사무실로 일찍 나가서 자동응답기를 체크하고 피트가 출근하기 전에 평화롭게 서류 작업을 하려던 생각도 그녀의 머릿속에서 지워진다. 그녀는 일어나 쿵쾅거리는 심장을 달래며 부엌을 두 바퀴 돈다. 그녀의 짐작이 맞을 리 없다. 너무 바보 같은 상상이다. 하지만 맞으면 어쩔 것인가?

그녀는 *매크리디 중학교 폭파 사건*을 검색해 배달기사를 가장한 폭파범의 사진을 찾는다. 손가락으로 사진을 확대하되 남자의 콧수염에 집중한다. 그녀는 연쇄방화범이 알고 보니 관할 소방서 아니면 자원봉사팀 소속 소방관이었다는, 예전에 가끔 읽은 적 있는 기사를 떠올리고 있다. 심지어 조지프 웜보의 『파이어 러버』라고,

실제 사건을 토대로 쓴 범죄물도 있다. 그녀는 고등학교 때 그 책을 읽었다. 일종의 빌어먹을 뮌하우젠 증후군(주변의 관심을 받기 위해 꾀병 등 거짓말을 일삼는 일종의 정신질환 — 옮긴이) 비슷하다.

너무 무시무시하다. 그럴 리 없다.

하지만 홀리는 체트 온도스키가 무슨 수로 폭파 현장에 그렇게 빨리 일착으로 출동할 수 있었는지 처음으로 궁금해진다. 다른 기자들보다 얼마나 빨리 도착했는지는 모르겠지만…… 아무튼 1등이었다. 그녀가 안다.

하지만 잠깐, 그녀가 아는 게 맞나? 그 첫 번째 보도 때 다른 현장 리포터를 보지 못했지만 자신할 수 있을까?

그녀는 핸드백을 뒤져 휴대전화를 꺼낸다. 그녀는 랠프 앤더슨과 함께 사건을 해결한 이후로(메리스빌 홀에서 총격으로 끝난 사건이었다) 대개 아침 일찍, 자주 통화한다. 그가 전화할 때도 있고 그녀가 연락할 때도 있다. 그의 연락처 위에서 손가락이 맴돌지만 번호를 누르지는 않는다. 랠프는 아내와 아들을 데리고 예정에 없던 휴가를 떠났고(하지만 휴가를 떠날 자격은 충분하다) 벌써 일어났을지 몰라도 오전 7시인 지금은 가족과 보내야 하는 시간이다. 보너스로 주어진 시간이다. 그런데 이렇게 사소한 문제로 그를 신경 쓰이게 해야 할까?

그녀가 컴퓨터로 직접 해결할 수 있을지 모른다. 흥분을 가라앉힐 수 있을지 모른다. 최고의 스승에게서 배우지 않았던가.

홀리는 컴퓨터를 켜고 배달기사로 위장한 폭파범의 사진을 찾아서 인쇄한다. 그런 다음 체트 온도스키의 얼굴 사진을 몇 개 골라서(보도 기자다 보니 사진이 많다) 그것도 인쇄한다. 그걸 모두 들고 부엌으로 간다. 아침 햇빛이 가장 쨍하게 비치는 곳이다. 폭파범의 사진을 한가운데 놓고 온도스키의 사진을 빙 둘러서 정사각형으로 배치한다. 꼬박 1분 동안 사진들을 유심히 들여다본다. 그런 다음 눈을 감고 30까지 센 다음 다시 들여다본다. 실망과 좌절이 섞였지만 그보다는 안도의 지분이 가장 큰 한숨을 토한다.

그녀는 전직 경찰이었던 파트너 빌이 췌장암으로 눈을 감기 한 달인가 두 달 전에 함께 나누었던 대화를 떠올린다. 탐정소설을 읽느냐는 그녀의 질문에 빌은 마이클 코넬리의 「해리 보슈 시리즈」와 에드 맥베인의 「87분서 시리즈」만 읽는다고 했다. 그 두 시리즈는 실질적인 경찰 업무에 기반을 두고 있다고 했다. 그 나머지는 대부분 "애거서 크리스티 류의 헛소리"라고 했다.

그가 「87분서 시리즈」를 두고 했던 말 중에 그녀의 기억에 남은 것이 있다. "맥베인이 말하길 인간의 얼굴은 돼지상과 여우상, 두 종류뿐이라고 해요. 가끔 말상도 있긴 하지만 그건 드물고. 대부분 맞아요, 돼지상 아니면 여우상이에요."

이제 보니 식탁에 늘어놓은 얼굴 사진을 비교할 때 이것이 유용한 척도가 된다. 두 남자 모두 외모가 준수하지만(그녀의 어머니라면 거울이 깨질 정도로 못생기지는 않은 얼굴이라고 했을 것이다) 분위기가 다르다. 배달기사로 위장한 폭파범(홀리는 편의상 그를 조지라고 부르기로 한다)은 여우상이다. 얼굴이 좁은 편이고 입술이 얇고 턱이 작고 단단하다. 관자놀이의 검은 머리가 섰고 짧은 머리를 납작하게 빗어 넘겨서 좁은 얼굴이 더 강조된다. 반면에 온도스키는 돼지상이다. 투실투실해서 그런 게 아니라 얼굴이 좁다기보다 둥근 편이다. 머리는 옅은 갈색이다. 코는 좀더 동그랗고 입술은 좀더 도톰하다. 눈은 동그랗고 만약 눈이 나쁘더라도 안경이 아니라 콘택트렌즈를 꼈다. 조지의 눈은 (안경 너머로 본 바로는) 꼬리가 처진 것 같아 보인다. 피부색도 다르다. 온도스키는 전형적인 백인이고 조상이 폴란드나 헝가리나 그런 나라 출신일 것이다. 폭파범 조지는 살짝 올리브색이 섞였다. 게다가 온도스키는 커크 더글러스처럼 턱이 갈라졌다. 조지는 아니다.

심지어 키도 다를지 몰라. 물론 장담할 방법은 없다.

그럼에도 그녀는 부엌 조리대 머그에서 매직을 꺼내 한 사진 속 온도스키의 얼굴에 콧수염을 그린다. 이 사진을 조지의 보안카메라 캡쳐샷과 나란히 둔다. 달라지는 건 없다. 그 둘은 같은 사람일 수 없다.

그래도…… 이왕 시작했으니…….

그녀는 다시 작업실 컴퓨터 앞으로 돌아가 (아직 잠옷 바람으로) 다른 공중파 방송국들, ABC, 폭스, CBS의 제휴사가 송출한 초기 보도 영상을 검색한다. 두 편의 영상에서 뒤편으로 WPEN 뉴스 중계차가 보인다. 세 번째 영상에서는 온도스키를 담당한 카메라맨이 장소를 이동하려고 전선을 감는 광경이 찍혔다. 고개를 숙이고 있지만 옆 주머니가 달린 헐렁한 치노 팬츠 덕분에 바로 알아볼 수 있다. 귀환 환영식 영상에도 나온 프레드다. 그 영상에 온도스키는 없는 걸 보면 이미 구조 작업을 도우러 간 모양이다.

그녀는 다시 구글에 접속해 사건 현장에 있었을지 모르는 다른 독립 방송사를 찾는다. 검색엔진에 *WPIT 속보 매크리디 중학교*를 입력하자 이제 막 고등학교를 졸업했을까 싶을 정도로 어려 보이는 아가씨의 영상이 뜬다. 그녀는 크리스마스 전구가 반짝거리는 거대한 청동 솔방울 옆에서 중계를 하고 있다. 그녀가 속한 방송국의 뉴스 중계차가 회차로의 스바루 밴 뒤에 주차되어 있다.

그 젊은 리포터는 충격을 받은 표정으로 말을 더듬으며 어찌나 어설프게 중계를 하는지 대규모 방송국에 채용될 가능성이 (심지어 주목을 받을 가능성조차) 없어 보인다. 상관없다. 그 방송사의 카메라맨이 학교 건물의 무너져 내린 쪽을 줌으로 당겨 잔해를 파헤치고 들것을 나르는 응급구조사, 경찰, 일반 시민에 초점을 맞추자 체트 온도스키가 시선을 훔친다(빌이 잘 쓰던 표현이다). 그는 개처럼 허리를 숙이고 바닥을 파서 벌린 다리 사이로 벽돌과 부러진 널빤지를 던지고 있다. 그러니까 손의 상처가 정직하게 생긴 것이었다.

"저 사람이 제일 먼저 도착했네." 홀리는 말한다. "정말 맨 처음 도착한 사람보다 먼저는 아닐지 몰라도 다른 티브이 기자들보다는……."

그녀의 휴대전화가 울린다. 방에서 들고 나오지 않은 터라 컴퓨터로 받는다. 제롬이 놀러 왔을 때 추가해준 기능이다.

"가는 중이죠?" 피트가 묻는다.

"어디를요?" 홀리는 진심으로 당황한다. 꿈을 꾸다가 휙 현실로 끌려온 느낌이다.

"투미 포드요." 그는 말한다. "진짜 깜빡했어요? 당신답지 않은데요, 홀리."

그녀답지 않지만 깜빡했다. 포드 자동차 대리점을 하는 톰 투미가 영업사원 중 한 명(딕 엘리스라는 최우수 사원이다)이 아마도 몰래 만나는 아가씨한테 쓸 데이트 비용을 마련하고 아마도 마약을 사느라 매출을 적게 신고하는 것 같다고 의심하고 있다("계속 코를 킁킁거리거든요." 투미는 말했다. "그 친구 말로는 에어컨 때문이라는데 십이월이에요? 지금 장난해요?"). 오늘 엘리가 쉬는 날이라 홀리가 계산기를 좀 두드리고 장부를 이리저리 대조해 수상한 구석이 있는지 알아보기에 조건이 완벽하다.

그녀는 피트에게 핑계를 댈 수도 있었지만 그러면 거짓말이 될 테고 그녀는 거짓말을 하지 않는다. 꼭 필요한 경우가 아닌 이상 그렇다. "깜빡했어요. 미안해요."

"내가 갈까요?"

"아니에요." 계산기를 두드린 결과 투미의 의심이 맞는 것으로 밝혀지면 피트가 나중에 출동해 엘리스를 상대할 것이다. 그는 전직 경찰답게 그런 걸 잘한다. 홀리는 별로 그렇지가 못하다. "투미 씨한테 점심시간에 만나자고, 어딜 가든 우리 쪽에서 점심값을 계산하겠다고 전해줘요."

"알았어요. 하지만 비싼 데 가자고 할 텐데." 잠깐 정적이 흐른다. "홀리, 지금 뭐 사건 추적하고 있어요?"

그런가? 그렇게 금세 랠프 앤더슨을 떠올린 이유가 뭐였을까? 스스로에게도 인정하지 않는 뭔가가 있는 걸까?

"홀리? 내 말 들려요?"

"네." 그녀는 말한다. "들려요. 그냥 늦잠 잤어요."

결국 거짓말을 하고 만다.

2

　홀리는 얼른 샤워를 하고 눈에 전혀 띄지 않을 만한 정장을 입는다. 그러는 동안에도 체트 온도스키가 머릿속에서 떠날 줄 모른다. 그녀를 계속 괴롭히는 결정적인 질문의 해답을 찾을 방법이 있을지 모른다는 생각이 들자 다시 컴퓨터 앞에 앉아서 페이스북에 접속한다. 체트 온도스키는 페이스북도 인스타그램도 하지 않는 눈치다. TV 기자치고 특이하다. 그들은 대개 소셜 미디어를 사랑하건만.

　홀리가 트위터를 검색해보니 빙고, 거기 있다. Chet Ondowsky @condowsky1이다.

　학교가 폭파된 시각은 2시 19분이었다. 온도스키가 현장에서 맨 처음 트윗을 올린 게 한 시간 뒤였고 홀리는 뜻밖이라는 생각을 하지 않는다. condowsky1이 얼마나 정신없이 바쁘고 또 바빴겠는가. 트윗은 다음과 같다. *매크리디 중학교. 끔찍한 비극. 현재까지 사망자 15명, 훨씬 늘어날 가능성이 크다. 기도하라, 피츠버그여, 기도하라.* 심금을 울리지만 홀리의 심금은 울리지 않는다. 어제 너무 청산유수라 그런지 아니면 온도스키의 사후 트윗에는 관심이 없어서 그런지 몰라도 이런 식의 "생각과 기도"라면 지긋지긋하다. 그녀가 찾는 건 그게 아니다.

　그녀는 시간 여행자로 변신해 온도스키의 피드를 폭파 사건 이전으로 거슬러 올라가다 오후 1시 46분에 전면에 주차장이 있는 복고풍 식당 사진을 올린 것을 발견한다. 창문에 네온사인으로 보기 좋은 것이 맛도 좋은 홈메이드 요리!라고 적혀 있다. 사진 아래에 온도스키의 트윗이 있다. 이든으로 출발하기 전에 클로슨스에 잠깐 들러서 커피와 파이를. 오늘 저녁 *6시에 방송되는 '세계 최대 규모의 펜실베이니아 창고 세일' 많은 시청 바랍니다!*

클로슨스 다이너를 검색해보니 펜실베이니아주 피에르 빌리지에 있다. 구글에서 좀더 검색해보니(구글이 없던 시절에는 어떻게 살았을까) 피에르 빌리지에서 매크리디 중학교가 있는 파인버로까지 25킬로미터도 되지 않는다. 그와 카메라맨이 일착으로 출동할 수 있었던 이유가 여기 있다. 그는 이든이라는 마을에서 열리는 세계 최대 규모의 창고 세일을 취재하러 가던 길이었다. 검색해보니 이든 타운십은 피에르 빌리지에서 북쪽으로 15킬로미터이고 파인버로와도 거리가 얼추 비슷하다. 그는 어쩌다 보니 알맞은 시각에 알맞은 곳, 또는 그 근처에 있었던 것이다.

게다가 지역 경찰(아니면 ATF 소속 수사관)이 온도스키와 카메라맨 프레드의 우연한 등장에 대해 이미 짚고 넘어갔을 것이다. 용의자라서 그렇다기보다 인명 피해가 워낙 컸으니 관계당국에서 모든 정황을 빠짐없이 체크했을 것이다.

이제 휴대전화가 핸드백에 들어 있다. 그녀는 전화기를 꺼내 톰 투미에게 연락해 지금 대리점으로 가서 숫자를 좀 확인해도 되겠느냐고 묻는다. 의심이 가는 영업사원의 컴퓨터를 들여다볼 수 있을까요?

"그럼요." 투미는 말한다. "하지만 디마지오스에 점심 예약해놨어요. 거기 페투치니 알프레도가 끝내주거든요. 그 약속 아직 유효한 거죠?"

"그럼요." 홀리는 말은 그렇게 했지만 나중에 첨부할 지출 결의를 생각하며 속으로 움찔한다. 디마지오스는 가격이 만만치 않다. 그녀는 집을 나서며 피트에게 한 거짓말에 속죄하는 셈 치자고 속으로 중얼거린다. 거짓말은 미끄러운 비탈길과 같고 하나를 하면 두 개를 더 하게 되어 있다.

3

톰 투미는 셔츠 칼라에 냅킨을 꽂고 페투치니 알프레도를 후루룩거리며 게걸스럽게 먹어 치우고서는 견과류를 넣은 판나코타(크림, 설탕, 우유를 젤라틴으로 굳혀 시원하게 먹는 이탈리아 디저트 — 옮긴이)로 입가심한다. 홀리는 전채를 먹고 디저트는 거른 채 디카페인 커피를 마신다(오전 8시 이후에는 카페인을 자제하고 있다).

"디저트를 드셔야죠." 투미가 말한다. "축하하는 자리인데. 당신 덕분에 거금을 아낄 수 있게 됐어요."

"다 같이 한 일이에요." 홀리는 말한다. "회사 차원에서. 피트가 엘리스한테 자백을 받아낼 테고 그러면 조금이라도 반환이 이루어지겠죠. 그걸로 이 일은 정리가 될 테고요."

"맞아요! 그러니까 들어요." 그가 꼬드긴다. 영업이 그의 기본자세인 모양이다. "달달한 거 하나 먹어요. 자축해야죠." 누가 보면 횡령하던 직원의 덜미를 잡은 사람이 그녀인 줄 알겠다.

홀리는 고개를 젓고 배가 부르다고 말한다. 사실 그녀는 오트밀을 먹은 지 몇 시간이 지났음에도 자리에 앉았을 때 배가 고프지 않았다. 자꾸만 체트 온도스키가 생각났다. 꼭 귓가에 맴도는 노래 같았다.

"체중 조절하는 모양이로군요, 네?"

"맞아요." 홀리는 이렇게 대답하는데, 거짓말도 아니다. 섭취하는 칼로리에 신경 쓰면 몸매는 알아서 관리가 된다. 관리해가며 보여줄 사람이 있는 건 아니지만. 체중 조절을 해야 할 사람은 투미 씨다. 그는 포크와 숟가락으로 자기 무덤을 파고 있다. 하지만 그녀는 그에게 그런 얘기를 할 입장이 못 된다.

"엘리스 씨를 고발하려면 변호사와 법회계사를 선임해야 해요." 그녀가 말한다. "제가 계산한 수치로는 법정에서 부족할 거예요."

"아, 그럼요." 투미는 남은 판나코타를 무너뜨리는 데 집중하다가 고개를 든다. "이해가 안 되네요, 홀리. 나는 당신이 이보다 더 좋아할 줄 알았어요. 악당을 잡았잖아요."

그 영업사원이 얼마나 고약한 악당인지 여부는 조금씩 돈을 꼬불친 이유가 뭐였는지에 따라 달라지겠지만 그건 홀리와 상관없는 일이다. 그녀는 투미에게 빌리가 예전에 모나리자 미소라고 불렀던 미소만 지어 보인다.

"딴 생각해요?" 투미가 묻는다. "다른 사건 생각?"

"그럴 리가요." 이 대답 역시 거짓말은 아니다. 매크리디 중학교 폭파 사건 역시 그녀와 상관없는 일이다. 제롬이라면 그 사건에서 그녀의 지분은 없다고 했을 것이다. 하지만 사마귀 아닌 사마귀가 그녀의 머릿속에서 떠날 줄 모른다. 체트 온도스키를 둘러싼 모든 것이 이상할 게 없다. 맨 처음 의구심을 품었던 그 부분만 제외한다면 말이다.

논리적으로 설명할 방법이 있겠지. 그녀는 웨이터에게 계산서를 달라고 손짓한다. 네가 보지 못하는 것일 뿐. 잊어버려.

그냥 잊어버려.

4

사무실로 돌아와 보니 아무도 없다. 피트가 그녀의 컴퓨터 위에 쪽지를 남겨놨다. *호숫가 어느 술집에서 래트너를 봤다는 제보가 들어와서 출동해요. 무슨 일 있으면 전화해요.* 허버트 래트너는 자취를 감춘 보석 석방자인데, 사고를 쳐서(한두 번이 아니다) 법원에 소환되더라도 출석하지 않은 지 한참 됐다. 홀리는 피트에게 속으로 행운을 빌고 디지털화 작업 중인(제롬도 기회가 있을 때마다 도와준다) 파일을 꺼낸다. 이걸 정리하면 온도스키 생각을 떨칠 수 있을 줄 알았더니 아니다. 그녀는 딱 15분 만에 포기하고 트위터에 접속한다.

호기심은 고양이를 죽이고 성취감은 죽은 고양이를 살린다잖아. 그녀는 생각한다. 이거 하나만 확인하고 다시 업무로 돌아가자.

그녀는 온도스키의 식당 트윗을 찾는다. 전에는 문구에 집중했다. 이번에는 사진을 연구한다. 은색의 레트로 식당. 창문에 달린 깜찍한 네온사인. 전면 주차장. 주차장은 반밖에 차지 않았고 WPEN 뉴스 중계차는 어디에도 보이지 않는다.

"뒤쪽에 주차했을 수도 있잖아." 어쩌면 맞는 말일지 모른다. 식당 뒤편에 주차 공간이 좀더 많다고 해도 그녀로서는 알 길이 없다. 그렇지만 문에서 몇 발짝 안 되는 앞쪽에 저렇게 자리가 많은데 뭐 하러 그러겠는가?

그녀는 그 트윗에서 빠져나오려다 멈추고 코가 화면에 거의 닿을 때까지 몸을 앞으로 숙인다. 눈이 휘둥그레진다. 십자말 퀴즈에서 그녀를 괴롭히던 단어가 마침내 생각났을 때 아니면 골치 아프던 직소 퍼즐 조각을 어디에 넣으면 되는지 알게 됐을 때 찾아오는 성취감을 느낀다.

그녀는 온도스키의 식당 사진에 하이라이트를 주고 한쪽 옆으로 이동시킨다. 그런 다음 젊은 리포터가 거대한 솔방울 옆에서 어설프게 중계하던 영상을 찾는다. 그 독립 방송국의 중계차(공중파 제휴사의 중계차보다 오래됐고 초라하다)가 회차로의 쑥색 스바루 세단 뒤에 주차되어 있다. 그러니까 그 스바루가 먼저 왔다는 뜻이다. 그렇지 않았다면 두 차의 위치가 바뀌었을 것이다. 홀리가 그 화면에서 영상을 멈추고 식당 사진을 최대한 가까이 끌고 와 보니 과연 식당 주차장에 쑥색 스바루 세단이 주차되어 있다. 굴러다니는 스바루가 워낙 많으니 단정할 수는 없지만 홀리는 안다. 같은 차. 온도스키의 차다. 그가 회차로에 차를 세워 놓고 현장으로 달려갔다.

그녀는 생각에 아주 깊이 빠져 있다가 전화벨이 울리자 조그맣게 비명을 지른다. 제롬이다. 개를 잃어버린 사람이 없느냐고 묻는다. 아니면 애를 잃어버린 사람이라도. 그는 이제 한 단계 승진할 때도 된 것 같다고 한다.

"없어." 그녀는 말한다. "하지만……."

그녀는 블로거 아니면 잡지 기자를 가장하고 프레드라는 WPEN 의 카메라맨에 대해 아무 정보라도 찾아낼 수 있겠느냐고 물으려다 멈춘다. 그녀도 믿음직한 컴퓨터가 있으니 직접 조사할 수 있다. 그뿐만이 아니다. 그녀는 제롬을 이 일에 끌어들이고 싶지 않다. 정확한 이유에 대해서 생각하고 싶지는 않지만 강한 예감이 느껴진다.

"하지만 뭐요?"

"아, 하지만 호숫가 술집을 뒤져보면……."

"저 술집 뒤지는 거 *좋아해요*." 제롬은 말한다. "정말 좋아해요."

"그렇겠지. 하지만 맥주를 마시라는 게 아니라 피트를 찾는 게 목적이야. 허버트 래트너라는 도망친 보석 석방자를 잡으러 갔는데 혹시 도움이 필요한지 알아봐. 래트너는 백인이고 나이는 쉰쯤 됐고……."

"목에 매인지 뭔지 모를 문신을 새겼죠." 제롬은 말한다. "알림판에 꽂혀 있는 사진 봤어요, 홀리베리."

"폭력적이지 않은 범법자이긴 하지만 그래도 조심해. 그가 보이더라도 피트 없이 혼자 접근하진 말고."

"알았어요, 알았어요." 제롬은 흥분한 목소리다. 처음으로 범죄자다운 범죄자를 만나게 된 것이다.

"조심해, 제롬." 그녀는 이 말을 반복하지 않을 수가 없다. 제롬에게 무슨 일이 생기면 그녀는 망가질 것이다. "그리고 제발 홀리베리라고 부르지 마. 더는 못 참겠다."

그는 알겠다고 약속하지만 진심일지 의심스럽다.

홀리는 다시 컴퓨터로 시선을 돌려 두 대의 쑥색 스바루를 번갈아 쳐다본다. 이건 아무 의미 없어. 그녀는 속으로 중얼거린다. 텍사스에서 벌어졌던 사건 때문에 지금 이런 생각을 하고 있는 거야. 빌은 그걸 파란색 포드 신드롬이라고 했지. 파란색 포드를 사면 갑자기 어딜 가든 파란색 포드만 눈에 들어온다고. 하지만 이건 파란색 포드가 아니라 초록색 스바루였다. 그리고 그녀는 지금 하는 생각을 멈출 수가 없다.

그날 오후 홀리는 「존 로」를 보지 않는다. 사무실을 나설 무렵 그녀는 더 많은 정보를 손에 쥐고 심란해진다.

5

퇴근한 홀리는 간단하게 저녁상을 차리지만 15분이 지나자 뭘 차렸는지 잊어버린다. 그녀는 어머니에게 전화해 헨리 삼촌을 만나고 왔느냐고 묻는다. 그럼, 샬럿은 답한다. 홀리는 삼촌이 어떻게 지내고 있느냐고 묻는다. 삼촌이 혼란스러워하지만 조금씩 적응하는 것 같다고 샬럿은 대답한다. 홀리로서는 정말인지 알 수가 없는 것이, 그녀의 어머니는 자기가 보고 싶은 대로 보일 때까지 세상을 바라보는 관점을 왜곡하는 데 일가견이 있다.

"너 만나고 싶어 하셔." 샬럿의 말에 홀리는 최대한 빨리, 어쩌면 이번 주말에 찾아가겠다고 한다. 하지만 그가 만나고 싶어 하는 조카는 제이니이기 때문에 그녀를 제이니라고 부를 것임을 안다. 제이니가 죽은 지도 6년이 지났지만 그는 제이니를 가장 사랑하고 앞으로도 죽을 때까지 그럴 것이다. 이건 자기 연민이 아니라 진실이다. 진실은 받아들여야 하는 법이다.

"진실은 받아들여야지." 그녀는 말한다. "싫든 좋든, 어쩔 수 없어."

그녀는 이걸 염두에 두고 수화기를 집어서 하마터면 랠프에게 전화를 걸 뻔하지만 이번에도 참는다. 둘이 같이 텍사스에서 파란색 포드를 샀더니 이제 어딜 가든 파란색 포드만 보인다는 이유로 그의 휴가를 망칠 필요는 없다.

그러다 생각해보니 그와 굳이 직접 통화할 필요가 없다. 그녀는 전화기와 진저에일 한 잔을 들고 TV방으로 들어간다. 이 방의 한쪽 벽에는 책이, 다른 쪽 벽에는 DVD가 알파벳 순서로 정리되어 있다. 그녀는 편안한 TV 시청용 의자에 앉지만 삼성 대형 TV를 켜는 게 아니라 휴대전화의 녹음 앱으로 들어간다. 그걸 잠깐 동안 쳐다보다가 빨간색의 큼지막한 버튼을 누른다.

"안녕, 랠프, 나예요. 십이월 십사일에 이걸 녹음 중이에요. 당신이 이걸 듣게 될지는 모르겠어요. 왜냐하면 내가 지금 의심하는 게 별일 아닌 걸로 밝혀지면, 아마도 그럴 텐데, 그럼 내가 그냥 지워버릴 거거든요. 하지만 소리 내서 얘기하면, 음, 생각을 정리할 수도 있을 것 같아서요."

그녀는 녹음을 잠깐 중단하고 어떤 식으로 시작하면 좋을지 고민한다.

"우리가 그 동굴에서 마침내 이방인을 맞닥뜨렸을 때 벌어진 일을 당신은 기억할 거예요. 그는 추적당하는 데 익숙하지가 않았잖아요, 그렇죠? 그는 나더러 어떻게 믿을 수 있었느냐고 물었어요. 내가 그걸 믿을 수 있었던 이유는 브래디, 브래디 하츠필드 때문이었는데 이방인은 브래디에 대해서 몰랐죠. 그는 다른 데서 자기 같은 사람을 본 적 있기 때문이냐고 물었어요. 그걸 물었을 때 그의 표정과 말투 기억해요? 나는 기억해요. 열띤 정도가 아니라 탐욕스러웠어요. 그는 자기가 유일한 존재라고 생각했어요. 나도 그렇게 생각했고 우리 둘 다 그랬을 거라고 봐요. 하지만 랠프, 어쩌면 한 명 더 있을지 모르겠다는 생각이 들어요. 똑같지는 않지만 비슷해요. 예를 들면 개와 늑대가 비슷하듯이. 내 친구 빌 호지스가 파란색 포드 신드롬이라고 불렀던 현상일지 모르지만 만약 내 짐작이 맞는다면 내가 가만있으면 안 돼요. 그렇지 않겠어요?"

애처롭고 길을 잃은 질문처럼 들린다. 그녀는 다시 녹음을 멈추고 마지막 부분을 삭제할까 고민하다가 그러지 않기로 한다. 그녀가 바로 지금 애처롭고 길을 잃은 심정인데다 랠프는 아마 이 파일을 들을 일이 없을 것이다.

그녀는 다시 녹음을 시작한다.

"우리 이방인은 변신하려면 시간이 필요했죠. 이 사람에서 저 사람으로 모습을 바꾸는 동안 몇 주 아니면 몇 달의 동면기가 있었죠. 수십 년, 어쩌면 수백 년 전부터 줄줄이 엮인 얼굴을 달고 있었고요. 하지만 이자는…… 내가 생각하는 게 맞는다면 훨씬 빨리 변신할 수가 있는데 나는 그걸 잘 못 믿겠어요. 생각해보면 아이러니한 일이죠. 같이 범인을 잡으러 출동하기 전날 밤에 내가 당신한테

했던 얘기 기억해요? 평생 동안 믿어왔던 현실 개념을 접어두어야 한다고 했던 거? 남들은 안 믿어도 상관없지만 당신은 믿어야 했어요. 내가 그랬죠, 당신이 믿지 않으면 우리는 죽을지 모른다고, 그러면 이방인은 계속 활개를 치고 다닐 거라고, 얼굴을 계속 바꿔서 남들에게 덤터기를 씌우고 아이들은 계속 죽어 나갈 거라고."

그녀는 고개를 젓고 심지어 살짝 웃음까지 터뜨린다.

"나 지금 안 믿는 사람들한테 예수님에게로 나아오라고 간구하는 부흥전도사 같죠? 그게 아니라 이제는 *내가* 믿지 않으려고 하는 쪽이에요. 빌이 등장해 용감해지는 법을 가르쳐주기 전에 그림자에도 펄쩍 뛰었던 그 피해망상증 환자 홀리 기브니로 돌아가려는 거냐고 나를 설득하면서."

홀리는 심호흡을 한다.

"내가 걱정하는 남자는 이름이 찰스 온도스키인데, 체트로 통해요. 티브이 기자고 담당 분야는 3C예요. 범죄, 지역사회, 소비자 사기 피해. 기공식이나 세계 최대 규모의 창고 세일 같은 지역사회 뉴스도 취재하고 소비자 사기 피해도 취재하지만(심지어 그의 방송국 저녁 뉴스에 '보초병 체트' 코너도 있어요) 주로 범죄와 참사를 취재해요. 비극. 죽음. 고통을. 당신이 이 얘기를 듣고도 플린트 시티에서 그 남자아이를, 오하이오에서 두 여자아이를 죽인 이방인을 떠올리지 못한다면 나는 깜짝 놀랄 거예요. 아니, 충격을 받을 거예요."

그녀는 녹음을 중단하고 진저에일을 크게 한 모금 마신 다음(목이 사막처럼 건조했다) 우렁차게 트림하고는 키득키득 웃는다. 조금 기분이 좋아지자 다시 녹음 버튼을 누르고 평소에 모든 사건(대금 미납

상품 회수가 됐건 잃어버린 개가 됐건 여기서 600달러, 저기서 800달러를 슬쩍한 영업사원이 됐건)을 수사할 때 하듯 보고서를 작성한다. 그러면 효과 만점이다. 심각하지는 않지만 그래도 벌게져서 신경이 쓰이기 시작한 상처를 소독하는 것과 같다.

2020년 12월 15일

다음 날 아침에 눈을 떴을 때 홀리는 다시 태어난 기분을 느낀다. 이제 일에 몰두하고, 체트 온도스키와 그에 대한 편집증적인 의심을 뒤로 할 수 있을 것 같다. 시가가 그냥 시가일 수도 있다고 말한 사람이 프로이트였던가 아니면 도로시 파커였던가? 누가 됐건 어떤 기자의 입가에 시커먼 얼룩이 있다면 그냥 털이거나 아니면 털처럼 *보이는* 먼지일 수도 있다. 랠프도 그녀의 녹음 파일을 들었다면 그렇게 얘기했을 것이다. 그가 그 파일을 들을 일은 거의 없지만 파일이 자기 역할을 제대로 했다. 머릿속이 비워졌다. 그런 점에서 앨리와 진행하는 상담 치료와 비슷했다. 만약 온도스키가 폭파범 조지로 변신했다가 다시 원래 모습으로 돌아왔다면 조지의 콧수염을 남길 이유가 없지 않은가? 말도 안 되는 발상이다.

쑥색 스바루도 그렇다. 그게 체트 온도스키의 차가 맞는다고 그녀는 장담할 수 있다. 그녀는 그와 카메라맨(이름이 프레드 핀컬이었다. 제롬을 동원할 필요 없이 금세 알아낼 수 있었다.)이 당연히 방송국 중계차를 타고 이동했을 거라고 생각했지만 그건 추론이라기보다 지레짐작이었고 지옥으로 가는 길에는 잘못된 지레짐작이 깔려 있다.

이제 차분하게 따지고 보니 온도스키가 혼자 출장길에 나선 것도 완벽하게 타당하고 완벽하게 무고한 선택이었다. 그는 대도시 TV 방송국의 유명한 기자다. 무려 '보초병 체트'의 그 체트다. 그렇다 보니 믿음직한 카메라맨 프레드가 이든으로 먼저 건너가 인서트 컷을 찍고(홀리는 영화 덕후이기 때문에 인서트 컷이라는 용어를 안다) 어쩌면 (뉴스 보도국 안에서 승진하겠다는 야망이 있는 경우) 온도스키가 6시 뉴스에서 세계 최대 규모의 창고 세일을 소개할 때 만날 사람들의 사전 인터뷰까지 진행하는 동안, 그는 일반인보다 조금 느지막이 일어나 방송국에 잠깐 들렀다가 좋아하는 식당에서 커피와 파이를 먹는 여유를 누릴 수 있을 것이다.

그런데 이때 온도스키가 어쩌면 경찰 무전을 통해 학교에서 폭탄이 터졌다는 속보를 접하고 현장으로 차를 돌린다. 프레드 핀컬도 중계차를 몰고 출동한다. 온도스키는 그 우스꽝스러운 솔방울 옆에 차를 대고 거기서 핀컬과 함께 일을 시작한다. 이로써 모두 완벽하게 설명이 되고 초자연적인 요소는 비집고 들어갈 틈이 없다. 수백 킬로미터 멀리에서 어떤 사설탐정이 파란색 포드 신드롬을 겪고 있을 뿐이다.

부알라.

홀리는 사무실에서 기분 좋은 하루를 보낸다. 제롬이 에드먼드 피츠제럴드 탭룸이라는 이름도 거창한(적어도 홀리 기준에서는 그렇다)

술집에서 그 지능범 래트너를 발견했고 피트 헌틀리가 그를 유치장으로 이송했다. 피트는 현재 투미 자동차 대리점에서 리처드 엘리스를 상대할 준비를 하고 있다.

제롬의 여동생 바버라 로빈슨이 지나가는 길에 들러「민간 수사: 사실 대 허구」라는 제목의 보고서를 쓰고 있기 때문에 오후 수업을 면제받았다고 (다소 잘난 척) 얘기한다. 홀리에게 몇 가지 질문을 하고(답변을 자기 휴대전화에 녹음한다) 파일 정리를 돕는다. 3시가 되자 그들은「존 로」를 보려고 자리를 잡는다.

"나는 이 사람 좋더라고요. 흥이 넘쳐서." 로 판사가 춤을 추며 판사석으로 가는 동안 바버라가 말한다.

"피트는 생각이 다를걸?" 홀리가 말한다.

"맞아요. 하지만 피트는 백인이잖아요." 바버라는 말한다.

홀리는 눈을 동그랗게 뜨고 바버라를 쳐다본다. "나도 백인인데?"

바버라는 키득거린다. "아, 백인이 있고 *진짜* 백인이 있거든요. 헌틀리 아저씨가 진짜 백인이에요."

그들은 같이 폭소를 터뜨리고 로 판사가 자기는 아무 짓도 한 게 없고 인종 프로파일링(피부색이나 인종 등을 기반으로 용의자를 추정하는 수사 또는 법집행 방식 — 옮긴이)의 희생양일 뿐이라고 주장하는 절도범을 상대하는 것을 본다. 홀리와 바버라는 텔레파시라도 통한 것처럼 *말이야 방구야*라고 말하는 눈빛으로 서로 쳐다본다. 그러고는 다시 폭소를 터뜨린다.

아주 기분 좋은 하루고 체트 온도스키 생각은 거의 나지 않는다.

하지만 그날 저녁 6시 그녀가 「애니멀 하우스」를 보려고 할 때 전화벨이 울린다. 칼 모턴 박사의 전화고 이로써 모든 게 달라진다. 통화가 끝나자 이번에는 홀리가 전화를 건다. 1시간 뒤에 그녀는 다시 전화를 받는다. 세 차례의 통화 내용을 모두 기록한다.

다음 날 아침 그녀는 메인주 포틀랜드로 출발한다.

2020년 12월 16일

1

홀리는 새벽 3시에 일어난다. 짐은 다 싸놓았고 델타 항공사 티켓도 출력해놓았고 공항에는 7시까지만 가면 되고 공항까지는 금방인데 잠이 오지 않는다. 2시간 30분이라고 핏빗에 기록된 게 없었다면 밤새 잠을 설친 줄 알았을 것이다. 얕은 잠이었고 그마저도 얼마 되지 않지만 그 정도면 감지덕지다.

그녀는 커피를 마시고 요거트를 한 잔 먹는다. 가방(당연히 기내에 반입이 되는 크기다)은 문 옆에 놓여 있다. 사무실에 전화해 오늘과 어쩌면 이번 주 내내 출근하지 못한다고 피트에게 메시지를 남긴다. 개인적인 일 때문이라고 하고 끊으려는 찰나 다른 게 생각난다.

"제롬 통해서 바버라한테 전해줘요. 민간 수사 보고서의 '허구' 부분은 「몰타의 매」, 「빅 슬립」, 「하퍼」를 참고하라고요. 이 세 작품 모두 나한테 디브이디가 있어요. 내가 아파트 스페어 키를 어디 두는지 제롬은 알아요."

메시지를 남긴 뒤에는 휴대전화의 녹음 앱으로 들어가 랠프 앤더슨을 위해 남기는 보고서에 내용을 추가한다. 결국에는 이걸 그에게 전송해야 할지 모른다는 생각이 들기 시작한다.

2

홀리는 오래전부터 앨리 윈터스를 정기적으로 만나 상담 치료를 받았지만 오클라호마와 텍사스에서 음울한 사건을 겪고 난 뒤에 검색을 거쳐 칼 모턴을 찾아냈다. 모턴 박사는 올리버 색스와 비슷하게 사례집을 두 권 집필했지만 너무 임상적이라 베스트셀러가 되지는 못했다. 그래도 그녀가 보기에는 적임자였고 비교적 가까운 곳에 살았기에 그를 찾아갔다.

그녀는 모턴과 50분씩 두 번 만나 이방인과의 조우를 있는 그대로 낱낱이 되새김질했다. 모턴 박사가 믿거나 말거나 상관없었다. 중요한 건 그 기억이 악성 종양처럼 그녀의 안에서 자라나기 전에 끄집어내는 것이었다. 앨리를 찾지 않은 이유는 그녀의 다른 문제를 두고 둘이서 하는 작업에 독이 될 수 있기 때문이었는데, 그거야말로 가장 피하고 싶은 사태였다.

칼 모턴과 같은 속세인을 찾아가 고해성사를 한 데에는 다른 이유가 하나 더 있었다. 다른 데서 나 같은 존재를 본 적 있었나? 이방인은 그렇게 물었다. 홀리는 본 적 없었다. 랠프도 본 적 없었다. 하지만 대서양 양안의 남아메리카 출신들 사이에서는 엘 쿠코라 불리는 그런 존재에 얽힌 전설이 수백 년 전부터 이어져 내려오고 있었다. 따라서…… 또 있을 수 있었다.

또 있을 수 있었다.

3

두 번째이자 마지막 상담이 거의 끝나갈 무렵에 홀리가 말했다. "*선생님*은 어떻게 생각할 것 같은지 제가 얘기해도 될까요? 아주 건방진 짓이라는 건 알지만 그래도 얘기해도 될까요?"

모턴은 자기 딴에는 격려의 뜻을 담아서 미소를 지었지만 홀리가 보기에는 어디 해보라는 식이었다. 그는 스스로는 그렇게 생각하지 않겠지만 표정을 읽기가 그리 어렵지 않은 상대였다. "해봐요, 홀리. 지금은 당신의 시간인걸요."

"고맙습니다." 그녀는 손깍지를 꼈다. "선생님은 제가 한 얘기 중에서 적어도 일부는 사실이라는 걸 아세요. 오클라호마주에서 피터슨이라는 남자아이가 성폭행 후 살해당한 것부터 텍사스주 메리스빌 홀에서 벌어진 여러 사건에 이르기까지 적어도 일부분은 언론에 상세하게 보도가 됐으니까요. 예를 들면 오클라호마주 플린트 시티에서 잭 호스킨스 형사가 사망한 사건이라든지. 제 말이 맞죠?"

모턴은 고개를 끄덕였다.

"그리고 그 나머지 일, 외모를 바꿀 수 있는 이방인과 그 동굴에서 그에게 벌어진 일은 스트레스로 인한 망상이라고 생각하세요.

그것도 맞죠?"

"홀리, 나는 그걸 망상으로 규정하지는……."

아, 왜 이러세요. 홀리는 그의 말허리를 잘랐다. 불과 얼마 전까지만 해도 절대 하지 못했을 행동이었다.

"선생님이 어떤 식으로 규정하시든 상관없어요. 믿고 싶으신 대로 믿으셔도 돼요. 하지만 부탁드리고 싶은 게 있어요, 모턴 선생님. 선생님은 학회와 심포지엄에 많이 참석하시잖아요. 선생님을 온라인에서 검색해봤기 때문에 그렇다는 걸 알아요."

"홀리, 당신 이야기의 주제에서 조금 벗어난 거 아니에요? 당신이 그 이야기를 어떤 식으로 인식하는가하고도?"

아니. 그녀는 생각했다. 그 이야기는 했으니까 됐어. 중요한 건 이다음이야. 쓸데없는 걱정이길 바라고 아마 쓸데없는 걱정일 테지만 확실히 해두어서 나쁠 건 없으니까. 확실히 해두면 밤에 자려고 누웠을 때 도움이 되지.

"그런 학회나 심포지엄에 참석하셨을 때 제 사례를 공개해주세요. 자세히 소개해주세요. 어디 기고하셔도 돼요, 그래도 상관없어요. 제가 죽어가는 사람의 고통을 흡수함으로써 다시 태어나는 괴물을 만났다고 생각한다고 구체적으로 밝혀주세요. 망상으로 규정하셔도 좋아요. 그래주시겠어요? 그리고 자기도 똑같은 망상을 경험한 환자를 맡은 적 있다는 동료 심리치료사를 만나거나 이메일을 받으면 그에게 제 이름과 연락처를 알려주시겠어요?" 그러고는 성 중립을 지키기 위해 이렇게 덧붙인다(그녀가 항상 노력하는 부분이다). "아니면 그녀에게요."

모턴은 미간을 찌푸렸다. "그건 직업윤리 위반인데요."

"아니에요." 홀리는 말했다. "제가 관계 법령을 확인해봤어요. 다른 치료사의 *환자*에게 접근하는 건 직업윤리 위반이지만 제 허락을 받았을 경우 그 치료사에게 제 이름과 전화번호를 알려주는 건 상관없어요. 제가 허락할게요."

홀리는 그의 대답을 기다렸다.

4

그녀는 녹음을 멈춘 다음 시간을 확인하고 커피를 한 잔 더 마신다. 신경이 곤두서고 속이 쓰리겠지만 어쩔 수 없다.

"그는 고민하는 눈치를 보였어요." 홀리는 휴대전화에 대고 말한다. "다음번 책이나 논문이나 학회에서 *내* 사연을 공개하면 얼마나 그럴듯할지 아니까 마음이 동했을 거라고 봐요. 사실 그랬죠. 나는 논문도 읽고 학회 영상도 봤거든요. 장소를 바꾸고 나를 캐럴린 H.로 소개했지만 나머지는 *장광설* 그대로였어요. 내가 해피 슬래퍼로 쳤을 때 우리 범인이 어떻게 됐는지 그 부분을 얘기할 때 특히 솜씨가 훌륭하더라고요. 영상을 보면 그 부분에서 객석에서 숨을 토하는 소리가 들려요. 그리고 이거 하나는 인정해요. 내 사연 소개가 끝나면 항상 비슷한 망상을 겪는 환자를 만난 사람이 있는지 궁금하다고 얘기하더라고요."

그녀는 생각하느라 잠시 녹음을 멈추었다가 다시 시작한다.

"어제저녁에 모턴 박사의 전화를 받았어요. 마지막으로 만난 지 한참 됐지만 나는 누군지 단박에 알아차렸고 온도스키와 연관이 있겠다는 것도 알 수 있었어요. 당신이 예전에 했던 말이 생각나요. 이 세상에는 악한 기운이 존재하지만 선한 기운도 있다고 했던 거. 데이턴의 어느 식당 메뉴 쪼가리를 발견했던 걸 떠올리면서 한 얘기였어요. 그 쪼가리를 통해 플린트 시티에서 벌어진 살인 사건이 오하이오에서 벌어진 두 건의 유사한 살인 사건과 연결이 됐죠. 바람에 날려버리기 십상이었을 그 종이쪼가리 덕분에 내가 발을 담그게 됐고요. 그게 발견되길 *바랐던* 어떤 배후의 기운이 있었던 거예요. 나는 그렇게 믿고 싶어요. 바로 그것이, 그 기운이 내가 처리해줬으면 하는 일이 또 있나 봐요. 내가 믿기지 않는 걸 믿을 수 있는 사람이라. 그러고 싶지 않은데 그럴 수 있는 사람이라."

그녀는 거기서 끊고 전화기를 핸드백에 넣는다. 공항으로 출발하기에 여전히 너무 이른 시각이지만 그래도 그녀는 출발할 것이다. 그것이 그녀의 일하는 방식이다.

이러다 내 장례식장에도 일찍 도착할 판국이야. 그녀는 가장 가까운 데 있는 우버 택시를 호출하기 위해 아이패드를 펼친다.

5

동굴 같은 공항 터미널은 새벽 5시에 거의 인적이 없다시피 하다. 여행객들로 가득할 때는(가끔 그들의 웅성거림으로 터질 지경일 때는)

머리 위 스피커에서 흘러나오는 음악소리를 거의 느낄 수가 없는데, 지금 이 시각에는 경쟁상대가 잡역부의 바닥 광택기가 내는 웅웅거림뿐이라 플릿우드 맥의 「더 체인」이 그냥 섬뜩한 정도가 아니라 파멸의 전조처럼 느껴진다.

영업 중인 곳이 오봉팽뿐이지만 홀리에게는 그 정도면 충분하다. 그녀는 커피를 한 잔 더 마시고 싶은 유혹을 뿌리치고 대신 오렌지주스와 베이글을 쟁반에 담아서 뒤편의 테이블로 들고 간다. 근처에 아무도 없는지 확인한 다음 (사실상 손님이 그녀 혼자뿐이다) 휴대전화를 꺼내 보고를 재개한다. 나지막이 녹음하다 가끔 멈추고 생각을 정리한다. 랠프가 이 파일을 들을 일이 없었으면 하는 마음이 아직도 여전하다. 그녀가 괴물일지 모른다고 생각하는 것이 그림자로 밝혀지길 바라는 마음이 아직도 여전하다. 하지만 그가 이 파일을 듣게 된다면 *빠진 부분이 없길* 바란다.

특히 그녀가 죽었을 경우에는.

6

홀리 기브니가 랠프 앤더슨 형사에게 남긴 보고

아직 12월 16일이에요. 지금 공항인데 일찍 와서 시간이 좀 있어요. 사실 많이 있어요.

[*잠시 정적*]

아까 모턴 박사의 전화라는 걸 단박에 알아차렸다는 것까지 얘기했죠? 말 그대로 그가 여보세요 하는 순간 알아차렸어요. 그는 나와 마지막으로 상담을 마쳤을 때 변호사에게 문의했는데(호기심에 그랬다고 하더군요) 다른 환자의 심리치료사에게 내 연락처를 전달해도 직업윤리에 위배되지 않는다고 했던 내 말이 맞더라고 했어요.

"알고 보니 좀 애매하더군요." 그는 말했어요. "그래서 당신이 부탁한 대로 하지 않았어요. 가뜩이나 당신이 상담을 중단했으니. 적어도 나하고는 더 이상 하지 않았잖아요. 하지만 어제 조엘 리버먼이라는 보스턴 정신과의사의 전화를 받고 생각이 바뀌었어요."

랠프, 칼 모턴은 다른 이방인의 존재 가능성을 일 년 넘게 알고 있었으면서 나한테 연락하지 않았어요. 소심해서요. 나도 소심한 사람이라 이해하지만 그래도 화가 나요. 화를 낼 일이 아닐지 몰라요. 벨 씨는 그 당시 온도스키에 대해서 몰랐으니까요. 그래도…….

[잠시 정적]

내가 혼자 너무 앞서나가고 있네요. 미안해요. 차근차근 정리해볼게요.

2018년과 2019년에 조엘 리버먼 박사는 메인주 포틀랜드에 사는 환자를 만났어요. 이 환자는 다운이스터(열차 노선인가 봐요)를 타고 한 달에 한 번씩 보스턴으로 찾아갔대요. 이름이 댄 벨인 그 남자는 리버먼 박사가 보기에 더할 나위 없이 이성적이었는데 딱 하나, 자기가 이른바 심령 흡혈귀라는 초자연적인 존재를 발견했다고 굳게 믿었어요. 벨 씨의 주장에 따르면 이 생명체는 최소 60년 어쩌면 그보다 더 오래전부터 우리 주변에서 살고 있었어요.

리버먼은 모턴 박사가 보스턴에서 주최한 강연을 들었어요. 작년, 그러니까 2019년 여름의 일이에요. 모턴 박사는 강연 도중에 '캐럴린 H.'의 사연을 소개했어요. 그러니까 내 사연을요. 그러고는 내가 부탁한 대로 이와 비슷한 망상을 보이는 환자를 만난 적 있는 사람은 자기한테 연락해달라고 했어요. 리버먼이 연락을 했죠.

상황이 이해가 되죠? 모턴은 내가 부탁한 대로 내 사례를 소개했어요. 그리고 역시 내가 부탁한 대로 이와 유사한 노이로제성 확신을 가진 환자를 만난 의사나 심리치료사가 있느냐고 물었어요. 하지만 16개월 동안 리버먼에게 나를 소개하지 않았어요. 내가 그야말로 간청을 했는데도 말이에요. 윤리적인 부분에 대한 걱정 때문에 망설였던 건데, 그게 다가 아니었어요. 그 부분에 대해서는 나중에 설명할게요.

그런데 어제 리버먼 박사가 모턴 박사에게 다시 연락을 했어요. 포틀랜드에 사는 환자가 발길을 끊은 지 좀 돼서 리버먼은 이제 안녕인가 보다 했대요. 그런데 매크리디 중학교에서 폭탄이 터지고 다음 날 그 환자가 뜬금없이 전화해 급히 상담을 받을 수 있겠느냐고 하더래요. 너무 흥분한 목소리라 리버먼은 시간을 내줬어요. 그 환자, 그러니까 댄 벨은 매크리디 중학교 폭파 사건이 이 심령 흡혈귀의 소행이라고 주장했대요. 일관성 있게 그러더래요. 어찌나 흥분하던지 리버먼 박사가 개입을 해야 하나, 잠깐 동안이나마 강제입원시켜야 하나 고민이 될 정도였어요. 그런데 그 환자는 잠시 후에 흥분을 가라앉히더니 캐럴린 H.라는 사람과 이 문제에 대해 의논해야겠다고 했대요.

이쯤에서 잠깐 메모를 확인할게요.

[*잠시 정적*]

여기 있다. 칼 모턴이 뭐라고 했는지 최대한 정확하게 옮겨볼게요. 왜냐하면 그가 나한테 연락을 망설인 또 다른 이유가 여기 있거든요.

"내가 단순히 윤리적인 부분에 대한 걱정 때문에 망설인 건 아니에요, 홀리. 비슷한 망상을 하는 사람들끼리 같이 모아놓으면 아주 위험하거든요. 서로 강화하는 성향을 보여서 노이로제가 본격적인 정신병으로 악화될 수 있어요. 관련 기록이 많아요."

"그럼 왜 연락하셨어요?" 나는 물었어요.

"당신 이야기가 널리 알려진 사실에 기반을 둔 내용이 많아서요." 그가 말했어요. "내가 기존에 가지고 있던 신념체계가 일정 부분 흔들려서요. 그리고 리버먼의 환자가 이미 당신에 대해 알고 있어서요. 자기 상담치료사가 아니라 내가 당신의 사례를 담아《계간 정신의학》에 기고한 논문을 통해서. 그는 캐럴린 H.라면 자기를 이해해줄 거라고 했대요."

내가 어떤 뜻에서 선한 기운을 운운했는지 알겠죠, 랠프? 댄 벨이 나를 찾고 있었어요. 나도 그를 찾고 있었던 그 시기에, 그가 존재하는지 확신조차 하지 못했던 시기에 말이에요.

"리버먼 박사의 병원과 휴대전화 번호를 알려줄게요." 모턴 박사는 말했어요. "당신을 자기 환자와 만나게 할지 말지 그가 결정할 거예요." 그러고는 나도 펜실베이니아의 중학교에서 폭탄이 터진 사건과 관련해서, 우리가 상담 시간에 서로 논의한 내용과 관련해서 걱정되는 부분이 있느냐고 물었어요. 논의라니 착각도 유분수지. 내가 얘기하고 모턴은 듣기만 했는데 말이죠. 나는 연락해줘서 고맙다고 했지만 그가 묻는 말에는 대답하지 않았어요. 아마도 그렇게 한참 뜸을 들인 다음에서야 연락한 것에 대해 화가 풀리지 않았던 것 같아요.

[여기서 한숨 소리가 들린다.]

사실 아마도가 아니에요. 나는 아직 분노 조절이 잘 안 돼요.

이제 녹음을 멈춰야 해요. 그렇지만 잠깐이면 정보 업데이트가 끝나요. 저녁이라 리버먼의 휴대전화로 연락했어요. 캐럴린 H.라고 밝히고 그에게 환자의 이름과 연락처를 물었어요. 그는 이름과 연락처를 가르쳐주었지만 내키지 않아 했죠.

그는 이렇게 말했어요. "벨 씨가 당신과 대화를 나누고 싶어 하길래 심사숙고한 끝에 승낙하기로 했어요. 아주 고령이라 마지막 소원 삼아서요. 하지만 부연 설명하자면 이 분은 소위 말하는 이 심령 흡혈귀에 집착하는 것 말고는 노인들이 흔히 보이는 인지력 감퇴가 전혀 없어요."

그 말을 들었을 때 치매를 앓고 있는 헨리 삼촌이 생각났어요, 랠프. 지난 주말에 요양 시설로 모셔야 했거든요. 그 생각을 하면 너무 슬퍼요.

리버먼은 벨 씨가 91세라고, 손자의 도움을 받긴 했지만 지난번에 다녀가느라 아주 힘들었을 거라고 했어요. 벨 씨가 여러 가지 육체적인 질병을 앓고 있는데 그중에서 가장 심각한 게 울혈성 심부전증이라고 했고요. 다른 때 같았으면 나와 대화를 나눔으로써 그의 노이로제성 집착이 더욱 강화돼 유익하고 보람 있는 삶이 훼손

되지 않을까 걱정했겠지만 벨 씨의 현재 나이와 상황을 감안했을 때 그리 큰 문제가 되지 않을 거라는 생각이 들었대요.

랠프, 내 심정이 투사돼서 그런 건지 몰라도 나는 리버먼 박사가 잘난 척하는 것처럼 느껴졌어요. 그래도 막판의 감동적인 발언은 아직까지 내 기억 속에 남아 있어요. 이랬거든요. "이분은 잔뜩 겁에 질린 노인이에요. 지금보다 더 공포를 자극하지 말아줘요."

그럴 수 있을지 모르겠어요, 랠프. 나도 겁이 나거든요.

[잠시 정적]

사람들이 점점 줄을 서기 시작하네요. 나도 이제 게이트로 가야 겠으니 얼른 끝낼게요. 나는 벨 씨에게 전화해 캐럴린 H.라고 했어요. 그는 내 본명을 물었어요. 그 순간이 내게는 루비콘강이었고 나는 그 강을 건넜어요, 랠프. 내 이름은 홀리 기브니라고, 그를 찾아가서 만나도 되겠느냐고 물었거든요. 그는 말했어요. "학교 폭파 사건과 온도스키를 자처하는 그것 때문이라면 최대한 빨리 오시오."

7

홀리가 보스턴에서 비행기를 갈아탄 끝에 포틀랜드 비행장에 도착한 시각은 정오 직전이다. 그녀는 엠버시 스위트 호텔에 체크인하고 댄 벨에게 전화한다. 전화벨이 대여섯 번 울리기만 하자 홀리는 찰스 '체트' 온도스키의 진실을 미궁으로 남긴 채 간밤에 노인이 세상을 떠나버렸나 하는 생각이 든다. 그것도 노인장이 진실을 알고 있을 때의 얘기지만.

그녀가 막 끊으려는 찰나, 어떤 남자가 전화를 받는다. 댄 벨이 아니라 훨씬 젊은 남자다. "여보세요?"

"저 홀리예요." 그녀는 말한다. "홀리 기브니요. 언제쯤……."

"아, 기브니 씨. 지금 바로 오셔도 돼요. 할아버지가 컨디션이 좋으세요. 어제 기브니 씨와 통화한 뒤로 밤새 푹 주무셨어요. 마지막으로 그러신 게 언제였는지 기억도 나지 않는데. 이 집 주소 아세요?"

"라파예트 가 십구 번지요."

"맞아요. 저는 브래드 벨이에요. 언제쯤 오실 수 있겠어요?"

"우버 택시 잡히는 대로 바로 갈게요." 그리고 샌드위치도 하나 먹고. 그녀는 생각한다. 샌드위치 하나쯤은 먹어도 괜찮을 것이다.

8

우버 택시 뒷좌석에 올라타는데 전화벨이 울린다. 제롬이고 어디에서 뭘 하고 있으며 그가 도울 일은 없는지 궁금해한다. 홀리는 미안하지만 정말 개인적인 일이라고 한다. 나중에 여건이 되면 알려주겠다고 한다.

"헨리 삼촌 일이에요?" 그가 묻는다. "치료할 방법을 알아보는 거예요? 피트는 그렇게 생각하던데."

"아냐, 헨리 삼촌 일 아니야." 그쪽도 노인이긴 하네. 심신 상실인지 아닌지 알 수 없는 노인. "제롬, 정말이지 얘기할 수 있는 문제가 아니야."

"알았어요. 홀리가 무사하기만 하면 돼요."

이건 사실상 질문이고 그에게는 물어볼 권리가 있다. 그녀가 무사하지 않았던 때를 기억하기 때문이다.

"나 아무 일 없어." 그러고는 제정신이라는 걸 증명하기 위해 덧붙인다. "바버라한테 그 사설탐정 나오는 영화들 알려주는 거 잊지 마."

"이미 처리했어요." 그는 말한다.

"보고서에 쓸 수는 없을지 몰라도 배경지식을 익히는 데 도움이 될 거라고 전해." 홀리는 말을 멈추고 미소를 짓는다. "게다가 아주 재미있을 거라고."

"그대로 전할게요. 정말 아무 일 없는……."

"응." 그녀는 전화를 끊으려는 찰나, 그녀와 랠프가 동굴에서 맞닥뜨렸던 남자(그것)가 떠오르자 몸서리를 친다. 그 존재를 떠올리는 것조차 견딜 수가 없는데 그런 존재가 또 있다면 무슨 수로 혼자 상대할 수 있을까?

9

확실한 게 하나 있다면 홀리가 댄 벨과 함께 그 존재를 상대할 일은 없다는 것이다. 그는 체중이 고작 36킬로그램밖에 되지 않고 옆에 산소탱크를 매단 휠체어에 앉아 있다. 거의 다 벗어진 머리와 반짝거리지만 피곤해 보이는 눈 아래로 짙은 자주색 그늘이 도드라지는, 껍데기만 남은 남자다. 그와 손자는 고급스러운 고가구로 가득한 근사한 브라운스톤 고택에 살고 있다. 거실은 바람이 잘 통한다. 12월의 서늘한 햇빛이 홍수처럼 쏟아져 들어오도록 커튼을 젖혀 놓았다. 그럼에도 공기방향제(그녀의 짐작이 맞는다면 글레이드 클린리넨 향이다) 아래로, 롤링힐스 노인 요양센터 로비에서 고집스럽고 분명하게 풍겼던 냄새가 느껴진다. 머스테롤 기침 연고, 벤게이 근육 관절 크림, 탤컴 파우더, 소변, 생의 종착지가 점점 다가오는 냄새다.

그녀를 벨이 있는 곳으로 안내한 손자는 차림새와 몸가짐이 기사도의 정석에 가까울 정도로 묘하게 고풍스러운 사십 대 남자다. 복도에는 액자에 담긴 여섯 점의 연필 데생이 한 줄로 걸려 있는데 남자 넷, 여자 둘의 정면 인물화이고 모두 한 사람이 그린 수준 높은 작품이다. 그녀가 보기에는 이 집의 입구와 잘 어울리지 않는 것 같다. 모델들이 대부분 다소 추레해 보인다. 조그맣고 아늑한 장작불이 지펴진 벽난로 위에 훨씬 더 큼지막한 그림이 걸려 있다. 까만 눈을 명랑하게 반짝이는 아리따운 아가씨를 그린 유화다.

"내 아내라오." 벨이 갈라진 목소리로 말한다. "오래전에 저 세상 사람이 됐지만 얼마나 보고 싶은지. 우리 집에 온 걸 환영해요, 기브니 씨."

그는 휠체어를 그녀 쪽으로 움직이느라 숨을 쌕쌕거리지만 손자가 도우려고 앞으로 나서자 손사래를 친다. 관절염 때문에 나무 조각상처럼 변한 손을 내민다. 그녀는 조심스럽게 그 손을 잡고 악수한다.

"점심 드셨어요?" 브래드 벨이 묻는다.

"네." 홀리는 대답한다. 호텔에서 이 부촌으로 오는 얼마 안 되는 시간 동안 치킨샐러드 샌드위치를 허겁지겁 먹어치웠다.

"차나 커피 드릴까요? 아, 그리고 투팻캣츠 베이커리의 페이스트리도 있어요. 맛이 아주 훌륭해요."

"차로 주세요." 홀리는 말한다. "디카페인 있으면 그걸로요. 그리고 페이스트리도 주시면 감사히 먹을게요."

"나는 차하고 턴오버 먹으련다." 노인은 말한다. "애플 아니면 블루베리, 뭐든 상관없어. 그리고 차는 *진짜배기로*."

"당장 대령하겠습니다." 브래드는 자리를 떠난다.

댄 벨은 당장 홀리의 눈을 똑바로 쳐다보며 몸을 숙이고 공모하는 투로 나지막이 말한다. "브래드는 철저하게 게이예요."

"아." 홀리는 말한다. 그럴 줄 알았어요, 말고는 딱히 할 말이 생각나지 않는데 곧이곧대로 얘기하면 예의에 어긋날 것 같다.

"*철저하게 게이*. 하지만 천재라오. 내 자료 조사를 도와주었어요. 나는 확신할 수 있지만(확신해왔지만) 브래드가 증거를 수집했지요." 그는 한 음절, 한 음절 강조해가며 그녀를 향해 손가락을 흔든다. "*명백한…… 증거를!*"

홀리는 고개를 끄덕이고 윙체어에 앉아서 무릎을 모으고 그 위에 핸드백을 올려놓는다. 그녀는 벨이 실제로 노이로제성 환상에 빠져 있고 그녀가 막다른 골목길을 달리고 있을지 모른다는 생각이 들기 시작한다. 하지만 짜증이나 화가 나지는 않는다. 오히려 안도감이 그녀를 채운다. 만약 그가 그렇다면 그녀도 그럴지 모르기 때문이다.

"*당신은* 어떤 존재를 보았는지 들어봅시다." 댄이 몸을 한층 더 앞으로 숙이며 말한다. "모턴 박사의 논문에 따르면 그 존재를 이방인이라고 부른다던데." 그 밝게 빛나지만 피곤해 보이는 두 눈은 계속 그녀의 눈을 쳐다보고 있다. 홀리는 나뭇가지에 앉아 있는 만화 속 콘도르를 떠올린다.

예전에는 사람들이 부탁하는 일을 거절하기가 힘들었지만(거의 불가능했지만) 홀리는 이제 고개를 젓는다.

그는 실망한 표정으로 휠체어에 몸을 기댄다. "싫다고요?"

"제 이야기는 모턴 박사님이 《계간 정신의학》에 기고한 논문과 인터넷 영상을 통해 대부분 파악하셨잖아요. 제가 찾아온 이유는 선생님의 이야기를 듣기 위해서예요. 선생님은 온도스키를 어떤 사물로, 그것으로 간주하셨죠. 그가 이방인이라고 어떻게 그렇게 자신할 수 있으신지 궁금해요."

"이방인이라니 잘 어울리는 명칭이로군요. 아주 잘 어울려요." 벨은 삐딱해진 튜브를 바로잡는다. "아주 잘 어울리는 명칭이에요. 차 마시고 페이스트리 먹으면서 얘기해줄게요. 이 층 브래드의 작업실에서 먹읍시다. 전부 얘기할게요. 들으면 당신도 납득이 될 거요. 아, 그렇고말고."

"브래드는……."

"브래드도 전부 알아요." 댄은 떠내려온 나무 같은 손을 무시하듯 흔든다. "게이거나 말거나 착한 아이라오." 홀리는 구십 대가 되면 브래드 벨보다 20살 많은 사람이라도 아이처럼 느껴질 거라는 생각을 한다. "똑똑한 아이기도 하고. 당신 이야기는 하고 싶지 않으면 하지 않아도 되지만(궁금한 몇 가지 부분을 해소해주면 좋긴 하겠소만) 내 이야기를 듣기 전에 애초에 온도스키를 의심하게 된 이유가 뭔지 들어야겠소."

일리가 있는 요구기에 그녀는 자신이 어떤 식으로 추론했는지…… 있는 그대로 설명한다. "그의 입가에 남아 있던 그 조그만 털이 계속 저를 괴롭혔던 게 제일 커요." 그녀는 결론을 내린다. "꼭 가짜 수염을 붙였다가 급하게 떼어내느라 좀 남은 것 같았거든요. 하지만 외모를 통째로 바꿀 수 있다면 뭐하러 가짜 수염이 필요할까요?"

벨은 무시하듯 손을 흔든다. "*당신의* 이방인은 수염이 있었소?"

홀리는 미간을 찌푸리고 기억을 더듬는다. 이방인이 맨 처음 변신한 사람은 (그녀가 알기로) 히스 홈스라는 잡역부였고 그는 수염이 없었다. 두 번째도 마찬가지였다. 그의 세 번째 타깃은 염소수염을 길렀지만 홀리와 랠프가 텍사스의 동굴로 찾아갔을 때 이방인은 변신이 아직 완료되기 전이었다.

"없었던 것 같아요. 그걸 왜 물어보세요?"

"그들은 털을 기를 수 없는 것 같거든요." 댄 벨이 말한다. "이방인의 알몸을 보았다면…… 본 적 없겠죠?"

"네." 그런 다음 홀리는 자기도 모르게 소리를 낸다. "으웩."

그걸 듣고 댄은 미소를 짓는다. "보았다면 음모도 없었을 거예요. 겨드랑이도 깨끗하고."

"우리가 그 동굴에서 만난 그것은 머리털이 있었어요. 온도스키도 그렇고. 조지도 그랬고요."

"조지?"

"매크리디 중학교에 폭탄이 든 소포를 배달한 남자를 저 혼자 그렇게 부르고 있어요."

"조지라. 아하." 댄은 잠깐 이 이름에 대해 곰곰이 생각하는 기미를 보인다. 옅은 미소가 그의 입가를 장식했다가 사라진다. "머리털은 다르지 않은가요? 사춘기가 되기 전에도 머리털은 있잖아요. 머리털을 달고 *태어나는* 아이도 있고."

홀리는 그가 하려는 말이 뭔지 깨닫고, 그것이 이 노인이 품은 또 다른 망상이 아니라 정말 중요한 부분이길 바란다.

"폭파범은, 당신 표현대로 조지는 외모처럼 자유자재로 바꿀 수 없는 부분이 몇 가지 있어요." 댄은 말한다. "그는 가짜 유니폼을 입고 가짜 안경을 써야 했지요. 가짜 트럭과 가짜 리더기도 필요했고요. 그리고 가짜 수염도 필요했고."

"온도스키는 가짜 눈썹도 붙였을지 몰라요." 브래드가 쟁반을 들고 들어오며 말한다. 쟁반에 찻잔 두 개와 턴오버가 담겨 있다. "하지만 아닐 거예요. 눈알이 빠지도록 그의 사진을 들여다보았거든요. 눈썹을 심었을 수도 있겠다는 생각이 들어요. 어린애처럼 솜털 같은 눈썹을 좀더 정상에 가까워 보이게 말이죠." 그는 허리를 숙여 쟁반을 커피테이블에 내려놓는다.

"아니, 아니, 네 작업실로 가자." 댄이 말한다. "이 쇼를 시작할 시간이 됐어. 기브니 씨, 홀리, 이 휠체어 좀 밀어주겠소? 내가 좀 피곤해서 말이오."

"그럼요."

그들은 격식을 갖춘 식당과 휑뎅그렁한 부엌을 지난다. 홀 끝에 철제 난간을 따라 2층까지 올라가도록 만들어진 계단 리프트가 달려 있다. 홀리는 이 리프트가 프레더릭 빌딩의 엘리베이터보다 안전했으면 좋겠다는 생각을 한다.

"내가 다리를 못 쓰게 됐을 때 브래드가 이걸 설치했지요." 댄이 말한다. 브래드는 홀리에게 쟁반을 건네고 노련한 숙련자답게 쉽사리 노인을 계단 리프트로 옮긴다. 댄이 버튼을 누르자 리프트가 올라가기 시작한다. 브래드가 다시 쟁반을 받아들고, 홀리와 함께 느리지만 든든하게 올라가는 리프트와 나란히 걷는다.

"집이 참 좋네요." 홀리는 말한다. 그러고는 속으로 *집값이 어마어마하겠어요*, 라고 결론을 내린다.

댄이 그녀의 생각을 읽는다. "할아버지가 펄프와 제지 공장을 하셨어요."

홀리는 문득 알아차린다. 파인더스 키퍼스의 비품장에 벨 인쇄용지가 쌓여 있다. 댄은 그녀의 표정을 보고 미소를 짓는다.

"네, 맞아요. 벨 제지, 지금은 해외 대기업의 계열사로 명맥을 유지하고 있죠. 1920년대까지만 해도 우리 할아버지가 메인주 서부 곳곳에 공장을 거느리고 있었어요. 루이스턴, 리스본 폴스, 제이, 미캐닉 폴스에. 지금은 전부 문을 닫거나 쇼핑몰로 바뀌었지만요.

할아버지는 1929년 주가 폭락과 대공황으로 재산을 거의 대부분 날렸어요. 그해에 내가 태어났고요. 우리 아버지와 나는 안락한 삶을 누리지 못하고 열심히 돈을 벌어야 했지요. 하지만 이 집은 어찌어찌 유지했어요."

2층에 도착하자 브래드가 댄을 다른 휠체어로 옮기고 다른 산소통을 옆에 묶는다. 2층은 12월의 햇살을 차단한 널찍한 방 하나로 이루어진 것처럼 보인다. 창문마다 암막 커튼을 달아놓았다. 두 개의 책상에 네 대의 컴퓨터가 놓여 있고 최신식으로 보이는 여러 대의 게임기, 어마어마하게 많은 오디오 장비, 거대한 평면 TV가 있다. 벽에는 스피커가 여러 개 달려 있다. TV 양쪽에도 스피커가 하나씩 있다.

"다 쏟기 전에 쟁반 내려놓으려무나, 브래드."

댄이 관절염에 걸린 손으로 가리킨 테이블은 컴퓨터 잡지(그중 몇 권은 홀리도 들어본 적 없는《사운드 파일》이라는 잡지다), USB 드라이브, 외장하드, 케이블로 뒤덮여 있다. 홀리는 테이블을 치우려고 몸을 움직인다.

"아, 그 잡동사니들은 다 그냥 바닥에 내려놓아요." 댄이 말한다.

그녀가 브래드를 쳐다보자 그는 미안하다는 듯이 고개를 끄덕인다. "내가 정리를 잘 못 해요."

브래드는 쟁반을 안전하게 내려놓고는 세 개의 접시에 페이스트리를 담는다. 맛있어 보이지만 홀리는 배가 고픈지 아닌지 더 이상 모르겠다. 모자 장수의 티파티에 참석한 앨리스가 된 느낌이다. 댄 벨은 차를 한 모금 마시고 입맛을 다시더니 우거지상을 쓰며 셔츠 왼쪽 면에 손을 얹는다. 브래드가 당장 그의 곁으로 달려간다.

"약 가지고 계시죠, 할아버지?"

"그럼, 그럼." 댄은 휠체어의 사이드 포켓을 토닥인다. "괜찮아, 옆에서 계속 *서성이지* 않아도 돼. 손님을 맞이하다 보니 흥분해서 그래. 그걸 아는 사람을 만나다 보니. 아마 내 건강에 좋을 게다."

"그건 잘 모르겠는데요, 할아버지." 브래드는 말한다. "약을 드시는 게 좋지 않을까요?"

"괜찮다니까."

"벨 씨……." 홀리는 말문을 연다.

"댄이라고 불러요." 노인은 관절염 때문에 섬뜩하게 구부러졌지만 그럼에도 훈계의 분위기를 풍기는 손가락을 또다시 흔든다. "나는 댄, 저 아이는 브래드, 당신은 홀리예요. 여기서는 우리 모두 친구예요." 그는 다시 폭소를 터뜨린다. 이번에는 숨이 가쁜 것처럼 들린다.

"천천히 하세요." 브래드가 말한다. "다시 병원 신세 지기 싫으시면요."

"네, 어머니." 댄은 말한다. 그는 매부리코를 손으로 감싸고 산소를 깊게 몇 번 들이마신다. "이제 턴오버 하나 주려무나. 그리고 냅킨이 있어야겠다."

하지만 냅킨이 없다. "화장실에서 종이 타월 몇 개 갖고 올게요." 브래드가 나간다.

댄은 홀리를 돌아본다. "내가 *심하게* 깜빡깜빡해요. 끔찍하게. 아까 어디까지 얘기했더라? 그게 별 상관있을까요?"

이게 다 별 상관없지 않을까? 홀리는 궁금해진다.

"아버지하고 내가 열심히 밥벌이를 해야 했다는 얘기를 하고 있었지요. 일 층에 걸린 그림 봤지요?"

"네." 홀리는 말한다. "선생님이 그리신 거죠?"

"맞아요, 맞아. 전부 내가 그린 거요." 그는 뒤틀린 손을 들어 보인다. "*이렇게* 되기 전에."

"실력이 좋으시던데요." 홀리는 말한다.

"제법 쓸 만하지요." 그는 말한다. "하지만 복도에 걸린 게 내 대표작은 아니라오. 작업용으로 그린 거예요. 브래드가 거기 걸었지요. 부득부득 고집을 부려가며. 나는 1950년대와 1960년대에 골드메달이나 모나크 같은 출판사의 페이퍼백 표지 작업도 했어요. 그쪽이 훨씬 괜찮았지요. 대부분 범죄소설이었어요. 헐벗은 여자들이 연기를 피우는 권총을 들고 있는. 그걸로 가외수입을 좀 벌었어요. 내 본업을 생각하면 아이러니한 일이에요. 포틀랜드 경찰서에서 근무했거든요. 예순여덟에 은퇴했지요. 사십 년 하고도 사 년을 더 근무하고."

그냥 화가가 아니라 또 한 명의 경찰이었네. 홀리는 생각한다. 맨 처음에는 빌, 다음에는 피트, 그 다음에는 랠프, 이제는 이 사람. 그녀는 평행이론과 연속성을 조용히 고집하며 그녀를 여기로 끌어들인, 보이지 않지만 강력한 힘에 대해 다시 한번 생각한다.

"우리 할아버지는 공장을 거느린 자본가였지만 이후로 우리는 모두 블루칼라였어요. 아버지가 경찰이었기 때문에 나도 그 전철을 밟았지요. 우리 아들이 내 전철을 밟았듯이. 브래드의 아빠 말이요.

음주 상태로 훔친 차를 몰던 남자를 추격하다가 교통사고로 죽었어요. 그 남자는 살았고. 어쩌면 지금까지 살아 있을지도 몰라요."

"너무 안타까우셨겠어요." 홀리는 말한다.

댄은 그녀가 전하는 애도의 말을 못 들은 체한다. "심지어 브래드의 엄마도 같은 업계에서 일했어요. 뭐, 어떻게 보면 그래요. 법원 속기사였거든. 며느리가 죽었을 때 내가 저 아이를 데려왔지요. 게이거나 말거나 나는 신경 안 써요. 경찰서에서 일하는 것도 마찬가지고. 정직원은 아니에요. 저 아이에게 경찰 일은 취미생활에 가깝지요. 본업은…… 이거고." 그는 굽은 손을 흔들어 컴퓨터 장비를 가리킨다.

"저는 게임 오디오를 디자인해요." 브래드가 조용히 말한다. "음악, 효과음, 믹싱." 그는 종이 타월을 아예 한 통 들고 왔다. 홀리는 두 장 뜯어서 무릎 위에 펼쳐놓는다.

댄은 추억에 잠긴 표정으로 하던 얘기를 계속한다. "순찰차 시절이 끝난 뒤에는(나는 형사로 승진하지 않았고 승진할 생각도 없었어요) 주로 신고접수를 맡았어요. 내근을 싫어하는 경찰도 있지만 나는 상관없었어요. 은퇴 후에도 한참 동안 내 생활을 바쁘게 채워준 다른 일거리가 있었으니까. 그건 동전의 한 면이라고 말할 수도 있겠죠. 경찰서에서 호출이 왔을 때 브래드가 하는 일은 동전의 다른 면이겠고. 우리는 말이지요, 홀리, 욕을 써서 미안한데 둘이서 이 *개자식*을 잡았어요. 그자는 몇 년 전부터 우리 레이더망에 걸려 있었어요."

홀리는 마침내 턴오버를 한 입 먹었다가 입을 떡 벌리고서 부스러기를 접시와 무릎 위에 깐 종이 타월 위로 망측하게 흘린다. "몇 녀석이냐요?"

"맞아요." 댄은 말한다. "브래드는 이십 대부터 이자를 알았어요. 2005년인가부터 나랑 같이 수사를 했으니까. 그렇지, 브래디?"

"그보다는 조금 나중부터예요." 브래드는 입에 넣은 턴오버를 삼키고 말한다.

댄은 어깨를 으쓱한다. 그 동작이 괴로워 보인다. "내 나이가 되면 모든 게 한 데 뭉뚱그려지기 시작하지." 그는 고개를 돌려 홀리를 노려보다시피 한다. 숱 많은 눈썹(이건 가짜가 아니다)을 한데 모은다. "하지만 온도스키를 자처하는 그자의 경우에는 그렇지 않아요. 그자의 경우에는 아주 선명하게 기억하죠. 맨 처음부터…… 아니, 내가 이 일에 발을 들인 시점부터. 우리가 근사한 쇼를 준비했어요, 홀리. 브래드, 첫 번째 영상 띄워놨니?"

"전부 준비해놨어요, 할아버지." 브래드는 아이패드를 집고 리모컨으로 대형 TV를 켠다. 아직은 파란 화면과 준비 중이라는 자막뿐이다.

홀리는 그녀도 준비가 되어 있으면 좋겠다는 생각을 한다.

10

"내 나이 서른한 살 때 그를 처음 봤어요." 댄은 말한다. "그 전주에 아내와 아들이 조촐하게 내 생일파티를 열어주었기 때문에 기억해요. 아주 오래전 같기도 하고 바로 어제 같기도 하군요. 아직

순찰차를 몰고 다니던 시절이었죠. 마르셀 뒤샹과 함께 마지널 웨이 바로 옆 눈더미 뒤에 차를 대고 속도위반 차량을 기다렸는데, 평일 오전 시간이라 실적이 별로였어요. 그러면서 꽈배기 도넛을 먹고 커피를 마셨죠. 마르셀이 내가 그린 페이퍼백 표지를 가지고 놀리면서 속옷만 입은 섹시걸을 그리는데 부인이 가만히 있느냐고 했던 기억이 나요. 내가 그 친구 부인을 모델 삼아 그린 거라고 맞받아쳤을 때 한 남자가 달려와 운전석 쪽 창문을 두드렸던 것 같아요." 그는 말을 멈춘다. 고개를 젓는다. "안 좋은 소식을 들은 장소는 항상 기억에 남지 않나요?"

홀리는 빌 호지스가 떠났다는 걸 알게 됐던 날을 떠올린다. 제롬이 전화로 소식을 전했고 그녀는 그가 눈물을 삼키고 있다고 장담할 수 있었다.

"마르셀이 창문을 내리고 도움이 필요하냐고 물었어요. 남자는 아니라고 했어요. 트랜지스터 라디오를 들고서는(당시에는 아이팟이나 휴대전화 대신 그걸 썼죠) 방금 전 뉴욕에서 무슨 일이 벌어졌는지 뉴스 들었느냐고 물었어요."

댄은 말을 멈추고 튜브를 바로잡고 휠체어 옆에 달린 탱크에서 산소가 나오는 속도를 조절한다.

"경찰 무전 말고는 아무것도 들은 게 없었기 때문에 마르셀이 경찰 무전을 끄고 일반 라디오를 틀었어요. 뉴스를 찾았어요. 조깅하러 나온 사람이 한 얘기가 이거였어요. 이제 첫 번째 영상 틀어라, 브래드."

댄의 손자는 무릎 위에 태블릿을 올려놓고 있다. 그가 그걸 손가락으로 누르며 홀리에게 말한다. "이 영상을 대형 화면에 띄울게요. 잠시만요…… 됐어요."

엄숙한 음악을 배경으로 화면에 과거 뉴스 영화의 타이틀 자막이 뜬다. 사상 최악의 항공기 추락 사고. 그 뒤를 이어 폭탄에 맞은 것처럼 보이는 시내 도로가 쨍한 흑백 화면으로 이어진다.

"사상 최악의 항공기 사고가 남긴 끔찍한 여파입니다!" 아나운서가 외친다. "흐린 뉴욕 상공에서 다른 여객기와 충돌한 제트기의 잔해가 브루클린의 도로 위에 흩뿌려져 있습니다." 비행기 꼬리 아니면 꼬리의 잔해에 'UNIT'라고 적혀 있는 것이 홀리의 눈에 들어온다. "유나이티드 에어라인 항공기가 브라운스톤 주택가에 추락해 여든네 명의 승객과 승무원과 더불어 지상에서도 여섯 명의 사망자가 발생했습니다."

이제 그 옛날 헬멧을 쓰고 잔해 사이를 누비는 소방관들이 보인다. 그중 일부는 담요로 덮은 시신을 들것에 실어 나르고 있다.

아나운서가 말을 잇는다. "원래대로라면 이 유나이티드 항공기와 트랜스월드 에어라인스의 여객기는 서로 부딪칠 일이 없었습니다만, 마흔네 명의 승객과 승무원이 탑승한 266편 TWA 여객기가 항로를 심하게 이탈했습니다. 그 여객기는 스탠튼 아일랜드에 추락했습니다."

들것에 실린 시신이 다시 이어진다. 고무가 갈기갈기 찢긴 거대한 비행기 바퀴에서는 아직까지도 연기가 뿜어져 나오고 있다. 카메라가 266편의 잔해를 좌우로 훑자 알록달록한 종이로 포장한 크리스마스 선물이 온 사방에 흩뿌려져 있는 것이 보인다. 카메라가 그중 하나를 줌으로 당겨 리본에 달린 조그만 산타클로스를 보여준다. 시커멓게 그을린 산타클로스에서 실 같은 연기가 피어오른다.

"거기서 멈춰도 되겠다." 댄이 말한다. 브래드가 태블릿을 누르자 대형 TV에 다시 파란 화면이 뜬다.

댄이 홀리를 돌아본다.

"모두 합해서 백삼십사 명이 사망했어요. 그게 언제였느냐고요? 1960년 십이월 십육일. 오늘 기준으로 정확히 육십 년 전이죠."

우연의 일치일 뿐이야. 그래도 온몸에 소름이 돋고, 체스판의 말처럼 사람들을 움직이는 어떤 기운이 정말 있을지 모른다는 생각이 다시 한번 든다. 날짜가 일치하는 건 우연일 수 있다 쳐도 그녀가 메인주 포틀랜드의 이 집까지 오게 된 것도 단순히 우연일까? 그건 아니다. 브래디 하츠필드라는 괴물에게로까지 거슬러 올라가는 연결 고리가 존재한다. 애초에 그녀가 이 모든 걸 믿게 된 계기가 되었던 브래디.

"생존자가 한 명 있었어요." 댄 벨의 말에 그녀는 몽상에 잠겨 있다 화들짝 깨어난다.

그녀는 뉴스 영화가 계속 상영되고 있기라도 한 듯 파란 화면을 가리킨다. *저기서 살아남은 사람이 있다고요?*

"딱 하루 동안이요." 브래디가 말한다. "신문에서는 그를 하늘에서 떨어진 소년이라고 불렀죠."

"하지만 그 별명을 만든 사람은 따로 있었어요." 댄이 말한다. "그 당시 뉴욕시 권역에는 공중파 말고도 서너 개의 독립 방송사가 있었어요. 그중 하나가 WLPT였죠. 물론 오래전에 문을 닫았지만 녹화나 녹음된 자료는 인터넷을 뒤지면 찾을 수 있는 공산이 커요. 충격 받을 수 있으니 마음의 준비를 하세요, 아가씨." 그가 고개를 끄덕이자 브래드가 다시 태블릿을 두드리기 시작한다.

홀리는 어머니 슬하에서 (아버지의 암묵적인 승인 아래) 감정을 공공연하게 드러내는 것은 창피하고 불쾌한 정도를 넘어 부끄러운 행동이라고 배웠다. 앨리 윈터스에게 상담을 받은 지 몇 년이 지났지만 그래도 그녀는 친구들 사이에서조차 대개 감정을 단단히 틀어막고 단속한다. 하지만 대형 화면에서 다음 영상이 시작되자 처음 보는 사람들 앞임에도 그녀는 비명을 지르고 만다. 어쩔 수가 없다.

"저 사람이에요! 저자가 온도스키예요!"

"나도 알아요." 댄 벨은 말한다.

11

대부분의 사람들은 그가 아니라고 할 테지만 홀리는 그렇다는 걸 안다.

그들은 이렇게 말할 것이다. 아, 네, 닮긴 닮았네요. 벨 씨와 그의 손자, 존 레논과 그의 아들 줄리언, 아니면 나와 엘리자베스 고모가 닮았듯이. 그리고 또 이렇게 말할 것이다. 체트 온도스키의 할아버지인가 봐요. 우와, 피는 못 속인다더니 정말 그렇네요.

하지만 홀리는, 휠체어에 앉아 있는 노인이 그렇듯, 안다.

구식 WLPT 마이크를 들고 있는 남자는 얼굴이 온도스키보다 동그렇고 주름살 때문에 나이는 10살, 어쩌면 20살 더 많아 보인다. 짧게 친 머리는 희끗희끗하고 온도스키와는 다르게 헤어라인이 살짝 V자가 되었다. 턱살이 늘어지기 시작한 것도 온도스키와 다르다.

그의 뒤편에서 일부 소방관들이 시커메진 눈밭을 종종걸음치며 짐과 수화물을 수거하고, 다른 소방관들은 여객기 잔해와 그 뒤편에서 불길에 휩싸인 두 채의 브라운스톤 주택을 향해 물을 뿌리고 있다. 큼지막한 구형 캐딜락 구급차가 경광등을 반짝이며 출발하고 있다.

"미국 역사상 최악의 항공기 추락사고가 벌어진 브루클린 현장에 나와 있는 폴 프리먼입니다." 기자가 매 단어마다 하얀 입김을 뿜어내며 말한다. "이 유나이티드 에어라인의 탑승객은 전원 사망하고 한 소년만 살아남았습니다." 그는 출발하는 구급차를 가리킨다. "아직 신원을 알 수 없는 그 소년이 저 구급차에 탑승 중입니다. 그 아이는……." 폴 프리먼을 자처하는 기자는 극적인 효과를 연출하기 위해 멘트를 잠시 중단한다. "하늘에서 떨어진 소년입니다! 아이는 아직까지도 불길에 휩싸여 있는 비행기의 뒤편에서 튕겨져 나와 눈더미 위로 추락했습니다. 경악한 행인들이 아이를 눈 위에서 굴려 불을 껐지만 구급차에 실리는 동안 제가 목격한 바로는 부상이 심각하다는 것을 알 수 있었습니다. 옷이 거의 전부 타서 날아갔거나 녹아서 살갗에 들러붙었습니다."

"거기서 스톱." 노인이 명령한다. 그의 손자는 그가 시키는 대로 한다. 댄은 홀리를 돌아본다. 파란 눈이 옅어졌을지 몰라도 여전히 매섭다. "봤어요, 홀리? 들었어요? 시청자들에게는 그가 이 끔찍한 상황에서 충격을 달래며 할 일을 하는 것처럼 보이고 들리겠지만……."

"그는 충격을 받지 않았어요." 홀리는 말한다. 그녀는 매크리디 중학교에서 폭탄이 터졌을 때 온도스키가 어떤 식으로 맨 처음 보도를 했는지 떠올리는 중이다. 이제는 좀더 분명하게 상황을 파악할 수 있다. "흥분했다면 모를까."

"그렇죠." 댄은 고개를 끄덕인다. "맞아요. 당신은 이해하는군요. 다행이에요."

"이해하는 사람이 우리 말고 또 있다니 기쁘네요." 브래드가 말한다.

"아이의 이름은 스티븐 발츠였어요." 댄이 말한다. "그리고 이 폴 프리먼이라는 남자는 화상을 입은 그 아이를 보았고 아마 고통 어린 비명소리도 들었을 거예요. 목격자들 말로는 아이가 적어도 처음에는 의식이 있었다고 했거든요. 내 생각을 말해줄까요? 내가 어떻게 믿게 됐는지? 그는 그걸 흡수하고 있었어요."

"두말하면 잔소리죠." 홀리는 말한다. 입술에 아무 느낌도 없다. "아이의 고통과 행인들의 충격을. 죽음을."

"맞아요. 다음 영상 준비해라, 브래드." 댄은 피곤한지 휠체어에 기댄다. 홀리는 신경 쓰지 않는다. 그녀는 끝까지 파헤쳐야 한다. 모든 걸 알아내야 한다. 예전의 흥분이 되살아난다.

"언제 이 영상을 찾아보셨어요? 어떻게 찾으셨어요?"

"방금 전에 본 그 추락 당일 저녁 영상은 「헌틀리 브링클리 리포트」에서 맨 처음 봤어요." 그는 어리둥절해하는 그녀의 표정을 보고 살짝 미소를 짓는다. "너무 어려서 체트 헌틀리와 데이비드 브 링클리를 기억하지 못하는군요. 지금은 「NBC 나이틀리 뉴스」로 제목이 바뀌었죠."

브래드가 말한다. "독립 방송사가 중요한 뉴스 현장에 먼저 도착 해 훌륭한 영상을 확보하면 그걸 공중파에 팔곤 했어요. 이 영상도 그런 경우라 할아버지께서 그 프로그램에서 보시게 된 거죠."

"프리먼이 맨 처음으로 현장에 출동했다." 홀리는 중얼거린다. "그렇다면…… 프리먼이 두 비행기의 충돌을 *유발했다고* 생각하세 요?"

댄 벨은 몇 가닥 남지 않은 거미줄 같은 머리칼이 흩날릴 정도로 힘차게 고개를 젓는다. "아뇨, 단순히 운이 좋았다고 생각해요. 아 니면 모험을 감행했든지. 대도시에서는 항상 끔찍한 사건이 벌어 지잖아요. 그자와 같은 것들의 먹잇감이 될 만한 사건이. 그리고 누 가 알겠어요. 그자와 같은 존재는 엄청난 재앙의 전조를 느낄 수 있 을지. 어쩌면 그는 모기와 비슷할지 몰라요. 모기들은 아주 멀리서 도 피 냄새를 맡잖아요. 그의 정체도 모르는데 우리가 무슨 수로 알 수 있겠어요? 다음 영상 틀어라, 브래드."

브래드가 영상을 재생하자 대형 화면에 또다시 온도스키가 등장 하지만…… 다르다. 좀더 호리호리하다. '폴 프리먼'보다도 젊고, 무너진 매크리디 중학교 앞에서 사건을 중계했던 온도스키보다도 젊다. 하지만 그다. 얼굴이 다르지만 같다. 그가 들고 있는 마이크 에는 KTVT라는 글자가 달려 있다. 여자 셋이 그와 함께 서 있다. 그중 한 명은 케네디를 지지하는 배지를 달고 있다. 다른 한 명은 쭈글쭈글하고 어째 쓸쓸해 보이는 플래카드를 들고 있는데, 거기에는 이렇게 적혀 있다. 64년에는 끝까지 JFK와 함께!

"텍사스 교과서 창고 맞은편 딜리 광장에서 데이브 반 펠트입니다. 미국의⋯⋯."

"거기서 스톱." 댄의 말에 브래드가 화면을 정지한다. 댄은 홀리를 돌아본다. "이번에도 그자예요, 맞죠?"

"네." 홀리는 말한다. "그걸 간파한 사람이 또 있을지, 비행기 추락사건 보도 이후에 그 오랜 시간이 지났는데 *선생님*은 무슨 수로 알아보셨는지 모르겠지만 맞아요. 예전에 저희 아버지가 자동차에 대해 이런 말씀을 하신 적이 있어요. 자동차 생산업체에서는, 포드든 쉐보레든 크라이슬러든, 다양한 모델을 제공하고 해마다 변화를 주지만 기본 틀은 모두 같다고요. 그는⋯⋯ 온도스키는⋯⋯." 하지만 그녀는 말문이 막혀서 화면 위의 흑백 영상만 가리킬 뿐이다. 그녀의 손이 떨리고 있다.

"맞아요." 댄이 나지막이 말한다. "딱 맞는 비유네요. 그는 모델은 바뀔지 몰라도 기본 틀은 같아요. 다만 틀이 최소 두 개, 어쩌면 그보다 더 많다는 게 문제지만."

"그게 무슨 말씀이세요?"

"나중에 설명할게요." 그는 심하게 쉰 목소리가 나오자 차로 목을 축인다. "내가 이 보도를 본 건 우연이었어요. 저녁 뉴스는 「헌틀리 브링클리」를 고집했거든요. 하지만 케네디가 총격을 당한 뒤에는 다들 월터 크롱카이트로 채널을 돌렸죠, 나도 예외는 아니었고. 왜냐하면 CBS의 보도가 최고였거든요. 케네디는 금요일에 총격을 당했어요. 이 보도는 다음 날인 토요일에 「CBS 이브닝 뉴스」에서 방송됐고요. 뉴스업계에서는 이런 걸 배경 설명용 백그라운더라고 하죠. 마저 보자, 브래드. 하지만 처음부터 다시 틀어줘."

끔찍한 격자무늬의 캐주얼 재킷을 입은 젊은 기자가 다시 보도를 시작한다. "텍사스 교과서 창고 맞은편 딜리 광장에서 데이브 반 펠트입니다. 미국의 삼십오 대 존 에프 케네디 대통령이 어제 이곳에서 총격을 당하고 유명을 달리했는데요, 총이 발사되었을 당시 지금 이 자리에 서 있었던 그레타 다이슨, 모니카 켈로그 그리고 와니타 알바레스, 이렇게 세 분의 케네디 지지자들을 모셨습니다. 여러분, 어제 어떤 광경을 목격했는지 말씀해주실 수 있을까요? 다이슨 양?"

"총소리가…… 피가…… 가엾은 그분의 *머리*에서 피가……." 그레타 다이슨은 무슨 말을 하는지 거의 알아들을 수 없을 정도로 흐느껴 울고 있고 홀리는 그게 포인트일 거라는 생각을 한다. 시청자들도 그녀가 자신들의 비통한 심정을, 이 나라의 비통한 심정을 대변한다고 생각하며 덩달아 울고 있을 것이다. 하지만 기자는…….

"그는 그걸 먹고 있어요." 그녀는 말한다. "걱정하는 척하면서. 그런데 그마저도 제대로 못 하고 있네요."

"맞아요." 댄이 말한다. "일단 눈에 들어오기 시작하면 놓치려야 놓칠 수가 없죠. 그리고 다른 두 여자를 봐요. 그들도 울고 있잖아요. 토요일인 그날에는 수많은 사람들이 울고 있었을 거예요. 이후로도 몇 주 동안. 당신 말이 맞아요. 그는 그걸 먹고 있어요."

"그는 그런 사태가 벌어질 줄 알고 있었을까요? 피 냄새를 맡는 모기처럼?"

"모르겠어요." 댄은 말한다. "나는 정말이지 모르겠어요."

"그가 그해 여름부터 KTVT에서 근무하기 시작했다는 건 알아요." 브래드가 말한다. "그에 대해서 입수한 정보가 많지 않지만 그건 알아냈어요. 인터넷에서 그 방송사의 연혁을 조사했거든요. 그는 1964년 봄에 떠났더군요."

"다음번에 등장한 곳은(적어도 내가 아는 한도 내에서는) 디트로이트예요." 댄은 말한다. "1967년. 디트로이트 폭동 내지는 12번가 폭동이 벌어졌던 시기에. 경찰이 시간 외 영업을 하던 무허가 술집을 급습하면서 시작된 폭동이 도시 전역으로 번졌죠. 마흔세 명이 죽고 천이백 명이 다쳤어요. 닷새 동안 폭력 사태가 이어졌고 그동안 뉴스 헤드라인을 장식했죠. 이것도 독립 방송사에서 촬영한 영상이지만 NBC에서 저녁 뉴스 시간에 방송됐어요. 틀어라, 브래드."

한 기자가 불길에 휩싸인 가게 앞에서 얼굴 위로 피를 흘리는 흑인을 인터뷰하고 있다. 이 남자는 슬픔을 가누지 못하고 횡설수설한다. 길 건너편의 자기 세탁소에서 불이 났고 아내와 딸의 행방을 모른다고 한다. 그들은 온 도시를 뒤덮은 아수라장 속으로 사라졌다. "나는 모든 걸 잃었어요." 그는 말한다. "모든 걸."

그리고 이 기자는 이번에는 이름이 짐 에이버리였던가? 그는 누가 봐도 소도시의 방송인이다. '폴 프리먼'보다 통통해서 비만에 가깝고 키가 작으며(인터뷰한 시민이 위에서 그를 내려다본다) 머리가 벗어지고 있다. 모델은 다르지만 기본 틀은 같다. 그 통통한 얼굴 아래에 체트 온도스키가 묻혀 있다. 그런가 하면 폴 프리먼도 묻혀 있다. 그리고 데이브 반 펠트도.

"무슨 수로 이걸 알아차리셨어요, 벨 씨? 도대체 무슨 수로⋯⋯."

"댄이요. 기억 안 나요? 댄이에요."

"닮은 게 그냥 닮은 게 아니라는 걸 무슨 수로 간파하셨어요?"

댄과 그의 손자는 서로 쳐다보며 미소를 짓는다. 홀리는 언뜻 지나간 이 부수적인 장면을 지켜보며 또다시 생각한다. 다른 모델, 같은 기본 틀.

"복도에 걸린 그림 보셨죠?" 브래드가 묻는다. "할아버지가 경찰로 근무하면서 같이 하신 일이 그거였어요. 거기에 천부적인 소질이 있었죠."

또다시 문득 깨달음이 찾아온다. 홀리는 댄을 돌아본다. "몽타주를 그리셨군요. 그게 경찰에서 하신 다른 일이었어요!"

"맞아요, 단순한 몽타주는 아니었지만. 내가 그린 건 만화가 아니었어요. *인물화였지*." 그는 잠시 생각하고는 덧붙인다. "얼굴을 한번 보면 절대 잊어버리지 않는다고 하는 사람들이 있잖아요? 대부분 과장이거나 새빨간 거짓말이에요. 하지만 나는 아니죠." 노인은 덤덤하게 말한다. 만약 그게 천부적인 재능이라면 이 노인만큼 역사가 오래된 거지. 홀리는 생각한다. 예전에는 그것이 그를 흥분시켰을지 몰라도 지금은 당연하게 받아들이고 있어.

"할아버지께서 작업하시는 걸 본 적 있어요." 브래드는 말한다. "관절염만 아니면 지금 몸을 돌려서 벽을 보고 이십 분 만에 홀리, 당신을 모든 디테일 하나까지 정확하게 그려내실 수 있어요. 복도에 걸린 그림이 뭐냐고요? 전부 할아버지의 인물화를 근거로 체포

된 사람들이에요."

"그래도……." 그녀는 미심쩍어하는 투로 말문을 연다.

"얼굴을 기억하는 건 일부분에 불과해요." 댄이 말한다. "그건 범인의 얼굴을 비슷하게 그리는 데 도움이 안 되죠. 그를 본 사람이 *내*가 아니니까. 무슨 말인지 알겠어요?"

"네." 홀리는 말한다. 그녀가 이 사건에 관심을 기울이는 이유는 외모가 수없이 바뀐 온도스키라는 자의 정체 때문만은 아니다. 탐정이라는 직업 면에서 아직 배울 것이 많기 때문이다.

"증인이 와요. 어떤 경우에는, 예를 들어 차량 탈취나 강도 사건에는 증인이 여러 명이에요. 그들이 범인의 생김새를 묘사해요. 하지만 장님이 코끼리 더듬는 식이에요. 그 이야기 알죠?"

홀리는 안다. 꼬리를 잡은 장님은 덩굴이라고 한다. 코를 잡은 쪽은 뱀이라고 한다. 다리를 잡은 쪽은 커다란 야자수 줄기인 게 분명하다고 한다. 결국 장님들은 누가 맞는지를 놓고 싸움을 벌인다.

"증인마다 범인을 조금씩 다르게 봐요." 댄은 말한다. "그리고 증인이 한 명인 경우에는 시간이 지날수록 또 다르게 보고요. 아니라고, 아니라고, 자기가 잘못 봤다고 얼굴이 너무 투실투실하다고 그래요. 아니면 너무 홀쭉하다고. 염소수염을 길렀다고. 아니, 콧수염이었다고. 눈이 파란색이었다고. 간밤에 곰곰이 생각해보니 사실 회색이었던 것 같다고."

그는 또다시 산소를 길게 마신다. 아까보다 더 피곤해 보인다. 아래에 불그죽죽한 주머니가 달린 눈만 예외다. 그 눈은 반짝거린다. 집중한다. 홀리는 온도스키를 자처하는 그것이 저 눈을 보면 겁이 날지 모른다는 생각을 한다. 너무 많은 것을 보기 전에 그 눈을 닫아버리고 싶을지 모른다는 생각을 한다.

"모든 변주 안에서 비슷한 부분을 찾는 게 내 일이에요. 그게 진짜 천부적인 재능이고 나는 그걸 그림에 집어넣어요. 내가 이 남자 얼굴을 맨 처음 그렸을 때에도 그걸 집어넣었어요. 봐요."

그는 휠체어 옆 주머니에서 조그만 서류 폴더를 꺼내 그녀에게 건넨다. 안에 세월과 더불어 점점 바스라져가는 얇은 도화지가 대여섯 장 들어 있다. 각 장마다 각기 다른 버전의 찰스 '체트' 온도스키가 그려져 있다. 현관 앞 복도에 걸린 범죄자 컬렉션처럼 상세하지는 않지만 그래도 놀랍다. 처음 세 장이 폴 프리먼, 데이브 반 펠트 그리고 짐 에이버리다.

"이걸 기억을 더듬어서 그리신 거예요?" 그녀는 묻는다.

"맞아요." 댄은 말한다. 이번에도 자랑이 아니라 그냥 사실을 밝히는 식이다. "처음 세 장은 에이버리를 본 직후에 그렸어요. 1967년 여름에. 복사본을 만들었지만 그게 원본이죠."

브래드가 말한다. "시대를 감안해요, 홀리. 할아버지는 그들을 VCR이나 DVR이나 인터넷이 등장하기 전에 TV에서 봤어요. 일반적인 시청자 같은 경우에는 뭘 보더라도 다음 순간 바로 잊어버리잖아요. 할아버지는 기억에 의존하는 수밖에 없었죠."

"이 나머지는요?" 그녀는 다른 세 장을 카드처럼 부채 모양으로 펼친다. 얼굴마다 헤어라인이 다르고, 눈과 입이 다르고, 선이 다르고, 연령대가 다르다. 모두 기본 틀은 같은데 다른 모델이다. 모두 온도스키다. 그녀는 코끼리를 보았기에 알 수 있다. 댄 벨은 그 시절에 그걸 간파했다니 놀랍다. 사실상 천재적이다.

그는 그녀가 들고 있는 그림을 하나씩 차례대로 가리킨다. "그건 레지널드 홀드예요. 존 리스트가 온 가족을 살해했을 때 뉴저지주 웨스트필드에서 사건을 보도했죠. 흐느끼는 친구와 이웃 주민들을 인터뷰하면서. 그 다음은 해리 베일, 에드워드 앨러웨이라는 수위가 캘리포니아 주립대학교 풀러턴에서 총으로 여섯 명을 죽였을 때 그 사건을 보도했어요. 피가 마르기도 전에 현장으로 출동해 생존자를 인터뷰했어요. 마지막 남자는 이름이 생각나지 않는데……"

"프레드 리버마넨바흐요." 브래드가 말한다. "시카고에 있는 WKS 소속 특파원. 1982년에 타이레놀 독극물 주입 사건을 취재했어요. 일곱 명이 죽었고 그가 슬퍼하는 친척들을 만났죠. 영상을 모두 가지고 있으니까 궁금하시면 보여드릴게요."

"저 아이한테 영상이 많다오. 우리가 열일곱 명의 체트 온도스키를 적발했거든."

"열일곱 명이요?" 홀리는 깜짝 놀란다.

"우리가 아는 것만 그 정도예요. 전부 볼 필요도 없어요. 처음 세 장의 그림을 하나로 합쳐서 티브이 앞에 대봐요, 홀리. 저게 라이트 박스는 아니지만 그래도 될 거예요."

그녀는 그림을 들어서 파란색 화면 앞에 대지만 뭐가 보일지 알고 있다. 하나의 얼굴이다.

온도스키의 얼굴이다.

이방인이다.

12

1층으로 내려갈 때 댄 벨은 계단 리프트에 앉는 게 아니라 그 안에서 축 늘어진다. 이제는 그냥 피곤한 정도가 아니라 진이 빠진 것이다. 홀리는 그를 더 이상 괴롭히고 싶지 않지만 어쩔 수가 없다.

댄 벨도 얘기가 아직 끝나지 않았다는 걸 안다. 그는 브래드에게 위스키를 한잔 가져오라고 한다.

"할아버지, 병원에서……."

"병원에서 하는 얘기는 엿이나 먹으라 그래." 댄은 말한다. "마시면 정신이 번쩍 날 거 아니냐. 얘기가 끝나면 홀리에게 그 마지막…… 그것을 보여주고…… 그런 다음 누울 테다. 간밤에 단잠을 잤는데 오늘 밤에도 그럴 게야. 짊어지고 있던 엄청난 짐을 내려놓았으니 말이다."

하지만 이제 그 짐을 내가 짊어지게 됐지. 홀리는 생각한다. 랠프가 옆에 있으면 얼마나 좋을까. 빌이 있으면 더 좋고.

브래드는 밑바닥을 위스키로 간신히 덮은 플린트스톤 젤리 잔을 들고 온다. 댄은 그 잔을 뚱하니 노려보지만 아무 말 없이 건네받는다. 휠체어 옆 주머니에서, 노인친화적으로 돌려서 따는 뚜껑이 달린 약병을 꺼낸다. 그가 약을 한 알 꺼내려고 병을 흔들자 대여섯 알이 바닥 위로 쏟아진다.

"망할." 노인이 말한다. "그거 좀 주워라, 브래드."

"제가 할게요." 홀리가 줍는다. 그동안 댄은 알약을 입에 넣고 위스키와 함께 삼킨다.

"그건 정말 좋은 생각이 못 되는데요, 할아버지." 브래드가 새침하게 말한다.

"내 장례식장에 참석한 어느 누구도 나더러 꽃다운 나이에 요절했다고 하지 않을 게다." 댄은 대답한다. 그의 뺨에 혈색이 돌아오고 그는 다시 휠체어에 똑바로 앉는다. "홀리, 거의 한 모금도 안 되는 위스키 약발이 떨어지기 전까지 이십 분 정도 남았을 거예요. 기껏해야 삼십 분. 묻고 싶은 게 있을 테고 같이 봐야 하는 게 하나 더 남아 있지만 짧게 끝냅시다."

"조엘 리버먼." 그녀는 말한다. "선생님이 2018년부터 보스턴으로 찾아가서 만난 그 정신과의사 말이에요."

"그 사람이 왜요?"

"선생님이 정신적으로 문제가 있다고 생각했기 때문에 찾아가신 게 아니었죠?"

"당연하지요. 당신이 칼 모턴을 찾아간 것과 같은 이유일 거예요. 모턴 박사가 특이한 노이로제를 앓는 사람들을 주제로 책도 쓰고 강연도 하기 때문이었죠. 나는 돈을 받고 얘기를 들어주는 사람에게 내가 아는 모든 걸 알리기 위해서 만나러 갔어요. 그리고 믿을 수 없는 걸 믿게 된 다른 사람을 찾기 위해서. 나는 홀리, 당신을 찾고 있었어요. 당신이 나를 찾고 있었던 것처럼."

그렇다. 진짜다. 그래도 우리가 이렇게 만나다니 기적 같은 일이야. 그녀는 생각한다. 아니면 운명이든지. 아니면 신의 섭리.

"모턴이 논문에서 이름과 장소를 모두 바꿨지만 브래드가 쉽게 당신을 찾아냈지요. 그나저나 온도스키를 자처하는 그것은 텍사스 동굴에서 벌어진 사건을 취재하러 가지 않았어요. 브래드하고 내가 뉴스 영상을 모두 확인했어요."

홀리는 말한다. "제가 만난 이방인은 테이프나 필름에 찍히지 않았어요. 사람들 속에 섞여 있다가 사진이 찍힌 적이 있는데 그 안에 없었거든요." 그녀는 여러 가면을 쓴 온도스키의 몽타주를 손끝으로 두드린다. "그런데 *이* 범인은 노상 TV에 출연하네요."

"그럼 다른 사람인가 보구려." 노인은 어깨를 으쓱한다. "집고양이와 들고양이가 다르지만 비슷하듯…… 기본 틀은 같지만 모델은 다른. 홀리, 당신으로 말할 것 같으면 뉴스 보도에서 거의 언급된 적 없고 이름은 절대 공개된 적이 없더군요. 수사를 도운 일반시민으로만 소개됐지."

"제가 빼달라고 했어요." 홀리는 중얼거린다.

"그 무렵에 나는 모턴 박사의 논문에서 캐럴린 H.의 사연을 접했어요. 리버먼 박사를 통해 당신과 연락하려고 보스턴까지 쉽지 않은 걸음을 했죠. 당신이 온도스키의 정체를 간파하지 못했더라도 내 이야기를 들으면 믿어줄 거라는 확신이 있었거든요. 리버먼이 당신과 상담한 모턴에게 연락했고 이렇게 우리가 만났네요."

홀리는 꺼림칙한, 그것도 심하게 꺼림칙한 부분이 있다. "왜 지금인가요? 선생님은 오래전부터 이것의 존재를 알았고 계속 추적하셨는데……."

"추적은 아니고." 댄은 말한다. "*행적*을 *파악*했다는 게 좀 더 정확한 표현일 거요. 2005년인가부터 브래드가 인터넷으로 계속 주시하고 있었지요. 비극적인 참사나 총기 난사 사건이 벌어질 때마다 그의 흔적을 찾았어요. 그렇지, 브래드?"

"네." 브래드는 말한다. "그가 항상 있지는 않더라고요. 샌디 훅 (2012년에 총기 난사 사건이 벌어진 코네티컷주의 초등학교 — 옮긴이) 때도 없었고 스티븐 패덕이 콘서트 관객들을 죽인 라스베이거스 현장에도 없었고. 하지만 2016년에는 올란도의 WFTV에서 근무했어요. 펄스 나이트클럽 총기 사건이 벌어진 다음 날 생존자를 인터뷰했죠. 그는 항상 가장 충격을 받은 사람, 그 안에 있었거나 친구가 그 안에서 죽은 사람을 선택해요."

당연히 그렇겠지. 홀리는 생각한다. 당연하지. 그들의 상심이 맛있으니까.

"하지만 그가 나이트클럽 사건에도 관여한 줄 모르고 있다가 지난주에 학교에서 폭탄이 터진 다음에서야 알았어요." 브래드는 말한다. "그렇죠, 할아버지?"

"음." 댄은 맞장구친다. "이후에 펄스 보도 영상을 그야말로 낱낱이 체크했는데도 말이다."

"어떻게 그를 못 보고 놓치셨어요?" 홀리는 묻는다. "펄스라면 사년도 더 된 사건이잖아요! 사람 얼굴을 한번 보면 잊어버리지 않는다고 하셨고 그 무렵에는 온도스키의 얼굴도 알고 계셨으면서. 이렇게 저렇게 달라지더라도 따지고 보면 항상 돼지상이잖아요."

그들이 똑같이 눈살을 찌푸리고 그녀를 쳐다보자 홀리는 대부분의 사람들은 돼지상 아니면 여우상이라고 빌에게 들은 대로 설명한다. 그녀가 이 집에서 본 모든 버전에서도 온도스키의 얼굴은 동그랗다. 어떨 때는 가끔, 어떨 때는 많이 동그랗지만 결국에는 돼지상이다.

브래드는 여전히 영문을 모르겠는 표정이지만 그의 할아버지는 미소를 짓는다. "훌륭한 이론일세. 마음에 드는구려. 하지만 예외는 있어요, 어떤 사람들은……."

"말상이죠." 홀리가 대신 말문을 맺는다.

"내가 그 말을 하려고 했는데. 그리고 족제비상도 있지요…… 족제비도 여우와 일맥상통하는 부분이 있긴 하지만. 필립 해니건은……." 그는 말끝을 흐린다. "맞네요. 그런 관점에서 봤을 때 그는 계속 여우상이에요."

"그게 무슨 말씀이세요?"

"무슨 말인지 알게 될 거요." 댄은 말한다. "펄스 영상을 보여드려라, 브래드."

브래드가 영상을 재생하고 아이패드를 홀리 쪽으로 돌린다. 또다시 어떤 기자가 단독 보도를 하고 있는데, 그의 뒤로 이번에는 꽃다발과 하트 모양의 풍선과 사랑은 늘리고 증오는 줄여요와 같은 피켓이 산더미처럼 쌓여 있다. 흙먼지인지 마스카라 얼룩인지 모를 것을 뺨에 묻힌 채 흐느껴 우는 젊은 남자와 인터뷰를 시작하려 하고 있다. 홀리는 인터뷰를 듣지 않고 이번에는 비명도 지르지 않는다. 숨이 멎었기 때문이다. 필립 해니건이라는 그 기자는 젊고 호리호리한 금발이다. 고등학교를 졸업하자마자 이 일에 입문한 것처럼 보이고 빌 호지스가 보았다면 여우상이라고 할 만한 특징을 갖추었다. 그는 걱정인지…… 공감인지…… 연민인지…… 아니면 간신히 감춘 탐욕인지 모를 눈빛으로 인터뷰 상대를 쳐다보고 있다.

"거기서 스톱." 댄은 브래드에게 말한다. 그리고 이번에는 홀리에게 묻는다. "어디 안 좋아요?"

"저자는 온도스키가 아니에요." 그녀는 속삭인다. "조지예요. 매크리디 중학교에 폭탄을 배달한 남자."

"아, 하지만 온도스키가 맞아요." 댄은 말한다. 부드러운, 거의 다정하달 수도 있는 말투다. "아까 얘기했잖아요. 이 녀석은 기본 틀이 한 개가 아니라고. 두 개예요. *최소한 두 개.*"

13

홀리는 벨의 집 현관문을 두드리기 전에 휴대전화를 껐고 엠버시 스위트 호텔 방으로 돌아갈 때까지 다시 켤 생각을 하지 못한다. 강풍에 흩날리는 낙엽처럼 머릿속이 어지럽다. 랠프에게 남기는 보고서를 추가하려고 전원을 켜 보니 문자가 네 통, 부재중 전화가 다섯 통, 음성사서함 메시지가 다섯 통 남겨져 있다. 부재중 전화와 음성사서함 메시지는 모두 어머니가 남긴 것이다. 샬럿은 문자 보내는 법을 알지만(홀리가 가르쳐주었다) 딸에게 연락할 때는 그런 번거로움을 감수하지 않는다. 홀리가 보기에 그녀의 어머니는 문자로는 막강한 죄책감을 유발하기에 부족하다고 생각하는 눈치다.

그녀는 먼저 문자를 확인한다.

피트: 별일 없죠? 내가 가게 지키고 있으니까 볼일 봐요. 필요한 거 있으면 연락하고요.

홀리는 그걸 보고 미소를 짓는다.

바버라: 영화 받았어요. 재밌을 것 같아요. 고마워요, 나중에 또 연락할게요. ☺

제롬: 그 초콜릿색 래브라도에 대한 정보를 입수한 것 같아요. 파머 하이츠에서. 가서 확인해볼게요. 뭐 필요한 거 있으면 휴대전화로 연락하세요. 언제든.

마지막 문자도 제롬이 보낸 거다. **홀리베리.** ☺

라파예트 가의 그 집에서 알게 된 그 모든 정보에도 불구하고 그녀는 웃음을 터뜨릴 수밖에 없다. 그리고 눈물도 살짝 흘릴 수밖에 없다. 그들 모두는 그녀를 좋아하고 그녀도 그들을 좋아한다. 놀라운 일이다. 그녀는 그 사실을 기억하며 어머니를 상대할 것이다. 어머니가 남긴 음성사서함 메시지가 어떤 식으로 끝날지 그녀는 이미 알고 있다.

"홀리, 어디니? 전화해." 이게 첫 번째다.

"홀리, 이번 주말에 삼촌 만나러 가는 문제로 통화하고 싶은데. 전화해." 이게 두 번째다.

"어디니? 전화기는 왜 꺼놓은 거야? 하여간 배려라고는 없지. 급한 일이라도 생기면 어쩌려고. 전화해!" 이게 세 번째다.

"롤링힐스의 그 여자, 브래덕 부인 말이야, 너무 거만해 보여서 안 그래도 마음에 안 들었는데, 헨리 삼촌이 엄청 *심란해한다고* 전화를 했지 뭐니! 너 왜 내 연락 씹니? 전화해!" 이게 장황한 네 번째다.

다섯 번째는 간단 그 자체다. "전화해!"

홀리는 화장실에 가서 파우치를 열고 아스피린을 꺼낸다. 그런 다음 무릎을 꿇고 앉아 욕조 가장자리 위로 손깍지를 낀다. "하느님, 홀리예요. 저 지금 엄마한테 전화해야 해요. 못되게 굴거나 기분 나빠하거나 말다툼을 벌이지 않아도 할 말을 할 수 있다는 걸 기억할 수 있게 도와주세요. 담배를 피우지 않고 또 하루를 마감할 수 있게 도와주세요. 요즘도 담배가 그립거든요, 특히 지금 같은 때에는. 그리고 빌도 그립지만 제 옆에 제롬과 바버라가 있어서 좋아요. 피트도요, 가끔 이해하는 속도가 살짝 느리기는 해도." 그녀는 일어서려다 다시 그 자세로 돌아간다. "랠프도 그리워요. 지금 랠프가 아내와 아들과 즐거운 휴가를 보내고 있길 바라요."

홀리는 이렇게 무장하고 (또는 무장이 됐길 바라며) 어머니에게 전화한다. 샬럿이 대화를 주도한다. 그녀는 홀리가 어디에서 무얼 하고 있고 언제쯤 돌아올 예정인지 밝히지 않자 노발대발한다. 홀리는 그 분노 아래에서 두려움을 감지한다. 홀리가 탈출했다는, 자기 인생을 살고 있다는 두려움이다. 벌어져서는 안 될 일이 벌어진 것이다.

"뭘 하고 있는지 몰라도 이번 주말에는 *돌아와야* 한다." 샬럿은 말한다. "같이 삼촌 보러 가야 해. 우리가 삼촌의 *가족*이잖아. 삼촌에게 남은 게 우리뿐이잖아."

"그때까지 돌아가지 못할 수도 있어요, 엄마."

"왜? 이유라도 알자!"

"왜냐하면⋯⋯." 빌이었다면 *사건*을 수사하는 중이라고 했을 것이다. "일을 하는 중이거든요."

샬럿은 울음을 터뜨린다. 5년인가 전부터 그녀는 홀리를 굴복시키고 싶을 때 항상 최후의 수단으로 눈물 작전을 동원했다. 이제 더는 효과가 없지만 그래도 그것이 그녀의 기본적인 입장이고 여전히 상처가 된다.

"사랑해요, 엄마." 홀리는 전화를 끊는다.

진심일까? 그렇다. 사라진 것은 좋아하는 마음이고 좋아하는 마음이 없는 사랑은 양쪽에 족쇄가 달린 쇠사슬과도 같다. 그녀가 그 사슬을 끊을 수 있을까? 족쇄를 잘라낼 수 있을까? 아마도 그럴 수 있을지 모른다. 그녀는 특히 어머니가 도널드 트럼프(으웩)에게 투표했다고 당당하게 밝힌 이후부터 앨리 윈터스와 그 가능성에 대해 여러 차례 대화를 나누었다. 지금 그래볼까? 지금은 안 되고 어쩌면 영영 못 할 수도 있다. 샬럿 기브니는 홀리의 어린 시절 내내 (끈질기게, 심지어 어쩌면 좋은 뜻에서) 그녀는 생각이 없고 대책도 없고 운도 없고 조심성도 없는 아이라고 가르쳤다. 남들보다 열등한 아이라고 가르쳤다. 홀리는 내내 그런 줄 알고 살다가 빌 호지스를 만났다. 그는 그녀가 남들보다 훌륭하다고 여겼다. 이제 그녀에게는 나름의 인생이 생겼고 행복할 때가 많다. 만약 어머니와 절연한다면 그녀가 전보다 못한 인물이 될 것이다.

나는 전보다 못한 인물이 되고 싶지 않아. 홀리는 엠버시 스위트 객실 침대에 앉으며 생각한다. 그 시절은 이미 졸업했다. "그리고 졸업장도 받았지." 그녀는 덧붙인다.

그녀는 미니바에서 콜라를 꺼낸다(빌어먹을 카페인 같으니라고). 그런 다음 휴대전화의 녹음 앱을 켜고 랠프에게 남기는 보고서를 마저 녹음한다. 하느님에게 드리는 기도처럼 반신반의하며 녹음하지만 그래도 생각을 정리할 수 있고 녹음을 마쳤을 무렵에는 어떤 식으로 수사를 진행해야 할지 계획이 선다.

14

홀리 기브니가 랠프 앤더슨 형사에게 남긴 보고

랠프, 여기에서부터는 댄과 브래드 벨과 나눈 대화를, 아직 기억이 생생할 때 고스란히 옮길게요. 백 퍼센트 정확하지는 않아도 거의 비슷할 거예요. 대화를 녹음했어야 하는데 그럴 생각을 못 했어요. 나는 아직도 배울 게 많네요. 앞으로 배울 기회가 있길 바랄 뿐이에요.

벨 씨, 즉 할아버지 벨은 얘기를 계속하고 싶어 했지만 위스키 약발이 떨어지자 그럴 수가 없게 됐어요. 누워서 좀 쉬어야겠다고 하더라고요. 그가 브래드에게 마지막으로 한 말이 사운드 녹음 파일 어쩌고였어요. 그때는 무슨 소리인지 몰랐지만 지금은 알아요.

손자가 그를 휠체어에 태우고 침실로 옮겼지만 그 전에 아이패드 사진 폴더를 열어서 내게 주고 갔어요. 나는 그가 자리를 비운 동안 사진을 보고 또 보았고 그가 돌아왔을 때도 계속 사진을 보고 있었어요. 17장이었고 전부 인터넷 영상에서 찍은 건데 전부 체트 온도스키의 다양한

[잠시 정적]

분신이었다고 하는 게 맞겠어요. 그리고 18번째 분신은 4년 전 펄스 나이트클럽 앞에서 사건을 보도한 필립 해니건이에요. 수염

도 없고 까만 머리가 아니라 금발이고 가짜로 배달기사 유니폼을 입은 보안카메라상의 조지보다 젊지만 분명 그였어요. 그 아래에 같은 얼굴이 숨겨져 있었어요. 같은 여우상이. 하지만 온도스키와 같지는 않았어요. 절대로.

브래드가 술병과 젤리 잔을 2개 더 들고 왔어요. "할아버지의 위스키예요." 그가 말했어요. "메이커스 마크. 좀 드실래요?" 내가 됐다고 하니까 그는 한쪽 잔에 제법 많이 따랐어요. "나는 마셔야겠어요." 그가 말했어요. "할아버지가 저 게이라고 얘기하셨어요? *철저하게* 게이라고?"

내가 그렇다고 했더니 브래드는 웃었어요.

"내 얘기를 할 때마다 항상 그렇게 선포부터 하세요." 그가 말했어요. "당신은 상관하지 않는다는 걸 보여주려고 공개적으로 대놓고 말씀을 꺼내세요. 하지만 당연히 상관하시죠. 저를 사랑하지만 상관하세요."

내가 나도 어머니에게 그 비슷한 감정을 느낀다고 하니까 그는 웃으며 우리에게 공통점이 있다고 했어요. 정말 그런 것 같아요.

그는 자기 할아버지가 예전부터 이른바 '제2의 세계'에 관심이 많았다고 했어요. 텔레파시, 유령, 해괴한 실종사건, 하늘의 빛. 그가 말했어요. "우표를 수집하는 사람들이 있듯 할아버지는 제2의 세계에 얽힌 이야기를 수집해요. 나는 그런 이야기를 믿지 않았지만 이걸 보고 생각이 달라졌어요."

그는 조지의 사진이 띄워져 있는 아이패드를 가리켰어요. 폭탄이 가득 든 소포를 들고 매크리디 중학교의 교무실로 들어가려고 벨을 누르고 기다리는 조지.

브래드가 말했어요. "이제는 비행접시에서부터 킬러 광대에 이르기까지 뭐든 믿을 수 있을 것 같아요. 왜냐하면 제2의 세계가 실제로 있거든요. 그게 존재하는 이유도 사람들이 믿지 않기 때문이에요."

나는 그 말이 맞는다는 걸 알아요, 랠프. 당신도 마찬가지죠. 우리가 텍사스에서 죽인 그것이 그때까지 목숨을 부지한 게 그 때문이잖아요.

나는 브래드에게 그의 할아버지가 이때까지 한참 동안 기다린 이유를 물었어요. 그즈음에는 왜 그랬는지 알 것 같았지만요.

그는 할아버지가 그걸 기본적으로 해로울 게 없는 존재라고 생각했기 때문이라고 했어요. 특이한 카멜레온이라고, 그 종족의 최후의 일인은 아닐지 몰라도 최후 세대 중 일인일 거라고. 남의 슬픔과 고통을 먹고 사니 좋은 건 아닐지 몰라도 썩어가는 살을 먹는 구더기나 아니면 로드킬을 먹는 대머리수리나 콘도르와 그리 다를 바 없다고.

"코요테와 하이에나도 그런 식으로 살죠." 브래드는 말했다. "동물의 왕국에서는 그들이 청소부예요. 그리고 우리라고 뭐 그리 다를까요? 고속도로에서 사고가 나면 다들 속도를 늦추고 열심히 쳐다보잖아요? 그것도 로드킬이죠."

나는 항상 고개를 돌린다고 말했어요. 그리고 사고를 당한 사람들이 무사하길 기도한다고요.

그는 그게 사실이라면 나는 이례적인 경우라고 했어요. 대부분의 사람들은 자기 것이 아닌 이상 고통을 *좋아한다*면서. 그러고는 말했어요. "그럼 공포영화도 보지 않겠네요?"

음, 공포영화는 보지만, 랠프, 그건 허구잖아요. 감독이 컷을 외치면 제이슨이나 프레디에게 목을 베인 여자가 일어나서 커피를 마시잖아요. 그래도 앞으로는…….

[잠시 정적]

아니에요, 횡설수설할 시간 없어요. 브래드는 말했어요. "할아버지와 내가 수집한 살인이나 참사 영상이 수백 편이 더 있어요. 어쩌면 수천 편일지도 몰라요. 뉴스업계에는 이런 말이 있죠. 피가 *흐르는* 곳에 특종이 있다. 사람들이 끔찍한 뉴스에 가장 관심이 많기 때문이에요. 살인. 폭파. 교통사고. 지진. 해일. 사람들은 그런 걸 좋아하고 요즘은 휴대전화로 촬영한 동영상이 있기 때문에 더 열렬한 반응을 보여요. 오마르 마틴이 광란극을 벌이고 있었을 때 펄스 내부를 촬영한 보안카메라 영상 있죠? 조회수가 수백만이에요. *수백만.*"

그는 벨 씨가 이 특이한 존재는 뉴스를 보는 사람들과 똑같은 걸 하고 있을 뿐이라고 생각했다고 말했어요. 비극을 즐기는 것. 그 괴물(그걸 이방인이라고 부르지는 않았어요)은 그럼으로써 수명을 연장하는 행운을 누리는 것일 뿐이라고. 벨 씨는 지켜보며 놀라워하는 데 만족하다가 매크리디 중학교 폭파범의 보안카메라 캡처 사진을 보게 되었어요. 얼굴을 기억하는 능력이 워낙 특출나다 보니 그 얼굴의 다른 버전을 얼마 전 어떤 폭력의 현장에서 보았던 걸 기억해냈어요. 브래드는 한 시간도 안 돼서 필립 해니건을 집어냈어요.

"지금까지 매크리디 중학교 폭파범을 세 번 더 찾아냈어요." 브래드는 세 군데에서 현장 보도를 하는 여우상을 한 남자의 사진(각기 달랐지만 기본 바탕은 항상 조지였어요)을 보여주었어요. 2005년 허리케인 카트리나. 2004년 일리노이 토네이도. 그리고 2001년 세계무역센터. "이거 말고도 많겠지만 시간이 없어서 못 찾았어요."

"어쩌면 다른 남자일 수도 있어요." 나는 말했어요. "다른 존재." 나는 온도스키와 우리가 텍사스에서 죽인 그것, 이렇게 둘이 있다면 셋도 가능하다는 생각을 하고 있었거든요. 아니면 넷도. 아니면 대여섯도. PBS에서 멸종 위기에 처한 종을 다룬 프로그램을 봤던 기억이 나요. 검은 코뿔소는 전 세계적으로 60마리밖에 남지 않았고 아무르 표범은 70마리라고 하지만 셋에 비하면 엄청 많은 거잖아요.

"아뇨." 브래드는 말했어요. "같은 녀석이에요."

나는 무슨 수로 그렇게 확신하느냐고 물었어요.

"할아버지는 예전에 경찰에서 몽타주를 그리셨죠." 그는 말했어요. "나는 몇 번 경찰을 대신해 법원에서 허가한 도청장치를 설치하거나 UC의 몸에 마이크를 장착한 적이 있고요. UC가 뭔지 알아요?"

당연하죠. 언더커버, 잠입 수사관.

"요즘은 셔츠 아래에 마이크를 달지 않아요." 브래드는 말했어요. "가짜 커프스링크나 셔츠 단추를 쓰지. 한번은 보스턴 레드삭스 모자의 B 로고에 마이크를 넣은 적도 있어요. 버그(영어로 도청이라는 뜻이다 — 옮긴이)니까 B. 하지만 그건 내가 하는 일의 일부분에 불과해요. 이걸 보세요."

그는 둘이 같이 아이패드를 볼 수 있게 내 쪽으로 의자를 바짝 댔어요. 그러고는 보카노라는 앱을 열었어요. 안에 파일이 몇 개 있더라고요. 그중 하나가 폴 프리먼이었어요. 1960년 비행기 추락사고 현장에서 중계한 온도스키의 분신이요.

브래드가 재생 버튼을 누르자 프리먼의 목소리가 아까보다 또렷하고 선명하게 들렸어요. 브래드 말로는 오디오 잡음을 없애고 배경 소음을 지웠다고 하더라고요. 그런 걸 설탕을 바른다고 한대요. 그 목소리는 아이패드 스피커를 통해서 들렸어요. 화면에서는 그 목소리가 보였고요. 음성으로 문자를 보내려고 할 때 마이크 아이콘을 건드리면 휴대전화나 태블릿 하단에 음파가 보이듯이. 브래드는 그게 성문(聲紋) 스펙트로그램이라고, 자기는 공인 성문 심사관이라고 했어요. 법정에서 증언한 적도 있다고.

우리가 얘기한 그 선한 기운이 여기서 어떤 식으로 작동하는지 느껴져요, 랠프? 나는 느껴져요. 할아버지와 손자. 한쪽은 그림 전문가, 다른 쪽은 목소리 전문가. 그 둘 모두가 없었다면 이것은, 그들의 이방인은 계속 얼굴을 바꿔가며 아무도 모르게 활개 치고 다녔을 거예요. 복권 당첨번호를 알아맞히는 것처럼 운이 좋아서 아니면 우연히 그렇게 된 거라고 할 사람도 있겠지만 나는 아니라고 봐요. 그렇게 생각할 수도 없고 그렇게 생각하고 싶지도 않아요.

브래드는 프리먼의 비행기 추락사고 현장 중계를 반복 재생했어요. 그런 다음 온도스키가 매크리디 중학교에서 중계한 사운드 파일을 열어서 그것도 반복 재생했어요. 두 목소리가 서로 겹치면서 모든 게 알아들을 수 없는 지껄임으로 바뀌었어요. 브래드가 소리를 죽이고 두 스펙트로그램을 손가락으로 분리했어요. 프리먼은 아이패드 위쪽으로, 온도스키는 아래쪽으로.

"보이죠?" 그가 물었고 당연히 보였어요. 똑같이 생긴 마루와 골이 거의 동시에 화면을 가로지르더라고요. 몇 군데 사소하게 다른 부분은 있었지만 기본적으로 같은 목소리였어요. 60년의 차이를 두고 녹음된 거였는데도. 나는 브래드에게 프리먼과 온도스키가 다른 말을 하는데도 양쪽 파형이 어떻게 이렇게 비슷할 수 있느냐고 물었어요.

"그는 얼굴이 바뀌고 몸도 바뀌죠." 브래드는 말했어요. "하지만 목소리는 절대 바뀌지 않아요. 그런 걸 음성의 독자성이라고 해요. 그가 바꾸려고 시도는 해요. 가끔 피치를 높이기도 하고 낮추기도 하고 심지어 억양을 살짝 섞기도 해요. 열심히 노력하지는 않지만."

나는 말했어요. "장소도 달라지고 하니 외모만 바꿔도 충분하다고 자신하는군요."

"그런 것 같아요." 브래드는 말했어요. "한 가지 더 있어요. 인간은 누구나 고유의 발성이 있거든요. 호흡에 의해 결정되는 일정한 리듬이요. 마루를 보세요. 프리먼이 특정 단어를 때릴 때 생기는 거예요. 골은 숨을 마시는 부분이고요. 이제 온도스키를 보세요."

서로 같았어요, 랠프.

"하나가 더 있어요." 브래드가 말했어요. "양쪽 다 's'나 'th' 발음이 있는 단어에서 멈춰요. 예전에는, 얼마나 오래전이었을지는 아무도 모르지만 이 녀석이 혀 짧은 소리를 냈었나 봐요. 그런데 티브이 뉴스 기자는 당연히 혀 짧은 소리를 내면 안 되잖아요. 그래서 이에 닿지 않게(거기서 혀 짧은 소리가 만들어지니까요) 입천장에 혀를 대는 식으로 스스로 교정을 했어요. 희미하지만 아직 남아 있어요. 들어보세요."

그는 온도스키가 중학교 앞에서 "폭발물은 교무실에 있었던 것으로 추정됩니다."라고 한 부분의 사운드바이트를 들려줬어요.

그러고는 나한테 들었느냐고 물었어요. 나는 브래드의 얘기를 듣고 혼자 상상한 건 아닌지 확인하려고 다시 한번 들려달라고 했어요. 혼자 상상한 게 아니었어요. 온도스키가 이렇게 얘기하더라고요. "폭발물은 교무실에 있……었던 것……으로 추정됩니다."

이번에는 그가 폴 프리먼이 1960년 비행기 추락사고 현장에서 보도한 녹음 파일의 사운드바이트를 들려줬어요. "그 아이는 아직까지도 불길에 휩싸여 있는 비행기의 뒤편에서 튕겨져 나와……." 다시 들리더라고요, 랠프. '휩싸여'와 '뒤편에서'에서 아주 잠깐 말이 끊기는 것이요. 혀 짧은 소리를 내지 않으려고 혀로 입천장을 건드리느라 그런 거죠.

브래드가 세 번째 스펙트로그램을 태블릿에 띄웠어요. 필립 해니건이 펄스 앞에서 뺨 위로 마스카라 얼룩이 흘러내린 젊은 남자를 인터뷰한 파일이었어요. 젊은 남자가 뭐라는지는 못 들었어요. 브래드가 사이렌 소리, 사람들 말소리와 같은 배경 소음과 함께 지워버렸거든요. 해니건, 그러니까 조지의 목소리만 남았고 우리와 한 방에 있다고 해도 믿길 정도로 선명했어요. "안에서 어떤 상황이 벌어졌나요, 로드니? 그리고 어떻게 탈출할 수 있었나요?"

브래드가 세 번을 틀어줬어요. 스펙트로그램상의 마루와 골이 그 위에서 계속 재생되고 있는 프리먼과 온도스키의 스펙트로그램과 일치하더군요. 그건 기술적인 부분이었고 대단하다고 생각했지만 정말로 충격적이었던 건, 정말로 소름이 끼쳤던 건 아주 잠깐 말이 끊기는 구간이었어요. '어떤 상황이'에서는 짧게, 그보다 극복하기 힘든 '탈출할 수'에서는 좀더 길게.

브래드가 납득이 되느냐고 물었고 나는 그렇다고 했어요. 우리가 함께 겪었던 그런 일을 경험하지 못한 사람은 납득하지 못하겠지만 나는 경험했으니까요. 그는 변신하는 동안 동면해야 하고 영상으로 찍히지 않는 우리 이방인하고는 다르지만 분명 사촌이나 육촌은 될 거예요. 우리는 이 녀석들에 대해서 모르는 게 너무 많고 앞으로도 영영 그러지 않을까 싶어요.

이제 그만 끊어야겠어요, 랠프. 오늘 하루 종일 먹은 게 베이글이랑 치킨샌드위치랑 턴오버 조금밖에 없어서요. 얼른 뭐 좀 먹지 않으면 기절할 수도 있겠어요.

나중에 좀더 얘기할게요.

15

홀리는 도미노에 채식 피자 스몰사이즈와 콜라 라지사이즈를 주문한다. 젊은 남자가 들고 오자 빌 호지스의 경험의 법칙에 따라 팁을 준다. 서비스가 그럭저럭 괜찮았으면 음식값의 15퍼센트, 훌륭했으면 20퍼센트. 이 젊은 남자는 배달이 빨랐으니 최대치를 준다.

그녀는 창가의 조그만 테이블에서 우적우적 피자를 먹으며 엠버시 스위트 주차장 위로 어스름이 스며들기 시작하는 것을 감상한다. 그 아래에서 크리스마스트리가 깜빡이지만 홀리는 평생 이보다 더 크리스마스 기분을 못 느낀 적이 없다. 오늘은 그녀가 조사하는 그것이 TV 화면상의 영상이나 아이패드상의 스펙트로그램에 불과했다. 하지만 모든 게 그녀의 바람대로 된다면 (그녀는 홀리식 희망을 품고 있다) 내일은 그것과 대면하게 될 것이다. 그러면 공포스러울 것이다.

그래도 그렇게 해야 한다. 그녀로서는 선택의 여지가 없다. 댄 벨은 너무 나이가 많고 브래드 벨은 너무 겁이 많다. 홀리가 자신이 피츠버그에서 실천에 옮기려 하는 작전으로 인해 위험해질 일은 없을 거라고 설명해도 그는 일언지하에 거부했다.

"그걸 어떻게 알아요." 브래드는 말했다. "이 녀석이 텔레파시를 쓸지도 모르잖아요."

"내가 예전에 이런 존재를 만나봤어요." 홀리는 대답했다. "그 녀석이 텔레파시를 썼다면 나는 죽은 목숨이고 그 녀석은 아직까지 살아 있을 거예요."

"나는 못 가요." 브래드는 입술을 떨고 있었다. "할아버지 곁을 내가 지켜야 해요. 심장이 아주 안 좋으시다고요. 친구 없어요?"

그녀는 친구가 있고 그중 한 명은 아주 훌륭한 경찰이지만 랠프가 오클라호마에 있다 한들 그에게 위험부담을 지울 수 있을까? 그에게는 가족이 있다. 그녀는 그렇지가 않다. 제롬의 경우에는……

안 된다. 절대 안 된다. 이제 막 싹트기 시작한 그녀의 계획에서 피츠버그 부분은 정말이지 위험할 일이 없지만 제롬은 끝까지 함께 하고 싶어할 테고 그러면 위험해질 것이다. 그 다음으로 피트가 있지만 그녀의 파트너는 상상력이 제로에 가깝다. 가자면 가겠지만 모든 걸 장난으로 간주할 텐데 체트 온도스키와 가장 거리가 먼 단어가 장난이라는 단어다.

댄 벨이 지금보다 젊었다면 변신의 귀재를 상대하러 나섰을지 모르지만, 그는 그 오랜 세월 동안 녀석이 재난계의 '월리를 찾아라' 처럼 가끔 여기저기서 등장할 때마다 신기해하며 구경하는 데 만족했다. 안타까워했을지는 모르겠지만 그뿐이었다. 그런데 이제는 상황이 달라졌다. 이제 그 녀석은 피가 마르기 전에 슬픔과 고통을 게걸스럽게 삼키며 비극의 여파를 먹고사는 데 만족하지 않는다.

이번에는 녀석이 대학살을 유발했고 이번에 벌을 받지 않고 빠져나가면 또 저지를 것이다. 다음번에는 사망자 수가 훨씬 많아질 텐데 그건 용납할 수 없다.

그녀가 책상이랍시고 있는 객실의 싸구려 가구 위에 노트북을 펼치고 보니 기다리고 있던 브래드 벨의 이메일이 있다.

부탁하신 자료 첨부했어요. 자료를 현명하게 활용해주시고 저희는 여기서 빼주세요. 저희로서는 할 수 있는 최선을 다했어요.

글쎄? 홀리는 생각한다. 그건 아니지. 그녀는 첨부파일을 다운받은 다음 댄 벨에게 전화한다. 이번에도 브래드가 받을 줄 알았더니 비교적 활기를 되찾은 듯한 노인의 목소리가 들린다. 낮잠만큼 효과가 좋은 방법도 없다. 홀리도 짬이 날 때마다 낮잠을 자지만 요즘은 원하는 만큼 시간이 잘 나지 않는다.

"댄, 홀리예요. 뭐 하나만 더 물어봐도 될까요?"

"물어봐요."

"그가 무슨 수로 아무한테도 들통나지 않고 이 회사에서 저 회사로 옮겨 다닐까요? 요즘은 소셜 미디어의 시대잖아요. 어떻게 그럴 수 있는지 이해가 되지 않아요."

잠깐 동안 그가 산소통의 도움을 받아 가며 힘겹게 숨을 쉬는 소리만 들린다. 이윽고 그가 말한다. "브래드하고 나도 그 부분에 대해 논의했어요. 대충 결론을 내렸고요. 그는…… 그것은…… 잠깐만요, 브래드가 망할 전화기를 달라고 하네요."

알아들을 수 없는 대화가 오가지만 홀리는 요지를 간파한다. 노인네가 전화기를 빼앗기지 않으려는 것이다. 잠시 후에 브래드가 말한다. "그가 무슨 수로 계속 방송국에 취직하는지 궁금하다고요?"

"네."

"좋은 질문이에요. 아주 좋은 질문. 잘은 모르겠지만 지렛대 수법을 쓰는 것 같아요."

"지렛대요?"

"방송국 용어예요. 대형시장에서 라디오 진행자와 티브이 기자가 승진할 때 쓰는 방법이요. 그자가 출몰하는 곳마다 지역 TV 방송사가 적어도 하나씩은 있어요. 작은 독립 방송사요. 월급도 쥐꼬리만큼 주는. 그런 방송사에서는 대부분 지역 사회에서 벌어지는 일들을 취재하죠. 새 다리 기공식에서부터 자선 행사, 시의회 회의에 이르기까지 모든 걸. 이 남자는 그런 데서 몇 달 동안 방송을 하다가 조그만 지역 방송사의 오디션 테이프로 대형 방송사에 지원해요. 그걸 본 사람은 누구라도 그의 능력이 출중하다는 걸 한눈에 알 수 있죠. 프로라는 걸 말이에요." 브래드는 짤막하게 웃음을 터뜨린다. "그럴 수밖에 없지 않겠어요? 최소 육십 년 동안 하던 일인데. 훈련이 완벽을 만든다는……."

노인이 뭐라고 끼어든다. 브래드는 자기가 얘기하겠다고 대꾸하지만 홀리 입장에서는 그걸로는 부족하다. 그녀는 갑자기 그 둘 모두에게 짜증이 난다. 긴 하루였던 것이다.

"브래드, 스피커 모드로 바꿔요."

"네? 아, 그래요, 좋은 생각이에요."

"*내 생각에는 그가 라디오에서도 그랬던 것 같아요!*" 댄이 고함을 지른다. 그들이 깡통에 왁스를 먹인 실을 연결해서 대화를 나누고 있는 줄 아는 걸까? 홀리는 움찔하며 수화기를 귀에서 멀리 떨어뜨린다.

"할아버지, 그렇게 소리지르지 않으셔도 돼요."

댄은 언성을 낮추지만 아주 조금 작아졌을 뿐이다. "라디오요, 홀리! 티브이가 있기 전부터! 라디오가 생기기 전에는 신문사에서 유혈사태 보도를 전담했을지 몰라요! 그가, 그것이 지금 몇 살인지 아무도 모를 일이에요."

"그리고." 브래드가 말한다. "추천서를 돌아가면서 썼을 거예요. 당신이 조지라고 부르는 그 녀석이 온도스키의 추천서를 쓰고, 온도스키라는 녀석이 조지의 추천서를 쓰고 그런 식으로. 무슨 말인지 알겠죠?"

홀리도 무슨 말인지…… 알 것 같다. 무인도에 고립된 중개업자들이 서로 옷을 사고팔며 점점 부자가 되었다는, 예전에 빌에게 들은 우스갯소리가 생각나는 대목이다.

"젠장, 내가 얘기하마." 댄이 말한다. "나도 너만큼 잘 안다, 브래들리. 내가 바보도 아니고 말이지."

브래드는 한숨을 쉰다. 홀리는 댄 벨과 함께 사는 것이 쉽지 않겠다는 생각을 한다. 그런가 하면 브래드 벨과 함께 사는 것도 꽃길은 아닐 것이다.

"홀리, 그런 수법이 먹힐 수 있었던 게 지방의 규모가 큰 계열 방송사에서는 티브이 방송을 맡을 수 있는 인재가 귀해요. 다들 더 좋은 데로 옮기지, 일을 그만두지…… 그리고 그는 실력이 좋으니까요."

"그것이요." 브래드가 말한다. "그것은 실력이 좋다고 하셔야죠."

기침 소리가, 다음에는 브래드가 할아버지에게 약을 먹으라고 하는 소리가 들린다.

"망할, 계속 그렇게 할망구 같은 소리 늘어놓을래?"

세대 차를 넘어서 서로 소리를 지르는 펠릭스와 오스카(「이상한 커플」이라는 연극, 영화, 시트콤의 두 주인공. 펠릭스는 까다롭고 심기증이 있는 신문기자고 오스카는 칠칠치 못한 스포츠기자다 ─ 옮긴이)네. 홀리는 생각한다. 그런 커플이 시트콤 소재로는 괜찮을지 몰라도 정보를 얻는 면에서는 아주 꽝이다.

"댄? 브래드? 이제 잠깐……" 홀리의 머릿속에 떠오른 단어는 *티*

격태격이지만 아무리 신경이 곤두섰어도 차마 대놓고 그렇게 얘기할 수는 없다. "논의를 중단해줄래요?"

그들은 고맙게도 입을 다문다.

"무슨 소린지 알겠고 어느 정도는 일리가 있지만 그의 이력은요? 어느 학교에서 방송을 전공했나 하는 건요? 회사 측에서 궁금해하지 않을까요? 물어보지 않을까요?"

댄은 무뚝뚝하게 말한다. "좀 쉬다가 다시 일을 시작하기로 했다고 얘기하겠죠."

"하지만 우리로서는 알 도리가 없어요." 브래드는 말한다. 홀리가 묻는 말에 (그녀의 기준으로 보나 그의 기준으로 보나) 만족스러운 해답을 제시할 수 없어서 그런지 아니면 할망구라고 불린 데 속이 쓰려서 그런지 잔뜩 짜증 난 목소리다. "저기, 콜로라도에서는 거의 사 년 동안 의사 행세를 한 아이도 있었어요. 약을 처방하고 심지어 수술까지 하면서. 당신도 기사를 읽었는지 모르겠지만, 열일곱 살인데 스물다섯 살인 척했고 의과대학은커녕 대학 졸업장 *자체*가 없었어요. 그 아이가 법망을 교묘하게 빠져나갈 수 있었다면 이 이방인도 가능하겠죠."

"얘기 끝났냐?" 댄이 묻는다.

"네, 할아버지." 그 뒤로 한숨 소리가 들린다.

"좋아. 왜냐하면 *내가* 묻고 싶은 게 있거든. 그자를 만나러 갈 생각이요, 홀리?"

"네." 브래드는 사진 말고도 프리먼, 온도스키, 필립 해니건(즉 폭파범 조지)의 스펙트로그래프 스크린샷을 첨부했다. 홀리 눈에는 세

개가 똑같아 보인다.

"언제요?"

"지금 계획상으로는 내일이요. 두 분 다 이 건에 대해 절대 함구해주셨으면 좋겠는데 그래 주실 수 있을까요?"

"네." 브래드는 말한다. "당연하죠. 그렇죠, 할아버지?"

"어떻게 돼가고 있는지 알려주기만 하면요." 댄이 말한다. "그러니까 그럴 수 있는 상황이면 말이오. 나는 전직 경찰이고 브래드도 경찰과 공조하고 있어요, 홀리. 우리가 굳이 얘기할 필요 없을지 모르겠지만 그를 만나면 위험할 수도 있어요. 위험할 거예요."

"저도 알아요." 홀리는 조그맣게 얘기한다. "저도 전직 경찰과 공조하고 있어요." 그리고 그 전에는 훨씬 더 유능한 사람과 공조했고요. 그녀는 생각한다.

"조심해주겠소?"

"노력할게요." 그렇게 말은 하지만 항상 더는 조심하면 안 되는 시점이 찾아온다는 것을 안다. 제롬은 바이러스처럼 악을 품고 다니는 새에 대해 이야기한 적이 있었다. 꾀죄죄하고 희끗희끗한 회색 새. 그 새를 잡아서 빌어먹을 목을 비틀고 싶으면 조심하면 안 되는 시점이 찾아오기 마련이다. 그녀가 보기에 내일 그럴 것 같지는 않지만 조만간 찾아올 것이다.

조만간.

16

제롬은 로빈슨 가족의 차고 저편 공간을 작업실로 개조해 블랙아울이라고도 불렸던 앨턴 고조부를 주제로 책을 쓰는 중이다. 오늘 저녁에도 열심히 작업에 매진하고 있을 때 바버라가 들어와 바쁘냐고 묻는다. 제롬은 이참에 잠깐 쉬면 된다고 말한다. 그들은 비스듬한 처마 아래에 둔 조그만 냉장고에서 콜라를 꺼낸다.

"홀리 지금 어디 있어?" 바버라가 묻는다.

제롬은 한숨을 쉰다. "*책은 잘 되고 있어, 오빠가 아니라? 그 초콜릿 색 래브라도는 찾았어, 오빠가 아니라?* 그나저나 그 개는 찾았어. 무사히."

"다행이네. 책은 잘 되고 있어, 오빠?"

"구십삼 쪽까지 썼어." 그는 말하고 한 손으로 허공을 가른다. "순항하고 있지."

"그것도 다행이네. 그래서 홀리 지금 어디 있어?"

제롬은 주머니에서 휴대전화를 꺼내 웹워처라는 앱을 켠다. "직접 확인해봐."

바버라는 화면을 열심히 들여다본다. "포틀랜드 공항? *메인주에* 있는 그 포틀랜드 말이야? 거기는 무슨 일로?"

"직접 전화해서 물어보지 그래?" 제롬은 말한다. "이렇게 얘기하는 거야. '걱정이 돼서 오빠가 당신 휴대전화에 위치 추적앱을 몰래 깔아놨거든요, 홀리베리. 그래서, 지금 뭐 하려는 거예요? 얘기하시지요, 아가씨.' 그러면 홀리가 좋아할 것 같아?"

"장난해?" 바버라는 말한다. "그러면 엄청 화내겠지. 그것만으로 도 끔찍한데 상처도 받을 테고 그게 더 끔찍하지. 게다가 우리는 무 슨 일로 거기 갔는지 알잖아. 아니야?"

제롬은 바버라가 학교 보고서에 쓸 영화를 빌리러 홀리의 집에 갔을 때 컴퓨터 히스토리를 슬쩍 보고 오면 어떻겠느냐고 넌지시 말을 꺼냈다(그냥 의견을 제시했을 뿐이다). 홀리의 집 컴퓨터 비밀번호 가 사무실 컴퓨터 비밀번호와 같다면 말이다.

알고 보니 같았고 바버라는 스토커가 된 듯한, 어마어마하게 불 편한 심정을 달래며 친구의 검색 기록을 살피고 왔다. 왜냐하면 오 클라호마와 뒤를 이어 텍사스에 갔다가 잭 호스킨스라는 탈선한 경찰의 손에 거의 목숨을 잃을 뻔한 뒤로 홀리가 예전 같지 않았기 때문이었다. 그날 위기일발의 상황 외에도 많은 사건이 벌어졌다 는 것을 그들 남매는 알았지만 홀리가 그에 대해 일절 언급을 거부 했다. 처음에는 그래도 별 문제없어 보였다. 겁에 질린 눈빛이 조금 씩 옅어졌고 그녀는 정상으로 돌아갔다……. 적어도 홀리식 정상 으로 돌아갔다. 그런데 그녀가 다시 어디론가 사라져 모두에게 비 밀로 한 채 일을 벌이고 있었다.

그래서 제롬은 웹워처 앱으로 홀리의 위치를 추적하기로 마음먹 었다.

그리고 바버라는 홀리의 검색 히스토리를 보았다.

그리고 홀리는 친구에 관한 한 의심할 줄 모르는 성격답게 그걸 지우지 않았다.

바버라는 홀리가 개봉 예정작의 예고편을 숱하게 감상하고, 로튼 토마토와 허핑턴 포스트에 접속하고, 하트 앤드 프렌즈라는 데이트 사이트에 여러 번 들락거렸지만(어느 누가 상상이나 했을까) 최근 검색 기록은 앨버트 매크리디 중학교에서 벌어진 폭탄 테러와 연관이 많다는 것을 발견했다. 그리고 피츠버그 주 WPEN의 TV 기자 체트 온도스키, 펜실베이니아주 피에르의 클로슨스 다이너라는 식당, 알고 보니 WPEN의 카메라맨으로 밝혀진 프레드 핀컬을 검색한 기록도 있었다.

바버라는 이 모든 정보를 제롬에게 전하며 홀리가 어쩌면 매크리디 중학교 폭파 사건으로 특이한 신경쇠약증을 일으키기 직전인 것 같냐고 물었다. "사촌 제이니가 브래디 하츠필드의 폭탄에 목숨을 잃었을 때의 기억을 떠올리고 있는 것일 수도 있잖아."

검색 히스토리로 보건대 홀리가 또다시 악당의 냄새를 포착한 게 아닌가 싶었지만 최소한 제롬이 느끼기에는 그 못지않게 그럴듯한 또 다른 가능성도 있었다.

"하츠 앤드 프렌즈." 그는 이제 여동생에게 말한다.

"그게 왜?"

"홀리가, 놀라지 마, 연애를 시작했을지 모른다는 생각 안 들어? 아니면 이메일을 주고받던 남자를 만나고 있을 수도 있고."

바버라는 입을 떡 벌리고 그를 빤히 쳐다본다. 폭소를 터뜨리려다 만다. 결국 그녀가 한 말은 이거다. "흐으음."

"흐으음이라니?" 제롬은 묻는다. "이 방면에서는 네가 가르침을 좀 주라. 둘이 여자들만의 시간도 보내고……."

"성차별적인 발언이야, 오빠."

그는 그 말을 못 들은 척한다. "홀리한테 남자친구 없어? 지금 아니라 예전에도?"

바버라는 곰곰이 생각한다. "글쎄, 없는 것 같아. 내 생각에는 홀리가 아직 처녀일 수도 있어."

너는 어떤데, 바브? 제롬의 머릿속에 당장 이런 생각이 떠오르지만 오빠가 18세 여동생에게 해서는 안 되는 질문도 있는 법이다.

"*게이*거나 뭐 그런 건 아니야." 바버라는 얼른 덧붙인다. "조시 브롤린 영화는 절대 놓치지 않고 이삼 년 전에 상어 나오는 그 한심한 영화 봤을 때 제이슨 스타템이 셔츠를 벗으니까 *신음 소리*를 입 밖으로 냈거든. 진짜로 홀리가 데이트하러 *메인주*까지 갔을 거라고 생각해?"

"상황이 점점 묘하게 흘러가는데." 그가 자기 휴대전화를 들여다보며 말한다. "지금 있는 곳이 공항이 아니야. 화면을 확대해보면 엠버시 스위트라는 게 보일 거야. 지금 프로즌 다이키리 칵테일을 좋아하는 남자랑 샴페인을 마시고, 달빛을 맞으며 산책하고, 고전 영화를 주제로 이야기를 나누고 있을지 몰라."

바버라는 그의 얼굴을 향해 한 방 날리려는 듯한 동작을 취하다 마지막 순간에 손바닥을 활짝 편다.

"있잖아." 제롬이 말한다. "이 문제 그냥 모르는 체하는 편이 좋겠어."

"진짜?"

"응, 내 생각에는 그래. 홀리가 브래디 하츠필드와의 대결에서도 살아남았다는 사실을 기억해야 해. 그것도 두 *번*이나. 텍사스에서 무슨 일이 벌어졌는지 모르겠지만 그것도 극복했고. 홀리가 겉은 불안해 보일지 몰라도 속은…… 아주 단단해."

"그건 맞아." 바버라는 말한다. "홀리 브라우저를 들여다봤다가…… 기분만 찝찝해졌어."

"난 *이것* 때문에 기분이 찝찝해." 그는 엠버시 스위트에서 점이 반짝이는 자기 휴대전화를 손끝으로 두드린다. "오늘밤에 고민해보고 내일 아침에도 같은 기분이면 지워버려야겠어. 홀리는 좋은 사람이야. 용감하고. 외롭기도 하고."

"그리고 그 어머니는 마녀고." 바버라가 덧붙인다.

제롬은 아니라고 하지 않는다. "어쩌면 홀리한테 맡겨야 하는 건지 몰라. 뭔지 몰라도 홀리가 해결할 수 있게 말이야."

"그래야 할지도 모르겠다." 하지만 바버라는 안심하지 못하는 표정이다.

제롬은 몸을 앞으로 숙인다. "바브, 내가 분명히 아는 한 가지가 있다면 우리가 위치 추적했다는 걸 홀리는 절대 모를 거라는 거야. 그렇지?"

"절대 모르지." 바버라는 말한다. "그리고 내가 검색 히스토리를 뒤졌다는 것도."

"그래. 그건 분명하지. 이제 나 다시 일해도 될까? 두 쪽만 더 쓰고 오늘 작업을 마감하고 싶은데."

17

홀리는 작업을 마감하려면 아직 한참 남았다. 사실 오늘 저녁에 해야 하는 일을 이제 막 시작한 참이다. 그녀는 먼저 무릎을 꿇고 기도를 조금 더 할까 하다가 괜히 시간만 질질 끌 필요 없다는 결론을 내린다. 하늘은 스스로 노력하는 자를 돕는다지 않던가.

체트 온도스키의 '보초병 체트' 코너는 자체 홈페이지가 있어서 사기를 당한 사람들이 무료 번호로 전화를 걸 수 있다. 24시간 상담이 가능하며 홈페이지의 주장에 따르면 보안이 철저하게 지켜진다고 한다.

홀리는 심호흡을 하고 전화를 건다. 첫 번째 신호에 연결이 된다. "'보초병 체트'의 모니카입니다. 무엇을 도와드릴까요?"

"모니카, 온도스키 씨와 통화를 해야 해요. 아주 급한 일이에요."

여자는 일말의 망설임도 없이 물 흐르듯 대응한다. 홀리는 그녀가 여러 방향으로 변주한 대본을 눈 앞 화면에 띄워놓고 있을 거라고 장담할 수 있다. "죄송하지만 체트는 퇴근했거나 외근 중이에요. 연락처를 알려주시면 제가 전해드릴게요. 어떤 소비자 불만 사항인지 기본 정보를 알려주시면 도움이 될 텐데요."

"사실 소비자 불만 사항은 아니에요." 그녀는 말한다. "하지만 소비와 관련된 문제인 건 맞아요. 그렇게 전해주시겠어요?"

"네?" 모니카는 당황한 말투다.

"오늘 밤 아홉 시 전에 통화를 해야 해요. 폴 프리먼과 비행기 추락 사고에 관한 일이라고 전해주세요. 아셨죠?"

"네, 알겠습니다." 여자가 타닥, 타닥, 타닥 자판을 두드리는 소리가 홀리의 귀에 들린다.

"댈러스의 데이브 반 펠트, 디트로이트의 짐 에이버리와 연관이 있는 문제라고도 전해주세요. 그리고, 이게 아주 중요한 부분인데 필립 해니건과 펄스 나이트클럽과 연관된 문제라고도요."

지금까지 물 흐르듯 응대하던 모니카가 이 말을 듣고 깜짝 놀란다. "펄스 나이트클럽이라면 어떤 남자가 총기를 난사한……."

"맞아요." 홀리는 말한다. "아홉 시까지 연락하지 않으면 정보를 다른 데로 흘릴 거라고 체트에게 전해주세요. 그리고 소비자 문제는 아니지만 소비와 관련 있는 문제는 맞다고 하는 것도 잊지 마시고요. 그게 무슨 뜻인지 그는 알 거예요."

"저기, 메시지는 전해드리겠지만 그분이 연락을 할 거라고 제가 보장할 수는……."

"메시지만 전해주면 그가 연락할 거예요." 홀리는 그녀의 짐작이 맞길 바란다. 왜냐하면 다른 대안이 없다.

"연락처를 알려주셔야 하는데요."

"제 연락처는 그쪽 화면에 떴을 거예요." 홀리는 말한다. "내 이름은 온도스키 씨가 전화하면 알릴게요. 즐거운 저녁 시간 보내세요."

홀리는 전화를 끊고 이마에서 땀을 훔치고 핏빗을 확인한다. 심박수가 89다. 나쁘지 않다. 예전에는 그런 전화 통화를 하고 나면 심박수가 150을 넘긴 적도 있었다. 그녀는 시계를 본다. 6시 45분이다. 그녀는 여행가방에서 책을 꺼냈다가 곧바로 다시 집어넣는다. 너무 긴장이 돼서 책을 읽을 수가 없다. 그래서 그녀는 방 안을 걷는다.

7시 45분에 욕실에서 셔츠를 벗고 겨드랑이를 씻고 있을 때(그녀는 데오도런트를 쓰지 않는다. 알루미늄클로로하이드레이트가 안전하다지만 못 믿겠다) 전화벨이 울린다. 그녀는 심호흡을 두 번 하고 아주 짧게 기도를 한 다음(주님, 일을 망치지 않게 해주세요) 전화를 받는다.

18

휴대전화 액정에 등록되지 않은 번호라고 뜬다. 홀리는 그걸 보고도 놀라지 않는다. 그는 개인 전화 아니면 선불폰을 쓰고 있다.

"저는 체트 온도스키라고 합니다만 누구신가요?" 목소리가 매끄럽고 사근사근하며 감정을 드러내지 않는다. 베테랑 TV 기자답다.

"내 이름은 홀리예요. 지금 당장은 그것만 알고 있으면 돼요." 그녀가 듣기에는 아직까지 목소리가 괜찮은 것 같다. 핏빗을 눌러본다. 심박수가 98이다.

"이게 다 무슨 얘기인가요, 홀리?" 관심 있어 하는 목소리다. 신뢰를 부르는 목소리다. 그는 파인버로 타운십에서 유혈 참사를 보도하던 남자가 아니다. 진입로 공사를 한 업체에서 어떤 식으로 바가지를 씌웠는지, 전력회사에서 쓰지도 않은 전기요금으로 얼마를 떼어먹었는지 궁금해하는 '보초병 체트'라는 코너의 주인이다.

"당신도 알 텐데요." 홀리는 말한다. "하지만 분명하게 하고 넘어가기로 해요. 내가 사진을 몇 장 보낼게요. 이메일 주소 알려줘요."

"'보초병 체트' 홈페이지에 보면······."

"*개인* 이메일 주소요. 이 사진을 아무한테도 보여주고 싶지 않을 거거든요. 진짜예요."

정적이 흐른다. 홀리 쪽에서 그가 전화를 끊었나 보다고 생각할 만큼 긴 시간이 지난다. 이윽고 그가 주소를 알려준다. 그녀는 엠버시 스위트 메모지에 받아적는다.

"지금 바로 보낼게요." 그녀는 말한다. "스펙트로그래프 분석과 필립 해니건 사진에 특별히 주의를 기울여주기 바라요. 십오 분 안에 다시 전화하세요."

"홀리, 이건 아주 비정상적인······."

"*당신이* 아주 비정상적이잖아요, 온도스키 씨. 그렇지 않은가요? 십오 분 안으로 다시 전화하세요, 그렇지 않으면 내가 아는 사실을 언론에 전부 공개할 거예요. 내가 이메일을 보내자마자 타이머가 시작돼요."

"홀리······."

그녀는 전화를 끊고 전화기를 카펫 위로 떨어뜨리고 허리를 숙여 무릎 사이로 고개를, 두 손에 얼굴을 묻는다. 기절하지 마. 그녀는 속으로 중얼거린다. 그러지 마.

이렇게 스트레스가 심한 상황에서 그나마 다시 괜찮아진 기분이 들자 그녀는 노트북을 열고 브래드 벨에게 받은 자료를 전송한다. 메시지는 굳이 추가하지 않는다. 사진들 *자체*가 메시지다.

그러고는 기다린다.

11분 뒤에 그녀의 전화기가 깜빡거린다. 그녀는 당장 전화기를 집지만 벨이 네 번 울릴 때까지 기다렸다가 받는다.

그는 인사를 건네는 번거로움을 생략한다. "이건 아무 증거도 되지 않아요." 여전히 베테랑 TV 기자답게 완벽하게 통제된 목소리지만 전과 다르게 따스함이라고는 조금도 느껴지지 않는다. "당신도 알고 있겠죠?"

홀리는 말한다. "사람들이 당신의 필립 해니건 시절 사진과 그 소포를 들고 학교 앞에 서 있는 사진을 비교하기 시작하면 얘기가 달라지겠죠. 가짜 콧수염으로는 아무도 속이지 못할걸요? 그들이 필립 해니건의 음성 스펙트로그램과 체트 온도스키의 음성 스펙트로그램을 비교하기 시작해도 얘기가 달라질 테고요."

"그들이라니 누굴 얘기하는 거예요, 홀리? 경찰? 경찰은 당신 면전에 대고 비웃을걸요?"

"아, 아뇨, 경찰이 아니에요." 홀리는 말한다. "내 실력이 그 정도밖에 안 되는 줄 알아요? 《TMZ》에서 관심을 보이지 않더라도 《가십 글루턴》은 관심을 보일 거예요. 아니면 《딥다이브》에서. 그리고 《드러지 리포트》는 항상 특이한 기사를 좋아하죠. TV 쪽으로는 「인사이드 에디션」과 「셀럽」이 있고요. 하지만 내가 제일 먼저 어딜 찾아갈 건지 알아요?"

수화기 저편에서 정적이 흐른다. 하지만 그녀의 귀에는 그의 숨소리가 들린다.

그것의 숨소리가 들린다.

"《인사이드 뷰》." 그녀는 말한다. "그 잡지에서는 나이트 플라이어 스토리를 일 년 넘게, 슬렌더 맨은 이 년 동안 연재했어요. 아주 그냥 우려먹을 대로 우려먹었죠. 요즘도 판매 부수가 삼백만이 넘는데, 이 기사라면 사족을 쓰지 못할 거예요."

"그런 헛소리는 아무도 믿지 않을 텐데."

그건 사실이 아니고 그들은 둘 다 그렇다는 것을 알았다.

"다들 믿을걸요? 당신네 기자들이 소위 딥 백그라운드(내용은 보도해도 되지만 출처는 밝히면 안 되는 비공식 발언을 뜻하는 취재 용어 — 옮긴이)라고 말하는 정보를 나는 아주 많이 알고 있거든요, 온도스키 씨. 만에 하나 이게 공개되면 사람들이 당신의 과거를 파헤치기 시작할 거예요. 당신의 모든 과거를. 그러면 당신의 가면이 분해되는 수준이 아니라 폭발해버릴 거예요." 네가 그 아이들을 죽이려고 심어놓은 그 폭탄처럼 말야. 그녀는 생각한다.

묵묵부답이다.

홀리는 손마디를 씹으며 계속 기다린다. 엄청 힘들지만 해낸다.

마침내 그가 묻는다. "그 사진들 어디서 났어요? 누구한테 받았어요?"

홀리는 이런 질문을 예상했고 그에게 부스러기라도 줘야 한다는 것을 안다. "오래전부터 당신을 추적한 사람한테서요. 당신은 모르는 사람이고 앞으로도 알게 될 일이 없지만 걱정할 필요는 없어요. 아주 나이가 많거든요. 당신이 걱정해야 할 사람은 나예요."

또다시 한참 동안 정적이 이어진다. 이제 홀리의 한쪽 손마디에서 피가 나기 시작한다. 마침내 그녀가 기다리던 질문이 등장한다. "원하는 게 뭐예요?"

"내일 알려줄게요. 정오에 만나요."

"일이 있는데……."

"취소해요." 한때 고개를 숙이고 어깨를 웅크리고 종종거리며 살았던 여자가 명령을 내린다. "이제는 이게 당신 일이에요. 망치고 싶지 않을 텐데요?"

"어디에서요?"

홀리는 대답할 준비가 되어 있다. 이미 검색을 해놓았다. "몬로빌 몰 푸드코트요. 당신이 근무하는 방송국에서 이십오 킬로미터도 안 되니까 당신은 편리하고 나는 안전하죠. 스바로 매장에서 두리 번거리면 내가 보일 거예요. 나는 분홍색 터틀넥 스웨터 위에 지퍼를 잠그지 않은 갈색 가죽 재킷을 입고 있을 거예요. 피자 한 조각과 스타벅스 커피를 앞에 놓고 있을 테고요. 열두 시 오 분까지 오지 않으면 나는 그 자리를 떠나 쇼핑을 시작할 거예요."

"당신은 또라이고 아무도 당신 말을 믿지 않을 거야." 그는 자신만만한 목소리도 아니지만 두려워하는 목소리도 아니다. 화가 난 목소리다. 그건 괜찮아. 홀리는 생각한다. 그건 내가 대처할 수 있어.

"지금 그거 누구 들으라고 하는 소리예요, 온도스키 씨? 나예요 아니면 당신 자신인가요?"

"당신 정말이지 골 때리는 인간이로군. 그거 아나?"

"내 친구가 지켜보고 있을 거예요." 그녀는 말한다. 거짓말이지만 온도스키는 그런 줄 모를 것이다. "그는 이게 무슨 일인지 모르니까 거기에 대해서 걱정할 필요는 없지만 나를 계속 주시할 거예요." 그녀는 말을 잠깐 멈추었다가 다시 잇는다. "그리고 당신도."

"원하는 게 뭐야?" 그는 다시 묻는다.

"내일 만나요." 홀리는 전화를 끊는다.

잠시 후에 그녀는 다음 날 아침에 피츠버그로 출발하는 비행기를 예약하고 침대에 누워 잠을 청하지만 별로 기대하지는 않는다. 이 계획을 세웠을 때도 그런 생각이 들었듯 그를 직접 만날 필요가 있나 싶다. 그녀는 그럴 필요가 있다는 결론을 내린다. 그녀는 (빌의 표현을 빌자면) 그의 덜미를 잡았다고 확신을 심어주는 데 성공했다. 이제 그의 눈을 똑바로 쳐다보며 빠져나갈 여지를 주어야 한다. 그녀는 거래할 용의가 있다는 확신을 심어주어야 한다. 그런데 어떤 거래일까? 맨 처음에는 그와 같아지고 싶다고 얘기하자는 황당한 생각을 했다. 그녀도…… 영원은 너무 극단적이고 수백 년 동안 살고 싶다고 말이다. 그러면 그는 믿을까 아니면 그녀가 사기를 치고 있다고 생각할까? 위험부담이 너무 크다.

그럼 돈이다. 돈을 달라고 해야겠다.

그러면 믿을 것이다. 그는 오랫동안 수많은 사람들을 보아왔지 않은가. 그리고 인간을 경멸해왔지 않은가. 온도스키는 저급한 인간들은, 그가 가끔 솎아내는 그 무리들의 경우에는 결국 돈에 좌우된다고 믿는다.

자정이 지나고 홀리는 자기도 모르게 곯아떨어진다. 그녀는 텍사스의 동굴 꿈을 꾼다. 꿈속에서 인간의 형상을 한 그것을 본다. 그녀가 볼베어링이 가득 담긴 양말로 내려치자 그것의 머리가 가면처럼 뭉그러졌다.

그녀는 잠결에 눈물을 흘린다.

2020년 12월 17일

1

바버라 로빈슨은 휴턴 고등학교의 졸업반 우등생이다 보니 9시부터 9시 50분까지인 자유 시간 동안 사실상 어디든 마음대로 갈 수 있다. 영국의 초기 작가들 수업이 끝났음을 알리는 종이 울리자 그녀는 그 시각에는 아무도 없는 미술실로 간다. 뒷주머니에서 휴대전화를 꺼내 제롬에게 전화한다. 듣자 하니 자다 받은 목소리다. 하, 작가라 이거지. 그녀는 생각한다.

바버라는 뜸을 들이지 않는다. "홀리가 오늘 아침에는 어디 있어, 오빠?"

"몰라." 그는 말한다. "위치 추적앱 지웠어."

"진짜?"

"진짜."

"흠…… 알았어."

"이제 나 다시 자도 될까?"

"아니." 그녀는 말한다. 바버라는 6시 45분에 일어났는데 혼자 고

생하면 억울하다. "이제 일어나서 세상의 불알을 움켜쥐어야지."

"동생아, 말조심해라." 그는 말하고 두둥, 전화를 끊는다.

바버라는 진짜 못 그린 어떤 아이의 호수 수채화 옆에 서서 자기 전화기를 노려보며 미간을 찌푸린다. 제롬의 말마따나 홀리는 데이트 사이트에서 알게 된 남자를 만나러 갔을지 모른다. 잠자리를 하기 위해서는 아니다. 그건 홀리답지 않다. 하지만 인간관계를 맺어보려고? 심리치료사가 누누이 강조했을 게 분명한, 세상과의 소통을 위해? 그런 거라면 바버라는 믿을 수 있다. 그녀가 그렇게 관심을 보였던 그 폭파 현장에서 포틀랜드까지는 아무리 못해도 800킬로미터는 될 것이다. 어쩌면 더 될 수도 있다.

그녀의 입장에서 생각해봐. 바버라는 속으로 중얼거린다. 너라면 프라이버시를 지키고 싶지 않겠어? 친구들이, 친구라는 사람들이 너를 염탐하고 있었다는 걸 알게 되면 화가 나지 않겠어?

홀리가 알게 될 *리*는 없지만 그런다고 기본 전제가 달라지는 건 아니지 않을까?

그렇다.

그래도 여전히 (*살짝*) 걱정이 되지 않나?

된다. 하지만 더불어 살아갈 수밖에 없는 걱정도 있었다.

그녀는 전화기를 다시 주머니에 넣고 음악실로 내려가서 20세기 미국 역사 수업 전까지 기타 연습을 하기로 마음먹는다. 그녀는 윌슨 피켓이 소울을 담아서 부르짖는 「인 더 미드나잇 아워」를 배우는 중이다. 브리지의 하이코드가 짜증나지만 거의 끝나가고 있다.

그녀는 나가는 길에 저스틴 프릴랜더와 하마터면 부딪칠 뻔한

다. 그는 2학년생으로, 휴턴 괴짜 군단의 창립멤버이고 그녀에게
반해서 정신 못 차린다는 소문이 있다. 그녀가 미소를 지어 보이자
저스틴의 얼굴이 당장 백인 남자아이들만 가능한 수준으로 시뻘게
진다. 이로써 소문이 맞는 것으로 확인된다. 문득 바버라는 어쩌면
이게 운명일지 모른다는 생각을 한다.

그녀는 말한다. "안녕, 저스틴. 나 뭐 하나 도와줄 수 있어?"

그러고는 주머니에서 전화기를 꺼낸다.

2

저스틴 프릴랜드가 바버라의 전화기를 살피는 동안(아아, 그녀의
뒷주머니에 있다 나와서 아직까지 따뜻하다) 홀리는 피츠버그 국제공항에
착륙한다. 10분 뒤에 그녀는 에이비스 렌터카 앞에 줄을 선다. 우
버 택시가 더 싸게 먹히겠지만 차를 몰고 다니는 편이 좀더 현명한
선택이다. 피트 헌틀리가 파인더스 키퍼스에 합류하고 1년쯤 됐을
때 그들 둘은 정찰과 도주의 노하우를 가르치는 운전 연수를 받은
적이 있었다. 그는 기억을 환기하는 차원이었고 그녀는 초짜였다.
오늘 정찰은 필요하지 않을 것 같지만 도주가 필요할 가능성은 배
제할 수 없다. 그녀는 지금 위험한 남자를 만나러 가는 길이다.

그녀는 공항 호텔 앞 주차장에 차를 대고 시간을 때운다(이러다
내 장례식장에도 일찍 도착할 판국이야. 그녀는 다시 이 생각을 한다). 어머니
에게 전화한다. 샬럿은 전화를 받지 않지만 그렇다고 전화를 못 받

는 상황이라는 뜻은 아니다. 음성사서함으로 바로 넘어가게 하는 것은 딸이 선을 넘었다는 생각이 들 때 벌을 주는 차원에서 그녀가 오래전부터 동원한 수법이다. 홀리는 다음으로 피트에게 전화를 건다. 그는 뭘 하고 있느냐고, 언제 돌아오느냐고 다시 묻는다. 그녀는 댄 벨과 *철저하게* 게이인 그의 손자를 떠올리며 뉴잉글랜드에 사는 친구네 집에 놀러왔다고, 월요일 아침 일찍 사무실로 복귀할 거라고 말한다.

"그래야 해요." 피트가 말한다. "화요일에 증언 녹취가 있으니까. 그리고 사무실 크리스마스 파티가 수요일이고요. 내가 겨우살이 아래에서 당신한테 키스할 생각이거든요(연인이 겨우살이 아래에서 키스하면 행복해진다는 속설이 있다 ― 옮긴이)."

"으웩." 말은 그렇게 했지만 홀리는 웃고 있다.

그녀는 11시 15분에 몬로빌 몰에 도착한다. 핏빗을 눌러보다가 (심박수가 100이 조금 넘는다) 용기와 평정심을 달라고, 거기에 더해 설득력이 있어 보이게 해달라고 기도하기를 번갈아 하며 15분 더 차에서 시간을 때운다.

11시 30분에 쇼핑몰 안으로 들어가 몇 군데 매장(지미 재즈, 클러치, 부발루 유모차) 앞을 천천히 지나며 쇼윈도를 쳐다본다. 진열된 상품을 구경하기 위해서가 아니라 체트 온도스키가 그녀를 지켜보고 있다면 혹시 쇼윈도에 비치는지 알아보기 위해서다. 분명 체트가 나올 것이다. 그녀가 조지라고 부르는 다른 자아는 현재 미국에서 수배 대상 1순위다. 그에게 세 번째 기본 틀이 있을 수도 있지만 홀리가 생각하기에 그럴 가능성은 낮다. 돼지상도 있고 여우상도 있는데 뭐가 더 필요하겠는가.

11시 50분이 되자 그녀는 스타벅스에서 커피를 사고, 스바로에서 먹고 싶지도 않은 피자를 산다. 분홍색 터틀넥 스웨터가 보이도록 재킷 지퍼를 열고 푸드코트에서 빈자리를 확보한다. 점심시간인데도 빈자리가 제법 많다. 그녀의 예상보다 한적해서 불안해진다. 크리스마스 쇼핑 시즌인데도 쇼핑몰 자체에 유동 인구가 별로 없다. 요즘은 다들 아마존에서 주문하니 불황이 닥친 모양이다.

정오가 된다. 근사한 선글라스를 쓰고 퀼트 재킷(지퍼에 달린 스키 리프트권 두 장이 경쾌하게 대롱거린다)을 입은 젊은 남자가 그녀에게 말을 걸려는 듯이 걸음을 늦추다 멀어진다. 홀리는 안도한다. 그녀는 대놓고 무시하는 데는 소질이 없다. 그런 기술을 개발할 이유가 별로 없었기 때문이다.

12시 5분이 되자 온도스키가 오지 않으려나 보다는 생각이 들기 시작한다. 그러다 7분이 지났을 때 뒤에서 어떤 남자가 TV 고정 출연자 특유의 '여기 있는 우리 모두는 친구잖아요' 분위기의 따뜻한 말투로 말을 건다. "안녕하세요, 홀리."

그녀가 움찔하는 바람에 하마터면 커피를 쏟을 뻔한다. 근사한 선글라스를 쓰고 있었던 그 젊은 남자다. 처음에 그녀는 결국 이게 세 번째 기본 틀인가 하고 생각하지만 선글라스를 벗은 걸 보니 온도스키가 맞는다. 얼굴이 좀더 각지고 입가의 주름이 사라졌고 양쪽 눈이 좀더 모였지만(TV를 잘 받지 않게 생겼다) 그가 맞는다. 게다가 전혀 젊지 않다. 얼굴에서 주름살이 전혀 보이지 않지만 그녀는 주름살을 감지할 수 있고 아주 많을지 모르겠다는 생각이 든다. 가면

이 훌륭하지만 이 정도로 가까이서 보니 보톡스나 성형수술과 다를 바 없다.

왜냐하면 나는 알기 때문이지. 그녀는 생각한다. 그의 정체를 알기 때문이지.

"외모에 살짝 변화를 주는 게 좋겠다고 생각했어요." 그가 말한다. "체트로 나오면 알아보는 사람이 있을 가능성이 크니까. 티브이 기자가 톰 크루즈는 아니지만 그래도……." 그는 겸손하게 어깨를 으쓱하는 것으로 마무리한다.

그가 선글라스를 벗자 그녀의 눈에 또 다른 게 보인다. 그의 눈이 물속에 잠겨 있는 것처럼…… 아니면 아예 없는 것처럼 어른거린다는 것이다. 그리고 이제 보니 입도 비슷한 것 같다. 홀리는 3D 영화관에서 안경을 벗으면 화면이 어떻게 보이는지를 떠올린다.

"당신 눈에는 보이는군요?" 목소리가 여전히 따뜻하고 사근사근하다. 웃을 때마다 입가에 오목하게 생기는 보조개와도 잘 어울린다. "대부분의 사람들은 보지 못하는데. 과도기라 그래요. 오 분, 길어야 십 분 안에 사라질 거예요. 방송국에서 곧장 달려와야 했거든요. 당신 때문에 좀 골치 아파졌어요, 홀리."

이제 보니 그가 혀 짧은 소리를 내지 않으려고 가끔씩 중간에 말을 끊고 혀를 입천장에 대는 것이 그녀의 귀에 들린다.

"그 말을 들으니 트래비스 트릿이 부른 그 옛날 컨트리 송이 생각나네요." 그녀는 충분히 침착한 말투로 얘기하지만 공막이 어른거리며 홍채와 어우러지고 홍채가 어른거리며 동공과 어우러지는 그의 눈에서 시선을 뗄 수가 없다. 지금 현재 그것들은 국경이 일정하지 않은 나라와 같다. "「이십오 센트 줄 테니 네 얘기 들어줄 사람에게 연락해」라는 곡이에요."

그가 미소를 짓자 입술이 너무 크게 벌어지는 것처럼 보이다 딱! 하고 멈춘다. 눈은 여전히 미묘하게 흔들리지만 입은 다시 단단해진다. 그는 그녀의 왼편을 쳐다본다. 파카를 입고 트위드 모자를 쓴 노신사가 잡지를 읽고 있다. "저 사람이 당신 친구인가요? 아니면 저기서 포에버 21 쇼윈도를 수상하리만치 한참 들여다보고 있는 저 여자인가?"

"둘 다일 수도 있죠." 홀리는 말한다. 막상 대면하고 보니 괜찮다. 아니, 거의 괜찮다. 다만 그 눈이 심란하고 정신 사납다. 너무 오래 쳐다보고 있으면 머리가 아플 것 같은데 시선을 돌리면 그녀가 심약하다는 증거라고 그는 해석해버릴 것이다. 그리고 사실상 심약하다는 증거가 될 것이다.

"당신은 나를 알지만 내가 당신에 대해 아는 거라고는 이름뿐이네요. 성은 뭐예요?"

"기브니요. 홀리 기브니."

"원하는 게 뭐예요, 홀리 기브니?"

"삼십만 달러요."

"협박이로군." 그는 실망했다는 듯이 살짝 고개를 젓는다. "협박이 뭔지 알아요. 홀리?"

그녀는 고인이 된 빌 호지스의 명언 하나를(명언이 많았다) 떠올린다. 형사는 범인의 질문에 대답하는 게 아니다. 범인이 형사의 질문에 대답하는 것이다. 그래서 그녀는 먹고 싶지도 않은 피자 옆에 조그만 손을 깍지 끼고 가만히 앉아서 기다린다.

"협박은 임대료예요." 그가 말한다. "심지어 업체에서 일정 기간 동안 임대료를 내면 나중에 자기 것이 된다고 홍보하는, '보초병 체트'에 수시로 제보되는 사기극도 아니에요. 내 수중에 삼십만 달러가 있다고 칩시다. 사실 방송국 기자와 배우는 수입이 하늘과 땅 차이라 그런 거금은 없지만 그래도 있다고 치자고요."

"당신이 이런 식으로 지낸 지 아주, 아주 오래됐다고 쳐요." 홀리가 말한다. "그러는 동안 버는 족족 모았다고. 그 돈으로 당신의……." 당신의 뭐라고 해야 할까? "당신의 생활방식을 유지하는 데 드는 비용을 충당했다고. 그리고 당신의 배경을 유지하는 데 드는 비용도. 위조 신분증, 뭐 그런 거요."

그는 미소를 짓는다. 매력적인 미소다. "알았어요, 홀리 기브니, 그렇다고 칩시다. 그래도 가장 중요한 문제는 남아요. 협박은 임대료라는 거. 그 삼십만 달러가 바닥나면 당신은 포토샵으로 만진 사진과 전자기기로 바꾼 성문을 들고 다시 찾아와 언론에 공개하겠다고 똑같은 협박을 할 거란 말이죠."

홀리는 맞받아칠 준비가 되어 있다. 그녀는 옆에서 빌이 알려주지 않아도 가장 많은 진실이 담긴 거짓이 가장 훌륭하다는 것을 안다. "아니에요." 그녀는 말한다. "나는 삼십만 달러만 받으면 돼요. 필요한 게 그게 전부라." 그녀는 말을 잠깐 끊었다가 다시 잇는다. "사실 필요한 게 *하나 더* 있지만."

"그게 뭔데요?" TV에서 갈고 닦은 서글서글한 말투가 생색을 내는 투로 바뀐다.

"지금 당장은 돈 얘기만 하기로 해요. 얼마 전에 헨리 삼촌이 치매 진단을 받았거든요. 그런 분들을 전문적으로 치료하고 보살피는 요양원에 계세요. 아주 비싼 곳이지만 그건 생각할 필요가 없는 게, 삼촌이 거기 있는 걸 싫어하고 너무 *심란해*하셔서 엄마가 다시 집으로 모셔오고 싶어 해요. 그런데 엄마는 삼촌을 돌볼 여력이 못 돼요. 엄마는 된다고 생각하지만 아니에요. 점점 나이를 먹어가고 있는데다 엄마도 건강상의 문제가 있고 집을 환자에 맞게 개조해야 할 테니까요." 그녀는 댄 벨을 떠올린다. "일단 램프, 계단 리프트, 침대용 승강장치가 필요하지만 그런 건 사소한 부분이에요. 이십사 시간 간병인을 쓰고 싶거든요, 낮에는 정식 간호사를 두고."

"계획 한번 거창하네요, 홀리 기브니. 삼촌을 엄청 사랑하나 봐요."

"맞아요." 홀리는 대답한다.

헨리 삼촌이 성가신 존재긴 하지만 진짜다. 사랑은 선물이다. 그런가 하면 양쪽 끝에 족쇄가 달린 쇠사슬이기도 하다.

"삼촌은 전반적으로 건강상태가 좋지 못해요. 가장 중요한 문제는 울혈성 심부전이에요." 이번에도 그녀는 댄 벨을 끌어들인다. "산소통이 달린 휠체어를 타고 다니세요. 앞으로 사실 날이 이 년밖에 안 남았을지 몰라요. 삼 년 더 사실 수도 있고요. 계산해봤더니 삼촌을 오 년 동안 간병하는 데 삼십만 달러가 들겠더라고요."

"그러다 육 년째에도 살아계시면 다시 나를 찾아오겠죠."

그녀는 자기도 모르게 플린트 시티에서 다른 이방인에게 살해당한 프랭크 피터슨이라는 소년을 떠올린다. 그 아이는 가장 섬뜩하고 고통스러운 방식으로 살해당했다. 그녀는 문득 온도스키에게 분노가 치민다. TV에서 갈고 닦은 기자의 말투와 생색을 내는 듯한 미소에 분노가 치민다. 그는 개자식이다. 아니, *개*만도 못하다. 그녀는 그 눈에 시선을 고정한 채(다행히 드디어 자리를 잡기 시작했다) 몸을 앞으로 숙인다.

"내 말 잘 들어, 애들이나 죽이고 다니는 이 개자식아. 나는 너한테 돈을 더 달라고 할 생각이 없어. 사실 이 돈도 받고 싶지 않아. 너를 두 번 다시 만나고 싶지 않거든. 너를 그냥 보내주려고 하다니 나도 믿기지가 않는데, 재수 없게 그렇게 실실 쪼개지 마라. 안 그러면 내 생각이 바뀔 수도 있으니까."

온도스키는 뺨을 맞기라도 한 듯 움찔거리더니 얼굴에서 실제로 미소가 지워진다. 지금까지 이런 대접을 받아본 적이 없는 걸까? 있겠지만 오랜만일 것이다. 존경받는 TV 기자가 아닌가! '보초병 체트' 코너를 진행할 때는 사기 치는 하청업자와 진통제 처방을 남발하는 병원장들이 그의 등장에 겁을 집어먹지 않던가! 그는 눈썹을(이제 보니 털이 거기서 자라기 싫다고 거부라도 한 듯 눈썹이 아주 얇다) 한데 모은다. "이런 식으로……."

"입 다물고 내 말 들어." 홀리는 격한 목소리로 나지막이 얘기한다. 몸을 한층 더 앞으로 숙여 그와의 거리를 침범하는 정도가 아니라 위협한다. 그녀의 어머니는 본 적 없는 모습이다. 지난 5, 6년 동안 딸이 모르는 사람이 되었나, 아니면 바꿔치기 됐나 의구심을 품을 만큼 이런저런 모습을 많이 보긴 했지만. "내 말 잘 듣고 있어? 그러는 게 좋을 거야. 안 그러면 판을 엎고 일어나버릴 테니까.《인

사이드 뷰》에서 삼십만 달러는 받아내지 못하겠지만 오만 달러는 받을 수 있을 테고 그게 시작일 거야."

"듣고 있어." 있……어, 라고 중간에 끊어가며 말한다. 그것도 전보다 길게 끊는다. 당황했기 때문이겠지. 홀리는 미루어 짐작한다. 좋은 징조다. 그녀가 원하는 바다.

"삼십만 달러야. 현금으로. 오십 달러와 백 달러를 섞어서. 매크리디 중학교로 들고 갔던 그런 상자에 담아. 크리스마스 스티커나 가짜 유니폼은 신경 쓸 것 없어. 그걸 토요일 저녁 여섯 시에 내 사무실로 들고 와. 오늘 남은 시간과 내일 하루 종일 돈을 마련하면 되겠지. 시간 지켜, 오늘처럼 늦지 말고. 늦으면 그 길로 끝장인 줄 알아. 내가 마개를 뽑기 직전이라는 걸 기억해. 너를 보면 토가 날 것 같으니까." 이것 역시 사실이다. 그녀가 지금 핏빗 옆면에 달린 버튼을 누르면 심박수가 170 근처일 것이다.

"그냥 궁금해서 묻는 건데, 네 사무실이 *어디지*? 거기서 어떤 일을 하는데?"

홀리는 이 질문에 대답했다가 일을 망치면 제 무덤을 파는 거나 다름없다는 것을 알지만 이미 엎질러진 물이다. "프레더릭 빌딩이야." 그녀는 동네를 알려준다. "토요일 여섯 시, 크리스마스 직전이라 우리밖에 없을 거야. 오층. 파인더스 키퍼스."

"파인더스 키퍼스가 정확히 뭘 하는 곳인데? 미수금 처리 대행사인가?" 그는 악취라도 맡은 사람처럼 콧잔등을 찡그린다.

"미수금 처리도 하긴 하지." 홀리는 시인한다. "대개는 다른 일을 하지만. 우리는 탐정 사무소야."

"맙소사, 진짜 *사설탐정*이라고?" 그는 심장 근처를 이죽거리며 토닥일 정도로 냉정을 되찾았다(심장이 있다 한들 시커멓겠지만).

홀리는 미끼를 물 생각이 없다. "여섯 시, 오 층이야. 삼십만. 오십 달러와 백 달러짜리를 섞어서 상자에 담아. 옆문으로 들어와서 전화하면 문자로 출입문 비밀번호를 알려줄게."

"카메라 있나?"

홀리는 그 질문을 듣고 전혀 놀라지 않는다. 그는 TV 기자다. 프랭크 피터슨을 죽인 이방인과 다르게 그에게는 카메라가 삶이다.

"있지만 고장났어. 이달 초에 눈보라가 불었을 때. 아직 고치지 않았어."

그는 그 말을 믿지 않는 눈치지만 사실이다. 건물관리인 앨 조던은 (홀리와 피트의 사견으로는) 진작 잘렸어야 하는 게으름뱅이다. 옆문 카메라뿐만이 아니다. 제롬이 없었다면 8층 직원들은 지금도 건물 꼭대기까지 걸어다녔을 것이다.

"문 안쪽에 금속탐지기가 있는데 그건 작동이 돼. 벽에 붙박이로 설치돼서 피할 방법이 없어. 네가 일찍 오면 내가 알 수 있어. 총을 들고 와도 알 수 있고. 알겠어?"

"그래." 이제는 미소가 자취를 감추었다. 홀리는 텔레파시가 없어도 그가 그녀를 오지랖 넓고 골치 아픈 년이라고 생각한다는 걸 알 수 있다. 상관없다. 자기 그림자를 무서워하는 겁쟁이보다는 그게 낫다.

"엘리베이터를 타고 올라와. 시끄러워서 우리 사무실까지 들리거든. 엘리베이터 문이 열리면 내가 복도에서 기다리고 있을 거야.

거기서 맞교환하자고. USB 드라이브에 전부 담겨 있어."

"맞교환은 어떤 식으로 하고?"

"아직은 그런 것까지 신경 쓸 필요 없어. 그냥 우리 둘 다 거기서 바이바이할 수 있다고만 알고 있으면 돼."

"그 말을 믿어라?"

그녀는 그 질문에도 대답할 생각이 없다. "이제 내가 원하는 또 하나가 뭔지, 거기에서 대해서 얘기를 하자고." 이제 이 협상을 성사할 수 있을지 없을지가 결정되는 순간이다.

"뭔데?" 이제 그는 거의 시무룩한 목소리다.

"내가 얘기했던 노인 있잖아, 너에 대해 알아낸……."

"어떻게 알아낸 거야? 무슨 수로?"

"그것도 신경 쓸 필요 없어. 중요한 건 뭐냐면 그가 오래전부터 너를 눈여겨보고 있었다는 거야. *몇십 년 전부터.*"

그녀는 그의 얼굴을 유심히 관찰하고 거기서 드러난 표정에 뿌듯해진다. 충격받은 표정이다.

"그가 너를 그냥 내버려 둔 이유는 너를 하이에나라고 생각했기 때문이야. 로드킬을 먹고 사는. 좋은 건 아니지만 글쎄…… 생태계의 일부분으로 여긴 거지. 그런데 네가 그걸로는 부족하다는 결론을 내렸어, 맞지? 너 스스로 비극을, *대학살*을 유도할 수 있는데 뭐하러 기다리느냐 이거지. DIY하면 되는데, 응?"

온도스키는 아무 대꾸 없이 그녀를 쳐다보고만 있다. 눈이 이제는 자리를 잡았지만 눈빛이 무시무시하다. 지금 그녀는 제 손으로 무덤을 파는 수준이 아니다. 아예 그 안으로 들어가서 눕고 있다.

"전에도 그런 적이 있나?"

한참 동안 정적이 이어진다. 홀리가 대답을 듣지 못하려다 보다는(그 자체가 대답이 될 것이다) 결론을 내리려는 찰나 그가 대답한다. "아니. 하지만 배가 고팠어." 그러고는 미소를 짓는다. 그걸 보고 그녀는 비명을 지르고 싶어진다. "겁을 먹은 것처럼 보이는군, 홀리 기브니."

아니라고 해봐야 소용없는 짓이다. "맞아. 하지만 결심이 굳은 상태이기도 해." 그녀는 다시 그의 공간 안으로 몸을 숙인다. 그녀로서는 이보다 더 어려운 일도 없다. "내가 원하는 또 한 가지는 이거야. 이번에는 봐주겠지만 *다시는 그러지 말라*는 거. 네가 또 저지르면 나는 알 수 있어."

"그럼 어쩔 건데? 나를 잡으러 올 건가?"

이번에는 홀리가 아무 대꾸도 하지 않을 차례다.

"솔직히 이 자료를 몇 개 복사해놓았나, 홀리 기브니?"

"딱 하나뿐이야." 홀리는 말한다. "전부 USB 드라이브에 담겨 있고 그걸 토요일 저녁에 너한테 넘기겠다는 거야. *하지만.*" 그녀는 손가락으로 그를 겨누고 손가락이 떨리지 않는다는 데 뿌듯해한다. "나는 네 얼굴을 알아. 양쪽 *다.* 네 목소리도 알고 네 자신에 대해서 너는 모르는 것들도 알아." 혀 짧은 소리를 내지 않으려고 말을 끊는 것을 염두에 두고 한 말이다. "네 방식대로 살아, 썩은 시체를 먹으면서. 하지만 네가 또다시 매크리디 중학교 같은 비극을 유발했다는 *의심*이 생기기만 해도 너를 잡으러 갈 거야. 끝까지 찾을 거야. 네 인생을 날려버릴 거야."

온도스키는 손님이 거의 없다시피 한 푸드코트를 두리번거린다. 트위드 모자를 쓴 노인과 포에버 21의 쇼윈도 속 마네킹을 들여다보던 여자도 가고 없다. 프랜차이즈 패스트푸드점 앞에 줄을 선 사람들이 있지만 모두 그들을 등지고 있다. "우리를 *지켜보고 있는* 사람이 아무도 없는 것 같은데, 홀리 기브니. 아무리 봐도 너 혼자 온 것 같아. 내가 이 테이블 너머로 손을 뻗어서 너의 그 앙상한 목을 부러뜨리고 무슨 일이 벌어졌는지 누구도 알아차리기 전에 사라질 수도 있겠어. 내가 워낙 빠르거든."

그녀가 겁에 질렸다는 걸 알면(그가 이런 식으로 궁지에 몰렸다는 데 절망과 분노를 동시에 느끼고 있다는 걸 알기에 겁에 질릴 수밖에 없다) 그는 얘기한 대로 실천에 옮길지 모른다. *아마* 실천에 옮길 것이다. 그렇기 때문에 그녀는 다시 한번 애써 몸을 앞으로 숙인다. "내가 네 이름을 외치지 못하게 막을 수 있을 만큼 빠를까? 피츠버그 권역에서 네 이름을 모르는 사람이 없을 텐데? 나도 제법 빠르거든. 한번 시험해볼래?"

그는 잠깐 동안 실제로 고민을 하든지 아니면 고민을 하는 척한다. 그러다 말한다. "토요일 오후 여섯 시, 프레더릭 빌딩, 오층. 나는 돈을 들고 가고 너는 USB 드라이브를 넘기고. 맞지?"

"맞아."

"그러면 너는 비밀을 지킬 거고."

"매크리디 중학교 같은 사태가 또 벌어지지 않는다면. 그런 사태가 또 벌어지면 지붕 위에서 내가 아는 걸 전부 외칠 거야. 내 말을 믿어주는 사람이 생길 때까지 계속."

"좋아."

그는 손을 내밀지만 홀리가 악수를 거부해도 놀라지는 않는 눈치다. 홀리는 그 손을 건드리는 것조차 거부한다. 그는 자리에서 일어나 다시 미소를 짓는다. 비명을 지르고 싶게 만드는 미소다.

"그 학교는 실수였어. 이제 알겠네."

그가 선글라스를 끼고 푸드코트의 절반을 가로지른 다음에서야 홀리는 그가 떠났다는 것을 알아차린다. 빠르다고 하더니 거짓말이 아니었다. 그가 조그만 테이블을 가로질러 손을 내밀었다면 그녀가 피할 수 있었을지 모른다. 그런데 정말 피할 수 있었을까. 그가 손을 한 번 잽싸게 돌리고 사라지면 점심을 먹다가 깜빡 존 것처럼 턱을 가슴에 묻은 여자만 남지 않았을까. 지금은 무덤행이 일시적으로 연기됐을 뿐이다.

좋아. 그는 말했다. 그걸로 끝이었다. 망설이지도 확답을 요구하지도 않았다. 앞으로 버스나 열차나 이런 쇼핑센터에서 폭탄이 터져 여러 명의 사상자가 발생했을 때 그의 소행이 아니라는 걸 그녀가 무슨 수로 확신할 수 있느냐고 묻지도 않았다.

그 학교는 실수였어. 그는 이렇게 말했다. 이제 알겠네.

하지만 실수는 그녀였다, 바로잡아야 하는 것은.

그는 돈을 줄 마음이 없어, 나를 죽일 작정이지. 그녀는 손도 대지 않은 피자와 스타벅스 컵을 가까운 휴지통으로 들고 가며 이런 생각을 하다가 하마터면 웃음을 터뜨릴 뻔한다.

애초에 몰랐던 것도 아니잖아?

3

쇼핑몰 주차장은 춥고 바람이 많이 분다. 명절 쇼핑 시즌이 절정이니 만차라야 마땅한데 기껏해야 절반이 채워졌을 뿐이다. 홀리는 혼자라는 사실을 절감한다. 바람이 제 능력을 유감없이 발휘하며 그녀의 얼굴을 마비시키고 가끔 그녀를 휘청거리게 만드는 뻥 뚫린 넓은 공간도 있지만 차량들이 옹기종기 주차되어 있는 곳도 있다. 온도스키가 그 뒤에 숨어 있다 당장이라도 뛰쳐나와 *(내가 워낙 빠르거든)* 그녀를 붙잡을 수도 있다.

그녀는 렌터카까지 마지막 열 발짝을 달려가서 안에 올라타자마자 버튼을 눌러 모든 문을 잠근다. 그대로 30초 동안 앉아서 마음을 가라앉힌다. 못마땅한 숫자가 뜰 테니 핏빗은 체크하지 않는다.

홀리는 몇 초마다 백미러를 체크해가며 쇼핑몰에서 빠져나온다. 그가 따라오는 것 같지는 않지만 그래도 도피 모드로 달린다. 유비무환이다.

온도스키 쪽에서 그녀가 정기 여객기를 타고 집으로 돌아갈 거라고 예측할 수도 있기에 피츠버그에서 하룻밤을 보내고 내일 기차를 타고 가기로 한다. 그녀는 홀리데이 인 익스프레스에 차를 대고 안으로 들어가기 전에 메시지를 확인한다. 어머니가 보낸 메시지가 한 통 있다.

"홀리, 네가 지금 어디 있는지 모르겠다만 헨리 삼촌이 그 빌어먹을 롤링힐스라는 데서 사고를 당했어. 팔이 부러졌을 수도 있대. 전화해줘. *부탁할게.*" 홀리의 귀에는 어머니의 괴로운 심정과 해묵은 비난이 동시에 들린다. 네가 필요한 상황이었는데 나를 실망시키는구나. 또다시.

그녀의 손끝이 통화 버튼의 1밀리미터 위에서 머뭇거린다. 묵은 습관은 고치기 힘들고 기본적인 입장은 바꾸기 힘들다. 수치심으로 그녀의 이마와 뺨과 목이 이미 뜨끈거리고 어머니가 전화를 받으면 할 말이 벌써부터 입 안에서 맴돈다. *죄송해요.* 왜 아니겠는가? 그녀는 평생 어머니에게 사과하며 지내왔고 그러면 어머니는 항상 용서하며 이런 표정을 지었다. *아, 홀리, 너는 바뀔 줄을 모르는구나. 정말이지 실망시킬 거라는 예상이 빗나가는 법이 없어.* 샬럿 기브니에게도 기본적인 입장이 있기 때문이다.

이번에는 홀리는 손끝을 멈추고 생각한다.

도대체 왜 그녀가 미안해해야 할까? 뭘 사과해야 할까? 혼란스러워하는 가엾은 헨리 삼촌의 팔이 부러지는 순간에 옆에서 지켜주지 못했던 거? 어머니의 삶은 중요한 진짜배기고 그녀는 어머니의 그림자라도 되는 듯이 어머니가 전화하면 단박에 *재깍* 받지 않은 거?

온도스키를 대면한 것은 힘든 일이었다. 어머니의 진심어린 호소에 곧바로 응답하지 않는 것은 그만큼, 어쩌면 그보다 더 힘든 일이지만 그녀는 해낸다. 못된 딸이 된 기분이 들지만 그래도 대신 롤링힐스 노인 요양 센터에 전화한다. 그녀는 신원을 밝히고 브래덕 부인과 통화하고 싶다고 말한다. 그녀는 대기 상태로 넘어가고 브래덕 부인이 전화를 받을 때까지 「북 치는 소년」을 들으며 괴로워한다. 홀리가 생각하기에 그건 자살할 때에나 어울리는 노래다.

"기브니 씨!" 브래덕 부인이 외친다. "즐거운 명절 보내시라고 말씀드리면 시기상조일까요?"

"전혀 아니에요. 감사해요. 제가 어머니한테 전화를 받았는데 삼촌이 사고를 당했다고 하셔서요."

브래덕 부인은 폭소를 터뜨린다. "더 정확하게는 사고가 날 뻔한 걸 막으셨다고 해야겠죠! 어머님께 전화해서 말씀드렸어요. 삼촌께서 정신적인 능력은 조금 퇴보했을지 몰라도 반사 신경에는 아무 문제가 없으세요."

"무슨 일이 있었길래요?"

"처음 하루 이틀 정도는 방 밖으로 나오지 않으려고 하시더라고요." 브래덕 부인은 말한다. "하지만 그건 흔한 반응이에요. 새로 들어오신 분들은 항상 혼란스러워하시고 많이들 심란해하시거든요. 너무 심란해하실 때는 진정제를 좀 드리기도 해요. 기브니 씨의 삼촌은 그럴 필요는 없었고 어제는 제 발로 걸어 나오셔서 휴게실에 앉으셨어요. 심지어 해트필드 부인이 직소 퍼즐 맞추는 걸 거들기도 했고 좋아하시는 그 황당한 판사가 나오는 프로그램도 보셨고……."

「존 로」. 홀리는 생각하고 미소를 짓는다. 그녀는 체트 온도스키가 숨어 있지 않나 싶어서(내가 워낙 빠르거든) 계속 거울을 체크하고 있는 것을 스스로 거의 느끼지 못하고 있다.

"……식당으로 가셨거든요."

"네?" 홀리는 묻는다. "잠깐 못 들었어요."

"그 프로그램이 끝났을 때 몇 분이 오후 간식이 있는 식당으로

가셨다고요. 기브니 씨 삼촌께서는 해트필드 부인과 같이 걸어가
셨는데, 부인의 연세가 여든둘이고 걷는 게 좀 불안하세요. 아무튼
부인이 발을 헛디뎌서 하마터면 크게 넘어질 뻔했는데 헨리가 붙
잡았어요. 간호조무사 새러 위트록 말로는 헨리의 반응이 엄청 빨
랐대요. '번개 같았다'고 했어요. 아무튼 그러다 부인의 체중 때문
에 벽에 부딪히셨는데 거기 소화기가 있었어요. 법으로 정해진 거
라. 심하게 멍이 드셨지만 하마터면 해트필드 부인이 뇌진탕을 일
으키거나 더 심하게 다칠 수도 있었는데 덕분에 모면했어요. 부인
이 아주 허약하시거든요."

"헨리 삼촌은 어디 부러지거나 하지 않으셨고요? 소화기에 부딪
혔을 때요."

브래덕 부인은 다시 웃음을 터뜨렸다. "아유, 그럴 리가요!"

"다행이네요. 삼촌께 존경스럽다고 전해주세요."

"그럴게요. 다시 한번 즐거운 명절 보내세요."

"제 이름이 홀리니까 졸리는 명절이 될 거예요." 그녀는 12살 때
부터 해마다 이 무렵에 동원하는 어설픈 너스레를 늘어놓는다. 그
녀는 브래덕 부인의 웃음소리를 들으며 전화를 끊고, 빈약한 가슴
위로 팔짱을 끼고서 벽돌로 이루어진 홀리데이 인 익스프레스의
칙칙한 옆면을 바라보며 미간을 찌푸린 채 생각에 잠긴다. 이윽고
결단을 내리고 어머니에게 전화한다.

"아, 홀리, 드디어 연락이 됐구나! 그동안 어디 있었어? 내가 오
빠 걱정도 모자라서 네 걱정까지 해야겠니?"

*죄송해요*라고 말하고 싶은 충동이 다시 한번 치밀어 오르지만

그녀는 사과할 일이 전혀 없다는 것을 다시 한번 상기한다.

"저는 별일 없어요, 엄마. 여기는 피츠버그지만……."

"*피츠버그라고!*"

"……차가 안 막히고 에이비스 렌터카를 그쪽에 반납해도 된다고 하면 두 시간쯤 후에는 집에 도착할 수 있어요. 제 방 청소되어 있어요?"

"네 방이야 항상 청소가 되어 있지." 샬럿은 말한다.

당연히 그렇겠지. 홀리는 생각한다. 결국에는 내가 정신을 차리고 그 방으로 돌아가게 될 테니까.

"다행이네요." 홀리는 말한다. "저녁 먹기 전에 도착할 수 있을 거예요. 괜찮으면 텔레비전 같이 보고 내일 헨리 삼촌을 만나러……."

"네 삼촌 때문에 걱정돼 죽겠어!" 샬럿은 외친다.

하지만 당장 차를 몰고 찾아갈 정도는 아니죠. 홀리는 생각한다. 브래덕 부인의 전화를 받고 사태를 파악했을 테니까. 지금 엄마에게 중요한 건 오빠가 아니에요. 딸을 굴복시키는 거지. 그러기엔 이미 늦었고 엄마도 속으로는 그걸 알 거라고 보지만 그래도 절대 노력을 중단하지 않겠죠. 그것도 엄마의 기본적인 입장이니까.

"삼촌은 괜찮으실 거예요, 엄마."

"거기서야 당연히 괜찮다고 하지 않지 않겠니? 그런 데는 소송에 대비해서 항상 경계태세를 유지하잖아."

"우리가 찾아가서 직접 확인하면 되죠." 홀리는 말한다. "안 그래요?"

"그래, 그렇지." 잠시 정적이 흐른다. "거기 갔다가 떠날 거지? 그 도시로 돌아갈 거지?" 그 소돔, 그 고모라, 그 죄와 타락의 구렁텅이로 돌아갈 생각이냐는 것이 숨은 뜻이다. "너는 친구들이랑 크리스마스 저녁 먹는 동안 나는 크리스마스를 혼자 지내야겠네." 마약을 할지도 모르는 그 젊은 흑인 친구도 그 안에 있을 테고.

"엄마." 가끔 홀리는 비명을 지르고 싶을 때가 있다. "로빈슨 가족이 몇 주 전에 초대했어요. 추수감사절 직후에. 엄마도 괜찮다고 했잖아요." 샬럿은 실제로 *뭐, 알았다, 네가 정 그래야겠다면*, 이라고 말했다.

"그때는 오빠가 계속 여기 있을 줄 알았지."

"그럼 제가 금요일 밤까지 있다가 가면 어때요?" 어머니를 생각해서, 그리고 그녀 자신을 생각해서 꺼낸 말이다. 온도스키가 그녀의 집을 알아내 죽일 작정으로 24시간 일찍 거기로 찾아오고도 남을 위인이라는 것을 알기 때문이다. "크리스마스를 앞당겨서 지내요."

"그럼 되겠다." 샬럿의 목소리에 당장 화색이 돈다. "닭고기 구워야지. 그리고 아스파라거스도! 너 아스파라거스 좋아하잖니!"

홀리는 아스파라거스를 싫어하지만 어머니에게 그렇다고 얘기해봐야 소용없을 것이다. "맛있겠어요, 엄마."

4

홀리는 에이비스 렌터카와 얘기를 끝내고(당연히 추가 요금을 지불하기로 했다) 출발해 중간에 딱 한 번 멈춰서 기름을 넣고 맥도날드에서 피시버거를 먹고 두어 군데 전화를 돌린다. 제롬과 피트에게 개인적인 볼일을 끝냈다고 말한다. 거의 주말 내내 어머니와 시간을 보내고 거처를 옮긴 삼촌을 보러 다녀온 뒤 월요일에 회사로 복귀하겠다고 한다.

"바버라는 영화를 열심히 파헤치고 있어요." 제롬은 그녀에게 알린다. "그런데 전부 백인 천지래요. 그걸 보면 세상에 흑인이라는 건 없는 줄 알겠대요."

"보고서에 그걸 쓰라고 해." 홀리는 말한다. "기회가 되면 「섀프트」를 보여줘야겠네. 나 이제 다시 출발해야 해. 차가 많거든. 다들 어딜 그렇게 가는지 모르겠다. 내가 다녀온 쇼핑몰은 주차장이 반이나 비었던데."

"아줌마처럼 친척을 만나러 가는 중이겠죠." 제롬은 말한다. "아마존에서 친척은 배달이 안 되니까요."

홀리는 다시 76번 고속도로로 올라탔을 때 어머니는 분명 크리스마스 선물을 사놓았을 텐데 그녀는 준비한 게 아무것도 없다는 생각을 한다. 그녀가 빈손으로 등장하면 어머니가 어떤 앓는 눈빛으로 바라볼지 벌써부터 눈앞에 선하다.

그래서 그녀는 해 떨어지기 전에 본가에 도착하지 못하겠지만(그녀는 야간운전을 싫어한다) 다음 쇼핑센터에 차를 대고 어머니 선물로 슬리퍼와 근사한 샤워가운을 산다. 어머니가 사이즈를 잘못 사왔다고 할 것에 대비해 영수증을 잘 챙긴다.

안전한 렌터카 안으로 돌아가 다시 길을 나섰을 때 홀리는 숨을 크게 들이마시고 비명을 지른다.

도움이 된다.

5

샬럿은 현관 앞에서 딸을 끌어안고 안으로 데려간다. 홀리는 이 다음 차례가 뭔지 안다.

"살이 빠졌네?"

"예전이랑 똑같아요." 홀리의 대답에도 그녀의 어머니는 *한번 거식증은 영원히 거식증이지*, 라고 말하는 눈빛으로 그녀를 쳐다본다.

저녁은 동네 이탈리안 레스토랑에서 포장해온 음식이고 저녁을 먹는 동안 샬럿은 헨리 없이 지내려니 얼마나 힘든지 모른다고 하소연을 늘어놓는다. 누가 들으면 오빠 없이 지낸 지 5일이 아니라 5년이 지났고, 오빠가 가까운 노인 요양 센터로 간 게 아니라 어디 멀리서 한심한 짓을 하며(오스트레일리아에서 자전거 가게를 하거나 열대 섬에서 저녁놀을 그리며) 말년을 보내는 줄 알겠다. 홀리에게 어떻게 지내는지, 일은 어떤지, 피츠버그에는 무슨 일이었는지는 묻지 않는다. 9시에 이르러 피곤해서 이제 그만 자러 들어가야겠다고 할 수 있는 시각이 되자 홀리는 나이를 점점 거꾸로 먹어서 이 집에

살았던 그 슬프고 외롭고 거식증에 시달렸던 아이(그렇다. 적어도 옹
알옹알이라고 불렸던 악몽과도 같았던 고등학교 1학년 때는 거식증에 시달렸었
다)로 되돌아가는 듯한 기분을 느낀다.

그녀의 방은 예전 그대로다. 짙은 분홍색 벽은 예전부터 덜 익은
살덩이를 연상시켰다. 봉제 인형들이 좁은 침대 위 선반에 그대로
놓여 있고 래빗 트릭이 가장 상석이다. 래빗 트릭의 귀가 너덜너덜
한 이유는 그녀가 잠이 오지 않으면 그걸 씹었기 때문이다. 책상 위
에는 아직도 실비아 플라스의 포스터가 붙어 있다. 그곳에서 홀리
는 형편없는 시를 쓰고 우상과 같은 방식으로 자살할까 가끔 고민
했다. 그녀는 옷을 벗으며 이 집 오븐이 전기가 아니라 가스 오븐이
었다면 실제로 자살했거나 적어도 시도는 했을지 모른다는 생각을
한다(실비아 플라스가 가스 오븐에 머리를 넣고 자살했다 ─ 옮긴이).

어린 시절에 쓰던 이 방이 공포소설에 등장하는 괴물처럼 그녀
를 기다리고 있었다고 생각하면 마음이 편할(훨씬 편할) 것이다. 하
지만 그녀는 어른이 돼서 멀쩡했던 (비교적 멀쩡했던) 시절에 여기서
몇 번 잠을 청했고 이 방은 그녀를 삼킨 적이 없다. 어머니도 그녀
를 삼킨 적이 없다. 괴물이 존재하기는 하지만 이 방 안이나 이 집
안은 아니다. 홀리는 그걸 기억하고 그녀가 어떤 사람인지를 기억
하는 편이 좋다는 것을 안다. 그녀는 래빗 트릭의 귀를 씹던 어린애
가 아니다. 거의 매일 학교에 가기 전에 아침을 게워내던 사춘기 소
녀가 아니다. 그녀는 빌과 제롬과 함께 중서부 문화 예술 센터에서
수많은 아이들을 살린 여자다. 텍사스 동굴에서 또 다른 괴물과 정
면 대결한 여자다. 여기 숨어서 절대 밖으로 나가지 않으려 했던 여

자아이는 사라지고 없다.

그녀는 잠자리에 들기 전 무릎을 꿇고 기도를 한 뒤 침대 속으로
들어간다.

2020년 12월 18일

1

샬럿, 홀리 그리고 헨리 삼촌은 계절에 맞게 장식된 롤링힐스 휴게실 한쪽 구석에 앉아 있다. 전나무에 반짝이 리본이 걸렸고 꽃 장식에서는 달콤한 향이 풍겨, 사라질 줄 모르던 소변과 표백제 냄새를 거의 덮어버린다. 전구와 지팡이 사탕이 달린 트리도 있다. 스피커에서 캐럴이 쏟아져 나오는데, 홀리에게는 죽을 때까지 듣지 않아도 아무 문제 없을 만큼 지긋지긋한 노래들이다.

입소자들은 명절 분위기에 잔뜩 취한 것 같아 보이지 않는다. 대부분 주황색 타이츠를 입은 섹시한 아가씨가 소개하는 Ab 라운지라는 제품의 광고를 보고 있다. TV를 보지 않는 다른 사람들은 말이 없거나 서로 대화를 나누거나 혼잣말을 한다. 초록색 실내복을 입은 가냘픈 체구의 노부인은 큼지막한 직소 퍼즐 위로 허리를 숙이고 있다.

"저 이가 해트필드 부인이야." 헨리 삼촌이 말한다. "이름은 기억이 나질 않네."

"브래덕 부인한테 들었는데, 저분이 심하게 넘어질 뻔한 걸 삼촌이 막았다면서요." 홀리가 말한다.

"아냐, 줄리아가 그랬지." 헨리 삼촌은 말한다. "아주 *예에엣날* 계곡에서 헤엄을 치다가." 그는 먼 옛날을 추억하는 사람들 특유의 웃음을 터뜨린다. 샬럿은 눈을 부라린다. "나는 열여섯이었고 줄리아는……." 그는 말끝을 흐린다.

"팔 보여줘." 샬럿이 명령조로 말한다.

헨리 삼촌은 고개를 모로 꼰다. "내 팔을? 왜?"

"그냥 보여줘." 그녀는 팔을 잡아서 셔츠 소매를 올린다. 큼지막하긴 하지만 뭐 그리 엄청나지는 않은 멍이 들었다. 홀리가 보기에는 잘못 그린 문신 같다.

"사람을 이런 식으로 돌본다면 돈을 내는 게 아니라 소송을 걸어야겠네." 샬럿은 말한다.

"소송? 누구?" 헨리 삼촌은 묻고는 웃음을 터뜨린다. "『누구 마을 소리를 듣는 호튼』! 애들이 그 책 참 좋아했는데!"

샬럿은 일어선다. "커피 사와야겠다. 작은 타르트도 하나 사고. 홀리야, 너도 먹을래?"

홀리는 고개를 젓는다.

"또 안 먹기 시작하는구나." 샬럿은 홀리가 뭐라고 대꾸할 겨를도 없이 사라진다.

헨리는 멀어져가는 그녀를 지켜본다. "쟤는 참 수그러들 줄을 몰라. 안 그러냐?"

이번에는 홀리가 웃음을 터뜨릴 차례다. 어쩔 수가 없다. "네. 맞아요."

"그래, 절대 안 그러지. 너는 제이니가 아니지?"

"네." 그러고는 기다린다.

"너는……." 녹슨 기어가 돌아가는 소리가 그녀의 귀에 들릴 것도 같다. "홀리지."

"맞아요." 그녀는 그의 손을 토닥인다.

"다시 내 방으로 돌아가고 싶은데 어딘지 기억이 나질 않네."

"제가 알아요." 홀리는 말한다. "모셔다 드릴게요."

그들은 천천히 복도를 함께 걷는다.

"줄리아가 누구예요?" 홀리는 묻는다.

"새벽 햇살처럼 예뻤지." 헨리 삼촌은 말한다. 홀리는 그거면 대답으로 충분하다는 결론을 내린다. 그녀가 썼던 그 어떤 시구보다 훌륭하다.

방에 도착하자 그녀는 그를 창가 의자로 데려가려고 하지만 그는 잡았던 손을 놓고 침대로 가서 허벅지 사이로 손깍지를 끼고 걸터앉는다. 꼭 늙은 어린애 같다. "좀 누워야겠다. 피곤해. 샬럿이랑 있으면 피곤해."

"가끔 저도 엄마 때문에 피곤할 때 있어요." 홀리는 말한다. 예전 같으면 엄마의 공모자이기 십상이었던 헨리 삼촌에게 이런 식으로 실토할 일이 절대 없었겠지만 지금 그는 전과 달라졌다. 어떻게 보면 훨씬 너그러워졌다. 게다가 5분이 지나면 그녀가 한 말을 잊어버릴 것이다. 10분이 지나면 그녀가 여기 있었다는 사실조차 잊어버릴 것이다.

그녀는 그의 뺨에 입을 맞추려고 허리를 숙였다가 그가 묻는 말에 뺨 바로 앞에서 멈춘다. "왜 그러니? 왜 그렇게 무서워하고 있어?"

"무서워하지 않는⋯⋯."

"아냐, 맞아. 무서워하고 있어."

"그래요." 그녀는 말한다. "맞아요. 저 지금 무서워요." 실토하고 났더니, 입 밖으로 토해냈더니 엄청난 안도가 느껴진다.

"네 엄마⋯⋯ 내 여동생⋯⋯ 생각이 날 듯 말 듯한데⋯⋯."

"샬럿이요."

"맞아. 샬럿은 겁쟁이야. 어렸을 때부터 그랬어. 거기가 어디냐⋯⋯ 기억이 안 나네⋯⋯ 거기서도 물속에 들어가지 않으려고 했지. 너도 겁쟁이였지만 커가면서 달라졌지."

그녀는 놀란 눈빛으로 그를 빤히 쳐다본다. 할 말을 잃는다.

"커가면서 달라졌어." 그는 했던 말을 반복하고 슬리퍼를 흔들어 떨어뜨리고는 발을 침대 안으로 넣는다. "이제 낮잠 좀 자야겠다, 제이니. 여기는 나쁘지는 않은데 그게 있었으면 좋겠어⋯⋯ 그 돌리는 거⋯⋯." 그는 눈을 감는다.

홀리는 고개를 숙이고 문 앞으로 걸어간다. 얼굴이 눈물범벅이다. 그녀는 주머니에서 휴지를 꺼내 눈물을 닦는다. 샬럿에게 눈물을 보이고 싶지 않다. "삼촌이 그 부인이 넘어질 뻔한 걸 막았다는 걸 기억하고 있으면 좋았을 텐데." 그녀는 말한다. "간호조무사 말로는 삼촌 움직임이 번개처럼 빨랐대요."

하지만 헨리 삼촌은 듣지 않는다. 헨리 삼촌은 잠이 들었다.

2

홀리 기브니가 랠프 앤더슨 형사에게 남긴 보고

어젯밤에 펜실베이니아의 모텔에서 이걸 끝낼 수 있을 줄 알았는데, 집안에 일이 생기는 바람에 본가에 왔어요. 여기 있으면 힘들어요. 옛날 기억이 되살아나는데 좋은 기억이 별로 없거든요. 그래도 오늘밤에 자고 갈 거예요. 그러는 편이 좋겠어서. 엄마는 지금 이른 크리스마스 저녁을 준비하려고 장을 보러 나갔는데 별로 맛있지는 않을 거예요. 요리에는 영 소질이 없거든요.

내일 저녁에 체트 온도스키(그것이 자칭 체트 온도스키라고 해요)와의 일을 마무리할 수 있으면 좋겠어요. 무서워요, 아니라고 거짓말해 봐야 무슨 소용이겠어요. 그는 매크리디 중학교 같은 일은 두 번 다시 저지르지 않겠다고 고민도 없이 그 자리에서 당장 약속했지만 나는 그 말을 믿지 않아요. 빌도 그럴 테고 당신도 당연히 그럴 거라고 생각해요. 그가 이제는 맛을 봤잖아요. 그리고 구조의 영웅으로 떠받들리는 맛도 보았을 테고요, 자기한테 이목을 집중시키는 건 좋지 못한 선택이라는 걸 알겠지만.

댄 벨한테 연락해서 온도스키를 끝장낼 작정이라고 얘기했어요. 전직 경찰답게 이해하고 찬성할 거라는 생각이 들었거든요. 내 짐작이 맞았어요. 그렇지만 조심하라고 했어요. 조심할 작정이지만 꺼림칙한 예감이 들지 않는다면 거짓말일 거예요. 내 친구 바버라 로빈슨한테도 전화해서 토요일 밤에 본가에 있을 거라고 했어요. 그 아이하고 오빠 제롬은 내가 내일 다른 도시에 있는 줄 알아야 하거든요. 나한테 무슨 일이 벌어지더라도 그 둘이 위험해질 일은 없어야 해요.

온도스키는 내가 입수한 정보를 가지고 어쩌려는지 불안해하지만 자신만만해하기도 해요. 그는 여차하면 나를 죽일 거예요. 그럴 거라는 걸 나는 알아요. 그가 모르는 게 있다면 나는 이런 상황을 전에도 겪어봤기 때문에 그를 과소평가하지 않을 거라는 점이에요.

내 친구이자 잠깐 동안 파트너였던 빌 호지스가 유언장에 내 이름을 넣어줬어요. 사망 보험금도 받았지만 내게 훨씬 더 의미 있는 건 다른 유품이에요. 그중 하나가 그가 공무용으로 썼던 38구경 스미스앤웨슨 리볼버예요. 빌리 말로는 요즘 도시 경찰들은 총알이 6개가 아니라 15개가 들어가는 글록22를 쓰지만 자기는 구닥다리라고 했고 그걸 자랑스러워했어요.

나는 총을 좋아하지 않지만, 사실 싫어해요, 내일은 빌의 권총을 망설임 없이 동원할 거예요. 서로 말을 섞을 일은 없을 거예요. 온도스키하고는 한 번 대화를 나누었고 그걸로 충분해요. 나는 그의 가슴을 쏠 생각이에요. 2년 전에 받았던 사격 수업에서 몸통을 쏘는 게 최고라고 배웠기 때문만은 아니에요.

진짜 이유는 뭔가 하면

[잠시 정적]

내가 그 동굴에서 우리가 찾은 그것의 머리를 쳤을 때 어떤 일이 벌어졌는지 기억하죠? 당연히 기억하겠죠. 우리는 그 장면이 나오는 꿈을 꾸고 죽을 때까지 잊지 못할 거예요. 나는 인간의 뇌를 밀어내고 그 자리를 차지한 어떤 이질적인 뇌가 이런 것들을 활성화하는 원동력(물리적인 원동력)이라고 생각하거든요. 그게 어디에서 생겨났는지는 모르겠고 관심도 없어요. 이것의 가슴을 쏘면 그게 죽지 않을 수도 있어요. 사실 랠프, 나는 죽지 않을 거라고 봐요. 그걸 영원히 제거하는 다른 방법이 있을 것 같아요. 사소한 결함을 찾아내서 말이죠.

엄마가 차를 몰고 들어오는 소리가 들리네요. 이 보고는 나중에 아니면 내일 마무리하도록 할게요.

3

샬럿은 홀리에게 요리를 돕지 못하게 한다. 딸이 부엌으로 들어올 때마다 손사래를 치며 내쫓는다. 긴 하루가 지나고 마침내 저녁 시간이 다가온다. 샬럿은 크리스마스 때마다 입는 초록색 원피스를 꺼내 입는다(아직까지도 몸을 욱여넣을 수 있다는 데 뿌듯해한다). 크리스마스 핀(호랑가시나무와 그 열매인 홀리베리다)을 평소처럼 왼쪽 가슴에 꽂았다.

"예전처럼 정식으로 크리스마스 저녁을 차렸어!" 그녀는 홀리의 팔꿈치를 잡고 식당으로 데려가며 외친다. 취조실로 끌려가는 죄수 같네. 홀리는 생각한다. "네가 좋아하는 걸 전부 만들었지!"

그들은 서로 마주보고 앉는다. 샬럿이 켜놓은 향초에서 풍기는 레몬그라스 향 때문에 홀리는 재채기가 하고 싶어진다. 그들은 모건 데이비드 와인이 담긴 골무 모양의 잔을 서로 부딪치고(정식으로 으왝할 맛이다. 그런 맛이 있을지 모르겠지만) 메리 크리스마스를 외친다. 그 뒤를 이어서 홀리가 싫어하는(샬럿은 그녀가 좋아하는 줄 안다) 콧물 같은 랜치 드레싱이 이미 뿌려진 샐러드, 파피루스처럼 말라비틀어져서 그레이비 소스를 듬뿍 묻혀야 목구멍으로 넘길 수 있는 칠면조가 나온다. 매시드 포테이토는 덩어리가 졌다. 너무 푹 삶은 아스파라거스는 이보다 더 흐물흐물하고 혐오스러울 수 없다. 먹을 만한 건 (가게에서 산) 당근 케이크뿐이다.

홀리는 접시에 담긴 음식을 모조리 먹고 어머니를 칭찬한다. 어머니의 얼굴이 환히 빛난다.

설거지를 마친 뒤에 (늘 그렇듯 홀리는 씻은 그릇을 닦는다. 어머니는 그녀가 냄비에 묻은 얼룩을 제대로 씻어낼 줄 모른다고 한다.) 그들은 거실로 건너가고 샬럿은 「멋진 인생」(프랭크 카프라 감독의 1946년 영화. 영미권의 대표적인 크리스마스 영화로, 원제는 「It's a wonderful life」이다 — 옮긴이) DVD를 꺼낸다. 크리스마스 시즌 때 그 영화를 몇 번이나 보았던가? 아무리 못해도 열두어 번은 될 거고 아마 그보다 많이 보았을 것이다. 헨리 삼촌은 대사를 통째로 외울 수 있었다. 어쩌면 지금도 그러실 수 있을지 몰라. 홀리는 생각한다. 인터넷에서 치매를 검색해보니 회로가 하나씩 꺼져가는 동안 어떤 영역은 계속 불을 밝힌 채로 남아 있는지 알 방법이 없다고 했다.

영화가 시작되기 전에 샬럿이 홀리에게 산타 모자를 그것도…… 야단법석을 떨어가며 건넨다. "이 영화 볼 때 너 항상 이 모자 쓰잖니." 그녀는 말한다. "어렸을 때부터. 그게 전통이야."

홀리는 어렸을 때부터 영화광이었고 혹평을 받은 작품에서도 매력적인 부분을 찾아내지만(예컨대 실베스터 스탤론의 「코브라」 같은 경우도 안타깝게 과소평가된 작품이라고 생각한다) 「멋진 인생」은 볼 때마다 마음이 불편하다. 도입부에서는 조지 베일리에 공감할 수 있지만 막판에 이르면 그가 조증의 시기에 접어든 심각한 조울증 환자처럼 느껴진다. 영화가 끝나면 그가 침대에서 기어나와 온 가족을 살해하는 건 아닌지 궁금해진다.

샬럿은 크리스마스 원피스를 입고 홀리는 산타 모자를 쓰고 같이 영화를 본다. 홀리는 생각한다. 나는 지금 다른 데로 이동 중이야. 내가 움직이는 게 느껴져. 그림자로 가득한 슬픈 곳이야. 죽음이 목전이라는 걸 알 수 있는 곳.

영화 속에서 제이니 베일리가 말한다. "하느님, 도와주세요, 아빠가 이상해요."

그날 밤 홀리는 체트 온도스키가 소매와 주머니가 찢어진 재킷을 입고 프레더릭 빌딩 엘리베이터에서 내리는 꿈을 꾼다. 그의 손에는 벽돌 가루와 피가 문대어져 있다. 그의 눈은 어른거리고 그가 입술을 벌려 활짝 웃자 벌건 벌레가 꿈틀거리며 입에서 쏟아져 나와 턱을 타고 흘러내린다.

2020년 12월 19일

1

홀리는 그 도시까지 아직 80킬로미터가 남았건만 4개 차로 모두 꼼짝할 줄 모르는 남행 고속도로에 갇힌 채 몇 킬로미터 동안 이어지는 교통체증이 풀리지 않으면 그녀의 장례식장에 일찍 도착하기는커녕 늦겠다는 생각을 한다.

불안증에 시달리는 많은 사람들이 그렇듯 그녀도 강박적으로 미리 계획을 세우고 그러다 보니 거의 일찍 도착하는 편이다. 오늘 이 토요일에는 파인더스 키퍼스에 아무리 늦어도 1시까지 가려고 했는데, 지금 상황으로는 3시에라도 도착하면 다행이다. 사방을 에워싼 차량 때문에 (바로 앞에서는 커다랗고 오래된 덤프트럭이 지저분한 궁둥이를 강철 절벽처럼 내밀고 있다) 생매장당하는(내 장례식장이지) 폐소공포증이 느껴진다. 차 안에 담배가 있었다면 줄담배를 피웠을 것이다. 담배 대신 금연 보조제라고 부르는 목캔디에 의탁하지만 외투 주머니에 챙긴 게 대여섯 개뿐이라 금방 바닥이 날 판국이다. 그러면 남는 게 손톱밖에 없는데 그것도 너무 바짝 깎아버려서 제대로 씹을 수가 없다.

아주 중요한 약속에 늦게 생겼어.

어머니가 크리스마스의 전통에 따라 와플과 베이컨으로 차린 아침식사를 마친 뒤에(크리스마스까지 거의 일주일이 남았지만 홀리는 얼마든지 장단을 맞출 용의가 있었다) 선물을 주고받느라 이렇게 된 건 아니었다. 샬럿은 홀리에게 (설령 목숨을 부지하더라도) 절대 입을 일 없는 프릴이 달린 실크 블라우스와 중간 높이의 굽이 달린 구두(이하동문이다)와 2권의 책을 선물했다. 『지금 이 순간을 살아라』와 『아무것도 염려하지 말라』였다. 홀리는 미처 선물 포장을 하지는 못했지만 크리스마스 분위기가 나는 봉투를 사서 거기에 넣었다. 샬럿은 안에 털이 달린 슬리퍼를 보고 감탄사를 터뜨렸고 79달러 50센트짜리 목욕가운을 보고는 너그럽게 고개를 저었다.

"아무리 못해도 두 사이즈는 크겠다. 영수증 안 챙겼지?"

홀리는 자기가 영수증을 챙겼다는 걸 확실히 알지만 이렇게 얘기한다. "아마 외투 주머니 안에 있을 거예요."

여기까지는 좋았다. 그런데 잠시 후에 샬럿이 느닷없이 홀리가 당일에는 없을 테니 헨리를 찾아가서 크리스마스 인사를 하자고 했다. 홀리는 시계를 흘끗 확인했다. 9시 5분이었다. 그녀는 9시에 남쪽으로 출발할 생각이었지만 이 세상에 너무 심한 강박행동이라는 게 있다면 바로 그거였다. 도대체 5시간 일찍 도착하려는 이유가 뭘까? 게다가 온도스키와의 일이 잘못된다면 지금이 헨리를 만날 수 있는 마지막 기회가 될 테고 그녀는 그가 그런 말을 한 이유가 궁금했다. *왜 그렇게 무서워하고 있어?*

그걸 어떻게 알았을까? 그는 예전에도 남의 감정을 세심하게 챙기는 편이 아니었다. 오히려 그 반대에 가까웠다.

그래서 홀리는 좋다고 했고 그들은 출발했고 샬럿이 자기가 운전하겠다고 했고 네거리에서 가벼운 사고가 났다. 에어백이 터지지도 않았고 다친 사람도 없었고 경찰도 출동하지 않았지만 샬럿이 뻔한 변명을 늘어놓았다. 네거리에서 평소 습관처럼 일시 정지하지 않고 속도만 늦춰놓고는 있지도 않은 빙판을 운운했다. 샬럿 기브니는 운전 인생 내내 자신에게 우선통행권이 있다고 생각했다.

상대 차량 운전자는 샬럿이 무슨 얘기를 하든 고개를 끄덕이고 맞장구를 치며 선선하게 나왔지만 서로 보험증을 교환했고, 다시 길을 나섰을 때는(홀리는 그들에게 범퍼를 들이받힌 남자가 자기 차에 다시 올라타며 그녀에게 윙크를 했다고 장담할 수 있었다) 10시였고 면회는 실망 그 자체였다. 헨리는 두 사람 모두를 알아보지 못했다. 그는 옷을 갈아입고 출근해야 한다며 그들에게 시간 뺏지 말아 달라고 했다. 홀리가 헤어지기 전에 뺨에 입을 맞추려고 하자 의심스러워하는 눈빛으로 그녀를 쳐다보며 여호와의 증인이냐고 물었다.

"가는 길은 네가 운전해라." 밖으로 나왔을 때 샬럿이 말했다. "나는 너무 심란해서 못 하겠다."

홀리로서는 더할 나위 없이 반가운 소리였다.

그녀는 현관 앞에 여행 가방을 두었다. 그걸 어깨에 짊어지고 평소처럼 뺨에 가볍게 두 번 입을 맞추는 것으로 작별 인사를 하려고 어머니에게로 몸을 돌리자 샬럿은 평생 폄하하고 무시했던(항상 무의식적으로 그랬던 것만은 아니었다) 딸을 와락 끌어안고 울음을 터뜨렸다.

"가지 마라. 하룻밤만 더 자고 가. 크리스마스 때까지 못 있으면 주말 동안만이라도 있다가 가. 혼자 있는 거 못 견디겠어. 아직은. 크리스마스 이후라면 모를까, 아직은 안 되겠어."

어머니는 물에 빠진 여자처럼 그녀를 붙잡고 있었고 홀리는 그녀를 떠미는 정도가 아니라 싸워서 떼어내고 싶은 아찔한 충동을 참아야 했다. 그녀는 최대한 오랫동안 안겨 있다가 꿈틀거리며 빠져나왔다.

"가야 해요, 엄마. 약속이 있어요."

"데이트 약속이니?" 샬럿은 미소를 지었다. 기분 좋은 미소가 아니었다. 그렇다고 하기에는 으르렁거림에 가까웠다. 홀리는 어머니에게 더는 충격을 받을 일이 없다고 생각했는데 그게 아닌 모양이었다. "그래? *네가?*"

이번이 엄마를 만나는 마지막이 될 수도 있다는 걸 기억하자. 홀리는 생각했다. 만약 그렇다면 가시 돋친 말을 남기고 헤어질 필요 없잖아. 이번 일을 무사히 끝내면 그때 가서 화를 내도 돼.

"다른 약속이에요." 그녀는 말했다. "하지만 같이 차 마셔요. 그럴 시간은 돼요."

그래서 그들은 차를 마셨고, 홀리는 예전부터 질색했던 대추야자가 들어 있는 쿠키를 먹고 (왠지 몰라도 맛이 우울했다) 11시가 거의 다 돼서야 레몬그라스 향초 냄새가 계속 맴도는 본가를 탈출할 수 있었다. 그녀는 현관 앞에서 샬럿의 뺨에 입을 맞췄다. "사랑해요, 엄마."

"나도 사랑한다."

홀리가 렌터카 앞에 다가가 문손잡이를 건드렸을 때 샬럿이 그녀를 불렀다. 홀리는 고개를 돌리며, 어머니가 두 팔을 벌리고 손가락을 갈고리 발톱처럼 구부린 채 계단을 달려 내려오며 이렇게 외치겠거니 생각했다. *가지 마! 여기 있어! 명령이야!*

하지만 샬럿은 두 팔로 자기 몸을 감싸고 현관 앞에 서 있었다. 늙고 서글퍼 보였다. "목욕 가운 내가 착각했더라." 그녀는 말했다. "내 사이즈야. 내가 태그를 잘못 봤나 봐."

홀리는 미소를 지었다. "다행이에요, 엄마. 잘됐다."

그녀는 진입로를 되짚어 내려와 오는 차가 있는지 확인하고 고속도로 쪽으로 핸들을 돌렸다. 11시 10분이었다. 시간은 많았다.

그때는 그런 줄 알았다.

2

차가 막히는 이유를 알 수 없기에 홀리의 불안은 가중된다. 고속도로 교통 정보를 알려주는 채널을 비롯해 그 어떤 지역 AM과 FM 방송국에서도 아무 말이 없다. 평소에는 믿음직했던 웨이즈 네비게이션 앱도 무용지물이다. 앱에 접속하면 웃으며 삽으로 구멍을 파는 땅딸막한 남자 아래로 이런 메시지가 뜬다. 현재 사이트 공사 중입니다. 잠시만 기다려주세요!

젠장.

16킬로미터만 더 가면 56번 출구로 빠져나가 73번 고속도로를 탈 수 있지만 현재로서는 73번 고속도로가 목성에 있는 것과 다름 없다. 그녀는 외투 주머니를 뒤져 마지막 한 개 남은 목캔디를 찾고 내 운전 어때요?라는 범퍼 스티커가 붙은 덤프트럭 꽁무니를 노려보며 포장지를 벗긴다.

이 사람들이 쇼핑몰에 있어야 하는데. 홀리는 생각한다. 쇼핑몰과 시내 소상공업체에서 물건을 사는 것으로 지역 경제에 이바지해야지, 아마존과 유피에스와 페덱스에 돈을 갖다 바칠 게 아니라. 당신들 모두 이 고속도로에서 나가, 그래야 정말 중요한 볼일이 있는 사람들이…….

차량 행렬이 움직이기 시작한다. 홀리가 승리의 함성을 외치자마자 덤프트럭이 다시 선다. 왼쪽에서는 어떤 남자가 휴대전화로 수다를 떨고 있다. 오른쪽에서는 어떤 여자가 립스틱을 새로 바르고 있다. 그녀의 렌터카 디지털시계에 따르면 4시 전에는 프레더릭 빌딩에 도착할 수 없다고 한다. 아무리 빨라도 4시다.

그래도 2시간의 여유가 있잖아. 홀리는 생각한다. 하느님, 제발 그에게 대처할 준비를 할 수 있게 허락해주세요. 그것, 그 괴물에 대처할 수 있게.

3

바버라 로빈슨은 정독하던 대학 카탈로그를 옆으로 치우고 휴대전화를 켜서 저스틴 프릴랜더가 깔아준 웹워처 앱에 접속한다.

"허락 없이 남을 추적하는 건 율법에 어긋나는 행동이라는 거 알지?" 저스틴은 말했다. "그게 법에 저촉되는 건지 아닌지도 잘 모르겠고."

"내 친구가 무사한지 확인하려는 것뿐이야." 바버라는 그가 꺼림칙하게 생각했더라도 모두 날려버릴 수 있도록 환하게 미소를 지어 보였다.

하늘을 두고 맹세하건대 바버라도 꺼림칙한 마음이 있다. 가뜩이나 제롬이 자기 앱을 지웠으니 지도에 뜨는 초록색의 조그만 점을 쳐다보기만 해도 죄책감이 느껴진다. 하지만 제롬이 모르는 사실이 있다면(바버라는 그에게 알리지 않을 작정이다) 홀리가 포틀랜드에서 피츠버그로 건너갔다는 점이다. 그걸 바버라가 홀리의 집 컴퓨터에서 확인한 검색 히스토리와 한데 연결하면 홀리가 결국 매크리디 중학교 폭파 사건에 관심이 생겼고, 관심의 초점은 제일 먼저 현장에 출동한 WPEN의 찰스 '체트' 온도스키 기자 아니면 카메라맨 프레드 핀컬이라는 결론이 내려졌다. 바버라가 보기에는 온도스키일 가능성이 크다. 그를 검색한 흔적이 더 많다. 홀리는 심지어 컴퓨터 옆 메모지에 그의 이름을 적고…… 그 옆에 물음표까지 2개 그려놓았다.

바버라는 그녀의 친구에게 정신적으로 문제가 생겼거나 신경쇠약증에 걸렸다고 생각하고 싶지는 않다. 홀리가 학교 폭파범의 꼬리를 밟았을지 모른다고 생각하고 싶지도 않지만…… 그게 아예 가능성이 없는 얘기는 아니라는 걸 안다. 홀리는 불안정하고 스스로를 의심하느라 허비하는 시간이 *너무 많지만* 그런가 하면 똑똑하다. 온도스키와 핀컬(사이먼 앤 가펑클을 연상시키는 한 쌍이다)이 자기들도 모르는 새 폭파범의 단서를 입수하게 된 걸까?

여기에 생각이 미치자 바버라는 홀리와 함께 본 영화를 떠올린다. 제목이 「욕망(*Blow-up*)」이었다. 공원에서 연인을 촬영하던 사진작가가 우연히 권총을 들고 덤불 속에 숨어 있는 남자를 촬영하면서 생기는 일을 담은 영화였다. 그 비슷한 일이 매크리디 중학교에서 벌어진 걸까? 범인이 자기 솜씨를 감상하며 흐뭇해하려고 현장에 돌아와 구경하고 있다가(아니면 심지어 돕는 척했다가) 방송국 카메라에 찍힌 걸까? 홀리가 어찌어찌 그걸 알아차린 걸까? 바버라도 그게 얼마나 황당한 발상인지 알지만 가끔 인생이 예술을 모방할 때도 있지 않던가. 어쩌면 홀리가 온도스키와 핀컬을 만나러 피츠버그에 갔을 수도 있다. 그렇다면 안심해도 되겠지만 폭파범이 아직 그 일대에 있고 홀리가 그를 잡으러 나선 거라면?

만약 폭파범이 그녀를 잡으러 나섰다면?

이 모든 게 말도 안 되는 헛소리지만 그럼에도 바버라는 웹워처 앱에서 홀리가 피츠버그를 출발해 본가로 향하자 안심한다. 그녀는 그때 거의 위치 추적앱을 지우려고 했고 그랬더라면 더는 양심의 가책에 시달릴 일이 없었겠지만, 홀리가 어제 뜬금없이 전화해 토요일 밤에 본가에서 자고 온다고 알렸다. 그러고는 맨 마지막에 "사랑해."라고 했다.

아니, 당연히 그녀는 바버라를 사랑하고 바버라도 그녀를 사랑하지만 그런 건 그냥 알고 있는 거지 굳이 말로 표현할 필요가 없는 감정이다. 특별한 경우가 아닌 이상. 예를 들면 친구랑 싸웠다가 화해할 때. 아니면 한참 동안 여행을 갈 때. 아니면 전쟁터로 파병될 때. 군인들이 출정을 앞두고 부모님이나 파트너에게 마지막으로 하는 말이 그것이었다.

그리고 그 말을 했을 때 어떤 말투가 바버라의 신경에 거슬렸다. 거의 서글픈 말투였다. 그리고 이제 초록색 점을 보니 홀리는 본가에서 자고 오지 않는다. 이 도시로 돌아오고 있는 게 분명하다. 계획이 바뀌었나? 엄마랑 싸웠나?

아니면 새빨간 거짓말이었나?

바버라는 책상을 흘끗 쳐다보았다가 학교 보고서를 쓰느라 홀리에게 빌린 DVD를 발견한다. 「몰타의 매」, 「빅 슬립」 그리고 「하퍼」다. 그녀는 홀리가 돌아왔을 때 그걸 빌미로 대화를 시도하면 완벽하겠다는 생각을 한다. 홀리가 집에 있는 걸 보고 놀란 척하고는 포틀랜드와 피츠버그에 무슨 중요한 일이 있었는지 알아보는 것이다. 어쩌면 위치 추적기에 대해 고백할 수도 있겠다. 상황에 따라서는.

그녀는 휴대전화에 뜬 홀리의 위치를 다시 한번 확인한다. 아직 고속도로다. 공사나 사고 때문에 차가 막히는 모양이다. 그녀는 손목시계를 확인하고 다시 초록색 점 쪽으로 시선을 돌린다. 홀리가 5시 전에 도착하면 다행이겠다는 생각이 든다.

5시 30분에 아파트로 찾아가야겠다. 바버라는 생각한다. 아무 일도 없었으면 좋겠지만 아무래도 무슨 일이 있는 것 같단 말이지.

4

차량 행렬이 꾸물꾸물 움직이다가…… 선다.

꾸물꾸물 움직이다가…… 선다.

계속 서 있는다.

이러다 돌아버리겠어. 홀리는 생각한다. 여기 이렇게 앉아서 저 덤프트럭 꽁무니를 쳐다보는 동안 정신줄이 끊길 거야. 어쩌면 끊길 때 소리가 들릴지도 몰라. 나뭇가지 부러질 때처럼.

12월의 이 날은 1년 중에 해가 가장 짧은 날에서 달력상으로 고작 두 칸 전이라 햇빛이 흘러나가기 시작했다. 계기판의 시계에 따르면 5시는 되어야 프레더릭 빌딩에 도착한다는데 그것도 조만간 차량 행렬이 움직이기 시작해야 가능한 얘기고…… 기름도 떨어지지 말아야 한다. 이제 기름이 탱크의 4분의 1밖에 안 남았다.

이러다 그를 못 만날 수도 있겠어. 그녀는 생각한다. 그가 찾아와서 출입문 암호를 알려달라고 연락하는데 감감무소식인 거지. 내가 겁이 나서 도망쳤나 보다고 생각하겠네.

우연의 일치 또는 사악한 기운(제롬이 얘기한, 꾀죄죄하고 희끗희끗한 회색 새)이 온도스키와의 두 번째 대면을 가로막은 건지도 모른다는 생각은 그녀에게 아무런 위안도 되지 못한다. 이제 그녀는 그의 개인적인 암살 리스트에 이름이 올랐을 뿐 아니라 제1의 제거 대상이 되었다. 사전에 계획을 다 세워 놓고 그녀의 홈그라운드에서 만나는 것이 그녀에게 주어진 어드밴티지였다. 그걸 잃으면 그가 기습 공격을 시도할 것이다. 그리고 성공할 가능성도 있다.

그녀는 피트에게 전화해 위험한 인간이 사무실 건물 옆문으로 찾아올 거라고, 조심스럽게 접근해야 한다고 경고할까 고민하지만 온도스키는 언변으로, 그것도 아주 쉽게 그를 구워삶을 수 있을 것이다. 말로 먹고 사는 위인이 아닌가. 그렇지 않다 하더라도 피트는 나이를 먹었고 경찰에서 은퇴했을 때에 비해 몸무게가 최소 9킬로그램이 붙었다. 그래서 느리다. TV 기자인 척하는 그것은 빠르다. 피트를 위태롭게 만들 수는 없다. 지니를 병 밖으로 불러낸 사람은 그녀다.

앞에서 덤프트럭의 미등이 꺼진다. 15미터쯤 가다가 다시 선다. 하지만 이번에는 서 있는 시간이 짧고 움직이는 거리가 길다. 체증이 풀리려나? 언강생심이지만 그녀는 홀리식 희망을 품는다.

그녀의 희망은 근거가 있었던 것으로 밝혀진다. 5분 뒤에 그녀는 시속 65킬로미터로 달린다. 7분 뒤에는 90킬로미터다. 11분 뒤에는 액셀러레이터를 밟으며 추월차로를 점령한다. 체증을 유발한 삼중 추돌 사고 현장을 지날 때도 중앙 분리대로 옮겨진 사고 차량들을 거의 쳐다보지도 않는다.

중간에 고속도로를 빠져나갈 때까지 계속 110킬로미터를 유지하면, 신호등에 거의 걸리지 않으면 5시 20분쯤 사무실 건물에 도착할 수 있을 듯하다.

5

실제로 홀리는 5시 5분에 사무실 근처에 도착한다. 묘하게 사람이 없었던 몬로빌 몰과 다르게 이곳의 도심은 복잡하고 복잡하고 복잡하다. 이건 장점이 될 수도 단점이 될 수도 있다. 그녀가 몸을 꽁꽁 싸매고 뷰얼 가를 부산하게 지나가는 쇼핑객들 속에서 온도 스키를 찾을 가능성이 낮지만 그가 그녀를 낚아챌(그는 그러고도 남을 위인이다) 가능성도 마찬가지로 낮다. 빌이라면 긴박하다고 했을 상황이다.

고속도로에서 운이 없었던 것을 보상이라도 하는 듯 프레더릭 빌딩 거의 맞은편 주차 공간에서 차가 빠져나온다. 그녀는 그 차가 멀어질 때까지 기다렸다가 조심스럽게 빈자리로 후진한다. 뒤에서 싹퉁바가지가 클랙슨을 누르지만 무시한다. 좀더 여유 있는 상황이었다면 누가 계속 클랙슨을 눌러댔을 경우 그 자리를 포기했겠지만 그 블록 이 끝에서 저 끝까지 빈자리가 하나도 보이지 않는다. 그러면 건물 지상 주차장에 대야 하는데, 홀리는 주차장에서 여자들에게 벌어지는 끔찍한 사건을 영화에서 너무 많이 보았다. 날이 진 뒤에 특히 그렇고 지금은 날이 졌다.

클랙슨을 울려대던 차량은 홀리의 렌터카 앞 꽁무니 옆으로 어느 정도 공간이 생기자마자 지나가지만 싹퉁바가지(남자가 아니라 여자다)는 충분히 속도를 늦추고 가운뎃손가락으로 홀리에게 깜찍한 크리스마스 인사를 건넨다.

홀리가 차에서 내렸을 때 차량의 흐름이 잠깐 끊긴다. 그녀는 도로 저편으로 무단횡단할 수도 있었지만 쇼핑객들과 함께 다음 모퉁이에서 신호등이 바뀌길 기다린다. 다수와 함께 있어야 안전하다. 그녀는 건물 정문 열쇠를 손에 쥐고 있다. 그녀는 옆문으로 돌아서 들어갈 생각이 전혀 없다. 골목길이라 손쉬운 먹잇감이 될 것이다.

열쇠를 꽂는데, 머플러로 하관을 가리고 러시아 모자를 눈썹까지 눌러쓴 남자가 그녀를 거의 밀칠 정도로 바짝 붙어서 지나간다. 온도스키일까? 아니다. *아마*도 아닐 것이다. 백 퍼센트 확신할 수는 없지만.

성냥갑처럼 생긴 로비에는 아무도 없다. 조명은 어두침침하다. 그림자가 사방으로 뻗쳐 있다. 그녀는 엘리베이터 앞으로 달려간다. 여긴 시내에서도 오래된 건물이라 8층밖에 없고 뼛속까지 중서부 식이며 승객용 엘리베이터가 하나뿐이다. 널찍하고 최신식이라지만 하나는 하나다. 입주사들은 이것 때문에 불만이 많고 바쁜 사람들, 특히 사무실이 저층에 있는 사람들은 종종 계단을 이용한다. 홀리는 화물용 엘리베이터가 따로 있다는 걸 알지만 주말이라 잠가놓았을 것이다. 그녀는 호출 버튼을 누르지만 문득 엘리베이터가 또 고장이라 그녀의 계획이 수포로 돌아갈 게 분명하다는 생각이 든다. 하지만 당장 문이 열리고 여자 목소리의 기계음이 환영 인사를 건넨다. "안녕하세요. 프레더릭 빌딩에 오신 것을 환영합니다." 로비에 아무도 없다 보니 공포 영화에 나오는, 어디에서 들리는지 알 수 없는 목소리처럼 느껴진다.

문이 닫히고 그녀는 5를 누른다. 주중에는 TV 화면에 신제품 소개와 광고가 뜨지만 지금은 꺼져 있다. 고맙게도 캐럴도 나오지 않는다.

"올라갑니다." 기계음이 말한다.

그가 나를 기다리고 있을 거야. 그녀는 생각한다. 엘리베이터 문이 열리면 어찌어찌 들어온 그가 나를 기다리고 있을 테고 나는 도망칠 데가 없을 거야.

하지만 문이 열리고 아무도 없는 복도가 나온다. 그녀는 우편함(말하는 엘리베이터가 최신식이라면 이건 최구식이다)을 지나고 여자화장실과 남자화장실을 지나 계단이라고 적힌 문 앞에서 걸음을 멈춘다. 다들 앨 조던을 두고 구시렁대는 데에는 이유가 있다. 이 건물의 관리인은 무능력한 동시에 게으르다. 지하에는 쓰레기가 쌓여 있고 옆문 보안카메라는 고장 났으며 우편물 배달은 변덕스럽다고 할 만큼 느린데도 자리를 보전하고 있는 걸 보면 연줄이 있는 모양이다. 그런가 하면 모두를 열 받게 만들었던 비싼 일본제 엘리베이터의 문제도 있다.

오늘 오후에 홀리는 앨이 다른 면에서도 직무태만하길 적극적으로 기대하고 있다. 그래야 받침대로 쓸 의자를 가지러 사무실에 다녀오는 시간을 아낄 수 있다. 계단으로 나가는 문을 열어 보니 운이 좋다. 층계참에 옹기종기 모여 있는 청소용품 중에(이걸로 6층으로 올라가는 길을 막고 있으니 소방법 위반 아닌가) 계단 난간에 기대고 세워진 대걸레와 구정물이 반쯤 담긴 걸레 탈수기가 있다.

홀리는 탈수기에 담긴 구정물을 계단으로 쏟아버릴까 하다가(그러면 앨에게 제대로 한 방 먹일 수 있을 것이다) 차마 그러지 못한다. 여자 화장실까지 밀고 가 걸레 넣는 부분을 떼어내고 구정물을 세면대에 버린다. 그런 다음 어깨에 메는 핸드백을 어정쩡하게 팔꿈치 안쪽에 걸고 엘리베이터 앞으로 탈수기를 옮긴다. 호출 버튼을 누른다. 문이 열리고 기계음이 (그녀가 깜빡했을 경우에 대비해) "5층입니다."라고 알려준다. 홀리는 피트가 씩씩대며 사무실로 들어와 이렇게 말했던 날을 기억한다. "'앨한테 나를 고치라고 하고 그런 다음 그를 죽여버리세요'라고 얘기하게 저 물건 프로그램하는 법 알아요?"

홀리는 탈수기를 뒤집는다. 발을 잘 모으면(그리고 조심하면) 바퀴 사이를 딛고 설 수 있겠다. 그녀는 핸드백에서 스카치테이프와 갈색 종이로 싼 소포를 꺼낸다. 까치발을 하고 손을 뻗어서 엘리베이터 천장 왼쪽 구석에 소포를 붙이다 보니 바지 안으로 집어넣은 셔츠 밑단이 빠져나온다. 여기가 (이제는 고인이 된 빌 호지스의 말에 따르면) 사람들이 잘 쳐다보지 않는다는 눈높이 저 위쪽이다. 온도스키는 이쪽을 보지 말아야 한다. 그가 이쪽을 보면 그녀는 망한다.

그녀는 주머니에서 휴대전화를 꺼내 높이 들고서 소포 사진을 찍는다. 일이 그녀가 바라는 대로 되면 온도스키는 이 사진을 볼 일이 없을 테지만 어차피 이 사진이 대단한 대비책은 되지 못한다.

엘리베이터 문이 다시 닫힌다. 홀리는 열림 버튼을 누르고 걸레 탈수기를 다시 복도로 밀고 나가 원래 있었던 층계참으로 되돌려 놓는다. 그런 다음 브릴리언시 화장품(드루피 도그라는 그 옛날 만화 주인공을 연상시키는 중년의 남자 말고는 근무하는 직원이 없어 보이는 곳이다)을 지나 맨 끝 방인 파인더스 키퍼스로 향한다. 문을 열고 안도의 한숨을 쉬며 안으로 들어간다. 손목시계를 확인한다. 5시 30분이 다 됐다. 이제 정말 시간이 없다.

그녀는 사무실 금고 앞으로 가서 번호를 맞춘다. 이제는 고인이된 빌 호지스가 남긴 스미스앤웨슨 리볼버를 꺼낸다. 장전이 되어있다는 걸 알지만(장전이 되어 있지 않은 권총은 곤봉으로 쓸 수도 없다는 것또한 멘토가 남긴 명언이다) 실린더를 돌려서 확인하고 다시 안으로 끼워 넣는다.

몸통. 그녀는 생각한다. 그가 엘리베이터에서 내리자마자. 돈이든 상자는 걱정할 필요 없어. 종이 상자면 그가 그걸 가슴 앞쪽으로들고 있다 해도 총알이 관통할 거야. 강철 상자면 머리를 노려야겠지. 사정거리가 짧아서 주변이 난장판이 되겠지만……

그녀는 놀랍게도 살짝 웃음을 터뜨린다.

하지만 앨이 두고 간 청소도구가 있지 않은가.

홀리는 손목시계를 확인한다. 5시 34분이다. 온도스키가 정각에도착한다고 가정하면 26분이 남았다는 뜻이다. 그녀에게는 아직해야 할 일이 남았다. 모두 중요한 일이다. 뭐가 *가장* 중요한지 결정하는 건 식은 죽 먹기다. 만약 그녀가 목숨을 부지하지 못한다면,생존자와 유족의 고통을 먹으려고 매크리디 중학교를 폭파한 그것의 정체를 다른 누군가가 알고 있어야 하는데 그녀의 말을 믿어줄사람이 한 명 있다.

그녀는 휴대전화를 켜고 녹음 앱을 열어서 녹음을 시작한다.

6

로빈슨 가족은 딸의 열여덟 살 생일 때 조그맣고 실용적인 포드 포커스를 선물했고 홀리가 시내 뷰얼 가에서 주차하고 있을 때 바버라는 홀리의 아파트에서 세 블록 멀리 있는 빨간 신호등 앞에 서 있다. 그녀는 이 틈에 휴대전화의 웹워처 앱을 확인하고 "아우 씨"라고 중얼거린다. 홀리가 집에 가지 않고 사무실에 있다. 크리스마스가 코앞으로 닥친 토요일 저녁에 거길 왜 갔는지 바버라로서는 알 수가 없을 뿐이다.

홀리의 아파트는 직진이지만 신호등이 초록불로 바뀌자 바버라는 시내 쪽으로 우회전한다. 금세 도착할 수 있을 것이다. 프레더릭 빌딩의 정문은 잠겨 있겠지만 그녀는 골목길에 있는 옆문의 비밀 번호를 안다. 오빠와 파인더스 키퍼스를 수도 없이 들락거렸고 가끔 그쪽으로 들어갈 때도 있었다.

날 보면 놀라겠지? 바버라는 생각한다. 커피 마시자고 데리고 나와서 도대체 무슨 일인지 알아내야겠어. 간단하게 저녁 해결하고 영화 한 편 때려도 좋고.

그 생각에 그녀는 미소를 짓는다.

7

홀리 기브니가 랠프 앤더슨 형사에게 남긴 보고

당신한테 전부 얘기했는지 모르겠고 다시 들으며 확인할 시간도 없지만 당신은 가장 중요한 걸 알고 있어요. 내가 또 다른 이방인을 우연히 맞닥뜨렸는데, 우리가 텍사스에서 상대한 녀석과는 다르지만 비슷하다는 거. 새롭게 개선된 모델이라고 할 수 있어요.

나는 지금 파인더스 키퍼스의 조그만 대기실에서 그를 기다리고 있어요. 그가 내가 요구한 돈을 들고 엘리베이터에서 내리자마자 총으로 쏘려는 게 내 계획이고 그렇게 될 거라고 봐요. 그는 나를 죽이려 하기보다 매수하려는 생각일 거예요. 왜냐하면 내가 원하는 건 돈과 다시는 대량 학살을 저지르지 않겠다는 약속뿐이라고 그를 잘 설득한 것 같거든요. 그는 그 약속을 지킬 생각이 없겠지만.

목숨이 걸린 문제다 보니 최대한 논리적으로 생각해보려고 노력하고 있어요. 내가 그라면 돈을 한 번 주고 추이를 살피겠어요. 이후에 피츠버그의 방송국을 그만두려고 할까요? 그럴 수도 있지만 남을 수도 있어요. 협박범의 선의를 시험하기 위해. 여자가 다시 찾아와서 또 손을 벌리면 *그때* 여자를 죽이고 잠적하겠어요. 일이 년 기다렸다가 다시 옛날 패턴으로 돌아가겠어요. 샌프란시스코에서, 아니면 시애틀에서, 아니면 호놀룰루에서. 지역 독립 방송사에서 시작해 조금씩 위로 올라가겠어요. 그는 새로운 신분증과 새로운 추천서를 입수하겠죠. 요즘 같은 컴퓨터와 소셜 미디어의 시대에 무슨 수로 버티는지 모르겠지만 어찌어찌 잘 버텼더군요. 지금까지는.

내가 아는 정보를 제삼자에게 넘길지 모른다고 그가 걱정할까요? 그가 근무하는 TV 방송국에 넘길지 모른다고? 아뇨, 왜냐하면 내가 그를 협박하면 공범이 되니까요. 내가 가장 믿는 건 그의 자신 감이에요. 그의 오만이에요. 그가 왜 자신만만하고 오만하냐고요? 아주, 아주 오랫동안 아무 제지도 받지 않고 이렇게 지내왔거든요.

하지만 내 친구 빌은 항상 대안을 준비해놓으라고 가르쳤어요. "허리띠하고 멜빵이요, 홀리." 이렇게 말했죠. "허리띠하고 멜빵"이 라고.

그가 만에 하나 내가 그를 협박해 30만 달러를 뜯어내려는 게 아 니라 그를 죽이려는 생각인지 모른다고 의심한다면 대비책을 마련 하겠죠. 어떤 대비책이냐고요? 그건 나도 모르겠어요. 나한테 총이 있다는 건 알겠지만 그는 총을 들고 들어오지 못할 거예요. 금속탐 지기에서 경보가 울릴 거라고 가정할 수밖에 없으니까요. 그가 계 단으로 올라올 수도 있고 그러면 내가 올라오는 소리를 듣는다 해 도 문제가 될 수 있어요. 그런 경우에는 상황을 봐가면서 대처해야 해요.

[잠시 정적]

빌이 쓰던 38구경이 내 허리띠예요. 엘리베이터 천장에 붙여 놓 은 게 내 멜빵이고요. 내 보험. 내가 사진을 찍어놨어요. 그는 그걸 들고 가고 싶겠지만 그 소포 안에는 립스틱밖에 없어요.

랠프, 나는 최선을 다해 준비했지만 어쩌면 그걸로는 부족할 수 도 있어요. 철저하게 계획을 세웠지만 목숨을 부지하지 못할 수도 있어요. 만약 그렇다면 당신과의 우정이 내게 얼마나 소중했는지 알아주기 바라요. 내가 죽은 뒤에도 내가 시작한 이 일을 맡아서 계속 이어나갈 생각이면 제발 조심해요. 당신에게는 아내와 아들이 있으니까요.

8

5시 43분이다. 시간이 쏜살같이 흐르고 또 흐른다.

그 빌어먹을 교통 체증 때문이야! 그가 일찍 오는 바람에 준비를 끝마치지 못하면…….

그럼 핑계를 대서 1층에서 잠깐 기다리라고 해야겠다. 뭐라고 핑계를 대면 좋을지 모르겠지만 생각이 나겠지.

홀리는 대기실의 컴퓨터를 켠다. 그녀는 전용 방이 있지만 이 컴퓨터를 더 좋아한다. 뒤편에 숨어 있는 것보다 전면에 나서는 것이 좋기 때문이다. 그리고 피트가 5층까지 걸어 다녀야 하는 것에 대해 투덜대는 소리를 듣다가 지겨워졌을 때 그녀와 제롬이 썼던 컴퓨터이기도 하다. 그들이 동원한 수법이 합법은 아니었지만 그로써 문제가 해결됐고 그때 정보가 이 컴퓨터의 메모리에 남아 있을 것이다. 남아 있어야 한다. 없으면 그녀는 망한다. 온도스키가 계단으로 오면 어차피 망할지 모르지만. 그가 계단으로 온다면 돈을 주기 위해서가 아니라 그녀를 죽이러 온 거라고 90퍼센트쯤 확신해도 될 것이다.

대기실 컴퓨터는 최신 아이맥 프로라 속도가 아주 빠르지만 오늘은 부팅하는 데 한세월이 걸리는 느낌이다. 기다리는 동안 휴대전화로 보고서가 녹음된 음성 파일을 그녀의 이메일 계정으로 전송한다. 핸드백에서 USB 드라이브를 꺼내(맨 벨이 수집한 각종 사진과 브래드 벨의 스펙트로그램이 저장된 드라이브다) 컴퓨터 뒤편에 꽂는데, 엘리베이터 소리가 들린 것 같다는 생각이 든다. 그럴 리가 없지만 만약 누군가가 건물 안에 있다면 얘기가 달라진다.

온도스키 같은 사람이 있다면.

홀리는 권총을 쥐고 사무실 문 앞으로 달려간다. 문을 홱 열고 밖으로 고개를 내민다. 아무 소리도 들리지 않는다. 엘리베이터도 잠잠하다. 아직 5층에 세워져 있다. 그녀의 착각이었다.

그녀는 문을 열어놓고 일을 마무리 지으러 컴퓨터 앞으로 얼른 돌아간다. 15분 남았다. 그 정도면 충분할 것이다. 그녀가 제롬이 찾아낸 해결책을 제거하고 모두 계단으로 다니게 만들었던 컴퓨터상의 오류를 복원할 수만 있다면.

할 수 있을 거야. 그녀는 생각한다. 온도스키가 내린 다음 엘리베이터가 내려가기만 하면 나는 아무 문제없어. 최고야. 만약 엘리베이터가 내려가지 않으면…….

거기에 대해 걱정해봐야 소용없는 일이다.

9

크리스마스 시즌이라 가게들이 늦게까지 문을 열었다. 신용카드를 한도가 다 될 때까지 긁어가며 예수님의 탄생을 기념하는 성스러운 시간이지. 바버라는 생각한다. 뷰얼에 주차 공간이 없다는 걸 한눈에 알 수 있겠다. 그녀는 프레더릭 빌딩 맞은편 주차 빌딩 입구에서 주차권을 뽑고 옥상 바로 아래 4층에서 드디어 자리를 하나 찾는다. 그녀는 핸드백에 한 손을 넣고 계속 주위를 두리번거리며 엘리베이터 앞으로 달려간다. 바버라도 주차 빌딩 안에서 여자들에게 벌어지는 온갖 흉흉한 일들을 영화에서 워낙 많이 보았던 것이다.

길거리에 안전하게 도착한 그녀는 길모퉁이로 얼른 걸음을 옮기고 마침 신호등이 켜진다. 길을 건넜을 때 위를 올려다보니 프레더릭 빌딩 5층에 불이 켜져 있다. 다음 모퉁이에서 그녀는 우회전한다. 조금 더 걸어가자 표지판에 **차량 진입 금지**와 **긴급 출동 차량 전용**이라고 적힌 골목길이 나온다. 바버라는 그 길로 들어가 옆문 앞에서 걸음을 멈춘다. 출입문 비밀번호를 입력하려고 허리를 숙이는데, 누군가가 그녀의 어깨를 붙잡는다.

10

홀리는 방금 전에 자신이 보낸 이메일을 열고 첨부파일을 USB 드라이브로 옮긴다. 드라이브 아이콘 아래, 파일명을 입력하는 빈 칸을 보며 잠깐 머뭇거린다. 그녀는 이내 피가 흐르는 곳이라고 입력한다. 아주 훌륭한 이름이다. 그것의 빌어먹을 인생을 한 줄로 요약한 거잖아. 그녀는 생각한다. 그것의 목숨줄을. 피와 고통.

그녀는 드라이브를 꺼낸다. 대기실 책상이 우편 발송 작업을 하는 곳이라 크기별로 봉투가 많다. 그녀는 작은 쿠션 봉투에 USB 드라이브를 넣고 봉했다가 랠프의 우편물이 옆집으로 배달된다는 사실을 기억해내고는 순간 공포에 휩싸인다. 그녀는 랠프의 집주소를 외우고 있고 거기로 보내도 되겠지만 우편함 털이범이 들고 가면 어쩔 것인가? 생각만 해도 끔찍하다. 옆집 사람 이름이 뭐였더라? 콜슨? 카버? 코츠? 다 아니다.

시간이 쏜살같이 멀어지고 있다.

봉투에 랠프 앤더슨 옆집이라고 적으려는 찰나 이름이 생각난다. 콘래드다. 그녀는 되는 대로 우표를 붙이고 봉투 앞면에 얼른 적는다.

랠프 앤더슨 형사
아카시아 가 619번지
플린트 시티, 오클라호마 74012

그 아래에 콘래드 씨(옆집) 그리고 재전송 금지 수취인 귀환 시 전달 요망이라고 덧붙인다. 이 정도면 될 것이다. 그녀는 봉투를 들고 엘리베이터 근처 우편물 수거함까지 죽어라고 달려가 안에 넣는다. 앨이 다른 모든 것과 더불어 우편물 수거에도 게으르기 때문에 그 안에(솔직히 요즘 같은 시대에 우편물을 주고받는 사람도 거의 없으니) 일주일 아니면 명절 시즌이라는 걸 감안할 때 더 오랫동안 방치될 수도 있다. 하지만 사실 서두를 필요가 전혀 없다. 결국 배달되기만 하면 된다.

그녀는 잘못 들은 게 맞는지 확인하기 위해 엘리베이터 호출 버튼을 누른다. 문이 열린다. 엘리베이터 카가 보이고 안에 아무도 없다. 그러니까 그녀가 착각한 게 맞았다. 그녀는 파인더스 키퍼스로 다시 달려간다. 숨을 헐떡이는 정도는 아니지만 그래도 헉헉대는 이유는 달리기 때문도 있지만 대부분 스트레스 때문이다.

이제 마지막으로 하나가 남았다. 그녀는 컴퓨터 파일 검색기에 제롬이 발견한 해결책 명칭을 입력한다. 에레베타. 골치 아픈 그 건물의 엘리베이터 브랜드 이름이자 일본어로 엘리베이터라는 뜻인데…… 제롬이 주장하기로는 그렇다.

엘리베이터에서 사소한 문제가 생겼을 때 앨 조던은 그 지역 업체가 아니라 에레베타 사에서 파견한 정비사에게 수리를 맡겨야 한다고 딱 잘라서 말했다. 다른 데 수리를 맡겼다가 사고가 나면 형사상 책임과 수백만 달러의 소송이 제기될 수 있다며 끔찍한 시나리오를 제시했다. 건물의 8개 층 엘리베이터 승강구에 노란색 고장 테이프를 붙이고 정식 정비사가 올 때까지 기다리는 게 상책이라고 했다. 성난 입주사 직원들에게는 조금만 기다려 달라고 했다. 기껏해야 일주일이라고. 불편을 끼쳐서 미안하다고. 하지만 일주일이 한 달 가까이 늘어났다.

"자기야 불편할 게 없겠지." 피트는 투덜거렸다. "자기 사무실은 지하에 있으니까. 하루 종일 거기 죽치고 앉아서 티브이 보며 도넛이나 먹고 말이지."

결국 제롬이 발 벗고 나서 홀리에게 그녀도 이미 알고 있던 사실

(그녀도 컴퓨터 전문가였다)을 말했다. 인터넷을 검색하면 모든 문제의 해결책을 찾을 수 있다고 말이다. 그래서 그들은 엘리베이터를 제어하는 훨씬 단순한 컴퓨터에 바로 이 컴퓨터를 연결하는 식으로 문제를 해결했다.

"됐어요." 제롬이 화면을 가리키며 말했다. 피트는 보석 보증업체를 한 바퀴 돌며 영업을 하러 나갔고 그와 홀리, 둘뿐이었다. "어떤 현상이 벌어지고 있었는지 알겠어요?"

알 수 있었다. 엘리베이터 컴퓨터가 각 층의 승강구가 아니라 종점만 '보고' 있었다.

이제 그녀는 엘리베이터의 프로그램에 붙인 반창고를 떼어내기만 하면 된다. 그리고 기도하기만 하면 된다. 잘됐는지 테스트할 겨를이 없기 때문이다. 시간이 너무 빠듯하다. 벌써 6시 4분 전이다. 그녀는 엘리베이터 승강로를 실시간으로 보여주는 층별 메뉴로 들어간다. 승강구에 B에서 8까지 표시가 되어 있다. 엘리베이터가 멈추어져 있는 곳은 5다. 화면 상단에 초록색으로 대기중이라는 단어가 떠 있다.

아니, 아직은 아니지. 홀리는 생각한다. 하지만 조만간 준비 완료될 거야. 바라건대.

2분 뒤, 그녀가 막 마무리를 짓고 있을 때 전화벨이 울린다.

11

바버라는 조그맣게 비명을 지르며 옆문을 등지고 몸을 홱 돌려 그녀의 어깨를 붙잡은 시커먼 남자의 형체를 올려다본다.

"오빠!" 그녀는 손으로 자기 가슴을 다독인다. "간 떨어질 뻔했잖아! 여긴 어쩐 일이야?"

"너야말로 여긴 어쩐 일이야?" 제롬이 말한다. "자고로 아가씨와 어두컴컴한 골목길은 물과 기름 같은 관계다만."

"위치 추적앱 지웠다더니 거짓말이었구나?"

"음, 맞아." 제롬은 시인한다. "하지만 너도 그 앱을 설치한 모양이니 도덕성을 운운할 입장은……"

바로 그때 제롬의 뒤에서 또 다른 시커먼 형체가 등장하는데…… 완전히 시커멓지는 않다. 두 눈만큼은 손전등 불빛에 반사된 고양이 눈처럼 이글거린다. 바버라가 제롬에게 조심하라고 외칠 겨를도 없이 그 형체가 그의 머리를 향해 뭔가를 휘두른다. 퍽 하는 둔탁하고 끔찍한 소리와 함께 제롬이 땅바닥으로 쓰러진다.

그 형체는 그녀를 붙잡아 문 쪽으로 떠밀고 장갑을 낀 한쪽 손으로 그녀의 목을 눌러 꼼짝 못 하게 한다. 다른 손으로는 쥐고 있던 벽돌 조각을 떨어뜨린다. 아니면 콘크리트일 수도 있다. 바버라가 알 수 있는 거라고는 거기서 오빠의 피가 흘러내리고 있다는 것뿐이다.

그가 몸을 바짝 숙이자 털 달린 러시아 모자로 덮인 동그랗고 평범한 얼굴이 그녀의 눈에 들어온다. 이제는 두 눈이 묘하게 번뜩이지 않는다. "소리 지르지 마, 귀염둥이. 소리 지르면 후회하게 될 거야."

"오빠를 죽였어!" 그녀는 쌕쌕거리며 외친다. 그가 아직은 그녀의 숨통을 완전히 조르지 않았지만 거의 막힌 거나 다름없다. "당신이 우리 오빠를 죽였어!"

"아니야, 아직 살아 있어." 남자는 말한다. 교정치과의 관점에서 완벽한 치열을 드러내며 미소를 짓는다. "죽었다면 내가 알아차렸을 거야. 하지만 내가 죽게 만들 수 있어. 네가 소리를 지르거나 도망치려고 하면, 한마디로 짜증 나게 굴면 저 친구 뇌가 분수처럼 뿜어져 나올 때까지 내가 두드려 팰 거야. 그래도 소리 지를래?"

바버라는 고개를 젓는다.

남자의 미소가 함박웃음으로 번진다. "그래야 착한 귀염둥이지. 너 지금 무섭지, 응? 그래서 좋네." 그는 그녀의 공포를 들이마시려는 듯 심호흡을 한다. "무서워해야 해. 여긴 네가 있을 곳이 아니거든. 하지만 네가 와줘서 기뻐."

그가 몸을 좀더 숙인다. 그의 향수 냄새가 풍기고 그가 그녀의 귀에 대고 이렇게 속삭이자 두툼한 입술이 느껴진다.

"너는 맛있거든."

12

홀리는 컴퓨터에 시선을 고정한 채 전화기를 향해 손을 뻗는다.

엘리베이터의 층별 메뉴가 여전히 화면 위에 띄워져 있지만 승강로 도면 아래로 이제 실행 또는 취소를 선택하는 박스가 보인다. 실행을 선택했을 때 어떤 현상이 벌어지기만을 바랄 따름이다. 그리고 그것이 원하던 현상이기만을 바랄 따름이다.

그녀는 온도스키에게 옆문 비밀번호를 문자로 알려주려고 전화기를 집었다가 그대로 얼어붙는다. 화면에 뜬 것이 온도스키도 아니고 번호 정보 없음도 아니다. 어린 친구 바버라 로빈슨의 웃는 얼굴이다.

아, 주님, 안 돼요. 홀리는 생각한다. 제발 주님, 안 돼요.

"바버라?"

"여기 어떤 남자가 있어요, 홀리!" 바버라는 울고 있어서 무슨 말을 하는지 거의 알아들을 수가 없다. "뭔지 모를 걸로 오빠를 쳐서 기절시켰는데 벽돌인 것 같고 오빠가 피를 너무 많이 흘려서……."

잠시 후 그녀는 사라지고 온도스키의 가면을 쓴 그것이 노련한 TV 기자의 말투로 홀리에게 인사를 건넨다. "안녕, 홀리, 나 체트야."

홀리는 그대로 얼어붙는다. 바깥세상에서는 금방이지만, 기껏해야 5초 정도지만, 그녀의 머릿속에서는 훨씬 길게 느껴진다. 이건 그녀의 잘못이다. 친구들을 끌어들이지 않으려고 했는데 그들이 어떻게든 찾아왔다. 걱정이 됐기 때문인데, 그렇기 때문에 그녀의 잘못이다.

"홀리? 내 말 듣고 있나?" 그의 말투에서 웃음기가 느껴진다. 상황이 그에게 유리한 방향으로 전개됐기 때문에 즐거워하고 있는 것이다. "이로써 상황이 달라진 것 같은데, 아닌가?"

당황하면 안 돼. 홀리는 생각한다. 두 아이를 살릴 수 있다면 내 목숨은 기꺼이 포기할 수 있지만 당황은 하면 안 돼. 그랬다가는 우리 모두 목숨을 부지할 수 없어.

"그런가?" 그녀는 말한다. "네가 원하는 건 아직 내 수중에 있어. 그 아이를 해치고 그 오빠를 다시 건드리면 네 인생은 내 손에 박살 날 줄 알아. 나는 갈 데까지 갈 거야."

"총도 가지고 있나?" 그는 그녀에게 대답할 기회를 주지 않는다. "당연히 그렇겠지. 나는 총은 없지만 세라믹 칼을 들고 왔어. 아주 날카로워. 내가 너랑 환담을 나누러 올라갈 때 내 수중에는 이 아이가 있다는 걸 기억해주기 바라. 네가 총을 들고 있는 게 보이더라도 이 아이를 죽이지는 않을 거야. 그럼 훌륭한 인질을 낭비하는 셈이 될 테니까. 대신 네가 보는 앞에서 이 아이를 망가뜨려 줄게."

"총은 없을 거야."

"그 말은 믿어주겠어." 여전히 재밌어하는 말투다. 여유롭고 자신만만한 말투다. "하지만 USB 드라이브하고 돈은 맞바꾸지 못하겠는데. 돈 대신 이 귀염둥이는 줄 수 있어. 어때?"

거짓말. 홀리는 생각한다.

"괜찮은 거래가 될 수 있을 것 같은데. 바버라 다시 바꿔줘."

"안 돼."

"그럼 비밀번호를 알려줄 수가 없어."

그는 폭소를 터뜨린다. "이 아이가 알고 있던데. 번호를 누르려고 할 때 이 아이의 오빠가 다가가서 말을 걸더군. 내가 쓰레기통 뒤에서 지켜보고 있었지. 번호를 알려달라고 이 아이를 설득할 수 있을 것 같은데. 내가 한번 설득해볼까? 이렇게?"

바버라가 비명을 지르자 홀리는 자기 입을 막는다. 그녀의 잘못이다, 그녀의 잘못, 모든 게 그녀의 잘못이다.

"그만해. 그 아이 괴롭히지 마. 제롬이 아직 살아 있는지 확인하고 싶을 뿐이야."

"아직은 살아 있어. 이상하게 킁킁거리는 소리를 내고 있네. 머리를 다쳤을 수도 있어. 내가 세게 내리쳤거든, 그래야 할 것 같아서. 덩치가 크더라고."

이자는 내 공포심을 자극하려 하고 있어. 머리를 쓰지 못하게 하고 본능적으로 반응하게 만들려고.

"피를 많이 흘리고 있어." 온도스키는 말을 잇는다. "머리를 다쳤으니. 하지만 날이 제법 추워서 지혈에 도움이 될 거야. 춥다는 얘기가 나왔으니 말인데 헛짓거리는 이제 그만 집어치우자고. 암호나 대, 이 아이 팔을 다시 비틀기 전에. 이번에는 어깨를 잡아서 뺄 거야."

"사-칠-오-삼이야." 홀리는 말한다. 달리 무슨 선택의 여지가 있을까.

13

남자는 정말로 칼을 들고 있다. 검은색 손잡이에 흰색의 기다란 날이 달린 칼이다. 그는 바버라의 한쪽 팔을 잡고(아까 비틀었던 쪽이다) 칼끝으로 암호패드를 가리킨다. "대신 눌러줘, 귀염둥이."

바버라는 번호를 누르고 초록색 불이 켜질 때까지 기다렸다가 문을 연다. "오빠를 안으로 들여놓으면 안 돼요? 내가 끌어서 옮길게요."

"너야 당연히 그러고 싶겠지." 남자는 말한다. "하지만 안 돼. 화끈한 친구 같던데. 열 좀 식히게 여기 두자고."

"그러다 얼어 죽으면 어떻게 해요!"

"귀염둥이야, 얼른 움직이지 않으면 너는 *과다출혈*로 죽을 거야."

아니, 너는 나를 죽이지는 않을 거야. 바버라는 생각한다. 네가 원하는 걸 손에 넣기 전에는.

하지만 그가 그녀를 해칠 수는 있었다. 한쪽 눈을 도려내거나. 뺨의 거죽을 벗기거나. 귀를 자르거나. 그의 칼은 아주 예리해 보인다.

그녀는 안으로 들어간다.

14

홀리는 열어놓은 파인더스 키퍼스 사무실 문 앞에 서서 복도를 쳐다본다. 흥분한 근육이 불뚝거린다. 입안은 사막처럼 바짝 말랐다. 엘리베이터가 내려가는 소리가 들릴 때도 그녀는 그 자리에 가만히 서 있는다. 엘리베이터가 다시 올라올 때까지 기다렸다가 돌리고 있던 프로그램의 실행 버튼을 눌러야 한다.

바버라를 살려야 해. 그녀는 생각한다. 가망이 있다면 제롬도.

1층에서 엘리베이터가 멈추는 소리가 들린다. 그리고 영원처럼 느껴지는 시간이 지난 뒤 엘리베이터가 다시 올라오기 시작한다. 홀리는 복도 저 끝의 닫혀 있는 엘리베이터 문에 시선을 고정한 채 뒷걸음질 친다. 컴퓨터 마우스패드 옆에 그녀의 전화기가 놓여 있다. 그녀는 전화기를 바지 왼쪽 앞주머니에 넣은 다음 커서를 실행으로 옮기는 동안만 얼른 시선을 옮긴다.

비명소리가 들린다. 엘리베이터가 올라오는 소리에 묻히지만 여자아이의 비명소리다. 바버라다.

내 잘못이야.

전부 내 잘못이야.

15

제롬을 공격한 남자는 성대한 댄스파티가 벌어지고 있는 연회실로 여자친구를 에스코트하는 남자처럼 바버라의 팔을 잡는다. 그녀에게서 핸드백을 빼앗지 않았기에(관심을 두지 않았다고 보는 편이 더 맞을 것이다) 전화기 때문인지 금속탐지기를 통과할 때 희미하게 삑 하는 소리가 들린다. 남자는 그 소리를 무시한다. 그들은 불과 얼마 전까지만 해도 프레더릭 빌딩의 입주사 직원들이 씩씩대며 날마다 오르내렸던 계단을 지나 로비로 들어간다. 정문 밖의 다른 세상에서는 크리스마스 쇼핑객들이 가방과 상자를 들고 좌우로 지나가고 있다.

나도 저기 있었는데. 바버라는 그 생각을 하며 놀라워한다. 불과 5분 전, 모든 게 아무 문제 없었던 그때까지만 해도. 내 앞에 살날이 남았다고 바보처럼 믿고 있었던 그때까지만 해도.

남자가 엘리베이터 버튼을 누른다. 엘리베이터가 내려오는 소리가 들린다.

"홀리한테 얼마 주기로 했어요?" 바버라는 묻는다. 공포도 공포지만, 홀리가 이 남자와 거래를 하려고 했다는 무지근한 실망감이 그 아래에서 느껴진다.

"이제는 상관없어졌어." 남자가 말한다. "왜냐하면 네가 있으니까. 귀염둥이 말이지."

엘리베이터가 멈춘다. 문이 열린다. 기계음이 프레더릭 빌딩에 온 걸 환영한다고 말한다. "올라갑니다." 그 음성이 말한다. 문이 닫힌다. 엘리베이터가 올라가기 시작한다.

남자가 바버라를 잡았던 손을 놓고 털이 달린 러시아 모자를 벗어서 신발 사이로 떨어뜨리고 마술사처럼 요란하게 두 손을 든다. "잘 봐. 즐거운 공연이 될 테니. 기브니 씨도 이걸 봐야 하는데. 애초에 이것 때문에 이런 사달이 났으니 말이지."

이후에 펼쳐진 광경은 끔찍하다는 말로 표현할 수 있는 수준을 넘어선다. 영화라면 끝내주는 특수효과로 간주할 수 있겠지만 이건 현실이다. 동그란 중년의 얼굴 위로 물결이 인다. 턱에서부터 시작해 입을 그냥 지나는 게 아니라 관통한다. 코가 흔들리고 뺨이 늘어나고 눈이 어른거리고 이마가 쪼그라든다. 그러더니 갑자기 머리통이 반투명한 젤리로 변해 떨리고 흔들리고 처지고 펄떡거린다. 그 안에서는 빨간색의 뭔지 모를 것들이 한데 뒤엉켜 꿈틀거린다. 피는 아니다. 한데 뭉뚱그려진 검은 점들로 가득하다. 바버라는 비명을 지르며 엘리베이터 벽 쪽으로 물러선다. 다리가 꺾인다. 핸드백이 어깨에서 미끄러져 바닥에 떨어진다. 그녀는 두 눈을 부릅뜬 채 엘리베이터 벽을 타고 미끄러져 내려간다. 대장과 방광에서 힘이 풀린다.

잠시 후에 젤리 머리가 단단해지지만, 제롬을 쳐서 기절시키고 그녀를 엘리베이터 안으로 억지로 집어넣은 남자와 전혀 다른 얼굴이 등장한다. 더 좁고 피부색이 아까보다 두세 단계 더 까맣다. 동그랗던 눈이 이제는 꼬리가 올라갔다. 그녀를 엘리베이터 안으로 끌고 들어온 남자는 뭉툭한 매부리코였는데 지금은 코가 더 뾰족하고 길다. 입술도 더 얇다.

이 남자는 아까 그녀를 잡아챈 남자보다 열 살은 젊어 보인다.

"솜씨 끝내주지?" 심지어 목소리마저 다르다.

당신 도대체 뭐야? 바버라는 이렇게 묻고 싶지만 아무 말도 나오질 않는다.

그는 허리를 숙여서 핸드백 끈을 그녀의 어깨에 다시 조심스럽게 걸쳐준다. 그의 손가락이 닿자 바버라는 몸을 움츠리지만 완전히 피할 방법은 없다. "지갑이랑 신용카드를 잃어버리면 되겠어? 그걸로 경찰이 네 신원을 파악할 텐데. 만에 하나…… 뭐, 만에 하나 무슨 일이 벌어지면 말이지." 그는 달라진 자기 코를 우스꽝스럽게 틀어막는다. "이런, 실례를 했나 보네? 아, 뭐, 그런 말도 있긴 하지. 똥 같은 일은 벌어지기 마련이다." 그는 킥킥거린다.

엘리베이터가 멈춘다. 5층 복도를 향해 문이 스르르 열린다.

16

엘리베이터가 멈추자 홀리는 컴퓨터 화면을 다시 한번 흘끗 확인하고 마우스를 클릭한다. 제롬이 *에레베타 버그 고치는 법*이라고 되어 있던 웹페이지에서 찾은 방법대로 수리했을 때 그랬듯이 승강구가 B에서 8층까지 회색으로 변하는지 확인하지는 않는다. 그럴 필요가 없다. 조만간 알게 될 것이다.

그녀는 다시 사무실 문 앞으로 걸어가 엘리베이터까지 25미터의 복도를 쳐다본다. 온도스키가 바버라의 팔을 붙잡고 있는데…… 고개를 들었을 때 그의 얼굴을 보니 이제는 딴 사람이다. 콧수염과 배달기사의 갈색 유니폼만 없을 뿐 조지다.

"가자, 귀염둥이." 그가 말한다. "얼른 나와."

바버라가 비틀거리며 나온다. 동그랗게 뜬 눈에 아무 표정이 없고 눈물이 그렁그렁하다. 예쁜 검은색이었던 얼굴은 흙빛이다. 한쪽 입가에서는 침이 흘러내린다. 거의 긴장성 분열증 환자처럼 보이는데, 홀리는 이유를 안다. 온도스키가 변신하는 과정을 목격한 것이다.

이 아이가 공포에 질린 것은 그녀의 책임이지만 지금 당장은 거기에 대해 생각할 겨를이 없다. 그녀는 정신을 똑바로 차리고 귀를 쫑긋 세우고 홀리식 희망을 품어야 한다. 하지만…… 홀리식 희망이 이렇게 멀게 느껴진 적이 없다.

엘리베이터 문이 스르르 닫힌다. 이제 빌의 총이 선택지에서 빠졌으니 이후에 어떤 상황이 벌어지는지에 따라 일말의 희망이 생긴다. 처음에는 아무 일도 벌어지지 않아 그녀의 심장이 납덩이처럼 무거워진다. 하지만 호출이 없으면 그 자리에 가만히 있도록 프로그램된 에레베타가 가만히 있지 않고 내려가는 소리가 들린다. 하느님이 보우하사 내려가는 소리가 들린다.

"여기 내 귀염둥이 데려왔어." 아동살해범 조지가 말한다. "그런데 못된 귀염둥이야. 바지에다 응가랑 쉬야를 한 것 같거든. 가까이 와봐, 홀리. 직접 냄새를 맡아봐."

홀리는 문 앞에서 꼼짝하지 않는다. "궁금해서 묻는 건데." 그녀는 말한다. "돈 들고 왔나?"

조지는 제2의 자아보다 TV에 훨씬 부적합한 치열을 드러내며 씩 웃는다. "사실 안 들고 왔어. 내가 이 아이와 이 아이의 오빠가 오는 걸 보았을 때 숨어 있었던 쓰레기통 뒤편에 종이상자가 있긴 한데, 안에 든 게 카탈로그뿐이야. 수신인란에 세대주 귀하라고 되어 있는 그런 거 말이야."

"그러니까 처음부터 돈을 줄 생각이 없었던 거네." 홀리는 말한다. 그녀는 열두어 발짝을 걸어가 그들과의 거리가 15미터가 되었을 때 걸음을 멈춘다. 이게 미식축구라면 그녀는 레드 존(팀의 골라인에서 18미터 이내 구역 ─옮긴이) 안으로 들어온 셈이다. "그렇지?"

"너도 나한테 그 USB 드라이브를 넘기고 나를 놓아줄 생각이 없었잖아." 그는 말한다. "내가 생각을 읽지는 못하지만 보디랭귀지를 읽은 역사는 오래됐거든. 그리고 표정도. 너는 표정에서 다 드러나, 너는 절대 그렇지 않다고 생각하겠지만. 이제 바지 안으로 집어넣은 셔츠 꺼내서 위로 올려. 네 가슴에 달린 그 껍딱지는 관심 없으니까 끝까지 올릴 필요는 없고 무기가 없는지 확인할 정도면 돼."

홀리는 셔츠를 들고 시키지도 않은 360도 회전을 한다.

"이제 바짓단도 올려."

그녀는 바짓단도 올린다.

"무기가 없군." 조지는 말한다. "좋아." 그는 고개를 모로 꼬고, 그림을 살피는 미술평론가 같은 눈빛으로 그녀를 쳐다본다. "우와, 이제 보니까 엄청 못생겼잖아?"

홀리는 아무 대꾸도 하지 않는다.

"지금까지 데이트를 한 번이라도 한 적 있나 모르겠네?"

홀리는 아무 대꾸도 하지 않는다.

"말라비틀어진 못난이야. 서른다섯도 안 되어 보이는데 벌써 머리가 희끗희끗하고. 그걸 감출 생각도 하지 않으니 그게 인생을 포기하는 게 아니면 뭐야. 밸런타인데이가 되면 네 딜도(여자들이 쓰는 자위용 기구 — 옮긴이)한테 카드를 보내나?"

홀리는 아무 대꾸도 하지 않는다.

"내가 보기에 너는 그 외모와 불안감을 보상하려고⋯⋯." 그는 말을 멈추고 바버라를 내려다본다. "어우, 너 왜 이렇게 무겁냐! 게

다가 이 *냄새* 뭐야!"

그가 바버라의 팔을 놓자 그녀는 두 손을 벌리고 엉덩이를 들고 이마를 타일에 댄 자세로 여자화장실 문 앞에 쓰러진다. 꼭 이샤 예배를 시작하려는 이슬람교도 같다. 나지막이 흐느끼지만 홀리의 귀에는 들린다. 너무나 또렷하게 들린다.

조지의 얼굴이 달라진다. 체트 온도스키로 돌아가는 게 아니라 그 안에 숨어 있는 진짜 존재를 드러내며 잔인하게 비웃음을 짓는다. 온도스키가 돼지상, 조지가 여우상이라면 이건 자칼의 얼굴이다. 하이에나의 얼굴이다. 제롬이 말한 회색 새의 얼굴이다. 그가 청바지를 입은 바버라의 엉덩이를 발로 찬다. 그녀는 아프고 놀라서 울부짖는다.

"저 안으로 들어가!" 그는 고함을 지른다. "저 안으로 들어가서 좀 씻어! 다 큰 어른이 창피하지도 않냐?"

홀리는 남은 15미터를 달려가 그에게 발길질 그만하라고 소리 지르고 싶지만 그게 그가 원하는 바다. 그리고 만약 그가 여자화장실에 인질을 처박을 생각이라면 그로써 기회가 생길지 모른다. 적어도 경기장은 만들어질 것이다. 그렇기 때문에 그녀는 그 자리에서 꼼짝하지 않는다.

"저 안으로…… *들어가라고!*" 그는 다시 발길질한다. "저 오지랖 대장부터 상대하고 그 다음에 너를 처리해주마. 저 여자가 나한테 비열한 수법을 쓰지 않길 기도하는 게 좋을 거다."

바버라는 흐느끼며 머리로 여자화장실 문을 열고 안으로 기어 들어간다. 하지만 그것도 조지에게 엉덩이를 다시 한번 걷어차이고 난 다음이다. 그는 이제 홀리를 쳐다본다. 비웃음은 온데간데없다. 미소가 다시 돌아왔다. 홀리가 생각하건대 매력적으로 보이려는 의도인 것 같고 온도스키의 얼굴이었다면 그렇게 보였을지 모른다. 하지만 조지의 얼굴에서는 아니다.

"자, 홀리. 귀염둥이는 똥통으로 들어갔고 이제 우리 둘뿐이야. 내가 안으로 들어가서 이걸로 저 아이 내장을 가를 수도 있지만……." 그는 칼을 들어 보인다. "……내가 받으러 온 그 물건을 넘기면 저 아이는 건드리지 않을게. 너희 둘 다 건드리지 않을게."

누굴 바보로 아나? 홀리는 생각한다. 네가 원하는 걸 손에 넣으면 아무도 살아나갈 수 없겠지, 제롬도 마찬가지고. 제롬의 경우에는 아직 숨이 붙어 있을지도 모를 일이지만.

그녀는 의심과 희망을 동시에 내비치려고 한다. "네 말을 믿어도 좋을지 모르겠네."

"믿어도 돼. 드라이브만 주면 사라져줄게. 네 인생에서, 그리고 피츠버그 방송계에서. 이제 떠날 때가 됐거든. 이 친구가……." 그는 칼을 쥐지 않은 쪽 손을 들어 자기 얼굴 위로 베일을 덮듯 정수리에서부터 천천히 아래로 내린다. "……폭탄을 설치하기 전부터 그럴 때가 됐다는 걸 알았어. 그래서 이 친구가 폭탄을 심었나봐. 그러니까 홀리, 내 말 믿어도 돼."

"사무실 안으로 달려 들어가서 문을 잠가야 하는 거 아닌가 모르겠어." 그녀는 이 말이 진심으로 고민하는 것처럼 보이길 바란다. "911에 연락하게."

"저 아이는 내 다정한 손길에 맡기고?" 조지는 긴 칼로 여자화장실을 가리키며 미소를 짓는다. "글쎄. 네가 저 아이를 어떤 눈빛으로 쳐다보는지 봤는데. 게다가 너는 세 걸음도 못 가서 나한테 붙잡힐 거야. 쇼핑몰에서도 얘기했다시피 내가 빠르거든. 수다는 이쯤하고 그거 내놔. 그럼 사라져줄게."

"나한테 선택의 여지가 있을까?"

"어떻게 생각해?"

그녀는 뜸들이며 한숨을 쉬고 입술을 축인 다음 마침내 고개를 끄덕인다. "알았어. 우리를 죽이지만 말아줘."

"그럴게." 쇼핑몰에서도 그랬던 것처럼 대답이 너무 빠르다. 너무 청산유수다. 그녀는 그를 믿지 않는다. 그는 그렇다는 걸 알고 상관하지 않는다.

"주머니에서 휴대전화를 꺼낼게." 홀리는 말한다. "사진으로 보여줘야 해서."

그가 아무 말도 하지 않기에 그녀는 아주 천천히 휴대전화를 꺼낸다. 사진 폴더를 열어 엘리베이터에서 찍은 사진을 선택한 뒤 전화기를 그의 쪽으로 내민다.

이제 말해. 그녀는 생각한다. 내 입으로 말하고 싶지 않으니까 말해, 이 개자식아.

과연 그가 말한다. "안 보여. 좀더 가까이 와봐."

홀리는 전화기를 내민 채 그에게로 다가간다. 두 걸음. 세 걸음. 12미터, 다시 10미터. 그는 실눈을 뜨고 전화를 쳐다본다. 이제 8미터, 내가 얼마나 싫은 티를 내고 있는지 보이지?

"좀더 가까이 와봐, 홀리. 변신하고 난 다음에는 몇 분 동안 눈이 좀 불안정하거든."

속이 시커먼 거짓말쟁이 같으니라고. 그녀는 계속 전화기를 내민 채 다시 한 걸음 다가간다. 그는 아래로 추락할 때 그녀를 같이 끌고 갈 것이다. 그가 추락하기만 한다면 그래도 상관없다.

"보이지, 응? 엘리베이터 안이야. 천장에 붙여놨어. 그거 챙겨서……."

홀리는 초긴장 상태였는데도 불구하고 조지가 움직이는 것을 거의 보지 못한다. 방금 전까지만 해도 그는 여자화장실 앞에서 실눈을 뜨고 전화기에 뜬 사진을 보고 있었는데, 바로 다음 순간 한쪽 팔로 그녀의 허리를 감싸고 다른 쪽 손으로는 앞으로 내민 그녀의 손을 붙잡는다. 빠르다더니 장난이 아니었다. 그녀의 전화기가 바닥으로 떨어지고 그가 그녀를 엘리베이터 쪽으로 끌고 간다. 안으로 들어가면 그는 그녀를 죽이고 천장에 붙여놓은 소포를 떼어낼 것이다. 그런 다음 화장실 안으로 들어가 바버라를 죽일 것이다.

적어도 그것이 그의 계획이다. 홀리에게는 다른 계획이 있다.

"뭐 하는 거야?" 홀리는 외치지만…… 정말 몰라서 그러는 게 아니라 필요한 대사이기 때문이다.

그는 대답하지 않고 호출 버튼만 누른다. 버튼에 불이 들어오지 않지만 엘리베이터가 웅웅거리며 움직이는 소리가 들린다. 위로 올라오고 있다. 그녀는 마지막 순간에 그에게서 벗어나려고 할 것이다. 마찬가지로 그는 상황을 파악하면 *그녀에게서* 벗어나려고 할 것이다. 그게 성공하도록 내버려두면 안 된다.

조지의 좁은 여우상 얼굴 위로 미소가 번진다. "있잖아, 내가 보기에는 전부 잘될……."

그가 말을 하다 말고 멈춘 이유는 엘리베이터가 멈추지 않기 때문이다. 엘리베이터는 5층을 지나(지나가는 동안 안에서 새어나온 불빛이 언뜻 보인다) 계속 올라간다. 놀라서 그의 손이 느슨해진다. 아주 잠깐이지만 홀리가 그의 손아귀에서 벗어나 뒤로 물러나기에는 충분하다.

그 뒤로 벌어진 일은 10초 만에 끝이 나지만 흥분이 극에 달한 홀리의 눈에는 모든 게 보인다.

계단 문이 벌컥 열리며 제롬이 휘청휘청 걸어나온다. 딱딱하게 굳은 핏자국 사이로 두 눈이 이글거린다. 계단통에 있던 대걸레를 가로로 들고 있다. 조지가 보이자 고함을 지르며 그를 향해 달려든다. "*바버라 어디 있어? 내 동생 어디 있어?*"

조지가 홀리를 옆으로 내동댕이친다. 그녀는 뼈가 덜거덕거릴 정도로 세게 벽에 부딪힌다. 까만 점들이 눈앞에서 왔다 갔다 한다. 조지가 대걸레 막대를 잡고 가볍게 제롬의 손에서 빼앗는다. 그가 그걸로 제롬을 치려고 대걸레를 뒤로 넘긴 순간, 여자화장실 문이 벌컥 열린다.

바버라가 핸드백에 있던 페퍼스프레이를 들고 달려온다. 마침 고개를 돌린 조지가 정통으로 가루를 뒤집어쓴다. 그는 비명을 지르며 눈을 가린다.

엘리베이터가 8층에 도착한다. 웅웅거리는 기계음이 멈춘다.

제롬이 조지를 향해 달려들려고 한다. 홀리가 "제롬, 안 돼!" 하며 어깨로 그의 복부를 밀친다. 그는 동생 위로 쓰러지고 둘은 양쪽 화장실 사이 벽에 부딪힌다.

엘리베이터 경보 장치가 요란하게 경고 경고 경고라고 외친다.

조지가 눈물이 쏟아지는 시뻘건 눈을 소리가 들리는 쪽으로 돌렸을 때 마침 엘리베이터 문이 열린다. 5층뿐 아니라 모든 층의 문이 열린다. 이것이 엘리베이터를 폐쇄하게 된 원인이었다.

홀리가 두 팔을 내밀고 조지에게 달려든다. 그녀가 지르는 분노의 비명이 우렁찬 경보음과 하나가 된다. 앞으로 뻗은 손이 그의 가슴에 닿자 그녀는 승강로로 그를 밀친다. 그는 공포와 충격으로 눈과 입을 크게 벌리고 잠깐 그 자리에 매달려 있는 것처럼 보인다. 얼굴이 흘러내리며 바뀌기 시작하지만 조지는 다시 온도스키로 돌아가지 못하고(그러려고 했던 건지는 모르겠지만) 사라진다. 홀리는 조지를 따라 승강로로 떨어지지 않게 튼튼한 갈색 손(제롬의 손)이 뒤에서 그녀의 셔츠를 붙잡은 것도 거의 알아차리지 못한다.

이방인은 비명을 지르며 추락한다.

홀리는 평화주의자라 자평하지만 그 소리를 들으며 잔인한 희열을 느낀다.

그의 몸이 바닥에 부딪히는 소리가 아직 들리기 전에 엘리베이터 문이 스르르 닫힌다. 여기 5층뿐 아니라 다른 모든 층의 문이 닫힌다. 경보 장치가 멈추고 엘리베이터가 또 다른 종점인 지하를 향해 내려간다. 그들은 엘리베이터가 5층을 지날 때 문 틈새로 잠깐 번뜩이는 불빛을 본다.

"이거 *아줌마* 솜씨죠?" 제롬이 묻는다.

"당연하지." 홀리는 말한다.

17

바버라의 무릎이 접히며 반실신 상태로 쓰러진다. 그녀의 손에서 떨어진 페퍼스프레이 캔이 굴러가다가 엘리베이터 문 앞에서 멈춘다.

제롬은 여동생 옆에 무릎을 꿇고 앉는다. 홀리는 그를 가만히 밀치고 바버라의 손을 잡는다. 그녀는 바버라의 외투 소매를 올리지만 맥을 짚기도 전에 바버라가 일어나서 앉으려고 한다.

"그 사람 누구…… 뭐였어요?"

홀리는 고개를 젓는다. "아무도 아니야." 어쩌면 그 말이 사실일지 모른다.

"갔어요? 홀리, 그 남자 갔어요?"

"갔어."

"엘리베이터 구멍 안으로요?"

"응."

"다행이다. *다행이다.*" 그녀는 몸을 일으킨다.

"조금만 더 누워 있어, 바브. 너는 잠깐 정신을 잃었을 뿐인데, 제롬이 걱정이네."

"저 괜찮아요." 제롬이 말한다. "돌머리라서. 티브이에 나왔던 그 남자요? 이름이 코즐로프스킨가 뭔가였던."

"맞아." 그리고 아니기도 하다. "아무리 못해도 피를 오백 시시는 흘린 것 같은데, 돌머리 아저씨. 나 좀 봐봐."

그가 그녀를 쳐다본다. 동공의 크기에 변화가 없다. 다행이다.

"네가 쓰는 책 제목 기억나?"

그는 굳어가는 핏자국을 라쿤 가면처럼 뒤집어 쓴 채 짜증난 눈빛으로 그녀를 쳐다본다. "블랙 아울: 어느 미국인 갱스터의 성공과 몰락." 그는 폭소를 터뜨린다. "홀리, 내 머릿속이 뒤죽박죽이 됐다면 옆문 비밀번호도 기억하지 못했을 거예요. 그 남자 누구예요?"

"펜실베이니아의 그 학교를 폭파한 범인. 그 얘기는 아무한테도 하지 마. 너무 많은 질문을 유발할 테니까. 고개 숙여봐, 제롬."

"움직이면 아파요." 그는 말한다. "목을 삐끗한 것 같아요."

"그래도 숙여봐." 바버라가 말한다.

"동생아, 기분 나쁘게 듣지 말아줬으면 좋겠다만 너 냄새가 좀 그렇다."

홀리가 말한다. "여긴 내가 처리할게, 바버라. 내 방 벽장에 바지랑 티셔츠 있거든. 아마 너한테 맞을 거야. 아무거나 들고 가서 갈아입어. 화장실에서 씻고."

바버라도 분명 그러고 싶은 눈치인데 미적거린다. "정말 괜찮겠어, 오빠?"

"응." 그는 말한다. "얼른 가."

바버라는 파인더스 키퍼스를 향해 복도를 걸어간다. 홀리는 제롬의 뒷목을 만져가며 부은 데가 없는 것을 확인하고는 다시 고개를 숙여보라고 한다. 정수리가 살짝 찢어졌고 아래쪽은 훨씬 깊게 벌어졌지만 뒤통수뼈가 충격을 흡수한(그리고 견뎌낸) 모양이다. 제롬이 운이 좋았던 것 같다.

그들 모두 운이 좋았던 것 같다.

"저도 좀 씻어야겠어요." 제롬이 남자화장실을 보며 말한다.

"안 돼, 그러지 마. 바버라도 씻으면 아마 안 될 텐데…… 저런 상태로 경찰을 만나게 할 수가 없어서 씻으라고 한 거야."

"홀리 씨는 다 계획이 있으시군요." 제롬은 그의 손으로 그녀의 손을 감싼다. "으으, 너무 추워요."

"쇼크가 와서 그래. 따뜻한 거 마셔야 할지 모르겠다. 차를 끓여주면 좋겠는데 그럴 시간이 없네." 문득 끔찍한 생각이 그녀의 뇌리를 강타한다. 제롬이 엘리베이터를 탔다면 그녀의 계획이, 원체 허술하긴 했지만 와르르 무너질 수도 있었다는 것이었다. "왜 계단을 선택했어?"

"제가 올라가는 소리를 듣지 못하게 하려고요. 머리가 깨지도록 아파도 그자가 어디 있을지는 알 수 있었거든요. 이 건물에 아줌마혼자뿐이었으니까요." 그는 말을 하다 말고 멈춘다. "코즐로프스키가 아니에요. 온도스키지."

바버라가 갈아입을 옷을 품에 안고 돌아온다. 다시 눈물을 흘리고 있다. "홀리…… 그 사람이 변신하는 걸 봤어요. 머리가 젤리로 변했어요. 그게…… 그게……."

"쟤 도대체 무슨 소리하는 거예요?" 제롬이 묻는다.

"지금은 신경 쓸 필요 없어. 나중에 얘기하자." 홀리는 그녀를 잠깐 안아준다. "씻고 옷 갈아입어. 그리고 바버라? 그게 뭐였건 간에 지금은 죽었어. 그렇지?"

"맞아요." 그녀는 작게 대답하고 화장실로 들어간다.

홀리는 제롬을 돌아본다. "내 휴대전화를 위치 추적하고 있었니, 제롬 로빈슨? 바버라도? 너희 둘 다?"

핏자국을 뒤집어쓰고 그녀 앞에 서 있는 청년이 미소를 짓는다. "앞으로 다시는, *절대* 홀리베리라고 부르지 않겠다고 약속해도 그 질문에 대답해야 해요?"

18

15분 뒤 로비.

홀리의 바지가 바버라에게는 너무 타이트하고 짧지만 그래도 어찌어찌 단추를 채우는 데 성공했다. 뺨과 이마에서 흙빛이 점점 가시고 있다. 이번 일을 잘 견딜 거야. 홀리는 생각한다. 악몽을 꾸긴 하겠지만 극복할 거야.

제롬의 얼굴에 묻은 핏자국은 갈라진 유약처럼 말라가고 있다. 그는 머리가 오지게 아프지만 어지럽지는 않다고 한다. 속이 메스껍지도 않다고 한다. 홀리는 머리가 아프다는 얘기를 듣고 놀라지 않는다. 핸드백 안에 타이레놀이 있지만 먹일 엄두는 나지 않는다. 그는 응급실에서 머리를 꿰매고 분명 엑스레이도 찍어야겠지만 지금 당장은 서로 말을 맞춰야 한다. 그리고 나서 그녀는 벌여놓은 난장판을 청소해야 한다.

"너희 둘은 내가 집에 없는 걸 보고 여기로 찾아왔어." 그녀는 말한다. "지난 며칠 동안 본가에 다녀오느라 밀린 일을 처리하고 있나 보다고 생각하고. 맞지?"

그들은 순순히 고개를 끄덕인다.

"너희는 골목길에 있는 옆문으로 갔어."

"왜냐하면 거기 비밀번호를 아니까요." 바버라가 말한다.

"맞아. 그런데 거기 강도가 있었어. 그렇지?"

그들은 다시 고개를 끄덕인다.

"그 강도가 제롬, 너를 치고 바버라를 끌고 가려고 했어. 바버라가 핸드백에 있던 페퍼스프레이를 그에게 뿌렸지. 얼굴에 대고 정통으로. 제롬, 네가 달려들어서 그와 엎치락뒤치락했어. 그는 달아났어. 너희 둘은 로비로 들어와서 911로 연락했고."

제롬이 묻는다. "우리가 애초에 아줌마를 만나러 온 이유는 뭐라고 해요?"

홀리는 여기서 말문이 막힌다. 그녀는 잊지 않고 엘리베이터를 다시 고쳐놓았고(바버라가 화장실에서 씻고 옷을 갈아입는 동안 간단하게 해결했다) 빌의 총을 핸드백에 챙겼지만(만일의 경우에 대비해) 제롬이 한 질문에 대해서는 아예 생각조차 하지 못했다.

"크리스마스 쇼핑." 바버라가 말한다. "홀리를 끌고 나가서 같이 크리스마스 쇼핑을 하려고 했지. 안 그래, 오빠?"

"어, 맞아. 그랬지." 제롬은 말한다. "아줌마를 깜짝 놀라게 해주려고 했어요. 그런데 아줌마가 여기 있었나요?"

"아니." 그녀는 말한다. "나는 없었어. 사실 나는 지금도 없어. 이 도시 저편에서 크리스마스 쇼핑을 하고 있지. 나는 지금 거기 있어. 너희가 공격을 당한 직후에 나한테 연락하지 않은 이유는……

음……."

"걱정을 끼치고 싶지 않아서 그랬죠." 바버라가 말한다. "그렇지, 오빠?"

"맞아."

"좋아." 홀리는 말한다. "너희 둘 다 여기까지 기억할 수 있겠니?"

그들은 할 수 있다고 말한다.

"그럼 이제 제롬이 911에 연락하면 되겠다."

바버라가 말한다. "아줌마는 뭐할 건데요?"

"청소." 홀리는 엘리베이터를 가리킨다.

"으아, 젠장." 제롬이 말한다. "저기 시신이 있다는 걸 깜빡했어요. 완전 깜빡했어요."

"나는 안 잊고 있었어." 바버라는 말하고 몸을 부르르 떤다. "으, 홀리, 엘리베이터 승강로 바닥에 죽은 남자가 있는 걸 무슨 수로 설명할 거예요?"

홀리는 다른 이방인이 어떻게 됐는지 기억을 떠올리고 있다. "그건 아무 문제도 되지 않을 거야."

"만약 살아 있으면요?"

"그는 오층에서 떨어졌어, 바브. 지하까지 치면 육층. 그런 다음 엘리베이터가……." 홀리는 한 손바닥을 위로 하고 다른 손바닥을 그 위에 얹어 샌드위치를 만든다.

"아." 바버라가 말한다. 목소리에 힘이 없다. "맞다."

"911에 연락해, 제롬. 네가 일단은 괜찮아 보이긴 하다만 내가 의사는 아니니까."

제롬이 911에 연락하는 동안 홀리는 엘리베이터 앞으로 가서 1층으로 호출한다. 문제를 해결하자 엘리베이터가 정상적으로 작동한다.

문이 열리고 러시아에서는 우샨카라고 불리는 털모자가 보인다. 그녀는 로비 문을 열고 있었을 때 그녀의 옆을 지나갔던 남자를 떠올린다.

그녀는 한 손에 모자를 들고 두 친구를 다시 돌아본다. "아까 했던 얘기 다시 해봐."

"강도한테 당했다고요." 바버라가 말하고 홀리는 그 정도면 충분하다는 결론을 내린다. 그들은 똑똑한 아이들이고 그 나머지 부분은 간단하다. 모든 게 그녀의 짐작대로 되면 경찰에서는 그녀의 소재를 궁금해하지도 않을 것이다.

19

홀리는 그들을 두고 계단으로 내려간다. 묵은 담배 냄새와 아무래도 곰팡이가 아닐까 싶은 냄새가 코를 찌른다. 불이 꺼져 있기 때문에 그녀는 스위치를 찾으려고 휴대전화를 켠다. 휴대전화로 좌우를 비추자 그림자들이 춤을 추고, 온도스키가 어둠 속에 숨어 있다가 그녀에게 달려들어 목을 조를지 모른다는 상상이 단박에 떠오른다. 그녀의 살갗은 땀으로 살짝 번들거리지만 얼굴은 싸늘하다. 이가 딱딱 부딪치려는 걸 참으려고 의식적으로 노력해야 한다.

나도 쇼크 상태네. 그녀는 생각한다.

마침내 그녀는 두 줄로 된 스위치를 찾는다. 스위치를 모두 켜자 우웅하는 소리와 함께 형광등 불빛이 쏟아진다. 지하는 깡통과 상자들이 쌓여 있는 지저분한 미로다. 아무리 생각해도 이 건물 관리인은(그들의 주머니에서 월급이 나간다) 잡놈이다.

그녀는 자신의 위치를 파악하고 엘리베이터 쪽으로 간다. 문이(여기 달린 문은 지저분하고 칠이 떨어졌다) 굳게 닫혀 있다. 홀리는 핸드백을 바닥에 내려놓고 빌의 리볼버를 꺼낸다. 그런 다음 벽에 걸린 비상열쇠를 집어서 엘리베이터 왼쪽 문에 뚫린 구멍에 넣는다. 한참 동안 쓴 적이 없는 열쇠라 말을 잘 듣지 않는다. 총을 바지 허리춤에 넣고 두 손으로 돌려야 움직인다. 그녀는 다시 총을 쥐고 한쪽 문을 옆으로 민다. 양쪽 문이 스르르 열린다.

기름, 그리스, 먼지가 섞인 냄새가 피어오른다. 승강로 정중앙에 기다란 피스톤처럼 생긴 것이 있는데, 그녀가 나중에 알게 된 바에 따르면 플런저라는 장치다. 그 주변에 담배꽁초와 패스트푸드 봉지 사이로 온도스키가 마지막 여행을 떠났을 때 입은 옷이 흩뿌려져 있다. 짧지만 치명적인 여행이었다.

보초병 체트라고도 불렸던 온도스키는 흔적도 없다.

눈부신 형광등 불빛이 지하실을 비추고 있지만 승강로 바닥은 너무 어두컴컴하다. 그녀는 앨 조던의 지저분한 작업대에서 찾은 손전등으로 조심스럽게 좌우를 비추며 플런저 뒤편을 확인한다. 그녀가 찾는 것은 온도스키가 아니라(그는 죽었다) 특이하게 생긴 벌레다. 새로운 숙주를 찾고 있을지 모르는 위험한 벌레다. 아무 벌레도 보이지 않는다. 온도스키를 갉아먹었던 뭔지 모를 것이 그보다 더 오래 목숨을 부지했을지 몰라도 아주 오래는 아니었던 모양이다. 홀리는 어수선하고 지저분한 지하실 한쪽 구석에 삼베자루가 있는 것을 보고 온도스키의 옷을 털모자와 함께 그 안에 넣는다. 두 손가락으로 핀셋처럼 그걸 집는데, 혐오감으로 입 꼬리가 내려간다. 몸을 부르르 떨고 조그맣게 비명을 지르며("으웩!") 사각 팬티를 안에 넣고 손바닥으로 엘리베이터 문을 닫는다. 비상열쇠로 문을 다시 잠그고 열쇠를 고리에 건다.

그녀는 앉아서 기다린다. 제롬, 바버라 그리고 911 응급구조대가 떠났겠다는 확신이 들자 핸드백을 어깨에 메고 온도스키의 옷이 담긴 자루를 들고 위로 올라간다. 옆문으로 나간다. 쓰레기통에 옷을 버릴까 하는 생각이 들지만 너무 가까워서 불안하다. 길거리로 나서자 그녀는 짐을 들고 있는 평범한 사람이 된다.

그녀는 차의 시동을 걸자마자 제롬의 전화를 받는다. 그는 바버라와 함께 옆문으로 프레더릭 빌딩에 들어가려다 강도를 당했다고 한다. 지금 카이너 기념병원이라고 한다.

"이런 세상에 끔찍해라." 홀리는 말한다. "왜 진작 연락하지 않았어?"

"걱정 끼치고 싶지 않아서요." 제롬은 말한다. "일단은 무사하고 그 인간은 아무것도 들고 가지 못했어요."

"당장 달려갈게."

홀리는 존 M. 카이너 기념병원으로 가는 길에 온도스키의 옷이 담긴 삼베자루를 쓰레기통에 버린다. 눈이 내리기 시작한다.

라디오를 틀었다가 벌 이브스가 「홀리 졸리 크리스마스」를 목이 찢어져라 부르는 소리가 들리자 다시 끈다. 그녀는 그 노래가 세상에서 제일 싫다. 누가 봐도 빤한 이유에서다.

모든 걸 가질 수는 없어. 그녀는 생각한다. 날마다 똥은 조금씩 떨어지기 마련이야. 하지만 가끔 필요한 게 손에 들어올 때도 있지. 제정신 박힌 사람이라면 그 이상을 바라면 안 돼.

그리고 그녀는 살아 있다.

제정신으로.

2020년 12월 22일

　홀리는 10시에 매킨타이어와 커티스의 사무실에서 증언 녹취를 해야 한다. 그녀가 가장 싫어하는 일 중 하나지만 이 양육권 분쟁에서는 그녀가 부수적인 증인이라 다행이다. 쟁점이 아이가 아니라 사모예드라 그것도 스트레스 지수를 낮춰준다. 한쪽 변호사가 불쾌한 질문을 몇 개 하지만 체트 온도스키(그리고 조지)와 그런 일을 겪고 난 뒤라 심문이 상당히 시시하게 느껴진다. 그녀의 증언은 15분 만에 끝난다. 복도로 나가서 전화기를 켜보니 댄 벨에게서 부재중 전화가 와 있다.

　하지만 전화를 걸었을 때 받은 사람은 댄이 아니다. 그의 손자다.

　"할아버지가 심장마비를 일으키셨어요." 브래드가 말한다. "또다시. 사실 이번이 네 번째예요. 입원하셨는데 이번에는 퇴원을 못 하실 거예요."

　울음 섞인 숨을 길게 마시는 소리가 들린다. 홀리는 기다린다.

　"일이 어떻게 됐는지 궁금해하세요. 그 기자가 어떻게 됐는지. 그것 말이에요. 좋은 소식을 전해드릴 수 있으면 할아버지가 좀더 마음 편하게 떠나실 수 있지 않을까 해서요."

홀리는 복도에 그녀 혼자 있는 게 맞는지 두리번두리번 확인한다. 아무도 없지만 그래도 목소리를 낮춘다. "죽었어요. 죽었다고 전해주세요."

"확실한가요?"

그녀는 충격과 공포로 얼룩졌던 그 마지막 눈빛을 떠올린다. 그가, 그것이 추락하며 질렀던 비명을 떠올린다. 그리고 승강로 바닥에 내팽개쳐져 있었던 옷을 떠올린다.

"그럼요." 그녀는 말한다. "확실해요."

"우리가 도움이 됐나요? 할아버지가 도움이 됐어요?"

"두 분이 없었으면 해치우지 못했을 거예요. 덕분에 많은 사람들이 목숨을 건졌을 거라고 할아버님께 전해주세요. 홀리가 고마워한다고 전해주세요."

"그럴게요." 그는 다시 울음 섞인 숨을 마신다. "그런 존재가 더 있을까요?"

텍사스 이후였다면 홀리는 아니라고 대답했을 것이다. 지금은 잘 모르겠다. 하나는 유일수다. 둘이면 패턴의 시작이라고 볼 수 있을지 모른다. 그녀는 멈칫거리다가 믿지는 않지만…… 믿고 싶은 답을 한다. 그 노인은 오랫동안 지켜보았다. 수십 년 동안 지켜보았다. 그랬으니 승리의 기쁨을 안고 떠날 자격이 있다.

"없을 거라고 봐요."

"다행이네요." 브래드는 말한다. "정말 다행이에요. 주님의 축복을 빌게요, 홀리. 즐거운 크리스마스 보내요."

지금 같은 상황에서 그에게 똑같이 인사할 수는 없으니 그녀는 그냥 고맙다고 한다.

그런 존재가 더 *있겠느냐고*?

그녀는 엘리베이터가 아니라 계단을 선택한다.

2020년 12월 25일

1

홀리는 목욕가운 차림으로 차를 마시며 어머니와 통화하는 데 크리스마스 아침 30분을 할애한다. 통화라기보다 일방적으로 듣는 것에 가깝다. 샬럿 기브니는 평소처럼 은근한 비난이 섞인 투덜거림을 장황하게 늘어놓고 (크리스마스를 혼자 보내야 하고 무릎이 욱신거리고 허리가 아프고 어쩌고저쩌고) 간간이 짜증 섞인 한숨을 쉰다. 마침내 홀리는 양심에 비추어 보았을 때 이쯤 했으면 며칠 안으로 집에 갈 테니 같이 헨리 삼촌을 만나러 가자는 말과 함께 전화를 끊어도 될 것 같다는 결론을 내린다. 그녀는 어머니에게 사랑한다고 말한다.

"나도 사랑한다, 홀리." 그녀는 그런 사랑이 얼마나 얼마나 힘든지 모른다는 뜻을 담아서 다시 한번 한숨을 쉬고는 딸에게 즐거운 크리스마스 보내라고 한다. 이제 하루 일과 중에서 그 부분은 임무 완수다.

나머지 일과는 훨씬 즐겁다. 그녀는 로빈슨 가족과 함께 그들의 전통 속으로 즐겁게 녹아들며 시간을 보낸다. 10시에 가벼운 브런치를 먹고 선물을 주고받는다. 홀리는 로빈슨 부부에게 와인과 책 상품권을 선물한다. 그들의 자녀들에게는 좀더 선심을 쓴다. 바버라에게는 (매니큐어와 페디큐어가 포함된) 스파 이용권, 제롬에게는 무선이어폰이다.

그녀는 300달러에 상당하는 AMC 12 영화관 상품권뿐 아니라 넷플릭스 1년 이용권을 받는다. 대다수의 열렬한 영화애호가들이 그렇듯 홀리도 갈등을 느끼며 넷플릭스를 지금까지 거부해왔다. (그녀는 DVD를 사랑하지만 영화는 영화관에서 먼저 보아야 한다고 굳게 믿고 있다.) 하지만 넷플릭스와 다른 스트리밍 플랫폼에 심한 유혹을 느껴왔다고 시인하는 수밖에 없다. 24시간 내내 수많은 신작을 감상할 수 있지 않은가!

로빈슨 가족은 원래 성차별이 없고 모두가 평등한데, 크리스마스 오후에는 이전 세기의 성역할로 회귀한다(향수 때문일까). 그 말인 즉 여자들이 음식을 만들고 그동안 남자들은 (가끔 이것저것 맛을 보러 부엌을 들락거리며) 야구를 본다는 뜻이다. 여느 때처럼 전통에 맞춰 준비한(온갖 것을 곁들인 칠면조와 두 종류의 파이로 이루어진 디저트) 명절 저녁식사를 하려고 자리에 앉았을 때 눈이 내리기 시작한다.

"다 같이 손을 잡을까?" 로빈슨 씨가 제안한다.

그들은 손을 잡는다.

"주님, 주님의 은혜로 마련한 이 음식을 축복하여 주시옵소서. 함께 보내는 이 시간에 감사드립니다. 가족과 친구에 감사드립니다. 아멘."

"잠깐." 타냐 로빈슨이 말한다. "그걸로는 부족하지. 주님, 착한 저희 아이들이 공격을 당하고도 둘 다 심하게 다치지 않게 지켜주심에 진심으로 감사드립니다. 아이들이 이 자리에 함께하지 못했다면 저는 억장이 무너졌을 겁니다. 아멘."

홀리는 그녀의 손을 세게 잡는 바버라의 손을 느끼고 바버라의 목에서 희미한 소리가 나는 것을 듣는다. 만약 참지 않았다면 울음소리가 터져 나왔을 것이다.

"이제 고마운 거 하나씩 얘기하자." 로빈슨 씨가 말한다.

그들은 한 명씩 돌아가며 얘기한다. 자기 차례가 됐을 때 홀리는 로빈슨 가족과 함께 있을 수 있어서 감사하다고 말한다.

2

바버라와 홀리는 설거지를 도우려고 하지만 타냐가 "크리스마스 분위기를 낼 수 있는 걸 하라"며 그들을 부엌 밖으로 내쫓는다.

홀리는 좀 걷자고 한다. 언덕 기슭까지 아니면 동네 한 바퀴. "눈이 많이 쌓였을 거야." 그녀는 말한다.

바버라는 좋다고 한다. 로빈슨 부인은 「크리스마스 캐럴」을 봐야하니 7시까지 돌아오라고 한다. 홀리는 앨러스터 심 주연의 「크리스마스 캐럴」(1951년에 개봉된 영국 영화. 원제목은 「스크루지」다 ─ 옮긴이)이길 바란다. 그녀가 생각하기에 볼 만한 「크리스마스 캐럴」 버전은 그것뿐이다.

바깥은 예쁜 것을 넘어서 아름답다. 그들은 인도를 독차지하고

서 5센티미터 쌓인 고운 눈을 부츠로 으드득으드득 밟아가며 걷는다. 가로등과 크리스마스 전구가 소용돌이치는 광륜에 휩싸여 있다. 홀리가 눈송이를 받아먹으려고 혀를 내밀자 바버라도 따라 한다. 그러다 둘 다 웃음보가 터지지만 언덕 기슭에 다다랐을 때 바버라가 침통한 표정으로 그녀를 돌아본다.

"좋아요." 그녀는 말한다. "이제 우리 둘뿐이네요. 왜 나오자고 했어요, 홀스? 뭘 물어보고 싶었어요?"

"네가 어떻게 견디고 있는지 궁금해서." 홀리는 말한다. "제롬은 걱정하지 않아. 맞기는 했지만 네가 본 걸 보지는 않았으니까."

바버라는 부르르 떨며 한숨을 토한다. 그녀의 뺨에 닿으며 녹아내리는 눈 때문에 홀리 입장에서는 그녀가 울고 있는지 어쩐지 알수가 없다. 우는 게 좋을지 모른다. 눈물을 흘리면 치유가 될지 모른다.

"뭐 그렇게 대단하지는 않아요." 한참 만에 그녀가 말한다. "그의 변신과정 말이에요. 머리가 젤리로 변하는 것처럼 보였던 거. 물론 끔찍하기는 했고 그걸로 인해서 문이 열렸는데…… 음……." 그녀는 장갑 낀 손을 자기 관자놀이에 갖다 댄다. "여기에 달린 문이라고 할까요?"

홀리는 고개를 끄덕인다.

"바깥세상에는 뭐든 있을 수 있다는 걸 깨닫게 돼요."

"너희가 악마를 보면 천사를 보지 못하겠느냐." 홀리가 말한다.

"성경 구절이에요?"

"출처는 중요한 게 아니고. 네가 본 광경 때문에 심란한 게 아니라면 뭣 때문인데, 바브?"

"하마터면 엄마하고 아빠가 우리를 *장사 지낼* 뻔했어요!" 바버라는 버럭 소리를 지른다. "그 식탁 앞에 두 분만 앉아 계셨을 뻔했어요! 칠면조나 그 안에 넣은 재료나 그런 것도 없이 그냥 스-스-스팸을 앞에 두고……."

홀리는 폭소를 터뜨린다. 참을 방법이 없다. 그리고 바버라도 덩달아 웃음을 터뜨리지 않을 방법이 없다. 그녀의 털모자 위로 눈이 쌓인다. 홀리 눈에 그녀는 아주 어려 보인다. 물론 그녀가 실제로 *어리기는* 하지만 내년이면 브라운이나 프린스턴으로 진학할 아가씨가 아니라 12살짜리로 보인다.

"무슨 뜻인지 알겠어요?" 바버라는 홀리의 장갑 낀 손을 잡는다. "*아슬아슬*했어요. 정말로, 정말로 *아슬아슬*했어요."

맞아. 홀리는 생각한다. 그리고 나에 대한 애정 때문에 그 사달이 났지.

그녀는 내리는 눈을 맞으며 친구를 끌어안는다. "꼬맹아." 그녀는 말한다. "우리 모두는 아슬아슬한 삶을 살고 있어. 항상."

3

바버라는 집 계단을 올라간다. 안에 들어가면 코코아와 팝콘과, 유령들이 하룻밤 새 이 모든 성과를 거두었다고 자랑스럽게 알리는 스크루지가 기다리고 있을 것이다. 하지만 여기서 해야 하는 마지막 일이 있기에 홀리는 굵어지는 눈발을 맞으며 바버라의 팔을 잠깐 잡는다. 그녀는 혹시 필요할 경우에 대비해 로빈슨네 집으로 출발하기 전에 외투 주머니에 챙긴 명함을 내민다. 이름과 연락처 말고는 아무것도 적혀 있지 않다.

바버라는 그걸 받아서 읽어본다. "칼 모턴이 누구예요?"

"내가 텍사스에서 돌아왔을 때 상담받은 정신과의사. 두 번밖에 안 만났어. 두 번이면 내 얘기를 전부 할 수 있더라고."

"어떤 이야기였는데요? 혹시⋯⋯." 그녀는 말문을 맺지 않는다. 말문을 맺을 필요가 없다.

"나중에 너하고 제롬, 둘 모두에게 얘기해줄 수도 있지만 크리스 마스에는 아니야. 그냥 대화 상대가 필요하면 그가 잘 들어줄 테니 까 알아두라고." 그녀는 미소를 짓는다. "그리고 내 얘기를 들었으 니까 네 얘기를 믿어줄지 몰라. 그게 중요한 건 아니지만. 얘기한다 는 것 자체가 도움이 되거든. 적어도 내 경우에는 그랬어."

"거기서 빠져나오는 데 말이죠?"

"응."

"그분이 우리 엄마 아빠한테 얘기할까요?"

"절대 아니지."

"생각해볼게요." 바버라는 명함을 주머니에 넣는다. "고마워요." 그녀는 홀리를 끌어안는다. 홀리도 옛날 옛적에는 스킨십을 두려 워했던 사람답지 않게 마주 끌어안는다. 으스러져라 끌어안는다.

4

앨러스터 심 주연의 「크리스마스 캐럴」이 맞았다. 홀리는 나부끼는 눈을 헤치며 천천히 운전해서 돌아오는 동안 이보다 더 행복한 크리스마스를 보낸 기억이 없다는 생각을 한다. 잠자리에 눕기 전에 그녀는 태블릿으로 랠프 앤더슨에게 문자를 보낸다.

돌아가면 내가 보낸 우편물이 있을 거예요. 엄청난 모험이 펼쳐졌는데 다 잘 끝났어요. 나중에 얘기해요, 급할 것 없으니까. 가족들과 (열대 지방에서) 즐거운 크리스마스 보내요. 사랑해요.

그녀의 잠들기 전 기도는 늘 그렇듯 그녀가 담배를 끊었고 렉사프로를 먹고 있고 빌 호지스가 보고 싶다는 말로 마무리된다.

"우리 모두에게 주님의 축복이 함께 하길 바라옵나이다." 그녀는 말한다. "아멘."

그녀는 침대 안으로 들어간다. 불을 끈다.

잠이 든다.

2021년 2월 15일

헨리 삼촌은 정신 건강이 급속도로 나빠진다. 브래덕 부인이 (안타까워하며) 전한 바에 따르면 시설 입소자들에게 종종 벌어지는 현상이라고 한다.

홀리는 롤링힐스 휴게실의 대형 TV를 마주 보고 있는 소파에 그와 나란히 앉아서 계속 대화를 나누어보려고 하다가 마침내 포기한다. 샬럿은 진작 포기했다. 그녀는 저쪽 테이블에 앉아서 해트필드 부인의 직소 퍼즐 맞추기를 돕고 있다. 오늘 동행한 제롬도 돕고 있다. 그가 해트필드 부인의 웃음보를 터뜨리고 심지어 샬럿도 그의 붙임성 있는 수다에 미소를 짓지 않을 수 없다. 그는 매력적인 청년이고 마침내 샬럿의 환심을 사는 데 성공했다. 쉽지 않은 성과를 거둔 것이다.

헨리 삼촌은 눈을 동그랗게 뜨고 입을 벌리고 앉아 있다. 예전에 홀리가 윌슨 씨네 집 말뚝 울타리를 들이받아 자전거를 고장 냈을 때 그걸 고쳐주었던 두 손은 벌린 다리 사이에 힘없이 늘어져 있다.

안에 입은 배변 팬티 때문에 바지가 불룩하다. 예전에 그는 혈색 좋은 남자였다. 그런데 지금은 창백하다. 예전에 그는 튼실한 남자였다. 그런데 지금은 옷이 헐렁하고 피부는 고무줄이 늘어난 양말처럼 처졌다.

홀리는 그의 손을 잡는다. 손가락이 달린 살덩이에 불과하다. 그녀는 그와 손깍지를 끼고 꼭 잡으며 마주 잡아주길 기대하지만 아무 반응이 없다. 조만간 가야 하는 시간이 될 테고 그래서 그녀는 기쁘다. 죄책감이 들지만 어쩔 수 없다. 이 사람은 그녀의 삼촌이 아니다. 복화술사의 거대한 인형으로 바뀌었는데 입이 되어주는 복화술사가 없다. 복화술사는 마을을 떠났고 다시는 돌아오지 않는다.

머리가 벗어져가는 쭈글쭈글한 노인들에게 "좀더 많은 면모를 보여주라"고 촉구하는 오테즐라(건선 관절염 치료제 — 옮긴이) 광고가 끝나고 바비 풀러 포의 「나는 법과 싸웠네」가 흘러나온다. 가슴을 향해 점점 수그러들던 헨리 삼촌의 턱이 위로 올라온다. 그리고 눈에 불(와트 수가 낮긴 하지만)이 켜진다.

법정이 등장하고 아나운서가 읊조린다. "비열한 인간들은 비켜라, 존 로가 여기 계시다!"

사무관이 앞으로 나서자 홀리는 자신이 매크리디 중학교 폭파범을 조지라고 부른 이유를 문득 깨닫는다. 인간의 두뇌는 항상 움직이며 연결고리를 만들고 의미를 파악한다. 아니면 적어도 그러려고 노력한다.

헨리 삼촌이 드디어 쓰지 않아서 거칠어진 음성으로 나지막이 말한다. "일동 기립."

"일동 기립!" 사무관 조지가 외친다.

방청객은 그냥 기립하지 않는다. 박수치고 몸을 흔들며 *힘차게* 일어선다. 존 로는 춤을 추며 입장한다. 판사봉을 집고 음악에 맞춰 좌우로 재깍거린다. 벗어진 머리가 희미하게 빛난다. 하얀 이가 반짝거린다. "오늘은 어떤 사건인가요, 나의 배다른 형제 조지?"

"나는 이 친구 좋더라." 헨리 삼촌이 쉰 목소리로 말한다.

"저도요." 그녀는 팔로 그를 감싸안는다.

헨리 삼촌은 고개를 돌려서 그녀를 쳐다본다.

그러고는 미소를 짓는다.

"안녕, 홀리." 그가 말한다.

쥐

1

원래 드류 라슨은 거의 말라버린 우물에서 물이 똑똑 떨어지듯 좋은 글감이 감질나게 떠올랐다. 그것도 갈수록 점점 드문 일이 되었지만. 그리고 그는 무얼 보거나 듣고 연상 작용이 벌어진 건지, 즉 현실 속의 발화점을 항상 역추적할 수 있었다.

가장 최근에 쓴 단편의 경우에는 295번 고속도로로 합류하는 팰머스 진입로에서 어정쩡하게 쭈그리고 앉아 타이어를 가는 남자를 본 것이 출발점이었다. 운전자들은 클랙슨을 울리며 핸들을 틀어 그를 비껴가야 했다. 그것이 거의 3개월의 산고를 거쳐 (좀더 규모가 큰 대여섯 군데 잡지에서 퇴짜를 맞은 뒤) 《프레리 스쿠너》에 실린 「펑크」였다.

《뉴요커》에 실렸던 「스킵 잭」은 보스턴 대학교 대학원생 시절에 쓴 작품이었다. 어느 날 저녁 그의 아파트에서 들었던 대학 라디오방송이 씨앗이었다. 학생 디제이가 레드 제플린의 「홀 라터 러브」를 틀었는데 판이 튀기 시작했다. 거의 45초 동안 계속 그렇게 튀었을 때 디제이가 숨을 헐떡이며 음악을 끄더니 불쑥 내뱉었다. "여러분, 죄송합니다. 제가 똥을 싸고 있었어요."

「스킵 잭」은 20년 전 작품이었다. 「펑크」는 3년 전 작품이었다. 그 사이에 그는 그럭저럭 4편을 더 집필했다. 모두 길이가 3000단어 안쪽이었다. 모두 여러 달 동안의 산고와 퇴고를 거쳤다. 장편 소설은 없었다. 써보려고 했지만 잘 안 됐다. 장편 소설을 써보겠다는 포부는 포기한 거나 다름없었다. 장편을 처음 두 번 시도했을 때는 문제가 생겼다. 가장 막판에는 *심각한* 문제를 일으켰다. 원고를 태우려다 하마터면 집까지 태워먹을 뻔했던 것이다.

지금 떠오른 아이디어는 완벽했다. 으리으리한 차량을 수없이 매달고 한참 늦게 도착한 기관차 같았다.

루시가 그에게 스펙스델리에서 점심으로 먹을 샌드위치를 사다 달라고 했다. 화창한 9월이라 그는 걸어서 다녀오겠다고 했다. 그녀는 찬성의 의미로 고개를 끄덕이며 뱃살 빼는 데 좋을 거라고 했다. 그때 서버번이나 볼보를 몰고 갔더라면 그의 인생이 얼마나 달라졌을까 하고 그는 나중에 궁금해했다. 그랬더라면 그 아이디어가 아예 떠오르지 않았을 것이다. 그는 아버지의 통나무집으로 가지 않았을 것이다. 그 쥐를 거의 틀림없이 보지 못했을 것이다.

그가 스펙스까지 절반쯤 가서 메인 가와 스프링 가가 만나는 모퉁이에서 신호등이 바뀌길 기다리고 있었을 때 기관차가 도착했다. 기관차는 이미지지만, 실제만큼이나 선명했다. 드류는 그 자리에 못 박힌 듯 서서 하늘 사이로 그걸 빤히 쳐다보았다. 학생 하나가 그를 쿡 찔렀다. "아저씨, 신호 바뀌었어요."

드류는 그의 말을 무시했다. 학생은 그를 이상한 눈빛으로 쳐다보고 길을 건넜다. 드류는 초록불이 빨간불로 바뀌었다가 다시 초록불로 바뀔 때까지 길가에 계속 서 있었다.

그는 서부소설을 외면했고 (『옥스보 사건』과 닥터로의 수작 『하드 타임스에 오신 것을 환영합니다』만 예외다) 십 대 이후로 서부영화를 별로 본 적이 없었지만 그가 메인 가와 스프링 가가 만나는 모퉁이에서 본 것이 서부식 바였다. 바큇살에 등유 램프를 얹은 수레바퀴 모양의 샹들리에가 천장에 달려 있었다. 드류는 기름 냄새를 맡을 수 있었다. 바닥은 널빤지였다. 저 끝에는 카드 게임 테이블이 서너 개 있었다. 피아노도 있었다. 피아노를 치는 남자는 중산모를 쓰고 있었다. 그런데 지금은 연주를 멈추었다. 고개를 돌리고 바에서 벌어지는 광경을 쳐다보고 있었다. 피아노 연주자 옆에는 좁은 가슴에 아코디언을 멘 키가 크고 마른 남자가 서서 역시 같은 곳을 쳐다보고 있었다. 바에서는 비싼 웨스턴 슈트를 입은 젊은 남자가 레이스 장식이 젖꼭지만 간신히 가릴 정도로 깊게 파인 빨간색 원피스를 입은 아가씨의 관자놀이에 총을 대고 있었다. 드류의 눈에는 이 두 사람이 두 번 보이는데, 한 번은 서 있는 그 자리에서, 또 한 번은 바 뒤편의 거울을 통해서였다.

이것이 기관차였다. 그 뒤로 모든 게 갖추어진 열차가 통째로 매달려 있었다. 모든 객차의 승객들이 보였다. 다리를 저는 (앤티텀[남북전쟁 중 전투가 벌어졌던 곳 — 옮긴이]에서 맞은 총알이 아직까지 다리에 박혀 있는) 보안관, 행정의 중심지로 끌려가 재판을 받고 교수형을 당하게 된 아들을 살릴 수만 있다면 기꺼이 마을 전역을 포위하려는 오만한 아버지, 소총을 들고 지붕 위로 올라간 그 아버지의 용병들. 모든 게 거기 있었다.

그가 집으로 돌아갔을 때 루시는 그를 보자마자 말했다. "당신 어디 아픈 거 아니면 무슨 아이디어가 떠올랐구나."

"아이디어가 생각났어." 드류는 말했다. "근사한 아이디어가. 어쩌면 지금까지 생각난 것들을 통틀어 제일 훌륭한 아이디어가."

"단편이야?"

아마도 그것이 그녀가 원하는 방향일 것이었다. 소방서에서 또다시 출동하고, 그동안 그녀는 아이들과 함께 잠옷 바람으로 마당에 서 있는 건 원하는 방향이 아닐 것이었다.

"장편."

그녀는 햄치즈 호밀빵 샌드위치를 내려놓았다. "아, 여보."

그들은 그가 하마터면 집을 태워 먹을 뻔한 이후에 벌어진 현상을 신경쇠약증이라고 지칭하지 않았지만 사실 그게 맞았다. 다행히 아주 심하지는 않았다. 그는 (종신교수였기 망정이지) 한 학기의 절반을 날려먹고 일주일에 두 번씩 상담을 받고 마법의 약을 먹고 루시가 나을 *거라고* 변함없는 자신감을 보인 덕분에 평정을 되찾을 수 있었다. 그리고 물론 아이들도 한몫했다. 아이들에게는 '*끝내야 하는데*'와 '*끝내지 못하겠어*'의 무한반복에서 탈출한 아버지가 필요했다.

"이번에는 달라. 모든 게 갖추어져 있어, 루시. 사실상 선물 포장까지 되어 있는 거나 다름없어. 아마도 받아쓰기에 가까울 거야!"

그녀는 이마를 살짝 찡그리고 그를 계속 쳐다보기만 했다. "당신 생각이 그렇다면야."

"저기, 우리 올해에는 아버지 통나무집 아무한테도 빌려주지 않았지?"

이제 그녀는 그냥 걱정하는 정도가 아니라 놀란 표정을 지었다. "이 년 동안 아무한테도 빌려주지 않았잖아. 빌 영감이 죽은 뒤로." 빌 콜슨 영감은 그들의 관리인이었고 그 전에는 드류 어머니와 아버지의 관리인이었다. "당신 설마 지금……."

"맞아, 하지만 이 주면 돼. 길어야 삼 주. 시동이 걸릴 때까지. 앨리스 불러서 애들 돌보는 거 도와달라고 해. 앨리스도 와 있는 거 좋아하고 애들도 이모를 좋아하잖아. 늦지 않게 와서 당신이 핼러윈 사탕 준비하는 거 도울게."

"여기서 쓰면 안 돼?"

"당연히 되지. 일단 시동이 걸리면." 그는 머리가 쪼개지려는 사람처럼 두 손을 머리에 얹는다. "통나무집에서 처음 사십 쪽만 쓰면 돼. 아니면 백사십 쪽이 될 수도 있어, 그 정도로 속도가 날 수도 있거든. 보여! 전부 보여!" 그는 했던 말을 반복했다. "아마도 받아쓰기에 가까울 거야."

"생각해볼게." 그녀는 말했다. "당신도 생각 좀 해봐."

"알았어, 그럴게. 이제 샌드위치 먹어."

"갑자기 배가 별로 안 고프다." 그녀가 말했다.

드류는 배가 고팠다. 그는 자기 샌드위치를 마저 먹고 그녀의 것까지 거의 해치웠다.

2

그날 오후에 그는 예전 학과장을 찾아갔다. 앨 스탬퍼는 봄 학기를 끝으로 갑작스럽게 은퇴를 했고, 엘리자베스 시대 희곡계의 사악한 마녀라고 불리는 알린 업턴이 오래전부터 눈독 들였던, 아니 탐냈던 그 권좌를 드디어 이어받았다.

내딘 스탬퍼는 앨이 뒤편 테라스에서 아이스티를 마시며 일광욕을 하는 중이라고 알려주었다. 드류가 TR-90 캠핑장에 한 달 정도 가 있을 생각이라고 얘기를 꺼내자 그녀도 루시처럼 걱정하는 표정을 지었다. 드류는 테라스로 나가서야 그 이유를 알아차렸다. 그리고 지난 15년 동안 자애로운 폭군처럼 영문학과를 다스렸던 앨 스탬퍼가 갑작스럽게 퇴직한 이유도 깨달았다.

"그렇게 멍하니 쳐다보고 있지 말고 차 좀 들어. 자네 지금 차 마시고 싶잖아." 앨은 항상 사람들이 뭘 원하는지 잘 안다고 생각했다. 알린 업턴이 그를 질색했던 가장 큰 이유도 그가 사람들이 원하는 것을 대체로 알았기 때문이었다.

드류는 앉아서 잔을 집었다. "살이 얼마나 빠지신 거예요?"

"십사 킬로그램. 더 빠진 것 같아 보이지만 원래 살이 없었던 사람이라 그래. 췌장암이라네." 그는 드류의 표정을 보고 교수진 회의에서 언쟁을 진압할 때처럼 손가락을 들었다. "자네나 내딘이나 부고를 어떻게 쓰면 좋을지 아직 고민할 필요는 없어. 비교적 초기에 발견했으니까. 병원에서 완치를 상당히 자신하고 있다네."

드류가 생각하기에 그의 오랜 친구는 자신 있어 보이지 않았지만 아무 말도 하지 않았다.

"내 얘기는 됐고. 자네가 여기까지 온 이유가 뭔가. 안식년을 어떻게 보낼지 결정했나?"

드류는 장편소설에 다시 한번 도전하고 싶다고 말했다. 이번에는 매우 자신한다고 말했다. 사실상 확신한다고.

"자네, 『언덕 위의 마을』 때도 그렇게 얘기했지." 앨은 말했다. "그러더니 잘 안되니까 하마터면 타고 있던 빨간 트럭의 핸들을 놓칠 뻔했잖은가."

"꼭 루시처럼 말씀하시네요." 드류는 말했다. "그러실 줄은 몰랐는데."

앨은 몸을 앞으로 숙였다. "내 말 잘 듣게, 드류. 자네는 실력 있는 교수이고 훌륭한 단편을 몇 편 썼고⋯⋯."

"여섯 편이요." 드류는 말했다. "기네스북감이죠."

앨은 손사래를 쳤다. "「스킵 잭」은 『미국 우수⋯⋯."

"네." 드류는 말했다. "닥터로가 편집한 책이죠. 아주 오래전에 한물간."

"단편에만 치중한 훌륭한 작가들도 많아." 앨은 집요하게 밀어붙였다. "포. 체호프. 카버. 자네는 대중소설과 거리를 둔다는 걸 알지만 그쪽 방면에는 사키와 오 헨리가 있지. 현대로 넘어오면 할란 엘리슨이 있고."

"그들은 여섯 편보다 훨씬 많이 썼잖아요. 그리고 앨, 이건 엄청난 아이디어예요. 진짜예요."

"나한테 살짝 들려주겠나? 이를테면 드론의 높이에서 바라본 정도로?" 그는 드류를 주시했다. "그럴 생각이 없군그래. 그럴 생각이 없다는 걸 알겠네."

드류는 그러고 싶은 마음이 굴뚝같았지만(그 정도로 훌륭했다! 거의 완벽에 가까웠다!) 고개를 저었다. "저 혼자 알고 있는 편이 나을 것 같아요. 잠깐 아버지의 통나무집에 가 있을까 해요. 시동이 충분히 걸릴 때까지요."

"아. TR-90이지? 오지보다 더 먼 곳. 루시는 자네 계획에 대해 뭐라고 하나?"

"펄쩍 뛰며 좋아하지는 않아요. 처제를 불러서 애들 건사하는 걸 도와달라고 할 거예요."

"루시가 걱정하는 건 아이들이 아니지, 드류. 자네도 알 거라고 보는데."

드류는 아무 말도 하지 않았다. 그는 술집에 대해 생각했다. 보안관에 대해 생각했다. 그는 이미 보안관의 이름을 알았다. 제임스 애브릴이었다.

앨은 차를 마시고 손때가 묻은 파울즈의 『마법사』 옆에 잔을 내려놓았다. 드류가 짐작건대 그 책은 모든 페이지마다 밑줄이 그어져 있을 것이었다. 등장인물에는 초록색으로, 주제에는 파란색으로, 앨의 눈에 들어온 구절에는 빨간색으로. 그의 파란 눈은 여전히 반짝거렸지만 이제는 약간 축축했고 가장자리가 빨갰다. 드류는 그 눈 속에서 다가오는 죽음이 보인다고 생각하고 싶지 않았지만 그럴지 모른다는 생각이 들었다.

앨은 허벅지 사이로 손깍지를 끼고 몸을 앞으로 숙였다. "궁금하군, 드류. 이 일이 자네한테 왜 그렇게 중요한지."

3

그날 밤 사랑을 나누고 난 뒤에 루시가 그에게 정말로 가야만 하겠느냐고 물었다.

드류는 곰곰이 생각해보았다. 정말로 곰곰이 생각해보았다. 그녀를 위해 그 정도는 해야 마땅했다. 아니, 그 이상도 해야 했다. 그녀는 그의 곁을 지켰고 힘든 시절을 겪었을 때 그의 버팀목이 되어주었다. 그는 짧게 말했다. "루시, 이번이 내 마지막 기회일지 몰라."

그녀가 누운 쪽 침대에서 한참 동안 정적이 흘렀다. 그는 기다렸다. 그녀가 가지 않았으면 좋겠다고 하면 그는 그녀가 원하는 대로 할 것이다. 이윽고 그녀가 말했다. "알았어. 당신을 위해서 허락하겠지만 조금 겁이 나. 아니라고 말 못 하겠어. 어떤 내용이야? 아니면 알려주고 싶지 않으려나?"

"알려주고 싶어. 전부 쏟아내고 싶어서 죽을 것 같아. 하지만 압박감을 점점 고조시키는 편이 좋겠어. 앨이 물었을 때도 똑같이 얘기했어."

"상대방의 배우자와 바람피우고 술을 너무 많이 마시고 중년의 위기를 겪는 교수들 이야기는 아니면 좋겠다."

"한 마디로 『언덕 위의 마을』이랑은 달랐으면 좋겠다는 거네?"

그녀는 팔꿈치로 그를 찔렀다. "이것 보세요, 아저씨. 난 그렇게 말한 적 없다?"

"그 작품하고는 전혀 달라."

"좀 기다리면 안 돼, 여보? 일주일쯤? 진짜인지 확인하는 차원에서?" 그러고는 좀더 작은 목소리로 덧붙였다. "나를 생각해서?"

그는 그러고 싶지 않았다. 당장 내일 북쪽으로 떠나 그다음 날부터 시작하고 싶었다. 하지만…… *진짜인지 확인하는 차원에서.* 어쩌면 그리 나쁜 생각이 아닐지 몰랐다.

"그래볼게."

"그래. 좋아. 그리고 거기 가더라도 괜찮겠어? 확실해?"

"아무 문제 없을 거야."

그녀가 미소를 짓자 치아가 잠깐 반짝였다. "남자들은 항상 그렇게 얘기하지."

"잘 안 되면 돌아올게. 그러니까…… 예전하고 비슷해지면."

이 말에 그녀는 아무 대꾸도 하지 않았다. 그를 믿어서 그런 건지, 못 믿어서 그런 건지는 알 수 없었다. 어느 쪽이든 상관없었다. 둘이서 이 일로 티격태격하지는 않을 테니 그게 중요한 거였다.

그녀가 잠들었나 보다고, 또는 잠들려나 보다고 생각했는데 그에게 앨 스탬퍼와 똑같은 질문을 했다. 그가 처음 두 번 장편을 시도했을 때도, 심지어 『언덕 위의 마을』이라는 대참사가 이어지는 와중에도 물은 적 없는 질문이었다.

"장편 소설을 쓰는 게 당신한테 왜 그렇게 중요해? 돈 때문이야? 우리 지금 당신 연봉이랑 내가 하는 회계 일로 부족하지 않게 살고 있잖아. 아니면 명예 때문이야?"

"둘 다 아니야, 출간될지도 장담 못 하겠으니까. 그리고 이 세상의 온갖 수준 낮은 소설처럼 책상 서랍 신세를 지게 된다 하더라도 상관없어." 그는 이런 말을 쏟아내며 그 말들이 진심이라는 것을 깨달았다.

"그럼 뭣 때문인데?"

그는 앨에게는 완결을 운운했다. 가보지 않은 길을 탐험하는 흥분을 운운했다(자신은 이 말을 믿는지 알 수 없었지만 은근 낭만주의자인 앨에게는 솔깃하게 들릴 거라는 걸 알았다.) 그런 헛소리가 루시에게는 통하지 않을 것이었다.

"나에게는 도구가 있어." 마침내 그는 말했다. "그리고 재능도 있어. 그러니까 괜찮은 작품이 나올지 몰라. 어쩌면 심지어 상업적일 수도 있어, 내가 상업적인 소설이라는 게 어떤 건지 이해하기만 하면. 원고의 수준도 중요하지만 그게 가장 큰 주안점은 아니야. 거기에 목숨을 거는 건 아니야." 그는 고개를 돌려서 그녀의 손을 잡고 이마를 그녀의 이마에 갖다 댔다. "나는 *끝까지* 한번 *가봐야겠어.* 그거면 돼. 그게 전부야. 그런 다음에는 질풍노도를 훨씬 줄이고 다시 한번 시도할 수도 있고 아니면 그냥 접을 수도 있어. 어느 쪽이든 상관없을 거야."

"그러니까 마침표가 필요하다는 거네?"

"아냐." 그는 앨 앞에서는 그 단어를 썼지만 그건 앨이 이해하고 받아들일 수 있는 단어이기 때문이었다. "뭔가 달라. 뭔가 거의 육체적이야. 브랜던의 목에 방울토마토 걸렸을 때 기억하지?"

"절대 못 잊지."

브랜던은 그때 4살이었다. 그들은 게이츠 폴스의 컨트리 키친에서 식사를 하고 있었다. 브랜던이 켁켁거리며 목을 부여잡았다. 드류가 그를 잡고 돌려서 하임리히 응급처치를 실시했다. 병에서 코르크 마개가 빠지듯 뽁 하는 소리와 함께 토마토가 통째로 튀어나왔다. 아무런 후유증도 없었지만 자신이 숨을 쉴 수 없다는 것을 깨달았을 때 애원하던 아들의 눈빛을 드류는 절대 잊을 수 없었다. 루시도 마찬가지일 거라 생각했다.

"이게 그거랑 비슷해." 그는 말했다. "내 목이 아니라 머릿속에 걸려 있다는 것만 다를 뿐. 내가 지금 숨을 못 쉬고 있는 건 아니지만 공기를 충분히 마시고 있는 것도 아니야. *나는 끝까지 한번 가봐야겠어.*"

"알았어." 그녀는 그의 뺨을 토닥였다.

"무슨 말인지 이해해?"

"아니." 그녀는 말했다. "하지만 당신이 이해하니까 그걸로 충분하다고 봐. 이제 잘게." 그녀는 돌아누웠다.

드류는 잠깐 뜬눈으로 누워서 서부의 작은 마을, 그가 가보지 않은 지역의 일부를 생각했다. 가보지 않아도 상관없었다. 상상력이 그를 데려다줄 것이었다. 필요한 자료조사는 나중에 하면 됐다. 이 아이디어가 다음 주에도 신기루로 바뀌지 않는다면.

마침내 그는 잠이 들었고 다리를 저는 보안관이 나오는 꿈을 꿨다. 코딱지만 한 교도소에 갇힌, 아무짝에도 쓸모없는 놈팡이 아들. 지붕 위의 남자들. 오래 가지 않을, 오래 갈 수 없는 교착 상태.

그는 와이오밍주 비터 리버가 나오는 꿈을 꾸었다.

4

아이디어는 신기루로 바뀌지 않았다. 점점 강해지고 선명해져서 일주일 뒤인 10월의 어느 따뜻한 날 아침에 드류는 필수품이 담긴 (대부분 통조림이었다) 상자 3개를 세컨드 카로 쓰는 낡은 서버번 뒤에 실었다. 옷과 세면용품이 가득 든 더플백이 그 뒤를 이었다. 더플백 다음으로는 노트북과, 긁힌 케이스 안에 든 아버지의 오래된 올림피아 타자기를 백업용으로 챙겼다. 그는 TR의 전력을 믿지 않았다. 바람이 불면 선이 끊기기 일쑤였고 지자체로 인정을 받지 못한 곳이라 전력이 제일 나중에 복구됐다.

그는 등교를 앞둔 아이들에게 작별 키스를 했다. 아이들이 하교하면 루시의 여동생이 집에서 그들을 기다리고 있을 것이다. 루시는 민소매 블라우스와 물 빠진 청바지를 입고 진입로에 서 있었다. 늘씬하고 매력적이지만 생리 전 편두통의 전조를 느끼기라도 한 듯 이마를 찡그리고 있다.

"조심해." 그녀는 말했다. "글 작업도 그렇지만, 노동절에서부터 사냥 시즌까지는 북쪽에 사람이 살지 않고 프레스크 아일에서 육십오 킬로미터만 벗어나도 휴대전화가 갑자기 터지지 않으니까. 숲속을 걷다가 다리가 부러지거나…… 길을 잃거나……."

"여보, 나는 숲속을 돌아다니지 않잖아. *만에 하나* 걷게 되더라도 길에서 벗어나지 않을게." 그는 그녀를 좀더 유심히 들여다보았고 마음 쓰이는 부분을 발견했다. 그녀는 이마만 찡그리고 있는 게 아니었다. 눈도 의구심으로 번들거렸다. "당신이 있으라고 하면 있을

게. 말만 해."

"진심이야?"

"시험해봐." 말은 그렇게 했지만 그녀가 시험해보지 않기를 기도했다.

그녀는 자기 운동화를 내려다보고 있다가 고개를 들어서 저었다. "아니야. 이 일이 당신한테 얼마나 중요한지 알아. 스테이시랑 브랜던도 알고. 걔가 당신한테 잘 다녀오라고 뽀뽀하면서 뭐라는지 들었어."

12살 된 브랜던은 이렇게 말했다. "월척 낚아서 오세요, 아빠."

"날마다 전화해줘요, 아저씨. 아무리 일이 잘 되는 중이라도 늦어도 다섯 시 전에. 휴대전화가 안 터지더라도 일반전화는 돼. 매달 요금을 내고 있고 내가 오늘 아침에 확인차 전화해봤어. 신호가 갈 뿐 아니라 아버님이 자동응답기에 녹음해 놓으신 메시지까지 들리더라. 좀 소름 끼쳤어. 무덤에서 들리는 목소리 같아서."

"그랬겠네." 드류의 아버지는 10년 전에 돌아가셨다. 그들은 통나무집을 팔지 않고 가끔 쓰다가 사냥하러 오는 사람들에게 빌려주었다. 그러다 관리인 빌이 세상을 떠난 뒤로는 그마저도 그만두었다. 어떤 팀은 돈을 제대로 내지 않았고 또 어떤 팀은 집을 난장판으로 만들어놓았다. 번거롭게 일을 벌일 필요가 없어 보였다.

"당신이 메시지 새로 녹음해."

"알았어."

"그리고 미리 경고할게. 당신한테서 연락이 없으면 내가 찾아갈 거야."

"여보, 그건 별로 좋은 생각 같지 않아. 마지막 이십오 킬로미터 똥통 구간을 달리다 볼보 배기관이 바로 나가버릴 거야. 어쩌면 트랜스미션까지."

"상관없어. 왜냐하면…… 솔직히 얘기할게. 당신은 단편소설이 잘 안 써지면 내려놓을 수 있어. 일이 주 힘없이 지내다 다시 원래 모습으로 돌아가. 하지만 『언덕 위의 마을』을 집필할 때는 당신이 전혀 다른 사람 같았고 그 다음 해에 나랑 애들이 얼마나 무서웠는지 몰라."

"이번 작품은……."

"다르지, 알아, 당신이 여러 번 강조했으니까. 내가 아는 건 음란한 선생들이 업다이크 분위기의 나라에서 스왑 파티를 벌이는 얘기가 아니라는 것뿐이지만. 그냥……." 그녀는 그의 팔을 잡고 진지한 눈빛으로 올려다보았다. "꼬이기 시작하면, 『언덕 위의 마을』 때처럼 막히기 시작하면 집으로 돌아와. 알았어? *집으로 돌아와.*"

"약속할게."

"이제 진하게 키스해줘."

그는 혀로 그녀의 입술을 살그머니 벌리고 그녀의 청바지 뒷주머니에 손을 넣고 키스했다. 그가 몸을 떼자 루시는 얼굴을 붉혔다. "맞아." 그녀는 말했다. "그렇게."

그가 서버번에 올라타 진입로가 시작되는 곳까지 갔을 때 루시가 "잠깐만! 잠깐만!" 하고 외치며 달려왔다. 그는 그녀가 생각이 바뀌었다고, 가지 말고 2층 작업실에서 원고를 썼으면 좋겠다고 말을 하려는 게 분명하다고 짐작하며, 백미러를 보지 말고 그대로 액셀

러레이터를 밟아 시카모어 가로 내달릴까 고민했다. 하지만 서버번의 뒤꽁무니를 도로 쪽으로 내민 채 차를 멈추고 창문을 내렸다.

"종이!" 그녀는 숨을 헐떡였고 눈이 머리칼로 덮였다. 아랫입술을 내밀고 머리카락을 불어서 날렸다. "종이 있어? 거기 종이가 있을 리 없다는 생각이 들어서."

그는 씩 웃으며 그녀의 뺨을 만졌다. "두 묶음 챙겼어. 그거면 충분하겠지?"

"『반지의 제왕』을 쓸 작정이 아닌 이상 그거면 되겠다." 그녀는 침착하게 그를 바라보았다. 적어도 지금은 이마에서 주름살이 사라졌다. "어서 가, 드류. 가서 월척 낚아서 와."

5

전에 펑크 난 타이어를 가는 남자를 보았던 295번 고속도로 진입로에 접어들었을 때 드류는 마음이 가벼워지는 것을 느꼈다. 현실 세상(아이들, 잡무, 집안일, 방과 후 활동을 마친 스테이시와 브랜던을 데려오는 것)이 저 멀리 물러났다. 2주, 기껏해야 3주 뒤에 돌아오면 다시 정신없는 일상에 부대껴가며 남은 원고를 그것도 많이 써야 할 것이다. 그렇지만 지금 그의 앞에는 또 다른 세상, 상상 속에 살게 될 세상이 펼쳐져 있었다. 지금까지 다른 세 편의 장편소설을 쓰는 동안에는 그 세상 속에서 완전히 살지 못했고 원고를 제대로 끝내지 못했다. 이번에는 제대로 끝낼 수 있을 거라는 예감이 들었다. 그의 몸은 기본적인 물품만 갖추어진 메인주 숲속의 통나무집에 있을지 몰라도 몸을 제외한 나머지 부분은 전부 와이오밍주 비터 리버라는 마을에 있을 것이었다. 그곳에서는 다리를 저는 보안관과 겁에 질린 3명의 부관에게, 적어도 40명의 목격자 앞에서 젊은 여자를 냉혹하게 살해한 어떤 젊은이를 보호하는 임무가 맡겨졌다. 화가 난 주민들로부터 그를 보호하기만 하면 되는 게 아니었다. 그를 행정의 중심지로 데려가 재판을 받게 하는 것도 그들이 해야 하는 일이었다(1880년대에 와이오밍이 행정의 중심지와 그 주변 마을로 따로 분리되어 있었는지는 나중에 알아볼 것이었다). 프레스콧 영감이 그걸 막으려고 어디에서 무장폭력단을 조달했는지 알 수 없었지만 나중에는 결국 생각날 것이다.

모든 게 결국 그렇게 될 것이다.

그는 가디너에서 95번 고속도로로 갈아탔다. 서버번(주행거리가 19만 킬로미터였다)이 시속 95킬로미터에서는 좌우로 흔들렸지만 110킬로미터로 속도를 높이자 흔들림이 사라지고 비단처럼 매끄럽게 질주했다. 도착하려면 4시간이 남았고 마지막 1시간 동안은 도로가 점점 좁아지다 절정을 이뤄 TR 주민들 사이에서는 똥통 구간으로 통하는 도로를 달려야 했다.

그는 앞으로의 운전이 기다려졌다. 하지만 노트북을 열고, 소형 휴렛팩커드 프린터에 연결하고, 비터 리버 1로 저장할 문서를 만드는 순간만큼은 아니었다. 이번만큼은 깜빡이는 커서 아래로 보이는 하얀 무저갱을 떠올려도 희망과 공포로 숨이 막히지 않았다. 오거스타 시 경계선을 지났을 때 그가 느낄 수 있었던 건 조바심뿐이었다. 이번에는 괜찮을 것이다. 괜찮은 것 이상일 것이다. 이번에는 모든 게 제대로 이루어질 것이다.

그는 라디오를 켜고 '더 후'의 노래를 따라부르기 시작했다.

6

그날 오후 늦게 드류는 TR-90에 딱 하나밖에 없는 상업시설 앞에 차를 댔다. 다 쓰러져가고 지붕은 주저앉은 '빅 나인티 잡화점'이었다(어딘가에 스몰 나인티라도 있다는 건지). 그는 녹이 슨 로터리 주유기로 연료가 거의 바닥난 서버번에 기름을 채웠다. 현금 전용, 일반유 전용, 무정산 도주시 법적으로 처벌을 받습니다, 주여 미국을 축복하소서라는 팻말이 달린 펌프였다. 가격은 1갤런당 3달러 90센트였다. 북부 시골에서는 일반유에도 프리미엄 가격이 붙었다. 드류는 가게 입구에서 걸음을 멈추고 그가 어렸을 때부터 이 자리를 지키고 있었던, 벌레 사체로 뒤덮인 공중전화 수화기를 들어보았다. 거의 알아볼 수 없을 정도로 희미해지기는 했지만 적힌 메시지도 그대로일 게 분명했다. 상대방이 응답하기 전에 동전을 다수 미리 투입하지 말 것. 웅 하는 연결음이 들리자 드류는 고개를 끄덕이며 수화기를 다시 내려놓고 안으로 들어갔다.

"네, 네, 아직 작동이 돼요." 「쥬라기 공원」에서 튀어나온 난민 같은 행색을 하고 카운터를 지키던 사람이 말했다. "엄청나죠?" 드류는 그의 벌건 눈을 보고 아루스투크 카운티 골드(마리화나를 뜻한다ー옮긴이)를 피우고 있었던 건가 생각했다. 잠시 후에 늙은이는 뒷주머니에서 콧물이 엉긴 반다나를 꺼내 거기에다 대고 재채기를 했다. "망할 알레르기. 가을마다 이래요."

"마이크 드위트 씨죠?" 드류는 물었다.

"아뇨, 마이크는 우리 아버지예요. 이월에 돌아가셨소. 빌어먹을 아흔일곱이었고 마지막 십 년 동안은 어디가 어딘지도 몰랐지요. 나는 로이올시다." 그는 카운터 너머로 손을 내밀었다. 드류는 악수하고 싶지 않았지만(콧물 묻은 걸레를 만진 손이었다) 예의를 지키도록 교육을 받았기에 잡고 딱 한 번 흔들었다.

드위트는 매부리코 맨 아래로 안경을 내리고 그 너머로 드류를 뜯어보았다. "내가 아버지를 닮았고 그래서 망했다는 건 알지만 손님도 아버지를 닮았네요. 버지 라슨 씨 아드님 맞지요? 리키 말고 다른 아드님."

"맞아요. 리키는 메릴랜드에서 살아요. 저는 드류고요."

"아, 맞네. 부인이랑 애들이랑 몇 번 오시더니 요즘은 뜸하셨네요. 학교 선생님이죠?"

"네." 그는 드위트에게 20달러짜리 지폐 3장을 건넸다. 드위트는 그 돈을 금전등록기에 넣고 흐물흐물한 1달러짜리 지폐 6장을 건네주었다.

"아버님이 세상을 떠났다는 얘기는 들었어요."

"네. 어머님도 돌아가셨어요." 이 대답으로 질문거리를 하나 줄였다.

"아이고, 저런. 이 계절에 여긴 어쩐 일이세요?"

"안식년 휴가라 글을 좀 쓰려고요."

"아, 그래요? 버지의 통나무집에서요?"

"도로 상태가 괜찮으면요." 그가 이 말을 한 이유는 아무것도 모르는 평지인처럼 보이기 싫어서였다. 도로 상태가 좋지 않더라도 그는 서버번으로 뚫고 지나갈 방법을 찾을 것이다. 여기까지 온 마당에 그냥 차를 돌리지는 않을 것이었다.

드위트는 잠깐 가래를 삼킨 다음 말했다. "뭐, 아무 이유 없이 똥통 구간이라고 불리는 건 아니고 봄에 물이 넘쳐서 도랑이 두어 개 생겼겠지만 사륜구동을 몰고 오셨으니 별 문제 없을 거예요. 빌 영감이 죽은 건 아시죠?"

"네. 아드님이 카드를 보냈더라고요. 장례식에 참석하지는 못했는데. 심장이 문제였나요?"

"머리요. 총으로 머릴 쐈어요." 로이 드위트는 누가 들어도 희희낙락하는 말투로 말했다. "치매에 걸렸거든요. 순경이 그의 자동차 사물함에서 온갖 것들이 적힌 수첩을 발견했어요. 어디 가는 길, 전화번호, 부인 이름. 심지어 우라질 개 이름까지. 견딜 수가 없었던 거지요."

"허." 드류가 말했다. "끔찍하네요." 진짜 그랬다. 빌 콜슨은 말투가 상냥하고 매무새가 단정하며 올드 스파이스 애프터셰이브 냄새를 풍겼고, 수리해야 하는 곳이 생기면 예상 비용까지 처음에는 드류의 아버지에게, 나중에는 드류에게 항상 꼼꼼히 알려주던 좋은 사람이었다.

"네, 네, 그걸 모르셨으면 그 양반이 댁네 통나무집 현관 앞에서 그랬다는 것도 모르셨겠네요?"

드류는 그를 빤히 쳐다보았다. "농담이시죠?"

"아니 세상에 누가……." 아까보다 더 축축하고 쭈글쭈글한 반다나가 다시 등장했다. 드위트는 거기다 대고 재채기를 했다. "……그런 걸 가지고 농담을 하겠어요. 진짜예요. 거기다 픽업 트럭을 주차하고 자기 30-30 소총을 턱 아래에 대고 방아쇠를 당겼어요. 총알이 얼굴을 관통해 뒷유리창을 박살 냈죠. 그릭스 순경이 지금 손님이 서 있는 그 자리에서 한 얘기예요."

"맙소사." 드류의 머릿속에서 변화가 생겼다. 앤디 프레스콧, 그 방탕한 아들이 댄스홀에서 일하는 아가씨의 관자놀이가 아니라 턱 아래에 권총을 대고 있었고…… 방아쇠를 당기자 총알이 그녀의 뒤통수를 뚫고 나가 바 뒤편의 거울을 박살 냈다. 이 늙수그레한 까마귀에게 전해들은 빌 영감의 죽음을 그의 작품에 차용하다니 편법적인 요소가 있었고 심지어 거저먹기였지만 그래도 그를 가로막지는 못했다. 너무 훌륭했다.

"망측스럽지요." 드위트가 말했다. 그는 슬픈 척하려고 했지만, 심지어 철학적인 척하려고 했지만 반짝이는 말투를 감추지 못했다. 이자도 너무 훌륭하다는 걸 아는 거지. 드류는 생각했다. "하지만 마지막 순간까지 빌 영감은 빌 영감이었어요."

"그게 무슨 말씀이세요?"

"버지의 통나무집이 아니라 자기 트럭 안에서 그 난장을 저질렀다는 뜻이에요. 제대로 된 정신이 손톱만큼이라도 남아 있는 동안에는 절대 그런 짓을 저지를 위인이 아니었으니까요." 그는 다시 움찔거리고 코를 힝힝거리며 반다나를 찾았지만 이번에는 조금 늦어서 재채기를 완전히 막지는 못했다. 축축한 재채기였다. "그 집을 끝까지 *관리*했단 말이죠."

7

빅 나인티에서 북쪽으로 8킬로미터를 더 갔을 때 포장도로가 끝났다. 기름 뿌린 흙길을 다시 8킬로미터 더 달리자 갈림길이 나왔다. 드류가 왼쪽을 선택해 거친 자갈길을 달리자 튄 돌이 쿵 아니면 깡 소리를 내며 서버번의 하부를 때렸다. 여기가 바로 똥통 구간이었다. 지금까지의 느낌상 어렸을 때랑 달라진 게 없어 보였다. 봄에 물이 넘쳐서 막힌 곳에 정말로 도랑이 생겨서 두 차례 시속 3, 4킬로미터로 속도를 늦추고 침수 지대를 지나야 했다. 그리고 두 차례 더 차를 세우고 내려서 도로 위로 쓰러진 나무를 치워야 했다. 다행히 자작나무라 가벼웠다. 한 그루는 그가 쥐자마자 부서졌다.

그는 컬럼 캠핑장(아무도 없고 널빤지로 막아놓았고 진입로 입구에는 쇠사슬이 달렸다)에 다다르자 리키와 함께 어렸을 때 그랬던 것처럼 전봇대를 세기 시작했다. 취객처럼 왼쪽 아니면 오른쪽으로 기운 전봇대도 몇 개 있었지만 컬럼 캠핑장에서 무성한 잡초로 뒤덮인 진입로 입구(이곳 역시 쇠사슬이 달렸다)까지 예나 지금이나 정확히 66개였고 그 입구에는 루시가 아이들이 어렸을 때 만든 팻말이 있었다. 라슨의 집. 이 진입로 너머에는 17개의 전봇대가 더 있었고 아젤비무

호숫가의 패링턴 캠핑장에서 끝났다.

패링턴 너머로는 캐나다 국경을 사이에 두고 전기도 들어오지 않는 황야가 최소 160킬로미터 펼쳐졌다. 그와 리키는 '마지막 전봇대'라고 이름 지은 전봇대까지 가끔씩 다녀오곤 했다. 그곳은 그들에게 신비로운 곳이었다. 거길 지나면 어둠을 가로막는 것이 아무도 없었다. 드류는 스테이시와 브랜던에게 마지막 전봇대를 보여준 적이 있었지만 아이들은 *이게 뭐* 하는 표정으로 서로 쳐다보기만 했다. 아이들은 전기가 무한대로 이어지는 줄 알았다. 와이파이는 말할 것도 없었다.

그는 서버번에서 내려 쇠사슬을 풀었다. 열쇠를 넣고 앞뒤로 움직인 다음이라야 겨우 돌릴 수 있었다. 아까 가게에서 '스리 인 원' 윤활유를 산다는 걸 깜빡했지만 모든 걸 챙길 수는 없는 법이었다.

진입로는 400미터 정도였고 가는 내내 나뭇가지가 자동차의 옆구리와 지붕을 스쳤다. 머리 위로 전선과 전화선이 이어졌다. 예전에는 팽팽했던 기억이 나는데, 지금은 도로에서 안쪽으로 기운 '메인 북부 전기회사' 전봇대를 따라 축 늘어져 있었다.

그는 통나무집에 도착했다. 황량하고 잊힌 건물처럼 보였다. 새로 칠해줄 빌 콜슨이 없으니 초록색 페인트가 벗겨지기 시작했고, 바람에 날린 전나무 잎과 낙엽이 함석지붕 위에 쌓였고, 지붕에 달린 위성 안테나(그 접시 안에도 전나무 잎과 낙엽이 가득했다)는 이 숲속에서 생뚱맞아 보였다. 그는 루시가 전화요금뿐 아니라 위성방송 수신료도 매달 내고 있었을지 궁금해졌다. 그렇다면 돈을 버린 걸지도 몰랐다. 전파가 잡힐지 의심스러웠다. 그렇다고 다이렉TV에서 안테나 상태가 개떡 같은 관계로 요금을 환불해드립니다, 이런 쪽지와 함께 받은 요금을 돌려줄 것 같지도 않았다. 현관은 풍파에 찌들었지만 충분히 튼튼해 보였다(당연히 그럴 거라고 단정하면 안 되겠지만). 그 아래로 빛바랜 초록색 방수포를 덮고 있는 것은 장작더미가 아닐까 싶었다. 빌 영감이 마지막으로 가져다놓은 나무였을 것이다.

그는 차에서 내려 한 손으로 따뜻한 보닛을 짚고 차 옆에 섰다. 어디에선가 까마귀가 울었다. 멀리서 다른 까마귀가 화답했다. 고드프리 개울이 호수를 향해 졸졸 흘러가는 소리 말고는 까마귀 울음소리가 전부였다.

드류는 빌 콜슨이 사륜구동차를 세우고 머리를 날린 바로 그 지점에 자기가 주차한 건 아닐지 궁금해졌다. 자살자의 유령은 삶을 끝낸 곳에서 떠나지 못한다는 설이 (아마도 중세 영국에) 있지 않았던가?

그가 캠프파이어용 귀신 얘기에 솔깃하기에는 너무 늙은 거 아니냐고 속으로 중얼거리며(사실상 자신을 나무라며) 통나무집 쪽으로 걸음을 옮기기 시작했을 때 무언가가 그를 향해 더듬더듬 다가오는 소리가 들렸다. 통나무집 주변 공터와 개울 사이를 가로막은 소나무 숲 사이에서 비틀거리며 나온 건 유령이나 좀비가 아니라 우스꽝스러울 정도로 다리가 긴 새끼 무스였다. 녀석은 통나무집 옆쪽의 조그만 비품창고까지 왔다가 그를 보고 걸음을 멈추었다. 그들은 서로 쳐다보았다. 드류는 무스야말로 새끼가 됐건 다 자란 녀석이 됐건 조물주가 창조한 동물 중에서 가장 못생겼고 변변찮다는 생각을 했고 새끼가 무슨 생각을 했는지는 아무도 모를 일이었다.

"난 해칠 생각 없어." 드류가 부드럽게 말하자 새끼는 귀를 쫑긋 세웠다.

이제 좀더 요란하게 부딪히고 더듬거리는 소리가 들리는가 싶더니 새끼의 어미가 나무를 어깨로 밀치며 등장했다. 나뭇가지 하나가 목 위로 떨어지자 고개를 저어서 치웠다. 녀석은 드류를 쳐다보더니 고개를 숙이고 발로 바닥을 긁었다. 귀는 뒤로 납작하게 눕혔다.

나한테 돌진하려는 거야. 드류는 생각했다. *내가 자기 새끼한테 위협이 되는 줄 알고 나한테 돌진하려는 거야.*

그는 차를 세워둔 곳으로 도망칠까 고민했지만 거리가 있어 보였다. 게다가 달렸다가는, 아무리 새끼와 반대편으로 가는 것이라도 어미를 자극할 수 있었다. 그래서 그는 가만히 그 자리를 지키며 30미터도 안 되는 곳에서 대치 중인 450킬로그램짜리 동물을 텔레파시로 달래려 했다. *걱정할 거 하나 없어요, 어머니, 나는 해치지 않아요.*

녀석은 고개를 숙이고 한 발로 땅을 긁으며 한 15초 정도 그를 노려보았다. 하지만 체감상으로는 그보다 더 길었다. 잠시 후에 녀석은 새끼에게로 가서 (그러는 동안에도 침입자에게서 눈을 떼지 않았다) 새끼와 드류 사이를 가로막았다. 그러고는 다음 행보를 고민하는 듯 그를 좀더 오랫동안 쳐다보았다. 드류는 꼼짝 않고 서 있었다. 너무 무서웠지만 그런가 하면 또 묘하게 희열을 느꼈다. 그는 생각했다. *저 어미가 이 정도 거리에서 달려들면 나는 바로 죽거나 너무 심하게 다쳐서 죽게 될 거야. 달려들지 않으면 여기서 엄청난 작업을 하게 될 테고. 엄청난 작업을.*

그는 생사의 기로에 놓인 지금 이 순간에도 그 둘 사이에 등식이

성립되지 않는다는 것을 알았지만(마치 어린애가 어떤 구름이 태양을 가리면 생일선물로 자전거를 받을 수 있다고 믿는 식이었다) 그와 동시에 정말 그럴 거라는 믿음이 있었다.

어미 무스가 갑자기 고개를 홱 돌리더니 새끼의 궁둥이를 들이받았다. 새끼는 거의 양에 가까운 울음소리를 내며(아버지의 오래된 무스 피리에서 나던 시끄러운 쉰 소리와 전혀 달랐다) 숲 쪽으로 총총히 걸어갔다. 어미도 따라가다 걸음을 멈추더니 험상궂은 눈빛으로 드류를 마지막으로 한번 쳐다보았다. *따라오면 죽을 줄 알아.*

드류는 참고 있었던 줄도 몰랐던 숨을 토하고(서스펜스 소설에나 쓰이는 진부한 표현이지만 알고 보니 진짜였다) 현관 쪽으로 걸음을 옮겼다. 열쇠를 쥔 손이 살짝 떨리고 있었다. 그는 아주 위험했던 상황은 아니라고 벌써부터 속으로 중얼거리고 있었다. 이쪽에서 먼저 건드리지 않으면 아무리 새끼를 지키려는 어미 무스라도 건드리지 않을 것이다.

게다가 무스이길 다행이었다. 곰이었으면 어쩔 뻔했나.

8

그는 난장판을 예상하며 안으로 들어갔지만 통나무집은 멀끔했다. 두말하면 잔소리지만 빌 영감의 솜씨였다. 그가 자살한 날에 마지막으로 대청소를 했을 수도 있었다. 그의 어머니 애기 라슨이 예전에 만든 래그러그가 한가운데 깔려 있는데, 테두리가 나달나달

하긴 하지만 그것만 빼면 멀쩡했다. 벽돌 위에 놓인 레인저 장작 난로의 안은 비어 있었고 반투명 창문은 바닥만큼 깨끗이 닦여 있었다. 그 왼쪽에는 기본적인 것만 갖춘 부엌이 있었다. 오른쪽에는 개울까지 내리막으로 이어지는 숲이 내다보이는 곳에 오크로 만든 식탁이 있었다. 거실 저쪽 끝에는 등받이가 둥그스름한 소파와 의자 2개와 과연 불이 붙을까 싶은 벽난로가 있었다. 굴뚝에 재는 물론이고 쥐, 다람쥐, 박쥐 같은 야생동물의 사체가 얼마나 쌓였을지 아무도 모를 일이었다.

전기레인지는 지구를 도는 위성이 달 하나뿐이었던 시절에는 새것이었을 핫포인트 제품이었다. 그 옆에는 코드를 뽑아놓은 냉장고가 문이 열린 채 어찌 보면 시체처럼 서 있었다. 안에 암앤해머 베이킹소다 말고는 아무것도 없었다. 거실의 텔레비전은 휴대용으로 카트 위에 놓여 있었다. 그 앞에 네 가족이 앉아서 드라마 「M*A*S*H」 재방송을 보며 저녁을 먹곤 했다.

통나무집의 서쪽 벽에는 널빤지 계단이 있었다. 그쪽에 책꽂이가 늘어선 일종의 갤러리 비슷한 곳이 있었고, 책꽂이에 꽂힌 책은 루시가 비오는 날 캠핑장에서 읽기 좋겠다고 했던 페이퍼백이 대부분이었다. 갤러리를 지나면 조그만 방이 2개 나왔다. 드류와 루시가 한 방에서, 아이들이 다른 방에서 잤다. 스테이시가 프라이버시가 필요하다며 까탈을 부리기 시작하면서 그들 가족은 발길을 끊었던가? 그게 이유였나? 아니면 그냥 너무 바빠서 여름 몇 주 동안 캠핑을 즐길 여유가 없었나? 드류는 기억이 나지 않았다. 그저 지금 여기 있어서 기쁘고 집을 빌린 사람들이 어머니의 래그러그를 들고 가지 않아서 기쁠 뿐인데…… 생각해보니 들고 갈 이유가 없었다. 예전에는 정말 우라지게 근사했지만 지금은 숲에서 진흙을 묻혀온 신발이나 개울에서 노느라 젖은 맨발에나 어울릴 따름이었다.

"여기서 일을 할 수 있겠어." 드류는 말했다. "그래." 그는 자기 목소리에 흠칫 놀랐다가 웃음을 터뜨렸다. 어미 무스와 눈싸움을 벌인 충격이 아직 남아 있는 모양이었다.

아버지가 쓰던 자동응답기에 빨간 불이 켜져 있는 걸 보면 전기는 체크할 필요가 없었지만 그래도 오후가 점점 저물어가고 있었기에 스위치를 올려 천장에 달린 등을 켰다. 그는 자동응답기 앞으로 가서 재생 버튼을 눌렀다.

"여보, 나야." 그녀는 해저 2만 리에서 말하는 것처럼 목소리가 흔들렸고 드류는 그 옛날 자동응답기가 기본적으로 카세트라는 사실을 상기했다. 작동이 되는 것 자체가 놀라웠다. "세 시 십 분이라 조금 걱정돼서. 아직 도착 안 했어? 최대한 빨리 연락 부탁해."

드류는 미소가 지어지는 한편으로 짜증이 났다. 일에 집중하려고 여기까지 왔는데 앞으로 3주 동안 루시에게 감시를 받는 건 절대 사절이었다. 그래도 그녀의 걱정이 근거가 없는 건 아니었다. 그가 여기까지 오는 길에 사고를 당했을 수도 있고 똥통 구간에서 차가 고장 났을 수도 있었다. 아직 시작하지도 않은 원고 때문에 정신이 이상해졌을 수도 있다고 걱정하는 건 아니었다.

그러자 5년인가 6년 전에 영문학과에서 후원한 강연이 생각났다. 조너선 프랜즌이 소설의 기법과 기교에 대해 얘기한 강연이었다. 그는 아직 시작하기 전, 모든 게 아직 상상에 머물러 있을 때가 소설 창작 과정의 정점이라고 했다. "머릿속에서 그렸을 때는 가장 선명했던 것들조차 글로 옮기면 빛이 바래거든요." 프랜즌은 이렇게 말했다. 드류는 자기 경험을 일반화하다니 자기중심적인 거 아닌가 생각했던 기억이 났다.

드류는 수화기를 집어서 (수화기가 구식 아령 모양이고 검은색인데 놀랍도록 무거웠다) 발신음이 강하고 또렷하게 들리는 것을 확인하고 루시의 휴대전화로 전화를 걸었다. "나 도착했어." 그는 말했다. "별 탈 없이."

"아, 다행이다. 길은 어땠어? 집은 어때?"

그는 그녀와 잠시 통화하다 학교에서 이제 막 돌아와 바꿔 달라고 한 스테이시와 통화했다. 루시가 다시 전화를 바꿔서 소름 끼치니 자동응답기 메시지 바꾸는 거 까먹지 말라고 했다.

"해보겠지만 장담은 못 하겠다. 이게 칠십 년 대에는 최신식이었을지 몰라도 그게 벌써 반세기 전이잖아."

"최선을 다해봐. 거기 야생동물 있어?"

그는 고개를 숙이고서 돌진해 그를 짓밟아 죽일까 말까 고민하던 어미 무스를 떠올렸다.

"까마귀 몇 마리가 전부였어. 저기 루시, 해 떨어지기 전에 짐을 옮겨야겠어. 나중에 다시 전화할게."

"일곱 시 삼십 분쯤에 해. 그때쯤이면 브랜던이 와 있을 테니까 통화할 수 있을 거야. 랜디네 집에서 저녁 먹는댔어."

"알았다 오버."

"또 보고할 거 없어?" 그녀가 정말 걱정하는 목소리였을까 아니면 그의 착각이었을까?

"응. 서부 전선 이상 없다. 사랑해, 여보."

"나도 사랑해."

그는 우스꽝스러운 구닥다리 수화기를 내려놓고 빈집에 대고 말했다. "아 잠깐, 하나 더 있어, 여보. 빌 영감이 이 집 현관 바로 앞에서 머리를 총으로 날렸대."

그는 웃음을 터뜨렸다. 스스로 생각하기에도 충격적인 반응이었다.

9

가방과 생필품을 안으로 옮겼을 때는 6시가 지났고 그는 배가 고팠다. 부엌 수도꼭지를 틀어보자 몇 번 칙칙거리고 탁탁거리다 탁한 물이 뿜어져 나왔고 이내 차갑고 깨끗한 물이 일정하게 흘러나왔다. 그는 냄비에 물을 담고 핫포인트를 켜고 (큼지막한 전기레인지가 웅웅거리자 예전에 여기서 음식을 해먹었던 기억이 되살아났다) 스파게티를 넣을 수 있게 물이 끓길 기다렸다. 소스도 있었다. 루시가 라구 소스병을 생필품 상자 안에 집어넣었다. 그 혼자 짐을 쌌다면 깜빡했을 것이다.

그는 완두콩 통조림을 데울까 하다가 그만두기로 했다. 캠핑장에 왔으니 캠핑장 스타일로 식사를 해야겠다. 하지만 알코올은 예외였다. 들고 온 술도 없었고 빅 나인티에서 사지도 않았다. 작업이 예상처럼 잘되면 다음번에 가게에 갈 때 버드와이저 한 상자로 스스로에게 포상할 수도 있을 것이다. 어쩌면 샐러드 재료도 구할 수 있을지 몰랐다. 채소에 관한 한 로이 드워트는 팝콘과 핫도그 렐리시를 들여놓고 그거면 충분하다고 할 사람 같았지만. 그리고 입맛이 이국적인 사람을 위해서는 사우어크라우트 한 병.

드류는 물이 끓고 소스가 자글거리길 기다리는 동안 TV를 켰다. 지지직거릴 거라 짐작했던 것이 무색하게 파란색 화면에 *다이렉 TV 접속 중*이라는 메시지가 그를 맞았다. 그는 연결이 될지 의심스러웠지만 TV 혼자 자기 할 일을 하도록 내버려두었다. 뭘 하고 있긴 한 건지 모르겠지만.

아래쪽 찬장을 뒤지고 있었을 때 레스터 홀트의 목소리가 쩌렁쩌렁하게 집안을 뒤흔드는 바람에 그는 너무 놀라서 소리를 지르며 방금 전에 찾은 체망을 떨어뜨렸다. 고개를 돌려보니 NBC 저녁 뉴스 캐스터가 선명하게 보였다. 레스터가 트럼프의 최근 근황을 소개하고 지저분한 내막을 좀더 상세히 보도하기 위해 척 토드에게 마이크를 넘기자 드류는 리모컨을 집어서 TV를 껐다. 작동이 된다는 걸 알게 돼서 좋았지만 트럼프나 테러리즘이나 세금 얘기로 기분을 잡칠 생각은 없었다.

그는 스파게티 한 봉지를 한꺼번에 삶아서 거의 다 먹었다. 머릿속에서 루시가 혀를 차듯 손가락을 흔들며, 또다시 점점 불어나는 중년의 뱃살 어쩌고 했다. 드류는 점심을 건너뛰지 않았느냐고 항변했다. 그는 어미 무스와 자살에 대해 생각하며 몇 개 안 되는 그

룻을 씻었다. '비터 리버'에 그 둘을 넣을 만한 자리가 있을까? 어미 무스는 아닐지 몰라도 자살은 가능성이 있었다.

그는 소설 집필이 실제로 시작되기 전의 시간에 대해 운운한 프랜즌의 말에 일리가 있다는 생각이 들었다. 보이고 들리는 모든 것이 유용한 소재라 행복한 시간이었다. 모든 걸 마음대로 주무를 수 있었다. 샤워를 하거나 면도를 하거나 볼일을 보는 동안 상상으로 도시 하나를 건설했다가 개조했다가 완전히 무너뜨릴 수 있었다. 하지만 일단 시작되면 달라졌다. 한 장면을 쓸 때마다, 한 *단어*를 쓸 때마다 선택지가 조금씩 줄어들었다. 결국에는 빠져나갈 구멍이 없는 좁은 홈통을 종종걸음으로 이동하는 소와 비슷해지는데, 그 홈통의 끝은…….

"아니야, 아니야, 그거하고는 전혀 달라." 그는 이번에도 자신의 목소리에 화들짝 놀랐다. "그거하고는 전혀 다르지."

10

깊은 숲속에서는 어둠이 일찌감치 깃들었다. 드류는 돌아다니며 스탠드를 켜고 (모두 4개인데 전등갓이 뒤로 갈수록 점입가경이었다) 자동 응답기와의 씨름에 돌입했다. 그는 돌아가신 아버지가 남긴 메시지를 두 번 들었다. 그가 기억하는 한 험한 말을 한 적도, 아들들에게 손찌검을 한 적도 없는(험한 말과 손찌검은 어머니의 영역이었다) 좋은 아버지였다. 메시지를 지우려니 찜찜했지만 아버지의 책상에 남는 테이프가 없었고 루시가 진격 명령을 내렸으니 선택의 여지가 없었다. 그가 녹음한 메시지는 짧고 간단명료했다. "드류입니다. 메시지를 남겨주세요."

그는 가벼운 재킷을 걸치고 밖으로 나가서 계단에 앉아 별을 바라보았다. 팰머스는 비교적 작은 마을이지만 그래도 그곳의 빛 공해에서 탈출하면 보이는 게 얼마나 많은지 번번이 놀라웠다. 하느님이 저 위에 빛을 한 주전자 엎질러놓았고 그 너머는 영원이었다. 그 확장된 현실의 미스터리는 이해할 수 있는 선을 넘어섰다. 산들바람이 불자 소나무들이 구슬픈 한숨을 쉬었고 드류는 문득 너무나 외롭고 너무나 초라해진 기분을 느꼈다. 몸에 오한이 들자 그는 안으로 들어가 집안에 연기가 들어차지 않는지 확인하기 위해서라도 장작 난로에 살짝 불을 지펴보기로 했다.

벽난로 양옆에 상자가 있었다. 한쪽 상자에는 빌 영감이 현관 아래에 마지막으로 장작을 쌓으며 챙겼나 싶은 불쏘시개가 있었다. 다른 쪽 상자에는 장난감이 있었다.

드류는 한쪽 무릎을 꿇고 앉아 장난감을 뒤졌다. 웸오 원반은 희미하게 기억이 났다. 누군가 던진 원반이 빽빽하게 뒤엉킨 덤불로 떨어져 주우러 갈 때마다 그와 루시와 두 아이가 깔깔대고 웃어가며 집 앞에서 가지고 놀았다. 스트레치 암스트롱 인형은 분명 브랜던의 것이었고 (야하게 윗도리를 벗은) 바비는 아마도 스테이시의 인형일 것이었다. 하지만 다른 장난감들은 기억나지도 않았고 본 적도 없었다. 눈이 한쪽밖에 없는 곰 인형. 우노 카드. 야구 카드 몇 장. '패스 더 피그'라는 게임. 야구 글러브를 끼고 동그랗게 모여 있는 원숭이들로 장식된 팽이. 그가 손잡이를 여러 번 당겼다가 놓자 팽이는 취객처럼 비틀비틀 바닥을 가로지르며 「야구장에 데려가줘」를 휘파람으로 불었다. 그는 이 마지막 장난감이 마음에 들지 않았다. 팽이가 돌아가자 원숭이들이 글러브를 위아래로 흔들며 SOS를 치는 것처럼 보였고 속도가 점점 떨어지자 노래가 조금 불길하게 들렸다.

그는 상자 밑바닥까지 헤집기 전에 손목시계를 확인했다가 8시 15분인 것을 보고 루시에게 다시 전화했다. 장난감 상자에 정신이 팔리는 바람에 늦었다고 사과했다. "브랜이 예전에 가지고 놀았던 스트레치 암스트롱이 여기 있는 것 같은데……."

루시는 앓는 소리를 냈다. "으악, 나 그거 정말 싫었어. 냄새가 진짜 *구렸거든*."

"나도 기억나. 다른 장난감들도 있는데 한 번도 본 적 없다고 장담할 수 있는 게 있어. 패스 더 피그."

"패스 더 뭐?" 그녀는 웃음을 터뜨렸다.

"애들 게임이야. 그리고 원숭이가 그려진 팽이. 돌리면 「야구장에 데려가줘」 노래가 나오는 거."

"금시초문이야…… 아, 잠깐. 삼사 년 전에 피어슨이라는 가족한테 그 집 빌려준 적 있잖아, 기억나?"

"어렴풋이." 전혀 기억나지 않았다. 3년 전이라면 그가 『언덕 위의 마을』에 빠져 있었을 때였다. 아니, 빠져 있었다기보다 발목이 잡혀 있었을 때였다. 손발이 묶이고 재갈까지 물고 있었을 때였다. 말 그대로 가학 피학성 변태 성욕 상태였을 때였다.

"여섯 살인가 일곱 살짜리 어린 남자애가 있었어. 몇 개는 개 장 난감일 거야."

"그런데 미련 없이 두고 갔다니 뜻밖이네." 드류는 말했다. 자주, 격하게 안긴 장난감답게 군데군데 하얘진 곰 인형을 보면서 하는 말이었다.

"브랜던이랑 통화할래? 옆에 있는데."

"좋지."

"아빠!" 브랜이 말했다. "아직 책 안 끝냈어요?"

"하. 하. 하. 내일부터 시작이란다."

"거기 어때요? 좋아요?"

드류는 좌우를 둘러보았다. 천장에 달린 전등과 스탠드 불빛 덕분에 1층의 널찍한 공간은 아늑해 보였다. 끔찍한 전등갓마저 그럭저럭 봐줄 만했다. 그리고 벽난로 연통이 막히지 않았을 경우 장작을 살짝 때면 가벼운 한기는 해결이 될 것이었다.

"응." 그는 말했다. "좋네."

그랬다. 그는 안전한 느낌이었다. 그리고 오늘 내일 하는 임산부가 된 느낌이었다. 내일 작업 시작을 앞두고 공포는 전혀 없고 오직 기대감뿐이었다. 글이 쏟아져 나올 거라고 자신할 수 있었다.

난로는 아무 문제없었다. 연통이 막히지 않았고 연기가 잘 빠져나갔다. 아담한 모닥불이 다 타서 잉걸불만 남자 그는 퀴퀴한 냄새가 아주 조금밖에 나지 않는 시트와 이불로 큰방(농담이다. 방이 몸을 간신히 돌릴 수 있을 만한 크기다)에 자리를 폈다. 10시가 되자 잠자리에 누워 처마를 훑고 지나가는 바람의 한숨 소리를 들으며 어둠 속을 응시했다. 문 앞에서 자살했다는 빌 영감 생각이 났지만 잠깐뿐이었고 무섭거나 경악스럽지는 않았다. 늙은 관리인의 생의 마지막 순간(턱 아래를 누르는 동그란 총구, 마지막 시선과 심장 박동과 생각)을 상상했을 때와 복잡하고 화려하게 펼쳐진 은하수를 올려다보았을 때 느낀 기분이 별반 다르지 않았다. 현실은 깊었고 또 멀었다. 수많은 비밀을 품고 끝없이 이어졌다.

11

그는 다음 날 아침에 일찍 일어났다. 아침을 먹고 루시에게 전화했다. 그녀는 아이들을 학교에 데려다주려는 참이었기 때문에 숙제를 다 하지 않았다고 스테이시를 혼내고 브랜에게 가방을 거실에 두고 왔다고 알려주느라 정신없었다. 통화를 간단하게 끝낼 수밖에 없었다. 드류는 작별인사를 한 뒤에 재킷을 걸치고 개울로 나갔다. 저편의 나무들이 언젠지 모르게 벌목이 돼서 백만 달러짜리 풍경이 저 멀리까지 너울너울 펼쳐졌다. 하늘은 차츰 짙어지는 파란색이었다. 그는 그 자리에 10분 정도 서서 주변 세상의 은은한 아름다움을 만끽하며 머릿속을 비우려고 했다. 머릿속을 준비시키려고 했다.

그는 매 학기마다 현대 미국문학과 영국문학을 한데 묶어서 가르쳤지만 등단한 작가였기 때문에(그것도 무려 《뉴요커》에 작품이 실린) 주업은 창작 수업이었다. 그는 창작 과정에 대해 설명하는 것으로 매 수업과 세미나를 시작했다. 학생들에게 대부분의 사람들이 잠자기 전에 거치는 루틴이 있듯 매일의 작업을 준비할 때도 루틴을 만드는 것이 중요하다고 강조했다. 최면 전문가가 최면을 유도할 때 일련의 단계를 거치는 것과 같았다.

"소설이나 시를 쓰는 행위는 꿈을 꾸는 것에 비유할 수 있지." 그는 학생들에게 말했다. "하지만 그게 아주 정확한 비유는 아니라고 본다. 그보다는 최면에 더 가깝다고 볼 수 있어. 준비 과정을 일정한 절차로 만들수록 그 상태로 더욱 쉽게 진입할 수 있지."

그는 가르친 대로 실행했다. 통나무집으로 돌아가 커피를 내렸다. 오전 동안 진한 블랙커피를 두 잔 마실 작정이었다. 커피가 끓길 기다리는 동안 비타민제를 먹고 이를 닦았다. 전에 이곳을 빌린 사람이 아버지의 책상을 계단 아래에 밀어놓았는데, 그 자리에 그냥 두기로 했다. 일을 하기에 생뚱맞은 공간일지 몰라도 묘하게 아늑했다. 거의 자궁 같았다. 집의 작업실에서는 작업을 시작하기 전에 치르는 마지막 의식이 종이 뭉치를 깔끔하게 정리하고 새 종이를 한 부 놓을 수 있게 프린터기 왼편에 빈 공간을 확보하는 것이었지만 이 책상에는 정리할 게 아무것도 없었다.

그는 노트북 전원을 켜고 새 문서를 만들었다. 그 다음 차례도 의식의 일부분이라고 볼 수 있었다. 문서의 이름을 정하고 (비터 리버 1) 포맷을 설정하고 서체를 선택하기. 그는 『언덕 위의 마을』때는 북 안티쿠아 서체를 썼지만 '비터 리버'에서 그걸 쓸 생각은 없었다. 그러면 안 좋은 전철을 밟게 될 것이었다. 만에 하나 정전이 될 경우 올림피아 휴대용 타자기를 써야 할 테니 아메리칸 타이프라이터 서체를 선택했다.

이러면 다 됐을까? 아니다, 한 가지 더 있었다. 그는 자동저장을 클릭했다. 정전이 되더라도 노트북 배터리가 충분히 남아서 파일이 날아갈 가능성은 없었지만 그래도 만전을 기하는 편이 좋았다.

커피가 다 끓었다. 그는 커피를 한 잔 따르고 자리에 앉았다.

정말 이걸 하고 싶어? 정말 이걸 할 생각이야?

양쪽 모두 답은 예스였기에 그는 깜빡이는 커서를 정중앙으로 옮기고 자판을 두드렸다.

1장

그는 엔터키를 누르고 잠깐 동안 미동도 없이 앉아 있었다. 그곳에서 수백 킬로미터 떨어진 남쪽에서는 루시도 현재 회계 업무를 대행하는 고객 정보가 담긴 노트북을 펼쳐놓고 커피 한 잔과 함께 책상 앞에 앉아 있을 것이었다. 잠시 후에 그녀도 자기만의 최면상태로, 글이 아닌 숫자 속으로 돌입하겠지만 지금은 남편 생각을 하고 있었다. 그는 그럴 거라고 장담할 수 있었다. 그를 생각하며 그가…… 앨 스탬퍼가 뭐라고 표현했더라?…… 타고 있는 빨간 트럭의 핸들을 놓치지 않길 바라며, 어쩌면 기도하고 있을 것이었다.

"그럴 일은 없어." 그는 말했다. "이번에는 아마도 받아쓰기에 가까울 거야."

그는 깜빡이는 커서를 조금 더 바라보다 자판을 두드렸다.

여자가 유리를 박살낼 수도 있을 만큼 날카롭게 비명을 질렀을 때 허크는 피아노 연주를 멈추고 뒤를 돌아보았다.

이후로 드류는 모든 걸 잊었다.

12

그는 애초부터 시간표를 짤 때 수업을 늦은 시각에 잡았다. 소설을 쓸 때면 8시부터 작업을 시작하고 싶었기 때문이었다. 하지만 항상 11시까지 책상 앞에 앉아 있어도 10시 30분이 되도록 계속 끙끙대고 있을 때가 많았다. 그는 제임스 조이스에 대해 어디에선가 읽은(아마 허위일 것이다) 이야기가 생각났다. 친구가 조이스의 집에 찾아가 보니 이 유명한 작가가 두 팔에 고개를 묻고, 누가 봐도 비참하게 절망하는 자세로 책상 앞에 앉아 있었다. 친구가 왜 그러냐고 물으니 조이스는 오전 내내 일곱 단어밖에 못 썼다고 말했다. "아, 하지만 제임스, 그거라도 쓴 게 어딘가." 친구가 말하자 조이스는 대답했다. "그럴지도 모르지, 하지만 어느 순서로 놓는 게 좋을지 모르겠단 말이지!"

사실이건 아니건 드류는 그 이야기에 공감할 수 있었다. 마지막 30분의 그 괴로운 시간 동안 그가 느끼는 감정이 대개 그랬다. 더 이상 아무것도 쓸 수 없는 게 아닐까 하는 공포가 자리 잡는 시점이 그때였다. 두말하면 잔소리지만 『언덕 위의 마을』을 작업한 마지막 한 달 동안은 정말이지 매초마다 그런 기분을 느꼈다.

오늘 아침에는 그런 허튼 생각이 전혀 들지 않았다. 그의 머릿속에서, '버펄로 헤드 여관'이라는 담배 연기 자욱하고 등유 냄새가 나는 주점과 곧바로 연결된 문이 열렸고 그는 안으로 들어갔다. 모든 디테일을 눈에 담고 모든 말을 귀에 담았다. 그는 프레스콧이라는 젊은 친구가 45구경(손잡이에 멋들어지게 진주가 박힌 총이었다)의 총구를 댄스홀에서 일하는 아가씨의 턱 아래에 대고 그녀에게 비난을 퍼붓기 시작했을 때 피아노 연주자 허키머 벨라스코의 눈을 통해 거기서 상황을 관망했다. 앤디 프레스콧이 방아쇠를 당겼을 때 아코디언 연주자는 눈을 가렸지만 허키머는 눈을 동그랗게 뜨고 있었고 드류는 모든 것을 보았다. 머리카락과 피가 순식간에 뿜어져 나왔고, 올드 댄디 술병이 총알에 맞아서 박살났고, 그 위스키 병이 세워져 있던 뒤편 유리에 금이 갔다.

드류는 평생 이런 식으로 글을 써본 적이 없었다. 격한 허기를 느끼며 최면에서 깨어나 (아침에 퀘이커 오츠 한 그릇 먹은 게 전부였다) 노트북의 작업표시줄을 보니 오후 2시가 다 됐다. 허리가 아프고 눈이 화끈거렸지만 미칠 듯한 회열이 느껴졌다. 취기와 거의 비슷했다. 그는 원고를 출력하고 (18페이지였다. 젠장, 믿을 수가 없었다) 프린터 트레이에 그냥 두었다. 오늘 저녁에 펜을 들고 다시 한번 훑어볼 테지만(그것 역시 그의 루틴이었다) 수정할 부분이 거의 없으리라는 것을 벌써부터 알 수 있었다. 한두 군데 단어를 빼먹었거나 가끔 의도하지 않게 같은 말을 반복했거나 비유가 너무 심하거나 아니면 너무 약하거나. 그것 말고는 깨끗할 것이었다. 그는 알 수 있었다.

"받아쓰기에 가깝다니까." 그는 중얼거리면서 샌드위치를 만들어 먹으려고 일어났다.

13

이후 사흘 동안 그는 시계처럼 정확하게 루틴을 지켰다. 평생 그 통나무집에서 작업한 사람인가 싶을 정도였다. 적어도 소설 창작 면에서는 그랬다. 그는 7시 30분 정도부터 거의 2시까지 글을 썼다. 그런 다음 점심을 먹었다. 그런 다음 낮잠을 자거나 나가서 전봇대를 세며 길을 걸었다. 저녁에는 장작 난로에 불을 지피고 캔에 든 음식을 핫포인트에 데워 먹은 다음 집으로 전화해 루시와 아이들과 통화했다. 통화가 끝나면 그날 쓴 원고를 퇴고하고 2층 책꽂이에서 고른 책을 읽었다. 잠자기 전에 장작 난로에 물을 축여 불을 끄고 밖으로 나가서 별을 보았다.

이야기가 계속 이어졌다. 프린터 옆에 쌓인 종이 더미가 점점 늘어났다. 커피를 끓이고 비타민을 먹고 이를 닦는 동안 두려움은 없고 오직 기대감뿐이었다. 자리에 앉으면 단어들이 기다리고 있었다. 하루하루가 새로운 선물이 기다리는 크리스마스 같았다. 셋째 날부터 재채기가 상당히 심하게 나고 목이 살짝 까칠해진 것도 거의 알아차리지 못했다.

"요즘 뭐 먹고 있어?" 그날 저녁에 전화했을 때 루시가 물었다. "솔직히 대답하세요, 아저씨."

"내가 들고 온 거. 하지만⋯⋯."

"드류!" 끝을 길게 빼서 드루우우처럼 발음했다.

"내일 일 끝내고 나가서 신선한 것 좀 사올게."

"잘 생각했어. 세인트크리스토퍼에 있는 가게에 가. 거기도 별거 없지만 그 동네의 형편없는 구멍가게보다는 나아."

"알았어." 그렇지만 그는 세인트크리스토퍼까지 다녀올 생각이 전혀 없었다. 왕복 150킬로미터라 거의 해가 진 다음에서야 돌아올 수 있을 것이었다. 그는 전화를 끊고 나서야 그녀에게 거짓말을 했다는 사실을 알아차렸다. 『언덕 위의 마을』을 작업하던 마지막 몇 주, 모든 게 잘못되기 시작했던 그때 이후로 없던 일이었다. 그때는 가끔 *버드나무* 수풀과 풀숲 사이에서 고민하며 지금 쓰고 있는 그 노트북 앞에 20분 동안 앉아 있었다. 둘 다 괜찮아 보였다가도 또 그렇지 않았다. 그는 노트북 위로 몸을 웅크리고 앉아 식은땀을 흘리며 알맞은 표현이 튀어나올 때까지 이마를 때리고 싶은 것을 참았다. 루시가 *걱정된다는* 표정으로 이마를 찡그리며 어떻게 돼가고 있느냐고 물으면 늘 한 마디로, 늘 간단하게 거짓말을 했다. *좋아.*

그는 누우려고 옷을 벗으며 상관없다고 속으로 중얼거렸다. 거짓말이라고 한들 선의의 거짓말이었고 언쟁의 싹이 트기 전에 싹둑 자르는 장치에 불과했다. 부부들은 원래 그랬다. 그것이 결혼생활을 유지하는 비법이었다.

그는 누워서 스탠드를 *끄고* 재채기를 두 번 한 다음 잠이 들었다.

일을 시작한 지 4일째 되던 날 일어나 보니 코가 막히고 목이 살짝 아팠지만 열은 없었다. 그는 감기 기운이 있어도 계속 일을 할 수 있었다. 지금까지 교편을 잡는 동안 숱하게 그래왔고 자신의 근성에 사실 자부심을 느껴왔다. 반면에 루시는 콧물이 비치기만 해도 휴지와 나이퀼 감기약과 잡지를 들고 침대로 직행했다. 드류는 그런 그녀를 한 번도 나무란 적이 없었지만 어머니가 그런 태도를 지칭할 때 썼던 '유난스럽다'는 단어가 종종 생각나는 건 사실이었다. 루시가 1년에 두세 번 감기에 걸릴 때마다 응석을 부릴 수 있었던 건 프리랜서 회계사라 상사가 없기 때문이었다. 그도 안식년 기간에는 원칙적으로는 상사가 없었지만…… 실상은 그렇지가 않았다. 《파리 리뷰》에서 어떤 작가(누구였는지는 기억이 나지 않았다)도 말했던 것처럼 "책을 쓸 때는 책이 상전이다." 속도를 늦추면 꿈을 꾸다가 깨었을 때 그렇듯 이야기가 희미해지기 시작했다.

그는 오전 동안 비터 리버 마을 속에서 지내되 크리넥스를 옆에 두었다. 하루 일을 마쳤을 무렵에는 (또다시 18페이지를 썼고 아주 끝내 줬다) 놀랍게도 크리넥스가 반 통밖에 남지 않았다. 아버지가 쓰던 책상 옆 쓰레기통에 휴지가 잔뜩 쌓여 있었다. 긍정적인 측면도 있었다. 『언덕 위의 마을』로 끙끙댔을 때는 버린 원고가 책상 옆 쓰레기통을 주기적으로 채웠다. 수풀이 좋을까 풀숲이 좋을까? 무스가 좋을까 곰이 좋을까? 태양이 눈부시게 빛났을까 작렬했을까? 비터 리버 마을에서는 그런 허튼 순간이 전혀 없었고 그래서 그는 그곳을 점점 떠나기 싫어졌다.

하지만 떠나야 했다. 이제 남은 게 콘비프 해시와 비파로니 몇 캔뿐이었다. 우유도 오렌지주스도 없었다. 달걀, 햄버거, 닭고기, 냉동식품 대여섯 개를 사야 했다. 목캔디와 루시의 오랜 상비약인 나이퀼도 있으면 좋을 것이었다. 빅 나인티에 이 모든 게 있을지 모르겠다. 없으면 어쩔 수 없이 세인트크리스토퍼까지 다녀와야 했다. 루시에게 한 선의의 거짓말을 진짜로 만들어야 했다.

그는 똥통 구간을 덜커덩거리며 천천히 달려 빅 나인티 앞에 차를 세웠다. 그 무렵에는 재채기에 기침이 더해졌다. 목 상태가 전보다 더 안 좋아졌고 한쪽 귀가 부은 것처럼 느껴졌고 열이 나는 것도 같았다. 그는 알레브나 타이레놀 같은 해열제도 사야겠다고 생각하며 안으로 들어갔다.

로이 드위트는 보이지 않고, 대신 머리는 자주색에 코를 뚫었고 아랫입술에 크롬 징을 박은 말라깽이 아가씨가 카운터를 지키고 있었다. 그녀는 껌을 씹고 있었다. 드류는 오전 작업을 하느라 아직 식지 않은 머리로 (미열 때문에 그런 것일 수도 있었다) 그녀가 시멘트 블록 위에 세워놓은 트레일러하우스로 돌아가면 두세 명의 아이가 기다리고 있는 상상을 했다. 다들 지저분한 얼굴에 집에서 자른 머리를 하고 있고, 막내는 음식 얼룩이 묻었고 엄마의 꼬맹이 몬스터라고 적힌 티셔츠를 입고 축 늘어진 기저귀를 차고 있을 것이다. 비열하고 악의적인 고정관념이자 엄청난 엘리트주의긴 했지만 그렇다고 해서 그게 사실이 아닌 게 되지는 않았다.

드류는 장바구니를 집었다. "신선한 고기나 채소 있나요?"

"냉장고에 햄버거하고 핫도그 있어요. 폭찹도 두어 개 있을지 모르고요. 코울슬로도 있어요."

하긴, 코울슬로도 일종의 채소라 할 수 있겠네. "닭고기는요?"

"없어요. 하지만 달걀은 있어요. 따뜻한 데 두면 한두 개 부화할지 몰라요." 그녀는 자기가 한 농담에 누런 이를 드러내며 웃었다. 이제 보니 껌이 아니었다. 씹는 담배였다.

드류는 바구니 2개를 채웠다. 나이퀼은 없었지만 닥터 킹스 기침 감기약이라는 게 있었고 애너나신과 구디스 가루 진통제가 있었다. 장바구니에 잔뜩 담은 물품 맨 위에 치킨누들 수프(할머니는 이걸 유대인의 페니실린이라고 불렀다) 캔 몇 개와 셰즈 스프레드 마가린 한 통과 빵 두 덩이를 얹었다. 스펀지처럼 생긴 하얀 빵이고 누가 봐도 공장에서 대량 생산된 제품이었지만 찬밥 더운밥 가릴 처지가 아니었다. 조만간 수프와 그릴치즈 샌드위치를 먹을 수 있었다. 목이 아픈 사람에게 좋은 음식이었다.

카운터를 지키는 여자는 담배를 씹으며 바코드를 찍었다. 드류는 입술에 박힌 징이 올라갔다 내려왔다 하는 것을 넋 놓고 바라보았다. 엄마의 꼬맹이 몬스터는 몇 살 때 저런 걸 하게 될까? 열다섯 살? 아니면 열한 살? 그는 이러면 엘리트주의자가 된다고, 사실상 재수 없는 엘리트주의자가 된다고 자신을 나무랐지만 흥분을 가라앉히지 못한 머리가 그래도 계속 꼬리에 꼬리를 물고 연상 작용을 일으켰다. 월마트를 찾아주신 여러분, 환영합니다. 아기들을 생각하는 팸퍼스. 나는 스콜 링(무연 담배 브랜드인 스콜 깡통을 청바지 뒷주머니에 넣고 다니다 보면 생기는 하얀 고리 모양의 자국—옮긴이) 찍힌 남자가 좋더라. 하루하루가 패션 다이어리의 한 페이지. 그녀를 가두자 그녀를…….

"백팔십칠 달러요." 그녀의 말에 그의 생각의 흐름이 끊겼다.

"헐, 진짜예요?"

그녀는 다시 보지 않아도 전혀 아쉽지 않을 이를 드러내며 웃었다. "이런 깡촌에서 장을 보려면 그 정도는 각오해야죠. 성함이…… 라슨 씨 맞죠?"

"맞아요. 드류 라슨."

"라슨 씨, 이런 깡촌에서 장을 보려면 그 정도는 각오해야죠."

"로이는 오늘 어디 갔어요?"

그녀는 눈을 부라렸다. "아빠는 저기 세인트크리스토퍼 병원에 입원했어요. 독감에 걸렸는데 남자답게 극복한다며 병원에 안 가고 버티다 폐렴으로 발전해서. 내가 아빠 가게를 맡는 동안 여동생이 내 애들을 보고 있는데 싫어서 죽으려고 해요."

"그것 참 안타까운 소식이네요." 사실 그는 로이 드위트가 이렇게 되나 저렇게 되나 상관없었다. 그의 관심사는, 그가 생각하고 있는 것은 드위트의 콧물이 엉긴 반다나였다. 그리고 그가 그 반다나를 만졌던 손을 잡고 악수를 했다는 것이었다.

"나만큼 안타깝겠어요? 주말 동안 폭풍이 온다니 내일 정신없게 생겼다고요." 그녀는 두 손가락을 벌려 그의 장바구니를 가리켰다. "현금으로 계산할 수 있죠? 카드 기계가 고장 났는데 아빠가 고치는 걸 계속 깜빡해서요."

"그럴게요. 무슨 폭풍이요?"

"리비에르 뒤 루프에서는 강한 북풍이라고 하던데. 퀘벡 방송국에서는요." 그녀는 퀘벡을 *콰-벡*이라고 발음했다. "비바람이 심할 거라고. 모레 온댔어요. 지금 거기 똥통 구간에서 지내고 있죠?"

"네."

"앞으로 한 달 동안 거기 붙잡혀 있기 싫으면 먹을 거랑 짐 챙겨 들고 남쪽으로 돌아가세요."

드류는 이런 태도에 익숙했다. 여기 이 TR에서는 메인 원주민이라도 상관없었다. 아루스툭 카운티 출신이 아니면 가문비나무와 소나무도 구분 못 하는 약해 빠진 평지인으로 간주했다. 그리고 오거스타 이남에 살면 그냥 여느 매사추세츠 개차반과 다를 바 없었다.

"나는 괜찮을 거예요." 그는 지갑을 꺼내며 말했다. "바닷가에 살아서 북동풍이라면 겪을 만큼 겪었거든요."

그녀는 동정인가 싶은 눈빛으로 그를 쳐다보았다. "지금 북동풍 얘기가 아니에요, 라슨 씨. 북풍이라니까요. 북극권에서 캐나다를 관통해 똑바로 불어오는 거예요. 기온이 뚝 떨어질 거라고 해요. 십팔 도는 이제 끝나고 삼 도가 될 거라고요. 그보다 더 떨어질 수도 있대요. 그러면 진눈깨비가 시속 오십 킬로미터 속도로 가로로 흩날릴 테고. 그 똥통 구간에 갇혀서 거기서 옴짝달싹도 못 하게 된다고요."

"나는 괜찮을 거예요." 드류는 말했다. "아마……." 그는 말을 하다 말고 멈추었다. *아마도 받아쓰기에 가까울 거라고* 말하려고 했던 것이다.

"아마 뭐요?"

"별일 없을 거라고요."

"그러길 바라는 게 좋을 거예요."

15

드류는 통나무집으로 돌아가는 길에(태양이 눈을 찌르자 두통도 수반됐다) 콧물 묻은 반다나에 대해 생각했다. 그리고 로이 드위트가 남자답게 극복하려다 병원 신세를 지게 된 것도.

그는 빨갛고 축축한 눈을 백미러로 흘끗 확인했다. "빌어먹을 독감은 걸리지 *않을* 테다. 한창 잘나가고 있을 때 그건 안 될 말씀이지." 좋다. 하지만 그는 도대체 왜 세균이 득시글거렸을 게 분명했던 그 개자식의 손을 잡고 악수했을까? 현미경이 없어도 알 수 있을 만큼 뻔했는데. 게다가 왜 화장실이 어디 있느냐고 물어서 손을 씻지 않았을까? 젠장, 손을 씻는 게 얼마나 중요한지는 그의 *아이*들도 알았다. 그가 직접 가르쳤다.

"빌어먹을 독감은 걸리지 *않을* 테다." 그는 했던 말을 반복하고 선바이저를 내려 햇빛을 막았다. 태양이 계속 눈을 찌르고 있었다.

눈을 찌르다? 아니면 눈에 꽂히다? *꽂히다*가 나을까? 아니면 그건 너무 센가?

그는 이런 고민을 하며 통나무집으로 돌아갔다. 장 본 물건을 안으로 들고 들어가 보니 자동응답기가 깜빡이고 있었다. 루시였고 돌아오는 대로 전화해달라고 했다. 그녀가 어깨 너머로 계속 들여다보는 듯한 기분에 짜증이 다시 치밀었지만 생각해보니 그의 문제로 연락한 게 아닐 수 있었다. 모든 게 그를 중심으로 돌아가는 건 아니었다. 아이가 아프거나 사고가 났을 수도 있었다.

그는 전화했고 오랜만에, 아마도 『언덕 위의 마을』 이후 처음으로 그녀와 싸웠다. 아이들은 어리고 돈은 쪼들렸던 결혼 초기만큼은 아니었지만(그때는 특수 상황이었다) 그래도 심하게 싸웠다. 그녀도 폭풍 소식을(웨더 채널 중독자였으니 그럴 수밖에 없었다) 들었기 때문에 그가 짐을 싸서 돌아와주길 바랐다.

드류는 좋지 않은 생각이라고 말했다. 사실상 끔찍한 생각이었다. 그는 훌륭한 작업 리듬을 만들어놓았고 환상적인 결과를 거두고 있었다. 그 리듬이 하루 깨진다고 해서 (보아하니 이틀 아니면 사흘 동안 깨질 수도 있는 상황이었다) 책에 문제가 생기지는 않을지 몰라도 작업 환경이 달라지면 그럴 수 있었다. 그 오랜 세월 동안 겪었으니 적어도 그에게는 창작이 얼마나 예민한 문제인지 그녀가 이해할 줄 알았더니 아닌 모양이었다.

"이게 얼마나 무시무시한 폭풍인지 왜 이해를 못 해? 뉴스 안 봤어?"

"응." 그러고는 별 이유 없이 (이제 막 그녀에게 양심이 생긴 게 아닌 이상) 거짓말을 했다. "전파가 안 잡히거든. 안테나가 고장 났어."

"무시무시할 거래, 북쪽의 국경 근처 작은 마을들은 더 심하고. 혹시 모르나 본데, *당신이* 있는 데가 거기잖아. 바람 때문에 광범위한 지역에서 정전이 될 거라고 하고⋯⋯."

"아버지의 타자기를 들고⋯⋯."

"드류, 내 말 좀 끝까지 들어줄래? 이번 한 번만이라도?"

그는 지끈거리는 머리와 쑤시는 목을 달래며 잠자코 있었다. 그 순간만큼은 아내가 별로 마음에 들지 않았다. 당연히 사랑했고 앞으로도 영원히 그럴 테지만 마음에 들지는 않았다. *이제 고맙다고 하겠지.* 그는 생각했다.

"고마워." 그녀가 말했다. "당신이 아버님 타자기 들고 간 거 알지만 며칠 동안, 어쩌면 그보다 더 오랫동안 촛불에 차가운 음식으로 연명해야 할지 몰라."

장작 난로에 데워먹으면 돼. 그는 이렇게 얘기하고 싶어서 입이 근질거렸지만 또다시 그녀의 말허리를 잘랐다가는 다른 데로 불똥이 튀어서 자길 무시한다는 둥 어쩌고저쩌고 구시렁구시렁할 게 뻔했다.

"장작 난로에 데워먹으면 되긴 하겠지." 그녀는 아까보다 조금 이성적인 투로 말했다. "하지만 예보된 것처럼 바람이 세게 불면, 강풍 급이 계속 유지되고 허리케인급의 돌풍이 불 거래, 나무들이 많이 쓰러져서 당신은 거기 갇히게 될 거야."

어차피 여기서 지낼 생각이었는걸. 그는 생각했지만 이번에도 입을 다물었다.

"어차피 이삼 주 동안 거기서 지낼 생각이었다는 거 알아." 그녀는 말했다. "하지만 쓰러진 나무 때문에 지붕에 구멍이 날 수도 있고 그럼 전화선이 끊겨서 당신은 고립될 거야! 당신한테 무슨 일이 생기면 어쩌려고?"

"아무 일도……."

"그럴지 모르지. 하지만 *우리한테* 무슨 일이 생기면?"

"그럼 당신이 처리하면 되지." 그는 말했다. "당신이 그걸 감당하지 못할 거라고 생각했다면 애초에 이 멀고 외진 곳으로 오지도 않았을 거야. 그리고 처제도 있잖아. 게다가 일기예보는 과장되기 일쑤야. 가랑눈이 십오 센티미터 쌓이는 걸 역대급 폭풍으로 둔갑시키잖아. 시청률 때문에. 이번에도 그럴 거야. 두고 봐."

"맨스플레인 고마워." 루시는 말했다. 목소리가 밋밋했다.

이로써 그들은 급소에 다다랐다. 목이 아프고 코가 막히고 귀가 욱신거리는 지금 같은 상황에서 특히나 피하고 싶었던 지점이었다. 거기다 머리는 또 어떤가. 그가 아주 융통성 있게 대처하지 못하면 그들은 누가 더 잘났느냐를 놓고 옥신각신하는 유서 깊은('악명 높은'이라고 해야 더 정확하려나?) 진흙탕 속으로 빨려들어갈 것이었다. 거기서부터 그들은, 아니 *그녀는* 화제를 가부장 사회의 폐해로 돌릴 수 있을 것이었다. 그건 루시가 한도 끝도 없이 성토할 수 있는 주제였다.

"내가 무슨 생각하는지 알아, 드류? 남자들은 '당신도 알다시피'라는 표현을 남발하는데 그건 사실 '나는 알지만 당신은 *머리가 달려서 모르잖아. 그러니까 이 몸께서 친히 설명을 해야겠어.*'라는 뜻이라고."

그는 한숨을 쉬었다가 한숨이 기침으로 변할 조짐을 보이자 꾹 참았다. "그래? 당신 정말 이 얘기 시작하고 싶어?"

"드류…… *이미* 시작됐어."

아주 단순한 수업조차 따라오지 못하는 머리가 모자란 아이 대하듯 피곤해하는 그녀의 말투에 그의 분노가 폭발했다. "좋아, 이 몸께서 조금 더 친히 설명을 할게, 루시. 나는 성인이 된 이후로 거의 대부분의 시간 동안 장편소설을 써보려 하고 있어. 왜 그러는지 이유를 알고 있을까? 아니. 내 삶에서 빠진 한 조각이라는 것만 알고 있을 뿐이야. *나는 이 일을 해야 하고 또 하고 있어.* 이건 아주, 아주 중요한 일이야. 당신은 지금 나더러 그걸 저버리라고 하고 있는 거야."

"나랑 애들만큼 중요해?"

"당연히 아니지. 하지만 꼭 둘 중 하나를 선택해야 해?"

"내가 보기에는 둘 중 하나를 선택해야 하는 상황이고 당신은 이미 선택한 것 같은데."

그가 웃음을 터뜨리자 웃음이 기침으로 바뀌었다. "너무 멜로드라마틱한 거 아니야?"

그녀는 더 이상 그 부분에 대해 추궁하지 않았다. 다른 추궁할 거리가 있었기 때문이었다. "드류, 괜찮아? 어디 아픈 거 아니지?"

그의 머릿속에서 입술에 징을 박은 말라깽이 여자가 이렇게 얘기하는 소리가 들렸다. *남자답게 극복한다며 버티다 폐렴으로 발전해서.*

"아니야." 그는 말했다. "알레르기 때문이야."

"그래도 돌아오는 거 한 번만 고민해줄래? 고민만이라도?"

"알았어." 또다시 거짓말이었다. 그는 이미 고민을 끝냈다.

"저녁에 전화해, 알았지? 애들이랑 통화해."

"당신하고도 통화할 수 있을까? 내가 맨스플레인 안 하겠다고 약속하면?"

그녀는 웃었다. 사실 피식한 수준이었지만 그래도 좋은 징조였다. "알았어."

"사랑해, 루시."

"나도 사랑해." 그녀가 답했다. 그는 전화를 끊으며 그녀의 감정도 그와 별반 다르지 않을 거라는 깨달음을 얻었다. 영어를 가르치는 선생들은 에피파니라고 즐겨 표현하는 순간이었다. 그렇다, 그녀는 그를 사랑했다, 그건 분명했다. 하지만 10월 초의 이날 오후에는 그를 별로 마음에 들어 하지 않았다.

그는 그것 또한 확신했다.

16

라벨에 따르면 닥터 킹스 기침감기약은 알코올 함량이 26퍼센트였지만 병째로 크게 한 모금 마시자 눈에 눈물이 고이고 심하게 기침이 터졌다. 제조업체에서 알코올 함량을 속인 게 아닌가 싶었다. 커피 브랜디, 살구 슈냅스, 파이어볼 닙스가 진열된 빅 나인티의 주류 코너가 아니라 다른 코너에 진열할 수 있도록 말이다. 하지만 코가 아주 제대로 뚫렸고 그날 저녁에 브랜던과 통화했을 때 아이는 수상한 낌새를 전혀 느끼지 못했다. 괜찮으냐고 물은 쪽은 스테이시였다. 그는 알레르기라고 말하고 루시가 전화기를 돌려받았을 때 그녀에게도 같은 거짓말을 했다. 적어도 오늘 저녁에는 그녀와 옥신각신하지 않았다. 그녀의 말투에서 너무나 익숙한 냉기가 느껴졌을 따름이었다.

집 밖에서도 냉기가 느껴졌다. 인디언섬머도 끝난 모양이었다. 갑자기 오한이 들자 그는 장작 난로에 불을 넉넉히 땠다. 아버지의 흔들의자를 그 앞에 대고 앉아서 닥터 킹스 시럽을 한 모금 더 마시고 존 D. 맥도널드의 고전을 읽었다. 앞쪽의 판권면을 보니 맥도널드는 60~70권의 책을 집필한 모양이었다. 알맞은 단어나 문장을 찾는 데 아무 문제가 없었던 모양이었고 말년에는 심지어 평단에서도 호평을 받았다. 운이 좋기도 하지.

드류는 두어 장 읽고 잠자리에 들며 내일 아침에는 감기가 좀 나아져 있길, 기침 시럽 때문에 숙취에 시달리지는 않길 바랐다. 잠자리가 뒤숭숭하고 꿈자리가 사나웠다. 다음 날 아침에는 무슨 꿈을 꾸었는지 거의 기억하지 못했다. 양쪽으로 문이 끝없이 이어지는 복도에 서 있는 꿈을 꾸었다는 것만 알 수 있을 따름이었다. 그중 하나가 밖으로 나가는 문인 게 분명했는데 어느 문을 열어봐야 할지 결정할 수가 없어 고민하다 깨어서는 터질 듯한 방광과 욱신거리는 관절을 달래며 일어나 춥고 맑은 아침을 맞았다. 그는 갤러리 끝에 달린 화장실로 가며 로이 드위트와 콧물 묻은 반다나를 저주했다.

17

아직 열이 있었지만 어제보다는 떨어진 느낌이었고 구디스 가루 진통제와 닥터 킹스의 조합으로 다른 증상이 완화됐다. 작업은 비교적 잘 끝났다. 오늘은 18페이지가 아니라 10페이지였지만 그래도 그로서는 놀라운 수준이었다. 가끔 쓰던 걸 멈추고 알맞은 단어나 문장을 고민해야 했지만 세균이 온몸을 휘젓고 다녀서 그런가 보다 했다. 그리고 그 단어와 문장도 몇 초 기다리면 항상 떠올라 깔끔하게 제자리를 찾아갔다.

이야기는 잘 진행되고 있었다. 짐 애브릴 보안관이 살인범을 철창에 가뒀지만 앤디 프레스콧의 돈 많은 목장주 아버지가 특별히 대절한 자정 열차를 타고 무장폭력단이 들이닥쳐 마을을 포위했다. 『언덕 위의 마을』때와 다르게 이 책은 등장인물이나 상황보다 플롯 위주였다. 처음에 드류는 그래서 살짝 걱정이 됐다. 그는 교사이자 독자로서(그 둘이 서로 같지는 않지만 분명 사촌지간은 됐다) 스토리보다 주제, 표현, 상징에 집중하는 성향이 있었지만 퍼즐 조각들이 거의 자기들 스스로 제자리로 이동하는 느낌이었다. 무엇보다 애브릴과 젊은 프레스콧 사이에서 묘한 유대감이 싹트기 시작하며 자정 열차처럼 스토리에 뜻밖의 울림을 부여했다.

그는 오후 산책에 나서는 대신 TV를 켰고 다이렉TV 온스크린 가이드를 한참 뒤진 끝에 웨더 채널을 찾아냈다. 다른 때 같았으면 이 촌구석에 무슨 프로그램이 이렇게 많이 나오느냐며 재밌어했겠지만 오늘은 아니었다. 노트북 앞에 오랫동안 앉아 있었더니 기운이 나는 게 아니라 속에 거의 아무것도 남지 않을 만큼 진이 빠졌다. 도대체 왜 드위트와 악수를 했을까? 물론 예의를 지키느라 그랬다는 건 이해가 되지만 도대체 왜 그런 다음 손을 씻지 않았을까?

어쩐 익숙한 상황이네. 그는 생각했다.

그랬다. 그 증상이 또 시작돼 그를 갉아먹고 있었다. 마지막으로 장편소설을 시도했다가 파국으로 끝났을 때가 얼핏 떠올랐다. 루시가 잠든 뒤에도 한참 동안 뜬눈으로 누워서 그날 간신히 쓴 몇 문단을 해체하고 재구성하며 피가 날 때까지 원고를 쑤셨던 그때가.

그만. 그건 지나간 일이야. 이건 지금이고. 빌어먹을 일기예보나 봐.

하지만 이건 일기예보가 아니었다. 보도가 이보다 더 시시콜콜할 수가 없었다. 이건 파멸과 암울로 얼룩진 오페라였다. 드류는 기상 덕후들만 모여 있는 것처럼 보이는 웨더 채널에 아내가 왜 그렇게 열광하는지 이해할 수가 없었다. 기상 덕후들만 모여 있다는 것을 증명이라도 하듯 그들은 이제 허리케인도 아닌 폭풍에까지 이름을 부여했다. 가게 점원이 경고했고 아내가 걱정돼서 어쩔 줄 몰라 하는 그 폭풍의 별명이 피에르였다. 그보다 더 폭풍에 안 어울리는 이름이 있을지 드류로서는 상상이 되지 않았다. 캐나다 서스캐처원에서 북동쪽 경로를 따라 급강하 중이었고(그러니까 입술에 징을 박은 여자 말이 헛소리였다. 북동풍이 맞았다) 내일 오후나 저녁때 TR-90에 상륙할 예정이었다. 풍속은 시속 65킬로미터, 최대 풍속은 무려 100킬로미터였다.

"이 정도면 양호한 거 아닌가 생각하실 수도 있을 텐데요." 현재 마이크를 잡은 기상 덕후는 유행에 걸맞게 수염을 거뭇거뭇하게 기른 젊은 남자였다. 그걸 보고 있으려니 드류의 눈이 아팠다. 거뭇 씨는 피에르 대참사를 노래하는 시인이었다. 약강 5보격(셰익스피어가 애용했던 운율로 10개의 음절을 약과 강이 5번 반복되도록 배치하는 것—옮긴이)은 아니었지만 비슷했다. "기억하셔야 할 게 뭔가 하면 이 전선이 상륙하는 순간 기온이 *급격하게* 떨어진다는 겁니다. 곤두박질 수준으로요. 비가 *진눈깨비*로 바뀔 수 있고 뉴잉글랜드 북부의 운전자들은 빙판길 블랙아이스의 가능성도 염두에 두셔야겠습니다."

어쩌면 집으로 돌아가야 할지 모르겠군. 드류는 생각했다.

하지만 책만 그의 발목을 잡고 있는 게 아니었다. 오늘처럼 기운 없는 날 똥통 구간을 한참 달릴 생각만 해도 피로가 몰려왔다. 그 구간을 지나 문명 비슷한 곳에 진입했을 때 알코올이 들어간 감기약을 홀짝이며 95번 고속도로를 달려야 할까?

"하지만 중요한 건 뭔가 하면." 거뭇한 수염의 기상 덕후는 말을 이었다. "이 친구가 동쪽에서 다가오는 고기압 *마루*와 만날 예정이라는 겁니다. 아주 *이례적인* 현상인데요, 그래서 *보스턴* 이북의 주민들이 그 옛날 양키들이 *사흘간의 폭풍*(어니스트 헤밍웨이가 쓴 단편 제목이다—옮긴이)이라고 부른 기상 사태를 경험할 수 있을 겁니다."

이거나 먹어라. 드류는 자기 사타구니를 잡았다.

나중에 그가 낮잠을 자려 했지만 이리저리 뒤척이기만 하고 말았을 때 루시에게 전화가 왔다. "아저씨, 내 말 좀 들어봐요." 그는 그녀에게 그런 식으로 불리는 게 싫었다. 꼭 손톱으로 칠판을 긁는 느낌이었다. "예보가 점점 심각해지고 있어. 집으로 돌아와야 해."

"루시, 이건 우리 아빠가 바람 모자라고 불렀던 폭풍일 뿐이야. 핵전쟁이 아니라고."

"아직 기회가 있을 때 돌아와."

그는 이런 대화도 지긋지긋했고 그녀도 지긋지긋했다. "아니. 난 여기 있어야겠어."

"이런 바보 같으니라고." 그녀는 말을 마치자마자 먼저 전화를 끊었다. 그가 기억하기로는 처음 있는 일이었다.

18

드류는 다음 날 아침에 일어나자마자 웨더 채널을 틀었다. '개가 그 토한 것을 도로 먹는 것같이 미련한 자는 그 미련한 것을 거듭 행하느니라'라는 성경 구절이 떠올랐다.

그가 바랐던 것은 가을 폭풍 피에르가 경로를 바꿨다는 보도였다. 하지만 아니었다. 그의 감기도 경로를 바꾸지 않았다. 나빠진 것 같지는 않았지만 좋아진 것 같지도 않았다. 그는 루시에게 전화를 걸었지만 음성사서함으로 넘어갔다. 그녀가 볼일을 보고 있는 것일 수도 있었다. 그와 통화하기 싫은 것일 수도 있었다. 어느 쪽이든 드류로서는 상관없었다. 그녀는 그에게 잔뜩 화가 났지만 풀릴 것이다. 폭풍 때문에 15년의 결혼 생활을 내팽개치는 사람은 없지 않을까? 특히 이름이 피에르인 폭풍 때문에 그럴 일은 없을 것이다.

드류는 달걀 두 개로 스크램블드에그를 만들어 꾸역꾸역 먹다가 뱃속에서 더 쑤셔넣으면 강제로 분출할 수 있다고 경고하기에 절반을 남겼다. 그는 접시를 긁어 남은 음식을 쓰레기통에 버리고 노트북 앞에 앉아서 최근 문서(비터 리버 3)를 열었다. 맨 마지막으로 스크롤을 내리고 깜빡이는 커서 아래의 하얀 공간을 바라보며 그곳을 채우기 시작했다. 처음 1시간 동안은 잘 진행됐지만 그 뒤부터 문제가 생겼다. 발단은 애브릴 보안관과 3명의 부관이 비터 리버 유치장 앞에 두고 앉은 흔들의자였다.

그들은 마을 주민들과 딕 프레스콧이 동원한 무장폭력단 쪽에서 그들을 훤히 볼 수 있는 유치장 앞에 앉아 있어야 했다. 애브릴이 그를 저지하려는 건장한 주민들 면전에서 프레스콧의 아들을 마을 밖으로 빼돌리는 깜찍한 작전의 기본 전제가 그것이기 때문이었다. 보안관실의 병력, 그중에서도 특히 프레스콧의 아들과 키와 체격이 비슷한 캘 헌트라는 부관은 그들 앞에 반드시 모습이 보여야 했다.

헌트는 알록달록한 멕시코 세라피(멕시코 지방에서 남자가 어깨에 걸치는 기하학적인 무늬의 모포 —옮긴이)를 입고 은색 콘초가 달린 카우보이모자를 쓰고 있었다. 그 모자의 어마어마한 챙으로 얼굴을 가렸다. 그게 핵심이었다. 세라피와 모자는 헌트 부관의 것이 아니었다. 그는 그런 모자를 쓰고 있으려니 바보가 된 기분이라고 했다. 애브릴 보안관은 상관하지 않았다. 그는 프레스콧이 동원한 사람들이 그걸 입은 남자가 아니라 옷을 봐주길 바랐다.

모두 매끄러웠다. 훌륭한 스토리텔링이었다. 그런데 여기서 문제가 생겼다.

"좋아." 애브릴 보안관이 부관들에게 말했다. "이제 저녁 공기를 쐬러 나갈 시간이 됐군. 모두에게 우리를 보일 시간이. 행크, 그 술병 들고 와. 멍청한 보안관이 그보다 더 멍청한 부관들과 함께 술에 취하는 광경을 지붕 위의 저 친구들이 똑똑히 보아야 하니까.

"저 이 모자 꼭 쓰고 있어야 합니까?" 캘 헌트는 거의 않는 소리를 냈다. "이 굴욕을 절대 지울 수 없을 거예요!"

"오늘밤을 무사히 넘길 걱정이나 해." 애브릴은 말했다. "자, 이제 나가볼까? 이 흔들의자를 밖으로 들고 나가서

이 지점에서 드류는 3개의 흔들의자가 있는 손바닥만 한 비터 리버 보안관실의 이미지가 떠올라 그대로 얼어붙었다. 아니, 애브릴 것까지 더하면 흔들의자가 *4개*였다. 그것이 스테슨 캘 헌트가 쓰고 있는, 얼굴을 덮는 카우보이모자보다 더 터무니없었다. 흔들의자 4개면 보안관실이 꽉 찰 것이기 때문이었다. 아무리 비터 리버 같은 서부의 작은 마을이라도 흔들의자라는 발상 *자체*가 보안관실이라는 이미지와 어울리지 않았다. 사람들이 보고 웃을 것이다. 드류는 이 문장을 대부분 삭제하고 남은 걸 보았다.

밖으로 들고 나가서

뭘 밖으로 들고 나간다고 할까? 그냥 의자? 보안관실에 의자가 4개나 있을까? 그럴 것 같지 않았다. "빌어먹을 대기실도 없을 텐데." 드류는 말하고 이마를 훔쳤다. "그런⋯⋯." 갑작스럽게 재채기가 터지자 그가 입을 가릴 겨를도 없이 노트북 화면 위로 고운 비말처럼 침이 뿜어져 나와 단어들이 일그러져 보였다.

"쌍! 에이씨, 쌍!"

그는 휴지를 뽑아 화면을 닦으려고 했지만 크리넥스 상자가 빈곽이었다. 그는 대신 행주를 들고 왔고 화면을 다 닦고 보니 축축한 행주가 로이 드위트의 반다나와 많이 닮은 것 같았다. 콧물 범벅이었던 그 반다나와 말이다.

밖으로 들고 나가서

열이 더 심해졌나? 드류는 몸이 점점 뜨겁게 느껴지는 (머리도 점점 더 지끈거리는) 이유가 이 바보 같은 흔들의자 문제를 해결해야 한다는 압박감 때문이라고 생각하고 계속 작업을 강행하고 싶었지만 아무리 봐도⋯⋯.

이번에는 재채기가 터지기 전에 가까스로 고개를 돌릴 수 있었다. 이번에는 대여섯 번 재채기를 했다. 재채기를 할 때마다 부비강이 불룩해지는 게 느껴지는 듯했다. 꼭 공기를 너무 많이 넣은 타이어 같았다. 목이 욱신거렸고 귀도 마찬가지였다.

밖으로 들고 나가서

그때 퍼뜩 생각이 났다. 벤치! 보안관실에는 용무가 있어서 온 사람들이 앉아서 기다릴 수 있는 벤치가 있을지 몰랐다. 그는 씩 웃으며 자신을 향해 엄지손가락을 들어보였다. 몸이 아프거나 말거나 퍼즐 조각들이 계속 제자리를 찾아가고 있었고 그건 놀라운 현상이 아니었다. 창의력은 육체적인 질병과 상관없이 자기만의 깨끗한 회로를 따라 움직이는 듯했다. 플래너리 오코너는 루푸스를 앓았다. 스탠리 엘킨은 다발성 경화증을 앓았다. 표도르 도스토옙스키는 간질을 앓았고 옥타비아 버틀러는 난독증으로 고생했다. 조금 심한 감기를, 설령 독감이라 해도 이런 병들과 비교할 수 있을까? 그는 이겨낼 수 있었다. 벤치가 그 증거였고 벤치야말로 기발한 해법이었다.

"이 벤치를 밖으로 들고 나가서 술이나 마시자고."

"하지만 진짜로 마시는 건 아니죠, 보안관님?" 제프 레너드가 물었다. 그에게 작전을 꼼꼼히 설명해주었지만 제프는 샹들리에에 달린 전구 중에서 가장 밝은 전구는

샹들리에에 달린 가장 밝은 전구? 맙소사, 그건 시대착오적인 비유였다. 전구 부분은 그랬다. 1880년대에는 전구가 없었다. 하지만 그 당시에 샹들리에는 분명 *있었을* 것이다. 술집에도 달린 것으로 설정됐다! 인터넷에 접속할 수 있다면 예전에는 샹들리에가 어떤 식이었는지 찾아볼 수 있을 텐데 인터넷 접속이 되지 않았다. 있는 거라고는 200개의 TV 채널뿐이고 그마저도 대부분 쓰레기였다.

다른 데 비유하는 편이 낫겠다. 그게 비유이긴 했을까? 드류로서는 장담할 수 없었다. 그냥 비교였을지도 모르겠다…… *어떤 것에 비교하기.* 아니다, 비유였다. 그는 자신할 수 있었다. 거의.

신경 쓸 필요 없었다. 중요한 문제도 아닌데다 이건 학교 시험도 아니고 책, 그것도 그의 책이었으니 다시 글을 쓰는 데 집중해야겠다. 거기에 계속 초점을 맞춰야겠다.

그 밭에서 가장 잘 익은 멜론? 경주에서 가장 빠른 말? 아니다, 전부 끔찍했다. 하지만…….

바로 그때 퍼뜩 떠올랐다. 요술처럼! 그는 허리를 숙이고 얼른 자판을 두드렸다.

그에게 작전을 꼼꼼히 설명해주었지만 제프는 한 반에서 제일 똑똑한 아이는 아니었다.

드류는 만족스러워하며 (비교적 만족스럽다고 해야 할까) 자리에서 일어나 닥터 킹스 시럽을 한 모금 마시고 물로 입가심했다. 입안에 남았던 콧물과 감기약의 끈적끈적한 조합을 씻어냈다.

예전하고 비슷하네.『언덕 위의 마을』때도 이랬잖아.

그는 아니라고, 이번에는 전혀 다르다고, 창의력의 회로가 깨끗하지 않은 이유는 열이 나기 때문이라고, 보아하니 상당히 고열인 것 같은데 이게 다 그 반다나를 만졌기 때문이라고 속으로 중얼거렸다.

아니야, 그의 손을 만졌기 때문이지. 반다나를 만진 손을 만졌기

때문이지.

"반다나를 만진 손을 만졌다, 맞아."

그는 차가운 물을 틀어 얼굴에 끼얹었다. 그러자 기운이 좀 났다. 그는 구디스 가루 진통제를 물에 타서 마신 다음 현관으로 가서 문을 활짝 열었다. 어미 무스가 있을 거라고 워낙 확신했기 때문에 비품창고 옆에 서 있는 무스를 실제로 본 줄 알았지만(고열 덕분이었다) 산들바람에 움직인 그림자였다.

그는 심호흡을 몇 번 했다. *좋은 공기를 마시고 나쁜 공기는 내보내고. 그와 악수를 하다니 내가 미쳤던 거지.*

드류는 다시 안으로 들어가 노트북 앞에 앉았다. 계속 일을 하는 것이 미련한 선택처럼 느껴졌지만 계속 일을 하지 않는 것은 더 미련한 선택인 것 같았다. 그래서 그는 돛을 가득 부풀려 그를 여기까지 데려다준 바람을 다시 잡으려고 애를 쓰며 작업을 시작했다. 처음에는 잘 되는 것 같았지만 점심 무렵이 되자 (뭘 먹고 싶은 생각도 없었다) 돛이 축 늘어졌다. 몸이 안 좋아서 그런 것일 수 있었지만 그래도 예전과 너무 비슷했다.

단어가 생각이 나지 않아.

그는 루시에게도 이렇게 말했고 앨 스탬퍼에게도 이렇게 말했지만 사실은 그게 아니었다. 그들이 그걸 작가들에게 찾아오는 슬럼프로 간주할 수 있게, 그가 결국에는 극복할 수 있는 문제라고 생각할 수 있게 그렇게 둘러댄 거였다. 아니면 저절로 없어질 문제라고. 하지만 실은 정반대였다. 실은 생각나는 단어가 너무 많았다. 수풀이 좋을까 아니면 풀숲이 좋을까? 태양이 눈부시게 빛났을까 아니

544

면 작렬했을까? 아니면 노려보았을까? 어떤 사람은 눈이 움푹 들어갔을까 아니면 꺼졌을까? 움푹이라는 수식어를 '꺼졌다'에도 쓰면 어떨까?

그는 1시에 노트북을 껐다. 2페이지를 썼고 3년 전에 하마터면 살던 집을 태울 뻔했던 그 신경과민 노이로제 환자로 돌아가고 있는 듯한 느낌을 점점 더 떨쳐버릴 수가 없었다. 흔들의자냐 벤치냐와 같은 사소한 부분은 그냥 지나가라고, 스토리에 몸을 맡기라고 자신을 설득할 수도 있었지만 화면을 보면 모든 단어를 잘못 쓴 것처럼 느껴졌다. 보이지만 않을 뿐, 모든 단어의 뒤에 더 나은 선택지가 숨겨져 있는 것처럼 느껴졌다.

그가 치매에 걸린 것일 수도 있을까? 과연 그게 가능한 얘길까?

"바보 같은 소리 하지 마." 그는 튀어나온 자신의 목소리에 경악했다. 심하게 코맹맹이인데다 쉰 목소리였다. 조만간 아예 목소리가 나오지 않게 생겼다. 대화할 상대가 있는 건 아니었지만.

냉큼 집으로 돌아가. 가면 아내와 아이들과 얘기할 수도 있잖아.

하지만 그랬다가는 이 책이 날아갈 것이었다. 그럴 거라는 걸 그의 이름만큼이나 확실히 알 수 있었다. 펠머스로 돌아가 사오일 뒤에 몸이 좀 괜찮아져서 '비터 리버' 파일을 열면 다른 사람이 쓴 원고 같고, 어떤 식으로 끝내면 좋을지 전혀 모르겠는 낯선 이야기로 보일 것이다. 지금 떠나는 것은 어쩌면 두 번 다시 받지 못할 값진 선물을 내동댕이치는 거나 다름없을 것이다.

남자답게 극복한다며 버티다 폐렴으로 발전해서. 로이 드위트의 딸은 이렇게 말했지만 그 안에 담긴 뜻은 *바보 같은 짓을 저지르다*

그렇게 됐다는 것이었다. 그도 똑같은 짓을 저지르게 될까?

여자냐 호랑이냐(프랭크 R. 스톡턴의 책 제목으로 이러지도 저러지도 못하는 딜레마를 상징한다 — 옮긴이). 책이냐 목숨이냐. 선택이 꼭 그렇게 삭막하고 멜로드라마 같아야 할까? 분명 그런 건 아니겠지만 그가 5킬로그램짜리 가방에 10킬로그램의 똥을 담은 느낌이라는 것만큼은 의심의 여지가 없었다.

낮잠. 낮잠을 자야겠어. 자고 일어나면 결정할 수 있겠지.

그래서 그는 닥터 킹의 마법의 묘약인지 뭔지를 한 모금 더 마시고 계단을 올라 전에 여행 오면 루시와 함께 썼던 방으로 향했다. 잠이 들었다가 깨어보니 비바람이 이미 시작됐고 결정권은 그의 손을 떠났다. 전화를 해야 했다. 아직 기회가 있을 때.

19

"안녕, 여보, 나야. 화나게 해서 미안해. 진심으로."

그녀는 이 말을 완전히 무시했다. "아저씨, 암만 봐도 알레르기 같지 않은데요. 어디 아픈 거 같은데요."

"그냥 감기야." 그는 목청을 가다듬어보려고 했다. "상당히 심하긴 해."

목청을 가다듬는다는 것이 기침이 터졌다. 그는 구식 전화기의 송화구를 손으로 덮었지만 그녀의 귀에는 다 들렸을 것이었다. 거센 바람이 휘몰아치고 빗방울이 유리창을 두드렸고 전등이 깜빡거렸다.

"그래서 이제 어쩔 거야? 그냥 거기 틀어박힐 거야?"

"아무래도 그래야 할 것 같아." 그는 얼른 덧붙였다. "이제는 책 때문이 아니야. 안전하다는 판단이 들면 돌아가려고 했는데 폭풍이 벌써 들이닥쳤어. 방금 전에는 전등이 깜빡거리더라고. 해가 떨어지기 전에 전기랑 전화가 끊길 거야, 분명히. 당신이 그러게 내가 뭐랬느냐고 할 수 있게 이쯤에서 잠깐 내 말을 끊을게."

"그러게 내가 뭐랬어." 그녀가 말했다. "이제 숙제는 해치웠으니까 됐고, 얼마나 심각해?"

"그렇게 심각하지는 않아." 그녀에게 안테나가 먹통이라고 한 것보다 훨씬 심한 거짓말이었다. 사실은 상태가 많이 심각한 것 같았지만 그렇게 말하면 그녀가 어떤 반응을 보일지 가늠이 잘 되지 않았다. 프레스크 아일 경찰서에 연락해 구조대를 파견해달라고 하려나? 그의 상태가 심하긴 해도 그건 과잉 반응이었다. 창피한 건 둘째치고 말이다.

"정말 싫다, 드류. 당신 혼자 거기 있는데 연락도 안 되는 거 정말 싫다. 거기서 빠져나올 수 없는 상황인 거 확실해?"

"아까라면 가능했을 수도 있는데 감기약을 먹고 잠깐 누웠다가 너무 오래 자버렸어. 지금은 시도조차 못 하겠어. 지난겨울에 도로가 유실되고 배수로가 막힌 곳들이 아직 있거든. 이렇게 폭우가 쏟아지니 물에 잠긴 구간이 길 거야. 서버번으로 뚫을 수 있을지 모르겠어. 뚫지 못하면 통나무집에서 십 킬로, 빅 나인티에서 십오 킬로 떨어진 곳에서 오도 가도 못 하게 될 수 있어."

잠깐 정적이 흘렀고 그녀가 무슨 생각을 하고 있는지 드류의 귀에 들리는 듯했다. *남자라는 허세를 부리지 않고는 못 배겼지? 바보 같으니라고. 가끔 그러게 내가 뭐랬어로는 부족할 때도 있었다.*

거센 바람이 휘몰아쳤고 전등이 다시 깜빡거렸다. (아니면 덜덜거리는 것일 수도 있었다.) 수화기에서 매미 우는 소리 같은 잡음이 들리다 다시 깨끗해졌다.

"드류? 끊긴 거 아니지?"

"응."

"수화기에서 이상한 소리가 났어."

"나도 들었어."

"먹을 건 있어?"

"많아." 다만 입맛이 없을 뿐이었다.

그녀는 한숨을 쉬었다. "그럼 좀 쉬어. 이따 전화선 살아 있으면 저녁때 전화하고."

"알았어. 날이 괜찮아지면 집으로 돌아갈게."

"쓰러진 나무가 있으면 오지 마. 깨끗이 치워질 때까지."

"내가 치우면 되지." 드류는 말했다. "아빠가 쓰시던 체인톱이 비품창고에 있어, 누가 들고 가지 않은 이상. 연료통에 있던 기름은 다 날아갔겠지만 차에서 뽑아서 쓰면 돼."

"몸 상태가 지금보다 더 나빠지지 않으면 말이지."

"그럴 일 없을……."

"애들한테는 당신 별일 없다고 할게." 이제는 그에게 하는 얘기라기보다 혼잣말에 가까웠다. "걔네들까지 걱정시킬 필요 없으니까."

"좋은 생……."

"지금 이거 엿 같은 상황이야, 드류." 그녀는 그가 말허리를 자르면 질색했지만 자기가 그러는 데에는 아무 거리낌이 없었다. "당신도 알아줬으면 해. 당신이 이런 상황을 만들면 우리도 덩달아 끌려들어가는 거야."

"미안."

"작업은 계속 잘 되고 있어? 그래야 할 거야. 이렇게 걱정한 보람이 있어야 할 거야."

"잘 되고 있어." 그는 이제 더는 자신할 수 없었지만 달리 뭐라고 할 수 있겠는가? *대환장쇼가 다시 시작되고 있어, 루시, 게다가 지금은 몸까지 아파? 그러면 그녀의 마음이 편해질까?*

"알았어." 그녀는 한숨을 쉬었다. "당신은 멍텅구리야. 그래도 사랑해."

"나도 사랑……." 바람이 함성을 질렀고 창문 너머로 들어오는 희미하고 창백한 햇빛이 통나무집을 비추는 유일한 빛이 되었다. "루시, 방금 전에 불이 나갔어." 그는 침착한 목소리였고 그래서 다행이었다.

"비품창고를 뒤져봐." 그녀가 말했다. "콜맨 랜턴이 있을지……."

다시 매미 울음소리 같은 소음이 들리더니 이내 정적이 흘렀다. 그는 구식 수화기를 내려놓았다. 이제 그는 혼자였다.

20

그는 문 옆 고리에 걸려 있던 낡고 퀴퀴한 재킷을 걸치고 늦은 오후의 햇빛을 가리며 비품창고로 힘겹게 나아갔다. 한번은 팔을 들어 날아오는 나뭇가지를 막았다. 몸이 아파서 그런지 몰라도 벌써부터 풍속이 65킬로미터에 육박하는 느낌이었다. 재킷의 옷깃을 세웠는데도 더듬더듬 열쇠를 찾는 동안 뒷덜미를 타고 찬물이 흘러내렸고 그는 세 번을 시도한 다음에서야 문에 달린 맹꽁이자물쇠에 맞는 열쇠를 찾을 수 있었다. 이번에도 열쇠를 꽂고 앞뒤로 움직여야 돌아갔고 열쇠가 돌아갔을 무렵에 그는 흠뻑 젖은 몸으로 기침을 하고 있었다.

문을 활짝 열어놓아도 창고 안은 어두컴컴하고 여기저기 그림자로 뒤덮였지만 뒤편 테이블에 놓인 아버지의 체인톱이 안 보일 정도는 아니었다. 다른 톱도 두어 개 보였고 그중 하나는 양손으로 잡고 쓰는 틀톱이었다. 어쩌면 다행이었던 것이 체인톱이 영 쓸 만해 보이지 않았다. 본체의 노란색 페인트가 전 기름으로 덮여 거의 보이지 않았고, 체인톱날은 심하게 녹이 슬었다. 그는 코드를 당겨 시동을 걸 기운도 없었다.

하지만 콜맨 랜턴에 관한 한 루시의 말이 맞았다. 문 왼쪽 선반에 두 개가 있고 깡통에 든 3.8리터짜리 연료도 있는데, 하나는 유리 글로브가 박살 나고 손잡이는 사라져 무용지물이었다. 다른 하나는 멀쩡해 보였다. 가스 노즐에 실크 덮개가 달려 있어서 다행이었다. 손이 이렇게 떨리니 과연 제대로 묶을 수 있었을까 싶었다. *진*

작 이 생각을 했었어야지. 그는 자신을 나무랐다. *진작 집으로 돌아 갔어야 했어. 기회가 있었을 때.*

점점 희미해져 가는 오후 햇살이 비치는 쪽으로 연료 캔을 기울 여 보니 테이프 위에 아버지가 인쇄체로 비스듬히 적어놓은 글씨 가 보였다. 무연 휘발유 말고 이걸 쓸 것! 그는 캔을 흔들어보았다. 반 쯤 남아 있었다. 아주 흡족하지는 않았지만 잘 배분하면 폭풍이 부 는 사흘 동안 버티기에는 충분할 것이었다.

그는 연료 캔과 깨지지 않은 랜턴을 들고 집으로 돌아가 거실 식 탁에 놓으려다 생각을 바꾸었다. 손이 떨려서 기름을 쏟을 수밖에 없었다. 그는 랜턴을 개수대 안에 내려놓고 비에 흠뻑 젖은 재킷을 벗었다. 기침이 다시 시작됐다. 랜턴에 기름을 아직 넣기도 전이었 다. 그는 식탁 의자 위로 쓰러져 이러다 기절하는 게 아닐까 싶을 때까지 기침을 토했다. 바람이 울부짖었고 뭔가가 쿵 하고 지붕 위 로 떨어졌다. 소리로 짐작건대 좀 전에 팔로 막은 것보다 훨씬 큰 나뭇가지인 것 같았다.

기침이 잦아들자 그는 랜턴의 연료 투입구 마개를 열고 깔때기 를 찾아 나섰다. 없길래 은박지를 뜯어서 대충 깔때기 모양으로 접 었다. 기름 냄새에 다시 기침이 터지려고 했지만 그는 랜턴의 작은 연료통이 다 채워질 때까지 참았다. 통이 다 채워지자 뜨끈뜨끈한 이마를 한쪽 팔에 대고 조리대 위로 허리를 숙여 콜록거리고 켁켁 대고 숨을 헐떡였다.

발작은 마침내 끝났지만 열은 전보다 더 심해졌다. *몸이 흠뻑 젖 었던 게 도움이 안 되겠지.* 랜턴에 불을 붙이고(붙일 수 있다면) 아스피린을 좀더 먹어야겠다. 가루 진통제와 닥터 킹스 시럽도 추가로 먹어야겠다.

그는 랜턴 옆면에 달린 조그만 장치를 펌프질해 압력을 높이고 덮개를 열고 부엌에서 쓰는 성냥에 불을 붙여 점화구 안으로 넣었다. 잠깐 동안 아무 반응이 없다가 맨틀에 불이 붙었는데, 불빛이 하도 밝고 쌩해서 그는 움찔하고 놀랐다. 그는 랜턴을 들고 손전등을 찾으러 통나무집에 딱 하나밖에 없는 붙박이장으로 갔다. 옷과 사냥 시즌에 입는 주황색 조끼와 오래된 스케이트화가 있었다(어쩌다 한 번 겨울에 여기로 놀러 왔을 때 남동생과 함께 개울 위에서 스케이트를 탔던 기억이 희미하게 났다). 모자와 장갑, 비품창고에 있는 체인톱만큼이나 못 쓰게 생긴 일렉트로룩스 진공청소기도 있었다. 손전등은 없었다.

처마를 돌며 비명을 질러대는 바람 소리 때문에 머리가 아팠다. 빗방울이 창문을 후려갈겼다. 하루의 마지막 햇빛이 계속 빠져나가는 가운데 그는 오늘 밤이 아주 긴 시간이 되겠다는 생각을 했다. 창고 원정을 다녀오고 랜턴에 불을 붙이느라 정신이 없었는데 그 일을 마치고 나니 두려움을 느낄 시간이 생겼다. 그는 기존의 작품들과 똑같은 양상을 보이기 시작한 (이제는 그렇다고 시인할 수 있었다) 책 때문에 여기 갇혔다. 여기 갇혔고 몸이 아팠고 증상이 더 심해질 가능성이 컸다.

"나는 여기서 죽을 수도 있어." 그는 전과 다르게 쉰 목소리로 중얼거렸다. "정말 그럴 수 있어."

그런 생각은 하지 않는 게 상책이었다. 난로에 장작을 넣고 불을 지피는 게 상책이었다. 오늘밤은 길고 또 추운 시간이 될 것이었다.

이 전선이 상륙하는 순간 기온이 급격하게 떨어진다는 겁니다. 수염을 거뭇거뭇하게 기른 기상 덕후가 그렇게 얘기하지 않았던가. 그리고 입술에 징을 박은 가게 점원도 같은 소리를 했다. 기온이 테이블에서 굴러떨어질 수 있는 물체라도 되는 양 똑같은 비유를(그것도 비유라고 할 수 있을지 모르겠지만) 썼다.

그러자 한 반에서 제일 똑똑한 아이라고 볼 수 없는 제프 부관이 다시 떠올랐다. 그래? 진심으로 그거면 됐다고 생각했단 말이야? 그건 개떡 같은 비유였다(그것도 비유라고 할 수 있을지 모르겠지만). 그냥 어설픈 정도가 아니라 애초부터 불량이었다. 난로에 장작을 넣는 동안 열이 끓는 머릿속에서 비밀의 문이 열린 듯했고 아이디어가 떠올랐다. *나사가 하나 빠졌다.*

아까보다 나았다.

거품만 있는 맥주 같았다.

서부라는 무대를 감안하면 이게 더 나았다.

멍청하기가 닭에 버금갔다. 머리가 돌 같았다. 벽에 대고 얘기하…….

"그만." 그는 거의 애원하다시피 말했다. 그게 문제였다. 그 비밀의 문이 문제였다. 왜냐하면…….

"내가 전혀 통제할 수 없기 때문이지." 그는 꺽꺽대는 목소리로 말했다. *뇌를 다친 개구리처럼 멍청한.*

드류는 손바닥의 두툼한 부분으로 자기 옆통수를 쳤다. 두통이 폭발했다. 그는 한 대 더 때렸다. 그리고 또 때렸다. 충분히 때린 뒤에 잡지를 구겨 불쏘시개 아래에 쑤셔 넣고 성냥을 난로 꼭대기에 대고 그어 불길이 날름거리며 올라오는 것을 지켜보았다.

그는 불붙은 성냥을 손에 쥔 채 프린터 옆에 쌓여 있는 '비터 리버' 출력본을 보며 거기에 불을 지르면 어떻게 될까 생각했다. 『언덕 위의 마을』에 불을 질렀을 때는 집을 태우지 못했다. 소방차가 출동하는 바람에 작업실 벽을 그을리는 데 그쳤다. 하지만 여기 이 똥통 구간에는 소방차가 없을 테고 통나무집이 워낙 오래됐고 건조해서 일단 불이 붙으면 폭풍도 막지 못할 것이다. 화석만큼 오래됐고 건조하기는 할머니의 ……

성냥을 타고 올라온 불꽃이 손가락을 건드렸다. 드류는 성냥을 흔들어서 끈 다음 이글거리는 난로에 던지고 쇠살대를 닫았다.

"그렇게 한심한 작품은 아니고 나는 여기서 죽지 않을 거야." 그는 말했다. "그럴 일은 없어."

그는 기름을 아끼려고 랜턴을 끄고 저녁에 존 D. 맥도널드와 엘모어 레너드의 페이퍼백을 읽을 때 애용하는 윙체어에 앉았다. 이제는 랜턴을 껐더니 어두침침해서 책을 읽을 수가 없었다. 밤이 거의 찾아왔고 통나무집의 불빛이라고는 장작 난로의 반투명 창문 안에서 흔들거리는 빨간 눈밖에 없었다. 드류는 의자를 난로 앞으로 좀더 바짝 옮기고 오한을 가라앉히려고 자기 몸을 두 팔로 끌어안았다. 상태가 더 심해지고 싶지 않으면 축축한 셔츠와 바지를 지금 당장 갈아입어야 했다. 그는 계속 그 생각을 하다가 깜빡 잠이 들었다.

21

그는 밖에서 뭔가가 쪼개지는 소리에 눈을 떴다. 그 뒤를 이어서 아까보다 좀더 크게 뭔가가 쪼개지는 소리가 한 번 더 들렸고 쿵 하는 소리가 바닥을 뒤흔들었다. 나무가, 그것도 엄청 큰 녀석이 쓰러진 것이었다.

난로 안의 장작은 다 타서 새빨간 잉걸불만 남아 커졌다 작아지기를 반복하고 있었다. 바람 소리와 더불어 뭔가가 서걱서걱 창문을 두드리는 소리가 들렸다. 통나무집 1층의 널찍한 거실이 지금 당장은 후끈후끈했지만 비가 진눈깨비로 바뀐 걸 보면 예보대로 바깥 기온이 (뚝) 떨어진 모양이었다.

드류는 시간을 확인하려고 했지만 손목에 아무것도 없었다. 침대 옆 테이블에 손목시계를 두고 왔나 싶었지만 확실하게 기억이 나지 않았다. 시간과 날짜야 노트북으로 얼마든지 확인할 수 있었지만 무슨 소용일까? 지금은 북부 어느 숲속의 밤이었다. 그 이상의 정보가 필요할까?

그는 그 이상의 정보가 필요하다는 결론을 내렸다. 나무가 그의 믿음직한 서버번 위로 쓰러져 아작을 낸 건 아닌지 확인할 필요가 있었다. 물론 필요하다는 건 잘못 선택한 단어였다. 필요하다는 건 해야 한다는 뜻이고, 그 이면에는 그걸 했을 경우 전반적인 상황을 좀더 나은 쪽으로 개선할 여지가 있다는 뜻이 내포돼 있지만 지금 이 상황에서는 어느 쪽으로든 달라질 게 없었다. 여기서 상황이 맞는 단어일까 아니면 너무 광범위할까? 상황보다는 경우에 더 가까운데 여기서 경우는 어떤 가능성을 뜻하는 게 아니라…….

"그만." 그는 말했다. "미쳐버릴 때까지 밀어붙이고 싶니?"

그의 일면은 바로 그걸 원한다고 장담할 수 있었다. 그의 머릿속 어딘가에서 제어판은 연기를 피우고 회로 차단기는 녹고 어떤 미친 과학자는 의기양양하게 주먹을 흔들고 있었다. 열이 나서 그렇다고 치부할 수도 있겠지만 『언덕 위의 마을』이 잘못됐을 때는 그의 건강에 아무 문제가 없었다. 다른 두 작품 때도 마찬가지였다. 적어도 육체적으로는 그랬다.

그는 이제 모든 관절이 욱신거리는 듯한 느낌에 움찔하며 의자에서 일어나 절뚝거리지 않으려고 애를 쓰며 문 앞으로 다가갔다. 바람이 문을 그의 손아귀에서 낚아채 벽으로 내동댕이쳤다. 문을 다시 꼭 붙잡는데, 젖은 옷은 몸에 들러붙고 머리칼은 이마에서 뒤로 나부꼈다. 밤이 어두컴컴했지만(악마가 신고 다니는 부츠처럼, 탄광에서 구른 검은 고양이처럼, 마멋의 똥구멍처럼 시커맸다) 그의 서버번과 저 멀리서 흔들리는 나뭇가지(아마도)를 알아볼 수 있었다. 장담할 수는 없었지만 나무가 그의 서버번은 두고 비품창고를 덮쳐 지붕을 박살 낸 모양이었다.

그는 어깨로 밀어서 문을 닫고 빗장을 질렀다. 이런 궂은날 밤에 불청객이 찾아올지 모른다고 걱정했다기보다 자는 동안 왈칵 열리지 않게 막으려는 조치였다. 그는 이제 자러 들어갈 작정이었다. 그는 이리저리 움직이는 못 미더운 잉걸불 빛에 비춰가며 부엌 조리대까지 걸어가 콜맨 랜턴에 불을 켰다. 환해진 통나무집은 꺼지지 않고 계속 번쩍이는 플래시 전구에 휩싸인 비현실적인 공간처럼 느껴졌다. 그는 랜턴을 앞으로 들고 거실을 가로질러 계단으로 갔다. 그때 뭔가가 문을 긁는 소리가 들렸다.

나뭇가지야. 그는 속으로 중얼거렸다. *바람에 날려온 나뭇가지가 도어매트나 뭐 그런 데 걸린 거야. 아무것도 아니야. 가서 누워.*

뭔가가 문을 긁는 소리가 다시 들렸다. 바람 소리가 마침 그 몇 초 동안 잠잠해지지 않았더라면 듣지 못했을 만큼 나지막이 긁는 소리였다. 나뭇가지 소리 같지 않았다. 사람이 긁는 소리 같았다. 기운이 없거나 심하게 다쳐서 문을 두드리지도 못하고 긁기만 하는 폭풍의 고아 같았다. 하지만 아무도 없었는데…… 아니면 누가 있었나? 없었다고 장담할 수 있을까? 너무 어두웠다. 악마가 신고 다니는 부츠처럼 시커멨다.

드류는 문 앞으로 가서 빗장을 풀고 문을 열었다. 콜맨 랜턴을 위로 들었다. 아무도 없었다. 그는 문을 다시 닫으려고 시선을 떨어뜨렸을 때 쥐를 보았다. 시궁쥐인 것 같은데 어마어마하지는 않지만 제법 컸다. 올이 다 드러난 도어매트에 누워 앞발(분홍색이고 묘하게 젖먹이의 손을 닮았다) 하나를 앞으로 내밀고 계속 허공을 긁고 있었다. 갈색이 도는 검은색 털에는 나뭇가지와 잔가지의 파편과 핏방울이 여기저기 박혀 있었다. 불룩 튀어나온 검은색 눈이 그를 올려다보고 있었다. 옆구리가 들썩였다. 그 분홍색 앞발은 아주 작은 소리를 내며 문을 긁었던 것처럼 계속 허공을 긁었다.

루시는 설치류를 질색해서 걸레받이를 따라 쪼르르 달리는 들쥐를 보기만 해도 집이 떠나가라 비명을 질렀다. 몸을 웅크린 그 반지르르한 동물이 그녀보다 더 겁에 질렸을 거라고 옆에서 아무리 애기해도 소용없었다. 드류도 설치류를 별로 좋아하지 않았고 녀석들이 병을 옮긴다는 걸 알았지만(가장 대표적인 것이 한타 바이러스와 서교열이고 그 밖에도 많았다) 루시처럼 거의 본능적으로 질색하지는 않았다. 그가 이 녀석에게 느낀 가장 큰 감정은 연민이었다. 계속 허공을 긁어대는 그 분홍색의 조그만 앞발 때문이었을까. 아니면 콜맨 랜턴의 하얀 불빛이 바늘처럼 박힌 까만 눈 때문이었을까. 녀석은 털과 수염에 피를 묻힌 채로 누워서 그를 올려다보며 숨을 헐떡였다. 내상을 입었고 어쩌면 죽어가고 있을지 몰랐다.

드류는 한 손으로는 허벅지를 짚고 다른 손으로는 좀더 자세히 들여다볼 수 있게 랜턴을 내밀며 허리를 숙였다. "비품창고에 있었구나, 그렇지?"

거의 확실했다. 쓰러진 나무가 지붕을 뚫고 쥐 선생의 스위트 홈을 박살 낸 것이었다. 도망치다 나뭇가지나 깨진 지붕에 맞았을까? 엉겨 붙은 페인트 통에 맞았을까? 못 쓰게 된 아버지의 매컬록 체인톱이 테이블에서 떨어져 녀석을 덮쳤을까? 상관없었다. 뭐였건 간에 녀석은 짜부라졌고 어쩌면 허리가 부러졌을 수도 있었다. 몸속의 조그만 탱크에 남은 연료로 여기까지 간신히 기어 온 것이었다.

다시 기세등등해진 바람이 드류의 뜨끈한 얼굴 위로 진눈깨비를 던졌다. 뾰족한 얼음덩어리가 랜턴의 글로브에 부딪혀 쉬익 하는 소리와 함께 녹아내렸다. 쥐는 숨을 헐떡였다. *매트 위의 쥐 선생이 당장 도와달라 하네.* 드류는 생각했다. 하지만 매트 위의 쥐 선생은 가망이 없었다. 수의사가 아니라도 알 수 있었다.

하지만 물론 그가 도와줄 수는 있었다.

드류는 중간에 기침 발작으로 한 번 멈춰가며 불이 죽은 벽난로 앞으로 다가가 불을 때는 데 필요한 도구가 꽂힌 스탠드 위로 허리를 숙였다. 처음에는 부지깽이를 쓸까 했지만 그걸로 쥐를 찌를 생각을 하자 몸이 움찔거렸다. 그는 대신 삽을 선택했다. 그걸로 세게 한 대 내리치면 그것을 고통에서 건질 수 있었다. 그런 다음 그것을 현관 옆으로 쓸어내는 용도로도 제격이었다. 그가 오늘밤을 무사히 버틸 경우 죽은 쥐를 밟으며 내일 하루를 시작하고 싶은 마음은 없었다.

재밌는 현상이 벌어지고 있네. 그는 생각했다. *내가 맨 처음 쥐를 보았을 때는 '녀석'이라고 생각했는데 죽이기로 마음을 먹고 나서부터는 '그것'이 되었어.*

쥐는 여전히 매트 위에 누워 있었다. 진눈깨비가 그것의 털 위에서 딱딱하게 굳기 시작했다. (너무나도 사람을 닮고 또 닮은) 그 분홍색 앞발은 여전히 허공을 긁었지만 속도가 점점 느려지고 있었다.

"내가 편히 보내줄게." 드류는 말했다. 그는 삽을 들어…… 내리칠 준비를 하며 어깨높이로 들고 있다가…… 다시 내렸다. 왜 그랬을까? 천천히 허공을 더듬는 앞발 때문이었을까? 반짝거리는 까만 눈 때문이었을까?

나무 때문에 집이 박살 나고 몸이 박살 났음에도 녀석은 (다시 '녀석'으로 돌아갔다) 어찌어찌 기어서 통나무집까지 찾아왔고 그러느라 얼마나 힘들었을지 아무도 모를 일이건만 그 대가가 고작 이거란 말인가? 또다시 일격을, 이번에는 끝장나는 일격을 당하는 거란 말인가? 드류는 요즘 박살 난 기분을 느끼고 있었기 때문에 웃기는 일일지 몰라도 (아마 웃기는 일이겠지만) 동병상련을 느꼈다.

그사이 바람이 그의 체온을 떨어뜨렸고 진눈깨비가 그의 얼굴을 때렸고 다시 오한이 나기 시작했다. 이제 그만 문을 닫아야 했지만 쥐를 어둠 속에서 서서히 죽어가도록 내버려 두지는 않을 작정이었다. 다른 데도 아니고 빌어먹을 도어매트에 방치할 수는 없었다.

드류는 랜턴을 내려놓고 삽으로 그것을 떴다(대명사가 정말이지 유동적이었다). 난로 앞으로 가서 삽을 기울여 쥐를 살그머니 바닥에 내려놓았다. 그 분홍색 앞발은 계속 허공을 긁었다. 드류는 두 손으로 무릎을 짚은 채 기침을 했다. 나중에는 헛구역질이 나고 눈앞에서 별이 왔다 갔다 했다. 발작이 잦아들자 그는 랜턴을 들고 다시 독서용 의자로 가서 앉았다.

"이제 죽어도 돼." 그는 말했다. "적어도 비바람을 피해 따뜻한 데서 죽을 수 있게 됐네."

그는 랜턴을 껐다. 붉은색으로 희미하게 이글거리며 꺼져가는 잉걸불의 불빛만 남았다. 커졌다 작아졌다 하는 잉걸불을 보고 있으려니 허공을 긁고…… 긁고…… 또 긁었던 분홍색의 그 조그만 앞발이 연상됐다. 이제 보니 그것은 지금도 계속 그러고 있었다.

자러 들어가기 전에 불을 좀 지펴놓아야겠어. 그는 생각했다. *안 그러면 내일 아침에 이 집이 얼음장 같을 거야.*

하지만 일어나 가래를 들썩이면 일시적으로 잠잠해진 기침이 다시 시작될 게 분명했다. 게다가 그는 피곤했다.

난로 바로 앞에 쥐를 내려놓았잖아. 자연사하게 데리고 들어온 거 아니었어? 산 채로 구우려는 게 아니라? 불은 아침에 지펴.

바람이 통나무집을 감싸고 윙윙거리다 가끔 여자처럼 비명을 지르다 다시 잦아들어 윙윙거렸다. 진눈깨비가 요란하게 창문을 두드렸다. 이 소리를 듣고 있다 보니 하나로 합쳐지는 것처럼 느껴졌다. 그는 눈을 감았다가 다시 떴다. 쥐가 죽었을까? 처음에는 죽은 줄 알았지만 그 조그만 앞발이 다시 짧게 천천히 허공을 어루만졌다. 그러니까 아직 죽지 않은 것이었다.

드류는 눈을 감았다.

그러다 잠이 들었다.

22

다른 나뭇가지가 지붕 위로 쿵 하고 떨어지는 소리에 그는 화들짝 놀라며 깨어났다. 얼마나 잠들어 있었는지 알 수 없었다. 15분이었을 수도 있고 2시간이었을 수도 있었다. 하지만 한 가지 분명한 게 있다면 난로 앞에 쓰러져 있던 쥐가 사라졌다는 것이었다. 쥐 선생이 생각보다 많이 다치지 않은 모양이었다. 기운을 차리고 이 집 어딘가에 있다는 뜻이었다. 마뜩잖은 상황이었지만 그의 잘못이었다. 안으로 들인 사람이 그였다.

원래 그렇게 안으로 들이게 되어 있지. 드류는 생각했다. *뱀파이어. 늑대 괴물. 까만 부츠를 신은 악마. 원래 다 안으로……*

"드류."

그는 그 목소리를 듣고 화들짝 놀라는 바람에 하마터면 랜턴을 차서 쓰러뜨릴 뻔했다. 그는 좌우를 두리번거리다 꺼져가는 난로 불빛 사이로 쥐를 보았다. 녀석은 계단 아래 있는 아버지의 책상으로 올라가 뒷발을 딛고 노트북과 휴대용 프린터 사이에 앉아 있었다. 사실상 '비터 리버' 원고 위에 앉아 있었다.

드류는 뭐라고 말을 하려 했지만 처음에는 꺽꺽대는 소리밖에 나오지 않았다. 그는 헛기침을 하고(목이 아팠다) 다시 시도했다. "방금 전에 네가 뭐라고 한 것 같았는데."

"맞아." 쥐는 입술을 움직이지 않았지만 녀석에게서 나오는 목소리가 맞았다. 환청이 아니었다.

"내가 꿈을 꾸고 있나 보네." 드류는 말했다. "아니면 정신 착란을 일으켰든지. 둘 다일 수도 있고."

"아니, 이건 실제 상황이야." 쥐는 말했다. "너는 깨어 있고 정신 착란을 일으키지도 않았어. 너는 지금 열이 떨어지고 있어. 확인해 봐."

드류는 이마에 손을 얹었다. 확실히 전처럼 뜨겁지 않았지만 신뢰할 수 있는 정보가 아니었다. 지금 쥐와 대화를 나누고 있는 상황이지 않은가. 그는 더듬더듬 주머니에서 부엌용 성냥을 꺼내 랜턴에 불을 붙였다. 랜턴을 들며 이제 쥐가 보이지 않겠거니 생각했지만 그는 꼬리로 궁둥이를 감싸고 분홍색의 묘한 앞발을 가슴에 대고 뒷발을 딛고 앉아 있었다.

"네가 진짜면 내 원고에서 내려와." 드류는 말했다. "표지에 쥐똥 자국 남기려고 그렇게 열심히 쓴 거 아니야."

"열심히 쓰긴 했지." 쥐는 맞장구쳤다(하지만 자리를 옮기려는 기미는 보이지 않았다). 이제 완벽하게 기운을 차린 모습으로 한쪽 귓등을 긁었다.

저 녀석이 뭐에 맞았는지 몰라도 잠깐 기절만 했었던 모양이군. 드류는 생각했다. *뭐에 맞기는 했는지도 모르겠지만. 뭐에 스친 적이라도 있긴 했는지.*

"너는 열심히 썼고 처음에는 진도가 잘나갔지. 궤도에 올라서 빠르게 치열하게 달렸어. 그런데 얼마 지나지 않아 차질이 생겼지, 그렇지? 기존의 다른 작품들처럼. 기분 나빠할 것 없어. 전 세계의 소설가 지망생들이 모두 부딪히는 벽이니까. 책상 서랍이나 파일 캐비닛에 처박힌 미완성 소설 원고가 얼마나 많은지 아나? *수백만 편이야.*"

"몸이 안 좋아지면서 엉망진창이 된 거야."

"잘 생각해봐, 솔직하게. 그전부터 그런 현상이 나타나기 시작했잖아."

드류는 잘 생각해보고 싶지 않았다.

"너는 선택적 인지 능력을 잃었어." 쥐가 말했다. "번번이 그래. 적어도 장편소설을 쓸 때는. 단박에 그런 현상이 벌어지는 게 아니라 원고가 자라나 숨을 쉬기 시작하고 선택해야 하는 것들이 많아지면 선택적 인지에 문제가 생겨."

쥐는 네 발로 엎드려 아버지의 책상 가장자리까지 총총히 기어가더니 간식을 달라고 하는 강아지처럼 다시 일어나 앉았다.

"작가들은 저마다 습관이 다르고 본격적으로 궤도에 오르는 방식이 다르고 속도가 다르지만 장편을 완성하려면 장시간 동안 내

레이션에 집중해야 하지."

예전에 들었던 말인데. 드류는 생각했다. *거의 토씨까지 똑같이. 어디에서 들었더라?*

"이 집중하는 시간 동안, *상상의 비약을* 하는 시간 동안, 작가는 매 순간마다 최소 일곱 개의 단어와 표현과 디테일 사이에서 고민해야 하지. 재능 있는 작가들은 거의 무의식적으로 올바른 선택을 해. 그들은 정신적인 측면에서 코트 전역에서 슛을 날리는 프로농구 선수와 같아."

어디였더라? 누가 한 말이었더라?

"이런 끊임없는 선별 과정이 문예창작의 기본인데⋯⋯."

"*프랜즌!*" 우렁차게 외치며 벌떡 일어나 앉자 두통이 벼락처럼 드류의 머리를 관통했다. "프랜즌이 강연한 내용이었어! 토씨 하나까지 거의 똑같아!"

쥐는 그의 말을 못 들은 체했다. "너는 그런 식으로 선별할 능력이 되지만 짧은 순간밖에 유지가 되지 않아. 그래서 장편을 쓰려고 하면(단거리와 마라톤의 차이라 할 수 있겠는데) 항상 그 기능이 고장나지. 여러 표현과 디테일로 이루어진 선택지는 보이는데 선별이 안 되기 시작하는 거야. 너는 단어가 생각나지 않는 게 아니야. 알맞은 단어를 선택하는 능력이 사라진 거지. 모두 맞아 보이고 모두 틀려 보이거든. 아주 슬픈 일이지. 엔진은 강력한데 자동변속기가 고장난 자동차와 같다고 할까."

드류는 별이 왔다 갔다 할 정도로 세게 눈을 감았다가 번쩍 떴다. 폭풍의 고아가 여전히 그 자리를 지키고 있었다.

"내가 도와줄 수 있어." 쥐가 선포했다. "네가 내 도움을 받겠다면 말이지."

"나를 돕겠다는 이유가 뭔데?"

쥐는 똑똑한 줄 알았던 남자(《뉴요커》에 작품이 실린 영문학과 교수가 아닌가!)가 이렇게 바보 같은 질문을 하다니 믿기지 않는다는 듯 고개를 모로 꼬았다. "너는 삽으로 나를 죽이려고 했다가 그러지 않은 이유가 뭐였나? 나는 그저 하찮은 쥐에 불과한데 말이지. 하지만 너는 나를 안으로 데리고 들어왔어. 나를 살려주었어."

"그래서 보답하는 차원에서 세 가지 소원을 들어주겠다는 거로군." 드류는 웃으며 말했다. 익숙한 영역이었다. 한스 크리스티안 안데르센, 돌느와 백작부인 그리고 그림 형제.

"딱 하나만." 쥐는 말했다. "아주 구체적으로. 원고를 끝내고 싶다고 해도 돼." 녀석은 강조하는 뜻에서 꼬리를 들어 '비터 리버' 원고를 내리쳤다. "하지만 조건이 있어."

"뭔데?"

"네가 아끼는 사람이 죽어야 해."

이것 역시 익숙한 영역이었다. 이제 보니 그는 루시와의 언쟁을 꿈속에서 재연하고 있었다. 그는 이 책을 *써야 한다고* 설명했다(잘하지는 못했지만 성의를 다했다). 아주 중요한 일이라고 했다. 그녀는 자기와 아이들만큼 중요하냐고 물었다. 그는 아니라고, 당연히 아니라고 한 다음 꼭 둘 중 하나를 선택해야 하느냐고 물었다.

내가 보기에는 둘 중 하나를 선택해야 하는 상황이야. 그녀는 말했다. *그리고 당신은 이미 선택한 것 같은데.*

"이건 사실 요술로 소원을 이루어주겠다는 상황이 전혀 아니야." 그가 말했다. "그보다는 오히려 비즈니스적인 거래에 가깝지. 아니면 파우스트식 거래라고 해야 할까. 내가 어렸을 때 읽었던 동화는 절대 아니야."

쥐는 앞발을 들어 귓등을 긁는데도 몸의 중심이 흐트러지지 않았다. 존경스러웠다. "모든 동화 속 소원에는 대가가 따르지.『원숭이 손』. 기억하지?"

"아무리 꿈속이라도." 드류는 말했다. "내 아내와 아이들을 문학적인 가치도 떨어지는 서부극과 맞바꾸지는 않겠어."

이 말이 그의 입에서 나온 순간, 그는 '비터 리버'에 무조건적으로 집착했던 이유가 그것이었다는 사실을 깨달았다. 플롯 위주인 그의 서부극은 루슈디나 애트우드나 셰이본과 나란히 진열될 일이 없었다. 프랜즌은 말할 것도 없었다.

"내가 그걸 요구할 일은 없었을 거야." 쥐가 말했다. "사실 나는 앨 스탬퍼를 생각하고 있었는데. 당신 학교 예전 학과장."

그 말에 드류는 말문이 막혔다. 그가 쥐를 가만히 쳐다보자 녀석도 반짝이는 그 까만 눈으로 그를 마주 보았다. 바람이 통나무집을 감싸고 가끔 벽이 흔들릴 정도로 세차게 몰아쳤다. 진눈깨비가 덜거덕거렸다.

췌장암이라네. 드류가 왜 이렇게 살이 빠졌느냐고 물었을 때 앨은 이렇게 대답했다. 하지만 부고를 어떻게 쓰면 좋을지 아직 고민할 필요는 없다고 덧붙였다. *비교적 초기에 발견했으니까.* 병원에서 *완치를 상당히 자신하고 있다네.*

하지만 그를 보았을 때(누런 피부, 움푹 들어간 눈, 푸석푸석한 머리칼) 드류는 어떤 확신도 느낄 수 없었다. 앨이 했던 말에서 핵심은 *비교적*이었다. 췌장암은 교활했다. 잘 숨었다. 진단 자체가 사형선고나 다름없었다. 그가 만약 죽으면? 당연히 다들 슬퍼할 테고 내딘 스탬퍼가 가장 슬퍼할 것이다. 그들은 45년 정도 해로 중이었다. 영문학과 교직원들도 한 달 정도 검은 상장을 달고 다닐 것이다. 앨의 수많은 업적과 수상 경력을 소개하느라 부고가 장문의 글이 될 것이다. 디킨스와 하디를 주제로 쓴 그의 저서가 언급될 것이다. 하지만 그는 적어도 72세였고 많으면 74세 정도이니 어느 누구도 그를 두고 요절했다거나 앞날이 창창했다는 표현은 쓰지 않을 것이다.

이런 생각들이 오가는 동안 쥐는 분홍색 앞발을 오므려 털로 덮인 가슴에 대고 그를 쳐다보고 있었다.

뭐 어때? 드류는 생각했다. *그냥 가상의 질문이잖아. 그것도 꿈속에서 듣고 있는.*

"그렇다면 제안을 받아들이고 소원을 빌겠어." 드류는 말했다. 꿈속이건 아니건, 가상의 질문이건 아니건 그렇게 얘기하려니 마음이 불편하긴 했다. "어차피 그는 살날이 얼마 남지 않았으니까."

"네가 원고를 완성하면 스탬퍼는 죽어." 쥐는 드류가 제대로 이해했는지 확인이라도 하려는 듯 이렇게 말했다.

드류는 교활하게 쥐를 곁눈질했다. "책이 과연 출간이 될까?"

"내 권한은 네가 소원을 빌면 그걸 들어주는 것까지야." 쥐가 말했다. "네 문학작품의 미래를 예측하는 건 내 권한 *밖의* 일이지. 하지만 알아맞혀보라면……." 쥐는 고개를 모로 꼬았다. "출간될 것 같아. 아까 말했다시피 너는 재능이 *있으니까.*"

"좋아." 드류는 말했다. "내가 원고를 완성하면 앨은 죽는 걸로. 그는 어차피 죽을 운명이었으니까 상관없다고 봐." 하지만 사실은 그렇지가 않았다. "그래도 그가 그 원고를 읽을 때까지 살아 있을까?"

"방금 전에 말했다시피……."

드류는 한 손을 들었다. "내 문학작품의 미래를 예측하는 건 권한 밖의 일이라고? 알았어. 그럼 이제 얘기 끝났나?"

"필요한 게 한 가지가 더 있는데."

"계약서에 피로 서명을 해야 하는 거라면 계약 자체를 없었던 일로 생각해도 좋아."

"세상이 전부 너를 중심으로 돌아가지는 않아." 쥐가 말했다. "내가 배가 고파서 말이지." 녀석은 책상에서 책상 의자로, 거기서 다시 바닥으로 점프했다. 부엌 식탁으로 쌩하니 달려가 오이스터 크래커를 집었다. 드류가 그릴 치즈 샌드위치와 토마토 수프를 먹었던 날 떨어뜨린 게 분명했다. 녀석은 일어나 앉아서 앞발로 오이스터 크래커를 잡고 먹기 시작했다. 크래커가 몇 초 만에 사라졌다.

"대화 즐거웠어." 쥐는 이렇게 말하고는 거의 오이스터 크래커만큼이나 빠른 속도로 바닥을 가로질러 불이 죽은 벽난로 안으로 사라졌다.

"헐." 드류는 말했다.

그는 눈을 감았다가 번쩍 떴다. 꿈같지 않았다. 그는 다시 눈을 감았다가 다시 떴다. 세 번째로 눈을 감았을 때는 다시 뜨지 않았다.

23

그는 침대에서 눈을 떴고 어쩌다 거기 누워 있게 됐는지 전혀 기억이 나지 않았지만…… 그게 아니라 밤새 거기 누워 있었나 싶었다. 로이 드위트와 콧물 범벅 반다나 때문에 그의 상태가 얼마나 엉망진창이었는지를 감안하면 그랬을 가능성이 컸다. 그 전날이 통째로 꿈같았고 쥐와 대화를 나눈 것만 생생하게 기억이 났다.

바람이 여전히 세차게 불었고 진눈깨비도 계속 내렸지만 그는 몸이 좀 괜찮아졌다. 의심의 여지가 없었다. 열이 떨어지고 있거나 완전히 내려갔다. 관절이 아직도 욱신거리고 목이 여전히 칼칼했지만 여기서 죽는 건가 싶었던 어젯밤만큼 심하지는 않았다. *똥통 구간에서 폐렴으로 사망*, 이러면 얼마나 황당한 부고가 됐을까.

그는 사각팬티 차림이었고 나머지 옷은 바닥에 쌓여 있었다. 옷을 벗은 기억도 전혀 없었다. 그는 옷을 다시 입고 1층으로 내려갔다. 달걀 4개로 스크램블드에그를 만들어 이번에는 오렌지주스로 넘겨가며 다 먹었다. 빅 나인티에서 파는 게 농축 오렌지주스뿐이었지만 시원하고 맛있었다.

그는 거실을 가로질러 아버지의 책상을 쳐다보며 노트북의 배터리를 아낄 수 있게 휴대용 타자기로 일을 시작해볼까 고민했다. 하지만 접시를 개수대에 넣고 터벅터벅 계단을 올라갔고 다시 침대 안으로 들어가 해가 중천에 뜰 때까지 잠을 잤다.

두 번째로 일어났을 때에도 폭풍은 여전히 기세가 등등했지만 상관없었다. 컨디션이 거의 예전으로 돌아간 것 같았다. 볼로냐 소시지와 치즈로 만든 샌드위치를 먹고 난 다음 일을 하고 싶었다. 애브릴 보안관이 엄청난 수리수리 마수리로 무장폭력단을 속이려는 찰나였고 이제 드류는 푹 쉬고 원기를 회복한 느낌이라 얼른 그 부분을 풀어나가고 싶어서 손이 근질거렸다.

그가 계단을 반쯤 내려갔을 때 난로 옆 장난감 상자가 옆으로 쓰러져 안에 들었던 장난감이 래그러그 위로 쏟아진 것을 보았다. 간밤에 자러 들어가려다 잠결에 발로 찬 모양이었다. 그는 그 앞으로 가서 장난감들을 다시 상자 안에 넣으려고 무릎을 꿇고 앉았다. 한 손에는 프리스비를, 다른 손에는 스트레치 암스트롱을 집었다가 그대로 얼어붙었다. 윗도리를 벗은 스테이시의 바비 인형 근처에 헝겊으로 된 쥐 인형이 옆으로 누워 있었던 것이다.

그 인형을 집으며 심장이 뛸 때마다 머리가 지끈거리는 것을 느꼈으니 그는 어쩌면 다 나은 게 아닐지 몰랐다. 인형을 누르자 피곤에 전 찍 소리가 났다. 그냥 장난감에 불과했지만 모든 걸 감안했을 때 조금 섬뜩했다. 같은 상자 안에 아주 훌륭한 곰 인형이 있는데 (눈이 한쪽밖에 없긴 하지만 그래도) 세상에 어느 부모가 자러 들어가는 아이에게 쥐 인형을 쥐여줄까?

사람마다 취향은 다른 법이니까. 그는 예전에 어머니가 애용했던 격언을 입 밖으로 외쳤다. "라고 노처녀가 젖소에 입을 맞추며 말했습니다."

어쩌면 그가 열이 올랐을 때 쥐 인형을 보았고 거기서 꿈이 시작된 걸지 몰랐다. 어쩌면이 아니라 거의 확실했다. 장난감 상자를 밑바닥까지 파헤친 기억이 나지 않는 건 중요하지 않았다. 아니, 옷을 벗고 잠자리에 든 기억조차 없지 않은가.

그는 장난감을 다시 상자 안에 넣고 차를 한 잔 끓인 뒤 작업에 돌입했다. 처음에는 자신 없고 망설여지고 조금 겁도 났지만, 몇 번 헛발질한 뒤로 감을 잡고 랜턴을 켜야 할 만큼 어둑어둑해질 때까지 계속 쓸 수 있었다. 모두 9페이지였고 그가 생각하기에는 훌륭했다.

우라지게 훌륭했다.

24

사흘짜리 폭풍이 아니었다. 피에르는 나흘 동안 계속됐다. 도중에 바람과 비가 잦아드는가 싶다가도 다시금 맹위를 떨쳤다. 가끔 나무가 쓰러졌지만 창고를 박살 낸 나무처럼 가까이서 쓰러진 적은 없었다. 그 부분은 꿈이 아니었다. 그가 두 눈으로 직접 확인했다. 그리고 나무가(거대한 노송이었다) 서버번을 덮치지는 않았지만 워낙 가까운 데서 쓰러졌다 보니 조수석 쪽 사이드미러가 떨어져나갔다.

드류는 이런 부분들을 제대로 알아차리지 못했다. 그는 글을 쓰고 밥을 먹고 오후에 낮잠을 자고 다시 글을 썼다. 가끔 재채기가 발작처럼 쏟아졌고 가끔 루시와 아이들을 생각하며 불안하게 소식을 기다렸다. 하지만 그들 생각도 거의 하지 않았다. 이기적인 태도라는 건 알았지만 상관없었다. 그는 이제 비터 리버에서 살고 있었다.

가끔 쓰던 걸 멈추고 알맞은 단어가 떠오르길 기다려야 하는 때도 있었고(어렸을 때 가지고 놀았던 매직 8볼의 창 위로 메시지가 떠오르길 기다렸던 것처럼), 가끔 일어나 집 안을 걸으며 이 장면에서 다음 장면으로 매끄럽게 넘어갈 방법을 궁리했지만 공포는 없었다. 좌절도 없었다. 그는 단어가 생각날 거라는 걸 알았고 실제로 그랬다. 그는 코트 전역에서, 저기 저 도심에서 슛을 날리고 있었다. 이제는 아버지가 쓰던 휴대용 타자기를 앞에 두고 손가락이 아프도록 자판을 두드렸다. 그것도 상관없었다. 예전에는 이 작품을, 길모퉁이에 서 있었을 때 난데없이 떠오른 아이디어를 그가 끌고 갔다면 지금은 그것이 그를 끌고 가고 있었다.

얼마나 신나는 여행이었는지 모른다.

25

그들은 보안관이 위에서 찾은 등유 램프 하나로 축축한 지하실을 밝히며 짐 애브릴은 이쪽에, 앤디 프레스콧은 저쪽에 앉았다. 램프의 불그스름한 주황색 불빛 속에서 그 친구는 14살 정도밖에 안 되어 보였다. 알딸딸한 상태에서 그 아가씨의 머리를 날린, 반쯤 맛이 간 젊은 깡패로는 절대 보이지 않았다. 애브릴은 마성이 아주 묘한 것이라는 생각을 했다. 묘하고 또 교활했다. 쥐가 집 안으로 들어가는 길을 찾듯 어떻게든 안으로 들어와, 그 사람이 너무 어리석거나 너무 게을러서 방치해두었던 것을 삼키고, 다 먹으면 부른 배를 두드리며 사라졌다. 그 살인마 쥐가 프레스콧을 떠났을 때 뭐가 남았을까? 이것이 남았다. 겁에 질린 아이가. 그는 자기가 무슨 짓을 저질렀는지 기억이 나지 않는다고 했고 애브릴은 그의 말을 믿었다. 그래도 그는 교수형을 당할 테지만.

"지금 몇 시예요?" 프레스콧이 물었다.

애브릴은 주머니 시계를 확인했다. "여섯 시가 다 됐네. 네가 마지막으로 물어본 뒤로 오 분이 지났어."

"마차는 여덟 시에 출발하죠?"

"응. 마을에서 1.5킬로미터 정도 벗어나면 내 부관 중 하나가

드류는 멈추고 타자기에 끼워진 종이를 쳐다보았다. 햇빛 한 줄기가 방금 그 위를 지나갔다. 그는 자리에서 일어나 창가로 갔다. 하늘이 파랬다. 아버지였다면 멜빵 바지 한 벌 만들 정도라고 했겠지만 점점 커지고 있었다. 그리고 희미하지만 오해의 여지가 없는 소리가 들렸다. 드르르르 하는 체인톱 소리였다.

그는 퀴퀴한 냄새가 나는 재킷을 걸치고 밖으로 나갔다. 소리가 나는 곳까지 아직 거리가 있었다. 그는 여기저기 나뭇가지가 널브러져 있는 마당을 가로질러 잔해만 남은 비품창고로 걸어갔다. 아버지의 틀톱이 무너진 벽 아래 누워 있었고 이리저리 움직여 톱을 꺼낼 수 있었다. 양손을 써야 했지만 쓰러진 나무가 너무 굵지만 않으면 문제없을 것이었다. 그리고 너무 무리하지 마. 그는 속으로 중얼거렸다. 다시 병나고 싶지 않으면.

그는 폭풍의 잔재를 헤치며 다가오는 사람을 마중 나가려 하지 말고 다시 안으로 들어가서 일을 계속할까 잠깐 고민했다. 하루나 이틀 전이었으면 그랬을 것이다. 하지만 상황이 달라졌다. 머릿속에서 어떤 이미지가 떠오르자 (이제는 원하지도 않는 이미지들이 수시로

떠올랐다) 그는 미소를 지었다. 빌어먹을 카드를 얼른 나눠주라고 딜러를 재촉하는, 연패 중인 도박꾼의 이미지였다. 그는 이제 더는 그런 남자가 아니었고 하늘에 감사할 일이었다. 그가 다시 돌아왔을 때 원고는 그 자리에 있을 것이었다. 여기 이 숲속에서 다시 시작하든 팰머스로 돌아가서 다시 시작하든 원고는 없어질 일이 없었다.

그는 서버번 뒷자리에 톱을 싣고 똥통 구간을 천천히 달리기 시작했다. 가끔 차를 멈추고 떨어진 나뭇가지를 옆으로 던진 다음 다시 달렸다. 거의 1.5킬로미터쯤 갔을 때 처음으로 도로를 가로막은 나무를 맞닥뜨렸지만 자작나무라 금세 치울 수 있었다.

체인톱 소리가 이제는 아주 시끄럽게 들렸다. 드르르르가 아니라 **드르르르**였다. 그 소리가 멈출 때마다 큼지막한 엔진의 속도를 높여가며 구조자가 그를 향해 다가오는 소리가 들렸다가 잠시 후 다시 톱 소리가 시작됐다. 드류가 아까보다 훨씬 큰 나무를 자르려고 했지만 별 재미를 보지 못하고 있었을 때 벌채용으로 개조된 쉐보레 사륜구동이 다음 모퉁이를 느릿느릿 돌아나왔다.

운전자가 차를 세우고 내렸다. 배가 엄청나게 나왔고 초록색 멜빵 바지에 무릎 근처에서 펄럭이는 카무플라주 외투를 입은 거한이었다. 남자가 들고 있는 체인톱은 공업용이었지만 장갑 낀 그의 손이 워낙 커서 장난감 같았다. 드류는 한눈에 그의 정체를 파악했다. 어찌나 닮았는지 착각의 여지가 없었다. 톱밥과 체인톱 기름 냄새에 섞인 올드 스파이스 냄새도 마찬가지였다. "안녕하세요! 빌 영감님의 아드님이시죠?"

거한은 미소를 지었다. "네. 그쪽은 버지 라슨의 아드님이고요."

"맞아요." 드류는 그제야 그가 다른 인간을 얼마나 보고 싶어 했는지 깨달았다. 얼마나 목이 마른지 모르고 있다가 누군가가 차가운 물잔을 건네자 그제야 갈증을 느끼는 상황과 비슷했다. 그는 손을 내밀었다. 그들은 쓰러진 나무를 사이에 두고 악수했다.

"이름이 조니죠? 조니 콜슨."

"아, 아깝다. 재키예요. 뒤로 물러나세요, 나무 잘라 드릴게요, 라슨 씨. 그걸로는 하루 종일 걸려요."

드류는 옆으로 비켜서 재키가 스틸 체인톱으로 나무를 힘차게 써는 것을 구경했다. 나뭇잎과 나뭇가지가 널브러진 도로 위로 톱밥이 깔끔하게 쌓였다. 반으로 나뉜 나무 중 작은 쪽을 둘이서 들고 개울로 옮겼다.

"나머지는 길이 좀 어때요?" 드류는 살짝 숨을 헐떡이며 물었다.

"그렇게 나쁘지는 않은데, 심하게 침수된 곳이 한 군데 있어요." 그는 한쪽 눈을 가늘게 뜨고 다른 쪽 눈으로 드류의 서버번을 살폈다. "저걸로 지나갈 수 있을지도 모르겠네요, 차체가 제법 높아서. 안 되면 내가 견인해줄게요. 그러면 배기관이 좀 찌그러질 수도 있지만."

"어떻게 여기로 나와볼 생각을 했어요?"

"그쪽 부인이 예전에 쓰던 주소록에 우리 아버지 연락처가 있었대요. 부인이 우리 엄마한테 연락했고 엄마가 나한테 연락했죠. 부인이 그쪽 걱정을 좀 하고 있어요."

"네, 그럴 거예요. 그러면서 나를 바보 멍청이라고 욕하고 있겠죠."

이번에는 빌 영감의 아들(젊은 재키라고 불러야겠다)은 실눈을 뜨고 도로 한편의 큰 소나무를 쳐다보며 아무 말도 하지 않았다. 양키들은 원래 남의 결혼생활에 대해 왈가왈부하지 않는다.

"저기." 드류는 말했다. "나랑 같이 우리 아버지의 통나무집으로 가줄 수 있어요? 그럴 시간 돼요?"

"네, 시간 많아요."

"내가 짐을 쌀 테니, 잠깐이면 돼요. 같이 가게로 이동해요. 휴대 전화는 안 터지겠지만 공중전화를 쓰면 되니까. 폭풍에 쓰러지지 않았으면 될 거예요."

"아뇨, 멀쩡해요. 나도 엄마한테 거기서 전화했어요. 드위트 소식 모르죠?"

"아프다는 얘기만 들었어요."

"지금은 아니에요." 재키가 말했다. "죽었어요." 그는 가래를 톺아내고 침을 뱉더니 하늘을 올려다보았다. "보아하니 날씨가 좋겠네. 차 타세요, 라슨 씨. 패터슨네 집까지 팔백 미터 따라오세요. 거기서 차를 돌리면 돼요."

26

드류는 빅 나인티에 걸린 팻말과 사진을 보고 슬프면서도 재미 있다는 생각을 했다. 이런 상황에서 재미있다는 생각을 하다니 엿 같은 일이었지만 인간 내면의 풍경이 원래 가끔(어쩌면 종종) 엿 같다. 팻말에는 **장래식으로 휴업합니다**라고 적혀 있었다. 사진에서는 로이 드위트가 골반에 걸쳐 입는 버뮤다 반바지 위로 어마어마한 배를 늘어뜨리고 플립플롭을 신고 집 뒷마당 튜브 풀장 옆에 서 있었다. 한 손에 맥주 캔을 들고 춤을 추던 중에 찍힌 사진 같았다.

"로이는 버드와이저와 햄버거를 좋아했죠." 재키 콜슨이 말했다. "여기서부터 혼자 갈 수 있겠죠, 라슨 씨?"

"그럼요." 드류는 말했다. "고마웠어요." 그는 손을 내밀었다. 재키 콜슨은 그 손을 잡고 악수하고 사륜구동차에 올라타 쌩하니 멀어졌다.

드류는 현관으로 올라가 공중전화 아래 선반에 잔돈을 한 움큼 놓고 집으로 전화를 걸었다. 루시가 전화를 받았다.

"나야." 드류가 말했다. "나 지금 가게 앞이고 집으로 가려는 중이야. 아직 화 안 풀렸어?"

"직접 와서 확인해." 그러고는: "목소리가 괜찮아졌네?"

"나 이제 괜찮아."

"오늘 중으로 올 수 있겠어?"

드류는 손목을 쳐다보았다가 원고는 (당연히!) 챙겼지만 손목시계는 아버지의 통나무집에 두고 왔다는 사실을 깨달았다. 이제 시계는 내년까지 거기 있게 생겼다. 그는 태양의 위치를 보고 판단했다. "잘 모르겠어."

"피곤하면 무리하지 마. 아일랜드 폴스나 데리에서 쉬었다가 와. 우리는 하룻밤 더 기다릴 수 있으니까."

"응. 하지만 한밤중에 누가 들어오는 소리가 들리더라도 쏘지 마."

"알았어. 일은 좀 했어?" 그녀의 목소리에서 머뭇거리는 기미가 느껴졌다. "아니, 아프고 뭐 그래서 말이야."

"했어. 그리고 내가 보기에는 결과물이 제법 괜찮아."

"별 문제는 없었고? 내 말은…… 그러니까…….”

"단어 생각 안 나는 거? 응. 전혀." 적어도 그 희한한 꿈을 꾼 이후로는 아무 문제없었다. "내가 보기에 이번 작품은 끝낼 수 있을 것 같아. 사랑해, 루스."

그 말 이후로 아주 길게 느껴지는 정적이 이어졌다. 이윽고 그녀는 한숨을 쉬고 말했다. "나도 사랑해."

그는 한숨 소리가 싫었지만 받아들였다. 그들은 난관을 만났지만(처음도 아니었고 마지막도 아닐 것이었다) 잘 극복했다. 그래서 다행이었다. 그는 수화기를 내려놓고 출발했다.

하루가 점점 저물어갔고(재키 콜슨이 예언했던 것처럼 화창했다) '아일랜드 폴스 모터 로지' 팻말이 보이기 시작했다. 그는 유혹을 느꼈지만 그냥 지나가기로 했다. 서버번이 잘 달려주고 있었고(똥통 구간에서 요철에 몇 번 부딪친 것이 오히려 전방부를 원래대로 잡아주는 역할을 한 듯했다) 제한 속도를 살짝 넘기고 경찰의 단속을 무사히 피하면 11시까지 집에 도착할 수 있을 것 같았다. 그러면 그의 침대에서 잠을 청할 수 있을 것이다.

그리고 내일 아침에 일을 할 수 있을 것이다. 그것도 중요했다.

27

그는 11시 30분이 막 지났을 때 침실로 들어갔다. 진흙을 뒤집어 쓴 신발은 1층에 벗어두고 조용히 움직이려고 했지만 어둠 속에서 이불이 부스럭거리는 소리가 들리는 걸 보면 그녀가 깼다는 걸 알 수 있었다.

"이리 들어오세요, 아저씨."

이번만큼은 그 단어가 귀에 거슬리지 않았다. 집에 와서 좋았고 그녀가 옆에 있어서 더 좋았다. 침대 안으로 들어가자 그녀는 두 팔로 그를 감싸고 (짧지만 세게) 끌어안은 다음 몸을 돌려서 다시 잠을 청했다. 드류도 잠 속으로 빨려 들어가고 있었을 때, 경계를 넘으며 머릿속이 말랑말랑해지는 그 순간 희한한 생각 하나가 떠올랐다.

쥐가 그를 따라왔으면 어쩐다? 지금 침대 아래에 있으면 어쩐다?

쥐 같은 건 없어. 그는 잠이 들었다.

28

"와우." 브랜던이 말했다. 존경과 약간의 경외가 섞인 목소리였다. 그는 배낭을 어깨에 메고 여동생과 함께 집 앞 진입로에서 스쿨버스를 기다리는 중이었다.

"저 차에 무슨 짓을 한 거예요, 아빠?" 스테이시가 물었다.

그들은 문손잡이까지 진흙이 튀어서 말라붙은 서버번을 보고 있었다. 앞 유리창은 와이퍼가 초승달 모양으로 닦아낸 부분 말고는 뿌옜다. 그리고 물론 조수석 쪽 사이드미러가 없었다.

"폭풍을 만났거든." 드류는 말했다. 그는 잠옷 바지에 침실용 슬리퍼를 신고 보스턴 대학 티셔츠를 입고 있었다. "거기 도로가 원래 상태가 별로 좋지 않고."

"똥통 구간 말이죠?" 스테이시는 누가 들어도 신이 난 목소리로 말했다.

이제 루시까지 밖으로 나왔다. 그녀는 허리춤에 손을 얹고 서서 기구한 운명의 서버번을 바라보았다. "세상에."

"오후에 세차할게." 드류는 말했다.

"난 저대로 좋은데요?" 브랜던이 말했다. "멋있어요. 좀 미친 듯이 밟았나 봐요, 아빠."

"아, 미친 건 맞지." 루시가 말했다. "너희 아빠는 미쳤어. 그건 확실해."

이때 스쿨버스가 등장한 덕분에 그가 뭐라고 대꾸할 필요가 없었다.

"안으로 들어가자." 아이들이 버스에 타는 걸 지켜보고 난 뒤에 루시가 말했다. "내가 팬케이크든 뭐든 만들어줄게. 당신 살이 빠진 것 같아."

그녀가 몸을 돌리는 순간 그가 그녀의 손을 잡았다. "앨 스탬퍼 소식 들은 거 있어? 내딘이랑 통화를 하거나."

"당신이 통나무집으로 떠난 날 전화했어. 그가 몸이 안 좋다고 당신이 말해줬잖아. 췌장암이라니 너무 끔찍해. 내딘 말로는 그가 잘 버티고 있다던데."

"그 뒤로는 통화한 적 없어?"

루시는 미간을 찌푸렸다. "응. 내가 왜 통화를 해야 하는데?"

"별다른 이유는 없어." 그는 말했고 그건 사실이었다. 꿈은 꿈이었고 그가 통나무집에서 본 쥐는 장난감 상자에 들어 있던 인형뿐이었다. "그냥 걱정돼서."

"그럼 당신이 직접 전화해. 중간에 나를 거치지 말고. 팬케이크 먹을 거야, 안 먹을 거야?"

그는 일을 하고 싶었다. 하지만 팬케이크를 먼저 먹어야 했다. 가정의 평화를 위해.

29

그는 팬케이크를 먹은 뒤에 2층의 조그만 작업실로 들어가 노트북 전원을 연결하고 아버지의 타자기로 작성한 원고를 보았다. 그걸 우선 파일에 입력할까 아니면 그 뒷부분을 계속 이어서 쓸까? 그는 후자를 선택했다. '비터 리버'에 걸린 요술이 여전한지, 아니면 통나무집을 떠난 순간 사라졌는지 그것부터 알아보는 편이 좋았다.

여전했다. 2층 작업실에 있는 처음 10분 동안은 레게 음악이 아래층에서 희미하게 들렸다. 루시도 *자기* 작업실에서 계산기를 두드리고 있음을 의미하는 소리였다. 그러다 음악이 사라지고 벽이 흩어지고, 달빛이 비터 강과 행정의 중심지 사이로 펼쳐진, 울퉁불

통하고 여기저기가 파인 드위트 가를 반짝반짝 비췄다. 역마차가 오고 있었다. 애브릴 보안관이 배지를 높이 들어 정지 신호를 내릴 것이다. 조만간 그와 앤디 프레스콧은 마차에 탈 것이다. 젊은 친구는 군 법원에서 판사를 만날 것이다. 그로부터 오래지 않아 교수형 집행인을 만날 것이다.

드류는 정오에 일을 마치고 앨 스탬퍼에게 전화했다. 겁에 질릴 필요 없다고, 자신은 겁에 질리지 않았다고 속으로 중얼거렸지만 심장이 몇 단계 빨리 뛰기 시작한 건 부인할 수 없었다.

"어이, 드류." 앨은 평소와 다름없는 투로 전화를 받았다. 팔팔한 목소리였다. "황야에서는 어찌 지냈나?"

"아주 잘 지냈어요. 구십 페이지 가까이 썼는데 폭풍이 들이닥쳐서……."

"피에르 말이지." 앨은 말했고 드류는 혐오감이 확연하게 느껴지는 그의 말투를 듣고 가슴이 따뜻해졌다. "구십 페이지? 정말로? *자네가?*"

"저도 알아요, 믿기지 않는다는 거. 오늘 아침에 또 열 페이지 추가했지만 그건 됐고요. 좀 어떠신지 궁금해서 전화했어요."

"아주 좋아." 앨은 말했다. "빌어먹을 밭쥐 때문에 고생하고 있긴 하지만."

드류는 식탁 의자에 앉아 있다가 벌떡 일어섰다. 갑자기 속이 다시 울렁거렸다. 열이 나는 것 같았다. "*네?*"

"아, 그렇게 걱정할 것 없어." 앨은 말했다. "병원에서 처방받은 약이 바뀌어서 그래. 온갖 부작용이 있을 수 있다는데, 아직까지 나는 빌어먹을 발진뿐이야. 등이랑 양쪽 옆구리가 온통 난리야. 내딘은 대상포진이라고 장담했는데 검사를 받아보니 단순 발진이래. 그래도 미친 듯이 가렵긴 하지만."

"단순 발진이요." 드류는 그의 말을 따라 했다. 손으로 입을 훔쳤다. 장래식으로 휴업합니다, 그는 생각했다. "뭐, 그나마 다행이네요. 몸조리 잘하세요, 앨."

"알았네. 그리고 그 책 완성해서 보여주길 바라." 그는 말을 잠깐 멈추었다. "완성*하면*이 아니라 완성*해서*라고 한 데 주목해주길 바라고."

"루시 다음 차례가 학장님이시죠." 드류는 전화를 끊었다. 희소식이었다. 모두 희소식이었다. 목소리를 들어보니 앨은 씩씩했다. 예전과 다를 게 없었다. 모든 게 아무 문제 없었다, 그 빌어먹을 발 쥐만 빼면.

드류는 그 생각이 떠오르자 웃음이 터졌다.

30

11월은 춥고 눈이 많이 왔지만 드류 라슨은 그런 줄도 몰랐다. 그 달 말일에 그는 (짐 애브릴 보안관의 눈을 통해) 앤디 프레스콧이 행정의 중심지에서 교수대를 향해 계단을 올라가는 광경을 지켜보았다. 드류는 그 젊은 친구가 그 상황에 어떤 식으로 대처할지 궁금했었다. 알고 보니, 들리는 소문에 따르면 그는 의연하게 대처했다고 했다. 그새 어른스러워진 것이었다. 비극이 있다면 (애브릴은 알았다) 그 젊은 친구가 이제 더는 어른스러워질 일이 없다는 것이었다. 하룻밤 술에 취해 댄스홀에서 일하는 아가씨를 두고 질투를 폭발시켰다가 그 대가로 미래의 모든 것을 잃고 말았다.

12월의 첫날 짐 애브릴은 교수형을 참관하기 위해 그 마을을 찾은 순회 판사에게 배지를 반납하고 비터 리버로 돌아가 몇 안 되는 소지품을 챙기고 (트렁크 하나로 충분했다) 힘든 상황에서도 훌륭하게 대처한 부관들에게 작별인사를 건넸다. 돌머리였던 제프 레너드에게도 마찬가지였다. 아니면 벽창호 같다고 할까. 마음에 드는 표현을 골라보시라.

12월 2일에 보안관은 말에 경마차를 연결하고 뒤에 트렁크와 안장을 싣고 서부로 출발했다. 캘리포니아에서 운을 시험해볼 요량이었다. 골드러시는 끝났지만 태평양을 구경하고 싶었다. 그는 상심한 앤디 프레스콧의 아버지가 마을에서 3킬로미터 떨어진 바위 뒤에 숨어 훗날 '서부 역사를 바꾸어놓은 총'이라고 불리게 될 샤프스의 빅 피프티 소총 너머를 내려다보고 있을 줄은 꿈에도 몰랐다.

이제 경마차가 눈앞에 등장하는데 그에게 상심을 안기고 희망을 짓밟은 남자, 그의 아들을 죽인 남자가 흙받기에 부츠를 올려놓고 마부석에 앉아 있었다. 그의 아들을 죽인 범인은 재판관도 배심원도 교수형 집행인도 아니었다. 저기 저 남자였다. 짐 애브릴만 없었다면 그의 아들은 지금쯤 멕시코에 있었을 테고 다음 세기까지 장수를 누릴 수 있었을 것이다.

프레스콧은 공이치기를 당겼다. 마차 위의 남자를 조준기로 겨누었다. 초승달 모양의 차가운 방아쇠를 손가락으로 감싸고, 마차가 다음 언덕을 넘어 시야에서 사라질 때까지 40초 동안 어떻게 하면 좋을지 고민했다. 쏠까? 아니면 그냥 보낼까?

드류는 '그는 결단을 내렸다'라고 한 문장을 보탤까 하다가 그만두었다. 그 문장을 보태면 일부, 어쩌면 많은 독자들이 프레스콧이 총을 쏘기로 마음먹었나 보다는 결론을 내릴 수 있었고 드류는 그 문제를 미정으로 남겨두고 싶었다. 그래서 그는 스페이스 바를 두 번 치고 입력했다.

끝

그는 이 단어를 한참 동안 바라보았다. 노트북과 프린터 사이에 놓여 있는 원고 더미를 바라보았다. 이 마지막 부분을 합하면 300페이지가 조금 안 될 것이었다.

내가 해냈어. 이 원고가 출간이 될 수도 있고 안 될 수도 있고, 내가 앞으로 장편을 더 쓸 수도 있고 안 쓸 수도 있지만 상관없어. 내가 해냈어.

그는 두 손에 얼굴을 묻었다.

31

루시는 이틀 밤 뒤에 마지막 페이지를 넘기고 아주 오랫동안 본

적 없는 눈빛으로 그를 바라보았다. 어쩌면 아이들이 태어나기 전, 신혼 시절 이후로 처음 보는 눈빛일 수도 있었다.

"드류, 놀랍다."

그는 씩 웃었다. "진짜? 남편이 쓴 작품이라 그렇게 얘기하는 건 아니고?"

그녀는 격하게 고개를 저었다. "아니야. 끝내줘. 서부극이라니! 나는 상상도 못 했어. 어디서 아이디어를 얻었어?"

그는 어깨를 으쓱했다. "그냥 생각이 났어."

"그 못된 목장주가 짐 애브릴을 쐈어?"

"나도 몰라." 드류는 말했다.

"흠, 출판사에서는 그걸 집어넣자고 할지 모르겠는데."

"그럼 그 출판사는, 책을 내자는 출판사가 있을지 모르겠지만, 뜻을 이루지 못할 거야. 괜찮은 거 맞아? 진심이야?"

"괜찮은 것 이상이야. 앨한테 원고 보여줄 거야?"

"응. 내일 한 부 들고 가려고."

"서부극이라는 걸 그도 알아?"

"아니. 서부극을 좋아하는지도 모르겠어."

"이건 좋아할 거야." 그녀는 하던 얘기를 멈추고 그의 손을 잡았다. "폭풍이 닥친다고 했을 때 당신이 오지 않겠다고 해서 정말 열 받았는데. 이제 보니 내 생각이 틀렸고 당신 판단이 쥐였네."

그는 손을 거두었다. 또다시 몸에서 열이 나는 느낌이었다. "뭐라고?"

"내 생각이 틀렸고 당신 판단이 죽였다고. 왜 그래, 드류?"

"아니야." 그는 말했다. "아무것도 아니야."

32

"자." 드류는 사흘 뒤에 물었다. "어떤 판결을 내리셨을지 궁금한데요."

그는 예전 학과장의 서재에 있었다. 원고가 앨의 책상 위에 놓여 있었다. 드류는 루시가 '비터 리버'를 읽고 어떤 반응을 보일까 싶어 불안했지만 앨의 반응에 대해서는 그보다 더 불안했다. 스탬퍼는 게걸스러운 잡식성 독자였고 문장을 분석하고 해체하는 일을 평생 업으로 삼았다. 드류가 아는 한, 한 학기에 『화산 아래서』와 『끝없는 농담』을 동시에 가르칠 정도로 용감한 사람은 주변에 그밖에 없었다.

"아주 훌륭한 것 같네." 앨은 요즘 목소리뿐 아니라 겉모습까지 예전으로 돌아갔다. 안색을 되찾았고 살이 좀 쪘다. 화학요법 때문에 머리칼이 빠졌지만 레드삭스 야구모자로 민둥머리를 가렸다. "플롯 위주이긴 하지만, 보안관과 그에게 잡힌 젊은 죄수와의 관계가 스토리에 상당한 울림을 부여하고 있어. 『옥스보 사건』이나 『하드 타임스에 오신 것을 환영합니다』만큼 훌륭하진 않지만……."

"저도 압니다." 드류는 이렇게 말했지만…… 사실은 그 정도 되지 않을까 생각하고 있었다. "제가 그만큼 훌륭하다고 주장할 일은 없을 거예요."

"하지만 그 두 작품의 바로 아래인 오클리 홀의 『워록』과는 어깨를 견줄 만해. 자네한테는 하고 싶은 이야기가 있었고 그걸 아주 잘 풀어냈어. 묵직한 주제로 독자들의 머리를 강타하는 건 아니고 대부분의 사람들은 수준 높은 이야기적인 가치에 끌려서 다음은 어떻게 될까 하는 마음으로 이 작품을 읽겠지만, 주제가 주는 매력도 분명 존재한다고 보네."

"사람들이 이 작품을 *읽*을까요?"

"그럼." 앨은 그의 질문을 거의 일축하다시피 했다. "자네 에이전트가 구제불능 얼간이가 아닌 이상 쉽게 계약을 따낼 수 있을 거야. 그것도 꽤 높은 금액으로." 그는 드류를 똑바로 쳐다보았다. "내가 짐작하기로는 자네가 그 부분에 대해 과연 생각했을까 싶고, 생각했더라도 부차적인 부분이 아니었을까 싶지만. 자네는 그냥 써보고 싶었지? 이번 한 번만이라도 컨트리클럽 수영장 하이보드에서 뛰어내려보고 싶었지? 못 뛰고 나서 주눅이 들어 계단을 다시 내려오는 게 아니라."

"제대로 보셨네요." 드류는 말했다. "그런데 학장님…… 앨, 얼굴이 아주 좋아 보이세요."

"컨디션이 아주 좋아." 그가 말했다. "병원에서는 나를 의학계의 기적이라고 부를 기세야. 앞으로 일 년 동안은 삼 주마다 검사를 받으러 가야 하지만 빌어먹을 화학요법이 오늘 오후로 끝났다네. 현재로서는 모든 검사 결과가 '완쾌'를 선포하고 있지."

드류는 이번에는 움찔하지 않았고 뭐라고 했느냐고 되묻지도 않았다. 그는 예전 학과장이 실제로는 뭐라고 했는지 알았고 앞으로

도 계속 그 단어를 간간이 듣게 될 것임을 알았다. 살갗이 아니라 머릿속에 박힌 가시와도 같았다. 대부분의 가시는 염증을 유발하지 않고 그냥 빠졌다. 그는 이 경우도 그럴 거라고 자신할 수 있었다. 어쨌거나 앨은 무사했다. 통나무집에서 거래를 제안했던 쥐는 꿈이었다. 아니면 헝겊 인형이었다. 아니면 대책 없는 개구라였다. 마음에 드는 걸로 골라보시라.

33

수신 : drew1981@gmail.com

엘리스 딜던 에이전시

2019년 1월 19일

드류, 내 친구. 소식 전해줘서 정말 반가웠어요. 당신이 고인이 됐는데 내가 부고를 놓친 줄 알았지 뭐예요! (농담이에요! ☺) 그새 장편을 완성하다니 신난다. 원고 당장 보내줘요, 그걸로 뭘 어쩔 수 있을지 보자고요. 미리 경고하지만 요즘은 트럼프와 그 집단을 다룬 책이 아닌 이상 시장 반응이 미지근하긴 해요.

XXX,
엘리

전자 노예 팔찌로 보낸 메일입니다

엘리스 딜던 에이전시

2019년 2월 1일

드류! 어젯밤에 다 읽었어요! 원더풀이에요! 이걸로 떼돈을 벌겠다는 생각은 하지 않았으면 좋겠지만 출간은 당연히 될 테고 선인세를 괜찮게 받을 수 있을 것 같은 예감이 들어요. 어쩌면 괜찮은 수준 이상일 수도 있어요. 경쟁이 붙는 것도 가능성이 없는 얘기는 아니고요. 게다가, 게다가, 게다가 이 책으로 당신이 대가의 반열에 오를 듯한(올라야만 한다는) 예감이 들어요. 출간되면 상당한 호평을 받을 거예요. 옛날 옛적 서부를 신나게 구경시켜줘서 고마워요!

XXX,
엘리

추신: 사람 애간장 녹이던데! 그 쥐새끼 같은 목장주가 짐 애브릴을 쐈어요????

E
전자 노예 팔찌로 보낸 메일입니다

34

'비터 리버'는 실제로 경쟁이 붙었다. 3월 15일, 이번 시즌의 마지막 폭풍(웨더 채널에 따르면 겨울 폭풍 타냐였다)이 뉴잉글랜드를 강타한 날에 경매가 열렸다. 뉴욕의 5대 출판사 중에 세 회사가 참여했고 승리는 퍼트넘의 몫으로 돌아갔다. 선인세는 35만 달러였다. 댄 브라운이나 존 그리샴 수준은 되지 못했지만 루시가 그를 끌어안으며 말했다시피 브랜과 스테이시의 대학 학비를 대기에는 충분했다. 그녀는 (기대를 품고서) 아껴두고 있었던 돔 페리뇽을 터뜨렸다. 이때가 3시였지만 그래도 그들은 자축하고 싶었다.

그들은 책과 책의 저자와 책의 저자의 아내와 책의 저자와 저자의 아내의 사타구니에서 태어난 놀랍고 근사한 아이들을 위해 건배했고, 4시에 전화벨이 울렸을 무렵에는 제법 알딸딸한 상태였다. 전화한 사람은 호랑이 담배 피던 시절부터 영문학과 행정지원을 맡고 있었던 켈리 폰테인이었다. 그녀는 눈물 바람이었다. 앨과 내딘 스탬퍼가 죽었다는 것이었다.

그는 그날 메인 병원에서 검사를 받기로 되어 있었다(드류는 그가 "앞으로 일 년 동안은 삼 주마다 검사를 받으러 가야 하지만"이라고 말했던 것을 기억했다). "예약을 연기해도 됐을 텐데." 켈리는 말했다. "하지만 앨이 어떤 성격인지 알잖아요, 내딘도 똑같고. 눈이 조금 내린 걸로는 어림도 없었죠."

사고가 벌어진 곳은 메인 병원에서 1.5킬로미터 떨어진 295번 도로였다. 빙판길에 미끄러진 세미트레일러가 내딘 스탬퍼가 몰던 조그만 프리우스를 옆에서 들이받아 원반처럼 날려버렸다. 그 차는 뒤집혀 지붕으로 착륙했다.

"이럴 수가." 루시는 말했다. "두 사람 다 사망이라니. 너무 끔찍하잖아. 그의 건강이 점점 좋아지고 있던 마당에!"

"그러게." 드류는 말했다. 아무 감각이 없었다. "점점 좋아지고 있었는데, 그치?" 빌어먹을 밭쥐 때문에 고생하긴 했지만. 자기 입으로 그렇게 말했지.

"당신 좀 앉아." 루시가 말했다. "얼굴이 백지장처럼 하얘."

하지만 드류에게 필요한 건 자리에 앉는 것이 아니었다. 적어도 맨 먼저 필요한 건 그게 아니었다. 그는 부엌 개수대로 달려가 샴페인을 게웠다. 거기 매달려 루시가 등을 쓸어주는 것도 알지 못한 채 계속 구역질을 하며 생각했다. *엘리 말로는 책이 내년 2월에 출간된다고 했어. 그때까지 편집자가 시키는 거는 뭐든 할 거고 책이 출간되면 홍보도 시키는 대로 다 할 거야. 하라는 대로 열심히 할 거야. 루시와 아이들을 위해서. 하지만 내 생에 두 번째 장편은 없어.*

"절대." 그는 말했다.

"뭐가, 여보?" 그녀는 계속 그의 등을 쓸어주고 있었다.

"췌장암. 나는 그가 그걸로 무너질 줄 알았거든, 다들 그러니까. 이런 결말은 생각지도 못했어." 그는 수돗물로 입을 헹구고 뱉었다. "단 한 번도."

35

장례식(드류는 장래식이라는 단어가 생각나는 것을 어쩔 수 없었다)은 나흘 뒤에 치러졌다. 앨의 남동생이 드류에게 추도사를 몇 마디 부탁했다. 드류는 충격이 너무 커서 아직도 말이 잘 나오지 않는다며 고사했다. 그가 충격을 받은 건 의심의 여지가 없었지만, 『언덕 위의 마을』과 그 전에 두 편의 작품이 무산됐을 때 그랬던 것처럼 말을 믿을 수 없게 됐다는 데 공포를 느꼈다. 슬퍼하는 일가친척, 친구, 동료, 학생들로 가득한 예배당 연단에 서서 *그 쥐! 그 빌어먹을 쥐 때문이에요! 그리고 내가 그 쥐를 놓아 주었어요!*라고 외치게 될까 봐, 정말로, 아주 많이 겁이 났다.

루시는 장례식 내내 울었다. 스테이시도 같이 울었지만 스탬퍼 부부를 알아서 그런 게 아니라 엄마에게 감정이 이입돼서 그런 거였다. 드류는 한 팔로 브랜던을 감싸 안고 말없이 앉아 있었다. 그는 두 개의 관이 아니라 성가대석을 보았다. 반질반질한 마호가니 난간을 따라서 의기양양하게 달리는 쥐가 보일 거라고 확신했지만 보이지 않았다. 당연히 그럴 수밖에 없었다. 쥐는 없었다. 장례식이 진행되는 동안 거기에 쥐가 있을지 모른다고 생각했다니 얼마나 바보 같은 발상이었는지 깨달았다. 그는 쥐가 있는 곳을 알았고 거긴 여기서 한참 떨어진 곳이었다.

36

8월(어마어마하게 더운 8월이었다)에 루시는 아이들을 데리고 로드아일랜드의 리틀 콤프턴으로 가서 그녀의 부모님과 여동생의 가족들과 바닷가에서 두어 주 지내다 올 테니 드류는 조용한 집에서 '비터 리버' 원고의 교열을 보라고 했다. 그는 일을 반으로 나눠서 중간에 하루는 아버지의 통나무집에 다녀오겠다고 했다. 거기서 하룻밤을 보내고 다음 날 돌아와 다시 원고를 보겠다고 했다. 그들은 잭 콜슨 (젊은 재키)에게 박살 난 창고를 깨끗하게 치우는 일을 맡겼다. 재키는 다시 그의 엄마에게 통나무집 청소를 하청으로 맡겼다. 드류는 청소가 잘 됐는지 확인하고 싶다고 말했다. 간 김에 손목시계도 찾아오고.

"거기서 새 책 시작하려는 건 아니고?" 루시는 웃으며 말했다. "그래도 상관없어. 지난번 결과물이 워낙 좋았어야 말이지."

드류는 고개를 저었다. "그런 거 아니야. 그 집을 팔아야 하지 않을까 고민 중이었거든. 가서 작별인사를 해야겠어."

37

빅 나인티의 주유기에 달린 팻말은 전과 똑같았다. 현금 전용, 일반유 전용, 무정산 도주 시 법적으로 처벌을 받습니다, 그리고 주여 미국을 축복하소서. 카운터를 지키고 있는 말라깽이 아가씨도 전과 거의 똑같았다. 크롬 징은 사라졌지만 코걸이는 여전했다. 그리고 금발이 됐다. 아마 금발이 좀더 재밌게 살 수 있기 때문이겠지.

"또 오셨네요." 그녀가 말했다. "그런데 차는 바뀐 것 같은데. 예전에는 서버번 아니었어요?"

드류는 녹이 슬어가는 딱 한 대짜리 주유기 앞에 세워진 쉐보레이쿼녹스(현금으로 구입했고 주행거리가 아직 1만 킬로미터밖에 안 됐다)를 흘끗 쳐다보았다. "서버번은 지난번에 여기 다녀간 뒤로 맛이 가서요." 그는 말했다. *사실 나도 마찬가지지.*

"거기 오래 계실 거예요?"

"아뇨, 이번에는 아니에요. 로이 소식은 안타까워요."

"병원에 안 가고 버티다 그렇게 됐죠. 그게 손님께도 교훈이 됐길요. 추가로 필요한 거 있으세요?"

드류는 빵과 햄과 맥주 6팩을 샀다.

38

앞마당에 쓰러졌던 나무들이 모두 치워졌고 비품창고는 처음부터 아예 없었던 것처럼 흔적도 없이 사라졌다. 젊은 재키가 뗏장을 씌워 파릇파릇한 잔디가 자라고 있었다. 보면 기분이 좋아지는 꽃도 있었다. 휘었던 현관 앞 계단이 수리됐고 의자도 두어 개 새로 생겼는데, 프레스크 아일 월마트에서 사온 싸구려겠지만 보기 흉하지는 않았다.

통나무집 내부는 깨끗하게 새단장됐다. 장작 난로에 달린 반투명 창은 그을음이 사라졌고 난로 자체도 반짝거렸다. 유리창, 식탁, 송판이 깔린 바닥도 마찬가지로 닦고 기름칠까지 한 것처럼 보였다. 냉장고는 이번에도 코드가 뽑힌 채 문이 열려 있었고 이번에도 암앤해머 상자 말고는 아무것도 없었다. 아마 새것일 것이었다. 누가 봐도 빌 영감의 미망인이 끝내주게 솜씨를 발휘했다.

그가 지난해 10월에 여기서 지냈던 흔적이 남아 있는 유일한 곳이 개수대 옆 조리대였다. 콜맨 랜턴, 랜턴 연료 캔, 호올스 목캔디, 구디스 가루 진통제 몇 팩, 반쯤 남은 닥터 킹스 기침감기 시럽 그리고 손목시계가 거기 있었다.

벽난로에는 남은 재가 없었다. 오크나무 토막이 다시 채워진 걸 보면 젊은 재키가 인부를 시켰거나 자기가 직접 굴뚝을 청소한 모양이었다. 아주 유능한 친구였지만 8월의 이 찜통더위에 불을 지필 필요는 없을 것이었다. 그는 벽난로 앞으로 다가가 무릎을 꿇고 고개를 꼬아서 시커먼 목구멍 같은 굴뚝을 올려다보았다.

"너 거기 있니?" 그는 외쳤고…… 아무런 부끄럼도 느끼지 못했다. "거기 있으면 내려와. 얘기 좀 하고 싶으니까."

당연히 아무 응답이 없었다. 그는 쥐는 없다고, 전에도 없었다고 다시 한번 속으로 중얼거렸지만 사실 있었다. 박힌 가시가 빠질 줄 몰랐다. 그 쥐는 그의 머릿속에 있었다. 하지만 그것도 전적으로 사실은 아니었다. 아니, 사실인가?

아주 깨끗한 벽난로 양옆에 여전히 상자가 2개 놓여 있었다. 한쪽에는 새 불쏘시개가, 다른 쪽에는 장난감이 들어 있었다. 그의 아이들과 몇 년 동안 이 통나무집을 빌려 쓴 가족의 아이들이 두고 간 장난감이었다. 그는 상자를 들어서 뒤집었다. 처음에는 쥐 인형이 그 안에 없는 줄 알고 비논리적이지만 예리한 공포를 실제로 느꼈다. 그러다 인형이 벽난로 아래로 굴러가 천으로 덮인 엉덩이와 지저분한 꼬리만 내밀고 있는 것을 발견했다. 이렇게 흉측한 장난감을 보았나!

"잘 숨은 줄 알았지?" 그는 인형에게 물었다. "소용없어, 아저씨."

그는 인형을 개수대로 들고 가 안으로 떨어뜨렸다. "할 말 없어? 설명할 거 없어? 사과를 하는 건 어때? 싫어? 그럼 최후의 발언은? 전에는 말이 많더니만."

쥐 인형은 아무 말이 없었고 드류는 랜턴용 기름을 부어 불을 질렀다. 끔찍한 냄새와 연기를 피우는 시커먼 덩어리 말고는 아무것도 남지 않았을 때 그는 물을 틀어 적셨다. 개수대 아래에 종이봉투가 몇 개 있었다. 드류는 주걱으로 남은 찌꺼기를 긁어서 종이봉투에 넣었다. 고드프리 개울로 봉투를 들고 가서 던지고 떠내려가는 것을 지켜보았다. 그런 다음 개울가에 앉아 바람 한 점 없이 무덥고 쨍한 날씨를 감상했다.

해가 지기 시작했을 때 그는 안으로 들어가 볼로냐 샌드위치를 만들었다. 머스터드나 마요네즈를 산다는 걸 깜빡해서 좀 퍽퍽했지만 맥주로 목을 축여가며 삼키면 그만이었다. 낡은 안락의자에 앉아 에드 맥베인의 「87분서 시리즈」를 읽으며 맥주 3캔을 마셨다.

드류는 4번째 캔을 딸까 하다가 그만 마시기로 했다. 더 마시면 숙취가 생길 것 같은데, 내일 아침에 일찍 출발하고 싶었다. 이 집이라면 지긋지긋했다. 장편소설도 마찬가지로 지긋지긋했다. 장편소설은 그것 하나, 그의 마무리 작업을 기다리는 그 외동아이뿐이었다. 친구 부부의 목숨을 대가로 완성된 그것.

"그 말 안 믿어." 그는 계단을 올라가며 말했다. 꼭대기에서 널찍한 거실을 내려다보았다. 잠깐 동안이기는 했지만 거기서 원고를 시작했고 이대로 죽는 줄 알았다. "하지만 믿어. 그 말 믿어."

그는 옷을 벗고 침대로 들어갔다. 맥주를 마셔서인지 금세 곯아 떨어졌다.

39

드류는 한밤중에 눈을 떴다. 방안이 8월의 보름달빛을 받고 은색으로 반짝거렸다. 쥐가 그의 가슴팍에 앉아서 불룩 튀어나온 그 까맣고 조그만 눈으로 그를 쳐다보고 있었다.

"안녕, 드류." 쥐는 입술을 움직이지 않았지만 녀석에게서 나오는 소리가 맞았다. 드류는 지난번에 대화를 나누었을 때 열이 났고 몸이 아팠지만 그 목소리를 또렷하게 기억하고 있었다.

"내 몸에서 내려가." 드류는 속삭였다. 쳐서 떨어뜨리고 싶었지만 (말하자면 쥐를 쥐어패고 싶었지만) 팔에 기운이 없었다.

"어이, 어이, 그러지 마. 나를 부르는 소리를 듣고 왔잖아. 이런 이야기에서는 그런 식으로 흘러가지 않나? 자, 내가 뭘 어떻게 도와줄까?"

"네가 왜 그랬는지 알고 싶어."

쥐는 분홍색의 조그만 앞발을 털로 덮인 가슴에 대며 일어나 앉았다. "네가 그래주길 바랐잖아. 그게 네 소원이었잖아, 기억 안 나?"

"거래였지."

"아, 의미론에 집착하는 대학교수들이란."

"거래 대상은 앨이었어." 드류는 주장했다. "그 혼자였어. 그는 어차피 췌장암으로 죽을 운명이었으니까."

"췌장암이라고 명시한 기억은 없는데." 쥐가 말했다. "내가 잘못 기억하는 건가?"

"아니, 하지만 나는……."

쥐는 드류를 다시 쳐다보곤 앞발로 마른세수를 한 후 제자리에서 두 번 돌았다. 중간에 이불이 있기는 했지만 그 발바닥의 느낌에 구역질이 났다. "원래 요술로 소원을 들어주겠다고 할 때 그런 수법을 쓰지." 녀석이 말했다. "교묘하게. 조건을 깨알같이 적어서. 유명한 동화를 보면 다 그렇잖아. 그 부분에 대해서 충분히 논의한 줄 알았는데."

"좋아, 하지만 내딛 스탬퍼는 포함한 적 없잖아! 우리…… 우리 계약에 포함한 적 없잖아!"

"포함하지 않은 적도 없지." 쥐는 다소 새침하게 대답했다.

이건 꿈이야. 드류는 생각했다. *또 꿈을 꾸는 것일 수밖에 없어. 현실 속에서는 인간이 쥐의 말장난에 놀아날 리 없잖아.*

드류는 기운이 돌아오는 것 같았지만 움직이지 않았다. 아직은 그럴 때가 아니었다. 움직일 때는 기습 공격의 순간이 되어야 했고 그는 쥐를 *치거나 쥐어패지* 않을 것이었다. 쥐를 잡아서 *쥐어짤* 생각이었다. 녀석은 온몸을 비틀고 비명을 지르고 거의 백 퍼센트 확률로 그를 물겠지만 드류는 쥐의 배가 찢어지고 녀석의 입과 똥구멍으로 내장이 터져 나올 때까지 쥐어짤 것이었다.

"좋아, 네 말에도 일리가 있을지 몰라. 하지만 이해가 안 된단 말이지. 나는 책을 쓰고 싶었을 뿐인데 네가 다 망쳐놓았어."

"아이고, 어쩌나." 쥐는 다시 마른세수를 했다. 드류는 하마터면 그때 확 덮칠 뻔했지만 참았다. 아직은 때가 아니었다. 그는 이유를 알아내야 했다.

"우는 척은 집어치워. 나는 그 삽으로 너를 죽일 수도 있었지만 그러지 않았어. 폭풍 속에 내버려 둘 수도 있었지만 그러지도 않았고. 너를 데리고 들어와서 난로 옆에 눕혔어. 그런데 너는 아무 죄 없는 두 사람을 죽이고 내가 앞으로 두 번 다시 쓸 일이 없는 유일한 장편을 마친 기쁨을 앗아가는 식으로 은혜를 갚으려는 이유가 뭐야?"

쥐는 곰곰이 생각했다. "글쎄?" 한참 만에 녀석이 말문을 열었다. "유명한 가사를 살짝 비틀자면 나를 안으로 들였을 때 쥐라는 걸 알았잖아(앨 윌슨이 부른 「더 스네이크」의 가사로, 얼어 죽게 생긴 뱀을 안으로 들였다가 물린 여자가 왜 자기를 물었느냐고 했을 때 뱀이 한 대답이었다 — 옮긴이)?"

드류는 달려들었다. 아주 빨랐지만 그의 손이 움켜쥔 것은 아무것도 없었다. 쥐는 바닥을 후다닥 달려가다 벽 앞에서 드류를 돌아보았는데, 달빛 아래에서 씩 웃고 있는 것처럼 보였다.

"게다가 그걸 완성한 사람은 네가 아니었어. 너는 그걸 절대 완성하지 못했을 거야. 내가 완성했지."

걸레받이에 구멍이 하나 뚫려 있었다. 쥐는 그 안으로 달려들어갔다. 드류의 눈에 잠깐 녀석의 꼬리가 보였다 이내 사라졌다.

드류는 누워서 천장을 올려다보았다. *날이 밝으면 꿈을 꾼 거였다고 나를 설득하겠지?* 그는 그렇게 생각했고 다음 날 아침에 실제로 그렇게 했다. 쥐는 말을 할 줄 몰랐고 소원을 이루어주지도 않았다. 앨은 암을 모면했지만 교통사고로 죽었다. 끔찍한 아이러니였지만 전례가 없는 일은 아니었다. 아내가 같이 죽은 건 안타까웠지만 그것 역시 전례가 없는 일은 아니었다.

그는 차를 몰고 집으로 향했다. 기이하게 고요한 집 안으로 들어갔다. 2층 작업실로 올라갔다. 교열을 본 '비터 리버' 파일을 열고 작업에 착수할 준비를 했다. 여러 가지 일들이, 일부는 현실 속에서 일부는 그의 상상 속에서 벌어졌고, 벌어진 일은 바꿀 수 없었다. 기억해야 할 부분이 있다면 그는 살아남았다는 것이었다. 그는 최선을 다해 아내와 아이들을 사랑할 테고 최선을 다해 학생들을 가르칠 테고 최선을 다해 살아갈 테고 기쁜 마음으로 단권 작가의 대열에 합류할 것이었다. 사실 생각해보면 불평할 일이 하나도 없었다.

사실 생각해보면 모든 게 다 쥐였다.

작가의 말

우리 어머니와 다른 네 명의 이모들은 유모차를 밀고 가는 여자가 보이면 아마도 *그들의* 어머니에게 배웠을 노래를 중얼거렸다. "너는 어디서 왔니, 꼬마 사슴아? 아무 곳도 아닌 데서 이곳으로." 나는 어떤 작품의 영감을 어디에서 얻었느냐는 질문을 받으면 가끔 그 엉터리 가사를 떠올린다. 나도 답을 모르는 경우가 대부분이라 당황스럽고 조금 부끄러워진다. (어린 시절의 콤플렉스에 발동이 걸린 게 분명하다.) 나는 가끔 솔직하게 대답하지만("나도 모르겠어요!") 인과관계에 입각한 조금 논리적인 헛소리로 질문한 사람을 만족시킬 때도 많다. 이 자리에서는 솔직해지려고 노력해보겠다. (누구라도 그렇게 얘기하지 않겠느냐마는.)

나는 어렸을 때 생매장에 대한 두려움 때문에 자기 관에 전화기를 넣어달라고 하는 남자가 등장하는 영화를 봤을 수도 있다. 아마도 내 친구 크리스 체슬리와 함께 차를 얻어 타고 루이스턴의 리츠에 가서 보았던 AIP 영화사(저예산의 B급 공포영화로 유명했던 영화사 ―옮긴이)의 공포영화였을 가능성이 크다. 아니면 「앨프레드 히치콕 프리젠츠」(히치콕이 제작하고 해설을 맡은 텔레비전 프로그램. 1955년에서 1965년에 걸쳐 총 361편의 에피소드가 방영되었다 ―옮긴이)의 한 에피소드였을 수도 있다. 아무튼 그 아이디어는 상상력이 지나치게 풍부했던 어린 시절의 내 머릿속에서 반향을 일으켰다. 묘지에서 전화벨이 울린다는 설정 말이다. 몇 년 뒤에 친한 친구가 예기치 않게 세상을 떠났을 때 나는 친구의 목소리를 한 번 더 듣고 싶어서 그의 휴대전화로 전화를 건 적이 있었다. 하지만 위안을 느끼기는커녕 소름이 돋았다. 나는 두 번 다시 전화를 걸지 않았지만 그때의 경험과 어린 시절에 본 영화나 TV 드라마의 기억이 「해리건 씨의 전화기」의 씨앗이었다.

이야기는 원래 자기들 멋대로 흘러가기 마련인데, 이 작품의 경우에는(적어도 내 입장에서는) 휴대전화 전반과 그중에서도 특히 아이폰이 신기술이었고 그 파문이 거의 드러나지 않았던 시절로 시간을 거슬러 올라갈 수 있어서 재미있었다. 자료 조사를 위해 내 IT 전문가인 제이크 로크우드가 이베이에서 1세대 아이폰을 사서 작동이 되게 만들었다. 지금 그걸 옆에 두고 이 원고를 쓰고 있다. (중간에 누군가가 떨어뜨려 전원스위치를 망가뜨렸기 때문에 계속 콘센트에 꽂아놓아야 한다.) 그걸로 인터넷 접속도 할 수 있고 주식 기사와 날씨도 검색할 수 있다. 2G가 베타맥스 VCR만큼이나 사장된 기술이기 때문에 통화는 할 수 없다.

「척의 일생」은 어디에서 아이디어를 얻었는지 전혀 모르겠다. 그 '고마웠어요, 척!'이 적힌 광고판과 함께 그 남자의 사진과 39년 동안의 근사했던 시간이라는 구절이 어느 날 문득 생각났을 뿐이다. 그 광고판이 도대체 뭔지 알아내기 위해 이야기를 쓰기 시작했던 것 같지만 확실하지는 않다. 나는 예전부터 인간은, 왕과 대공에서부터 와플 가게에서 설거지하는 남자와 고속도로변 모텔에서 시트 가는 일을 하는 여자에 이르기까지 누구나 온 세상을 품고 있다고 생각했다는 것만 얘기할 수 있을 뿐이다.

나는 보스턴에 머물렀을 때 보일스턴 가에서 드럼을 치는 남자를 우연히 본 적이 있었다. 사람들은 그를 거의 쳐다보지도 않고 지나갔고 그의 앞에 놓인 바구니(요술 모자가 아니었다)에는 받은 돈이 거의 없었다. 나는 어떤 사람이, 예를 들어 비즈니스맨 타입이 가던 길을 멈추고, 크리스토퍼 워켄이 그 기발한 팻보이 슬림의 「웨폰 오브 초이스」 비디오에서 선보인 스타일의 춤을 추기 시작하면 어떻게 될까 궁금해졌다. 척 크란츠(비즈니스맨 타입의 정석이라는 게 있다면 그였다)와의 연결은 자연스럽게 이루어졌다. 나는 그를 이야기 안에 넣고 춤을 추게 했다. 나는 인간의 심장과 영혼을 해방시킨다는 점에서 춤을 사랑하기에 그 이야기를 쓰는 시간이 즐거웠다.

척을 주인공으로 두 편의 단편을 쓰고 났더니 모든 걸 하나의 내러티브로 묶는 세 번째 이야기를 쓰고 싶어졌다. 「내 안에는 무수히 많은 것들이 담겨 있다」는 다른 두 작품보다 1년 늦게 탄생됐다. 거꾸로 돌린 필름처럼 역순으로 배치된 이 1, 2, 3막의 성공 여부는 독자 여러분들에게 달렸다.

이제 「쥐」로 건너뛰자. 이 작품의 영감은 어디에서 얻었는지 전혀 모르겠다. 내게는 사악한 동화처럼 느껴진다는 것과, 상상력이라는 수수께끼와 그걸 지면으로 옮기는 방법에 대해 조금 끼적여 보는 기회가 되었다는 것만 알 수 있을 따름이다. 이 자리에서 첨언하자면 드류가 언급한 조너선 프랜즌의 강의는 허구다.

그리고 마지막으로「피가 흐르는 곳에」. 이 작품의 기본 토대는 최소 10년 전부터 내 머릿속에 있었다. 비행기 추락, 총기 난사, 테러 공격, 유명인사의 죽음과도 같은 끔찍한 비극의 현장에 항상 특정 TV 뉴스 기자가 출동한다는 것을 알아차리기 시작한 게 발단이었다. 그들의 보도가 항상 지역 뉴스와 전국 뉴스의 헤드라인을 장식했다. 그 업계에서는 '피가 흐르는 곳에 특종이 있다'는 격언을 모르는 사람이 없다. 그런데 10년 동안 묵혀두었던 이유는 TV 뉴스 기자로 위장하고 무고한 사람들의 피를 빨아먹으며 사는 초자연적인 존재의 뒤를 밟는 사람이 필요했기 때문이다. 누구에게 그 일을 맡겨야 할지 생각이 나지 않았다. 그러다 2018년 11월에 해답이 전부터 내 눈 앞에 있었음을 깨달았다. 당연히 홀리 기브니였다.

나는 홀리를 사랑한다. 거두절미하고 그렇다. 그녀는 원래『미스터 메르세데스』에서 특이한 단역에 그칠 예정이었다. 그런데 내 심장을 훔쳐버렸다(그리고 책도 거의 훔쳐버렸다). 나는 그녀가 무얼 하는지, 어떻게 지내는지 항상 궁금하다. 다시 찾았을 때 계속 렉사프로를 챙겨먹고 담배는 끊었다는 데 다행스러워한다. 나는 그녀를 지금과 같은 성격으로 만든 환경에도 솔직히 관심이 있었고, 이야기를 풍성하게 만들 수 있다면 그 부분을 조금 파헤쳐보는 것도 괜찮겠다는 생각이 들었다. 이 작품은 홀리의 첫 번째 단독 출연이고 내가 솜씨를 제대로 발휘했기를 바란다. 컴퓨터화된 현대식 엘리베이터의 작동법과 거기서 발생할 수 있는 문제점을 알려준 엘리베이터 전문가 앨런 윌슨에게 특별히 감사 인사를 전하고 싶다. 내가 그에게 들은 정보를 취해 (에헴) 가공했으니 틀린 부분이 보이거든 그가 아니라 나의 잘못이라고, 그리고 스토리상의 필요성 때문이라고 생각해주기 바란다.

「해리건 씨의 전화기」는 이제는 고인이 된 러스 도어와 함께 작업한 원고다. 우리의 마지막 합작품이었는데, 그가 얼마나 그리운지 모르겠다. 에이전트 척 베릴(「쥐」를 특히 마음에 들어했다)과 낸 그레이엄, 수전 몰도, 로즈 리플, 케이티 리조, 자야 미셸리, 캐서린 모너핸 그리고 캐럴린 리디를 비롯한 스크라이브너의 모든 직원들에게 감사의 뜻을 전하고 싶다. 해외 판권 담당 크리스 롯츠, LA의 패러다임 에이전시 소속으로 영화와 TV를 담당하는 랜드 홀스턴에게도 마찬가지다. 그리고 아이들과 손자들과 아내 태비사에게 깊은 감사와 사랑을 전한다. 사랑해, 여보.

마지막으로, 또다시 나와 동행해준 독자 여러분들에게도 감사의 마음을 전하고 싶다.

스티븐 킹

2019년 3월 13일

옮긴이 | 이은선

연세대학교에서 중어중문학을, 국제학대학원에서 동아시아학을 전공했다. 편집자, 저작권 담당자를 거쳐 전문 번역가로 활동 중이다. 옮긴 책으로는 스티븐 킹의 『잠자는 미녀들』, 『11/22/63』, 『닥터 슬립』, 『리바이벌』, 빌 호지스 3부작 (『미스터 메르세데스』, 『파인더스 키퍼스』, 『엔드 오브 왓치』), 『악몽을 파는 가게』, 『자정 4분 뒤』, 『악몽과 몽상』을 비롯하여 『실크하우스의 비밀』, 『모리어티의 죽음』, 『맥파이 살인 사건』, 『아킬레우스의 노래』, 『그레이스』, 『도둑 신부』, 『할머니가 미안하다고 전해달랬어요』, 『베어타운』, 『초크맨』, 『애니가 돌아왔다』 등이 있다.

피가 흐르는 곳에

1판 1쇄 펴냄 2021년 8월 6일
1판 3쇄 펴냄 2022년 10월 5일

지은이 | 스티븐 킹
옮긴이 | 이은선
발행인 | 박근섭
편집인 | 김준혁
펴낸곳 | 황금가지

출판등록 | 2009. 10. 8 (제2009-000273호)
주소 | 06027 서울 강남구 도산대로 1길 62 강남출판문화센터 5층
전화 | 영업부 515-2000 **편집부** 3446-8774 **팩시밀리** 515-2007
홈페이지 | www.goldenbough.co.kr

도서 파본 등의 이유로 반송이 필요할 경우에는 구매처에서 교환하시고
출판사 교환이 필요할 경우에는 아래 주소로 반송 사유를 적어 도서와 함께 보내주세요.
06027 서울 강남구 도산대로 1길 62 강남출판문화센터 6층 민음인 마케팅부

한국어판 ⓒ황금가지, 2021. Printed in Seoul, Korea
ISBN 979-11-5888-072-9 03840

㈜민음인은 민음사 출판 그룹의 자회사입니다.
황금가지는 ㈜민음인의 픽션 전문 출간 브랜드입니다.